Des éloges

Belle est la

« Une plume délicieuse, une histoire émouvante. *Belle est la rose* trace le portrait d'êtres de chair et de sang, torturés par des conflits déchirants et celui d'une femme loyale et brillante. Le lecteur est transporté. Assurez-vous d'avoir une boîte de mouchoirs à portée de main. »

— Francine Rivers, auteure de *Redeeming Love*

« Une tapisserie brillante, tissée grâce à une recherche méticuleuse, un décor riche et vivant, des personnages émouvants et réels. Écrivaine de talent dotée d'une profonde compréhension de la nature humaine, Liz Curtis Higgs nous offre une saga historique admirable et fascinante. Une intrigue aussi vaste et hardie que le paysage de Galloway où elle prend place et le cœur de ses habitants. »

— B. J. Hoff, auteure de *Cadence* et de *An Emerald Ballad*

« Oh ! quel bon roman ! Une fois encore, Liz Curtis Higgs m'a emportée dans l'Écosse du XVIIIe siècle, et j'ai de nouveau craqué pour Jamie, Leana et Rose. Je ne pouvais m'empêcher de désirer, pour les trois, un amour et un bonheur durable. Je brûle d'impatience de lire la suite. »

— Robin Lee Hatcher, auteure de *Catching Katie* et de *Beyond the Shadows*

« *Belle est la rose* est la suite absolument bouleversante de *Une épine dans le cœur*. J'ai fait un saut dans le temps dans l'Écosse de mes ancêtres et j'ai savouré chaque instant. Un ouvrage exceptionnel ! »

— Linda Lee Chaikin, auteure de *Yesterday's Promise*

« L'écriture de Liz Higgs vibre de romantisme et est au diapason des conflits intérieurs du cœur humain. Vous pouvez presque entendre les airs de cornemuse s'élever derrière les collines. »

— Patricia Hickman, auteure de *Fallen Angels* et de *Nazareth's Song*

Des éloges pour
Une épine dans le cœur

« Liz Curtis Higgs emporte le lecteur dans un remarquable périple au cœur des Lowlands de l'Écosse. Un lumineux sentiment d'espoir brille à travers l'histoire émouvante de personnages plus grands que nature et, en même temps, si humains. Cette saga inoubliable est aussi complexe, mystérieuse et joyeuse que l'amour et la foi peuvent l'être. »

— Susan Wiggs, auteure de best sellers du *New York Times*

« Higgs, auteure à succès d'une vingtaine d'ouvrages d'inspiration, vient de réussir avec brio son premier roman historique. Les lecteurs apprécieront bon nombre des leçons de morale délicatement brodées dans l'intrigue, en particulier lorsque Jamie découvre que la tromperie est une arme à double tranchant. L'écriture de qualité de Higgs… incorpore de nombreux et charmants détails historiques, et ses remarquables talents de conteuse la servent admirablement. »

— *Publishers Weekly*

« Richement documenté, écrit avec cœur, ce grand bouillon romanesque est rempli d'assez de viandes, d'épices et de potages à la mode des Lowlands pour satisfaire le palais du plus difficile amateur de romans historiques écossais. Saisissant, brisant les barrières du temps avec une imagerie souvent étonnante, et toujours bien raconté, le roman *Une épine dans le cœur* se mesure aux meilleures fictions historiques contemporaines. »

— Lisa Samson, auteure de *Women's Intuition*

« À la fois déchirant et fascinant, l'amour non sollicité de Leana pour Jamie tient le lecteur en haleine du début à la fin. Les recherches historiques approfondies de Higgs donnent vie à ce roman, depuis les détails de la vie quotidienne dans les Lowlands jusqu'à l'importance de la religion dans la vie de ces Écossais. Cette histoire remarquable d'amour désintéressé restera gravée dans le cœur et l'esprit des lecteurs. »

— Romantic Times, Romans historiques PREMIER CHOIX

Collection Incontournables

LES LOWLANDS ÉCOSSAIS

Belle est la rose

LIZ CURTIS HIGGS

TRADUIT DE L'ANGLAIS PAR
PATRICE NADEAU

Éditeur : François Doucet
Traduction : Patrice Nadeau
Révision linguistique : Féminin Pluriel
Correction d'épreuves : Nancy Coulombe, Suzanne Turcotte
Conception et montage de la couverture : Matthieu Fortin
Image de la couverture : Pam Francis
Mise en pages : Sébastien Michaud
ISBN papier 978-2-89786-982-3
ISBN PDF numérique 978-2-89786-983-0
ISBN ePub 978-2-89786-984-7
Première impression : 2011
Dépôt légal : 2011
Bibliothèque et Archives nationales du Québec
Bibliothèque Nationale du Canada

Éditions AdA Inc.
1385, boul. Lionel-Boulet
Varennes, Québec, Canada, J3X 1P7
Téléphone : 450-929-0296
Télécopieur : 450-929-0220
www.ada-inc.com
info@ada-inc.com

Diffusion

Canada :	Éditions AdA Inc.
France :	D.G. Diffusion Z.I. des Bogues 31750 Escalquens — France Téléphone : 05.61.00.09.99
Suisse :	Transat — 23.42.77.40
Belgique :	D.G. Diffusion — 05.61.00.09.99

Imprimé au Canada

Participation de la SODEC.
Nous reconnaissons l'aide financière du gouvernement du Canada par l'entremise du Fonds du livre du Canada (FLC) pour nos activités d'édition.
Gouvernement du Québec — Programme de crédit d'impôt pour l'édition de livres — Gestion SODEC.

À Matt et Lilly Higgs,
les deux meilleurs admirateurs
qu'une mère puisse désirer.
Votre soutien exceptionnel
me permet de vivre en écrivant.
Je vous aime de tout mon cœur.

À Bill Higgs,
pour tout.

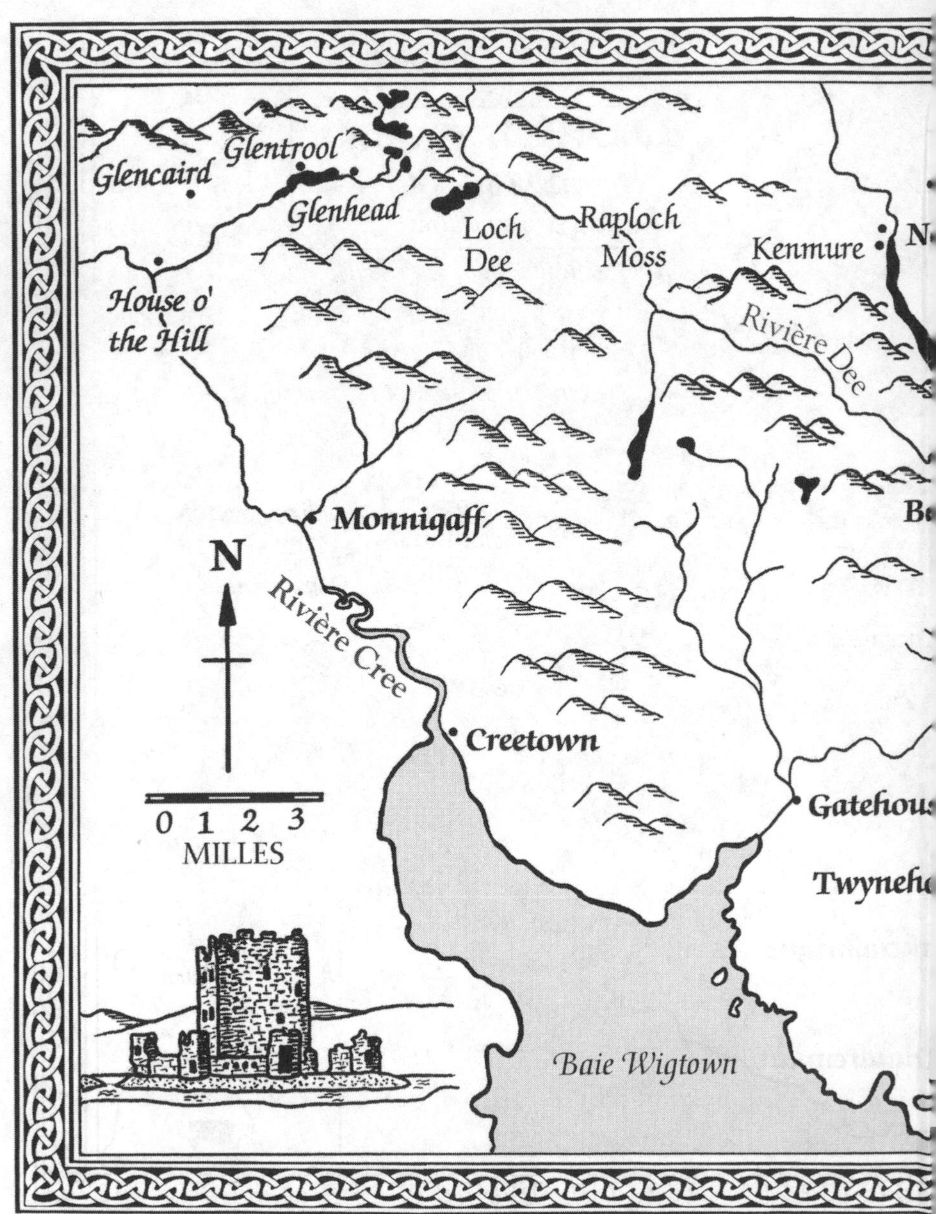
Glencaird
Glentrool
Glenhead
Loch Dee
Raploch Moss
Kenmure
House o' the Hill
Rivière Dee
Monnigaff
N
Rivière Cree
Creetown
0 1 2 3
MILLES
Baie Wigtown

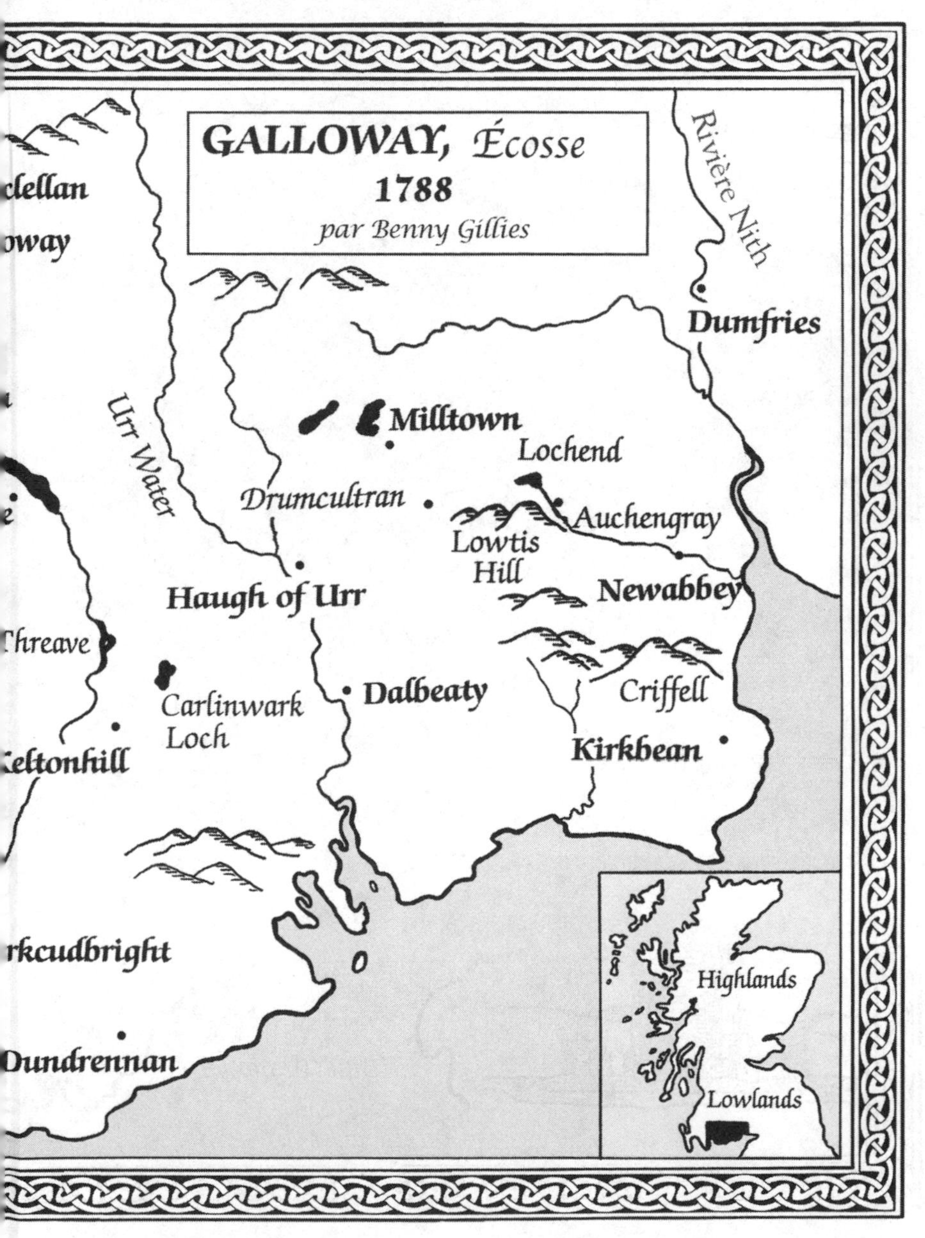
GALLOWAY, Écosse
1788
par Benny Gillies
Rivière Nith
Dumfries
Milltown
Lochend
Urr Water
Drumcultran
Auchengray
Lowtis
Hill
Haugh of Urr
Newabbey
Dalbeaty
Criffell
Carlinwark
Loch
Kirkbean
Highlands
Lowlands

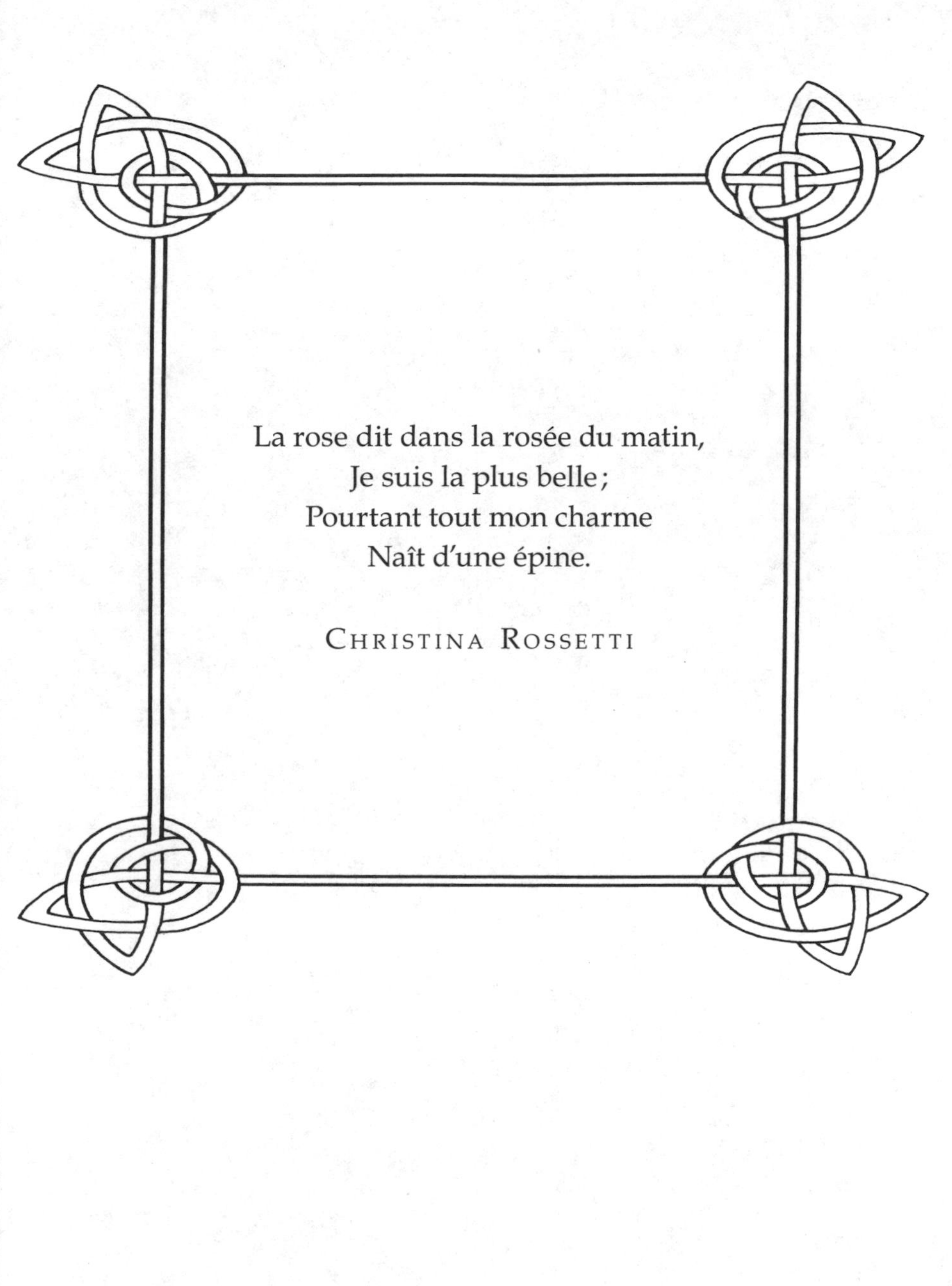

La rose dit dans la rosée du matin,
Je suis la plus belle ;
Pourtant tout mon charme
Naît d'une épine.

CHRISTINA ROSSETTI

Chapitre 1

Ne jamais se marier, toujours séduire,
Toujours un cœur en mal d'amour,
Ne lisez-vous pas le mal que vous faites
Dans le pâle reflet de mes joues ?
– Thomas Campbell

Presbytère de Newabbey,
Octobre 1789

Rose McBride était adossée contre le mur lambrissé, le regard fixé sur l'homme agenouillé près du lit de sa sœur. Elle ne pouvait distinguer le visage de Jamie McKie, à cette heure tardive. Seulement ses cheveux bruns, lustrés et noués à la nuque, et sa veste bleue favorite, froissée après une longue journée à attendre la naissance de son fils. Quelques instants après l'entrée de l'enfant dans le monde, Jamie était apparu dans la chambre de naissance, et le cœur de Rose s'était mis à battre très fort.

Il n'était pas venu la voir *elle*, mais le regard de Rose s'abreuverait de sa présence. Oh oui, et sans retenue.

Un feu de tourbe brûlait doucement dans le foyer, réchauffant à peine la pièce glaciale. Le petit salon du ministre lui servait en journée de salle de séjour et, le soir, de chambre à coucher et de bureau. C'était le dernier endroit où sa sœur aurait cru donner naissance à un enfant, mais, lorsque le travail avait commencé au beau milieu du service religieux, Leana avait eu bien peu de choix. Bien que les genoux de Rose fussent ankylosés d'être restée accroupie sans bouger de longues minutes, elle n'osait pas bouger et risquer d'être découverte. Son Jamie adoré aurait du mal à découvrir sa cachette derrière la chaise à haut dossier, dans le coin le plus sombre de la chambre. Elle n'avait pas l'intention de lui faciliter la tâche.

Il était maintenant penché vers sa sœur, Leana. Lui effleurant d'abord la main, puis caressant la petite tête de son fils. La vibration dans sa voix était plus éloquente que ses paroles.

— Leana, me pardonneras-tu ?

Non ! Rose se mordit la lèvre inférieure, combattant les larmes. *C'est la faute de Leana, pas la vôtre, Jamie.*

Elle ne put entendre les mots murmurés qui suivirent, mais ses yeux lui en apprirent plus qu'elle ne tenait à savoir. Leana écarta une mèche de cheveux blonds et plaça le bébé sur sa poitrine, pendant que Jamie, debout, la regardait intensément. Son affection grandissante pour Leana était palpable, même à cette distance. Rose détourna le regard, mais l'image tendre demeura. Pourquoi, oh ! pourquoi donc n'avait-elle pas quitté la pièce avec tous les autres ?

Soudain, ils rirent tous les deux, et la voix de Leana porta jusqu'à elle.

— Quelqu'un est parvenu à s'interposer entre nous.

Rose tendit l'oreille. Leana parlait-elle du bébé... ou d'elle ?

— Rien ne viendra plus s'interposer entre nous, dit Jamie fermement.

Il parle de moi. Rose s'agrippa au dos de la chaise, se sentant faiblir. Comment pouvait-il dire pareille chose ? *Vous m'aimez, Jamie. Vous savez que vous m'aimez.*

Jamie implora ensuite sa sœur, employant les mots auxquels aucune femme ne peut résister.

— M'accorderas-tu une nouvelle chance de prouver ma valeur à tes yeux ?

De prouver votre valeur ? Oh, Jamie. Rose s'effondra sur les genoux, sans se soucier d'être entendue, maintenant, prête à mourir sur place. Jamie, le beau cousin qui l'avait embrassée le matin même, était prêt à la mettre de côté comme un dessert à peine entamé.

— Nous recommencerons tout, entendit-elle sa sœur déclarer. Maintenant, parle-moi de ton rêve.

— Un moment, dit-il, et Rose entendit une chaise qui raclait le plancher le bois.

Rose eut beau résister, la voix de Jamie, basse et familière, l'attirait comme un aimant. Il raconta une histoire invraisemblable sur la nuit de son départ de Glentrool. Il avait alors dormi sur un cairn de pierre, au milieu des baies écrasées d'un plant feuillu d'échelle de Jacob. Puis, il avait rêvé d'une montagne, disait-il, plus haute que toutes celles de Galloway et lumineuse comme la pleine lune dans le ciel de minuit. Des créatures ailées montaient et descendaient le long de ses flancs comme dans un escalier, et une voix avait rugi comme la mer.

— Et qu'est-ce que cette… *voix* t'a dit ? demanda Leana.

Quand Jamie hésita à répondre, Rose changea de position pour mieux le voir, sa curiosité excitée. En douze mois, Jamie ne lui avait jamais parlé d'un tel rêve.

— Leana, c'était une voix à nulle autre pareille. Merveilleuse. Et *terrifiante*. Les mots éclataient comme le tonnerre : « Vois, je suis avec toi où que tu ailles. Je ne t'abandonnerai jamais. »

Leana eut un hoquet de surprise.

— Mais, Jamie…

— Oui, Leana. Les mêmes mots que tu m'as murmurés lors de notre nuit de noces.

Non ! Rose se plaqua les mains sur les oreilles au moment précis où un coup vigoureux fut frappé à la porte. Étonnée, elle bascula vers l'avant en poussant un petit cri, oubliant qu'elle était cachée.

La voix de Leana flotta dans la pièce.

— Qui est là, derrière la chaise ?

Rose recula, son cœur battant la chamade. Mais il était trop tard. Prenant une longue et lente respiration, elle se leva et fit de son mieux pour avoir l'air contrit.

Le feu de tourbe éclaira le visage étonné de Jamie.

— Rose ?

La honte brûlait les joues de la jeune fille. Avant qu'elle ait pu trouver les mots pour s'expliquer, la porte s'ouvrit en grinçant, et la tête couleur de cuivre de leur gouvernante, Neda Hastings, apparut dans le chambranle.

— Leana, j'suis ici pour être sûre qu'vous preniez un peu d'repos…

Sa voix faiblit à la vue de Rose.

— V'z'étiez là, jeune fille ! dit-elle. J'pensais qu'vous étiez à la cuisine.

— Non, répondit-elle, en évitant de regarder Jamie. Je… je voulais voir… le bébé.

— Viens, chérie, murmura Leana, en tendant la main vers elle. Tu n'avais qu'à le demander.

Prenant ses jupes et son courage à deux mains, Rose traversa le plancher de bois pour se rendre au chevet de Leana. Elle remarquait à peine les autres, tant son regard était attiré par le petit être dans les bras de Leana.

— N'est-il pas mignon ?

Pendant que Leana relevait le drap de toile, Rose flatta les cheveux duveteux de Ian, aussi riches que ceux de Jamie.

— C'est si doux, murmura-t-elle.

Avait-elle déjà touché quelque chose d'aussi précieux ? Sa petite tête se logeait parfaitement dans la paume de sa main.

— Voudrais-tu le prendre, Rose ?

Elle retint son souffle.

— Puis-je ?

Elle se pencha, surprise de constater que ses bras tremblaient. Elle avait tenu des bébés, auparavant, mais pas celui-là. Pas celui de Jamie.

— Oh ! fit-elle quand Leana plaça l'enfant dans le creux de son bras. Comme il est chaud !

Rose tint Ian tout contre elle et pencha la tête vers la sienne, humant le parfum de sa peau, s'émerveillant de voir combien elle était rose. Et comme il était petit. Au plus profond d'elle-même, une envie naquit, comme si un désir latent avait attendu ce moment pour apparaître. Au cours de ses seize années d'existence, Rose avait craint la maternité ; le miracle qu'elle tenait dans ses bras avait chassé toutes ses craintes ridicules. Sa mère était morte en lui donnant naissance, pourtant Leana vivait, et son bébé aussi.

— Mon neveu, dit Rose gentiment, en lui flattant la joue. Ian James McKie.

Pas étonnant que Jamie fut enchanté. Ce n'est pas Leana qui avait volé son cœur cette nuit-là ; c'était Ian, son fils nouveau-né.

Neda vint se poster derrière Rose et plaça les mains sur ses épaules pour essayer de voir l'enfant.

— Vous f'rez une bonne mère, un jour. R'donnez Ian à vot' sœur, avant qu'y s'mette à pleurer.

— D'accord, fit Rose, obéissante, chagrinée de sentir ses bras froids et vides.

— Les commères racontent, s'anima Neda en bordant Leana, qu'l'enfant né l'jour du sabbat est joyeux et beau et bon et gai. N'en est-y pas ainsi, m'sieur McKie ?

Jamie baissa les yeux sur son fils en souriant.

— Ian est toutes ces choses.

Quand Jamie leva la tête, Rose regarda dans ses yeux, espérant y trouver le reflet de son amour pour elle.

— Veuillez m'excuser, Jamie, de m'être dissimulée dans un coin.

— C'est sans importance, Rose.

Son regard neutre la dérouta. Était-il heureux qu'elle soit là ? Ou désirait-il la voir s'en aller ?

Neda prit la bougie sur la table de chevet et l'agita en direction de la porte.

— Allons, jeune fille. Et vous aussi, m'sieur McKie. Leana a besoin d'mes soins et d'beaucoup d'sommeil. Nous ramènerons vot' femme et vot' bébé à Auchengray bientôt.

Rose prit congé, préférant ne pas voir que Jamie s'était incliné pour baiser la main de sa sœur, puis son front, enfin sa bouche, où il s'attarda plus longtemps que son devoir de mari ne l'exigeait. *Oh, Jamie.* Ses sentiments pouvaient-ils avoir changé si rapidement ? En un jour ? En une heure ? Rose referma la porte, essayant de laisser le pire derrière elle. Son estomac vide se noua et son menton se mit à frémir. Elle ne pleurerait pas. Elle ne *devait* pas.

Le couloir était plongé dans les ténèbres, la dernière bougie ayant été étouffée par l'économe épouse du ministre, qui avait envoyé la maisonnée dormir, une heure auparavant. Rose s'arrêta, incertaine de son chemin dans l'obscurité. Était-ce son manteau vert qui était suspendu près de la porte, ou celui de quelqu'un d'autre ? Elle aurait besoin de son épaisse laine chaude pour le voyage du retour.

Derrière elle, la porte du petit salon se referma avec un petit cliquetis du loquet.

— Rose ?

Jamie. Elle ne pouvait se résoudre à lui répondre, bien qu'elle sentît qu'il se rapprochait, le bruit de ses pas se réverbérant dans le couloir vide. Sa main lui toucha la taille.

— Rose, vous devez comprendre…

— Je comprends.

Sa voix demeurait ferme, tandis que le reste de son corps tremblait.

— Dès lors qu'elle vous a donné un fils vigoureux, Leana est celle que vous aimez.

— Non, Rose.

Jamie lui agrippa le coude et l'attira vers lui. La chaleur de ses doigts pénétrait à travers le tissu de sa robe et ses yeux étaient fixés dans les siens.

— À ma honte, reprit-il, je n'aime pas Leana. Pas encore.

Il baissa ensuite la voix, et resserra les doigts davantage.

— Mais j'apprendrai à aimer votre sœur. Par tout ce qui est sacré, il le faut, Rose. Elle est ma femme, la mère de mon enfant, et…

— … et elle vous aime.

Il n'osa pas la contredire, car tous deux savaient que c'était vrai.

— Oui, elle m'aime.

— Tout comme moi.

Ravalant sa fierté, Rose leva la main pour lui caresser le visage, se délectant de la sensation des repousses sur son menton rugueux.

— Et vous m'aimez, Jamie. Vous me l'avez dit, ce matin, vous avez dit…

— Des choses que je n'aurais jamais dû dire un jour du sabbat.

Jamie la relâcha et se détourna d'elle.

— Quelque chose s'est produit, aujourd'hui, Rose.

— Oui. Votre fils est né.

— Avant cela. J'ai eu une discussion avec Duncan.

Il baissa la tête.

— C'était plutôt une confession, en fait.

— Duncan, dites-vous ?

Le mari de Neda, superviseur d'Auchengray, était un homme bon et doux. Mais intraitable sur certaines questions.

— Quelles sont ces choses dont vous vous êtes confessé à lui ?

— La vérité.

Le soulagement sur le visage de Jamie était visible, même dans la pénombre du hall d'entrée.

— J'ai promis à Duncan… Non, j'ai promis à Dieu que je serais un bon mari pour Leana et un bon père pour Ian. Je dois tenir cette promesse, maintenant. Vous savez que je le dois.

Il regarda le plancher de dalles, et sa voix était tendue.

— Laissez-moi partir, Rose.

— Vous laisser partir ?

La gorge de Rose se serra.

— Mais, Jamie, je vous aime. Après tout ce que nous avons vécu, comment pouvez-vous me demander une telle chose ?

— Parce que vous aimez votre sœur.

Elle grimaça à ce rappel.

— Mais pas autant que je vous aime.

Jamie la regarda.

— Vous l'aimez depuis bien plus longtemps. Chaque jour de votre vie.

— Pas en ce jour, protesta Rose, même si tous deux savaient qu'elle ne le pensait pas vraiment.

Heure après heure, elle avait tenu la main de Leana, l'implorant de ne pas mourir, priant pour elle avec Neda et toutes les autres. Oui, elle aimait sa sœur. Mais elle aimait Jamie aussi. Comment pourrait-elle le laisser la quitter ?

Il lui prit la main et la guida vers le banc du vestibule, la faisant s'asseoir près de lui.

— Rose…

Jamais sa voix n'avait été aussi tendre.

— Je vous ai vue avec Ian. Vous êtes née pour être mère. Et un jour, vous le serez certainement. Mais avant, vous devez trouver un mari qui soit le vôtre.

— *S'il vous plaît*, Jamie !

Ne comprenait-il rien ? Ne voyait-il rien ?

— Vous auriez dû être mon mari. Et Ian aurait dû être mon fils…

— *Non* !

Il s'adossa au mur en poussant un lourd soupir.

— Je vous en conjure, ne dites pas des choses pareilles, Rose. Il est trop tard pour cela. Dieu, dans sa bonté, a pardonné mon cœur infidèle, et je ne le décevrai pas — ni Leana — une autre fois.

Le cœur de Rose chavira.

— Alors, c'est moi que vous décevrez.

— Oui, il semble que je doive le faire.

Jamie se tourna vers elle, et son visage n'était plus qu'à un souffle de distance de celui de Rose.

— Pardonnez-moi, chère Rose. Vous étiez mon premier amour ; je ne peux le nier.

Son premier amour. Mais pas son dernier. Elle ferma les yeux. Il était trop proche.

— Je n'aimerai sans doute jamais Leana autant que je vous ai aimée. Mais je dois essayer. Ne le voyez-vous pas ?

— Je…

Elle ne put retenir ses larmes plus longtemps.

— Je vois seulement que vous ne voulez plus de moi.

— Comme cousine, toujours. Mais jamais en tant qu'épouse.

Il lui serra les mains un peu plus.

— Vous devez lâcher prise, Rose. Pour l'amour de Ian.

Elle se leva, se libérant les mains pour essuyer ses joues, détournant le regard pour éviter qu'il ne vît la douleur dans ses yeux.

— Vous exigez trop de moi, Jamie. Vous m'en demandez… beaucoup trop.

Elle s'enfuit vers la porte d'entrée, s'arrêtant un court moment pour lancer son manteau sur ses épaules avant de disparaître dans la nuit brumeuse.

Chapitre 2

De toutes les joies qui illuminent la terre souffrante,
laquelle est accueillie comme la naissance d'un enfant ?
— Caroline Sheridan Norton

Leana serra le bébé contre sa poitrine. Elle s'enfonça plus profondément dans le matelas de bruyère, comprenant qu'elle avait puisé dans ses dernières ressources pour accueillir Jamie à son chevet. Il s'était montré si attentionné, par ses regards, par ses gestes, à la fois tendres et décidés, comme s'il avait décidé enfin de se porter garant de sa femme et de son enfant. *S'il vous plaît, Dieu, faites qu'il en soit ainsi !* Jamie était parti à Auchengray, maintenant, ne laissant derrière lui que son odeur sur la couverture de lin de Ian. Elle sourit en se rappelant ses paroles alors qu'elle se préoccupait de son apparence après l'accouchement : « Tu ressembles à la mère de mon enfant. »

Mère. C'était trop lourd à porter d'un seul coup. Le bonheur et la responsabilité de son nouveau rôle s'étaient déposés sur ses épaules comme un manteau invisible.

— Mère, murmura-t-elle.

Une ride soucieuse se traça sur le front de Neda.

— Elle vous manque, je sais.

— Toujours, dit Leana et une ombre passa sur son cœur. Même si ce n'est pas à elle que je pensais.

— C'sont vos nouvelles responsabilités qui vous pèsent. C'est normal, mais v'z'avez pas besoin d'être rongée d'doutes en c'jour heureux.

Neda versa le contenu d'une cruche d'eau chaude dans une bassine de porcelaine peu profonde, tout en reculant un peu la tête pour éviter la vapeur montante. Bien qu'elle fût quinquagénaire, son visage ne montrait aucune ride, mais ses épaules voûtées trahissaient son âge.

— C'est grand dommage qu'vot' mère n'ait pas vécu pour voir c'petit-fils. Agness McBride aurait été plus qu'ravie de l'accouchement d'sa fille, dit Neda.

Elle mit la cruche de côté, puis mouilla un petit carré de linge rugueux qu'elle essora entre ses mains toujours gercées et rougeaudes, peu importe la saison.

— V'z'êtes très bien comportée, jeune fille, reprit-elle en épongeant le front de Leana, puis ses joues.

Elle ajouta avec un petit rire :

— Né par une nuit d'sabbat dans un presbytère, vot' fils sera sûrement un ministre, un jour.

— Oui, peut-être, répondit Leana, pensive, en levant le menton, pendant que le linge humide passait sur son visage, qui s'était arrondi au cours des derniers mois.

Ah, si elle avait eu le cou gracile de Rose ! Mais Leana ressemblait à leur mère, une Écossaise aux joues larges et aux cheveux blonds, qui était morte en donnant naissance à Rose, seize ans auparavant. Prenant sa place, Neda avait offert à Leana la présence rassurante et l'affection d'une mère. Elle avait pourvu à tous ses besoins, jouant le rôle de servante et de sage-femme dès le moment où le travail avait commencé, pendant le sermon du révérend Gordon. Il lui était difficile de s'imaginer que l'enfant était né sous le toit de l'homme, dans son salon privé, dans son propre *lit* ! Le sévère ministre ne se remettrait jamais du spectacle ahurissant d'une nuée de femmes de l'assistance se levant d'un bond de leur banc, précédées de madame Gordon en personne.

Leana baissa la tête vers Ian, qui s'agitait dans ses bras. Son visage était encore rose et froissé, ses yeux étroitement fermés dans la lumière vacillante du foyer.

— Ballou, ballou, mon petit enfant, lui chanta-t-elle doucement, puis elle passa les lèvres sur son front duveteux.

La légère pente de son front et sa petite lèvre inférieure charnue ressemblaient tant à celles de leur père que des larmes jaillirent de ses yeux. *Jamie, mon Jamie.* Peut-être oserait-elle parler ouvertement de son amour, après avoir dissimulé pendant tous ces mois son adoration pour le mari qu'elle désirait. Dieu lui avait pardonné, en dépit de la façon dont les choses s'étaient passées, de cela Leana était assurée. Rose était moins généreuse dans son pardon.

La serviette humide mise de côté, Neda glissa la main sous le bébé agité.

— V'lez-vous me l'confier, Leana ? Pour que j'puisse bien vous baigner, tous les deux ?

Leana hésita, ne voulant se séparer ni de sa chaleur, ni de son petit poids pressé contre elle. Tenir Ian, c'était comme tenir le cœur de Jamie ; elle n'était pas disposée à laisser l'un ou l'autre s'éloigner d'elle.

— Seulement un moment, dit-elle, se séparant de l'enfant avec réticence. Placez-le près du foyer, afin qu'il ne prenne pas froid.

Neda lui sourit en hochant la tête.

— Déjà une mère poule qui gâte son p'tit.

Malgré tout, elle fit ce que Leana demandait, enveloppant l'enfant dans un lourd plaid pour le placer ensuite dans un panier, près de la tourbe rougeoyante.

— Juste le temps d'frotter ta mère et d'la couvrir de draps bien propres, lui assura Neda.

Ses yeux brillaient de la fierté d'une grand-mère. Tournant son attention vers le lit du maître, elle veilla rapidement au confort de Leana. Elle souleva ses membres affaiblis pour les baigner, la redressa afin de lui passer une chemise, puis retira les draps du lit pour les remplacer par d'autres, propres. Leana ne protesta pas, quand Neda glissa la Bible familiale entre les deux minces matelas, sachant que la femme ne cherchait qu'à protéger la mère et l'enfant pendant leur sommeil. Une vieille coutume inoffensive pour éloigner les mauvais esprits.

– Alors, ce bain n'a pas été trop long, n'est-ce pas ? se moqua gentiment Neda tout en brossant les dernières mèches trempées de Leana. R'posez-vous un moment, pendant que j'm'occupe de vot' Ian.

Leana observa, captivée, Neda baigner l'enfant de la tête aux pieds dans le reste de l'eau savonneuse. Elle n'employait que ses mains nues, glissant les doigts entre les doux replis de la peau du bébé, ignorant ses cris de protestation.

– Du calme, petit, murmura Leana.

Il se faisait tard, maintenant, et toute la famille Gordon s'était retirée depuis longtemps, le révérend et sa femme, chassés de leur lit, ayant trouvé refuge à l'étage. Neda tapota le bébé pour l'assécher pendant que Leana babillait pour le faire sourire.

– C'est presque fini, mon garçon, lui dit-elle.

Finalement, emmitouflé dans des linges propres et sentant bon et frais, Ian fut remis dans les bras impatients de sa mère où, épuisé, il s'endormit tout de suite.

– Essayez d'faire de même, Leana, dit Neda d'un ton qui n'admettait aucune discussion. Depuis la nuit des temps, les mères savent qu'elles doivent dormir quand leur enfant dort, sinon elles ne l'pourraient jamais. C'est pourquoi j'resterai pas ici c'te nuit, car j'pourrais vous réveiller avec mes ronflements. Mais v'pouvez être assurée que j'serai d'l'aut' côté de la porte, si v'z'avez besoin d'moi.

Elle montra ensuite à Leana comment dormir sur le côté avec le bébé niché contre elle, en roulant une couverture dans le dos de l'enfant pour le maintenir en place en toute sécurité.

– V'dormirez pas longtemps, avant qu'le jeune Ian ait besoin d'être allaité. Savez-vous… J'veux dire, l'avez-vous déjà fait ?

– Oui, quand Jamie était là, admit Leana en rougissant. Tout s'est bien déroulé, je pense.

Neda ne dit rien, puis le regarda attentivement.

— V'lez-vous que j'vous trouve une femme au village ? J'pourrais lui d'mander d'venir comme nourrice à Auchengray…

— Non, répondit Leana d'un air décidé. Les gens de la noblesse préfèrent peut-être faire appel à une nourrice étrangère pour allaiter leur enfant, mais je…

Elle abaissa timidement le regard.

— … je préfère le faire moi-même.

— Très bien, dit Neda en hochant la tête, soulagée. V'connaissez l'dicton : *Occupez-vous de vot' enfant c't'année, et faites vot' travail l'année suivante.* C'est c'que vot' mère a fait, quand v'z'êtes née. Que Dieu ait son âme, elle n'a pu faire de même avec la p'tite Rose. Mais vous, v'z'avez grossi comme un melon d'été, avec le lait d'vot' mère.

Leana se toucha la joue, préoccupée de la sentir aussi ronde.

— Il semble bien que je continue de le faire.

— Oh ! v'z'avez l'visage d'une femme, maintenant, c'est tout. Et si j'peux oser l'dire, m'sieur McKie semblait aimer beaucoup vot' beau visage, c'te nuit.

Leana serra les lèvres pour réprimer un sourire. Cela pouvait-il être vrai ?

— Je dois avouer, dit-elle enfin, que mon mari paraît… changé.

— Plus qu'vous l'pensez. C'te nuit, d'l'aut' côté d'la porte de la chambre, Duncan l'a fait prier à genoux.

Leana eut un hoquet.

— Jamie ? À genoux ?

— Si j'vous en dis davantage, j'risque la colère de mon mari, mais j'ajouterai c'ci, madame McKie.

Neda passa la main sur le front de Leana et se pencha au-dessus de son lit pour lui dire la suite.

— Vot' Jamie a donné sa parole d'être droit envers vous, déclara-t-elle, et d'honorer les vœux du mariage, peu importe c'que ça lui coûte.

Peu importe c'que ça lui coûte. Leana laissa les mots se glisser en elle, franchir la haie que le doute avait érigée autour de son cœur, au-delà des cicatrices des vieilles blessures. Moins d'une heure auparavant, dans cette même chambre, Jamie lui avait demandé pardon, et la sincérité irradiait de chaque trait de son beau visage. Il avait dit — elle ne l'avait pas rêvé — que rien ne viendrait plus jamais s'interposer entre eux. Elle l'avait vu plaider pour obtenir la chance de tout recommencer, de repartir à zéro.

Et elle avait accepté, peu importe ce qu'il lui en coûterait.

— Mais cela lui coûtera Rose.

— C'n'est pas vot' souci, dit Neda d'un ton résolu en se rapprochant de la porte. Jamie connaissait l'prix et il a demandé l'aide du Tout-Puissant pour qu'il lui donne d'la force.

Neda avait levé la tête, comme pour mettre au défi quiconque oserait la contredire.

— Le mal a prévalu trop longtemps, à Auchengray, reprit-elle. Le bien reprendra ses droits dans c'te maison, ou vot' mari devra en répondre devant l'mien.

En se refermant, la porte mit le point final à la harangue de Neda, qui disparut dans le couloir.

Leana regardait fixement la flamme du foyer, presque trop épuisée pour dormir. Des images de sa chère sœur tiraillaient sa conscience. Rose tenant Ian. Rose regardant Jamie. Rose quittant la chambre seule. *Pardonne-moi, Rose.* Combien de fois avait-elle répété ces mots ? Le jour de son mariage. Le jour où elle avait appris qu'elle portait Ian. Et une centaine d'autres fois, aussi. Si Jamie honorait ses vœux, maintenant, comme il avait promis de le faire, Leana craignait de devoir le répéter indéfiniment. *S'il te plaît, Rose. Pardonne-moi.*

Le sommeil vint, mais s'enfuit aussitôt. Éveillée par les pleurs de Ian, Leana déplaça légèrement son corps pour lui faire un peu d'espace, puis guida sa petite bouche insistante vers sa poitrine. Elle frissonnait sous le lourd plaid. Elle aurait souhaité qu'on glisse une bassinoire sous ses couvertures ou une brique chaude enveloppée d'une serviette à ses pieds. Peu importe. Elle tenait Ian dans ses bras, et c'était assez pour réchauffer son cœur, sinon son corps. La nuit passa lentement, interrompue par une autre tétée, puis la nécessité de changer les langes de Ian. Leana glissa dans un sommeil intermittent, éprouvant une sourde douleur aux jambes, comme si elle avait couru les trois milles[1] la séparant d'Auchengray dans les deux directions. Comme c'était la coutume, Neda avait enterré le placenta dès son expulsion, puis lui avait assuré que son corps guérirait normalement.

— La prochaine fois, ce sera plus facile, avait déclaré Neda.

Leana ne se préoccupait pas que cela fût plus facile ou non. Si Dieu voulait bien lui faire présent d'un frère ou d'une sœur pour Ian un jour, elle l'accueillerait avec joie.

À la nuit succéda peu à peu le matin gris. Elle s'éveilla au bruit de l'activité naissante dans la maison des Gordon et d'un cognement à sa porte.

— C'est Neda, dit une voix familière, j'viens voir la nouvelle mère.

La gouvernante entra d'un pas résolu en portant une bassine d'eau bouillante. Une domestique, chargée d'un plateau de petit-déjeuner, marchait sur ses talons, suivie par une autre jeune fille aux grands yeux, tenant une brassée de serviettes. La mère et l'enfant furent rapidement examinés, changés et nourris, leurs visages, frottés et le lit, refait.

— Vous êtes une infirmière efficace, la taquina Leana, lorsque la femme écarta les rideaux pour laisser entrer la pâle lumière que ce matin-là voulait bien offrir. Je comprends pourquoi père n'a jamais fait venir de médecin de Dumfries.

— Oh ! dit Neda en attachant ensemble les lourds pans de tissu, vot' père épargne ses pièces d'argent, voilà tout.

1. N.d.T. : Un mille équivaut à un peu plus de mille six cents mètres.

L'avarice de Lachlan McBride était de notoriété publique chez les autres lairds à bonnet avec lesquels il faisait affaire. Personne ne souffrait davantage de sa bourse parcimonieuse que sa propre maisonnée.

— Puisqu'on parle d'vot' père, lui rappela Neda, y d'vrait passer vers neuf heures pour voir son p'tit-fils.

Leana s'assit tout droit dans son lit, s'assurant à la fois d'être bien couverte et que le visage du bébé fût facile à voir. Toute visite de son père, si brève fût-elle, était un examen dont elle sortait rarement indemne. Ce jour-là, toutefois, elle pourrait avoir la tête bien haute. En janvier, le conseil de l'Église avait déclaré officiellement qu'elle était épouse ; hier, Dieu l'avait faite mère.

Elle arrangeait toujours les plis de son lit quand la voix de son père résonna dans le corridor.

— Fille, dit-il d'une voix puissante, j'espère que tu me laisseras entrer pour voir mon petit-fils.

— Oui, père, dit-elle en s'humectant les lèvres par habitude. Vous pouvez venir.

La porte s'ouvrit brusquement. Neda et les autres s'enfuirent de la chambre comme des poules, agitant les bras et parlant précipitamment. Lachlan McBride entra, son long manteau balayant le plancher derrière lui. Il approcha une chaise du lit d'un grand geste décidé et s'assit d'une manière quelque peu cérémonieuse, tout en brossant la poussière de son pantalon. Les fils d'argent qui couraient dans sa chevelure noire reflétaient la lueur des chandelles. S'il pouvait les couler et les vendre, Leana savait qu'il le ferait sans hésiter.

Elle lui offrit un léger sourire.

— Comme vous pouvez le voir, Ian James McKie est arrivé sain et sauf.

Son père regarda le bébé somnolent avec un intérêt tout relatif.

— En effet, dit-il en touchant le front de Ian, comme s'il voulait s'assurer que le garçon était bien réel, puis il retira la main. Dis à son père qu'il n'est pas question de fuir à Glentrool avec mon petit-fils, ajouta-t-il sans perdre une seconde. Ian doit grandir à Auchengray. Si le garçon doit hériter de la propriété un jour, il n'est que juste qu'il considère que sa maison est ici.

— Je le lui dirai, dit Leana, cachant son malaise à l'idée d'annoncer une telle nouvelle.

Jamie rongeait son frein sous le joug de Lachlan, qui s'alourdissait chaque jour passé à Auchengray, loin de sa paroisse chérie de Monnigaff. Lachlan, qui était à la fois l'oncle et le beau-père de Jamie, ne servait jamais d'autre intérêt que le sien.

Son père se pencha alors pour la regarder plus attentivement.

— Tu as provoqué une belle commotion à l'église, hier.

— Pardonnez-moi, père, murmura-t-elle. Une femme ne peut choisir le lieu et l'heure de son accouchement.

— Mais, lorsque tu as insisté pour assister au sabbat, malgré ta condition, ne t'avais-je pas prévenue?

Leana se rappelait exactement les mots qu'il avait employés — que c'était imprudent —, mais elle se contenta de hocher de la tête.

— Oui, et maintenant, tu as transformé la maison du révérend Gordon en auberge pour toute la semaine. Si tu m'avais écouté, ton fils serait né à Auchengray, et, toi, tu serais confortablement installée dans ton propre lit, à la maison. N'ai-je pas raison? rugit-il, ignorant le bébé, qui gigotait dans ses bras. Dis-moi, fille, n'ai-je pas raison?

— Oui, père, répondit Leana en s'efforçant de soutenir son regard. Vous avez toujours raison.

Chapitre 3

Une vérité est claire,
Tout ce qui est, est juste.
— Alexander Pope

— Ce qui est *convenable*, Jamie McKie, et ce qui est *juste* ne sont pas nécessairement la même chose.

Silencieux, Jamie observait Rose, qui arpentait le verger. Les trois jours qui avaient suivi la naissance de Ian avaient été difficiles. Un moment, la jeune fille était tendre et résignée, le suivant, en larmes et querelleuse. « D'la lune au fumier » fut l'expression employée un jour par Duncan pour décrire ses changements d'humeur. Rose se présentait rarement sous le même jour deux fois de suite.

Le soleil de l'après-midi avait largement envahi les jardins et les champs d'Auchengray, patinant le paysage d'octobre de ses reflets d'or. Il aurait dû être dans les parcs à moutons avec Duncan, préparant les brebis pour l'accouplement de l'automne. Rose l'avait plutôt imploré de l'aider à cueillir les pommes, et il avait accepté, dans l'espoir de mettre un terme à leurs escarmouches.

Vous exigez trop de moi, Jamie.

Et vous, Rose, de moi.

— Tenez ceci, voulez-vous ?

Rose lui planta un panier de saule tressé dans les bras et se mit à cueillir les reinettes jaunes de la branche de la plus proche, les laissant tomber sans se soucier des meurtrissures. Sa robe en guingan était cintrée à la taille, mettant en valeur sa silhouette, et elle avait attaché sa longue chevelure soyeuse en une tresse qui lui dansait autour de la taille. La jeune Rose savait comment attirer et retenir l'attention d'un homme.

— Comme je le disais, Jamie, vous pensez que vous devez donner votre cœur à Leana, mais je ne pense pas que cela soit juste. Ne vous ai-je pas pardonné ce qui s'est passé le jour de *Hogmanay*[2] ? Quand vous avez épousé ma sœur à ma place ?

Un refrain connu.

— Vous l'avez fait, Rose. Mais vous ne l'avez pas pardonné à Leana.

— Quelle sœur pourrait oublier un comportement aussi impie ?

D'un geste de la main, elle balaya d'avance toute objection.

— Peu importe, poursuivit-elle. C'est le présent qui me préoccupe, Jamie. Et le futur.

Essayant de contenir son irritation, il laissa choir le panier avec un bruit mat.

— Mon présent et mon futur sont liés à ceux de Leana et de Ian. En ce qui concerne votre futur, qu'en est-il de vos plans d'entrer dans un pensionnat de Dumfries ? Votre père n'a-t-il pas déjà fait tous les arrangements ? Et réglé d'avance tous les frais ?

— Et puis après ?

Rose lança avec humeur les pommes qu'elle avait en main, ce qui fit osciller sa longue tresse.

— Je ne laisserai pas mon père diriger mon existence.

Puis, ses yeux noirs se concentrèrent sur Jamie.

— Pas comme il dirige la vôtre, lança-t-elle perfidement.

À ce rappel cruel, Jamie serra les poings. À ce moment-là, il aurait bien aimé passer sa colère sur quelque chose. Le masque sévère de Lachlan McBride aurait fait une cible de choix, ou bien le visage barbu d'Evan McKie, son frère jumeau, dont les menaces de l'assassiner l'avaient contraint à trouver refuge à Auchengray. Oui, il pourrait fracasser l'une ou l'autre de leurs mâchoires et se sentir en droit de le faire.

2. N.d.T. : La veille du jour de l'an.

Rose, qui le regardait attentivement, maintenant, sentait bien qu'elle s'était aventurée trop loin. Son propre regard assassin s'adoucit et ses paroles également.

— Cher Jamie, dit Rose, je suis désolée d'avoir suggéré que mon père abusait de vous.

Elle frotta ses mains ensemble pour enlever la poussière et se rapprocha de lui, en écartant les pommes sur son passage du bout de son pied, jusqu'à ce qu'il n'y eût plus rien entre eux que la douce brise d'automne.

— Me pardonnerez-vous? demanda-t-elle d'un ton suppliant. S'il vous plaît?

La jeune fille était maintenant à portée des bras de Jamie. D'aussi près, avec ses mèches de cheveux noirs qui lui chatouillaient le menton et la chaleur de son corps qui se propageait dans le sien, Rose était irrésistible. Rassemblant tout son courage, Jamie fit un pas en arrière. Il essaya de ravaler ses regrets, afin qu'elle ne puisse les percevoir dans sa voix.

— Bien sûr, vous êtes pardonnée, cousine. J'ai peur que ma conduite récente n'ait jeté de la confusion dans votre esprit.

— De la confusion? dit-elle estomaquée. Dites plutôt que vous m'avez détruite.

— Je suis désolé, Rose, dit Jamie, déterminé à le répéter jusqu'à ce qu'elle le croie. Je suis désolé...

— De m'aimer, Jamie?

Elle s'approcha, l'implorant du regard.

— Êtes-vous désolé de cela?

— Oh, Rose. Vous savez ce que je veux dire.

Un parfum de bruyère capiteux monta des plis de sa robe, remuant des souvenirs qu'il essayait tant bien que mal d'effacer. Y avait-il quelque chose qu'il pouvait lui dire pour l'apaiser? Il regarda les feuilles dorées au-dessus de lui.

— Peut-être, dit-il, peut-être que si Leana n'avait pas survécu à l'accouchement — son visage rougissait de honte de s'entendre dire une telle chose —, alors notre avenir à tous deux aurait pu être différent, Rose.

— *Aurait pu* être ?

— Aurait été, s'empressa-t-il de corriger, sa culpabilité augmentant du même coup. Après une année de deuil, vous et moi aurions été mariés. Mais dans la situation actuelle, je dois faire ce qui est honorable et convenable.

— Convenable, oui. Mais juste, non.

Elle esquissa une moue, mais choisit plutôt de se mordre les lèvres.

— Et tous ces mois, dit-elle, au cours desquels j'ai cru que vous m'aimiez ?

Oh ! Ne se lasserait-elle donc jamais de l'entendre ?

— Je vous aimais, Rose. De la Saint-Martin à *Hogmanay*, et tous les jours qui ont suivi, j'ai prononcé ces mots et je les pensais.

L'espoir illumina son visage comme un lever de soleil.

— M'aimez-vous encore ?

Il détourna le regard, remarquant à peine les merles picorant les pommes répandues à leurs pieds. Comment pouvait-il lui répondre sans la blesser ? Révéler la vérité — oui, malgré tout, elle comptait toujours pour lui — jetterait encore plus de confusion dans son esprit. La rejeter — non, il aimait maintenant sa sœur — aurait été malhonnête à ce moment-là, tout en la blessant trop cruellement.

Il ne lui restait qu'un choix.

— Je ne puis vous aimer, Rose.

— Jamie, de grâce…

— Je ne peux pas, dit-il encore, en y mettant autant de conviction qu'il en était capable. Leana a honoré nos vœux de mariage dès le début. C'est maintenant à mon tour.

Rose leva les yeux vers lui, le visage plein de larmes.

— Alors, qu'adviendra-t-il de moi, Jamie ?

De tout son être, il aurait voulu l'embrasser, la réconforter, lui affirmer qu'il ne croyait rien des paroles qu'il venait de prononcer. Lui dire qu'il l'aimait encore, l'aimerait toujours et personne d'autre. Cela aurait été la chose la plus facile à faire. Mais pas celle qu'il devait faire.

— Rose, il y aura un autre homme pour vous. Un meilleur homme.

Elle lui tourna le dos.

— Jamais je ne pourrai en aimer un autre.

— Oui, vous le ferez, Rose. Un homme libre de vous rendre votre amour.

Il la saisit par les épaules pour maintenir un certain écart entre eux.

— Rose, dit-il, devrais-je parler à votre père ? Le persuader de vous trouver un autre prétendant ?

— Non ! répondit Rose d'une voix à la fois résolue et déçue. Si je dois avoir un mari, ce sera mon choix. Pas celui de père.

C'était bien improbable, mais Jamie ne pouvait lui en faire reproche.

— Alors, je prierai pour que vous épousiez un homme digne de vous, Rose.

Bientôt. Il fit un pas en arrière et la libéra.

— Je dois y aller, dit-il. Duncan doit m'attendre dans les pâturages.

Sans ajouter un mot, il se dirigea vers Auchengray Hill, sentant son regard braqué sur son dos alors qu'il s'éloignait.

Jamie fixa délibérément son attention sur le sol inégal, sous ses pieds. Un moment d'inattention et il pouvait trébucher sur une racine traîtresse tapie entre les feuilles. Il marcha avec plus de confiance, lorsque les vergers firent place aux jardins nichés sur la colline, derrière les bâtiments de ferme de pierre blanchie qui formaient le cœur d'Auchengray. La vue valait la peine d'être admirée au passage : un jardin médicinal aux nombreuses plantes, un lit de roses taillées en prévision de l'automne et de petits monceaux de cendres pour fertiliser le jardin potager où les navets et les choux pousseraient l'année suivante. Tout en laissant glisser son regard sur les rangs soigneusement entretenus, il imaginait Leana agenouillée, son panier d'outils de jardinage à ses côtés. Elle fredonnait souvent en travaillant et chantait même pour ses roses.

– Comme ma mère le faisait, lui expliqua-t-elle une fois, bien qu'il ne lui eût pas demandé pourquoi.

Jamie secoua la tête et commença à gravir la colline, honteux du peu d'égards qu'il avait accordés à sa propre femme. Avait-il déjà complimenté Leana pour ses habiletés d'horticultrice ? Son adresse avec une aiguille ? Ses talents dans la cuisine et dans son officine ? Non, jamais. Il avait été trop distrait pas sa jeune sœur. En vérité, Leana était tout ce que Rose n'était pas. Leana avait l'air fade auprès de sa sœur au teint éblouissant. Son comportement était réservé par comparaison à l'exubérance spontanée de Rose. Leana cousait, filait la laine et lisait des livres. Rose dansait, riait et n'aimait pas beaucoup travailler. Les yeux plissés derrière ses lunettes, en cousant une chemise, Leana paraissait plus vieille que son âge. Courant dans le verger avec sa natte volant derrière elle comme une queue d'ébène, Rose avait l'air d'une jolie fillette de douze ans.

Pourtant, c'était la patiente Leana qu'il avait épousée. La gentille Leana qu'il avait amenée dans son lit. La fidèle Leana qui lui avait donné un fils. Elle lui avait tout sacrifié ; il ne lui avait donné que le strict minimum. Il lui restait encore à lui dire qu'il l'aimait, mais il ne le ferait que lorsqu'il y croirait lui-même. Leana le connaissait trop bien et le percevrait tout de suite, s'il n'était pas sincère.

Pouvait-il aimer une femme douce et sans prétention ? Ce fut sa prière sincère, le jour de la naissance de Ian : *S'il vous plaît, mon Dieu, aidez-moi à l'aimer aussi.* Il prierait sans cesse jusqu'au jour où il pourrait dire les mots à voix haute, et y croire.

Chapitre 4

Ainsi s'écoulent les années, et ainsi changeons-nous ;
Un mouvement si rapide, que nous ne le percevons pas.
— Dinah Maria Mulock Craik

Des rires flottèrent en descendant la colline, suivis par une voix masculine bourrue.

— V'là l'berger égaré d'Glentrool !

Jamie leva les yeux, heureux de voir Duncan Hastings au sommet, et il poursuivit son ascension avec une nouvelle vigueur. Il avait suffisamment frayé avec les femmes de sa vie cet après-midi-là.

— Désolé de vous avoir déserté, Duncan.

En approchant près de la crête, il sourit au vieil homme.

— Je sais que vous êtes impatient de voir mes belles bottes maculées d'ordures de mouton.

Duncan ne dit d'abord rien, saluant simplement de son bonnet de laine à carreaux. Il le repoussait vers le sommet de son crâne, de sorte que les gens puissent voir le bleu clair de ses yeux. Ou, plutôt, pour que Duncan les voie mieux, rectifia mentalement Jamie.

Duncan s'éclaircit la gorge, en s'appuyant plus lourdement sur sa houlette de berger.

— J't'ai vu parler à Rose y a un p'tit moment, dit-il d'une voix sans reproche. C'est pour arranger les choses, j'suppose. Mettre un peu d'baume su' ses plaies. Et r'fermer la barrière derrière toi, si tu vois c'que j'veux dire.

Jamie maugréa.

— Rose McBride n'est pas une brebis.

— P't-être pas, garçon, mais c'est comme ça qu'tu la traites.

— Ah oui ? Alors, on lui trouvera bien un bélier dans la société de Galloway.

— Si j'étais l'père de Rose, dit Duncan, j'y veillerais dès c't'après-midi.

— Moi aussi, répondit Jamie en traçant de la main un arc imaginaire à travers le paysage vallonné, englobant une douzaine de belles propriétés. Il doit sûrement y avoir un gentilhomme fortuné dans ce coin de l'Écosse qui épouserait Rose volontiers. Il est temps que Lachlan accomplisse son devoir envers elle.

Duncan haussa les épaules.

— Tu sais très bien pourquoi l'homme n'est pas pressé d'trouver un mari à sa fille. Aussi longtemps qu'Rose reste à Auchengray, expliqua-t-il, Jamie McKie, le vaillant travailleur, s'en ira pas. C'est du moins comme ça qu'vot' beau-père voit les choses.

— Qu'il pense comme bon lui semble, dit Jamie avec humeur, en se dirigeant vers le parc à moutons le plus proche. Dès que Leana et le bébé seront en mesure de voyager, nous partirons pour Glentrool.

Un sourire s'épanouit sur le visage usé de Duncan.

— C't'un fait, ça ?

Il plaqua sa main sur l'épaule de Jamie et serra fortement.

— Bravo, garçon ! As-tu annoncé la bonne nouvelle à ta femme ?

— Non, répondit-il.

Il n'en avait pas soufflé mot à Leana. Ni à Rose. Pas plus qu'il n'avait écrit à sa mère dans la lointaine Glentrool.

— Je pense en informer Leana ce soir, lorsque j'irai la rejoindre au presbytère pour dîner, ajouta-t-il. Pour l'instant, vous gardez ça sous votre bonnet, n'est-ce pas ?

Duncan se découvrit un court moment.

— Je s'rai muet comme une tombe.

— Allons voir les brebis, alors.

Jamie prit les devant, car le travail leur offrait une diversion bienvenue. Il restait deux courtes semaines avant le début de la période de reproduction proprement dite. Les béliers étaient déjà rassemblés dans un pâturage voisin, et leur forte odeur se répandait au-delà des murets de pierres sèches, préparant les brebis à l'accouplement prochain. Jouissant de la confiance de Duncan, Jamie avait choisi les béliers les plus prometteurs de la ferme de Jock Bell le mardi précédent, avant de les ramener à Auchengray. C'était maintenant aux brebis de solliciter les soins et l'attention du berger. Ignorant le robuste vent d'automne qui dévalait la colline, Jamie se débarrassa de son manteau et se concentra sur sa tâche. Tandis que Duncan tenait chaque brebis à tour de rôle, Jamie coupait les touffes de poils près de la queue et taillait leurs sabots. Il devait procéder lentement, maniant le couteau d'une main ferme tout en rassurant les bêtes pendant qu'il travaillait.

— T'es un bon berger, garçon, dit Duncan, et il y avait de la chaleur dans sa voix. Henry Stewart t'a bien enseigné.

Jamie libéra finalement une brebis qui se tortillait comme une anguille dans ses bras.

— Je n'avais pas la patience de Stew, Duncan, mais je lui suis reconnaissant de tout ce qu'il m'a montré quand j'étais jeune. Si Dieu le veut, je reverrai l'homme avant la fin de la reproduction à Glentrool.

Ils abattirent la besogne dans un premier enclos, puis dans le suivant, alors que le soleil commençait à se rapprocher de l'horizon. Satisfait de ses efforts, Jamie se leva pour s'étirer les jambes et les bras afin de chasser la tension. L'air avait encore fraîchi. Il fut heureux de pouvoir enfiler le manteau qu'il avait presque oublié.

Duncan leva le visage vers le ciel qui s'assombrissait.

— L'crépuscule tombe, le jour achève…

— Le soleil disparaît de la vue, compléta Jamie, en donnant un petit coup de coude à Duncan. Alexander Hume, n'est-ce pas ?

— Oui, grommela Duncan. Un homme d'Église, m'sieur Hume. De Fife ou des environs.

Jamie ne se serait jamais permis de se moquer du superviseur pour avoir récité un extrait de poème. Duncan, berger accompli, s'adonnait volontiers à la lecture et ne manquait pas de sagacité. Il avait des talents multiples, mais se hâtait de dire que c'était à Dieu qu'il les devait. Si seulement Duncan Hastings avait été son beau-père, et non ce Lachlan McBride retors.

Les deux hommes descendirent la colline vers les bâtiments principaux, pressant le pas tandis que la lumière déclinante du jour passait au gris argenté.

— Informez ma famille que je me rends à Newabbey, dit Jamie à Duncan alors qu'ils s'approchaient de la porte de derrière. J'ai à peine le temps de faire quelques ablutions et de changer de vêtements.

— J'leur présenterai tes excuses, promit Duncan pendant que Jamie franchissait le seuil.

Il laissa ses bottes souillées près de la porte et manda Hugh en gravissant l'escalier. L'homme jouait le rôle de valet auprès de lui et de son oncle, quand Lachlan ne l'accablait pas de toutes sortes d'autres corvées. Apparaissant le peigne et la brosse à la main, Hugh coiffa et noua soigneusement les cheveux bruns de Jamie avant de lui passer une chemise propre. Puis, il s'assura que son gilet et son pantalon étaient bien brossés. Les bottes de Jamie, maintenant lustrées grâce aux bons soins d'une domestique, avaient été déposées devant la porte de sa chambre.

— Leana te remerciera pour cela, Hugh.

Jamie enfila ses bottes, fronçant les sourcils quand l'horloge de la cheminée sonna la demi-heure. Il avait passé plus de temps aux champs qu'il n'en avait eu l'intention. Et beaucoup trop avec Rose, aussi.

Hugh fit un signe de tête vers le corridor.

— Vot' cheval est prêt, m'sieur. Willie vous attend à la porte de derrière.

— Que Dieu bénisse l'homme pour son dévouement, répondit Jamie en descendant les marches deux à la fois. Et toi de même, Hugh.

Quelques instants après, il chevauchait son cheval hongre, Walloch, qui martelait de ses sabots le chemin rural menant à Newabbey. Le vent nocturne lui fouettant le visage libéra son esprit des tracas de la journée, et il ne pensa plus qu'aux heures qui l'attendaient. Il reverrait son fils. Ian. Leana avait choisi ce nom quelques semaines auparavant. Pouvait-il lui reprocher de l'avoir fait à son insu, alors qu'il démontrait si peu d'intérêt ? Jamie avait changé et il avait l'intention de le démontrer, ce soir. Se dressant sur les étriers, il cria le nom de son fils, l'annonçant à toute la campagne, criant à tue-tête contre le vent.

— Ian James McKie !

Il aimait particulièrement le deuxième prénom.

Les sabots de Walloch frappaient la terre battue, soulevant la poussière derrière eux. Les terres de l'est de Galloway étaient assoiffées. Plus loin vers l'ouest, dans la vallée du Loch Trool, de telles périodes de sécheresse étaient rares. La dernière lettre qu'il avait reçue de la maison, deux semaines auparavant, décrivait de brillants bouquets de baies de sorbier, maintenant écarlates, se détachant des feuillages changeants de l'automne. Sa poitrine se serra à ce souvenir. La *maison*. Quel que fût l'accueil que lui réservait son frère Evan, Jamie avait bien l'intention de rentrer à Glentrool avant l'hiver pour prendre possession de son héritage.

Pas très loin à sa droite, il entendit les eaux sinueuses du Newabbey Pow. L'odeur âcre du moulin à tabac se mêlait aux senteurs fragrantes des pins qui couronnaient le bord septentrional de la route. Il franchit le pont pour entrer au village, passant devant le moulin à maïs de Newabbey, lequel était animé par les eaux du Loch Kindar. Celles-ci s'écoulaient à travers un long et sinueux bief, prenant sa source au ruisseau où s'abreuvaient les moutons. Le village proprement dit comptait surtout des cottages plats faits de roches basaltiques ou de granit. Des deux côtés de la rue, les portes étaient fermées et les cheminées exhalaient leur fumée de tourbe dans le ciel nocturne. Avant même de voir les chandelles à la fenêtre du presbytère, Jamie s'imagina entendre Ian crier pour réclamer son père, bêlant comme un agneau nouveau-né. Il se pencha pour murmurer à l'oreille de Walloch :

— Plus vite, garçon ! C'est mon fils que tu m'empêches de voir.

Moins d'un quart de mille plus tard, il était arrivé. Il fut accueilli à la porte par le révérend Gordon, un homme d'une grande moralité et aux opinions rigides.

— Votre femme commençait à s'inquiéter, monsieur McKie. Vous êtes enfin arrivé. Mon petit fils, Edward, s'occupera de votre cheval.

Jamie remit les rênes au timide garçon, qui apparut à l'appel de son grand-père, puis retira son chapeau et suivit le vieil homme dans le couloir. La chaleur d'un feu de bois l'assaillit, tout comme l'arôme tentant de la viande rôtie. À sa gauche se trouvait la salle à manger, dont la longue table était déjà mise pour le dîner ; à sa droite, la porte de la chambre privée du révérend, où Leana avait accouché. Ne connaissait-il pas toutes les fissures de ses panneaux, tous les nœuds de son bois ?

Le révérend Gordon se retourna et surprit le regard de Jamie.

— Ces murs vous sont familiers, n'est-ce pas, jeune homme ?

— Oui, confessa Jamie. J'ai passé la majeure partie du sabbat l'oreille collée contre cette porte.

— Ce soir, vous n'aurez pas à attendre dans le couloir.

Le révérend Gordon pointa en direction de la porte de la chambre, mais lui-même passa devant sans s'arrêter.

— Venez nous rejoindre avec votre femme pour le dîner à sept heures, dit-il en tournant la tête. Je verrai à ce que votre fils soit baptisé après la prière familiale.

Bien que Jamie sût que le garçon serait présenté formellement à la communauté au prochain sabbat, il n'y avait aucune raison de retarder le baptême de Ian. Pas quand le bambin était né sous le toit même du ministre.

Jamie frappa à la porte, puis entra quand Leana l'invita d'une voix douce. La chambre était plus chaude que le couloir, bien qu'elle ne fût éclairée que par quelques chandelles de coin. Debout, près du foyer, se trouvait son épouse, dont la peau pâle reflétait la lueur du feu de tourbe. Elle berçait Ian, qui avait la tête enfouie sous sa joue, en roucoulant doucement, l'image même de la sérénité.

Jamie s'arrêta un moment, touché par le charmant tableau. Sa propre mère l'avait-elle tenu aussi tendrement ? Une année auparavant, lorsqu'il était arrivé à Auchengray, il avait vu Leana dans la même pose, prenant le bébé d'une voisine. Comme elle lui semblait différente, maintenant, car elle était sa femme et l'enfant était son propre fils. Ses cheveux blonds étaient attachés lâchement au-dessus de sa tête. Ses rondeurs, plus féminines qu'il en gardait le souvenir, étiraient les coutures de sa robe bleue. Pourtant, ce fut sa bouche généreuse, qui s'épanouit en un sourire quand elle se tourna vers lui, qui métamorphosa Leana en un être entièrement différent.

— Jamie ! dit-elle. On dirait que tu viens d'apercevoir…

— Un ange.

Il se dirigea vers elle lentement, presque révérencieusement.

— J'ai déjà vu des anges, tu sais. Dans mon rêve sur le cairn.

— Oh, Jamie.

Elle rougit en lui montrant Ian.

— Ce n'est que ta femme, heureuse qu'on lui ait lavé les cheveux et passé une robe propre.

Il lui toucha le coude et s'approcha d'elle pour regarder l'enfant qui dormait, s'émerveillant de ses petits poings, de son front bien formé. Sa poitrine se gonfla d'orgueil paternel. *Une gentille femme. Un beau garçon.* Plus qu'il espérait, et bien plus qu'il méritait.

— Ian semble de bonne humeur, dit-il, puis son regard croisa celui de sa femme à nouveau. Et toi aussi, Leana.

Jamie l'attira ensuite un peu à l'écart du foyer en appuyant ses doigts dans le bas de son dos.

— Neda m'avait communiqué d'heureuses nouvelles, dit-il. Je vois qu'elle m'avait dit la vérité.

— Neda est incapable de mentir, lui rappela Leana.

Ils restèrent un moment côte à côte, près du lit. Puis, elle installa Ian dans le creux de son bras, tout en essuyant sa petite bouche du bout de son doigt.

— Ian et moi sommes bien traités ici, dit-elle, mais en vérité, j'ai hâte de rentrer à la maison.

— Et moi de même, dit Jamie, une résolution nouvelle montant en lui.

Oui, le moment était venu de faire part de ses plans à Leana.

— Je voulais dire que j'étais impatient de rentrer à la maison.

— Rentrer à la maison ? lui demanda Leana, visiblement confuse. Mais tu viens tout juste d'arriver.

— Je ne parle pas d'Auchengray, dit Jamie d'une voix basse, mais ferme. Mais de Glentrool.

Chapitre 5

Reste, reste à la maison, mon cœur, et repose-toi ;
Les cœurs domestiques sont les plus heureux.
— Henry Wadsworth Longfellow

Glentrool. La notion infusa en Leana comme les feuilles qui mijotaient dans la théière. Une nouvelle vie sans l'influence indue de son père. Une grand-mère pour Ian. Et Jamie pour elle seule. Oh ! Est-ce que cela était possible ?

— Dès que vous serez tous les deux assez forts — peut-être avant la Saint-Martin, bien avant Yule[3] —, je louerai une diligence qui nous emmènera vers l'ouest à travers Galloway, le long de la côte de Solway, en passant par Creetown et Monnigaff, puis au nord jusqu'à la vallée de Loch Trool.

Leana sourit devant le tableau que ses paroles peignaient.

— As-tu fait part de tes plans à père ?

— Non, pas encore, dit-il, et il cessa de la regarder un moment. Mais je le ferai très bientôt.

Le souvenir de la voix de son père aiguillait la conscience de Leana. *Il n'est pas question de fuir à Glentrool avec mon petit-fils.* Révéler cette information à Jamie maintenant ruinerait leur soirée ensemble ; temporiser équivalait à préparer une confrontation encore plus violente entre son père et Jamie.

— Jamie…

Elle serra son bébé contre elle un peu plus, comme s'il pouvait lui offrir la force dont elle avait besoin.

— J'ai peur que père s'attende à ce que nous restions à Auchengray, annonça-t-elle.

Le regard de Jamie devint fixe.

— Pour combien de temps ?

— Pour toujours.

---

3. N.d.T. : Noël.

Jamie se leva brusquement et tourna le visage vers la porte, comme s'il ne pouvait tolérer de la regarder.

— As-tu accepté ?

Elle se leva à son tour et passa une main nerveuse dans la chevelure soyeuse de Jamie.

— Je n'accepterai jamais rien en ton nom, Jamie.

Son mari se tourna, et elle sentit sa frustration l'irradier par vagues successives.

— Mais tu as accepté de me le dire.

— Oui, murmura-t-elle, et ses yeux commençaient à se mouiller. À ma grande honte, je l'ai fait.

— Comme cela ressemble à Lachlan de déposer ses fardeaux sur les épaules d'autrui.

Il secoua la tête, clairement dégoûté, tout en recommençant à marcher.

— Ce n'est pas ta faute, Leana, reprit-il. Tu n'as fait que ton devoir, comme, moi, je dois le faire vis-à-vis de mon père. Alec McKie ne sera pas heureux d'apprendre que l'héritier de Glentrool grandira à trois jours de voyage de nos terres.

— Tu discuteras avec père, alors ?

— Non, je l'en informerai, lança-t-il, furieux. Il n'y aura pas de discussion sur ce sujet.

Lorsque Jamie se tourna vers elle, son expression s'adoucit.

— Écoute-moi, dit-il. Comme dirait Duncan, inutile de s'emporter. Tu reviendras à Auchengray le jour du sabbat, comme prévu, puis nous partirons pour Glentrool avant Yule. Pour de bon.

Il plaça une main sur les siennes, l'autre sur la tête de Ian, les unissant tous les trois comme il l'avait fait la nuit de la naissance de l'enfant.

— Il n'y aura plus que nous trois, Leana, déclara-t-il solennellement.

Ce fut comme si une fraîche brise du Solway soufflait sur elle, tant elle était soulagée.

— Tu sais ce que la Bible dit : *Le fil triple ne se rompt pas facilement.*

— C'est juste, répondit-il.

Une ombre passa sur le visage de Jamie, puis s'évanouit.

— Oui, nous trois, répéta-t-il en lui souriant. Le révérend Gordon m'a dit que notre fils serait baptisé ce soir.

— Et il le sera. L'une des domestiques a promis de veiller sur lui pendant que nous partagerons la table des Gordon. Ian a déjà eu son dîner.

Elle plaça son bébé sur son épaule et lui frotta le dos en faisant de petits cercles, tout en marchant vers le foyer, attentive au moment où tout l'air aurait quitté son estomac.

— Willie a apporté notre vieux berceau hier, dit-elle. Pourrais-tu l'y coucher ? J'ai encore de la difficulté à me pencher.

Jamie voulait se montrer serviable, mais ses yeux s'écarquillèrent quand elle pressa le nourrisson dans ses bras.

— Tu t'en sortiras très bien, le rassura-t-elle.

Leana l'observa s'agenouiller avec précaution près du berceau. Elle résista à l'envie de le corriger — *Ne le laisse pas se découvrir ! Attention à sa petite tête !* —, mais elle fit quand même une prière de remerciement silencieuse quand Ian fut dans son lit. Le berceau de chêne avait déjà accueilli sa mère, puis elle et, enfin, Rose. Aujourd'hui, garni de draps blancs et décoré d'un brin d'aneth pour porter chance, le lourd berceau de bois recevait la dernière addition à la lignée des McBride.

— J'ai déjà manipulé beaucoup d'agneaux nouveau-nés, confia Jamie en se levant pour venir la retrouver. Mais je n'avais jamais rien tenu d'aussi précieux pour moi.

— Je ressens la même chose, dit Leana en glissant une main dans le creux de son coude, prenant toujours plaisir à sentir sa chaleur masculine. Vous ferez un bon père, monsieur McKie.

— Et vous, une excellente mère, madame McKie.

Sa large main couverte de durillons gagnés au fil de tant de durs travaux enveloppait les siennes. Lorsqu'il inclina la tête, elle accepta l'invitation silencieuse et se pencha vers lui, fermant les yeux en se blottissant sur son épaule. Elle ressentait l'épuisement jusque dans la moelle de ses os.

Des coups vigoureux frappés à la porte firent sursauter le couple.

— Madame McKie ? fit la voix d'une jeune femme. Le dîner sera servi bientôt.

Leana se redressa et se passa une main dans les cheveux, puis s'éloigna avec réticence de Jamie.

— Entrez, dit-elle.

Elle salua la domestique, lorsque celle-ci entra.

— L'enfant dort et ne devrait pas avoir besoin de moi pendant une heure ou deux.

Leana s'arrêta sur le seuil de la porte et jeta un coup d'œil en direction de Ian, inquiète à l'idée de l'abandonner. Elle n'avait pas quitté la chambre pendant trois jours, au cours desquels elle l'avait tenu dans ses bras presque sans arrêt. Survivrait-il sans elle ?

La domestique aux cheveux noirs fit une petite révérence, inclinant son bonnet blanc en direction de Leana.

— J'prendrai bien soin d'vot' bébé, madame McKie.

Jamie balaya de la main les inquiétudes de Leana et la guida à travers le couloir.

— Une heure en compagnie de ton mari te fera le plus grand bien.

Le souffle de sa voix sur son oreille l'apaisa encore plus que ses paroles. La nuit de la naissance de Ian, Jamie l'avait assurée qu'il était un homme différent ; la preuve vivante entra à ses côtés dans la salle à manger de leurs hôtes, le bras passé autour de sa taille.

Tous les membres de la famille s'étaient levés près de leur chaise et attendaient que les McKie viennent prendre place à l'extrémité de la table. Des grappes de chandelles éclairaient la douzaine d'âmes qui s'étaient rassemblées pour le repas : les Gordon, leurs trois grands fils – cheveux bruns, yeux bruns, l'air solennel – et un assortiment de femmes et d'enfants qui contemplaient patiemment leur assiette vide, dans l'attente du dîner.

– C'est bon de vous voir tous les deux avec nous ce soir, murmura madame Gordon à Leana et à Jamie, quand ils passèrent près d'elle.

– Nous vous sommes reconnaissants de votre hospitalité, dit Jamie, qui s'arrêta près de leur hôtesse pour la saluer. En particulier, vous avez été plus que généreux d'offrir l'usage de votre petit salon à ma femme et à mon fils.

Madame Gordon, une femme de petite taille au visage rond et sympathique, et dont les cheveux étaient aussi blancs que la laine de mouton, leur sourit à tous les deux.

– Un enfant en bonne santé, né sous notre toit, bénit la maison et tous ceux qui l'habitent.

Elle fit un geste en direction de son mari, assis au bout de la table, le dos tourné au foyer ardent.

– Auriez-vous l'amabilité, cher révérend, dit-elle, de faire la prière avant que le déjeuner perde sa saveur?

Leana baissa la tête et sourit. *Peu de chances que cela se produise,* pensa-t-elle. Le mouton de madame Gordon, un favori de toutes les réunions paroissiales, était assaisonné d'assez de sel et de muscade pour plaire aux palais les plus exigeants. Après une longue prière, le repas commença de manière ordonnée, servi par un personnel habitué à la vie au presbytère, où les visiteurs étaient fréquents. Le visage austère, le révérend Gordon présida au repas silencieux, arquant le sourcil vers un petit-fils ou un autre qui gigotait sur sa chaise. Un grand plat de pudding à la marmelade d'orange, débordant de crème anglaise, fit son apparition en dernier. Les enfants tapèrent des mains et crièrent de joie avant que leurs parents, mortifiés, parviennent à les réduire au silence. Leana partageait la joie des enfants devant cette gâterie, distribuant des clins d'œil aux tout-petits alors qu'on servait le succulent dessert dans leur assiette. Elle s'imaginait déjà Ian assis à table, la cuillère à la main, réclamant joyeusement son pudding.

Ian. Elle ne devait pas penser à lui maintenant, sinon son lait risquait de tacher sa robe. Neda l'avait prévenue que le lendemain serait le plus difficile, que sa poitrine serait gonflée et douloureuse quand son lait monterait pour de bon. Elle devait penser à quelque chose, et vite. Son regard chercha un moment avant de s'arrêter sur l'homme assis en face d'elle à la longue table couverte d'une nappe de lin. *Jamie*. Oui, elle l'observerait volontiers pendant des heures. Il leva les yeux de son assiette et lui sourit avant de faire disparaître le contenu de sa cuillère dans sa bouche. Pas une parole ne fut prononcée, mais beaucoup fut dit de part et d'autre de la table.

Quelques jours encore et ils partageraient le même lit à Auchengray. Depuis plusieurs mois maintenant, Jamie n'avait pas tendu les bras vers elle dans l'espace confiné et obscur de leur lit clos, en partie à cause du bébé, mais aussi en raison de ses sentiments pour sa sœur. Cesserait-il un jour de regretter que Rose ne fût pas sa femme ? Leana baissa le menton de crainte que Jamie ne puisse lire dans ses yeux. Déménager à Glentrool cet hiver n'effacerait pas le remords de ce qu'elle avait fait à sa sœur, mais elle pourrait recommencer à respirer. Là-bas, il lui serait possible d'aimer Jamie sans devoir s'en excuser. Elle releva la tête et trouva les yeux verts de Jamie fixés dans les siens, les angles de son visage fraîchement rasé illuminés par les lueurs dansantes des bougies.

Elle sursauta quand la main d'une servante, venue retirer les dernières assiettes du repas, apparut dans son champ de vision.

— C'était délicieux, annonça-t-elle à la ronde, mais c'est madame Gordon qui inclina la tête pour accepter le compliment.

Le révérend Gordon ouvrit la Bible familiale et lissa les pages de sa large main, puis sa voix grave résonna au-dessus de la table maintenant débarrassée.

— Venez, fils, écoutez-moi, la crainte de Dieu, je vous l'enseigne.

Elle connaissait très bien ce psaume et, oui, elle le montrerait à ses enfants. Mais elle commencerait à la première ligne : *Je louerai le Seigneur en tout temps : sa louange sans cesse en ma bouche.* Elle avait loué Dieu, quand Ian était né. Et elle le louerait quand Ian serait baptisé, ce soir, lorsque le sévère ministre humecterait son pouce de salive et aspergerait le front du bébé trois fois. Elle rendrait grâce au Seigneur, car il avait béni majestueusement ses entrailles indignes.

Leana s'efforçait d'être attentive bien que, tout comme lors des sermons du ministre au sabbat, il fût surtout question d'affliction, et bien peu de pardon. Les jeunes Gordon, en dépit des regards sévères de leur père, s'agitèrent sur leur chaise pendant l'heure entière, jusqu'à ce que le grand-père dépose enfin sa Bible et joigne les mains pour les renvoyer avec une prière finale. L'assemblée se leva à la conclusion de la bénédiction et les membres de la famille qui étaient là en visite se dirigèrent peu à peu vers la porte, récupérant leur manteau pour le court trajet de retour à la maison.

Jamie et Leana s'attardèrent dans le couloir sombre, attendant que le ministre vienne les rejoindre pour le baptême privé. Sans un mot, Jamie s'approcha d'elle. Le cœur de Leana accéléra quand leurs coudes s'effleurèrent. Accidentellement ou non, leurs mains se joignirent dans les plis de sa robe. Leana retint son souffle. Les doigts de Jamie se glissèrent entre les siens. Sous l'étoffe, un millier de mots non prononcés furent échangés grâce à un seul contact.

Jamie, je t'aime. C'est ce qu'elle aurait dit, si elle l'avait pu. *Je t'aimerai toujours.*

Bien que le couloir fût faiblement éclairé, elle pouvait toujours distinguer les traits de son beau visage. Un nez fort. Des mâchoires effilées. Un front courageux. Quelques émotions nouvelles en coloraient l'expression, ce soir-là. De la tendresse, peut-être. L'acceptation d'être aimé par elle. Pour l'instant, c'était plus que suffisant.

Chapitre 6

La rose n'est jamais si douce que baignée par la rosée du matin.
— Sir Walter Scott

— Chut ! murmura Rose, ou père va vous entendre !

Quatre petits chatons n'ayant que quelques semaines à peine roulaient l'un sur l'autre dans son tablier affaissé. Rose les pressa contre sa taille en entrant précipitamment dans sa chambre, puis referma la porte derrière elle d'un petit coup d'épaule. La maison était encore endormie, mais l'aube allait bientôt ouvrir le rideau de la nuit pour faire entrer le sabbat. Son plan était simple : se rendre au village pour mettre ses chatons en sécurité chez son amie Suzanne Elliot. La fille de l'épicier ne refuserait sûrement pas un tel cadeau.

— Un enfant nouveau-né et une portée de chatons ne peuvent profiter sous le même toit, avait décrété son père la veille, le visage sévère. Duncan les noiera dans le ruisseau avant la tombée de la nuit.

Rose avait intercepté Duncan dans la cuisine, quelques instants après, pour l'implorer de ne pas obéir à Lachlan.

— Vot' père a raison, la prévint Duncan. Quand vot' neveu arrivera après les services du matin, y aura plus d'place pour des chatons à Auchengray. Ça porte malheur, et vous l'savez bien, mam'zelle.

Bien sûr, Rose connaissait la superstition, mais elle ne pouvait supporter la cruelle sentence.

— Alors, je leur trouverai un foyer, avait-elle promis.

Agrippant les coins de son tablier d'une main, elle saisit de l'autre le panier de saule de Leana, chapardé dans l'officine, pour le déposer sur la chaise de lecture de sa sœur. Quelques livres qui attendaient d'être lus — Richardson, Burney, Haywood — étaient jetés pêle-mêle près de la fenêtre. Leana aurait peu de temps pour les lire, puisqu'elle devrait dorénavant prendre soin de Ian. Et de Jamie.

Je ne peux vous aimer, Rose. Ses mots meurtrissaient toujours son cœur. Comment se faisait-il que sa sœur se retrouvât avec un mari et un bébé à elle, alors qu'elle n'avait qu'une portée de chatons ?

Avec un soupir bruyant, Rose libéra le contenu de son tablier dans son panier bourré de linge. Les petites boules de poils, pas plus grosses que le poing de Jamie, roulèrent les unes sur les autres, leurs petites griffes sorties. Deux des chatons étaient striés de lignes grises, un était orange comme la lune de la moisson et le dernier, son favori, avait un pelage tout noir à l'exception des extrémités de ses pattes, qui étaient blanches. Assister à leur noyade ? Non, elle ne le pourrait pas. Rose mit de côté son tablier vide, se lava rapidement la figure, puis rattacha sa tresse à la faible lueur du jour nouveau, qui s'infiltrait par la fenêtre à battants.

Jamie penserait sûrement que ses efforts charitables étaient infantiles.

— Alors, je ne lui en parlerai pas, annonça-t-elle à ses chatons miaulant, et son humeur s'assombrit. Jamie l'avait aimée et, maintenant, il affirmait qu'il ne l'aimait plus. Elle ne l'avait pas aimé dès le début, mais, quand l'amour vint finalement, il était trop tard.

— C'est si injuste, murmura-t-elle tout en couvrant le panier d'une serviette pour étouffer les sons.

Il était difficile d'imaginer la vie sans Jamie pour en occuper le centre. Non, c'était impossible.

Elle lui avait dit que s'il devait y avoir un autre homme dans sa vie, ce serait elle qui le choisirait. *Non. Laissons cet homme me choisir.* Elle ne laisserait pas son cœur être brisé une seconde fois, en l'attachant à quelqu'un auquel elle ne pouvait prétendre. Au cours des vingt derniers mois, elle avait ignoré tous les autres garçons de la paroisse. Aussi pénible que cela lui fût de l'admettre, peut-être était-il temps de les laisser approcher.

Suzanne Elliot était la personne idéale pour la conseiller. C'était sa grande amie depuis l'âge de huit ans, à l'époque où elles pouffaient de rire dès que le maître d'école avait le dos tourné. Elles s'étaient confié leurs secrets et révélé l'une à l'autre le fond de leur cœur. Oui, Suzanne serait la personne idéale pour lui signaler un prétendant convenable dans la paroisse. Quelqu'un qui pourrait lui faire oublier Jamie. Quelqu'un qui guérirait son cœur.

Rose sortit furtivement par la porte de devant, le panier emprunté dans une main, ses jupes serrées dans l'autre, afin de les protéger de la rosée posée sur le sol. Les nuages du ciel couleur d'ardoise étaient suspendus très bas, et l'air était imprégné des senteurs de feuilles humides et de l'âcre fumée de tourbe. Les chiens de berger jappaient dans le lointain, inconscients de briser le silence du sabbat. Elle s'enveloppa plus étroitement dans sa cape de laine et lança un regard inquiet derrière elle. Est-ce que quelqu'un l'observait par la fenêtre ? Rose franchit l'allée d'un pas rapide pour retrouver Willie, l'homme à tout faire d'Auchengray, qui l'attendait devant le cabriolet. Amener Rose au village quand elle le lui demandait était l'une des tâches qui atterrissaient sur ses épaules âgées. Tout comme en garder le secret face au laird, mais tous les domestiques maîtrisaient cette habileté.

Willie aida Rose à grimper dans le modeste attelage, où il prit ensuite place à ses côtés, avant d'imprimer une secousse sur les guides pour faire avancer la vieille Bess. La jument fit un brusque pas en avant, ce qui fit osciller les passagers d'avant en arrière sur les ressorts, jusqu'à ce que Bess prenne son train normal. Rose collait le panier contre elle pendant que Willie relâchait les rennes et s'installait confortablement sur son siège rembourré.

— V'z'avez prévenu les Elliot qu'vous seriez là d'si bon matin ?

Elle repoussa ses inquiétudes d'un petit mouvement de la tête.

— D'ailleurs, dit-elle, nous n'arriverons pas si tôt que ça. Vers huit heures, à mon avis.

Willie maugréa en jetant un coup d'œil au panier de saule qui dansait sur les genoux de la jeune fille. La courte randonnée jusqu'à Newabbey se déroula sans incident, en dépit des nuages menaçants qui enveloppaient la campagne. Le village consistait en une longue rue sinueuse flanquée de maisons basses des deux côtés, peut-être une cinquantaine en tout, chacune affichant un nom sur sa porte. Bridgeview. Abbeyside. Millburn.

Bess avança clopin-clopant jusqu'au cottage des Elliot — Ingleneuk —, en hennissant et en secouant la poussière de sa crinière louvette. Près de la porte poussait un vieil if aux branches toujours vertes, tordues et tombantes, visiblement entretenu par des mains aimantes. Des baies d'un rouge éclatant se détachaient du feuillage dense, où un merle noir était juché, picorant les fruits de son bec jaune vif sans prêter attention aux nouveaux arrivants. Willie tira sur les guides et immobilisa doucement la jument, puis se tourna vers Rose et la regarda de ses yeux chassieux.

— Quand vot' père d'mandera pourquoi nous sommes partis pour l'église longtemps avant les autres, qu'est-ce que j'devrai lui dire ?

— Dites-lui que je voulais aider ma sœur à préparer la présentation du bébé à l'église.

Rose remit le panier à Willie tout en descendant de voiture sans aide.

— C'est moi que Leana a choisie pour être la marraine de Ian, dit-elle. C'est donc mon rôle de le montrer à toute la congrégation aujourd'hui, n'est-ce pas ?

Willie hocha la tête.

— C't'une grave responsabilité, d'être marraine, mam'zelle. V'feriez bien d'tenir ces chatons-là loin du bébé.

— C'est pourquoi vous m'avez reconduite la première, Willie. Dites à Neda que je l'attendrai au presbytère.

Elle le congédia de la main, puis frappa à la porte de l'épicier en arborant son meilleur sourire. Il était en effet très tôt pour une visite de courtoisie.

Madame Elliot ouvrit la porte toute grande, et la bouche aussi, la seconde d'après.

— Rose ?

La femme d'âge mûr suivit du regard le cabriolet qui partait, puis le posa sur le panier et son contenu miaulant.

— Qu'est-ce qui t'amène, jeune fille ?

Rose souleva le linge.

— Des chatons ! Ne sont-ils pas mignons ?

La mère de Suzanne regarda le panier d'un œil méfiant tout en faisant signe à Rose d'entrer dans le cottage aux poutres basses. Tout était ordonné comme un buffet de veuve, la pièce frottée pour le jour du sabbat, le foyer bien nettoyé. L'arôme d'un petit-déjeuner sur le feu — du bacon, du porridge et du *bannock*[44] — flottait dans l'air. Madame Elliot, aussi mince que son mari était enveloppé, secoua la tête.

— Tu auras de la difficulté à abandonner tes chatons ici, Rose. Monsieur Elliot ne tolère pas d'animaux près de sa boutique.

Rose sourit. Contrairement à son père, le cœur de Colin Elliot s'attendrissait facilement dès qu'il était question de sa fille.

— Pourrais-je parler à Suzanne ?

— Elle était sur le point de prendre son petit-déjeuner. Entre un moment. Tu me sembles avoir bien besoin d'une tasse de thé.

Rose suivit la femme dans la salle à manger, où la table était mise. De robustes chandelles montaient la garde, tels des soldats de cire au centre de la table, et les plats d'étain miroitaient comme autant de lunes argentées. Elle eut l'eau à

4. N.d.T. : Pain plat et rond sans levain.

la bouche quand elle vit le *bannock* frais et les pots de confiture de groseilles en évidence sur le buffet.

— Si cela ne vous dérange pas...

— Oh ! dit la femme en lui indiquant une chaise. Qu'est-ce qu'une bouche de plus à nourrir ? Suzaaanne !

Madame Elliot disparut dans la cuisine pendant que Rose trouvait une cachette pour son panier. Les pauvres auraient besoin d'être nourris, eux aussi.

Suzanne entra précipitamment dans la pièce, un *spurtle*[5] à la main, le visage plus rouge que d'habitude d'avoir préparé le porridge chaud. Les yeux bruns de la jeune fille s'allumèrent en voyant son amie.

— Rose ! Tu frappes à la porte d'Ingleneuk pour prendre le petit-déjeuner avec nous, c'est ça ?

— Il semble bien. Et je t'ai aussi apporté un cadeau.

Au milieu d'une cacophonie de petits cris admiratifs, la portée fut présentée à la ronde et un plan dûment échafaudé pour assurer sa survie. Suzanne et Rose les placèrent dans un coin sec de l'étable au milieu des vaches, où elles laissèrent les chatons autour d'un bol de lait frais. Les jeunes filles retournèrent à la table, suivies peu après par les frères de Suzanne, qui envahirent la pièce en se chamaillant autour des chaises, avant de se rendre compte qu'ils avaient une invitée inattendue.

— Mademoiselle McBride ! lança Neil Elliot, qui ne savait pas s'il devait être atterré ou heureux de la voir là.

Neil avait deux ans de plus que Rose et il était plus grand qu'elle de deux bonnes mains. C'était un garçon maladroit, mais honnête, qui avait le béguin pour elle depuis son enfance. En février dernier, le sort les avait appariés lors de l'échange des Valentins, puisqu'ils avaient pigé leur nom respectif dans le chapeau circulant dans le cercle d'amis. Chaque garçon et chaque fille avaient tiré le nom de la personne qui serait l'élue de leur cœur pour l'année. Rose n'avait eu que dédain pour ce jeu enfantin, le nom de Jamie étant déjà écrit sur son cœur. Les

5. N.d.T. : Petit bâton de bois pour brasser le porridge.

choses étaient différentes, maintenant. Assise à la table des Elliot, elle pouvait au moins se montrer polie envers Neil.

— Monsieur Elliot, dit Rose timidement, abaissant les paupières.

Elle se rappelait la description peu flatteuse qu'elle en avait faite à Jamie — un garçon aux dents mal plantées et plus échevelé qu'un colley —, et comment la mine soulagée de son cousin l'avait fait sourire. Comme si Jamie pouvait la perdre devant un rival comme ce pauvre Neil, si maladroit! Bien sûr, c'était un garçon d'agréable compagnie, et il semblait vraiment amoureux d'elle par-dessus la tête.

— Mademoiselle McBride, dit Neil de nouveau, esquissant un petit salut du haut du corps. Je suis heureux... C'est-à-dire, nous sommes tous enchantés... que vous soyez ici.

— Assois-toi, garçon, l'interrompit son père.

Présidant à la longue table, il pointa son couteau à beurre vers une chaise vide.

— Pas besoin de faire tant de cérémonies avec ta voisine d'enfance, ajouta-t-il.

L'épicier tourna ensuite sa grosse tête en forme de chou vers Rose et lui sourit affablement.

— Sers-toi une tranche de bacon, Rose. J'ai presque tout vendu au marché de Dumfries, mais j'en ai gardé pour notre petit-déjeuner du sabbat. Goûtes-y, tu verras comme il est bon.

Rose mangea, obéissante, prenant de petites bouchées tout en surveillant ses manières de table, consciente que Neil Elliot observait ses moindres mouvements. Elle ne put s'empêcher de remarquer que son costume lui seyait plutôt bien. Ses dents ne lui semblaient plus aussi mal alignées, et ses riches cheveux auburn étaient domptés par une élégante queue de cheval qui lui tombait sur la nuque. Bien sûr, il n'arrivait pas à la cheville de Jamie, se répéta-t-elle, tout en jetant un autre regard furtif en face d'elle. Mais il y avait pire parti pour une jeune fille que le garçon aîné de Colin Elliot, un épicier prospère possédant une terre agricole à l'extérieur du village.

Tout en écoutant le badinage plaisant de la famille, Rose remarqua l'affection que tous, dans la famille de Neil, semblaient se manifester les uns pour les autres. Comme un petit-déjeuner à Ingleneuk différait de ceux, si austères, d'Auchengray ! Moins exubérant que ses frères plus jeunes, Neil tenait néanmoins son bout dans les échanges, tout en lui jetant de petits regards, comme s'il cherchait son approbation. Suzanne ne semblait rien voir, mais son père si, souriant derrière son *bannock* couvert de confiture.

Lorsque le repas fut presque terminé, Rose essuya les coins de sa bouche avec sa serviette de table, puis déposa ses mains sur ses genoux et sourit à Neil.

— Monsieur Elliot, je…

— Neil, la corrigea-t-il. Mon père a raison. Les formalités sont inutiles entre bons amis.

— Neil, alors, se corrigea-t-elle, et ses joues rougirent sous son regard insistant.

Comme cela lui faisait étrange d'être regardée de cette manière par un autre homme !

— Comme je serai la marraine de mon neveu ce matin à l'église, il serait préférable que je parte tout de suite.

Neil fut instantanément sur pied.

— Puis-je vous accompagner au presbytère, Rose ?

— Volontiers.

Rose feignit de ne pas voir le visage à la fois ravi et étonné de Suzanne. Même si le bras qu'il lui offrait tremblait légèrement, c'est d'un pas assuré qu'il la raccompagna jusqu'à la porte.

Rose dit au revoir à tous, puis suivit Neil dans la rue. En dépit du ciel lugubre au-dessus de leur tête, elle pouvait dire que la journée avait bien commencé. Les quatre chatons avaient échappé à un destin affreux et sa propre main gantée reposait sur un avant-bras masculin.

Maladroits au début, ils parlèrent brièvement de la pluie et du beau temps, et de la cérémonie à venir.

— On dit que c'est un garçon bien formé, dit Neil, mais il s'arrêta tout de suite, comme si discuter de tels sujets était inapproprié hors du cercle familial.

— Il est en très bonne santé, lui assura-t-elle, essayant de le mettre à l'aise.

Est-ce que Neil voulait des enfants, un jour ? Devait-elle tâter les eaux sans trop se mouiller ? Elle lui sourit alors qu'ils approchaient du presbytère.

— Vous avez maintenant dix-huit ans, Neil. Comptez-vous devenir l'associé de votre père dans l'entreprise familiale ? Ou avez-vous d'autres projets en tête ?

— Des projets d'avenir ? répondit-il, d'abord pris au dépourvu, mais se ressaisissant rapidement. Bien sûr, je pense m'établir à Newabbey. Pour me marier… et fonder une famille.

Neil regardait devant lui en parlant. Le ton neutre de sa voix ne trahissait rien.

— Je vois, dit-elle simplement.

Il voulait des enfants, c'était déjà quelque chose, mais peut-être avait-elle mal jugé l'intérêt qu'il lui portait.

— Et quelle est la jolie jeune fille que vous comptez épouser ? demanda-t-elle, et elle lança tout de suite un nom au hasard, comme un hameçon. Tout le monde sait que vous aimez bien Grace McLaren.

— Grace ? Mais je la connais à peine !

Neil, maintenant échauffé, s'arrêta brusquement. Il se planta devant Rose et lui prit les deux mains, sans se soucier des regards amusés des villageois qui passaient près d'eux.

— Regardez-moi, Rose McBride. Vous savez très bien…

— Je ne sais rien du tout, le taquina-t-elle, en retirant ses mains.

Elle l'avait jugé correctement : il semblait s'intéresser à elle. C'était une chose, toutefois, de marcher bras dessus, bras dessous, c'en était une autre de le laisser déclarer son amour, et en public, de surcroît. Et si vite. Elle baissa la voix.

— Pourquoi ne pas choisir un lieu et un moment plus appropriés pour parler de telles choses ? avança-t-elle.

Un éclair de triomphe brilla dans les yeux bruns du garçon.

— Vous avez raison, Rose.

Neil se remit à avancer et décrivit avec bonne humeur sa dernière visite au marché de Dumfries, cherchant sans doute à l'impressionner.

— J'entre en pension en janvier, lui confia-t-elle, à l'école Carlyle pour jeunes filles de Dumfries. Viendrez-vous me rendre visite, quand vous serez en ville, les jours de marché ?

— Naturellement, répondit Neil, un peu mal à l'aise.

Oh, Rose ! Mais qu'est-ce qui lui avait pris de faire une telle proposition ? C'était bien trop audacieux, certainement pas convenable pour une jeune fille. Elle détourna le regard, honteuse d'elle-même.

— Excusez-moi, si je vous ai offensé.

— Offensé ? répéta-t-il en éclatant de rire, tout en lui tapotant le dos de la main. Mais, jeune fille, c'est l'idée de vous voir quitter Newabbey qui m'a un peu démonté.

Ah.

Quelques instants après, Neil la laissa à la porte du presbytère en la saluant comme un gentilhomme, lui baisant l'intérieur du poignet, juste au-dessus du gant, avant de la libérer. Le geste délicat la fit rougir — non pas de plaisir, mais d'embarras.

— Merci, Neil.

Ce fut tout ce que Rose parvint à balbutier avant de grimper les dernières marches de l'escalier en courant. Elle frappa fébrilement à la porte. Si elle n'y prenait garde, Neil Elliot commencerait à nourrir de dangereuses illusions.

La porte du presbytère s'ouvrit subitement.

— Votre sœur vous attend, et le bébé aussi.

Madame Gordon l'invita à l'intérieur et jeta un rapide coup d'œil derrière Rose.

– C'est le jeune Elliot, là-bas, n'est-ce pas ?

– Ce n'est pas ce que vous croyez. Vous…

– J'ai vu un charmant jeune homme accompagnant une belle jeune demoiselle.

Un sourire entendu illumina le visage de la dame.

– De tels débuts conduisent souvent aux bans du mariage. Et à vos propres enfants, un jour, peut-être.

Des enfants. Oui. Rose en voulait. Elle regarda Neil repartir lentement vers Ingleneuk, ses larges épaules rejetées vers l'arrière. Neil Elliot pourrait-il être l'homme qui ferait d'elle une épouse et une mère ? Elle demeura pensive un moment, laissant la possibilité faire son chemin en elle, sentant son cœur se laisser entraîner. Jamie était le mari qu'elle aurait vraiment désiré. Et elle aurait aussi souhaité que son bébé porte le nom de McKie.

Pourtant, l'espoir ne pouvait survivre, là où il n'était pas le bienvenu.

Laisse-moi partir, Rose. S'il te plaît.

Chapitre 7

D'où viens-tu, ma chérie ?
Sortie de nulle part pour arriver ici.
— George MacDonald

— Te voilà, Rose, dit Leana en plaçant l'enfant, encore engourdi de sommeil, dans les bras accueillants de sa sœur. Ton neveu est propre et bien nourri, prêt pour la promenade dans le village et la présentation à l'église.

Elle plaça une main sur l'épaule de Rose et fut heureuse que sa sœur ne se retire pas.

— Sois bénie d'avoir accepté de jouer ce rôle, la remercia Leana.

— C'est le bébé qui reçoit la bénédiction, aujourd'hui, pas moi.

Le doigt de Rose suivit le contour des sourcils du bébé.

— Je ne suis que la marraine.

Rose n'avait pas cessé d'observer Ian depuis son arrivée dans le petit salon où logeait Leana.

— Il a la bouche de Jamie, dit-elle en souriant.

— Oui, répondit Leana, et son beau front, aussi.

Leana dégagea la petite touffe de cheveux soyeux qui lui tombait sur le front. Comme elle l'avait fait à Jamie, quelques fois. *Et Rose aussi. Bien plus souvent.*

Une douleur familière oppressa le cœur de Leana. Jamie avait-il renoncé à Rose pour toujours, comme Neda le lui avait assuré hier matin ? « Voyez par vous-même, Leana », avait-elle affirmé, « vot' sœur n'a plus l'cœur du garçon dans sa poche. »

Leana pria pour que ce fût vrai. Tomber amoureuse de Jamie avait été facile ; lui faire confiance s'avérait plus ardu. Même s'il n'avait pas amené Rose dans son lit, Jamie avait prodigué à Rose de tendres baisers et des marques constantes d'affection, mois après mois. Avait-il vraiment changé ? Leana ne souhaiterait jamais à Rose une seconde de malheur. Mais Ian avait besoin d'un bon père, et elle, d'un mari loyal. Assurément, le Tout-Puissant procurerait à Rose un autre prétendant.

Leana enveloppa sa sœur et son fils dans ses bras, pour les rapprocher d'elle. *Veillez sur eux, mon Dieu, car je les aime tous les deux*. Pendant un long moment, les deux sœurs restèrent immobiles, en silence, respirant l'air chargé de lait du bébé endormi entre elles.

— Le laird et les serviteurs d'Auchengray frapperont à notre porte très bientôt, dit Leana.

Elle appuya sa joue contre celle de Rose, une habitude héritée de leur enfance, puis libéra sa sœur et son fils.

— Tâchons d'être prêtes à les accueillir.

Elle avait déjà emballé quelques effets personnels que Neda avait apportés au presbytère pendant la semaine — une robe de rechange, des combinaisons de lin, des bas et autres menus articles. Leana était heureuse de pouvoir s'adonner à la tâche simple de préparer sa malle, car il était interdit à la nouvelle mère de travailler avant son retour à l'église. Une seule semaine s'était-elle écoulée depuis la naissance de Ian ? Le berceau attendait le voyage de retour, vide à l'exception d'un petit oreiller, une coutume de Galloway destinée à éloigner tout mal du bébé, jusqu'à ce qu'il soit de retour dans son lit de chêne.

— Tu seras un bon garçon pour ta tantine, d'accord ?

Leana épingla un petit sachet de sel à la couverture de Ian, une méthode de bonne femme pour tenir les sorcières à distance.

— Elle fera une merveilleuse marraine pour toi.

Rose leva les yeux et soutint vraiment son regard pour la première fois depuis son arrivée.

— Je ne suis pas mariée, dit Rose, c'était la seule exigence.

— Non, ce n'est pas vrai, répliqua Leana. Les marraines et les parrains doivent aussi porter chance.

Leana repoussa une mèche rebelle du front de sa sœur.

— Et rien n'apporte plus de chance qu'une jeune fille aux cheveux noirs comme toi.

— La chance m'accompagne ? dit Rose en faisant la moue malgré elle. C'est toi qui a un mari et un enfant, Leana.

Elle essaya de ne pas entendre la pointe d'envie dans la voix de sa sœur.

— Ce sera bientôt ton tour, Rose. Dieu y pourvoira.

Les deux sœurs se retournèrent, quand elles entendirent une voix masculine dans le couloir. On frappa à la porte. Jamie, le visage rougi par la promenade, entra dans la pièce et retira son chapeau.

— Quel spectacle magnifique ! Mon fils dans les bras de sa marraine et ma femme dans sa robe préférée.

— Avec une nouvelle ceinture, ajouta Leana sans réfléchir.

Elle porta la main à sa taille pour l'exhiber fièrement, puis regretta d'avoir attiré son attention sur le bourrelet qui se trouvait là. Aucun corset de baleine ne pouvait réparer les outrages causés par neuf mois de grossesse. Elle indiqua la porte de la main en priant pour que Jamie n'eût pas remarqué la modification de sa silhouette.

— Charge mes affaires dans le cabriolet, Jamie, lui demanda-t-elle, et nous pourrons partir ensuite.

Jamie n'était pas sitôt sorti que Neda franchit la porte en trombe, suivie par Eliza. C'était la jeune fille aux cheveux blond-roux d'une quinzaine d'années qui avait servi de femme de chambre auprès de Leana, entre ses innombrables tâches domestiques.

— V'portez que'que chose de neuf avec vot' vieille robe, dit Neda d'un ton approbateur. Vot' père s'ra là bientôt. Eliza, voyez c'que vous pouvez faire avec les cheveux de m'dame McKie.

Une brosse fut trouvée et l'efficace Eliza se mit au travail, lissant les mèches blondes de sa maîtresse en une seyante torsade, sans cesser de bavarder. Rose s'assit sur le coin du lit, faisant des gazouillis à Ian, tandis que Jamie jetait de la tourbe fumante dans un sac de cuir. Duncan se chargea des derniers paquets de Leana sous la direction de son père, qui manquait rarement une occasion de donner des ordres. Au milieu de ce brouhaha, Leana en était réduite à se presser une main sur l'estomac pour dompter ses nerfs.

Madame Gordon apparut à la porte, sa coiffe blanche amidonnée en place pour le sabbat.

— La cloche de l'église va bientôt sonner l'heure, annonça-t-elle. Profitez du peu de temps qui reste pour vous préparer.

Ils arrangèrent leur tenue en vitesse, puis Rose sortit la première, serrant Ian contre elle alors qu'elle se dirigeait vers l'escalier. Pour assurer au nouveau-né un avenir prospère, la tradition voulait qu'il monte trois marches dans les bras de la marraine avant de s'aventurer à l'extérieur. Lachlan McBride était posté au pied de l'escalier, et son visage montrait qu'il prenait la chose au sérieux.

— Je suis ici pour m'assurer qu'on ne néglige aucun détail de la présentation de mon petit-fils à l'église.

— Surtout s'il s'agit d'un rituel de prospérité, murmura Leana à Jamie, qui marchaient main dans la main. Son mari répondit au commentaire par un clin d'œil et en lui pressant légèrement les doigts, un plaisir inattendu.

Ils observèrent Rose monter et descendre sans incident. Puis, ils la suivirent dans le couloir entre tous les membres de la maisonnée formant une haie le long des murs, souriant et lançant des « Que Dieu bénisse le bébé ! » pour saluer l'heureuse occasion. Après avoir franchi la porte d'entrée, le groupe se dirigea vers l'église, à quelques pas de là.

Malgré le ciel gris, Leana cligna des yeux à la lumière crue du jour. Ses yeux sensibles s'étaient accoutumés aux intérieurs obscurs et à la douce lueur des bougies pendant la semaine de son confinement. Alors que sa vision s'adaptait, elle commença à distinguer les nombreux visages qui les attendaient, la plupart familiers, d'autres non. Il semblait que tout le village s'attardait dans la rue, les gens prenant bien leur temps pour se rendre au sabbat, afin de ne rien manquer de la cérémonie familiale.

Jamie vida son sac de tourbe encore chaude dans la rue, derrière eux, afin de tenir en respect quelque fée maléfique qui aurait voulu enlever Leana, pour qu'elle serve de nourrice à son propre bébé dans une vallée lointaine. Il frotta les cendres de ses gants, puis reprit la main de sa femme.

— Les esprits auront beau déployer tous les efforts qu'ils voudront, ils n'auront pas ma femme, déclara-t-il fermement.

Ma femme. Leana esquissa un sourire gêné en avançant, plus heureuse que jamais elle ne se rappelait l'avoir été dans sa vie.

Tout juste devant elle, Rose jouait son rôle de marraine avec ravissement, avançant la tête bien haute, offrant un hochement de tête royal aux voisins favorisés sur lesquels son regard tombait. Toute la maison d'Auchengray entama le premier des trois tours de l'église, dans le même sens que les aiguilles d'une horloge, comme il se devait. Leana faisait une prière nouvelle à chaque pas — pour la santé de Ian, pour la fidélité nouvelle de Jamie, pour le bonheur futur de Rose et pour que son père consente à les laisser partir pour Glentrool avant Yule. Jamie avait l'intention de presser Lachlan avant le dîner, afin d'obtenir sa bénédiction. Elle craignait la réponse de son père, mais n'osa pas amoindrir la résolution de Jamie.

Tout à coup, Elliot Elliot, le plus jeune frère de Suzanne, déjoua la surveillance de sa mère et courut vers Rose. Son pantalon noir, hérité d'un grand frère, était déjà trop court d'une paume, et ses poignets émergeaient bien au-delà des bords de ses manches. Du travail de reprisage en vue pour madame Elliot d'ici au prochain sabbat.

— Tu as déjeuné dans notre maison ce matin, dit le garçon doublement affublé du nom de famille.

Il tira sur la manche de Rose et secoua le bébé.

— Maintenant, dit-il, c'est à ton tour de me donner quelque chose à manger.

Leana ne put cacher sa surprise. Pourquoi Rose serait-elle allée chez les Elliot pour partager leur petit-déjeuner? Sa sœur n'avait pas dit un seul mot de sa visite à Ingleneuk ce matin-là. Leana remarqua le frère aîné de Suzanne, Neil, qui regardait Rose, éperdu d'admiration. *Voilà*. L'une de ses prières était déjà exaucée.

Sa sœur se tourna, les joues aussi roses que son nom.

— Neda, aurais-tu la gentillesse de t'en occuper?

Neda tendit au garçon impatient un gâteau sucré, aromatisé à l'arrow-root et à la vanille, ainsi qu'un petit morceau de fromage, qu'il engloutit sous le regard bienveillant de Rose.

— Et qu'est-ce qu'on dit, Elliot?

— Que Dieu bénisse le bébé! cria-t-il, et tous ceux qui se trouvaient à portée de voix applaudirent.

Le présent du bébé avait été offert et accepté, et l'enfant, béni, un présage de bonnes choses à venir pour le jeune Ian McKie. La famille fit le tour de l'église deux autres fois, avant d'être reçue à l'entrée par un révérend Gordon sombre, le visage aussi lugubre que le ciel.

— Madame McKie, entonna-t-il, tenant une petite chandelle. Entrez dans le royaume de Dieu.

Leana, Jamie et Rose furent aussitôt invités à l'intérieur et dirigés vers l'allée étroite. Ils allèrent prendre leur position assignée, debout devant la chaire surélevée et son escalier en colimaçon. De sa position dominante, le ministre pria longuement, appelant la bénédiction divine sur la mère et l'enfant, puis dirigea la congrégation dans la récitation des versets du livre des *Paraphrases*.

Mon âme et mon esprit sont remplis de joie,
Je loue mon Dieu et mon Sauveur ;
Dont la bonté a élevé sa servante
De son humble condition.

Alors que le dernier écho des voix s'évanouissait, Leana regarda Rose présenter Jamie avec le bébé, comme il convenait à la marraine de le faire. C'était le père qui verrait à ce que l'enfant soit béni par le ministre, avant de le soulever à bout de bras pour l'offrir aux regards des fidèles. Les pupilles d'ébène de sa sœur, dilatées dans le sombre sanctuaire, brillaient de larmes retenues.

— Voilà votre fils, murmura Rose, tenant Ian devant elle, comme s'il s'agissait d'une offrande.

Leana lâcha la main de Jamie avec une certaine réticence, tout en faisant un petit pas en arrière pour lui permettre de glisser ses bras sous ceux de Rose. Leana observa leurs avant-bras s'effleurer, leur contact se prolonger. Jamie était immobile. Tout comme Rose. Bien qu'elle ne pût voir le visage de Jamie, celui de Rose était aussi brûlant que de la braise que l'on vient d'attiser.

Non ! Leana baissa les yeux au sol. La bougie dans sa main trembla, répandant un peu de sa cire sur les dalles. *S'il te plaît, Jamie !* Elle n'osait regarder ni son mari, ni sa sœur, ni le fils qu'elle avait mis au monde, sept jours auparavant.

Rien n'avait changé, après tout. Jamie ne pouvait être entièrement à elle. Pas tant qu'il aimerait Rose.

Que Dieu me vienne en aide, je ne peux le supporter.

Une larme coula sur le plancher et atterrit près de la cire, pendant que Leana luttait pour retrouver son sang-froid. Les paroles qu'elle avait prononcées, quand les premiers élancements du travail l'avaient projetée à genoux, revinrent la tourmenter. *Jamie, je t'aime. Je t'ai toujours aimé.* Comme elle avait dû paraître ridicule ! Comme elle devait avoir l'air ridicule, maintenant, incapable de lever la tête, alors que c'était son propre enfant que l'on présentait à l'église.

— Leana ?

C'était la voix de Jamie.

— Leana, qu'y a-t-il ?

Chapitre 8

Est-ce le vent vif d'octobre
Qui mouille ses yeux de larmes ?
Est-ce parce qu'il souffle si fort
Que sa respiration est haletante ?
— William Dean Howells

Leana leva le menton, essayant de ne pas trembler. Tout lui apparut comme si elle émergeait d'un rêve : Jamie qui tenait leur fils, Rose s'assoyant sur le banc familial, le révérend Gordon qui la dévisageait par-dessus la monture de ses lunettes. Leana cligna des yeux, se sentant désorientée.

— Que dois-je faire..., maintenant ? demanda-t-elle.

— Vous devez vous asseoir, l'informa le révérend. Le maître de chapelle est prêt pour le psaume de rassemblement.

Jamie indiqua d'un mouvement de la tête le banc le plus proche, et elle s'y assit lourdement, le visage rouge de honte. Qu'avait-il dû penser d'elle, d'être restée plantée là comme une statue ? Il remit Ian dans ses bras puis vint la rejoindre, s'assoyant plus près qu'il ne convenait dans un sanctuaire. Elle tenait son bébé contre sa poitrine, la tête de Ian nichée sous son menton, les pensées se bousculant dans son esprit. Peut-être s'était-elle seulement imaginé le désir qui irradiait entre Jamie et Rose. Était-ce la peur seule qui créait de telles scènes dans son esprit ?

Le service commença, et Leana fit tout ce qu'on attendait d'elle — se levant, s'assoyant, chantant les psaumes, récitant les vers —, priant pour que tout se termine rapidement. Ian s'agitait sans cesse et sa poitrine gonflée était douloureuse. Par-dessus tout, elle aurait voulu rentrer à la maison. *Bientôt,* se répétait-elle, puisant de la force dans la proximité de Jamie.

Lorsque la bénédiction fut prononcée, les membres de l'assemblée se levèrent pour délier leurs jambes ankylosées et sortir lentement, chaque famille cherchant un endroit convenable pour prendre le repas qu'elle avait apporté de la maison. Du bœuf mariné et des tourtes de mouton furent retirés des paniers et des seaux. Leana et les autres circulaient à travers la foule des visages sympathiques, et plusieurs tendaient la main pour toucher la couverture du bébé à son passage. Le ciel menaçant et la brise piquante étaient impuissants à abattre la bonne humeur des villageois, car un bébé en bonne santé était une occasion de réjouissances.

Alors que la nouvelle famille s'approchait du cabriolet, le père de Leana arriva à sa hauteur et jeta un regard appréciatif sur son petit-fils.

— Il s'est bien comporté, dit-il simplement.

— Oui, oncle, répondit Jamie pour les deux parents. Ma mère à Monnigaff a sûrement grand hâte de voir son petit-fils.

Leana se raidit. *Pas ici, Jamie. Pas tout de suite.*

Lachlan McBride fit un geste vague de la main, comme s'il jetait des graines au vent.

— Dis à ma sœur que les portes d'Auchengray sont toujours ouvertes pour les McKie de Glentrool.

Les yeux de Jamie trahirent son irritation.

— J'avais à l'esprit quelque chose de différent. Leana et moi…

— … avons bien hâte de leur rendre visite, intervint Leana.

Elle avait parlé avec tant de hâte que les deux hommes se turent pour la dévisager.

— Quand le moment sera venu, bien sûr.

Le regard de son père s'attarda d'abord sur Jamie, puis revint se poser sur elle.

— Leana, tu penses voyager jusqu'à Monnigaff, alors que tu es tout juste assez remise pour rentrer à Auchengray en calèche. Je te vois mal entreprendre la pénible expédition à travers les landes et les collines entre ici et Loch Trool.

— Peut-être ne suis-je pas prête maintenant, acquiesça-t-elle. Mais je le serai bientôt.

— Très bientôt, intervint son mari, la voix tendue. Nous en reparlerons davantage après le dîner, oncle.

Jamie glissa une main dans le bas du dos de Leana et la guida vers l'attelage. Il ne disait mot, mais les talons de ses bottes maltraitaient le sol boueux à chaque pas.

— Jamie, je suis désolée, dit Leana.

Elle baissa la tête pour éviter la lueur de colère dans son regard.

— Je n'aurais pas dû intervenir.

— Si je dois être laird de Glentrool un jour, il faudrait d'abord que je sois maître dans ma famille, n'est-ce pas ?

Elle hocha la tête, et il se pencha vers elle pour ajouter d'une voix plus aimable :

— Je te demande de me faire confiance quand je traite avec ton père, Leana. Il n'appréciera pas ma décision, mais il apprendra à l'accepter.

Jamie tapota doucement la courbe de son dos une autre fois, puis la libéra. Sa bonne humeur revenue se communiqua à Leana.

— Viens, ma chère femme, dit-il. Willie nous attend à la voiture et Bess piaffe d'impatience de rentrer à la maison pour retrouver son sac d'avoine.

Le domestique accepta nerveusement le bébé qu'on lui confia, pendant que Jamie aidait Leana à prendre place dans le cabriolet. Elle força un sourire pour ne pas hurler de douleur. Son père avait raison : elle n'était pas en condition pour voyager jusqu'à Glentrool.

— Voilà vot' bébé, m'dame, dit Willie en lui rendant son enfant. Ça fait bien longtemps qu'j'ai tenu un p'tit paquet aussi précieux !

Leana tint précieusement l'enfant contre elle, pendant que Jamie replaçait son tricorne et enfilait ses gants.

— Je vous suivrai de près sur Walloch, au cas où tu aurais besoin de quelque chose, lui dit-il. En ce qui concerne ta sœur…

Il regarda aux alentours, parcourant les visages des paroissiens dispersés sur le parvis de l'église. Leana le sut tout de suite, quand il aperçut Rose, car sa posture se raidit et toute trace de sourire disparut de son visage.

Rose était engagée dans une conversation avec Neil Elliot, qu'elle regardait coquettement sous la bordure de son chapeau. Riant, souriant de toutes ses dents, enroulant une mèche de cheveux autour d'un doigt — même à cette distance, Leana pouvait voir le charme formidable de sa sœur se déployer. Mais pour qui ?

Jamie observa un moment, puis se précipita dans sa direction.

— Rose ! Votre sœur a suffisamment attendu. Venez immédiatement.

Leana vit Rose s'excuser auprès de Neil, puis s'emparer de ses jupes et parader devant Jamie, le menton bien haut. Les deux n'échangèrent aucune parole en marchant vers l'attelage. À leur arrivée à la voiture, leur visage était rouge.

— Vous marcherez devant, Rose, lui rappela Jamie.

Il enfourcha Walloch au moment où Willie incitait Bess à avancer en faisant claquer son fouet. Rose dévala la rue principale de Newabbey d'un pas décidé, sans même jeter un coup d'œil derrière elle pour voir si les autres la suivaient, tandis que Jamie trottait à côté de la voiture.

— Ne te laisse pas distancer, Willie.

L'homme à tout faire rejoignit Rose avec l'attelage au moment où l'on entendait gronder le tonnerre au loin. Duncan et les autres domestiques, qui étaient partis avant eux, éviteraient le pire de l'orage. Les principaux acteurs de la cérémonie n'auraient pas un sort aussi heureux. Quand un coup de vent souleva le bord du bonnet de Willie et souffla quelques mèches de cheveux au visage de Leana, la jeune mère pria pour ne pas croiser d'âmes en cours de route. Le jour de la présentation du bébé à l'église, la famille était tenue de s'arrêter et de saluer tous les passants qu'elle rencontrait. Ils clopinèrent devant le champ de maïs à la sortie du village, franchirent le pont du Newabbey Pow et se dirigèrent vers Auchengray. Alors que le chemin rural devenait plus étroit et que les ornières se faisaient plus profondes, l'attelage se mit à bondir de-ci, de-là, projetant Leana sur les côtés du véhicule. Elle cria, réveillant Ian, dont les pleurs attirèrent tout de suite Jamie, qui arriva à sa hauteur en galopant.

— Que s'est-il passé ? s'informa-t-il. Est-il blessé ?

La voiture s'arrêta et Jamie regarda les traits irrités du bébé, maintenant de la couleur d'une betterave fraîchement lavée, dont les gencives nues étaient exposées comme s'il eut été à l'agonie.

— Il a seulement faim, murmura Leana, caressant de sa joue la tête duveteuse de l'enfant pour le calmer. Dès que nous arriverons à Auchengray, je veillerai à le nourrir.

Elle baissa les yeux vers son corsage étroit, lacé à l'arrière comme c'était la mode chez les gens de qualité, et se dit qu'elle aurait aimé porter une robe de paysanne, attachée à l'avant, qu'elle aurait pu ouvrir elle-même. Elle s'en confectionnerait une avant la fin de la semaine, pour la porter dans l'intimité de son foyer.

Willie venait de donner à la jument le signal de continuer, quand une silhouette se glissa entre les hauts pins qui bordaient la route. C'était une vieille femme, accoutrée d'un costume bigarré trop grand pour elle. Pas une Tsigane, car le visage sous son bonnet en loques était pâle et ses yeux, d'un bleu perçant. Leana pensa qu'elle lui était familière, le genre de femme qu'on remarque le jour du marché, s'attardant entre les éventaires, les doigts courbés par les années planant au-dessus des boisseaux de fruits frais. Remarquée, et aussitôt oubliée.

L'étrangère marcha d'un pas traînant vers la chaise, le regard dirigé vers Ian.

— Ai-je bien entendu les pleurs d'un bébé naissant ?

Le pouls de Leana s'accéléra au son de cette voix. Ce n'était pas une inconnue, en fin de compte, mais bien Lillias Brown, une excentrique — une sorcière, disaient certains — qui était encore très au courant des vieilles coutumes. Elle vivait dans un cottage en pierre, isolé au milieu des landes sauvages, au nord d'Auchengray, et ne s'aventurait que rarement sur un chemin public.

Willie agrippa les guides.

— La veuve Brown, c'est ça ?

La vieille femme haussa les épaules, sans cesser de regarder Ian.

— Les gens m'appellent Lillias.

Depuis qu'elle avait refusé de fréquenter l'église de la paroisse, Lillias n'était plus autorisée à recevoir la communion. La plupart faisaient un grand crochet, quand ils la croisaient sur la route. Leana s'éloigna du bord de la voiture et serra étroitement Ian contre elle.

Sans se laisser démonter, la vieille bique s'approcha et sourit, révélant une dentition en piteux état.

— Vous v'lez pas que j'le r'garde ?

En dépit de ses craintes, Leana ne pouvait refuser, surtout pas le jour où l'enfant avait été présenté à l'église. Lillias comptait parmi leurs voisins, peu importe ses façons extravagantes. Leana défit la couverture autour du visage de Ian et le souleva légèrement, afin que la femme puisse le voir.

Lillias le fixa et son sourire se transforma bientôt en une grimace affreuse. Elle secoua la tête, recula et murmura quelque chose en gaélique.

Leana pensa qu'elle demandait le morceau traditionnel de gâteau et de fromage.

— Nous n'avons pas de nourriture à vous offrir, j'en ai peur, s'excusa-t-elle.

— Oh ! j'les prendrais pas, même si vous en aviez.

La femme s'en retourna vers les bois et disparut à travers les branches lourdes de pommes de pin ; son départ fut ponctué d'un grondement de tonnerre de mauvais augure et d'un hennissement nerveux de Bess.

Rose, qui était restée sans voix pendant tout l'épisode, accourait maintenant au cabriolet, encore bouleversée.

— Pourquoi l'as-tu laissée regarder Ian ? dit-elle. Cette femme a le mauvais œil, tu peux en être sûre !

Leana leva la main et fut troublée de constater qu'elle tremblait.

— Chérie, il n'est pas nécessaire d'en faire un drame…

— Mais c'est un drame !

Les joues de Rose étaient colorées, sa voix stridente.

— Tu as peur, toi aussi, ma sœur, ajouta-t-elle. Ne prétends pas le contraire ! C'est une chose grave que de refuser le présent de nourriture d'un bébé, le jour de sa présentation.

— Rose, vous effrayez votre sœur, l'avertit Jamie, tout en descendant de cheval. Monte Walloch, Willie. Je ramènerai ma femme et ma cousine avec la voiture.

L'échange fut vite effectué, Jamie prenant la place du milieu, flanqué des deux sœurs McBride.

Leana aurait eu honte d'admettre combien elle était reconnaissante de sentir la forte épaule de Jamie contre la sienne alors qu'il ordonnait à Bess d'avancer en secouant les guides. Lillias Brown l'avait en effet troublée par son regard insolent, sa grimace repoussante et son refus d'accepter quoi que ce soit, même s'ils n'avaient rien à lui offrir. Selon l'usage, Lillias aurait dû faire quelques pas à leurs côtés, bénissant le bébé par cette faveur de sa part. Bien que Leana n'attachât pas trop d'importance aux vieilles coutumes, d'autres croyances étaient plus difficiles à déloger de son esprit, en particulier la crainte qu'elle puisse maudire son bébé.

— Ne t'en fais plus, dit Jamie en s'inclinant vers elle. Nous quitterons pour de bon ce voisinage dès la fin de l'automne, loin de l'influence de cette femme. Le bébé a été baptisé et présenté à l'église ; il appartient donc au Dieu tout-puissant et à personne d'autre.

— Oui, acquiesça Leana en levant les yeux vers les nuages sombres. Je m'en souviendrai.

Chapitre 9

Pourquoi une pensée rebelle
A-t-elle pris racine dans mon esprit ?
— Robert Burns

— Neveu, je ne veux pas t'entendre dire que tu emmèneras mon petit-fils dans un aussi long et périlleux voyage.

Lachlan balaya l'air de la main, comme si la question était réglée.

— Auchengray est ta maison, maintenant, dit-il. Il est temps que tu acceptes ce fait.

Jamie agrippa le manteau de la cheminée, où l'horloge continuait de battre avec une monotone persistance, lui rappelant l'heure tardive. Presque dix heures. L'orage était passé, et seules quelques gouttes de pluie continuaient de tomber sur les vitres. À l'intérieur du petit salon encombré qui servait de chambre à coucher et de bureau à Lachlan, l'air confiné sentait la cire d'abeille et les vieux bouquins. Des livres de comptes avec reliure de cuir, dont le dos avait été craquelé par un usage fréquent, s'alignaient sur sa petite table de travail. Sur un plateau d'argent circulaire était déposée une carafe de whisky, intouchée ce soir-là. La moitié des occupants de la maison dormaient, maintenant. Mais pas Lachlan. Ni Jamie, qui ne voulait pas se coucher avant d'avoir exprimé clairement ses intentions.

— J'ai rempli mes obligations envers vous, oncle Lachlan. Vous-même ne pouvez le nier.

Son visage était rouge comme le feu de tourbe à ses pieds. Ah ! si seulement ses mots pouvaient être aussi pointus que le tisonnier de fer.

— Le temps est venu pour moi de rentrer à Glentrool pour m'occuper de mes affaires, déclara Jamie.

— Je suis persuadé que Rowena a les choses bien en main.

Le sourire de Lachlan était un tracé irrégulier creusé par soixante hivers écossais. Il glissait sa main d'avant en arrière sur un endroit rugueux de la table d'acajou, près de lui, tout en regardant fixement le tapis, comme s'il lui évoquait quelque souvenir.

— Ma sœur sait très bien diriger une maison, dit-il enfin.

— Oui, ainsi que tous ceux qui l'habitent.

Jamie s'éloigna du manteau de la cheminée pour commencer à faire les cent pas dans la petite pièce. Sa mère prenait un immense plaisir à faire plier tout le monde à sa volonté — y compris Alec, son mari. Jamie s'était juré de ne jamais épouser une jeune fille aussi entêtée que Rowena McKie, et c'était en effet ce qu'il avait évité ; Leana était flexible comme une branche de saule. Il se tourna vers son oncle pour le lui rappeler.

— Ma mère m'a dirigé vers votre porte, il y a une année de cela, espérant que je reste assez longtemps à Auchengray pour épouser l'une de vos filles.

La main de Lachlan s'immobilisa, mais il ne leva pas le regard.

— Et tu t'es pratiquement retrouvé marié aux deux, dit-il. Aplanir les irrégularités a demandé du temps.

— Du temps ?

Jamie s'arrêta pour regarder fixement l'homme devant lui.

— Sept mois à m'occuper de vos troupeaux, voilà le temps que cela a pris ! Sept mois qui sont maintenant passés, oncle. Ma dette est payée et ma vie m'appartient.

— Vraiment ?

Lachlan s'adossa à sa chaise, jugeant Jamie d'un œil aussi froid que le ciel gris d'hiver.

— Duncan a eu assez confiance dans tes talents d'éleveur pour te laisser choisir les béliers. Ne désires-tu pas rester un mois de plus, afin de les accoupler aux brebis ?

Les épaules de Jamie s'affaissèrent. Seul un irresponsable s'en irait au beau milieu de la saison de reproduction.

— Je resterai jusqu'à la fin octobre, alors. Par amitié pour Duncan.

Lachlan appuya ses avant-bras sur les accoudoirs de sa chaise et rapprocha les extrémités des doigts de ses deux mains, marquant les secondes avec ses phalanges.

— Même si Leana et le bébé sont en mesure de voyager à la Saint-Martin, ce dont je doute, ton assistance nous manquerait à la foire de Dumfries, pour l'embauche des nouveaux bergers. Ainsi que celle de Leana, pour tenir mes livres de comptes.

— Mais si nous attendons jusqu'à tard en novembre, le temps…

— Oui, l'interrompit Lachlan. Une autre bonne raison de rester jusqu'au printemps.

Jamie tourna sur ses talons.

— Au printemps ?

— Après tout le travail que tu auras fait pour accoupler les bêtes, tu voudras sûrement voir les agneaux naître, n'est-ce pas ?

Quand Jamie se tut, trop abasourdi pour répondre, son oncle pressa son avantage.

— Quoi qu'il en soit, Auchengray ne peut se permettre de perdre Leana, Eliza et Rose d'un seul coup. Ces jeunes femmes sont essentielles pour le fonctionnement de cette maison, et tu le sais très bien.

— Rose ?

Jamie le regarda de biais.

— Mais elle ne vient pas avec nous.

— Oh, bien sûr que non, dit Lachlan en hochant la tête. Rose doit entrer à l'école à Dumfries en janvier. Ou l'aurais-tu oublié ?

— Non, grommela-t-il. Je m'en souviens très bien.

Jamie chercha la chaise la plus proche et s'y laissa choir ; une douleur sourde lui battait les tempes. Lachlan McBride avait une réponse à toutes les objections et se souciait très peu des désirs de son beau-fils. À sa honte, Jamie avait plié devant les manières persuasives de son oncle, auparavant, et les résultats avaient été désastreux. Il n'avait pas l'intention de le faire maintenant. En dépit de son mal de tête, un plan commença à germer dans son esprit.

— Admettons qu'Eliza demeure ici, à Auchengray, dit Jamie, qui s'efforçait de parler d'une voix posée, mais ferme. Quand Leana et moi partirons avec Ian, vous aurez trois bouches de moins à nourrir, et Eliza pourra se dévouer entièrement à son travail ici.

Lachlan le regarda en soulevant un sourcil, une expression qui rappelait à Jamie celle de sa mère quand elle le trouvait astucieux. Son oncle hésita avant de répondre à la suggestion de Jamie, il hocha la tête lentement.

— En effet, vous avez plus de servantes qu'il n'en faut, à Glentrool. Eliza peut très bien rester avec nous.

— Vous voyez ? Notre absence se fera à peine sentir, dit Jamie en essayant de dissimuler son soulagement.

Ils pourraient partir au lendemain de la Saint-Martin et arriveraient avant le sabbat. Si gris qu'un ciel de novembre puisse être, il n'était pas encore chargé de neige. Se sentant soudain généreux à cette perspective, Jamie ajouta :

— Mère vous écrira sans aucun doute dans les quinze jours qui suivront notre arrivée, vous implorant de la libérer de notre présence…

— Cela me rappelle justement…

Lachlan palpa son gilet, comme s'il cherchait quelque chose.

— Rowena t'a envoyé une lettre, dit-il, et il retira de sa poche quelques feuilles pliées, qu'il secoua afin de les ouvrir. Comme tu peux voir, l'un des domestiques a brisé le cachet de cire par mégarde, mais la lettre est intacte.

Jamie tendit la main pour prendre la missive, sa bonne humeur maintenant disparue.

– Comment pourriez-vous le savoir, oncle, à moins de l'avoir lue ?

Tenant sa colère en respect, Jamie parcourut les mots de sa mère qui couvraient chaque page de tourbillons d'encre noire.

À James Lachlan McKie
Mercredi 7 octobre 1789

Mon cher fils Jamie,

Nous nous réjouissons de l'heureuse nouvelle de la naissance de Ian. Je souhaite de tout cœur que Leana se porte bien, ainsi que son bébé.

Les doigts de Jamie agrippèrent la lettre.

– Comment peut-elle être au courant de la nouvelle? Avez-vous écrit à ma mère avant moi ?

Lachlan haussa négligemment les épaules.

– Elle est ma sœur, après tout. C'était mon droit de lui écrire pour lui annoncer la naissance de mon petit-fils.

– Bien sûr, marmonna Jamie, et de vous assurer qu'elle soit livrée par un courrier plutôt que par la poste, afin d'être le premier à connaître sa réaction.

Quel qu'ait été le contenu de la lettre de Lachlan, elle ne devait pas avoir pavé le chemin de son retour à la maison.

Hélas, ici, à Glentrool, ton père a développé une toux inquiétante. Abriter ton fils nouveau-né sous le même toit ne serait pas avisé, j'en ai peur.

Puisqu'Evan se cherche une terre du côté du Wigtownshire, le printemps serait sans doute un meilleur moment pour ton retour à Glentrool. Lorsque ton père se portera mieux à nouveau, et que ton frère et Judith se seront installés loin dans le sud, toi et ta famille recevrez un accueil chaleureux, ici...

Jamie regarda Lachlan, dont le visage demeurait de glace. Il était évident que Lachlan en avait lu le contenu et savait déjà comment leur discussion de ce soir allait se terminer : les McKie seraient forcés de rester à Glentrool jusqu'à la naissance des agneaux.

Mon Dieu, faites que l'hiver soit court. Jamie se leva, déterminé à porter un dur coup au point le plus vulnérable de Lachlan : sa cassette. Bien que le petit coffre ne fût pas en vue, il ne quittait jamais l'esprit de Lachlan.

– Si nous nous attardons ici jusqu'à l'agnelage du printemps, oncle – et je vous préviens que nous ne resterons pas une journée de plus –, il serait juste que vous augmentiez mon salaire.

Lachlan se redressa sur sa chaise, le visage bien éveillé en dépit de l'heure tardive.

– Ça semble raisonnable.

Un éclat brilla dans ses yeux, comme celui de pièces d'argent exposées au clair de lune.

– Admettons que je t'offre tant de shillings pour chaque brebis qui survit à l'hiver, et tant d'autres pour chaque agneau qui naît en bonne santé. Que penses-tu de cela, mon neveu ?

Jamie pouvait difficilement accepter une offre exprimée si vaguement.

– Combien de shillings ?

– Allons, dit Lachlan en levant les mains pour protester de sa bonne foi. Sans mes livres de comptes ouverts devant moi, je ne peux te donner un chiffre exact, Jamie. Nous négocierons un arrangement à l'amiable avant la première neige. Pour l'instant, entendons-nous sur le principe que toi et ta famille séjournerez ici jusqu'au printemps.

Lachlan ne présenta pas sa main pour sceller le marché, mais il se leva plutôt et se tourna vers son lit, pour signaler la fin de leur discussion.

Jamie quitta la pièce sans ajouter un mot. Si son oncle n'était pas lié par leur entente, il ne l'était pas non plus. Il était déjà tombé dans le piège d'un vil jeu de mots de sa part à la Saint-Martin précédente ; en effet, lorsqu'il avait demandé la main de Rose, Lachlan lui avait alors répondu qu'il « pourrait » l'avoir. Ah ! la fourberie de cet homme. Plus tard, il avait brandi un doigt dans sa direction, en disant : « "tu pourrais" ne constitue pas une promesse formelle ». Le souvenir de l'affront était encore marqué dans sa chair.

– Alors, nous *pourrions* rester jusqu'au printemps, murmura-t-il sous cape, martelant les marches sans se soucier des dormeurs dans la maison, la lettre de sa mère froissée dans la main gauche.

Il ouvrit la porte de sa chambre, l'envoyant presque voler contre le mur, puis la referma en s'assurant d'entendre un plaisant claquement.

– Jamie ?

La voix de Leana flotta dans la pièce sombre.

– Quelque chose ne va pas ?

– Et comment !

Puis, il lança la lettre et son gilet sur une malle en cuir. Hugh rangerait ses vêtements le lendemain matin. Pour l'instant, Jamie ne désirait rien d'autre que le réconfort de son lit. Il cligna des yeux, s'adaptant à la lumière de l'unique chandelle, et respira profondément le léger parfum de lavande de la chambre, un changement bienvenu après toutes ces heures passées dans l'atmosphère étouffante du petit salon.

– C'était pire encore que je ne l'avais envisagé, dit-il. Ton père s'imagine que nous resterons jusqu'à la fin du printemps.

Elle eut un hoquet.

— Le printemps ?

Sa réaction était si semblable à la sienne qu'il en sourit presque.

— S'il n'y avait que l'opinion de ton père dans la balance, j'affronterais son déplaisir et nous partirions avant Yule.

Il arracha ses bottes et les laissa tomber sur le plancher, puis il retrouva la lettre et la tint bien en évidence.

— Hélas, dit-il, ma mère abonde dans le même sens.

Leana se glissa vers le bord du lit et approcha la bougie.

— Allez, lis-la-moi.

Les pieds nus de Leana luisaient faiblement contre le plancher de bois. L'ourlet dentelé de sa chemise de nuit était encore plus blanc. Comme il serait bon de partager son lit à nouveau, se dit Jamie. Près du foyer, Ian dormait dans son berceau, à quelques pas de la mère. Il se demanda pourquoi leur bébé devait dormir si près d'eux. N'allait-il pas les réveiller à toute heure ? N'auraient-ils plus jamais un seul moment d'intimité ?

Quand Jamie s'assit près d'elle, les planches du lit gémirent.

— Tu regretteras le matelas moelleux des Gordon, dit-il.

— Non, il ne me manquera pas.

Elle glissa la main dans le creux de son coude et appuya la joue contre son épaule. Ses cheveux déferlaient autour de son visage comme des vagues d'or.

— C'est mon mari qui m'a manqué, murmura-t-elle.

Mon mari. Jamie ravala sa honte. Avant la naissance de Ian, il n'avait rien eu d'un mari attentionné pour elle.

— Pourquoi ne pas remettre la lecture de cette lettre à demain ?

Laissant tomber les feuillets sur la table de chevet, il passa un bras autour de Leana, l'attirant plus près jusqu'à ce que la tête de son épouse se love sous son menton. Elle soupira doucement, quand il baisa le sommet de sa tête, puis il la renversa vers l'arrière pour lui embrasser le front également. Lorsqu'il le fit, la douceur oubliée de sa peau le bouleversa. *Leana.* Des souvenirs de leur première semaine de vie maritale lui revinrent à l'esprit, éveillant un désir négligé depuis trop longtemps.

— Jamie, dit-elle en se redressant.

Elle écarta une mèche de cheveux tombée sur ses yeux, mais sans chercher le regard de l'homme.

— Tu sais que je ne peux…

Bien sûr qu'il le savait. Le croyait-elle aussi rustre ?

— N'en parle plus, Leana.

Il s'étira suffisamment pour placer la bougie sur la haute armoire. Sa faible flamme ne dérangerait pas leur sommeil, mais elle éclairerait leurs pas, si Ian avait besoin de leur attention. Se glissant sous les couvertures, Jamie regarda sa femme s'installer dans une position confortable et résista à l'impulsion de toucher ses cheveux, la délicate courbe de son épaule, le creux de son cou.

— Dors bien, murmura-t-elle, sa voix déjà lourde de sommeil.

Il resta étendu, immobile dans la noirceur, à la fois éveillé et épuisé, les mains enfouies derrière la tête. Être le mari de Leana et le père de Ian exigeait de lui une patience qu'il n'était pas certain de posséder. « C'est comme s'occuper d'la brebis et d'l'agneau qui vient d'naître », lui avait expliqué Duncan pendant la semaine. « Y faut pas être brusque ni pressé dans tes mouvements. Sois sûr qu'les deux auront la chance de bien faire connaissance. Peu importe l'heure du jour ou d'la nuit, s'ils sont fatigués, laisse-les dormir. »

Il écouta la respiration lente et régulière de Leana, qui glissait peu à peu dans le sommeil.

Alors, fais de beaux rêves, chère femme.

Jamie s'éveilla à la lueur pâle et grise de l'aube qui filtrait à travers les rideaux. Leana s'était agitée toute la nuit, mais elle était maintenant profondément endormie contre lui, et Ian était blotti sur elle. En les regardant, il comprit ce qu'il devait faire : tandis que Leana veillerait sur son fils, il ferait de même avec les brebis, s'assurant qu'elles seraient bien nourries et bien traitées. C'est uniquement le devoir qui l'attacherait à Auchengray jusqu'au printemps — pas les ruses de son oncle, ni les préoccupations de sa mère. Chaque matin, au réveil, il se le répéterait avant d'aller rejoindre Duncan dans les pâturages, au lever du soleil.

Les jours gris-bleu d'octobre vinrent et s'enfuirent, chacun plus court que le précédent. Jamie travaillait dans les parcs à moutons, revenant à la maison à l'heure du dîner, les vêtements souillés, les muscles rendus douloureux par le dur travail dans l'air froid et humide. Leana s'assurait toujours qu'un bain chaud ainsi qu'une chemise propre l'attendaient. Les cernes noirs sous ses yeux et les tremblements de ses mains trahissaient toutefois les tensions d'une mère dont le bébé était en proie à des coliques.

— Je dormirai la nuit lorsqu'Ian le fera, promit-elle un soir, son regard fatigué tourné vers le berceau auprès du feu. Ses coliques ne dureront pas éternellement. Pas plus de trois ou quatre mois, m'a affirmé Neda.

Elle caressa la joue de Jamie.

— Il est peut-être préférable d'attendre au printemps avant de partir pour Glentrool, dit-elle.

Il hocha la tête, mais ne dit rien. Une sourde irritation grimpait en lui comme un liseron sur le mur du jardin. *Partir maintenant.* C'était vers cette pensée que tout convergeait. Un sentiment d'urgence l'envahissait. *Partir maintenant. Fuir à Glentrool.* Bien sûr, ce n'était ni possible ni faisable, une idée ridicule, en fin de compte. Sa place était ici, à Auchengray, pour seconder Duncan. Pour soutenir sa femme. Tout en évitant Rose, qui ne parlait plus que de Neil Elliot, mais qui continuait à battre des paupières quand elle le regardait, dès que Leana avait trop à faire avec Ian pour le remarquer.

Jamie essayait d'ignorer Rose, bien qu'elle semblât devenir plus jolie chaque jour qui passait. Duncan disait que Jamie avait choisi le bon chemin. N'avait-il pas plutôt été choisi pour lui ? Par sa mère, par son oncle, par Leana, par le bébé ? *Non.* De telles pensées étaient stériles. Le travail acharné était son seul espoir, son devoir et son unique salut. Il travaillerait comme un berger ordinaire, comptant les heures et les jours jusqu'au retour du printemps à Galloway et, alors, il serait libre — libre de quitter Auchengray et ses travaux sans fin, libre de la constante tentation que représentait la charmante et fraîche Rose, libre d'aimer sa femme sans l'ombre d'un regret.

Chapitre 10

Si je vous parle comme à une amie,
Vous vous plaignez de ma froideur ;
Si je vous décris la flamme de mon amour,
Vous me reprochez mon audace.
— Thomas Moore

Rose attendit que l'attention de son père fût fixée sur le révérend Gordon prêchant en chaire pour déplier le billet, puis elle se pencha pour le lire. *À l'abbaye, vendredi après-midi à deux heures.* C'était Suzanne qui lui avait glissé le papier plié dans la main à la porte de l'église, mais les mots avaient été griffonnés à la hâte par son frère.

Neil Elliot faisait une cour sérieuse à Rose ; sur ce point, il ne subsistait aucun doute. Depuis ce matin de sabbat où Ian avait été présenté à l'église, Neil était venu à Auchengray à une demi-douzaine de reprises. Même Suzanne avait fait allusion à la possibilité que les deux jeunes filles deviennent sœurs un jour. « Par le mariage et par la loi ! » lui avait dit son amie, les yeux brillants de larmes d'espoir. *Chère Suzanne.* Rose ne l'encourageait ni ne la décourageait, incertaine de ses propres émotions à l'égard de son frère aîné.

Rose leva les yeux et vit que Neil la regardait de son banc. Ses sourcils étaient levés en une interrogation silencieuse, facile à deviner : *Avez-vous lu la note ? Viendrez-vous à l'abbaye ?* Elle fit semblant de ne pas l'avoir vu. Elle regarda plutôt par terre et s'occupa de replacer ses jupes autour de ses chevilles, tandis qu'un sentiment de culpabilité commençait à grignoter son âme. Le pauvre garçon était vraiment fou d'elle. Bien que Neil fût un beau garçon dans son genre, son sourire ne soutenait pas la comparaison avec celui, éclatant, de Jamie. Neil était bien élevé, mais ses manières rustiques n'avaient rien de commun avec celles de Jamie, polies à Édimbourg. Lorsque Neil lui prenait la main, elle ressentait un léger frisson, mais ce n'était rien auprès du feu qu'un simple contact avec Jamie allumait en elle.

Elle savait qu'il était injuste de les comparer. Jamie était son premier amour. Tout autre homme semblait un choix bien fade, après lui. Mais elle ressentait *quelque chose* pour Neil, maintenant.

Tout autour d'elle, les voix monotones chantaient le premier psaume du matin. Les lèvres de Rose bougeaient machinalement, mais ses pensées s'étaient déplacées à quelques pas au nord, du côté de l'« abbaye chérie », comme on l'appelait. Devrait-elle y retrouver Neil et lui faire part de l'ambivalence de ses sentiments ? Il lui semblait honnête de le faire. Après tout, n'étaient-ils pas des amis ? *À vendredi après-midi, alors.* Elle leva les yeux et trouva Neil, qui la regardait toujours. Attendant une réponse. Elle hocha légèrement la tête. *D'accord, à vendredi.*

Le soleil était bas dans le ciel, rasant les cimes des arbres, striant Newabbey de rais inclinés d'or pâle. Rose, qui se sentait tendue comme un ressort, traversa le pont à pied, puis salua le meunier, Brodie Selkirk, qui balayait le pas de sa porte. Elle avait dit à Neda qu'elle sortait acheter des noisettes pour la veille de la Toussaint, qui tombait le lendemain. Neda, distraite par les préparatifs de la fête, l'avait laissée partir sans poser de questions, puisque la petite récolte de noix d'Auchengray avait été cueillie et consommée le mois précédent.

Sur la butte herbeuse, derrière le moulin à maïs, les garçons de la paroisse s'affairaient à empiler le combustible pour le feu de joie qui devait être allumé au crépuscule le lendemain. Le monticule de poutres brisées et de barils éventrés, de tourbe et de bruyère, d'ajoncs et de fougères séchées avait atteint la hauteur d'une meule de foin. Un trio d'enfants passa tout près, allant tête et pieds nus dans l'air froid, mais leur visage rayonnait alors qu'ils chantaient une chanson de circonstance.

La nuit d'l'Halloween,
Les magiciennes volent dans l'ciel.

Des magiciennes, bien sûr, mais aussi des sorcières. Samedi soir, les collines de toute l'Écosse s'illumineraient des feux destinés à chasser les puissances des ténèbres. Rose avait l'intention d'être en sécurité à l'intérieur des murs d'Auchengray, hors de portée de Lillias Brown et de ses pareilles.

La porte de l'épicerie était ouverte.

— Monsieur Elliot! chantonna Rose en mettant le pied à l'intérieur.

Elle pouvait entendre le commerçant qui sifflait en travaillant dans l'arrière-boutique. Il se présenta à son comptoir peu après. À ses pieds, des cageots remplis de légumes à racines comestibles étaient disposés en rangs, tandis que des pattes de mouton fumé se balançaient aux poutres au-dessus de sa tête, la viande enveloppée de mousseline. Les arômes piquants des épices imprégnaient la petite boutique : la riche note de cannelle, la senteur musquée de la sauge, la douce odeur du romarin. Rose était penchée au-dessus d'une tablette, aspirant le parfum de muscade, au moment où monsieur Elliot apparut, poussant son ventre rebondi enveloppé dans un tablier blanc, dont les taches trahissaient la profession.

— Mam'zelle McBride, la salua-t-il. Quelle surprise de vous voir au village.

Rose fit semblant de ne pas remarquer son grand sourire. Est-ce que Neil lui avait fait part de son rendez-vous galant?

— Je fais une course pour Neda Hastings.

Elle jeta un coup d'œil circulaire, puis demanda :

— Vous reste-t-il des noisettes ?

— Malheur ! dit-il en levant une main charnue. J'ai vendu mes dernières avelines il y a une heure à peine.

— Peu importe, alors. Je penserai à autre chose.

Rose se pinça les lèvres en pensant aux bois situés au nord d'Auchengray, qui abondaient de noisettes. En resterait-il quelques-unes suspendues aux arbrisseaux sauvages ? Un endroit inquiétant, à coup sûr, la partie la plus sauvage de la paroisse. Pourtant, la possibilité du danger ne faisait qu'ajouter à son attrait. Si le temps se maintenait jusqu'au lendemain matin, elle se glisserait par la porte de derrière pour aller à la recherche de quelques grappes de noix encore accrochées aux branches. Pour le moment, toutefois, elle devait s'occuper d'une autre affaire ; le fils de l'épicier l'attendait.

— Je vais faire une promenade à l'abbaye.

Elle sortit rapidement dans la rue en disant adieu à monsieur Elliot. Son regard s'attarda sur la tour centrale de l'abbaye et elle pressa le pas dans sa direction, s'assurant de bien soulever ses jupes pour ne pas les salir, tout en saluant au passage les visages familiers qu'elle croisait.

— Madame Taggard, dit-elle en hochant la tête. Bonjour, monsieur Clacharty.

Au bout de la rue, au nord du presbytère, s'élevaient les ruines de grès rouge de *Dulce Cor* — « l'abbaye chérie », ainsi que les moines d'une époque passée l'avaient baptisée. Le firmament lui servait de plafond, maintenant, et la terre était son plancher. Les arches gracieuses des transepts et de la nef avaient résisté pendant cinq siècles, en dépit du fait que plusieurs pierres de construction avaient été empruntées pour construire des cottages et des murets dans les environs. L'abbaye allait atteindre ses six siècles d'existence, lorsqu'une société de gentilshommes avaient mis en commun leurs ressources et sollicité des contributions pour la sauver des assauts du temps. Son père, cela va de soi, avait refusé de contribuer.

Un tel acte de générosité n'était pas dans la nature d'un homme aussi avaricieux.

Rose se glissa derrière l'un des piliers massifs et épia la vaste étendue de l'abbaye. En dépit du soleil d'automne, la pierre était froide sous sa main. Lorsqu'elle vit Neil Elliot debout, lui faisant dos près du grand autel, elle respira profondément, puis sortit de sa cachette et avança lentement vers lui.

— Vous voilà, dit-elle, essayant de garder un ton léger.

Neil se retourna immédiatement et ouvrit les bras pour l'accueillir.

— Ma chère Rose.

Son visage brillait comme les pommes polies de son père et son regard l'enveloppa des bottes à la tresse.

— Jolie et bien tournée, et tout ce qu'un homme peut désirer, la complimenta-t-il.

— Neil ! dit-elle en détournant le regard, gênée par son appréciation un peu trop descriptive. Vous ne devez pas dire de telles choses.

Son rire, plus grave que celui qu'elle se rappelait, se réverbéra sur les murs de l'enceinte.

— Et pourquoi ne pas les dire, si elles sont vraies ?

Ses joues rougirent encore davantage.

— Mais rien n'est décidé entre nous.

Elle baissa la tête, craignant de lire son regard.

— Vous devez d'abord parler à mon père.

— C'est une chose facile à arranger, jeune fille.

Oh non ! Elle venait de dire la mauvaise chose.

— Neil, j'ai peur que nous… que c'est…

— J'ai apporté ceci pour vous, dit-il.

Il fit un pas en arrière, et ses mots se bousculaient, comme s'il pressentait ce qu'elle essayait de lui dire. Il fouilla dans la poche de son manteau.

— Mère a emprunté la recette d'un cousin d'Édimbourg, expliqua-t-il, qui en fait à chaque fête de la Toussaint.

Il produisit un paquet enveloppé d'un linge, puis l'ouvrit pour révéler un généreux carré de pain d'épice.

— Même avec deux tasses de mélasse, ajouta-t-il, il ne sera jamais aussi sucré que vous, ma chère Rose.

L'eau vint tout de suite à la bouche de la jeune fille, car Neda n'en faisait que rarement à Auchengray.

Neil en arracha un petit morceau et le lui porta aux lèvres.

— Goûtez par vous-même.

Elle mordit le morceau de gâteau et le trouva succulent.

— Mmmh. Délicieux.

— Oui, dit-il en lui souriant. Délicieux.

Il lui en offrit un autre, puis replia le paquet et le lui posa dans les mains.

— Quand vous savourerez le reste, souvenez-vous de celui qui vous l'a donné.

— Je n'y manquerai pas, dit-elle, regrettant déjà son enthousiasme. Neil, nous devons discuter.

— Mais d'abord, nous devons nous promener.

Il glissa la main de la jeune fille dans le creux de son coude.

— L'hiver sera ici bientôt, dit-il. Les jours dorés comme ceux-ci ne doivent pas être gaspillés.

Adoptant un pas modéré, il entraîna Rose à travers les champs herbeux qui s'enroulaient autour de l'abbaye. Ils marchèrent ainsi pendant plusieurs minutes, parlant peu, si ce n'est des couleurs d'automne autour d'eux qui se fanaient déjà. L'air était frais, mais limpide, odorant des senteurs des feuilles brûlées, et on entendait les moutons bêler dans un pâturage voisin. Ils approchèrent peu à peu du mur délabré qui délimitait la propriété.

Passant sous l'une des arcades menant au cloître, Rose se mit à marquer le pas, alors que son cœur, lui, battait de plus en plus vite. Elle ne pouvait garder la vérité pour elle plus longtemps.

— Neil, commença-t-elle, en humectant ses lèvres sèches, c'était gentil de votre part de m'inviter ici.

— Et tout autant de la vôtre de venir.

Il s'arrêta pour se tourner vers elle et l'expression sérieuse de son visage la troubla.

— Vous savez que j'ai beaucoup d'affection pour vous, dit-il.

— Je sais, admit-elle, soutenant son regard, aussi difficile que ce fût pour elle.

Les yeux bruns du jeune homme brillaient d'un amour qu'elle craignait être incapable de lui rendre.

— Je pense à vous comme à un ami très cher, dit-elle finalement.

— Un ami ? protesta-t-il, en glissant les mains sur les bras de Rose. Mais Suzanne est votre amie. Je croyais être un peu plus que cela.

— Oui…, bien… bégaya-t-elle.

Elle l'observa, stupéfaite, se pencher vers elle pour lui chatouiller l'oreille du bout des lèvres. Quand Neil avait-il appris à être aussi audacieux ?

— Je me demande si vous connaissez cette vieille chanson qui me trotte dans la tête.

Son souffle lui réchauffa la peau lorsqu'il chanta :

Certains disent qu'un baiser est un péché,
Moi, j'dis que c'est pas vrai.

Il poussa un petit rire et ajouta :

— À votre tour. Chantez la suite, jeune fille.

Rose ne pouvait bouger la tête, tant il pressait la joue étroitement contre la sienne. Elle murmura les deux dernières lignes du couplet d'une voix chevrotante :

C'est une chose bien innocente
Et permise par les lois du pays.

— Précisément.

Et il l'embrassa. Doucement, au début, puis avec plus d'ardeur, lui passant les bras autour de la taille, l'attirant plus près de lui avant qu'elle puisse l'arrêter, avant même qu'elle pense à le faire.

Une voix masculine flotta à travers le cloître.

— Mes félicitations.

Jamie.

Rose se dégagea et se retourna vivement.

— Cousin ! Je ne vous attendais pas... Je suis surprise de... vous voir ici.

— Évidemment.

Il marcha vers eux, et toute sa personne exprimait la mauvaise humeur.

Elle s'écarta de Neil d'un autre pas.

— Qu'est-ce qui vous amène à l'abbaye ?

— Vous n'arriviez pas assez vite au gré de votre père, alors il m'a envoyé à votre recherche avec le cabriolet. Lorsque je me suis arrêté chez l'épicier, monsieur Elliot m'a dit que je vous trouverais peut-être ici. Alors, je suis venu.

Son visage s'assombrit encore davantage.

— Je suppose que les bans seront lus au prochain sabbat.

Avant que Neil puisse répondre, Rose s'écria :

— Non ! Ce n'est pas ce que vous croyez.

— Au contraire, intervint Neil. Vous avez bien vu, monsieur, ajouta-t-il en appliquant la main fermement dans le dos de Rose. Soyez assuré que je parlerai à monsieur McBride, quand le moment sera propice.

Le regard de Jamie se fit inquisiteur, jaugeant le jeune homme.

— Et quand ce moment viendra-t-il, monsieur Elliot ?

— Est-ce que lundi est assez tôt pour vous, monsieur ?

Chapitre 11

Qu'est-ce qu'une femme, une douce femme, n'oserait pas,
Quand la passion fait battre son cœur ?
— Robert Southey

Quand Jamie se tourna vers elle, une ombre sembla passer sur son visage.

— Qu'avez-vous à dire, Rose ?

— Jamie, nous devons…

— Rentrer immédiatement. Je ne saurais être plus d'accord.

Jamie présenta son bras, une invitation qu'elle n'osa pas ignorer.

— Monsieur Elliot, mon oncle vous attendra lundi à Auchengray pour le déjeuner. À une heure précise. Vous devrez soit expliquer de manière satisfaisante votre comportement, soit présenter une offre de mariage. Est-ce bien compris ?

Neil se carra et son regard était déterminé.

— À lundi, monsieur.

— Lundi, répéta Rose, trop ébranlée pour ajouter quoi que ce soit.

Les hommes s'adressèrent des adieux polis, mais brefs, puis Jamie la guida à travers l'abbaye jusqu'au cabriolet, le pas allongé, l'air maussade.

— Je vois que vous n'avez pas perdu de temps pour trouver un soupirant, Rose.

Il donna le signal d'avancer à Bess d'un claquement de la langue.

— Je croyais que vous feriez preuve de plus de… discernement.

— Ce n'est pas moi qui ai choisi.

Elle regarda l'épicerie en passant devant sa porte, essayant de s'imaginer en train de tenir boutique.

— Neil m'a choisie, dit-elle.

— Il a aussi choisi de vous embrasser sous le vaste ciel d'octobre, à la vue de tous.

— Vous êtes le seul à nous avoir vus, Jamie.

— Je suis arrivé au bon moment, car l'homme semblait passionné.

Rose se toucha les lèvres, pour se rappeler. Leur baiser avait été si rapide et si inattendu qu'elle n'aurait su dire s'il avait été agréable. Mais *passionné*... oui, elle pouvait dire qu'il l'était.

Jamie la regarda de côté, comme s'il évaluait sa réaction.

— Leana a dit que vous avez reçu plusieurs visites de monsieur Elliot à Auchengray, dernièrement.

Elle redressa légèrement les épaules.

— Nous avons marché dans les collines ensemble, parlé de choses et d'autres en prenant le thé et des gâteaux. Aucune visite formelle. Neil ne faisait... qu'apparaître.

— Et il était bien accueilli.

Jamie se tut, se tournant pour surveiller la route en prenant une courbe. Le cabriolet rebondit fortement quand la roue heurta une ornière, bousculant ses deux occupants. Jamie attrapa Rose par le bras pour l'aider à se rétablir et la relâcha aussitôt.

Après un long silence, elle feignit de prendre un vif intérêt pour un groupe de grives bruyantes qui picoraient des baies dans une haie, afin d'étudier discrètement Jamie. L'homme se comportait vraiment étrangement. Était-il en colère ? Inquiet pour sa réputation de jeune fille ? Ou l'aimait-il encore, ne serait-ce qu'un peu ?

— Jeune fille...

Il s'éclaircit la gorge.

— Si votre père n'a pas fait votre éducation sentimentale, alors c'est moi qui devrai la faire.

Ah ! Les coins de sa jolie bouche se tordirent à l'idée de recevoir une leçon de morale, de la part de Jamie, qui plus est.

— J'imagine qu'embrasser un amoureux en public n'est pas convenable.

— Évidemment que ce ne l'est pas !

Un petit rire échappa à Rose avant qu'elle puisse le retenir.

— James Lachlan McKie, vous m'avez embrassée des douzaines de fois quand vous me faisiez la cour !

— Mais pas dans une abbaye, répliqua-t-il.

Elle ouvrit la main et commença à compter sur ses doigts les endroits où il l'avait embrassée. Dans l'étable. Derrière Auchengray Hill. Sur le chemin de Newabbey. Caché par les ifs du jardin. Au milieu des roses de Leana. Sur la rive de Lochend. Dans la bergerie.

— Et la première fois que vous m'avez embrassée, c'était dans le pâturage, au milieu des moutons, termina-t-elle, ayant depuis longtemps épuisé les doigts dont elle disposait pour compter.

— La plupart du temps, quand nous étions déjà fiancés, insista-t-il.

— Oui, mais janvier est arrivé et tous les mois qui ont suivi jusqu'à celui-ci.

Ça suffit, Rose ! Mais elle ne pouvait retenir ses paroles ni étouffer la sourde douleur qui les provoquait.

— Que dire de ces baisers, Jamie ? insista-t-elle. Après votre mariage avec ma sœur ?

Il respira profondément.

— Ils étaient… déplacés.

— Inconvenants, comme dirait Neda ?

— Oui, tout à fait inconvenants.

Son visage était pourpre, maintenant.

— Que Dieu me pardonne, je n'avais aucun droit de vous embrasser, Rose.

— Je n'ai pas résisté une seule fois, lui rappela-t-elle, tout en se sentant coupable de l'accabler un peu plus.

Lorsqu'il la regarda, le chagrin dans son regard était évident.

— J'étais celui qui ne pouvait résister, Rose. Si quelqu'un doit porter le blâme, ne regardez personne d'autre que moi.

Mais *je n'ose plus vous regarder.* Elle fixa la route en direction de Lowtis Hill, essayant de faire le tri dans ses émotions. Jamie était déterminé à honorer ses vœux. Elle ne pouvait s'empêcher de l'admirer, même si elle en souffrait cruellement. La triste vérité, c'est que Jamie ne serait jamais à elle. Se rappeler tous ses baisers ne faisait que rendre la situation encore plus douloureuse.

Neil Elliot, alors. Une solution de compromis. Demanderait-il sa main ? Son père l'estimerait-il digne d'elle ? Pourrait-elle aimer un tel homme ?

Jamie attira son attention d'un petit coup de coude.

— Vous êtes bien silencieuse, Rose. Cela ne vous ressemble pas.

Elle lui dit la vérité.

— Je pense à lundi.

— J'ai été un peu… sec avec monsieur Elliot.

— Sec ?

Rose leva les yeux au ciel.

— Vous ne lui avez pas laissé beaucoup de choix. Même si je crois que sa décision de me demander en mariage était prise bien avant votre arrivée.

Après un court silence, Jamie demanda :

— Et votre choix, est-il fait aussi ?

Était-ce du regret qu'elle entendait derrière cette question ?

— Je n'ai pas encore pris de décision, admit-elle, croisant les mains sur ses genoux, au moment où la porte d'Auchengray arrivait à leur vue. Vous m'en voudriez d'épouser le fils d'un épicier ?

— Vous en vouloir ? Mais non.

Il secoua la tête, comme si ses propres paroles étaient insuffisantes pour se persuader lui-même.

— Épousez qui bon vous semble.

Rose se tut, portant attention au ton de sa voix. Jamie n'était plus en colère. Ni inquiet. Sa honte était partie comme elle était venue. Déçu, peut-être ? Non, c'était quelque chose d'autre. Ses yeux s'agrandirent. Il ne pouvait certainement pas être jaloux de Neil Elliot ? Impossible, puisque Jamie lui était en tous points supérieur. Non, il ne pouvait être jaloux.

Lorsqu'ils arrivèrent à la ferme, Willie l'aida à descendre et chercha dans le cabriolet un paquet de l'épicier.

— Z'êtes allée jusqu'au village et pas une noisette à montrer pour vot' dérangement ?

— Colin Elliot n'en avait plus une seule, lui dit-elle. J'irai en cueillir demain matin, car vous seriez trop déçus de ne pas en avoir autour du foyer la veille de la Toussaint.

— Oh ! dit Willie pour la renvoyer. J'ai pas b'soin d'mettre des avelines près du feu. C'sont des coutumes d'jeunes gens. Mais, si vous en cueillez une poignée ou deux, vous f'rez des heureux. Pas vrai, m'sieur McKie ?

— Oui, dit Jamie.

Puis, il leva les yeux vers la fenêtre de la maison où Leana était postée, les observant.

— Nous vous en serions tous reconnaissants.

C'était le dernier jour d'octobre. Déjà, un vent froid de novembre lui mordait les talons.

Après un rapide petit-déjeuner de pain *bannock* et de confiture, Rose fouilla dans une armoire à linge et dénicha un vieux tablier. Elle emprunta une aiguille et un fil dans le panier de Leana pendant que sa sœur s'occupait du bébé, rattacha l'ourlet à la taille, puis cousit les côtés pour créer une seule poche ample. Elle noua le tablier par-dessus sa plus vieille robe et sortit discrètement de la maison pour se diriger vers Auchengray Hill. Au cours de ses seize années, elle n'avait jamais exploré les landes sauvages et les forêts sombres toute seule. Elle aurait peut-être dû demander à un berger de l'accompagner – Rab Murray ou Davie Tait –, mais il était trop tard, maintenant. Elle devrait se débrouiller toute seule.

Une pâle brume matinale tournoyait autour de ses jupes pendant qu'elle explorait du regard le pâturage au loin. Ni Jamie ni Duncan n'apparurent à sa vue alors qu'elle gravissait agilement le sommet de la colline et coupait à travers les champs en friche, en direction des forêts situées à l'est de Troston Hill. Plus d'une fois, le sol inégal la fit trébucher et tomber sur les genoux, et quelques piquants de chardon se fichèrent dans ses jupes. Son courage fut ranimé, quand elle vit une rangée de chênes le long de la rive du March Burn. Un bosquet de noisetiers semblait l'attendre juste de l'autre côté de l'étroit cours d'eau. Le brouillard qui s'élevait adoucissait les couleurs vives des feuilles de chêne, créant un mélange d'orange brûlé, de jaune doré et de brun pâle. Rose sentit une pomme de pin sous son pied et l'envoya voler au loin d'un bon coup du bout de sa botte. En pénétrant dans les ombres froides de la forêt, elle s'arrêta pour laisser ses yeux s'habituer à l'obscurité et son ouïe retrouver son acuité.

Les noisetiers, avec leurs feuilles d'un rose brunâtre, étaient encore là où elle se rappelait les avoir vus à l'occasion d'une sortie scolaire, longtemps auparavant. Rose fouilla dans l'arbuste le plus proche, consternée de constater que les hirondelles et les geais l'avaient précédée. Au prix de quelques efforts, elle repéra quelques grappes restantes, mûres et prêtes à être mangées. Elle sélectionna deux jolies noisettes en particulier – fermes, foncées et charnues – et les glissa dans la poche attachée à la taille. *Une pour Neil, une pour moi.* S'enfonçant plus avant dans le bosquet, elle moissonna chaque arbuste consciencieusement, arrachant les quelques noix qu'elle trouvait de leur collerette feuillue, puis glissant les avelines dans son grand tablier. Tout en travaillant, elle chantait pour s'égayer.

Je n'ai jamais aimé d'garçon, sauf un,
Et il n'aime pas d'autre fille que moi ;
Il veut bien que j'sois sa fiancée,
Et d'être à lui, je le veux bien.

Au moment où les dernières paroles étaient emportées par le vent qui sifflait à travers le bosquet, une petite branche craqua derrière elle, puis il y eut un petit ricanement.

— Y a ben des façons d'conquérir l'cœur d'un homme — consentant ou non. Et Lillias Brown les connaît toutes, dit une voix familière.

Rose se retourna vivement, agrippant les coins de son tablier déjà bien chargé.

— Madame Brown !

Portant des vêtements bigarrés, les cheveux striés de gris attachés sur le dessus de sa petite tête, la veuve était apparue inopinément, comme un fruit trop mûr tombé de la branche d'un arbre. Rose resta interdite.

— Que… que faites-vous ici ?

La vieille femme rit de nouveau, tenant un petit panier.

— La même chose qu'vous, mam'zelle McBride. J'cueille les dernières noisettes.

Elle manipula le collier qui pendait sur sa poitrine.

— Certains les mangent et d'autres les jettent au feu par paire, pour deviner l'futur, expliqua-t-elle. Pour moi, les fruits du noisetier servent un but plus profond.

Son regard se posa sur le tablier de Rose.

— J'vois que vous en avez pris plus que vot' part, ajouta-t-elle.

— Seulement ma juste part, répliqua Rose.

Elle refusait de se laisser intimider, bien qu'elle dût presser ses genoux l'un contre l'autre pour les empêcher de trembler. La trace d'une cicatrice, pâle, mais dentelée, courait sur le front de la vieille dame. Une entaille de sorcière, disaient certains, faite par une âme désespérée qui cherchait à se protéger de Lillias et de ses sorts. Rose dissimula la main droite sous son tablier et glissa le pouce entre l'index et le majeur ; le signe de la croix la protégerait.

— Les bois appartiennent à tous ceux qui vivent dans la paroisse, madame Brown, déclara Rose.

— Bien sûr, dit Lillias en s'approchant de la jeune fille, qui recula d'un pas malgré elle. La paroisse de Newabbey est aussi la mienne, v'savez. Mon cottage, qui s'appelle Nethermuir, n'est pas loin d'ici, à côté d'Craigend Loch.

Elle fit un geste vers l'ouest.

— C'est par là, pour l'corbeau qui vole haut et vite, mais à moins d'une heure de marche.

— Je vois, dit Rose, qui ne put résister à l'envie de regarder une deuxième fois l'étrange pendentif fait de noisettes polies et enfilées sur un ruban de velours noir. Avez-vous fait votre... collier vous-même ?

— C'est moi qui l'ai fait, jeune fille, répondit-elle. Seule une femme sage sait l'comment et l'pourquoi d'une telle chose.

Lillias se mit à manipuler les douces noisettes entre ses doigts comme les grains d'un rosaire, prenant chacune à tour de rôle, remuant les lèvres, mais sans émettre un son. Ses yeux se fermèrent et sa bouche se détendit.

La forêt devint étrangement silencieuse. Rose sentit les poils de sa nuque se dresser.

— C'est la puissance d'la noisette, murmura Lillias, les yeux toujours clos. Elle peut même changer l'air qu'on respire.

Elle relâcha son collier, puis plaça la main dessus et ouvrit les yeux.

— Quand j'suis venue à toi, Rose McBride, tu pensais à un homme. Un homme qui veut s'marier avec toi, ai-je raison ?

Neil ! Trop étonnée pour répondre, Rose acquiesça d'un petit hochement de tête.

— En fait, lui voudrait, mais pas toi.

Rose déglutit et fit un autre petit pas en arrière.

— Je suis… indécise.

— Parce que tu penses à un autre.

Lillias agrippa son collier, le regard vague.

— Un homme qui peut pas t'aimer.

Un coup de vent annonciateur de l'hiver lui souffla dans le dos. *Je ne peux t'aimer, Rose.*

— C'te nuit-même, tu connaîtras ton futur mari.

Étirant une main flétrie, Lillias s'empara d'une paire de noisettes dans son panier et les ajouta au tablier de Rose.

— Les noix, l'miroir, la pomme — tu connais les vieilles coutumes, n'est-ce pas ?

Rose hocha la tête. Elle n'y croyait pas tellement, mais elle les connaissait, en effet.

— Ne rate jamais la chance d'apprendre c'que ton cœur sait déjà, dit Lillias.

Lorsqu'elle lui toucha la main, Rose fut stupéfaite par la chaleur des doigts osseux de la vieille femme.

— Il n'y a qu'un homme pour toi, jeune fille, dit-elle. Et tu connais bien son nom.

Une voix qui n'était pas la sienne murmura en elle, *Jamie.*

— Non !

Rose se retourna et traversa en courant le ruisseau et la forêt de chênes, son cœur se débattant plus vite que ses jambes. Pas étonnant que les voisins disaient que Lillias Brown était une sorcière ! Nulle autre que la fille du diable en personne pouvait planter une idée aussi inconvenante dans l'esprit d'une jeune fille. Jamie appartenait à sa sœur, maintenant. Il n'y avait pas de retour en arrière.

Rose contourna les buissons d'ajoncs et les roches qui affleuraient avant de ralentir pour reprendre son souffle, aspirant l'air à grandes goulées saccadées. Elle n'osait pas s'attarder. On disait que Lillias Brown pouvait se changer en lièvre, chevaucher un chat comme un coursier lilliputien ou se changer en courant d'air capable de passer dans un tamis de cuisine. « Balivernes ! » avait dit Rose un jour. Aujourd'hui, elle jetait un regard furtif par-dessus son épaule, terrorisée en pensant à ce qui pourrait se trouver derrière elle.

Grâce à Dieu, il n'y avait rien d'autre que de grands arbres multicolores et un pâle ciel bleu.

Ralentissant le pas, ses pensées se tournèrent vers la maison et les prochaines heures. C'était à Neil Elliot qu'elle songerait en cette veille de la Toussaint. À Neil et à personne d'autre. Elle chercherait son reflet dans le miroir, à minuit, et espérerait que la pelure de la pomme formerait la première lettre de son nom. Car s'il devait demander sa main le lundi suivant, elle devait connaître son cœur. Et elle devait avoir une réponse à lui fournir.

Chapitre 12

Le regard de l'amour effraie,
Car il est plein de feu.
— William Blake

— Attention au feu ! prévint Neda.

Jamie enfonça les longues tiges séchées de chou frisé dans la tourbe brûlante, jusqu'à ce que la torche fût bien enflammée. Puis, il remit le faisceau de tiges à un jeune domestique, qui courut rejoindre les autres, rassemblés de l'autre côté de la porte. Marcher le long du périmètre de la propriété, en portant des flambeaux levés bien haut, était la manière ancestrale de la protéger contre les calamités, une coutume que même l'Église ne pouvait étouffer. Lors de la prochaine veille de la Toussaint, c'est à Glentrool que Jamie porterait la flamme ; ce mois d'octobre ci, son devoir le retenait à Auchengray.

— C'est la dernière, dit Neda.

Elle plongea sa torche dans le feu, enjoignant à Jamie de l'imiter.

— Vot' oncle préfère commencer tant qu'y reste encore un peu d'la clarté du jour.

Jamie la suivit, évitant d'approcher trop près des rideaux et des vêtements avec sa tige fumante. Il se joignit ensuite au reste de la famille et de la domesticité, deux douzaines de personnes en tout, qui s'étaient rassemblées sur la pelouse.

Lachlan agitait sa torche comme une hache d'abordage et hurlait des ordres.

— Restez tous à la même distance les uns des autres. Prenez la torche dans votre main droite et tenez-la bien haut, dit-il, sinon vous allez mettre le feu aux arbustes !

Personne n'osait rire de l'homme, en dépit de ses manières ronflantes.

Lorsque Jamie regarda derrière lui, pour s'assurer que Leana le suivait, il ne put s'empêcher de remarquer la présence de Rose. Vêtue de sa robe bleue, les volutes de sa longue chevelure lui caressant le dos, elle ressemblait à la reine des fées en personne. Alors qu'il tenait fermement les tiges rugueuses de sa torche, le souvenir de Neil Elliot en train d'embrasser Rose lui revint à la mémoire. Comme l'impudent garçon avait osé profiter ainsi de son innocence !

Sa conscience le titillait. *Une juste indignation, n'est-ce pas ? Rien d'autre ?* Jamie avança, faisant décrire un arc à sa torche et répandant une pluie d'étincelles sur le parterre. Il ne pouvait prétendre à la jeune fille, pas plus qu'elle ne pouvait être sa femme. Que Rose embrasse tous les garçons de la paroisse si cela lui chantait ! Seul Leana lui importait, maintenant. Quand il sentit une main lui effleurer l'épaule, Jamie se retourna, prêt à donner à Rose une sévère remontrance.

C'était plutôt Leana qui était là, exhibant quelque chose dans sa main gauche.

— Regarde ce que j'ai tiré d'une tige d'avoine, plus tôt aujourd'hui.

Elle approcha la torche pour illuminer les grains dans sa paume.

— Sept grains provenant d'une seule tige, dit-elle fièrement.

— Sept enfants, donc, murmura-t-il, sentant son cœur se calmer.

— C'est ce que les vieilles femmes racontent, en tout cas, dit-elle en dispersant les graines d'un geste de la main. Si l'on veut croire en ce genre de choses.

Jamie la regarda, étonné.

— Tu n'y crois pas ?

— Le Dieu tout-puissant est celui qui bénit le ventre, dit-elle d'un ton confiant en passant les mains sur ses jupes. Si l'avenir garde sept enfants en réserve pour nous, Jamie, j'accueillerai volontiers chacun d'entre eux. Ce n'est pas une poignée de graines qui l'affirme, mais un cœur qui a la foi.

Jamie resta un moment silencieux, impressionné par cette tranquille assurance.

— Tu es trop bonne pour moi, Leana, dit-il enfin.

— Pas du tout, je suis loin d'être vertueuse. As-tu déjà oublié notre nuit de noces ? demanda-t-elle avec un sourire teinté de tristesse. Allons, Jamie, la nuit de la Toussaint nous attend.

L'éclat des torches s'éloignait dans la nuit sans lune alors que toute la maisonnée entamait la lente procession, longeant de près les murets de pierres sèches qui marquaient les limites d'Auchengray. La terre était spongieuse et inégale, encombrée de pierres. Jamie posait le pied au sol avec précaution, gardant un œil sur le dos rigide de Lachlan et des autres qui le devançaient sur le terrain boueux.

— Un troisième tour et c'est fini, annonça Lachlan enfin, et il lança sa torche improvisée au sol. Duncan, assure-toi que les bergers fassent le tour des pâturages. Pour tous les autres, éteignez vos flambeaux et rentrez à la cuisine.

Après avoir utilisé leurs torches pour enflammer le feu de joie, les serviteurs coururent vers la maison en riant, se réjouissant d'avance des festivités qui allaient bientôt commencer.

— Jamie, dit Leana en s'avançant à sa hauteur tout en glissant ses doigts froids entre les siens. J'ai promis d'aider Neda à faire les lanternes. Veux-tu te joindre à nous ?

Ils suivirent la foule jusqu'à la porte de derrière, quittant la noire chape de la nuit pour entrer dans la chaude et joyeuse lumière de la cuisine, où flottait un parfum de biscuits au gingembre et de pommes mûres. Jeunes et anciens étaient debout autour de la grande table rectangulaire, au centre de la cuisine, le regard posé sur une montagne de navets jaunes et orange. Derniers survivants du jardin de Leana, ils avaient été laissés dans le sol pour qu'ils deviennent dodus et que leur peau s'amincisse, car il s'agissait ici de les sculpter et non de les manger.

— Prenez vot' préféré, leur dit Neda, remettant à Jamie une lame robuste. M'sieur McKie en coupera l'bout.

Les yeux écarquillés, les plus jeunes furent autorisés à choisir en premier, prenant les navets dans leurs bras pour aller les porter à Jamie afin qu'il en sectionne la calotte. Ensuite, Leana leur remettait des couteaux émoussés et les dirigeait vers un grand chaudron en fer pour les évider. Neda ferait mijoter la chair, qui deviendrait une excellente bouillie, mélangée avec du beurre et du poivre blanc, dont on se délecterait au prochain sabbat. Ce soir-là, toutefois, les navets avaient un autre usage : faire fuir les gobelins et les petits animaux maléfiques qui, disait-on, hantaient les collines et les vallées de Galloway.

— Faites attention de ne pas percer la peau avec vos couteaux, les mettait en garde Leana, sinon monsieur McKie n'aura plus de place pour tailler le visage.

Son adresse avec un couteau aiguisé à la main fut mise à contribution, lorsque vint le temps de sculpter les yeux et la bouche dans l'écorce des légumes trop mûrs. Quelques-uns de ces visages étaient effrayants, mais la plupart étaient sympathiques, avec leur nez crochu et leur sourire de travers. Leana secoua la tête, incrédule, en pointant l'un d'eux.

— Mais quelle sorte de créature est-ce là ?

Jamie haussa légèrement les épaules.

— Une créature amicale, répondit-il.

Il était sûrement préférable que les jeunes enfants n'apprennent pas la vérité macabre derrière la tradition, pacifiée par les siècles, selon laquelle les anciens druides, réunis à Carlinwark, tranchaient la tête à leurs ennemis. Une histoire qui ne convenait pas aux oreilles innocentes. On leur demandait simplement d'enfouir une bougie dans leur navet pour bannir les ténèbres de la vieille Écosse, et c'était parfait ainsi.

— Jamie, je dois me rendre auprès de Ian, dit Leana en regardant vers le couloir. Quand Duncan et les bergers reviendront de leur ronde, ils apporteront les pommes pour le jeu suivant. Sois un bon mari, je te prie, et remplis le bac d'eau pour Neda.

Jamie lui serra la main, l'assurant qu'il ferait le nécessaire, et la poussa vers l'escalier. Le récipient peu profond qui reposait sur le plancher de la cuisine était assez grand pour contenir un picotin de pommes, et il dut faire plusieurs allers et retours pour le remplir. Rose s'activa à rompre le *bannock* de la Toussaint pour que tous puissent se le partager, tandis que Neda polissait les reinettes jusqu'à ce qu'elles brillent. Au moment où il revenait avec le dernier seau d'eau, Jamie fut rejoint par Duncan et les bergers, qui rentraient, et la cuisine se remplit de leur tapage et de leurs rires, ainsi que des cendres du bûcher qui se répandaient sur le plancher.

— C'est Halloween ! cria l'un d'eux, et un autre enchaîna :

— Et demain, c'est la Toussaint !

— Ah, quel vacarme ! s'exclama Neda, souriant de toutes ses dents. V'z'aurez d'la cendre dans les cheveux avant d'avoir fini.

Elle se pencha pour agiter l'eau avec son *spurtle,* faisant osciller les pommes à la surface.

— Qui s'ra le premier à plonger la tête d'dans ?

Rose fit un pas en avant.

— C'est moi, dit-elle.

Elle enveloppa ses cheveux dans une serviette de toile, puis en noua une autre autour de son cou avant de s'agenouiller à côté du bac, sur le plancher de brique.

— La vérité se trouve au fond d'un puits, annonça-t-elle en prenant une grande respiration.

Les malins disaient que celui qui arrivait à saisir une pomme entre ses dents dans le bassin avait le pouvoir de connaître l'avenir. Elle plongea la tête dans l'eau et pourchassa une pomme après l'autre, jusqu'à ce qu'elle arrive à en coincer une contre le bord du récipient. Elle y enfonça les dents au milieu d'un tonnerre de rires et d'applaudissements. Elle se redressa en levant le fruit bien haut et libéra ses cheveux d'un geste leste. Sa chevelure se déroula comme le fanion au sommet d'un rempart signalant la victoire, et son regard brillait d'un éclat triomphant.

— À votre tour, beau cousin. Ou n'avez-vous aucun désir de savoir ce que l'avenir vous réserve ?

— Je sais très bien ce qu'il en est.

Et vous aussi, Rose.

— Laissons la chance à quelqu'un d'autre, suggéra-t-il.

Repoussant sa réponse peu enthousiaste d'un petit mouvement de la tête, elle invita Annabelle à tenter sa chance à son tour. Jeune domestique rousse de quatorze ans, grande pour son âge, Annabelle était la femme de chambre de Rose, en plus de faire toutes les autres corvées que Lachlan trouvait pour elle. La jeune fille plongea la tête dans le bac, mais n'en retira qu'une grande gorgée d'eau. Jamie restait adossé à la porte du garde-manger, heureux d'observer les autres mouiller leur chemise et se noyer dans leurs rires. Rose était du côté opposé de la cuisine, polissant la pomme de sa manche, le regard vague. Pensant à Neil Elliot, sans doute.

Quand dix heures sonnèrent à l'horloge du manteau de la cheminée, Leana apparut et ses traits tirés confirmèrent à Jamie ce qu'il savait déjà : les coliques de Ian ne s'étaient pas apaisées ; ses cris étouffés pouvaient être entendus par-dessus le vacarme qui régnait dans la cuisine. Elle traversa la pièce bondée et vint lui prendre la main.

— Jamie.

Elle ne dit rien de plus et appuya la tête sur son épaule.

Quand l'assemblée se déplaça près du foyer de la salle à manger, laissant la cuisine sens dessus dessous, les domestiques apportèrent des bols remplis de noix et des scones à la mélasse, du thé chaud pour les jeunes filles et de la bière tiède pour les hommes. Jamie trouva un coin tranquille où Leana pourrait s'asseoir confortablement. Il prit un scone du plateau et le brisa en deux pour le partager avec elle. Elle sourit à cette petite attention.

— Tu m'avais donné la brioche noire, le soir de *Hogmanay*.

— En effet.

Ses souvenirs de la veille du nouvel an étaient mêlés à la brume du whisky et de la bière, une erreur qu'il n'entendait plus répéter.

— Mange bien, ma femme.

Il en arracha un bout et le plaça dans la bouche de Leana, conscient de la présence de Rose, qui passait près d'eux en se rendant au foyer.

— C'est la nuit du casse-noisettes, proclama Rose, exhibant deux noisettes. Je les ai cueillies dans la forêt, le long du March Burn.

Un frisson parcourut l'assemblée, et Jamie ne fut pas en reste. Mais pourquoi Rose était-elle allée cueillir des noix à cet endroit sinistre ? Elle ne s'en serait jamais vantée si son père avait été dans la pièce. Pas étonnant que Lachlan avait hâte de la voir en pension ; elle avait pris bien trop de libertés, récemment. Alors qu'il l'observait se rendre près de l'âtre, sa nervosité grandissait. L'une des noisettes s'appellerait *Rose*. Mais comment nommerait-elle la seconde ?

Les yeux de Rose brillaient alors qu'elle se penchait près de la grille du foyer pour y déposer ses deux noisettes — pas trop près, car elles auraient pris feu, mais assez pour brûler lentement et livrer leurs secrets en se consumant. Si les noix se tordaient et fumaient, roulaient sous l'effet de la chaleur, le jeune garçon et la jeune fille étaient considérés mal assortis, et l'infidèle s'enfuirait un jour. Si les noix restaient collées et brûlaient lentement jusqu'à ce qu'elles soient réduites en cendres, les deux personnes nommées formaient un couple solide destiné à se marier. Rose commença à réciter un petit poème, et les autres se joignirent à elle.

Si vous me haïssez, crachez et fuyez,
Si vous m'aimez, alors brûlez.

Willie la taquina.

— Nous direz-vous quel garçon partagera l'feu avec vous, Rose ?

— C'est Neil Elliot, annonça-t-elle, baissant la tête quand l'assemblée applaudit avec une joie évidente. Promettez-moi de ne pas lui en parler, car vous le feriez fuir.

Jamie regarda la paire d'avelines. Était-ce une bonne nouvelle ou non ? Il avait demandé à Rose de le laisser partir, et elle l'avait fait.

Alors que les festivités allaient bon train, et que d'autres venaient ajouter leurs noisettes le long de la grille du foyer, Jamie remarqua combien Leana avait l'air épuisée.

— Devrions-nous aller au lit ? offrit-il.

Elle se leva aussitôt et sa tête blonde fit signe que oui. Lorsqu'ils arrivèrent dans leur chambre, les pleurs de Ian avaient cessé, mais ils furent accueillis par une domestique aux yeux vitreux.

— Il est tout à vous, murmura-t-elle en disparaissant dans le couloir.

Le couple marcha sur la pointe des pieds dans la chambre à coucher, éclairée par une seule bougie posée près du berceau. Leana sourit à Ian pendant qu'elle se déshabillait, puis prit un volume de *Clarissa,* qui n'avait pas bougé du manteau de la cheminée depuis des semaines.

— Me feras-tu la lecture à voix haute, pendant que je nourris Ian ? Je ne pourrai plus garder ces livres empruntés très longtemps.

— Volontiers, répondit Jamie en s'assoyant sur le bord du lit, ouvrant le livre relié de cuir à la page marquée par un signet. « Lettre 216, commença-t-il, et sa voix s'échauffa peu à peu pour cette agréable tache. De monsieur Lovelace à John

Belford, Maître. Maintenant, je suis logé pour toujours dans le cœur de celle qui m'a charmé. »

L'image de Rose flotta dans son esprit, mais il la chassa tout de suite.

— Continue, mon mari, dit Leana en s'installant dans le fauteuil rembourré, nichant Ian sur sa poitrine. Je t'écoute.

Jamie fit la lecture pendant un peu plus d'une heure, jusqu'à ce qu'Ian fut rassasié et sa mère, sur le point de s'endormir. Il replaça précautionneusement le bébé dans le berceau, puis aida Leana à se relever et déposa un baiser sur son front.

— Devrais-je appeler Eliza pour t'aider à mettre ta robe de nuit ?

— Non, je n'en aurai pas besoin, dit-elle en le regardant les yeux mi-clos. Mais je dois avouer que nourrir le bébé m'a donné grand soif. Pourrais-tu demander à Eliza de m'apporter une tasse de lait de beurre ?

— J'y vais, dit-il, heureux de se voir offrir une façon simple de lui faire plaisir.

Il descendit rapidement les marches. Les voix ne résonnaient plus dans la maison. Il était tard, maintenant ; peut-être étaient-ils tous au lit, les domestiques y compris. Au moment où Jamie arrivait au pied de l'escalier, s'apprêtant à se diriger vers la cuisine, son attention fut attirée par un bruit de pas solitaire dans la salle à manger. Il s'arrêta et son regard fut attiré par une silhouette penchée au-dessus du foyer, éclairée par l'éclat rougeoyant du feu de tourbe. *Rose.*

Curieux, il s'approcha de l'embrasure de la porte, faisant bien attention de ne pas faire de bruit ni d'être remarqué. Aucune bougie n'était allumée dans la pièce ; le foyer seul illuminait le visage de la jeune fille. Elle regardait fixement les noisettes éparpillées sur la dalle du foyer. Plusieurs s'étaient fissurées ou avaient basculé dans les flammes, mais pas celles que Rose étudiait. Elles étaient réduites à deux petits tas de cendres, si proches qu'ils se confondaient presque. *Comme Rose et Neil plus tard.*

Ses jupes se froissèrent et il leva les yeux juste à temps pour l'apercevoir exhibant une pomme — il ne pouvait s'agir que de celle qu'elle avait repêchée plus tôt entre ses dents. Elle se mit à la peler avec le même couteau dont elle s'était servie pour tailler les navets. Elle détachait la pelure avec des petits mouvements mesurés, et elle se déroulait en une longue spirale semblable à un ruban rouge dentelé. Si elle se brisait, disait-on, le charme serait rompu et elle ne se marierait pas cette année-là.

Il regardait avec une fascination macabre, et le dernier lambeau de la peau du fruit s'en détacha enfin. Elle pinça le long ruban entre le pouce et l'index et le leva dans les airs, le faisant danser à la lueur du foyer. Quand l'horloge sonna le premier coup de minuit, Rose se plaça dos à la porte et fit tourner la pelure lentement autour de sa tête. Une fois. Deux fois. Elle n'était pas encore brisée. Elle lui imprima un autre tour avant de la lancer par-dessus son épaule avec un petit cri, et elle se retourna vivement pour voir où elle avait atterri.

Elle s'était déposée à ses pieds.

— Jamie !

Elle avait dit son nom, mais toute son attention était concentrée sur le plancher.

— Quelle lettre forme-t-elle ? demanda-t-elle, haletante. Dites-moi l'initiale de l'amour de ma vie.

Il ne pouvait se résoudre à regarder.

Elle vint se placer à côté de lui, leurs épaules se touchant presque. Il entendit un hoquet de surprise.

— Je ne comprends pas. C'est un « J ». Ne reconnaissez-vous pas sa forme ? Un trait au sommet avec une longue queue terminée par une boucle.

Avec réticence, il baissa les yeux vers le sol, où l'initiale de son nom semblait lui faire face.

— Cela ne signifie rien, Rose, et vous le savez très bien. Un rituel enfantin de la saison.

Même à la faible lueur du feu, il pouvait la voir rougir.

— Mais je pensais… C'est-à-dire, j'aurais voulu…

— La lettre « N », pour Neil ?

— Non, Jamie.

Elle regarda vers le miroir terni au-dessus du foyer.

— C'était vous que je désirais, j'en ai peur. Car, lorsque j'ai regardé dans la glace, c'est votre reflet que j'y ai vu.

— Mais il y a les noisettes, s'empressa-t-il d'ajouter en pointant le foyer du doigt. La vôtre et celle de Neil sont toujours côte à côte.

— Non, elles ne sont plus là. L'une d'elles est tombée dans le foyer après que vous et Leana avez regagné votre chambre.

Elle se tourna pour regarder les cendres.

— Celles-ci étaient d'autres noisettes que j'ai… trouvées dans les bois. Une portait mon nom et l'autre…, le vôtre.

Le visage de Jamie pâlit. Bien que lui-même sceptique, il aurait très bien pu se passer de trois présages concordants à la veille de la Toussaint.

— Ne parlez pas de ceci, Rose. À personne.

— Vous pouvez en être assuré.

Du bout du pied, elle donna de petits coups sur la pelure de pomme, jusqu'à ce qu'elle figure une autre lettre.

— Pas une âme ne le saura, ajouta-t-elle.

Chapitre 13

J'aurais dû savoir quel fruit sortirait
d'une telle graine.
— George Gordon, Lord Byron

Rose étira une poignée de laine entre les dents pointues de ses planchettes. Elle frotta légèrement les cardes l'une contre l'autre dans une direction, puis l'autre, tout en répétant ce qu'elle dirait si Neil la demandait en mariage cet après-midi-là : *Oui. Non. Oui. Non.* Il ne restait plus que quelques heures, et elle n'avait toujours pas la bonne réponse.

La lumière grise de novembre réchauffait bien peu la salle de couture de l'étage où Leana était assise derrière son rouet, filant à un rythme fatigué. Rose observait sa sœur et une vague de sympathie monta en elle, ce qui lui fit oublier Neil un moment.

— Je sais pourquoi Ian souffre de coliques tous les soirs, déclara-t-elle.

— Ah oui ? dit Leana en soulevant son pied de la pédale. Et comment ma jeune sœur serait-elle au courant de telles choses ?

— Ce n'est pas ta faute, se hâta de répondre Rose. Le jour de la présentation de Ian, n'as-tu pas remarqué le mauvais regard de Lillias Brown, quand tu as levé le bébé vers elle, ses yeux qui le maudissaient, son irritation à la vue de son mignon visage ?

Leana secoua la tête une seconde, et continua à filer la laine.

— Les coliques sont causées par une mauvaise digestion, non par des regards étranges ou des paroles méchantes.

La roue tourna sous ses mains pendant qu'elle guidait la laine pour en faire un mince fil.

— De plus, ajouta-t-elle, cela fait des semaines que nous avons croisé son chemin. Je prépare mon thé avec de l'églantine, maintenant, et je tâche de rester calme, quand j'allaite Ian. Neda affirme que le corps du garçon s'adaptera bientôt.

Frustrée, Rose frappa ses planches ensemble.

— Tu n'arrives pas à dormir, tu manges à peine et Jamie aussi semble au bout du rouleau.

— Rose !

Leana se tourna vivement sur son tabouret, le menton tremblant.

— Je suis très consciente de la fatigue de mon mari. Et de la mienne. Lillias Brown n'en est pas responsable. Et encore moins des coliques de Ian, lança-t-elle, exaspérée.

La tension dans sa voix reflétait la dernière semaine de nuits sans sommeil.

— Il y a plus d'un bébé en Écosse qui souffre de coliques, lança Leana avant de se tourner vers son rouet à nouveau, mais pas avant que Rose eût remarqué ses joues rouges. J'ai demandé à Jamie d'être patient et j'attends la même chose de toi.

Mortifiée, Rose se pencha pour frotter le dos de Leana.

— Je n'ai pas de différend avec toi, ma sœur. Seulement avec Lillias Brown.

Au fond, Rose savait que ce n'était pas le mauvais regard posé par la sorcière sur Ian qui la préoccupait. C'était plutôt la graine que la vieille femme avait plantée dans son propre cœur, une graine que Rose savait bien ne devoir ni arroser ni entretenir : « *Il n'y a qu'un homme pour toi, jeune fille.* » Les deux noisettes provenaient de la main de la sorcière ; les présages lus dans la pelure de pomme et dans le miroir étaient autre chose, qu'il n'était pas facile d'expliquer. Est-ce que les pouvoirs de Lillias s'étendaient aussi loin qu'Auchengray ?

Peu importe les sorts jetés par la sorcière, Jamie n'était pas l'objet de sa décision, ce jour-là. Neil Elliot, cependant, l'était. *Alors, décide, Rose.*

Elle écarta les planchettes d'un coup sec et se mit à malmener les fibres brutes — cardant la laine d'avant en arrière, d'avant en arrière —, déchargeant la colère née du conflit qui faisait rage en elle. Elle appréciait la compagnie de Neil, mais elle n'était pas amoureuse de lui. Ils vivraient confortablement, mais ne jouiraient jamais d'une grande richesse. Il la trouvait charmante. Elle le trouvait rassurant.

Ce serait oui, alors ? Ou non ? *Que le ciel me vienne en aide, que dois-je faire ?*

— Rose, applique-toi, dit Leana gentiment.

Avec une pointe de culpabilité, Rose regarda la laine qu'elle avait cardée, maintenant désespérément emmêlée entre les dents pointues.

— Ah ! Ça ne sert à rien.

Elle se leva brusquement et lança les cardes, puis secoua les brindilles tordues de son tablier.

— La laine est vraiment mon dernier souci, aujourd'hui, lança-t-elle.

— Qu'est-ce qui te préoccupe, Rose ?

La roue s'arrêta quand Leana se tourna vers sa sœur, sincèrement préoccupée pour elle.

— Tu es si irritable depuis deux jours. Ne me confies-tu plus tes secrets ?

Jamie avait informé leur père de la visite de Neil, mais personne d'autre dans la maison ne savait pourquoi le jeune homme se joignait à eux pour le déjeuner. Rose n'avait pas desserré les lèvres, évitant autant le regard de Neil que celui de Jamie, gardant ses pensées pour elle. Si elle se confiait à sa sœur, la comprendrait-elle ? Ou serait-elle simplement soulagée de la voir quitter Auchengray — et s'éloigner de Jamie — le plus vite possible ?

Quand Leana lui prit les mains, Rose ne fut plus capable de garder la vérité pour elle.

— Neil Elliot pourrait bien faire sa proposition aujourd'hui.

— Oh, Rose ! dit Leana, sans chercher à cacher sa joie — ou son soulagement. C'est un jeune homme très bien. As-tu décidé ? Est-ce que tu vas accepter ?

Rose sentit un petit pincement entre les yeux, signe annonciateur de larmes si elle n'était pas prudente.

— Je… je ne sais pas.

Rose récita une liste de ses plus belles qualités, essayant de se convaincre elle-même en les énumérant. Leana comprit tout de suite ce qu'elle essayait de faire.

— Écoute-moi, Rose, dit Leana, et il y avait de l'insistance dans sa voix. Tu ne voudrais pas d'un mariage sans amour, n'est-ce pas ?

Comme le tien. Leana ne se souciait pas seulement du bonheur de Rose, semblait-il ; elle voulait aussi protéger Neil.

— Il doit te chérir, Rose, et cela doit être réciproque. Je sais bien que ce n'est pas la coutume de se marier par amour. La plupart se marient pour la terre, pour l'argent, par convention ou pour les enfants.

— Je me marierais pour avoir des enfants, confia Rose. Après un mois avec Ian, je désire tant être mère.

— Et je prie pour que tu le sois un jour. Mais choisis le père avec soin. Les enfants grandiront et partiront, mais l'homme restera avec toi jusqu'à la fin de tes jours.

Leana pressa ses lèvres sur les joues de Rose, puis se leva.

— Allons, où est passée ma belle et insouciante petite sœur ?

— Pas si jolie, aujourd'hui, dit Rose en se levant aussi, jetant un regard amer à sa robe terne. Neil Elliot a déjà vu toutes mes robes deux fois.

Un sourire s'épanouit sur le visage de Leana.

— Et si tu mettais ma robe bordeaux ?

Rose resta sidérée par la proposition.

— Es-tu sûre ? demanda-t-elle, car c'était la robe que Leana avait portée le jour de son mariage.

— Il y a des mois que je ne peux plus la porter, lui rappela Leana en pressant une main sur sa taille. Neil Elliot croira que tu l'as fait confectionner juste pour lui. Quelle que soit ta décision, tu dois paraître à ton avantage.

Elle attira sa sœur dans le corridor.

— Nous demanderons à Annabelle de la repasser pour toi, dit-elle.

Moins d'une heure après, Rose était perchée devant le miroir posé sur sa table de toilette, inclinant la tête pour se voir des pieds à la tête. La robe bordeaux lui allait à ravir. Elle avait demandé à Annabelle de bien resserrer les lacets, pour mettre en valeur sa taille mince et sa silhouette ravissante, puis elle avait ramené ses tresses noires en un chignon au sommet de sa tête, pour se donner un air plus distingué. Une femme, plus une jeune fille sans expérience de seize ans. Elle n'osa pas ajouter une touche de rouge sur ses pommettes, sachant que son père la renverrait sur-le-champ dans sa chambre. Elle se pinça plutôt les joues et se planta les dents dans les lèvres, espérant les colorer par ce moyen.

Un coup frappé à la porte la fit sursauter.

— Qu'est-ce que c'est ?

— Mademoiselle Rose, ils sont ici, annonça Annabelle.

Ils ? Rose se précipita dans le couloir, les froufroutements de ses jupons contrastant avec les voix mâles qui éclataient dans l'escalier — dont la voix joviale, reconnaissable entre toutes, de l'épicier de Newabbey. *Monsieur Elliot !* Elle remonta d'un pas dans l'escalier, l'estomac noué. Le père de Neil n'était pas venu à Newabbey pour livrer des victuailles à l'occasion de la Saint-Martin. Non. Il était ici pour discuter affaires avec son père. *Pour arranger un mariage.*

— Le père et le fils, confirma Annabelle, qui épiait du haut des marches pour voir l'agitation qui régnait à la porte d'entrée. Et tout endimanchés. V'là Neda qui monte vous chercher, mam'zelle.

Le père et le fils étaient côte à côte, observant Rose, qui descendait vers eux. Pourquoi avait-elle davantage l'impression d'être un pain de sucre qu'on étale au marché que la fille cadette d'un prospère laird à bonnet ? L'aîné des Elliot portait un veston bleu clair garni de boutons en argent. Le complet de Neil était taillé sur mesure, mais sa chevelure aurait grandement bénéficié de la visite de ciseaux. Si elle épousait cet homme, est-ce que cette tâche lui incomberait ?

— Monsieur Elliot, dit-elle, en lui présentant la main comme une femme du monde. Colin Elliot l'obligea, paraissant amusé alors qu'il se penchait pour esquisser un baisemain. Neil l'imita, prenant tout son temps, pressant les lèvres sur sa peau avec une tendresse évidente. *Cher Neil.* Il l'aimait vraiment beaucoup.

— Ça suffit, ces manières d'aristocrate, Rose.

C'était son père, posté derrière ses deux invités, qui lui lançait un regard impatient.

— Nous ne sommes pas à Maxwell Park, ici. Messieurs, si vous voulez bien me suivre à table, votre viande vous sera servie.

Rose agrippa ses jupes pour calmer ses nerfs et suivit les hommes dans la salle à manger, où Jamie et Leana étaient debout près de leur chaise. S'illuminant à la vue de sa robe bordeaux, Leana étira le cou pour murmurer quelque chose à l'oreille de Jamie. Il fit un sourire poli, mais bref. Si Jamie admirait la robe que Rose portait, rien dans l'expression de son visage ne le laissa paraître. Le visage de Neil, par contre, était comme un livre ouvert, et la déclaration de son amour y était écrite en toutes lettres.

Rose pencha la tête pour la prière, heureuse d'une diversion, quelle qu'elle fût. *Mon Dieu, faites que je sache quoi répondre à Neil le moment venu.*

Tandis que son père entonnait une longue bénédiction pour la nourriture, les pensées de Rose dérivèrent vers la conversation d'un sabbat précédent, à la porte des Elliot.

« *Pourquoi ne pas choisir un lieu et un moment plus appropriés pour parler de telles choses ?* » Sans le vouloir, elle avait d'entrée de jeu invité une demande en mariage. C'était maintenant le moment et le lieu.

Rose cligna des yeux pour retenir ses larmes tandis que trois servantes entraient dans la pièce, portant une marmite de hochepot fumant. L'odeur forte du mouton bouilli et des légumes épicés fit tourner son estomac. Tandis que les jeunes filles servaient le bouillon à la louche, Rose ne pouvait détacher ses yeux de Jamie, priant afin d'attirer quelque sympathie de son côté. Son cousin leva les yeux à temps pour intercepter son regard implorant : *Faites quelque chose !* Elle remarqua une légère ride qui lui creusait le front. Était-ce de l'inquiétude ? Ou de l'irritation ?

— Alors, oncle, dit Jamie en tournant la tête vers un Lachlan McBride affairé à manger sa soupe. Puisque les Elliot sont ici à mon invitation, devrions-nous discuter du sujet qui les amène ?

Oh, Jamie ! Elle avait espéré qu'il temporise les choses, pas qu'il les bouscule. Mais que voulait-il donc, à la fin ? Elle retint son souffle et agrippa la cuillère ronde près de son plat intact, au moment où son père se préparait à parler.

Chapitre 14

Il arrive un moment où l'on reconnaît que le banquet est terminé,
Un jour de jugement terrible où plus personne ne sourit.
— John Gay

— Cela ne te ne concerne pas, dit Lachlan McBride, et ses mots étaient comme une porte que l'on claque au visage. Monsieur Elliot et moi discuterons de cela plus tard. En privé.

Colin Elliot voulut faire un commentaire, mais il regarda son fils, qui fit un hochement de tête à peine perceptible. Jamie sembla l'avoir remarqué, car il dirigea son regard vers Rose, qui l'avait vu aussi. D'une extrémité à l'autre de la table de la salle à manger, des mots non dits flottaient dans l'air comme de la fumée de tourbe rance.

Le père de Rose ne semblait pas se rendre compte du silence inconfortable, car il continuait à aspirer bruyamment sa soupe. Finalement, monsieur Elliot parla de la Saint-Martin, ce qui donna lieu à une dissertation pleine d'esprit sur la nature changeante du climat et des prix du marché. Au moment où Lachlan ordonnait le dernier service, Leana avait pris congé pour s'occuper de Ian. Pour sa part, Jamie était retourné auprès de ses moutons, laissant Rose se défendre toute seule. Elle offrait un sourire gêné quand il le fallait, tout en mangeant sa tarte aux canneberges en silence. Bientôt, ils parleraient d'elle, et ce serait bien pire.

Quand Eliza et les autres servantes vinrent débarrasser la table de ses dernières assiettes d'étain, Lachlan se leva.

— Monsieur Elliot, venez prendre un doigt de whisky avec moi. Je présume que vous arriverez à vous tenir compagnie, dit Lachlan aux jeunes gens.

Puis son regard se fit plus sévère, et il ajouta :

— À une distance respectable, s'entend.

Les deux pères disparurent derrière la porte du salon privé de Lachlan, que le maître de céans referma sur eux.

Il semblait que les hommes avaient emporté tous les sons de la pièce à leur suite. Rose et Neil restèrent assis en silence, s'observant de part et d'autre de la table vide. Même le vent du nord, qui avait fait vibrer les vitres pendant tout le déjeuner, s'était tu.

Neil parla le premier. Sa voix était tremblante, celle d'un gamin de douze ans à peine.

— R-Rose ? V-voulez… euh, je veux dire, voulez-vous…

Sa question timide lui inspira une réponse sans appel : *non. Je ne veux pas.*

— Monsieur Elliot, dit-elle en hésitant, puis elle se leva et parla à nouveau. Neil, nous devons nous comprendre.

— Oui, Rose, c'est ce que nous devons faire.

Neil bondit sur ses pieds et contourna la table, ignorant l'interdiction du père de la jeune fille. L'instant après, il était près d'elle, reprenant son souffle. Elle se dépêcha de cacher ses mains dans les plis de ses jupes avant qu'il puisse les saisir. Il lui effleura le coude et dit :

— Je… je n'aurais pas dû vous embrasser, Rose, commença-t-il. Mais vous sembliez tant…

Le visage glabre du garçon vira à l'écarlate.

— … intéressée par moi. Quand j'ai parlé à mon père de notre promenade dans l'abbaye…

Les yeux de Rose s'agrandirent.

— Mais que lui avez-vous dit ?

— Eh bien, que… que nous nous étions embrassés. Que j'avais l'intention de vous épouser. Il a immédiatement accepté de parler à monsieur McBride. Pour…

Il détourna les yeux, car son regard à elle ne bronchait pas.

— … afin de discuter du prix de ce mariage.

— Du prix ?

Elle ne lui avait pas encore donné de réponse et ils discutaient déjà des arrangements financiers.

— Avez-vous l'intention de m'acheter, comme une brebis à la foire de Kelton Hill ? demanda-t-elle.

— Rose ! Je…

— Voudriez-vous avoir seulement ma main, et non mon cœur ?

— Bien sûr que non !

Ses yeux s'agrandirent sous le choc. Je veux les deux, Rose. En vérité, je… je pensais que je possédais déjà votre cœur.

Oh, Neil.

— Je suis désolée, monsieur Elliot.

Il semblait au comble de la confusion.

— Vous ne voulez même plus m'appeler Neil ?

Rose laissa tomber les mains le long de son corps, bouleversée par sa déception évidente. Il fallait arranger les choses.

— J'ai de l'affection pour vous, Neil.

La tête du garçon se leva d'un coup, et un espoir nouveau brillait sur son front.

— C'est vrai ?

— Oui, comme celle que l'on a pour un ami, s'empressa-t-elle d'ajouter. Ou un frère. Ou un camarade d'enfance.

Sa contenance s'effondra.

— Mais pas pour un mari.

Se mordant les lèvres pour éviter de le blesser encore plus, elle hocha simplement la tête et ajouta :

— En vérité, je suis trop jeune…

— Oh ! mais je vous attendrai, Rose.

Il lui tira un coude, libérant l'une des mains de la jeune fille pour s'en saisir.

— Une année, s'il le faut, insista-t-il. Deux, si vous voulez.

Neil la serrait avec la fermeté née du désespoir. De son autre main, il lui caressait la joue.

— Vous êtes la plus jolie jeune fille de la paroisse, ajouta-t-il. Aussi jolie que toutes les fleurs qui aient jamais éclos en Écosse.

— Mais je ne suis pas une fleur pour vous, dit-elle en reculant pour se libérer. Je suis trop impétueuse et je n'en fais qu'à ma tête. Vous seriez malheureux en moins de deux semaines, Neil. De plus, vous méritez une jeune fille qui vous aime exclusivement. Tandis que moi…

Elle détourna le regard, ravalant sa fierté, pour dire enfin la vérité.

— Je suis amoureuse, avoua-t-elle.

Derrière son dos, la porte du petit salon s'ouvrit brusquement.

— Que dis-tu, Rose ?

Père. Elle se figea, trop apeurée pour répondre. Qu'avait-il entendu de la conversation ? Il marcha à travers la pièce, suivi du père de Neil. Les deux hommes — l'un plus âgé, l'autre plus jeune d'une douzaine d'années — vinrent se placer entre les deux jeunes gens, comme s'ils n'avaient pas perçu la tension qui régnait entre eux.

Lachlan plaça son index sur ses lèvres, comme s'il réfléchissait à quelque chose.

— Je suis certain d'avoir entendu le mot « amoureuse », et cela concerne sûrement Neil ici présent. Dois-je présumer que vous êtes disposés à agir dans le sens de l'entente que son père et moi avons conclue ?

Elle répondit faiblement.

— Une entente ?

— Précisément, dit Colin Elliot, rayonnant, satisfait de lui-même.

Il montra un parchemin qu'il tenait entre deux doigts boudinés.

— Comme ce contrat de mariage l'atteste, dit-il, Neil est l'aîné de mes enfants, et, à ce titre, ma propriété — le commerce, le cottage et les terres agricoles — lui appartiendra un jour, ce qui a eu l'heur de plaire à votre père.

Les deux hommes hochèrent la tête en se regardant.

— Puisque je suis disposé à verser la somme demandée par monsieur McBride pour votre main, conclut-il, il ne reste plus qu'à boire à votre santé et à vous accorder notre bénédiction.

— Bénédiction ?

Les lèvres de Rose étaient si sèches qu'elle pouvait à peine former les mots.

— Peut-être…

Elle chercha le regard de Neil, l'implorant de parler.

— Peut-être votre fils pourrait-il expliquer…

— Mais c'est moi qui suis confus, mademoiselle McBride, dit Neil.

L'atterrement de Neil se voyait sur son visage et par sa manière de triturer son gilet.

— Je croyais que vos intentions étaient les mêmes que les miennes, dit-il. Que vous m'aimiez comme je vous aime.

— Allons !

Le père de Rose détourna la tête vivement, comme s'il allait cracher son dépit dans le foyer.

— Elle vous a déclaré son amour une fois, jeune homme. Ne la pressez pas davantage. Le mariage a peu à voir avec l'amour, et beaucoup avec la fierté de porter un nom honorable.

Neil grimaça.

— Votre fille m'a bien dit qu'elle était amoureuse, il y a quelques instants, monsieur McBride, mais pas de moi.

— De qui, alors ? demanda Lachlan d'une voix forte, regardant fixement Rose, puis Neil.

— Elle… ne l'a pas dit.

— Mais elle le dira !

Son père fit un pas vers elle, furieux.

– Quel étranger oserait séduire ma fille à mon insu et sans ma permission ?

– Aucun, s'empressa-t-elle de répondre, heureuse qu'un fil ténu de vérité se soit offert pour qu'elle puisse le saisir. Aucun étranger ne m'a séduite, de cela vous pouvez être sûr.

– Alors, tu n'as aucun autre soupirant que le jeune Elliot ?

Elle fit non de la tête.

– Non, père.

Jamie pouvait être bien des choses, mais il n'était pas l'un de ses soupirants.

Lachlan la pressa.

–Tu ne veux donc pas épouser le jeune fils de cet épicier prospère ?

Rose détourna les yeux, incapable de soutenir ne serait-ce qu'une seule seconde la douleur de Neil ou la fureur du père.

– Pardonnez-moi, murmura-t-elle.

Colin Elliot leva les bras au ciel.

– Y aura-t-il un mariage d'ici à Yule, oui ou non ?

– Il n'y en aura pas, répondit Neil, les épaules basses. Viens, père, il vaut mieux que nous partions. Peu importe l'imbroglio familial que les McBride doivent démêler, il ne nous concerne pas.

Les excuses de Rose furent ignorées par les trois hommes, qui lui tournèrent le dos et s'engagèrent dans le couloir. Fixant le foyer, les mains croisées devant elle, Rose entendit leurs voix s'évanouir en franchissant la porte de devant, emportées par le vent qui soufflait en rafales ce jour-là. C'était préférable, se dit-elle, car leurs qualificatifs, bien que justes, n'auraient pas été très agréables à entendre. *Étourdie. Immature. Séductrice.*

La porte se referma bruyamment. Rose appréhendait le moment où elle devrait affronter la colère paternelle. Il vint à elle directement, le pan de sa veste claquant derrière lui, les yeux gris en feu.

– Mais à quel jeu joues-tu, jeune fille ? Ridiculiser ainsi notre jeune voisin et son père aussi !

Il tempêtait dans la pièce, le poing levé comme s'il était le général Hawley à Culloden Moor, la voix courroucée.

— Ne comprends-tu pas ? demanda-t-il. Tu as jeté la disgrâce sur le seuil de ma maison par ton comportement capricieux et tout l'argent du monde ne pourra en laver les marques.

— Père, je vous assure, Neil et moi ne sommes que des amis…

— Des amis ?

Il virevolta sur ses talons.

— Ce n'est pas le mot que le jeune Elliot a employé. Il a dit qu'il t'aimait, Rose. Tu peux être sûre qu'il a écrasé ce sentiment sous la semelle de ses bottes, à l'heure qu'il est. C'est une longue route jusqu'à Newabbey, à côté d'un père maussade et le cœur brisé.

Elle agrippa le dossier de bois d'une chaise pour se soutenir et regarda par la fenêtre le ciel terne et gris.

— Je n'avais pas l'intention de le blesser.

— Que voulais-tu faire, alors ?

Il marcha devant elle, lui bloquant la vue de sa posture menaçante.

— Déshonorer le Tout-Puissant ? Jeter la honte sur ma maison ? Ou essayais-tu de rendre un certain cousin jaloux, au point de lui faire oublier ses vœux de mariage ?

— Je n'ai jamais fait une chose pareille, père !

Son cœur bondit dans sa poitrine.

— Jamie appartient à Leana, pas à moi. Vous savez mieux que quiconque pourquoi il en est ainsi.

Lachlan ne broncha pas devant cette accusation directe.

— C'était la volonté du Tout-Puissant.

Il parla avec tant de conviction qu'elle le crut presque.

— Le fardeau de te trouver un mari convenable m'incombe, ajouta-t-il. Comment puis-je y arriver, Rose, si tu me déjoues à chaque pas ? En t'accrochant à ton cousin marié pendant des mois ; en jouant avec les sentiments du fils de notre voisin, pour ensuite refuser son honnête demande en mariage.

Lachlan regarda l'horloge de la cheminée, puis secoua la tête avec dépit avant d'ajouter :

— Les commères du village auront bientôt un morceau de choix à se mettre sous la dent, je peux te l'assurer.

Sa sinistre prédiction accompagna Rose le reste de la journée, comme un chat qui serait infiltré furtivement dans la maison pour se jeter dans ses jambes aux moments les plus inopportuns. Les vieilles biques de la paroisse allaient-elles crier sur les toits qu'elle n'était qu'une allumeuse, indigne d'un prétendant sérieux ? Si c'était le cas, ses perspectives de mariage étaient sombres.

Rose tomba dans un sommeil agité, cette nuit-là. Elle rêva du cimetière de l'église de Newabbey, enveloppé par une nuit sans lune et brumeuse, dont les pierres tombales surgissaient du sol en formant des angles insolites. Perchés sur les tombes, des chats de toutes les couleurs s'appelaient les uns les autres en poussant des miaulements aigus. Quand Rose apparut dans la scène de cauchemar, ils tournèrent vers elle leur museau moustachu et sifflèrent son nom dans un chœur féroce et effrayant.

— Non !

Elle se redressa, soudain complètement réveillée, écartant les rideaux de son lit jusqu'à ce qu'elle puisse distinguer la lueur de la bougie posée sur l'armoire. La faible lumière chassa les derniers vestiges de son rêve, mais pas l'inconfort qui s'était logé en elle. Peu importe l'heure, il faisait encore trop noir pour se lever et s'habiller. Elle s'assit dans la vieille chaise de lecture de Leana, un livre de Defoe dans une main, la bougie dans l'autre, et essaya de se concentrer sur les malheurs de la magnifique Roxana. Mais les mots nageaient sur la page et l'histoire s'embrouillait. Quand un sommeil bienvenu vint alourdir ses paupières à nouveau, Rose remit la chandelle à sa place et se faufila sous les couvertures. Elle pria pour ne pas faire le même rêve en se rendormant.

Le jour nouveau arriva drapé d'argent pâle sans aucun vent pour donner vie à l'air très froid. Rose se leva et ne réfléchit pas longtemps au choix de sa robe. Aucun soupirant ne viendrait frapper à sa porte, ce jour-là. Annabelle l'aida à se boutonner et tressa ses longs cheveux noirs avant de pousser sa jeune maîtresse vers la salle à manger. Rose descendit l'escalier d'un pas plus lourd que d'habitude.

Neda l'accueillit à la table avec un peu d'inquiétude dans le regard.

— V'z'avez pas bien dormi, jeune fille. Ça vous ressemble pas d'avoir des cernes sous les yeux.

Quand Rose décrivit son cauchemar, Neda devint plus attentive.

— V'z'avez rêvé d'chats, c'est ça ?

Elle claqua la langue et brassa son porridge plus vigoureusement.

— C'est d'mauvais augure, mam'zelle Rose. Quelqu'un s'est mis en tête d'vous nuire.

Rose la regarda, atterrée. Sûrement pas Jamie. À moins que ce fût Neil, dont l'orgueil avait été piétiné.

— Est-ce un homme, d'après toi ?

— Non, dit Neda en lui versant son petit-déjeuner. Probablement une femme.

Un nom lui vint tout de suite à l'esprit.

— Lillias Brown, murmura Rose, et un frisson lui parcourut l'échine.

— Malheur ! dit Neda en frappant sa louche contre la marmite de métal, produisant un bruit désagréable. Mais qu'avez-vous fabriqué avec c't'âme impie d'veuve Brown ?

— Rien du tout, se hâta d'expliquer Rose. Nous l'avons vue après la cérémonie à l'église. Vous vous rappelez ses étranges paroles, ce jour-là ?

— Oui, grommela Neda. Des mots effrayants, c'est l'moins qu'on puisse dire. T'nez-vous loin du chemin d'cette femme, et d'mandez-y jamais conseil.

Quand Rose lui affirma qu'elle ne ferait jamais une chose pareille, les traits soucieux de Neda se détendirent. Elle ajouta :

— P't-être qu'vot' rêve veut dire qu'vous r'verrez bientôt les chatons qu'vous avez apportés chez les Elliot.

— Peut-être, dit Rose en portant à ses lèvres une cuillerée de porridge si chaud qu'elle faillit se brûler.

Elle la redéposa pour s'emparer du pichet de lait, dont elle apprécia le goût frais et agréable. L'admiration de Suzanne pour son frère aîné ne connaissait pas de bornes. Serait-elle choquée par la nouvelle ? Ou Suzanne lèverait-elle simplement les yeux au ciel, connaissant très bien le caractère capricieux de Rose ?

Avant que Rose eût vidé son bol de porridge, un coup frappé à la porte l'envoya en courant à la porte d'entrée, tout en s'essuyant la bouche avec sa serviette de table. C'était Johnny Elliot, le jeune frère de Neil, debout sur le seuil avec une lettre.

— Pour mam'zelle Rose McBride, dit le garçon.

Deux dents manquantes détruisirent le caractère formel de la remise, mais sa mine était aussi grave que celle d'un huissier.

Rose s'en empara et son cœur s'accéléra.

— Peux-tu attendre un moment pendant que je la lis, Johnny ? Je pourrais vouloir te remettre une réponse.

À mademoiselle Rose McBride,
Mardi 3 novembre 1789

Rose,

Comment as-tu pu blesser mon frère de cette façon ? Je croyais que tu allais le traiter honnêtement. Je constate que ma confiance était mal placée. Neil est inconsolable, et mon père tourne en rond dans la maison sans décolérer.

Rose s'appuya contre le mur. C'était pire qu'elle l'imaginait. Les mots de Suzanne hachaient menu son insouciante légèreté.

Si l'idée te venait de venir frapper à notre porte, sache qu'elle ne s'ouvrirait plus pour toi, pas plus que je ne pourrais t'appeler mon amie avec la moindre sincérité.

Ses yeux se gonflant de larmes, Rose regarda la lettre sans y croire. Elles n'étaient plus amies ? Est-ce que Suzanne pensait vraiment ce qu'elle écrivait ?

Cela m'attriste de t'écrire cela après une si longue amitié, mais je dois t'exprimer la profondeur de ma déception et la fermeté de ma résolution.

Avec regret,

Suzanne Elliot
Ingleneuk

Rose pressa la lettre contre son cœur. *De grâce, mon Dieu, pas Suzanne.* L'idée de perdre son amitié pour toujours ! Et pas seulement Suzanne. Si la fille de l'épicier la rejetait, toutes les autres jeunes filles de la paroisse l'imiteraient. Comment les choses avaient-elles pu en arriver là ?

Johnny tapait du pied, son impatience était évidente.

— Voulez-vous écrire à ma sœur ?

— Oui, dit Rose en essuyant quelques larmes. Cela ne prendra qu'une minute.

Elle se précipita dans l'escalier et entra dans sa chambre. Sur son bureau se trouvait tout ce dont elle avait besoin pour écrire une lettre — à l'exception des bons mots pour attendrir le cœur de Suzanne. Elle fixa le papier un long moment, et l'encre commença à lui lécher le bout des doigts, qui avaient glissé trop près de la pointe. Quand Neda frappa à la porte, Rose savait qu'elle ne pouvait plus attendre.

À mademoiselle Suzanne Elliot,
Mardi 3 novembre 1789

Chère Suzanne,

Toi et ta famille avez entièrement raison d'être furieux contre moi. Sans le vouloir, j'ai induit ton frère en erreur en lui laissant croire que mon cœur lui appartenait. Je suis profondément désolée de l'avoir déçu et de t'avoir blessée aussi.

Suzanne, tu es ma plus chère amie dans tout Galloway. Je te supplie d'accepter mes plus sincères excuses. Sinon, je partirai pour Dumfries en janvier avec un cœur bien lourd.

Avec toute mon amitié,

Rose McBride
Auchengray

Elle répandit un peu sable sur la page pour assécher l'encre, puis la secoua et la plia en quatre. Elle appliqua ensuite une goutte de cire provenant de la bougie pour la sceller. La lettre était prête à partir. Rose vit Johnny, qui l'attendait au pied de l'escalier, le regard levé vers la porte de sa chambre, comme pour lui signifier de se dépêcher. Après avoir glissé une pièce de monnaie dans la paume du garçon pour le remercier, elle enfouit la missive dans la poche de son manteau. Elle pressa la main dessus en faisant une courte prière.

— Merci d'avoir attendu, mon garçon. Assure-toi que ta sœur lise bien ma lettre.

— J'ferai de mon mieux, dit-il en baissant la tête. Même si j'peux pas vous promettre qu'elle la jettera pas au feu, mam'zelle McBride. Suzanne est vraiment en colère cont' vous.

Rose soupira longuement.

— Je le sais bien, Johnny.

Et mon père. Et le sien. Et le pauvre Neil. Elle lui indiqua la porte pour qu'il ne voie pas les nouvelles larmes qui commençaient à couler.

Chapitre 15

Allumez votre chandelle aux deux bouts,
et elle sera vite consumée.
— Proverbe écossais

— Oh, ma chère ! Il n'y a pas de honte à pleurer. C'est ainsi que toutes les mères d'Écosse arrosent leur jardin.

Leana épongeait ses yeux avec l'ourlet de la robe de coton de Ian, en prenant bien soin de ne pas le réveiller. Même après deux mois, le rythme de veille et de sommeil du bébé n'avait ni rime ni raison, et ses coliques persistaient.

— Jessie, tu es une bien bonne amie de venir prêter l'oreille à mes malheurs en ce glacial jour de décembre.

Peu de voisines avaient autant le don de lui redonner sa bonne humeur que la franche Jessie Newall. La jeune femme repoussa le compliment de la main, tout en secouant son abondante chevelure rousse.

— N'ai-je pas vu grandir Annie depuis deux ans ?

Leana observa le poupon au visage rond marcher d'un pas incertain dans le salon d'Auchengray. De forme carrée et aux poutres basses, du côté ouest de la maison, la pièce était encombrée de chaises, de petites tables et d'un lit d'invités étroit, donnant à la petite Annie un riche territoire à explorer. Elle était vêtue d'un confortable chandail en laine, que Leana lui avait tricoté pour son anniversaire. La teinture groseille tenait bon, sa nuance pourpre s'harmonisant joliment avec les boucles orange amère d'Annie, si semblables à celles de sa mère. Sa bonne humeur renaissant, Leana observa Annie grimper sur une chaise à haut dossier, puis se retourner pour s'y asseoir, pointant ses jambes dodues vers l'avant, tapant des mains et rayonnant de joie d'avoir accompli pareil exploit.

— Bravo, murmura Leana, essuyant une dernière larme.

Jessie la regarda.

— Je connais bien ce sentiment de fatigue écrasante. De ne pouvoir tenir la tête droite au petit-déjeuner, d'être pourtant incapable de fermer l'œil en posant la tête sur l'oreiller, le soir.

— Oui, dit Leana avec un sourire incertain. Il y a quelques mois, quand je t'observais avec Annie, je ne comprenais pas à quel point être mère pouvait être…

Elle ne pouvait se résoudre à dire les mots qui lui venaient à l'esprit : *Difficile. Exténuant. Solitaire.*

Jessie le dit à sa place.

— C'est dur, Leana. La maternité n'est pas pour la femme qui déteste porter une robe souillée ou manger son porridge froid.

Puis, Jessie passa la main sur son ventre rond.

— Alan Newall ferait bien de se préparer à passer plusieurs nuits sans sommeil, quand celui-là arrivera, déclara-t-elle.

Leana étudia l'expression de plénitude sur le visage de son amie. Si le Tout-Puissant bénissait son sein à nouveau, se dit-elle, viendrait-elle à bout de deux enfants ? Alan et Jessie devaient faire marcher leur petite ferme de Troston Hill, suivre à la trace leur petite Annie, préparer la venue d'un autre bébé en février, sans compter le troupeau de brebis à face noire qui allaient mettre bas au printemps. « Comment parviendrez-vous à tout faire ? » aurait voulu demander Leana, bien qu'elle connût déjà la réponse : *De longues journées. Du travail constant. Des nuits brèves.*

Le regard de Jessie croisa le sien.

— Je devrais venir à Auchengray plus souvent, dit-elle d'un ton taquin. Tu sembles devenue bien mélancolique, depuis que tu as épousé monsieur McKie.

— Vraiment ?

Leana craignit que son sourire fade ne fasse que confirmer l'impression de Jessie.

— Jamie n'est pas à blâmer, reprit-elle, pour tenter de le justifier. Le pauvre homme est si occupé avec les troupeaux.

Les sourcils de Jessie, aussi roux que ses cheveux, s'arquèrent sous la surprise.

— Trop occupé pour voir au plaisir de sa femme ?

Leana baissa la tête pour ne pas montrer la rougeur qui lui montait au visage. Tout ce que Jessie Newall arrivait à dire sans fausse pudeur !

— Mon plaisir est de peu d'intérêt, quand nous sommes tous les deux exténués à la tombée du jour.

— Alors, voilà ce qu'il en est, dit Jessie en se levant, puis elle se rendit auprès d'Annie, qu'elle attrapa au passage.

Elle posa sa fille bien d'aplomb sur sa hanche avant de commencer à faire le tour de la pièce.

— Quand Eliza a-t-elle brossé tes cheveux jusqu'à ce qu'ils brillent pour la dernière fois ?

Leana passa les mains sur les tresses enroulées autour de sa tête.

— Mes cheveux ?

— Oui, et cette robe.

Jessie s'arrêta pour la regarder d'un air peu flatteur.

— Elle est commode, j'en suis sûre, mais on dirait que tu l'as portée pendant plus d'un mois.

— Deux, confessa Leana, baissant les yeux vers l'étoffe fripée. Le corsage se noue à l'avant, vois-tu ? Je l'ai faite spécialement pour…

— Très bien, alors fais-en une autre, dit Jessie en hochant la tête, heureuse de son intervention. Et couds une nouvelle chemise pour Jamie, pendant que tu as l'aiguille à la main. Aucune femme n'en confectionne de plus belles que toi, Leana. Et assure-toi qu'il te remercie. Comme il se doit.

Elle lui adressa un clin d'œil, puis fit une pirouette pendant qu'Annie criait de plaisir, son petit visage de chérubin rayonnant.

— Alors, est-ce tout ? demanda Leana, qui n'essaya pas de cacher son découragement.

Si son amie voulait lui remonter le moral, ses mots avaient l'effet opposé. Leana avait déjà tant de travail à faire, sans ajouter encore d'autres tâches à la liste. Si Jamie ne l'avait pas approchée depuis leur retour du presbytère avec Ian, qu'est-ce que cela pouvait bien faire ? Ils étaient tous les deux trop fatigués pour penser à ça. N'était-ce pas la vérité ?

— Écoute-moi bien, Leana.

Jessie s'arrêta brusquement de tourner, tout en serrant Annie très fort. Les jambes boudinées de l'enfant s'enroulèrent autour de la taille de la mère, et Jessie appuya son menton sur les boucles de sa fille, sans cesser de regarder Leana.

— Aime ton homme, fatiguée ou non, continua-t-elle. Il doit savoir que tu lui pardonnes complètement son comportement avec Rose, l'hiver dernier.

Leana voulut répondre, mais se ravisa. Jessie ne disait rien d'autre que la vérité.

— Je l'aimerai, promit Leana, essayant d'ignorer la peur qui commençait à la ronger.

La peur que Jamie la rejette. Qu'au fond de son cœur, ce fût Rose qu'il préférât.

— Ce soir, annonça-t-elle, je porterai une robe différente au dîner et je demanderai à Eliza de me coiffer.

Jessie fit un grand sourire.

— Fort bien dit, jeune dame. Si mes conseils portent fruit, je compte sur toi pour m'envoyer une boîte de tes meilleures sucreries à Yule.

— Entendu, fit Leana en éclatant de rire, le cœur déjà plus léger. Nous avons assez de beurre et de sucre pour en faire autant que tu en voudras. Je demanderai à Jamie d'aller te les porter avant la fin des jours des fous[6].

Ce soir-là, Leana fut fidèle à sa parole. De son armoire à linge, elle retira une robe qu'elle n'avait pas portée depuis

6. N.d.T. : Période des fêtes de Noël qui se termine à l'Épiphanie.

l'hiver précédent, qu'elle fit aérer et repasser. Tandis qu'Ian faisait la sieste, Eliza lava les cheveux de Leana dans de l'eau de lavande, puis les assécha et les brossa jusqu'à ce qu'ils reluisent comme de l'or liquide. Leana allaita Ian une autre fois, puis se glissa dans sa robe, ravie de la sensation de la soie sur ses épaules.

— Noue les lacets avec soin, Eliza. Ma taille n'est plus aussi fine que celle de ma sœur, et pour une bonne raison.

Leana sourit à Ian, déjà endormi dans son berceau.

— Une très bonne raison, murmura-t-elle.

Aucune jeune mariée ne s'était jamais sentie aussi belle que Leana ce soir-là, lorsqu'elle descendit lentement l'escalier à l'heure du dîner. Ses pantoufles effleuraient à peine le sol. Le bruissement de sa robe produisait sa propre musique. Lorsqu'elle entra dans la pièce, tous se retournèrent pour la regarder, béats d'admiration. Mais seule l'opinion de Jamie lui importait. En un clin d'œil, elle eut toute son attention.

— Est-ce ma chère femme ?

Ses yeux s'ouvrirent en grand d'abord, puis ce fut son sourire qui s'épanouit alors qu'il lui tendait la main pour l'inviter à s'avancer.

— Approche, Leana. Dis-nous quelle occasion marque cette soirée, car tu ne t'es sûrement pas vêtue si joliment pour mon seul plaisir.

— Pour toi seulement, répondit-elle.

Elle prit place près de lui, en lui effleurant la main au passage. Rose était assise en face d'eux, silencieuse. Leana ne ressentait que de la sympathie pour sa sœur, car l'incident du mois précédent avec Colin Elliot avait été des plus malheureux. Peut-être qu'à Dumfries, Rose ferait la connaissance d'un gentilhomme charmant qui effacerait complètement Neil de sa mémoire. *Et Jamie*. Leana jeta un coup d'œil vers le bout de la table, où leur père fit un compliment hâtif avant de demander à la famille de baisser la tête pour la prière.

Quelques instants après, les servantes apportèrent les plats de soupe *cock-a-leekie*[7], faite avec du poulet ayant mijoté dans un bouillon de veau, aromatisée aux poireaux et aux prunes. Leana porta la soupe à sa bouche avec précaution, ne voulant pas tacher sa robe avec le riche potage. Plus tard, quand elle avala la dernière bouchée de gâteau d'amandes, Leana surprit son mari qui la dévorait d'un regard gourmand. *Oh, Jamie !* Elle posa les mains sur ses genoux tandis qu'on débarrassait la table, joignant les doigts pour les empêcher de trembler.

La prière familiale, un rituel d'une heure entière, parut interminable, ce soir-là. Les prières et les psaumes furent dits et chantés, et la grande Bible, ouverte avec les égards appropriés. Lorsque l'esprit de Leana commença à vagabonder, elle chercha dans son cœur un verset sur lequel elle pourrait concentrer ses pensées. *Dans l'excès des soucis qui m'envahissent, tes consolations délectent mon âme.* Oui, le Tout-Puissant l'avait consolée, même ravie, pendant ce long mois solitaire, où Jamie n'avait fait ni l'un ni l'autre. Cette nuit, elle goûterait au réconfort d'un époux. Et au ravissement, plaise à Dieu ; elle connaîtrait aussi cela.

Finalement, la dernière prière fut dite et les bougies, étouffées. En montant l'escalier avec Jamie, Leana frissonna, car le vent glacial de décembre soufflait à travers les carreaux.

Il lui passa un bras autour de la taille, l'attirant à lui.

— As-tu froid, ma chérie ?

— Plus pour longtemps, répondit-elle, les surprenant tous les deux.

Le rire de Jamie était un son bienvenu, et la rougeur des joues de Leana annonçait ce qui allait suivre. Ils se déshabillèrent à la lueur de la bougie, leurs regards plongés l'un dans l'autre au milieu des ombres mouvantes. Ian, endormi profondément dans son berceau, près du foyer, était toujours près de leur cœur, mais bien loin de leurs pensées à cet instant.

---

7. N.d.T. : Spécialité écossaise dont le nom signifie littéralement « coq et poireau ».

Elle se glissa entre les draps de leur lit douillet, s'étirant les membres pour toucher les panneaux de bois qui les protégeaient du monde extérieur. Jamie vint la rejoindre et ferma le lourd rideau du lit derrière lui, bloquant les dernières lueurs de la bougie. Une obscurité veloutée les enveloppait. On n'entendait pas un son, à l'exception de la respiration régulière de Jamie. Et la sienne, qui n'était pas aussi paisible. L'exiguïté des lieux rehaussait les fragrances de lavande de l'air, de bruyère du matelas et du savon épicé sur la peau de Jamie, fraîchement rasé avant le dîner.

Tenant son visage lisse entre ses mains, Leana déposa des baisers sur le chemin déjà parcouru par le rasoir. Sur ses joues, sur son menton, sur son cou. Inhalant son parfum agréable, goûtant sa peau salée.

– Aime-moi, Jamie.

Elle avait murmuré les mêmes mots lors des sept nuits de leur semaine nuptiale à Dumfries. Peut-être produiraient-ils le même effet.

Il l'attira à lui et l'embrassa longuement, puis s'arrêta pour demander :

– Es-tu certaine ? Te sens-tu… prête ?

Elle sourit devant tant de délicatesse.

– Ian a deux mois, maintenant, lui rappela-t-elle, enveloppant ses larges épaules dans ses bras. J'en suis certaine, mon mari. Tout va bien.

À travers les plis du rideau, à travers les panneaux de bois du lit clos, les pleurs d'un enfant percèrent l'air de la nuit.

– Oh non ! Jamie s'éloigna d'elle, frappant de son poing le mur derrière sa tête. Le bébé a-t-il entendu son nom ? Est-ce pour cela qu'il pleure ? demanda-t-il.

Leana s'assit, aussi déçue que lui.

– Je vais voir ce que je peux faire, Jamie.

Il roula sur le dos pour permettre à Leana de ramper hors du lit, son visage déçu était maintenant tourné vers le plafond.

— Ce n'est pas ta faute, Leana. Le Tout-Puissant crée les enfants pour qu'ils meublent chaque minute de silence en exerçant leurs poumons. C'est du moins ce qui est écrit dans le Premier Livre de la discipline.

— À quelle page vais-je trouver cela ?

Elle lui effleura l'épaule avant de se tourner vers le foyer et leur fils exigeant. Ian refusa d'être consolé. L'allaitement apaisa sa faim, mais il se mit à battre des pieds en raison de ses coliques, maltraitant les hanches de sa mère. Jamie observait, et sa frustration augmentait ; il aurait voulu être utile, mais il aurait aussi voulu ravoir sa femme.

— Je suis désolée, Jamie, dit-elle, marchant de long en large en tenant Ian sur son épaule.

C'était une position qui lui valait un répit des pleurs incessants de l'enfant.

— Ne m'attends pas. Essaie de t'endormir, pendant qu'il est silencieux.

Jamie se laissa retomber sur le matelas.

— Et quand Ian restera-t-il silencieux assez longtemps pour que nous puissions partager notre lit ?

— Bientôt, promit-elle, parlant à voix basse en entamant un nouveau tour de la chambre. Tu retrouveras ta femme bientôt, Jamie.

Mais cela n'arriva pas rapidement.

Pas une nuit de ce mois de décembre, Leana n'eut Jamie pour elle seule. Si Ian s'endormait, Jamie l'imitait. Si Jamie était éveillé, c'était au tour de Leana de ne plus pouvoir garder l'œil ouvert. Lorsque les deux parents étaient disposés à sacrifier une heure de sommeil l'un pour l'autre, Ian décidait qu'elle lui appartenait.

— Jamais les jours des fous n'ont été si bien nommés, annonça un Jamie aux yeux cernés, un matin, devant un bol de thé fort. J'ai été incapable d'avoir une pensée lucide depuis des semaines. Même les brebis sont plus éveillées que moi.

Duncan lui envoya une bonne tape dans le dos, lui faisant presque renverser son breuvage.

— T'as du chemin à faire avant d'être aussi bête qu'un mouton, garçon. T'es plutôt l'nouveau père d'un garçon en bonne santé.

— Oui, débordant de santé, grommela Jamie, mettant son thé de côté pour se diriger vers l'étable, où l'attendait sa première tâche de la journée. On se revoit au dîner, Leana, ajouta-t-il.

Il regarda à peine par-dessus son épaule alors qu'il disparaissait dans l'air glacial par la porte de derrière.

Leana regarda d'un air songeur son propre thé, refroidi. Elle avait cousu une nouvelle robe pour plaire à son amie Jessie et à son mari, et elle l'avait portée, ce matin-là. Jamie l'avait-il même remarquée ? Lorsque Neda lui posa la main sur l'épaule, Leana se détourna, consciente qu'elle cachait très mal ses émotions.

— Pendant qu'Ian fait sa sieste du matin, m'dame McKie, suggéra Neda, pourquoi ne pas v'nir me rejoindre à la cuisine ? Nous ferons une fournée d'confiseries pour gâter nos voisins. Nous pourrions aller en porter quelques boîtes à leur porte, le jour de *Hogmanay*, pour célébrer l'arrivée de 1790.

Leana la regarda et vit la compassion qui se lisait sur chaque trait du visage de la gouvernante.

— Ne serait-ce pas un agréable passe-temps, pour une jeune maman épuisée ? ajouta-t-elle.

— Vous avez raison, dit Leana en se levant, tout en se massant le bas du dos, ankylosé par le manque de sommeil. Devrions-nous inviter Rose à se joindre à nous ? Il ne lui reste plus que quelques jours à Auchengray.

— Si vous v'lez, dit Neda. Une bonne langue dit jamais d'mal, du moins c'est c'que ma mère m'enseignait. Vot' gentillesse envers Rose n'est pas passée inaperçue.

Le sourire de Leana fut discret, mais sincère.

— J'aime ma sœur, Neda, bien que la dernière année fût difficile.

— Oh ! Pas besoin de m'confesser vos péchés, ma fille.

Neda entra dans le garde-manger tout en continuant à parler.

— Ni à vot' sœur. Seulement à Dieu.

— Ce que j'ai fait, admit Leana, peinée d'avoir dû demander pardon à Dieu si souvent au sujet de Rose. Bien des fois, ajouta-t-elle.

— Vot' sœur s'en va à Dumfries lundi prochain, lui rappela Neda, émergeant du garde-manger avec une cruche de beurre dans une main et un petit pain de sucre dans l'autre. D'ici là, j'sais qu'vous s'rez bonne avec vot' sœur, car elle en a bien besoin.

— Je suis son unique sœur, acquiesça Leana.

— Plus qu'ça, dit Neda en se pinçant les lèvres. V'z'êtes sa seule amie.

Chapitre 16

Un seul cœur devait soutenir les deux sœurs,
que l'on ne voyait jamais séparées.
— William Cowper

— Une seule ne contiendra jamais tout, se plaignit Rose en lançant quelques serviettes de toile dans la malle de voyage en cuir déposée au pied de son lit.

Que voulaient-ils dire par « une petite malle » ?

Leana fit une brève prière pour implorer de la patience. La matinée avait été très longue. Robes, jupons, chaussures et bonnets étaient répandus çà et là dans toute la chambre, et il y en avait assez pour remplir quatre malles. Rose était presque hystérique, et il n'y avait plus une seule domestique disposée à faire ses quatre volontés. Neda s'était sagement réfugiée à la cuisine, Eliza s'était volatilisée, et Annabelle avait quitté la pièce en larmes. Leana seule restait pour s'assurer que tout serait prêt avant le départ de Rose pour Dumfries.

— Peut-être y a-t-il des cas spéciaux, dit Leana, replaçant ses lunettes pour repasser la lettre de l'école Carlyle pour jeunes filles.

Les directives destinées aux nouvelles étudiantes étaient nombreuses, détaillées, et le langage utilisé était inflexible. Comme semblait l'être la main qui avait énuméré les objets personnels qui étaient — ou n'étaient pas — autorisés. Lachlan McBride avait sans aucun doute choisi ce pensionnat pour sa discipline stricte. Rose avait-elle même lu la lettre ? Savait-elle ce qui l'attendait dans la venelle Millbrae ?

Leana retira ses lunettes et les glissa dans la pochette fixée à une petite fente de ses jupes.

— La directrice de ton école a exprimé ses souhaits très clairement, Rose : « Une petite malle permise par étudiante. »

Espérant étouffer dans l'œuf un nouvel éclat, Leana proposa une explication.

— L'école est située au cœur de Dumfries, dit-elle. Ils ne disposent pas de grandes remises comme les nôtres, alors trouver l'espace pour ranger les affaires de douze étudiantes doit être un défi, pour eux.

— Mais qu'est-ce que je vais faire? geignit Rose, les bras chargés de linge et d'accessoires de toutes sortes. Ce sont des filles de bonne famille, Leana. Pense aux toilettes que leurs parents feront livrer à la porte du pensionnat! Si je dois être là jusqu'à la fin du printemps, j'aurai besoin de plus que ces quelques vieilles robes.

Leana essaya de trouver la cause réelle du comportement irritable de sa sœur. Ce n'étaient pas les vêtements qui mettaient Rose hors d'elle-même. C'était de devoir dire adieu à Auchengray, de s'éloigner de Jamie, en particulier. Elle regarda dehors, où une fine neige recouvrait le rebord de la fenêtre.

— Chérie, suggéra Leana, apporte tes robes d'hiver favorites maintenant. Lorsque tu reviendras à la maison, à Pâques, tu pourras échanger ces tenues pour d'autres, plus légères, de printemps. Je suis persuadée que c'est ce que les autres jeunes filles feront.

Apaisée, Rose recommença à plier ses combinaisons de batiste et ses bas de laine tandis que Leana enfouissait quelques sachets de lavande séchée dans les coins, au fond de la malle.

— Pour une odeur plus douce, expliqua Leana.

Et pour que tu ne m'oublies pas. Une inquiétude sans fondement, sans doute, mais tenace. Plus qu'une sœur ou une amie, Rose était presque une fille pour elle, tant Leana s'était investie dans son éducation. Bien que la perspective d'une maison plus paisible ne fût pas sans attraits, l'idée d'être séparée de sa sœur aussi longtemps attristait Leana. Même avec Ian dans sa vie. Même avec Jamie.

La plus longue absence de Rose d'Auchengray avait été la semaine passée chez tante Margaret, à Twyneholm. La semaine où Rose se préparait à épouser Jamie. La semaine où la jeune fille était rentrée à la maison pour recevoir la pire nouvelle de sa vie.

Je te faisais confiance, Leana ! Jamais je ne te le pardonnerai !

Leana frissonna en repensant à cette scène. Pendant presque une année, les deux sœurs n'avaient pas reparlé de ce qui s'était passé cette nuit-là, quand Leana était devenue l'épouse de Jamie au détriment de Rose. Peut-être était-ce mieux ainsi.

— Laquelle est la plus jolie ? demanda Rose. La robe vert jade ou bien la rose ?

Revenant à la réalité du moment, Leana les compara au teint d'hiver de Rose.

— Pourquoi ne pas garder la verte pour le printemps, quand tu auras un peu plus de couleurs sur les joues ?

Elle regarda ensuite l'armoire à linge, jaugeant une possibilité. Une offre de trêve, en quelque sorte. Une bénédiction.

— Et si je te proposais plutôt d'emporter ma plus belle robe, Rose ?

Rose écarquilla les yeux.

— Ta robe bordeaux ?

— Elle t'allait à ravir, la dernière fois que tu l'as portée. À moins que…

Leana la regarda attentivement avant de poursuivre.

— À moins que les souvenirs attachés à cette robe t'émeuvent trop.

— Des souvenirs ? dit Rose en levant les yeux au ciel. Mais ce n'est que du tissu, Leana.

— Alors, pourquoi ne pas l'emporter ?

Prenant sa chère robe dans l'armoire, Leana la secoua pour la défriper, admirant à nouveau l'exquise broderie. Elle se rappelait la fine chemise de soie blanche qu'elle avait portée sous le corset, si fraîche sur sa peau. Et le regard de Jamie, quand il l'avait vue pour la première fois vêtue de sa nouvelle robe somptueuse. Sa sœur ne voyait rien que de l'étoffe et des coutures, mais, pour Leana, la robe bordeaux signifiait bien davantage. Si ce don pouvait aider Rose à partir pour Dumfries le cœur plus léger, le sacrifice était justifié.

Après l'avoir lissée soigneusement, Leana glissa ses derniers regrets dans ses plis et parvint à la loger dans la malle surchargée de Rose.

— Suspends tes robes à l'air libre dès ton arrivée, jusqu'à ce qu'une domestique puisse s'en occuper, Rose, conseilla Leana. Elles sentent un peu le renfermé, après leur séjour dans l'armoire.

Rose posait devant le miroir, levant la tête telle une reine, comme si une ficelle invisible descendue du ciel lui tirait délicatement le bout du nez.

— Ce printemps, père m'achètera peut-être une ou deux robes neuves.

— C'est la culture de ton esprit qui a incité père à investir son argent dans ton éducation, lui rappela Leana, relisant la lettre une autre fois. Tu étudieras le latin et le français, l'arithmétique et la comptabilité, la danse et les bonnes manières, la musique et les arts…

— Oh ! s'exclama Rose, en se détournant du miroir. Si tu penses que les fleurs en pastillage, les bourses tressées et les coquillages peints sont de l'art.

Leana sourit derrière la lettre.

— La géographie, alors. L'histoire. Ah, je vois quelque chose qui te plaira : la confiserie et les conserves.

— La seule chose que je désire conserver est ma taille de guêpe.

Rose fit une pirouette devant le miroir, comme si elle voulait illustrer son propos.

— Dis-moi, demanda-t-elle, est-ce que porter un enfant ruinera ma silhouette pour toujours ?

Leana replia lentement la lettre, plus consciente que jamais de la rondeur de sa poitrine et de ses hanches, et de l'inconfort de son corset.

— Quand un enfant enfle le corps d'une femme, sois assurée qu'il ouvre aussi son cœur.

Rose mit fin à sa pirouette devant Leana, et toute trace de suffisance avait quitté son visage.

— Cela en vaut-il la peine, Leana ? Les mois d'attente. Et le travail. Et la douleur. Es-tu heureuse… d'être mère ?

— Heureuse ? Oh, Rose, ce n'est que la moitié du bonheur. Aimer Ian autant ne me fait qu'aimer son père encore plus.

— Je vois, dit Rose en baissant le regard, tirant sur le ruban autour de sa taille.

— Et je pense… C'est-à-dire, j'espère que Jamie a commencé à m'aimer. Un peu.

Leana pria pour que ses paroles suivantes ne soient pas reçues comme une nuée d'échardes.

— M'as-tu… pardonnée, ma chérie ? D'aimer Jamie ?

Rose leva la tête, un film de larmes lui voilant les yeux, la voix légèrement chevrotante.

— Pour l'avoir volé, tu veux dire ?

Finalement, elle était arrivée, l'heure de vérité, provoquée par sa propre question stupide. Leana respira profondément.

— Je n'avais pas l'intention de le voler, Rose.

Néanmoins, c'est ce qu'elle avait fait, incitée par leur père. Le soir de *Hogmanay*, après le mariage, Lachlan McBride lui avait fait comprendre sans détour quel serait son avenir : « C'est Jamie McKie, ou bien personne. » Leana avait choisi Jamie, croyant qu'il l'aimait. Persuadée que Rose ne l'aimait pas. Jamais dans sa vie, Leana n'avait autant erré.

— Je ne blâme que moi, dit-elle enfin. Personne d'autre.

Rose fronça les sourcils.

— Alors, tu admets que tout est ta faute.

— Oui, comme je l'ai confessé à l'instant même où tu es rentrée de chez tante Meg, tu te rappelles ? demanda Leana d'un air abattu. Si la neige a retardé ton arrivée, toutefois, je n'en suis pas responsable. Et le mariage par procuration n'était pas non plus mon idée.

Rose s'approcha, les yeux brillant d'un éclat noir.

– Mais c'était ton idée d'être la catin de Jamie. D'entrer dans son lit.

– Pas sa catin, Rose. Son… épouse.

Leana s'étouffa presque en prononçant le mot.

– Ne le vois-tu pas ? Cette nuit-là, dans le lit clos, je croyais qu'il m'avait reconnue. Et que c'était moi qu'il voulait à ses côtés.

Elle baissa la tête et confessa :

– Il a plutôt cru que c'était toi.

– Et ç'aurait dû être moi.

Rose s'effondra sur le plancher comme un vêtement enlevé.

– Jamie était le mari qui m'était destiné. Ne le vois-tu pas ? J'ai essayé d'aimer Neil Elliot. J'ai vraiment essayé. Mais il n'est pas… il n'est pas…

Il n'est pas Jamie.

– Pardonne-moi, je t'en prie, ma chérie. Tout l'automne a été bien pénible pour toi, dit Leana en lui tendant une main hésitante, voulant la consoler d'un geste tendre, mais Rose retira vivement son bras. J'avais espéré que nous nous séparerions sur une note plus harmonieuse, dit Leana. Pourquoi repenser à tout cela, Rose, quand une vie toute nouvelle t'attend ?

– Parce que c'est injuste. Parce que c'est moi qui dois partir, laissant tout ce que j'aime derrière moi. Tu as Jamie et Ian et Auchengray, et moi, je n'ai rien.

Rose essuya plusieurs larmes aussi vite qu'elles s'étaient formées, le regard toujours baissé. Je n'ai jamais eu de mère, continua-t-elle. Ni de mari. Qui sait si j'aurai des enfants un jour ? Tout ce que j'ai, c'est toi, dit-elle enfin, et sa voix n'était plus qu'un murmure.

Leana tendit les mains vers elle pour l'embrasser.

— Mais je t'aime comme mon enfant, Rose.

— Ce n'est pas mon amour que tu veux, dit Rose en l'évitant. C'est celui de Jamie.

Son regard devint noir.

— As-tu déjà entendu de sa bouche les paroles qu'il m'a dites, à moi ?

— Non, dit Leana faiblement.

Pas encore. D'une façon ou d'une autre, Rose connaissait la triste vérité. Et elle l'utilisait comme une arme, affûtée par des mois de ressentiment.

Rose se leva et se mira dans la glace, redressant la tête.

— Je suppose que, lorsque je serai à Dumfries, tu souhaiteras que Jamie m'oublie.

Leana vint derrière Rose et posa les mains sur ses épaules. Rose ne s'esquiva pas, cette fois-là, et elle lui en fut reconnaissante. Même si sa sœur venait de la blesser cruellement, ce n'était après tout que justice rendue longtemps après le crime.

— Jamie ne pourra jamais t'oublier, car il t'aime comme sa cousine. Et je t'aime, comme ma sœur.

Rose se détourna de son reflet dans la glace, mais pas avant que Leana y ait vu une profonde douleur, celle d'une enfant abandonnée, flotter sur ses traits.

— Tu ne peux m'aimer, dit Rose, d'une voix brisée. Pas tant que j'aime encore Jamie.

— Tu te trompes, ma chérie, dit Leana en lui serrant fermement les épaules, combattant une nouvelle vague de larmes. Je ne puis m'empêcher de t'aimer, Rose, pas plus que je ne puis m'empêcher d'aimer mon mari. C'est mon devoir de vous aimer tous les deux, une tâche dont je ne me désisterai pas. Car les présents et les commandements de Dieu sont sans appel, et mon cœur ne me permettrait pas d'agir autrement.

Elle entraîna Rose vers la porte.

— Allons, dit-elle, nous avons fait attendre l'homme trop longtemps. Car c'est Jamie qui t'emmènera vers ta nouvelle existence à Dumfries.

Ensuite, mon Dieu, faites qu'il revienne auprès de moi.

Chapitre 17

Je perçois ici une double allégeance.
— William Shakespeare

— Je suis prête, cousin ! cria Rose en marchant d'un pas pressé vers le cabriolet, son manteau vert se détachant vivement sur le fond hivernal.

Jamie la regarda approcher avec appréhension. Lorsqu'elle arriva à côté de lui, hors d'haleine après s'être hâtée, il remarqua que, bien que son visage fût coloré, il s'y dessinait des ombres aussi, et son regard était furtif. Reconduire Rose à Dumfries n'était pas son choix ; cette tâche lui avait été assignée par Lachlan au petit-déjeuner, et il n'avait pu se désister.

— Pourquoi est-ce moi qui dois vous accompagner ? lui demanda-t-il, curieux d'entendre sa réponse. C'est votre père qui aurait dû avoir l'honneur de vous déposer sur le seuil de la porte de madame Carlyle, pour vous confier à ses bons soins, Rose.

— Oui, il aurait dû le faire, acquiesça-t-elle en feignant une moue. Mais c'est lundi, aujourd'hui, et il rencontre monsieur Craik et la Société pour le progrès de l'agriculture. Il ne raterait pas l'une de ces rencontres pour tout l'or du monde.

Elle lui présenta une main gantée.

— M'aiderez-vous à monter ?

Jamie n'avait aucune intention de céder aussi facilement.

— Et Willie ? Il vous a trimbalée dans toute la paroisse pendant des années. Pourquoi pas maintenant ?

— Willie ne se sent pas bien, aujourd'hui, dit-elle, et elle se pencha vers lui comme pour lui confier un secret. Hier soir, au dîner, il a dévoré une gargantuesque portion de plum-pudding de Neda, qu'il avait inondée de sauce au vin et au rhum.

Jamie connaissait les effets imprévisibles du vin mélangé au rhum, ayant souffert lui aussi d'en avoir abusé, quand il était jeune.

— Une petite portion est salutaire pour l'estomac, mais en grande quantité…

Il ne termina pas sa phrase, car il venait d'apercevoir Duncan et l'un des domestiques qui tiraient la lourde malle de Rose sur la pelouse gelée.

— Attendez-moi un instant, je vais les aider, dit-il.

Duncan maugréait pendant que les trois hommes unissaient leurs forces pour la soulever et la placer derrière le siège.

— V'z'aurez b'soin d'aide pour la descendre de voiture, quand vous s'rez à Dumfries.

— Ce ne sera pas la seule malle qui arrivera aujourd'hui à l'école Carlyle, lui assura Jamie, tout en donnant une tape amicale dans le dos de l'homme. Je trouverai bien de jeunes bras sur place pour m'aider.

— Oh ! fit Duncan en agitant une main dans sa direction. Plus jeunes, p't-être bien, mais sûrement pas plus forts.

Il regarda les autres, puis inclina la tête en direction de la ferme.

— Est-ce que j'peux t'dire un mot, Jamie ?

S'excusant auprès de Rose, Jamie suivit Duncan à plusieurs pas de l'attelage, avant de s'arrêter, le dos tourné à la jeune fille.

— Qu'y a-t-il, Duncan ? demanda-t-il à voix basse. Quelque chose au sujet des brebis ?

— Oui, une certaine brebis, qui est su' l'point de s'placer dans une situation délicate, dit Duncan en décochant un bref regard vers Rose. C'est pas sage pour un homme marié de s'promener seul en voiture avec une jeune fille.

Jamie hocha la tête et essaya de le rassurer.

— Ne vous en faites pas, Duncan. J'accomplis mon devoir de cousin, pas celui d'un amant.

Duncan leva légèrement la tête, le regardant sous le bord de son bonnet de laine.

— L'as-tu dit à Leana, alors ? Ça la rassurerait sans doute.

Jamie écouta le conseil avisé de l'homme et se dirigea vers la maison en faisant un petit signe de la main à Rose. Il savait qu'il trouverait Leana dans la cuisine avec Neda, en train de préparer un repas qu'il regretterait d'avoir manqué. Le mouton mariné et le pain *bannock* déjà à bord du cabriolet devraient lui suffire, aujourd'hui. Dumfries était à neuf longs milles de distance, qu'ils devraient franchir un jour de janvier qui ne comptait qu'une poignée d'heures de soleil — lugubres et grises —, et exposés à un vent mordant. Bien que la neige eût cessé, les routes seraient assurément glissantes. Il devait aussi faire quelques courses en ville pour son oncle. Plus tôt il partirait, plus vite il reviendrait.

— Leana, appela-t-il dans l'entrée, tout en secouant la neige de ses bottes sur le seuil.

Lorsqu'elle apparut dans l'embrasure de la porte de la cuisine, les cheveux cachés par un bonnet blanc, avec ses grands yeux bleus inquiets, il se hâta d'aller vers elle.

— Tu ne dois pas t'en faire, Leana. Avant de partir, je tenais simplement à te dire...

Se sentant un peu ridicule, il lui prit les mains, chaudes d'avoir fait la cuisine, et les garda dans les siennes, frottant ses pouces sur ses doigts effilés.

— Je voulais que tu comprennes, reprit-il, que rien d'inconvenant ne surviendra au cours de ce voyage.

Elle ne battit pas d'un cil.

— Tu veux dire, avec Rose.

— Oui, dit-il, visiblement soulagé de sa réaction. Je lui ai déjà dit plusieurs fois que ce qui s'était passé entre nous était chose du passé. Mais ta sœur ne se laisse pas persuader facilement.

— Je sais à quel point c'est vrai, dit Leana, en attirant les mains de Jamie vers sa bouche pour baiser leur dos rugueux.

Je t'aime, Jamie. Et j'aime aussi Rose, mais aujourd'hui en particulier, il me serait difficile de l'en convaincre. Je suis certaine que vous vous comporterez tous les deux de manière honorable.

Elle lui pressa la main, cette fois-ci un peu plus fermement.

— Sois assuré, dit-elle, que je prierai dès le moment de ton départ.

Elle baissa les paupières, et ses joues pâles s'empourprèrent légèrement.

— Dépêche-toi de revenir à moi, Jamie.

— N'en doute jamais, répondit-il.

Il la prit dans ses bras et l'embrassa avec passion, sans se soucier de la présence des servantes, qui riaient bêtement sous leur tablier. Séparant finalement sa bouche de la sienne, il murmura :

— Il fera nuit depuis longtemps, quand je reviendrai. Réchauffe le lit pour moi, ma chérie.

Sans ajouter un mot, Jamie se dirigea vers la pelouse, pressé d'en finir avec Rose et cette corvée. Il avait supporté deux mois difficiles depuis la veille de la Toussaint, la plupart du temps à éviter les regards de Rose pendant les repas, ou à garder ses distances vis-à-vis d'elle, quand leurs chemins se croisaient.

Elle l'attendait maintenant à côté de l'attelage, où une poignée de domestiques loyaux, frissonnant sous leur cape trop mince, étaient venus assister à son départ.

— Nous devons arriver à deux heures, lui rappela Rose en lui tendant sa main gantée. Aidez-moi à monter, je vous prie.

Sans desserrer les lèvres, Jamie l'aida à s'appuyer sur la pierre servant de marchepied pour grimper dans la voiture. Elle plaça ses jupes de côté, s'installa sur le siège rembourré, puis tapota l'espace tout près d'elle.

— Venez me réchauffer, Jamie, car la brique à mes pieds est déjà tiède.

— Alors, nous demanderons à Neda de nous en apporter une autre, dit-il d'un ton neutre.

Il fit un signe de tête à l'un des domestiques qui fila vers la maison, sans doute heureux d'avoir un prétexte pour se réfugier un moment à l'intérieur. Jamie monta dans le cabriolet avec facilité, s'assoyant aussi loin d'elle qu'il le put. Il était conscient du danger réel d'être éjecté hors de l'attelage par un cahot de la route, car ses ressorts étaient usés et rendus encore plus rigides par le froid.

Le domestique reparut au bout d'un moment, portant une brique chaude provenant du foyer de la cuisine. Il la plaça entre les bottes de Rose, après avoir retiré l'autre, pendant que Rose distribuait de joyeux adieux à tous ceux qui l'entouraient.

— Que Dieu vous accompagne! répondirent-ils, tout en amorçant déjà leur retraite vers la maison d'où Leana et Neda, postées à la fenêtre, lui faisaient un signe de la main.

Jamie regarda devant en tenant mollement les guides.

— En avant, Bess.

La vieille jument prit son allure, la cloche de son harnais tintant joyeusement au rythme de la bête.

Rose ne tarda pas à retrouver sa verve habituelle.

— Si c'était Willie qui était assis ici…

— Ce qui pourrait encore être le cas, offrit Jamie, se préparant à tirer sur les rênes.

— Non, non! répondit Rose tout de suite en s'animant. L'homme est trop malade pour voyager. Je m'en suis assuré.

Jamie la regarda de biais.

— Vous avez fait quoi?

Nerveuse, elle serra les mains ensemble.

— Je voulais dire que j'ai frappé à sa porte pour m'assurer qu'il était bien malade.

— Je vois.

Jamie la crut parce qu'il le voulait bien. L'idée de voir Rose, sa jeune et innocente cousine, se transformer en mégère capable d'agir avec ruse, comme sa tante Rowena, était trop indigeste. Rose s'était simplement informée de la santé de Willie; elle n'avait pas assaisonné son plum-pudding.

Un silence inconfortable s'installa entre eux jusqu'à ce que Rose recommence à parler, comme si rien n'était arrivé.

— Comme je le disais, si Willie était assis à côté de moi, j'aurais l'impression de revivre l'année dernière.

Jamie regarda droit devant lui. S'il ne disait rien, changerait-elle de sujet?

— Willie et moi roulions côte à côte, comme ça, en un mercredi neigeux de fin décembre, pour nous rendre chez tante Meg, à Twyneholm.

Elle s'interrompit pour regarder les champs et les bois qui les entouraient.

— Vous vous rappelez, Jamie? demanda-t-elle. C'était la semaine précédant le mariage.

— Rose, dit-il en soupirant bruyamment. Je ne passerai pas cette journée à discuter de choses qui ne peuvent être changées.

— Très bien, dit-elle en faisant un mouvement théâtral. Parlons donc de Ian. Il est adorable, n'est-ce pas?

Jamie se détendit, heureux de parler de son sujet favori.

— Ian peut redresser la tête, maintenant, et rouler sur le dos, expliqua-t-il. Et il étudie ses doigts pendant des heures, comme s'ils étaient autant de miracles de la création. Ce qu'ils sont, en vérité. Et son sourire — oh! Rose —, c'est une chose grandiose, ce sourire édenté. Leana veut absolument qu'il garde les plus beaux pour moi.

Rose hochait la tête pendant qu'il parlait, l'encourageant à continuer. Ses yeux brillaient dans le soleil de la matinée, et sa bouche s'entrouvrait légèrement, attirant son attention malgré lui. Jamie détournait volontairement le regard, comprenant le pouvoir qu'elle exerçait sur les hommes, volontairement ou non. Une jeune fille aussi jolie que Rose ne pouvait s'empêcher d'être désirable, pas plus qu'il ne pouvait modifier la couleur de ses propres yeux. Mais on pouvait lui résister.

Alors qu'il commandait à Bess de s'engager sur la route principale de Dumfries, les réflexions de Jamie prirent une autre direction. Il se mit à penser à Leana, pâle, mais radieuse – sa femme, qu'il avait embrassée une heure auparavant. Voilà, il penserait à elle, plutôt qu'à sa sœur. Cela n'avait rien d'une corvée, car être aimé de Leana était agréable pour tout homme. *Réchauffe le lit pour moi, ma chérie.*

Ils roulèrent en silence, s'arrêtant au poste de péage, saluant des voyageurs qui allaient vers le sud, en provenance du bourg. Un vent glacial fouettait la neige sous les roues de la voiture tandis que Bess dépassait Craigend Loch de son pas nonchalant. Rose sortit leur déjeuner et offrit à Jamie de fines tranches de mouton, qu'il prit des doigts de la jeune fille, en évitant tout contact. Quand elle rompit le *bannock,* il s'abstint de la regarder le manger par petites bouchées. Il était plus prudent de se contenter de mastiquer et d'avaler, et d'oublier le reste.

Alors qu'ils approchaient des faubourgs de Dumfries, il consulta sa montre de poche, soulagé de constater qu'ils étaient à l'heure.

– Nous y sommes presque, avec quelques minutes d'avance.

Elle hocha la tête, mais n'ajouta rien, gardant le regard pointé vers les cottages misérables de Brigend. Au-delà du village se trouvait le pont de Devorgilla, qui enjambait la rivière Nith ; de l'autre côté les attendait Dumfries.

– Ian aura quatre mois, la prochaine fois que je le verrai, dit Rose, attirant les yeux de Jamie sur elle à nouveau. Je me suis déjà absentée de la maison une semaine, mais jamais quatre consécutives. Comment vais-je faire, Jamie ?

Il perçut l'inquiétude derrière les mots, l'appréhension dans sa voix. Soudain, Rose n'était plus une séductrice ou un écueil, mais une jeune femme effrayée sur le point d'affronter une vie nouvelle et inconnue.

— Allons, Rose, dit-il aussi gentiment qu'il le put. Un nouveau monde s'ouvre devant vous, de même qu'une nouvelle demeure pour satisfaire vos moindres désirs.

— Est-ce le cas ? demanda Rose en reniflant, portant un mouchoir à son nez. Alors, Auchengray sera reconnaissante de me voir partir. Vous, en particulier.

Jamie ne savait que répondre. Il était reconnaissant. La vie serait plus facile sans elle, mais jamais il ne le lui dirait. Parviendrait-il à lui dire au revoir en lui souriant ?

— Rose, tout le monde vous regrettera, à Auchengray.

Ses yeux noirs cherchèrent les siens.

— En êtes-vous sûr ?

Ralentissant l'attelage alors qu'ils approchaient du pont, il lui consacra toute son attention, assez longtemps pour lui dire la vérité.

— Vous avez volé mon cœur, Rose, pendant une année et un jour. Il appartient à une autre, maintenant, mais vous serez toujours ma cousine bien-aimée.

En dépit de ses larmes, un sourire s'épanouit sur son joli visage.

— Oh Jamie. Vous savez toujours trouver les bons mots.

Chapitre 18

C'est par l'amour que l'éternité peut être comprise;
il confond toutes les notions du temps;
il efface les idées de commencement et de fin.
— Madame de Staël

Réchauffe le lit pour moi, ma chérie.

Leana frissonna en laissant les mots déferler en elle, enveloppant son cœur d'un ruban lumineux. *Réchauffe le lit.* La dernière chose que Jamie lui avait dite avant de s'en aller. Un homme fin, d'avoir ainsi glissé cette notion dans son esprit. Elle n'avait pu penser à rien d'autre, après.

Plus tard ce soir-là, Ian aurait trois mois, quand minuit sonnerait. Jamie ne s'en souviendrait peut-être pas, mais elle, si, de même que tout ce qui était survenu ensuite; le bon et ce qui l'était moins. Pendant trois mois, elle avait été une mère, mais pas entièrement une épouse. Toujours préoccupée par le bébé près du foyer et par sa sœur dans la chambre voisine, Leana n'avait pu penser beaucoup à ses devoirs de femme. Simplement parce qu'elle était trop épuisée. Et il y avait une petite part de crainte, aussi. La peur qu'il ne la trouvât plus désirable. Qu'il ne l'eût jamais désirée.

Maintenant, il semblait que ses craintes n'étaient pas fondées. Ce n'était ni une bassinoire ni une brique chaude que Jamie voulait dans son lit, cette nuit-là. C'était elle, Leana McKie. Il le lui avait dit. *Réchauffe le lit.*

Des heures s'écouleraient avant son retour à la maison, alors elle profita des derniers rayons de soleil de l'après-midi pour s'immerger dans un nouveau projet de couture, espérant que cela pourrait la distraire. Elle s'installa près de la fenêtre de son atelier à l'étage, accompagnée de Ian, qui faisait la sieste à ses pieds dans son berceau, et piqua une aiguille nouvellement enfilée dans la batiste. Mais, puisqu'il s'agissait d'une chemise pour Jamie, ce travail ne détournait pas vraiment son attention de l'homme. Elle imagina bientôt ses bras vigoureux gonflant les manches, ses larges épaules mettant les coutures à l'épreuve, et…

— Leana !

C'était Neda, dont la tête apparut dans l'embrasure de la porte. Leana fut si surprise qu'elle se piqua assez pour que le sang coule.

— Ouille !

Pressant le bout de son doigt entre ses lèvres pour arrêter le saignement, elle leva les yeux vers Neda, sentant ses joues pâles se colorer légèrement.

— Leana, v'z'attendez Jamie pour dîner, ou plus tard ?

Elle retira son doigt de sa bouche avec un petit bruit de succion.

— Il n'a pas parlé du dîner. Seulement de son lit.

Maintenant, elle savait que son visage était rouge, car Neda se mit à rire à gorge déployée.

— Y a parlé d'ça ? Eh ben ! C't'un bon point pour Jamie, dit Neda en pressant la main sur sa poitrine, pendant que son rire mourrait sous la forme d'un gloussement. C't'une nouvelle année, jeune fille. Pis vot' sœur est partie à Dumfries. Même si j'aime c't'e jeune fille comme la mienne, c'est mieux qu'elle soit partie pour que'que temps. Vous et votre homme, v'z'avez besoin d'un nouveau départ. De r'partir à zéro.

Leana ne pouvait nier la pertinence d'un tel conseil. Ils disposaient de plusieurs jours entièrement libres devant eux. S'il devait y avoir un moment pour écrire le script d'une nouvelle vie sur une page immaculée, ce temps était arrivé. Débutant ce soir même, quand Jamie franchirait les portes d'Auchengray.

— Neda, dit-elle doucement, pouvez-vous m'aider ? Je ne sais pas vraiment par où commencer.

La gouvernante s'assit sur le tabouret de Rose.

— Qu'diriez-vous si Duncan et moi kidnappions Ian pour que'ques heures, ce soir ? Vous donnez à vot' bébé vot' bon lait d'abord, puis vous laissez la vieille Neda s'en occuper, jusqu'à c'que vous soyez prête à l'reprendre.

Elle sourit avant d'ajouter :

— Pas b'soin d'trop vous hâter.

Leana regarda son bébé remuer dans le berceau et ne put s'empêcher de sourire.

— Très bien, dit-elle. À neuf heures, alors. Jamie devrait être de retour à la maison, à ce moment-là.

Elle leva la tête et fit un sourire à Neda.

— Je devrai aussi m'occuper du dîner de mon mari.

— Oh ! dès que votre homme saura c'que j'ai préparé pour lui, y en aura tant l'eau à la bouche qu'y avalera sa tourte de mouton d'une seule bouchée.

Quand Lachlan sonna la clochette du dîner, à sept heures du soir, Jamie n'avait pas encore réapparu. Les tourtes de Neda furent servies et mangées, mais elle en mit deux de côté pour Jamie, qui se présenterait sûrement affamé. La prière familiale dura l'heure habituelle, puis Leana fit ce qu'on lui avait dit. Elle allaita Ian jusqu'à ce que son petit corps rond fût complètement rassasié ; ensuite, elle se baigna avec son fils, jusqu'à ce que la mère et l'enfant sentent bon la lavande.

Neda prit l'enfant dans ses bras, calant sa tête sous son menton charnu.

— Nous s'rons au deuxième étage. Cognez quand vous l'voudrez, et pas une minute avant.

Se sentant un peu désœuvrée sans la présence de Ian, Leana se brossa longuement les cheveux, respirant profondément au même rythme que ses coups réguliers, pour calmer sa nervosité. Elle et Jamie reprendraient tout à neuf. Oui, à zéro, comme disait Neda. Elle demeura à la fenêtre de leur chambre à coucher, à l'affût de la clochette du harnais de Bess. Quand elle l'entendit enfin et vit la lanterne monter et descendre le long du chemin menant à la maison, Leana dévala l'escalier en coup de vent et sortit pour aller à sa rencontre, sans se soucier d'être sans manteau, ni qu'on était en plein cœur de l'hiver. Ses cheveux flottaient dans son dos. Ses bras étaient tendus devant elle pour l'accueillir.

— Jamie !

Il tira brusquement sur les guides pour freiner l'attelage et descendit de voiture en sautant, effrayant Bess, qui fit un pas derrière en hennissant, comme si elle le grondait. Il la remarqua à peine, laissant à Willie le soin de s'occuper de la jument tandis qu'il avançait sur la pelouse gelée en direction de sa femme, en marchant, d'abord. Puis, en courant.

— Leana !

Ses bras l'enlacèrent avant qu'il eût fini de prononcer son nom. La vigueur de son étreinte la souleva du sol. Quand sa bouche trouva la sienne, elle enfonça les mains dans ses cheveux pour le retenir. Elle avait oublié à quel point ses baisers étaient merveilleux. Elle ne l'oublierait jamais plus. *Jamie, Jamie.* Au bout d'un long moment, ses pieds reprirent contact avec le sol, mais à peine.

La voix de Jamie était rauque.

— C'est bon d'être de retour à la maison, Leana.

Il lui enlaça la taille, la tenant serrée tout contre lui alors qu'ils se dirigeaient vers la porte toujours grande ouverte.

Elle leva la tête, l'interrogeant parce qu'elle le devait.

— Est-ce que tout s'est bien passé, avec Rose ?

Quand le regard de Jamie se posa sur le sien, elle eut sa réponse.

— Ta sœur est là où elle doit être, Leana. Et nous de même.

Alors qu'ils approchaient du seuil, Jamie s'arrêta pour glisser son autre bras sous les genoux de la jeune femme et la soulever lestement dans les airs.

— Jamie !

Elle eut un hoquet et lança les bras autour de son cou, craignant de tomber au sol. Mais il la tenait fermement.

— J'ai un an et un jour de retard.

Il l'embrassa encore, gentiment, cette fois-ci, et franchit l'embrasure de la porte en la portant.

— Bienvenue à la maison, mon épouse.

Un petit groupe de domestiques se tenaient debout dans le hall d'entrée, les yeux grands ouverts tournés vers leurs maîtres. Eliza fut la première à faire la révérence.

— Monsieur McKie, il y a des tourtes de mouton qui vous attendent à la cuisine.

— Très bien, dit Jamie en passant devant elle, portant toujours Leana agrippée à ses épaules et marchant vers l'escalier. J'en ferai mon petit-déjeuner.

Leana ne se souvint pas du petit-déjeuner. Elle ne se rappela que ce qui l'avait précédé, et, quand elle évoquait ces heures sacrées, son cœur éclatait littéralement de joie.

— C't'une bénédiction d'vous voir aussi radieuse, dit Neda en glissant gentiment le poing sous le menton de Leana, avant que la jeune femme ait eu la chance de cacher son embarras. Et vous aussi, m'sieur McKie.

— Oui, répondit simplement Jamie, ne dissimulant rien.

Les trois étaient rassemblés dans le salon, où Ian faisait connaissance avec son nouveau berceau. Creusé par Willie dans le tronc d'un chêne tombé sur le sol d'Auchengray, c'était là un superbe travail d'ébéniste — pas trop bas, si bien qu'Ian ne pourrait en sauter plus tard, ni trop haut, car, alors, il aurait pu se faire mal en tombant. Leana déposa l'enfant dans son lit robuste, garni d'un matelas de laine, et elle fut soulagée qu'il ne proteste pas dans ce nouvel environnement.

La tête cuivrée de Neda était penchée au-dessus du berceau.

— R'gardez donc not' beau garçon, qui sourit à sa maman et à son papa dans son nouveau lit, babilla-t-elle à l'enfant.

Après s'être amusée un moment, Neda prit les draps souillés et se dirigea vers la porte de la chambre.

— Y est tout à vous, mes enfants, dit-elle en sortant, j'ai une maison à faire marcher, moi. Prenez vot' temps avant de r'tourner voir les moutons, Jamie. Duncan dit qu'y peut s'en sortir tout seul, c'matin.

— Dieu vous bénisse, Neda, lui répondit-il. Pour tout.

Jamie s'accroupit et offrit sa main à Ian. Un regard étonné se dessina sur le visage du bébé, quand il saisit l'un de ses larges doigts et essaya de le secouer comme un hochet.

— Quelle poigne possède ce garçon ! s'émerveilla le père.

— Oui, il est fort, acquiesça Leana. Comme son papa.

Jamie tourna la tête et son long regard affectueux la toucha profondément.

— Non, c'est la force de sa mère que je vois. Car il semble que le garçon ne lâchera jamais prise, peu importe mes vains efforts pour me dégager.

Leana se pinça fortement les lèvres, retenant les larmes qui semblaient toujours sur le point de s'épancher, ces derniers temps.

— Je ne pouvais que m'accrocher, Jamie. Et je ne voulais rien faire d'autre non plus.

— Je t'en suis reconnaissant, ma chérie. Plus que je ne puis l'exprimer.

Il dégagea son doigt de la prise serrée de Ian et frotta l'estomac du garçon avant de se lever pour la regarder. Les yeux de Jamie étaient un peu hagards après sa nuit trop courte, mais son sourire produisait toujours le même effet sur elle.

— Maintenant que j'ai récupéré mes mains, dit-il, laisse-moi en faire bon usage.

Il lui caressa le visage et l'attira vers lui, puis lui renversa légèrement la tête pour planter quelques petits baisers çà et là, avant de s'arrêter à sa bouche, où il s'attarda un long moment.

Quand ils se séparèrent enfin, Jamie regarda leur fils une autre fois, heureux dans son nouveau berceau.

— Tu es un garçon bien chanceux d'avoir une aussi bonne mère. Et moi, je suis un homme fortuné d'avoir une femme telle que toi.

Je t'aime, Jamie. Elle ne pouvait plus se résoudre à le dire à voix haute. Le risque était trop grand.

— Merci, murmura-t-elle plutôt, puis elle lui prit la main et la serra.

Il la porta à sa bouche et baisa tendrement chaque doigt.

— Tu as attendu si longtemps pour entendre ces paroles. Mais je ne pouvais les dire avant qu'elles soient vraies, avant qu'elles signifient quelque chose.

Il s'arrêta, pour s'assurer qu'elle l'écoutait. Le cœur de Leana était dans l'attente.

— Je t'aime, Leana.

Oh, Jamie. Elle ne pouvait parler. La joie l'inondait. Et, avec le bonheur, vinrent les mots qu'elle voulait tant dire :

— Je t'aime, Jamie. Je t'aimerai toujours.

— Tu l'as toujours fait.

Il l'embrassa de nouveau, puis ajouta d'une voix basse :

— Que ce soit ma honte éternelle d'avoir mis tant de temps à te rendre ton amour.

Elle secoua la tête, clignant des yeux pour contenir ses larmes.

— La honte n'est pas éternelle, Jamie, mais ceci l'est.

Et elle posa la main sur son cœur.

— L'amour est la bannière qui flotte au-dessus des portes de l'éternité, dit-elle. Pas la honte, Jamie. L'amour.

— Oui, répondit-il simplement, et il recula légèrement pour mieux la regarder. Leana, je ne veux pas que tu croies que je dis ceci en raison de ce qui s'est passé la nuit dernière.

Tout son corps se détendit. C'était en effet exactement ce qu'elle craignait.

— Comme tu me connais bien, Jamie.

— Oui, je le crois, dit-il, et un sourire illumina son visage. Puis il redevint sérieux.

— Tu mérites davantage qu'une nuit de passion et des mots creux facilement oubliés. C'est le respect qui t'est dû. Et tu l'auras. La Bible nous commande, « N'aimons ni de mots ni de langue, mais en actes et en vérité. » Dis-moi, Leana. Comment puis-je te prouver mon amour ?

Elle répondit sans hésiter.

— Aime notre fils.

— Oh ! dit-il, et ses traits s'adoucirent. C'est déjà fait. Le garçon a volé mon cœur la nuit de sa naissance. Il y a trois mois et un jour, n'est-ce pas ?

Il s'en souvenait. Tout en s'épongeant les joues, Leana se tourna vers Ian.

— Entends-tu cela, gentil garçon ? Ton père nous aime tous les deux !

Que Dieu soit béni.

Jamie tint parole. Toute la semaine, il le démontra par ses regards, par ses actes et par ses mots. Il lui effleurait la joue quand il la croisait. Il la complimentait pour sa robe, même s'il l'avait vue bien souvent auparavant. Il lui rapportait de petits cadeaux, quand des courses l'appelaient au village — des rubans de soie pour ses cheveux, une balle de peau de daim pour Ian. L'amour de Jamie enveloppait sa femme et son fils tel un plaid robuste qui les réconfortait et les protégeait.

De la cave au grenier, les serviteurs sentirent un changement, à Auchengray. L'atmosphère austère que Lachlan cultivait, par sa mine toujours renfrognée et ses paroles dures, fit place aux rires dans l'arrière-cuisine et à la joie de vivre dans les couloirs. Même les vents cruels et le froid cinglant de janvier ne purent étouffer l'esprit bon enfant qui régnait dans la maison. Leana, qui avait appris à vivre sans espoir, embrassait maintenant la vie à bras-le-corps. Jamie l'aimait, l'aimait vraiment, en paroles et en actes.

Jeudi, dans la soirée, les trois s'assirent près du foyer après la prière familiale. Ian étant plus éveillé que d'habitude à cette heure-là, ils retardèrent le moment de le coucher dans son berceau et le laissèrent s'ébattre sur la couverture, au pied du feu de tourbe. Leana caressait les pieds nus de l'enfant, savourant la sensation de ses petits orteils entre ses doigts.

— Voyons voir, Jamie McKie, si ta mère a bien fait ton éducation.

Elle tint le gros orteil de Ian entre deux doigts.

— Voici l'homme qui a volé la grange, dit-elle.

S'emparant de l'orteil suivant, elle continua :

— Voici l'homme qui a volé le maïs.

Elle leva les yeux et dit :

— À ton tour, Jamie.

Il s'empara du troisième orteil de l'enfant, qui disparut sous son pouce épais.

— Voici l'homme debout qui scie.

Il alla au suivant et dit :

— Voilà l'homme qui s'enfuit.

Leana vint se joindre à lui pour pincer délicatement le petit orteil de Ian, tandis que l'enfant couinait de bonheur.

— Et lui, c'est le p'tit dernier qui paie pour tous les autres !

Le rire bas de Jamie roula sur le plancher d'ardoise.

— Tu n'as pas qu'un pied, Ian McKie, mais deux. Pourquoi ne pas recommencer avec l'autre ?

Il leva les yeux vers elle, ses traits illuminés par le feu du foyer, les yeux brillants d'affection.

— Qu'as-tu dit, Leana ?

Elle sourit, trop heureuse pour penser.

— Je t'aime, Jamie. Voilà ce que je dis.

— Entends-tu ça, garçon ?

Jamie fit une mimique amusante, à l'étonnement de Ian.

— Ta mère m'aime ! Et veux-tu entendre un secret ? Je l'aime aussi.

Il chatouilla la plante du pied de Ian avec sa barbe drue, puis embrassa Leana affectueusement, en lui frôlant la peau de la même manière.

Chapitre 19

Se tenant, hésitantes,
À la rencontre du ruisseau et de la rivière,
L'enfance et la féminité balancent !
– Henry Wadsworth Longfellow

– Ce n'est pas ce que j'appelle « se tenir droite », mademoiselle McBride. J'appelle cela s'avachir. *Levez-vous, s'il vous plaît*[8].

Etta Carlyle tenait la dragée haute au petit groupe de jeunes filles qui l'entouraient, ayant elle-même le port d'un officier britannique de haut rang. Le mince tapis sous les pieds de Rose offrait peu de chaleur, pas plus que le feu de charbon dans la cheminée. Son manteau de pin était l'une des rares décorations de la pièce. Deux fenêtres dépourvues de rideaux, donnant sur la venelle Millbrae, laissaient entrer la maigre lumière de l'hiver, égayant à peine le caractère généralement lugubre de la haute pièce carrée, qui sentait le suif. L'endroit était bien ordonné, mais décidément austère. À l'image de l'institutrice.

Une douzaine de paires d'yeux étaient fixées sur Rose pendant qu'Etta Carlyle l'admonestait.

– Redressez-vous, mademoiselle McBride.

– Oui, madame.

Rose redressa la tête en espérant que ses vertèbres s'étirent aussi. La douairière aux cheveux argentés se pinça les lèvres, puis s'éloigna sans dire un mot, laissant Rose à se demander si elle était arrivée à la satisfaire. Les yeux gris enfoncés de madame Carlyle, aussi froids que du granit,

8. N.d.T. : En français dans le texte original. À partir d'ici, tous les mots en italique suivis d'un astérisque sont en français dans le texte original.

s'exerçaient maintenant sur une autre nouvelle venue à l'école, une fille au teint pâle de la paroisse de Torthorwald.

— Ne raidissez pas les bras autant, mademoiselle Herries. Vous voyez comment les coudes de mademoiselle Johnstone forment un angle plaisant au regard, *oui**?

Alors qu'elle passait en revue les élèves, ses remarques étaient toutes du même ton — quelques rares éloges au milieu d'innombrables critiques, émaillées de mots français, comparant sans cesse une jeune fille à une autre, et rarement en termes favorables. Et les mots usuels dans cette région de l'Écosse n'étaient pas bienvenus sous le toit d'Etta Carlyle.

— Notre modèle est Londres, et non pas Édimbourg, avait expliqué l'institutrice dès le premier jour. Les jeunes filles de Saint-James disent « oui » et non « ouais ». Nous nous appliquerons à les imiter.

Le regard de Rose fit le tour de la pièce, et elle résista à l'envie de lever les yeux au ciel. Dire qu'elle s'était inquiétée du choix de ses robes ! Les jeunes filles du comté de Dumfries rassemblées ici étaient, pour dire les choses poliment, habillées simplement. Les robes étaient coupées sobrement, sans un fil de dentelle de Belgique pour égayer les gris et les bruns sans éclat, et leurs cheveux étaient sévèrement retenus par un filet serré sur le dessus de leur tête. Rose, vêtue de la belle robe bordeaux de Leana et dont les cheveux formaient de jolies boucles apprivoisées par de l'eau de rose, se détachait comme un martin-pêcheur aux plumes brillantes dans une volée de mouettes.

La voix de l'institutrice interrompit le cours de ses pensées.

— Veuillez vous asseoir, mesdemoiselles. J'ai préparé pour aujourd'hui une leçon sur les règles essentielles d'un régime de beauté. En ordre alphabétique, s'il vous plaît. Mademoiselle Élizabeth Balfour. Mademoiselle Mary Carruthers. Mademoiselle Margaret Herries. Mademoiselle Sally Johnstone.

Rose suivit les autres dans une pièce adjacente, où quatre longues tables, sur lesquelles on avait disposé une rangée d'encriers, les attendaient. Elle se pinça les lèvres pour s'empêcher de sourire. *Un régime de beauté ?* Il était difficile de voir ce que madame Carlyle pouvait lui apprendre en la matière.

La jeune Johnstone, qui rappelait un joli roitelet brun, lui murmura par-dessus son épaule :

— Peut-être est-ce vous qui devriez donner ce cours, mademoiselle McBride.

Rose, que ce commentaire remplit d'orgueil, sourit simplement. « Tromperie que la grâce ! Vanité, la beauté ! » lui répétait son père, citant la Bible. Ramenée à l'ordre par les sévères paroles qui grondaient dans sa tête, Rose prit place dans la deuxième rangée, en faisant racler sa chaise sur le plancher de bois naturel. Les murs de plâtre étaient blanchis à la chaux, sans autre décoration que quelques candélabres. Tout près de la seule fenêtre, à l'avant de la classe, était suspendu le portrait à l'huile d'une jeune femme — leur institutrice jeune fille ? Non, jugea Rose, elle n'avait jamais dû être aussi jolie. Ce devait être celui de sa fille ou d'une élève remarquable ayant fréquenté l'école à une autre époque. Le port de la jeune fille était admirable et ses mains gracieusement croisées ; peut-être l'avait-on simplement mis là pour donner le bon exemple.

Sally Johnstone se pencha de côté pour dire à l'oreille de Rose :

— Vous devriez être à Queensberry. C'est plus chic que Carlyle.

Queensberry. Le nom même semblait prometteur.

Rose continua de regarder devant elle, pour ne pas être remarquée par l'institutrice.

— Mais c'est bien plus cher ?

— Oui, se plaignit Sally. Mon père ne voudrait jamais m'envoyer là-bas.

Ni le mien. Naturellement, Lachlan McBride avait choisi l'école qui devait coûter le moins de pièces d'argent à sa cassette.

Madame Carlyle entama son cours sans préambule.

– Le secret, pour préserver et entretenir la beauté, est la réunion de trois disciplines : la propreté, la tempérance et l'exercice.

Elle fit une pause pour que ses élèves aient le temps d'exprimer leur surprise et leur joie, comme si chacun des mots qu'elle venait de prononcer était une révélation.

Rose s'irrita devant pareille attente. Où étaient les leçons d'histoire et de mathématiques ? Elle n'avait pas besoin de se faire dire que la propreté « préservait la souplesse des membres » ou que des bains tièdes fréquents « disposaient des impuretés corporelles ». Et les mots qu'employait cette femme ! La modération à table, c'était bon pour les autres ; Rose savourait les délices de Neda sans se priver et s'en portait à merveille. Et respirer l'air pur et vivifiant de la campagne était la définition même de l'existence de Rose à Auchengray.

– Mais évitez les rosées du soir, les avertit l'institutrice, et son imperceptible humidité qui sature la peau, car elle vous expose aux pires maladies que l'air écossais peut transmettre. *Prenez garde**, sinon le cimetière pourrait vous accueillir prématurément.

Le regard de Rose exprima l'inquiétude de circonstance, pendant qu'elle se remémorait ses courses folles dans les collines, tête et jambes nues, pourchassant les brebis aventurées hors de l'enclos. L'image des moutons à face noire d'Auchengray lui rappela un certain berger, celui qui l'avait conduite à Dumfries et l'avait laissée sur le seuil de la porte de madame Carlyle sans s'attarder. Pourquoi avait-il l'air si heureux d'en être débarrassé ? Après cinq longues journées, s'ennuyait-il seulement d'elle ? Elle aurait voulu revoir toute la maisonnée d'Auchengray, Ian en particulier.

— Mademoiselle McBride ! dit la maîtresse d'école brusquement. Pourrais-je savoir où vos pensées vagabondent ? Votre regard distrait prouve assez que vous n'êtes plus avec nous depuis longtemps.

Rose se leva, joignant les mains devant la taille, comme on le lui avait montré.

— Je vous demande pardon, madame Carlyle. Ce sont les têtes des passants qui m'ont distraite. Je promets de m'amender.

Rose se rassit, heureuse de ne pas avoir succombé à sa vilaine habitude de maquiller un peu trop la vérité. Ne regardait-elle pas par la fenêtre ?

— *Bien**. Mais votre désir d'en voir plus de Dumfries, mademoiselle McBride, est sur le point d'être satisfait.

L'institutrice sourit. Bien que cela n'embellît pas ses traits austères, cela laissait au moins présager une journée plus sereine.

— Il est temps d'explorer le milieu qui vous tiendra lieu de ville d'adoption ce printemps, dit-elle. Nous ferons une petite excursion après le repas du midi et déambulerons dans l'une des artères principales de notre royale cité.

Une vague d'excitation se propagea dans la classe. Rose ne put s'empêcher de montrer sa propre joie. Elle avait déjà emprunté le *Dumfries Weekly Journal* dans le panier du bureau de madame Carlyle, afin de lire la grande feuille, tard le soir, à la lueur de la chandelle. Bien que la rhétorique politique lui donnât surtout des mots de têtes, les mots tels que « Sire » et « Vicomte » faisaient battre son cœur, tandis que les annonces semblaient tirer sur les cordons de sa bourse. Un nouveau pont, devant enjamber la rivière Nith, était en phase de planification de même qu'une nouvelle prison, ce qui lui avait donné la chair de poule. Mais un théâtre, pas très loin de l'école, faisait aussi partie des projets municipaux, et cela lui semblait très prometteur. Le tribunal ambulant siégeait l'automne et l'hiver à Dumfries, il y avait deux marchés hebdomadaires, et trois foires annuelles… Oh, toutes les possibilités !

Mais d'abord, le déjeuner. Des pommes de terre bouillies et tranchées, modérément assaisonnées, et de la morue salée garnie de persil séché furent placées devant chaque jeune fille assise à l'entour de la table, recouverte d'une nappe de lin. Pas très relevée, sinon insipide, la nourriture fut avalée sans commentaire. Rose était trop anxieuse de franchir le seuil de la porte pour penser à son estomac. Elle avait visité Dumfries à plusieurs reprises, mais toujours accompagnée de sa famille. C'était différent et vraiment excitant, car Dumfries était son nouveau foyer, maintenant, même si ce n'était que pour la saison.

Quelques minutes avant qu'une heure sonne, Rose était enveloppée de son manteau vert et avait enfilé ses gants de cuir. Toutes les jeunes filles s'aventurèrent dans l'étroite venelle Millbrae en direction de la rue Saint Michael, tenant leurs jupes pour zigzaguer entre les flaques et les ordures. Des maisons de briques se tassaient des deux côtés de l'étroite allée, séparées occasionnellement par une cour où l'on voyait, à l'arrière, des jardins, qui attendaient le printemps pour renaître.

Lizzie Balfour, une créature délicate aux grands yeux bleus, vint marcher à ses côtés.

— Aviez-vous déjà vu autant d'habitations familiales ? Cela ne ressemble pas du tout à Moffat.

— Et encore moins à Newabbey, acquiesça Rose, essayant de ne pas regarder les enfants qui collaient leur visage crasseux aux fenêtres pour observer le groupe de jeunes filles.

Quand les résidentes de l'école Carlyle sortirent enfin de la venelle, elles se trouvèrent à partager la rue avec la bourgeoisie et les roturiers, se mêlant les uns aux autres. Un homme chauve, dont les vêtements étaient en loques, arborait l'écusson des mendiants au milieu d'autres passants bien chaussés, qui portaient des chapeaux à la mode. Ses oreilles se tordirent aux accents étranges qui parlaient d'endroits qu'elle ne pouvait que s'imaginer – Glasgow au nord-ouest et Édimbourg au nord-est, les deux à une distance d'environ quatre-vingts milles. Plus d'une fois, l'accent saccadé et peu musical de Londres attira son attention.

– Nous assisterons au sabbat à l'église Saint Michael, annonça madame Carlyle. *Dieu est en toutes choses**.

Elle fit un geste de la main en direction de la haute église de grès rouge entourée par d'impressionnantes pierres tombales, plus hautes que n'importe quelle âme ensevelie sous leur masse.

– Par ici, s'il vous plaît, jeunes filles. Voyons voir ce que la rue Saint Michael a à nous offrir.

La curiosité poussa Rose vers l'avant, sans se préoccuper du froid humide de janvier qui s'infiltrait sous son manteau. Sous ses pieds, la boue et les ordures firent places à des dalles bien ordonnées. Les immeubles tout autour s'élevaient, hauts et gracieux, avec des fenêtres ornées et des portes voûtées, des marches bien entretenues et des vitres polies. Leana avait vu ces maisons aussi, se rappela Rose. Au cours de sa lune de miel avec Jamie à Dumfries, sa sœur avait sûrement déambulé dans cette même rue. La honte avait empêché Leana de décrire ce qu'elle avait vu, quand elle et Jamie étaient rentrés à Auchengray. Cela avait été un jour pénible pour tous. Rose s'efforça de concentrer ses pensées sur le présent, refusant de laisser ruiner son excursion par de si tristes souvenirs.

– La place Nith est le quartier à la mode de Dumfries, expliqua Etta Carlyle, baissant la voix par déférence pour sa population distinguée.

Elle hocha la tête en direction de Irish Street.

– Au pied du passage menant au George Inn, dit-elle, vous remarquerez les salles de réunion, où les gentilshommes viennent jouer aux cartes et boire du thé. Lorsque la cour siège, au printemps, les dames de qualité se rassemblent ici pour les bals et les expositions qu'on y tient.

Son regard s'attarda sur ses protégées.

— Certaines d'entre vous feront peut-être leurs débuts dans le monde dans l'un de ces élégants salons.

Vraiment ? Rose se détourna, préférant ne pas voir l'espoir se peindre sur le visage de ses compagnes. Lorsqu'elles attendraient l'âge de dix-huit ans, certaines seraient sans doute déjà mariées avec des hommes plus âgés, au gousset et à la panse rebondis. Elle secoua la tête pour chasser ces idées lugubres et marcha d'un pas ferme en suivant les autres.

— *Allons**. Pressons le pas, mesdemoiselles.

Leur institutrice leva la main.

— Nous rentrerons par Mill Street, annonça-t-elle.

L'école Carlyle n'était pas vraiment son foyer, mais elle jouerait un rôle utile jusqu'à la Pentecôte. Entre ses murs mornes, Rose polirait ses manières, cultiverait ses habiletés domestiques et apprendrait un peu plus de cette langue française qui excitait joliment le bout de sa langue. Quand Dieu jugerait bon de placer sur sa route un gentilhomme distingué, elle saurait quoi lui dire : *Je suis prête**.

Chapitre 20

Un étrange volume de la vraie vie
dans le sac quotidien du facteur.
— Douglas Jerrold

— Regarde ça, Jamie. Rose apprend le français.

Leana exhiba une lettre qu'elle avait reçue de l'école Carlyle, tout en enlevant ses lunettes.

— Je ne peux prononcer les mots, mais il me semble que je commence à comprendre ce qu'ils veulent dire. Et toi ?

— *Oui**, dit-il en souriant. Aubert Billaud, notre maître queux de Glentrool, est originaire de Marseille, alors mère a insisté pour qu'il m'apprenne sa langue maternelle. En outre, j'ai étudié dans une université française, ajouta-t-il avec un clin d'œil. La vieille alliance entre l'Écosse et la France durera tant que nos deux pays feront face à un ennemi commun.

— L'Angleterre, dit-elle, souriant à sa plaisanterie.

Jamie étudia la lettre de Rose.

— « *Le monde est le livre des femmes** », lut-il en faisant courir ses doigts sur le papier. Ces mots sont de Rousseau. Une excellente étudiante, notre Rose.

Notre Rose. La jeune fille n'était partie que depuis dix jours, et Jamie s'ennuyait déjà d'elle. Leana pouvait le lire dans ses yeux, qui s'abreuvaient du contenu de la lettre comme un homme assoiffé. Elle pouvait voir son sourire frémir sur les coins de sa bouche et entendre la note admirative dans sa voix. Non pas pour notre Rose, mais sa Rose.

Leana ne put s'empêcher de demander :

— Est-ce que son absence te chagrine ?

— Me chagrine ? répéta Jamie en levant des yeux étonnés vers elle. Non, Leana. Je suis heureux pour elle.

Il étendit le bras au-dessus de la table et lui serra la main, la regardant avec chaleur.

— Leana, reprit-il, je pense à Rose comme à notre grande fille, plutôt qu'à une jeune femme charmante. Je suis capable de…, enfin, c'est mieux de cette façon.

— Je vois, dit Leana en souriant de sa candeur.

Cher Jamie. Elle l'avait encore mal jugé, sautant aux conclusions.

— J'aurais dû savoir que tu avais les choses bien en main, confessa-t-elle, récupérant la lettre pour la lire plus tard. Si tu veux bien m'excuser, je vais à la cuisine préparer une collation pour notre fils.

Cela le fit sourire.

— C'est tout ce que fait le garçon : manger ! dit-il.

— Et dormir, lui rappela Leana.

Les coliques de Ian s'étaient maintenant calmées et le bébé dormait plusieurs heures d'affilée entre ses tétées nocturnes. Heureuse du répit, Leana retrouvait des forces peu à peu. Si son corps ne semblait pas encore lui appartenir complètement, au moins, il n'était plus cet étranger épuisé, se traînant dans une existence somnambulique, qui se résumait à nourrir, à changer et à baigner leur fils. Ce soir, peut-être, son mari se tournerait vers elle dans l'obscurité de leur lit fermé et la trouverait tout éveillée. Et plus que consentante.

Jamie se leva, s'étirant les bras et roulant des épaules comme un gros félin gracieux.

— Ai-je mentionné que je me rends à Dalbeaty avec ton père, jeudi prochain ? C'est au sujet d'une propriété à évaluer là-bas.

— À Dalbeaty ?

Leana réfléchit un moment.

— Une faveur pour Duncan, je suppose ?

Deux des filles adultes des Hastings vivaient à l'extérieur du petit village, situé à huit milles au sud-ouest d'Auchengray ;

peut-être envisageaient-elles de déménager dans une autre ferme ?

Jamie haussa les épaules.

– Lorsque j'ai interrogé ton père, son regard est resté vague.

– Je connais bien cette expression, dit Leana en effaçant le sourire de son visage, imitant si bien l'expression absente de son père que Jamie se mit à rire à voix haute.

– Tu l'imites à la perfection, Leana.

– Alors, c'est qu'il cache quelque chose. Mon père est rarement indécis, surtout quand il s'agit d'une question qui touche à la terre.

Elle regarda par la fenêtre.

– J'espère que vous n'aurez pas un temps aussi maussade qu'aujourd'hui pour votre voyage, dit-elle. Assure-toi d'être chaudement habillé.

– Oui, mère, la taquina-t-il, puis il se pencha pour l'embrasser.

Hugh ne l'avait pas rasé, ce matin-là, et le contact de la barbe de Jamie contre sa peau était rugueux ; cela ne la dérangeait pas le moins du monde.

– Beaucoup de choses peuvent survenir entre maintenant et la semaine prochaine, murmura-t-il, l'embrassant une autre fois, avant de se tourner vers la porte. Viens, je vais t'accompagner dans la cuisine. Neda pourrait m'avoir gardé quelque chose de mes courses dans la paroisse d'Urr.

Ils pénétrèrent dans la cuisine bras dessus bras dessous et découvrirent Neda perchée sur un petit escabeau, essayant d'atteindre un chaudron à fond de cuivre oscillant entre les poutres, bien au-dessus de sa tête.

– Z'arrivez juste à temps pour sauver une pauv' femme d'une bien vilaine chute.

– Je vois, dit Jamie.

Il souleva le lourd chaudron de son crochet et le lui remit.

— Et que comptez-vous préparer dans une si grande marmite, madame Hastings?

— D'la compote de pomme, dit-elle en pointant du doigt un panier de reinettes dont la peau était ridée et jaune. Elles sont restées dans l'cellier trop longtemps, j'en ai peur. Duncan les donnera aux cochons, si j'leur trouve pas un meilleur usage. Vot' garçon m'remerciera d'lui faire d'la compote, j'en suis sûre.

— Et sa mère aussi, ajouta Leana, qui s'empara d'un couteau à éplucher d'une main et du premier fruit qu'elle put saisir de l'autre. Dites-nous, Neda, qu'est-ce que mon père peut bien aller faire à Dalbeaty, la semaine prochaine? Jamie doit l'y accompagner.

Neda les regarda tous les deux en récurant le chaudron dans l'eau bouillante.

— J'suis pas certaine, mais y m'semble que c't'à propos d'une femme.

Leana resta interdite.

— Une femme?

— Une certaine veuve du nom d'Douglas, répondit Neda en soulevant le chaudron sur la table à découper pour l'assécher avec son tablier. Duncan a trouvé une écriture d'la main de vot' père dans le livre de comptes, expliqua la gouvernante. «Achat d'cinq vaches laitières pour Edingham», qu'y était écrit. Ma sœur, qui habite à Dalbeaty, connaît l'reste de l'histoire. Edingham est une jolie ferme dans la paroisse d'Urr. Elle appartient à m'dame Douglas et à ses trois fils. Quel intérêt vot' père aurait à acheter des bêtes pour c'te femme, j'saurais point l'dire.

— Pas plus que moi, dit Leana en regardant Jamie, qui hochait négativement la tête.

— P't-être qu'avant vot' départ, l'maître d'Auchengray voudra bien nous en dire plus. Y a plusieurs milles d'ici à Dalbeaty. Mais vous savez c'qu'on dit, ajouta Neda avec un clin d'œil. Les gens cupides ont l'bras long.

— Mais il semble ici que ce soit mon père qui lui donne les vaches, protesta Leana.

— Oh ! Pour rien, vous pensez ? Vous connaissez vot' père mieux qu'ça, jeune femme.

— Neda a raison, approuva Jamie. Lachlan fait rarement un cadeau sans espérer y gagner au change.

Il consulta sa montre de poche, puis se dirigea vers la porte.

— Écoutez-moi bien, dit-il, il y a quelque chose qui se trame ici. Si mon oncle ne m'a pas donné de réponse avant notre randonnée à Dalbeaty, je m'assurerai que vous ayez tous les détails jeudi prochain.

Jamie prit congé en effleurant la manche de Leana, la réchauffant de son regard.

— Je te revois au dîner, chérie.

Il disparut au bout du corridor. Au moment où ses larges épaules pivotaient pour faire face à l'escalier, Neda regarda Leana et son visage rayonnait.

— Y semble que vot' mari soit finalement devenu un homme.

— Allons, Neda, la gronda Leana en tendant la main vers une autre pomme. Jamie avait déjà vingt-quatre ans quand il est arrivé à Auchengray. C'était déjà un homme.

— Dieu n'mesure pas les hommes en pouces ou en années, répondit Neda en ramassant les fruits que Leana avait épluchés et débarrassés de leur cœur.

Elle les versa dans son chaudron récuré avec quelques tasses d'eau, avant de le suspendre au-dessus d'un bon feu.

— C'est pas l'calendrier qui fait un homme, déclara-t-elle, mais les jours qu'y a passés à lire la Bible et à écouter l'Tout-Puissant.

— Jamie a été plus attentif à ces choses récemment, acquiesça Leana. Il a emprunté à mon père son exemplaire de *Mortification et sincérité*, de Low, et un recueil de sermons aussi.

— C't'un bon début, dit Neda en entrant dans le garde-manger pour en rapporter un bloc de sucre, qu'elle émietta ensuite entre ses doigts avant de le jeter dans le chaudron.

Déjà, l'arôme sucré des pommes trop mûres envahissait l'espace confiné de la cuisine.

— Quand y vivra en accord avec c'qu'y lit et croira ce qu'y dit, ajouta-t-elle, Jamie s'ra l'père dont Ian a besoin.

Elle sourit en respirant la vapeur odorante.

— Et l'mari qu'vous méritez, Leana.

— Et qu'en est-il de Rose ? Ne mérite-t-elle pas un bon mari ? demanda Leana en s'immobilisant. Ce n'est pas sa faute, si elle a perdu Jamie. C'est la mienne, de le lui avoir pris.

Neda glousa dans sa direction, comme une poule s'agitant devant son poussin.

— Y faut pas ruminer l'passé, m'dame McKie. Mais y faut être charitable envers vot' sœur aussi, j'vous le concède. Z'avez vu la lettre qu'elle a écrite à vot' père. Des mots pleins d'orgueil. J'ai appris c'ci, j'ai fait c'la.

— Mais elle est à l'école !

— Oui, dit Neda, debout devant son armoire à épices, prenant de la cannelle d'un tiroir dont l'étiquette annonçait le contenu. Et n'enseigne-t-on pas à l'école d'prendre des nouvelles d'ses parents ? De s'occuper plus des aut' que d'soi-même ? Rose ne s'est pas informée de Ian, elle a pas même d'mandé comment Annabelle allait, d'puis son départ. Sa lettre parlait juste de Rose McBride, du début à la fin.

— Ce sera toujours comme ça, Neda. Autrement, elle ne serait pas notre Rose, dit Leana en déposant quelques pommes dans le chaudron qui mijotait. Je vais préparer des céréales pour Ian, puis j'écrirai à Rose une longue lettre pour la mettre au courant de tous les commérages de la paroisse. Au moins, elle pensera à nous pendant le quart d'heure qu'elle prendra à la lire.

— Vot' amour pour vot' sœur nous couvre tous de honte, jeune femme, dit Neda en tapotant le bras de Leana, répandant un peu de cannelle sur sa manche. Laissez-moi veiller su' vot' garçon. Y voudra voir sa mémé.

Tandis que Neda allait chercher Ian, Leana versa ce qui restait du porridge du petit-déjeuner dans une petite tasse, le délaya avec du lait bouilli, jeta une pincée de sucre, puis filtra la mixture dans de la mousseline grossière. Dès que Neda arriva en portant le garçon dans ses bras, le visage de Ian s'illumina en voyant sa mère. Il agita ses petits bras et ses petites jambes, poussant des cris aigus d'impatience pendant que Neda l'assoyait et tâchait de l'immobiliser assez longtemps pour lui nouer une serviette autour du cou.

Leana rit de bon cœur du spectacle qu'il offrait.

— Laissez-moi m'occuper du pauvre garçon pendant quelques minutes pour le calmer, sinon il se couvrira de porridge au lieu de le manger.

Neda s'occupa ailleurs dans la cuisine tandis que Leana plaçait Ian sur sa poitrine, s'enveloppant ainsi que son enfant, par pudeur, d'un tablier propre. Elle glissa doucement les jointures d'une main le long de la joue de Ian, qui soupirait d'aise, comme l'heureux garçon qu'il était.

— Un si gentil garçon, dit-elle.

Le duvet soyeux de son crâne devenait peu à peu plus foncé, comme la chevelure de son père. Quand Ian sembla plus calme, elle le dégagea de sa poitrine et referma rapidement sa robe.

— Au tour du porridge, dit Leana, au moment où Neda fit son apparition vêtue d'un vieux drap destiné à recevoir le pire de la tempête.

La gouvernante approcha une chaise de Leana, si près que leurs genoux se touchaient, puis elle planta Ian sur ses cuisses. Leana remplit une petite cuillère d'argent, un cadeau de la mère de Jamie, avec le contenu de la tasse.

— Mmmh, Mmmh, fit Leana en ouvrant la bouche, espérant qu'il l'imiterait.

Lorsqu'il le fit, elle glissa le porridge entre les lèvres de Ian. Et pria.

Il grimaça, plissa le nez, y goûta de nouveau. Il ouvrit les yeux en grand, puis la bouche. Une autre bouchée disparut.

— Encore ? demanda Leana.

Elle offrit à l'enfant quelques petites cuillerées tandis qu'elle et Neda le complimentaient abondamment. Quand ce fut terminé, les trois étaient éclaboussés de porridge dégoulinant, dont une grande partie avait heureusement atterri sur les draps, que Leana emporta avec elle.

— C'est un bon début, Ian McKie, lui dit-elle.

Neda tapota son bras dodu.

— Bon garçon.

Leana demanda à Eliza qu'elle l'emmène en haut pour un bain rapide et une sieste bien méritée, pendant qu'elle s'occupait de ses propres ablutions. Elle se mit ensuite à la recherche de son pupitre d'écriture, un présent de Jamie à l'occasion de *Hogmanay*, leur premier anniversaire de mariage. Il était là où elle l'avait laissé, juché sur le buffet, dans la pièce située à l'avant de la maison. Leana déplaça une petite table près de la fenêtre, alluma une bougie et prit une feuille de papier d'excellente qualité. Jamie s'était montré très généreux.

Par où commencer sa lettre à Rose ? Sa plume resta suspendue au-dessus de la feuille jusqu'à ce qu'elle sente l'encre commencer à dégouliner. Elle l'épongea de nouveau. Elles ne s'étaient pas quittées en très bons termes ; c'était peut-être par là qu'il fallait commencer.

À Rose McBride,
Mercredi 13 janvier 1790

Ma très chère sœur,

Je suis si triste que nos derniers mots, avant ton départ pour Dumfries, n'aient pas été plus tendres. Pardonne-moi ce que j'ai pu dire ou faire pour ruiner ce qui aurait dû être une occasion heureuse.

Heureuse pour qui, Leana ? Elle n'aurait jamais osé l'avouer devant sa sœur, bien sûr, mais elle était soulagée de la voir à Dumfries, et loin de Jamie. Était-il mal de le vouloir pour elle toute seule ?

Tes deux lettres ont réjoui tout le monde, ici. Comme tu peux t'imaginer, Jamie a été très impressionné par les phrases écrites en français. À la fin du mois, lorsque tu reviendras à la maison pour ta première visite, j'ai bien peur que vous ne parliez dans une langue que vous serez les seuls à comprendre.

Un léger frisson lui courut le long des bras. Peut-être était-elle trop près de la fenêtre couverte de givre, ou bien le feu avait-il besoin d'être ranimé ? Quand elle se mit à grelotter de nouveau, Leana alla chercher un autre plaid déposé sur une commode et s'en enveloppa, puis elle se rassit et reprit sa plume.

Ian devient de plus en plus souriant, d'heure en heure. Vraiment, le garçon est à l'image de son père. J'espère que tu découvriras la joie de porter un enfant bientôt, Rose. La maternité est un plaisir qu'il est impossible de décrire adéquatement dans une lettre.

Elle fit une pause, retrempa sa plume dans l'encrier. Est-ce que des histoires concernant Ian la distrairaient, ou jetteraient simplement du sel sur une plaie ouverte ? Est-ce que Rose se souciait vraiment d'elle, ou est-ce que leur affection n'était plus qu'un lointain souvenir, maintenant ? La main de Leana survola le papier alors qu'elle priait pour trouver les bons mots et la force de les écrire.

Chère sœur, qu'il n'y ait pas d'incompréhension entre nous. J'aime Jamie et Ian de tout mon cœur. Mais je t'aime aussi, Rose. Rien ne pourra jamais altérer ma profonde affection pour toi…

Chapitre 21

Puis votre nouvel ami arriva;
vous avez commencé à changer –
je l'ai vu et m'en suis attristé.
– Alfred, Lord Tennyson

– La voilà qui arrive!

Lizzie Balfour posa son front sur la vitre glacée, la bouche et les yeux grands ouverts, tandis que les autres jeunes filles se pressaient autour d'elle.

– Avez-vous vu cette robe? Rouge comme des baies de sorbier, et en velours, s'il vous plaît.

– Oui, soupira Margaret Herries, la main appuyée sur le corsage de sa robe couleur d'avoine. Ma mère ne me laisserait jamais porter quelque chose d'aussi présomptueux.

Sally Johnstone se détourna de la fenêtre de l'étage.

– C'est ainsi que les demoiselles de qualité s'habillent, à Queensberry.

Rose prit rapidement la place de Sally, jouant des coudes jusqu'à ce qu'elle fût appuyée contre la fenêtre, le regard rivé sur la rue en bas. Une jeune demoiselle aux cheveux noirs visiblement fortunée approchait de la porte de l'école Carlyle au bras d'un gentilhomme plus âgé – son père, sans aucun doute. Au bout de la venelle Millbrae était posté un carrosse à quatre chevaux aux panneaux noirs rutilants et aux lanternes bien astiquées. C'était une belle voiture, comme celle appartenant aux Maxwell, leurs voisins de Maxwell Park. Rose ne ressentait aucune envie devant cet étalage de luxe, seulement la curiosité d'en apprendre davantage.

– Mais qu'est-ce qui l'amène précisément ici? se demanda Rose à voix haute, en observant Etta Carlyle accueillir sa nouvelle élève.

Elles avaient été informées une heure plut tôt qu'une autre jeune fille allait se joindre à elles, pour remplacer la pauvre Mary Carruthers, qui souffrait d'une si mauvaise toux qu'on avait dû la renvoyer à la maison pour se remettre. Après la leçon de maintien du matin, l'institutrice avait renvoyé les filles en haut pour ranger leur dortoir. Douze lits étroits étaient alignés contre le mur et, au pied de chacun d'eux, une petite malle était déposée. Un seul en était dépourvu, mais cela ne durerait pas, car un imposant bagage franchissait la porte d'entrée au même moment.

La voix de Sally flotta au-dessus de leurs têtes.

– Son nom est Jane Grierson.

– Grierson de Lag ? s'exclama Lizzie en entendant ce nom. De Dunscore ?

– Celui-là même, confirma Sally, mais distant de plusieurs générations.

Rose regarda les autres, sidérée. *Sir Robert Grierson !* L'infâme persécuteur des Covenanters[9] et des Jacobites, connu de tous à Galloway et craint par la plupart. Bien qu'il fût mort quelque soixante ans auparavant, sa réputation lui survivait par-delà la tombe. Est-ce que la superbe créature en bas serait son arrière-arrière-petite-fille, par hasard ? Ou une parente plus éloignée ?

– Ma mère m'a écrit pour me dire qu'elle arrivait, dit Sally, d'un ton supérieur.

Lorsque les autres lui reprochèrent d'avoir gardé le secret pour elle, Sally se justifia.

– J'ai reçu sa lettre seulement ce matin, dit-elle. Mademoiselle Jane Grierson fréquentait Queensberry l'automne dernier, puis on lui a discrètement demandé de partir après Yule.

Rose ne put s'empêcher de s'exclamer.

– On lui a demandé de partir ! Mais pourquoi ?

Les sourcils pâles de Sally s'arquèrent.

9. N.d.T. : Presbytériens écossais qui s'opposèrent à l'introduction de l'anglicanisme au XVIIe siècle.

— Une jeune fille comme il faut n'est pas curieuse de tels détails, répondit-elle, puis après une pause théâtrale, elle s'esclaffa et son expression hautaine s'évanouit.

Étendant les bras comme si elle avait voulu attirer les autres dans la confidence, Sally expliqua d'un murmure complice :

— Elle a dix-huit ans, vous savez. Plus âgée que nous toutes et tellement plus... expérimentée. Mère m'a laissé entendre que mademoiselle Grierson s'était échappée à plus d'une occasion, et qu'elle était rentrée avec une haleine de whisky.

Un hoquet collectif s'éleva du groupe, incluant Rose. Il était difficile de dire ce qui était le plus scandaleux : marcher seule dans les rues de Dumfries ou boire de whisky.

— Est-ce que l'institutrice est au courant? demanda Lizzie.

Sally hocha la tête.

— Vous pouvez être certaines que non, autrement, mademoiselle Grierson n'aurait jamais été admise ici. Mais comme notre domestique le répète souvent, « l'argent facilite bien des choses. »

Du bas de l'escalier parvinrent les bruits d'une porte qui se referme et de voix cultivées échangeant des plaisanteries dans le vestibule. Surprises sur leur perchoir à la fenêtre, Rose et les autres se dispersèrent dans la chambre, replaçant malles et couvre-lits, les regards allumés par la hâte de voir ce qui allait arriver. Après deux semaines ensemble, les amitiés avaient commencé à se forger, bien que Rose eût encore à trouver une confidente avec laquelle elle pourrait partager les désirs secrets de son cœur.

Des pas dans l'escalier annoncèrent l'arrivée de la malle de Jane. Deux valets en livrée impeccable s'arrêtèrent à la porte, portant entre eux un coffre de cuir finement travaillé.

— Placez-le ici, si vous voulez bien.

Rose indiqua le lit libre près du sien. Elle aurait soudain souhaité que les draps fussent plus blancs et moins rugueux, et les candélabres aux murs plus nombreux.

Après que les domestiques eurent salué et se furent retirés dans le couloir, les filles durent attendre qu'on les invite à descendre. Ayant déjà fait de leur mieux pour rendre leur sombre dortoir le plus accueillant possible, elles s'occupèrent de leur apparence, lissant leur robe de leurs paumes mouillées, et se prêtant mutuellement assistance pour se peigner et se brosser les cheveux.

— C'est folie de s'agiter autant, dit Sally, mécontente du ruban noué retenant ses cheveux. C'est une jeune fille de bonne famille, mais ne le sommes-nous pas toutes aussi ?

— Mais personne ne porte un nom aussi prestigieux que Grierson, répondit Lizzie, qui essayait d'ajouter un peu de rose à ses joues en les pinçant si fort qu'elle en grimaçait. Et nous ne sommes pas non plus assez riches pour acheter des robes aussi magnifiques.

Rose garda ses réflexions pour elle. Le nom de McKie n'était-il pas de valeur, et les grands domaines de Glentrool ne produisaient-ils pas assez d'argent pour se procurer tout le velours et tout le satin qu'on pouvait désirer ? Malheureusement, elle ne s'appellerait jamais McKie. Cette porte s'était entrouverte pour se refermer aussitôt.

La silhouette imposante d'Etta Carlyle apparut dans le corridor, drapée dans une robe couleur d'encre ressemblant à un vêtement de deuil. Seuls les boutons de perle le long du corsage égayaient son apparence sévère.

— Mesdemoiselles, mademoiselle Jane Grierson attend de faire votre connaissance à table. Nous déjeunerons plus tôt, aujourd'hui, puis nous aurons la leçon de français. Je n'ai pas besoin de vous expliquer la position que sa famille occupe dans notre communauté. Vous lui ferez, j'en suis persuadée, un accueil gracieux.

Elle les invita du geste à descendre l'escalier en colimaçon, refermant la porte derrière elle. L'air se remplit des froufroutements de leurs jupes, du bruit étouffé de leurs pantoufles à semelle épaisse, des murmures de leur voix alors qu'elles se dirigeaient vers la salle à manger.

Jane Grierson se tenait debout près de sa place à table. Sa riche chevelure brune était ramassée au sommet de sa tête en un enchevêtrement magnifique de serpentins et de boucles, et sa robe opulente projetait un éclat rougeoyant dans la pièce fade. Mais ce furent ses yeux qui attirèrent l'attention de Rose. Aussi noirs et vifs que les siens, les yeux de Jane étincelaient d'effronterie et semblaient défier quiconque prétendrait vouloir la contraindre à changer. Quand un sourire lumineux s'épanouit sur son visage, l'effet fut complet.

Rose l'adora tout de suite et sans réserve. Voilà l'amie qu'elle rêvait de rencontrer depuis si longtemps, la femme dont l'âme serait le pendant de la sienne. Vivante et vibrante. Impatiente d'expérimenter tout ce que le monde avait à offrir.

Lorsque Rose lui rendit son sourire, Jane éclata de rire, et ce rire bas et guttural était celui d'une femme, pas celui d'une jeune fille de dix-huit ans.

— Viens t'asseoir à côté de moi, jeune fille aux yeux noirs, dit-elle en s'adressant à Rose. Il est évident que nous deviendrons de grandes amies dans l'heure.

Les autres gagnèrent leur place après avoir laissé passer Rose, dont la chaise assignée était ailleurs. Pas une âme ne sourcilla, pas même madame Carlyle. Comme c'était étrange d'avoir été ainsi choisie par Jane Grierson ! Et avec quel style. Après une longue prière, on s'assit et les plats furent servis dans le silence de rigueur. Pendant tout le déjeuner, Rose et Jane échangèrent des regards, toutes deux réprimant l'envie de rire aux éclats. Elles étaient taillées dans la même étoffe. Lorsque le pudding à la marmelade fut desservi et que les conversations reprirent, les deux jeunes filles se mirent à parler vivement, comme si elles avaient été frappées par un éclair.

— Dis-moi ton nom, demanda Jane, car je sais qu'on vous a dit le mien.

— Rose McBride d'Auchengray, dit-elle aussi fièrement qu'elle le pût. Mon père est un laird à bonnet, qui possède quatre cents moutons dispersés sur les collines de Newabbey.

Jane sourit.

— Très bien, Rose McBride. On doit toujours présenter sa famille sous le meilleur jour.

Jane regarda sa robe aux reflets roses, puis se pencha et dit d'un ton conspirateur :

— Je vois que tu aimes les couleurs voyantes et les étoffes de qualité. Nous avons à peu près la même taille. Emprunte-moi tout ce qui te plaira. Ma mère doit m'envoyer une malle de nouvelles robes toutes les deux semaines.

— Une malle de nouvelles…

Rose en resta bouche bée, mais se ressaisit tout de suite.

— C'est trop de générosité, mademoiselle Grierson.

— Appelle-moi Jane ou rien du tout, car moi, je t'appellerai Rose, d'accord ?

Rose jeta un regard furtif à l'institutrice assise au bout de la table.

— Attention, Jane, dit-elle. Il y a des mots que madame Carlyle ne nous permet pas d'utiliser. « Ça alors » en fait partie. Et « ouais », « fille », « gars » et « chouette » et…

— Diable ! murmura Jane.

Rose grinça des dents.

— Celui-là en particulier.

— Alors, nous devrons nous assurer qu'Etta l'Austère ne nous entende pas.

Jane plaqua sa serviette de table sur sa bouche pour dissimuler son grand sourire, puis la déposa à côté de son assiette.

— Sais-tu pourquoi j'ai été contrainte à intégrer l'école Carlyle, demanda-t-elle, puisque Queensberry est davantage digne de mon rang ?

Rose la regarda, amusée.

— Je peux le deviner.

— Tout ce que tu peux penser, j'en suis coupable.

— Et fière de l'avoir fait, en plus.

Rose la taquinait, se surprenant elle-même de s'entendre parler aussi librement et audacieusement. Cette jeune femme savait jeter un charme qui lui permettait de gagner la confiance d'autrui en un seul instant ! Rose fit le tour de la pièce du regard et ne fut pas surprise de constater que toutes les têtes étaient tournées de leur côté. Il était plus difficile de lire sur leur visage. Était-ce de la curiosité ? De l'envie ? Ou de l'inquiétude ? Bien qu'honorée d'avoir attiré l'attention de Jane, Rose se demandait comment cela allait affecter son amitié nouvelle avec les autres jeunes filles. Jane lui faisait confiance, semblait-il. Pouvait-elle faire confiance à Jane ?

Rose lui demanda de sa voix la plus sincère.

— M'avoueras-tu ce qui t'amène à Carlyle ? Si nous devons être de bonnes amies, Jane, je dois en savoir plus à ton sujet.

Elle baissa les yeux, puis la voix, priant pour que personne d'autre ne puisse entendre.

— Ce n'est que juste, ajouta-t-elle, car j'ai aussi une histoire scandaleuse à te raconter.

Les coins de la bouche de Jane frémirent d'amusement.

— Tu devras me la raconter par le menu un soir, quand nous pourrons parler à cœur ouvert. Tout comme je te confierai mon secret à une heure tranquille de la nuit.

Jane se leva au commandement de l'institutrice, immédiatement imitée par les autres.

— *Parlons-nous français** ?

— *Oui**, dit Rose, en souriant. Mais il semble que tu parles déjà cette langue.

Rose découvrit bientôt que la maîtrise du français n'était que l'un des nombreux talents de Jane. La jeune femme avait aussi des connaissances étendues en géographie, qu'elle attribuait aux heures passées, cachées sous la corniche, en compagnie du *Geographiae Scotiae* de son père. Elle ne s'enorgueillissait pas de ses talents en mathématiques, disant qu'elle avait simplement volé le manuel à son frère plus âgé. Sa compréhension de l'histoire lui venait d'avoir épié les conversations entre son père et les visiteurs qui frappaient à sa porte. Jane pouvait commenter en profondeur la révolution en cours en France et citait souvent la poésie grivoise de Robert Burns, feignant de ne pas remarquer les regards sévères d'Etta Carlyle.

— Les vers de monsieur Alexander Pope sont davantage appropriés pour les oreilles délicates d'une demoiselle, avait dit l'institutrice. Sûrement plus que les lignes gribouillées à la hâte par un pauvre laboureur.

Jane se porta immédiatement à sa défense.

— Monsieur Burns est notre voisin dans la paroisse de Dunscore, et il très bien vu dans les cercles littéraires d'Édimbourg, affirma Jane, les yeux brillants. De plus, le révérend Kirkpatrick accueille la famille Burns lors des offices du sabbat. Il n'y a pas un meilleur poète dans tout le comté de Dumfries.

Elle soupira de façon audible.

— Quoiqu'il en soit, si c'est la poésie de monsieur Pope que vous préférez, reprit-elle, en voici un morceau.

Jane se leva et se plaqua les mains sur les hanches. Un fin sourire joua sur ses lèvres alors qu'elle commençait sa récitation.

Voir la pécheresse, majestueusement ivre,
Orgueilleuse comme une pairesse, plus fière qu'une gueuse;
Chaste auprès de son époux, franche pour tout autre,
Une maîtresse ardente, mais une épouse triste.

— Mademoiselle Grierson, ça suffit! dit Etta Carlyle en refermant son livre bruyamment.

Personne dans la salle de classe n'osa rire à voix haute. Les étudiantes dissimulèrent leur sourire derrière leur main, tandis que la maîtresse d'école continuait sa leçon, exaltant les vertus d'Oliver Goldsmith et de William Cowper, sans dire un mot de plus au sujet d'Alexander Pope. Ou de Robert Burns.

Rose ne pouvait se résoudre à regarder Jane, sachant qu'elle perdrait sa contenance. Aucune autre femme de sa connaissance — ni Suzanne Elliot, ni Jessie Newall, et certainement pas Leana — ne possédait un pareil sens de l'humour, ni un tel aplomb pour en faire étalage. Si la famille de Jane n'avait pas été d'un si haut rang, et la fortune de son père, si considérable, elle aurait été bannie par la société. Au lieu de cela, les manières de Jane étaient tolérées, même applaudies dans certains milieux. Mais pas chez Etta l'Austère, bien sûr.

Tous les soirs, quand les bougies avaient été étouffées et les rideaux tirés, et que la chambre à coucher n'était plus éclairée que par le foyer, le murmure de Jane flottait jusqu'à Rose, la titillant avec les détails de ses nombreuses escapades. Des récits de chevauchées nocturnes et de whisky bu à même la carafe d'un gentilhomme. Des histoires de pique-niques l'après-midi avec des bacheliers et de fuites à Glasgow en calèche, sans la présence d'un chaperon. Queensberry, découvrit Rose, était le dernier des trois établissements qui avaient ouvert leurs portes à Jane, pour les refermer derrière elle à peine quelques mois plus tard.

— Carlyle est ta quatrième école? demanda Rose, stupéfaite.

— Depuis janvier dernier, dit Jane en riant doucement. Peut-être est-il préférable que nous ne parlions pas de ce qui s'est passé en 1788.

— Tu m'en as déjà dit plus que je suis capable de comprendre.

Dans l'obscurité de la chambre, Rose pouvait à peine discerner les formes de Jane, dissimulée sous une mince couverture. Ce matin-là, madame Grierson avait fait livrer un luxueux édredon en plume d'oie à sa fille ; Jane refusa de l'utiliser si cela signifiait qu'elle serait la seule à ne pas grelotter toute la nuit.

Jane bâilla.

— Confidence pour confidence, Rose, tu as fait allusion à un scandale. Qu'as-tu fait dans ta jeune vie qui pourrait me faire frissonner de plaisir à l'entendre ?

— Ce n'est pas ce que j'ai fait, mais ce que ma famille a fait qui est scandaleux.

Rose se souleva sur un coude, jetant un coup d'œil à la ronde pour voir si d'autres écoutaient. À l'exception de leur lente respiration, il n'y avait ni bruit ni tête levée dans la chambre.

— Mon cousin, James McKie de Glentrool, est venu à Auchengray, est tombé amoureux de moi et m'a demandée en mariage.

— Rose, ce n'est pas scandaleux. Les cousins se marient souvent.

— Oui, mais comme tu peux voir, je ne suis pas mariée. La journée de mon mariage, j'ai été retenue à Twyneholm par une tempête de neige. Mon père a décidé qu'on célébrerait le mariage quand même, et il a insisté pour que ma sœur joue le rôle de mariée par procuration.

Jane se redressa immédiatement.

— Une mariée par procuration ! De nos jours ? Quelle folie. Mais quelle sœur accepterait de faire cela ?

— Une sœur qui aurait bien voulu se marier avec Jamie.

La voix de Rose n'était plus qu'un murmure.

— Leana ne l'a pas seulement épousé à ma place, reprit-elle ; elle a partagé son lit.

Jane poussa une exclamation de surprise.

— Alors, il devait l'aimer aussi. Pauvre Rose.

— Non, il ne l'aimait pas ! Il a cru que c'était moi qui étais là.

— Il a cru quoi ?

Ella balança les pieds par-dessus le bord du lit bas et se pencha jusqu'à ce que son visage fût tout près de celui de Rose.

— Rose, es-tu sérieuse ? demanda-t-elle. Ta sœur a volé l'homme que tu aimais et l'a pris, en se faisant passer pour toi ?

— Oui. Il a avoué qu'il avait bu trop de bière et de whisky, le soir des noces. Minuit était passé depuis longtemps, lorsque Leana s'est glissée furtivement dans sa chambre, sachant très bien que Jamie m'attendait d'une minute à l'autre.

Rose renifla et des larmes lui piquèrent les yeux.

— Il n'y avait plus rien à faire, Jane, dit-elle d'une voix défaite.

— Rose, il y a toujours quelque chose à faire, quand il est question de corriger une injustice, dit Jane, qui retourna sous ses couvertures. Il est un peu tard, maintenant, mais les roues de mon esprit tournent pour toi, ma jeune Rose. Ta sœur n'aura pas le dernier mot dans tout ceci. Monsieur McKie t'était destiné et il sera tien, où mon nom n'est pas Grierson.

Chapitre 22

Ne confiez pas vos secrets,
à celui qui, laissé seul dans votre chambre,
fouille dans vos papiers.
— Johann Kaspar Lavater

Jamie saisit le coude de Lachlan au moment où les deux descendaient de leur monture, s'attendant à recevoir une rebuffade.

— J'aimerais vous dire un mot, oncle.

— Un mot ? répondit Lachlan en lui jetant un regard oblique. Nous avons fait une heure de route ensemble, neveu, par un temps beau et sec. Pourquoi attendre maintenant pour me faire part de ce « mot » ?

Jamie lui tourna délibérément le dos pour se rendre attacher Walloch à un poteau de bois près de la demeure des maîtres tandis qu'il essayait de dominer sa colère. L'homme avait parlé toute la journée de choses et d'autres, sans laisser à Jamie la chance de placer un mot et encore moins l'occasion de poser une question importante. Il avait appréhendé cette sortie pendant plus d'une semaine ; la dernière heure lui avait rappelé pourquoi. Lorsque Jamie se retourna, le visage maussade de Lachlan l'attendait.

— Oncle, je veux être sûr de comprendre le but de cette visite à Edingham.

— Oh ! je te l'ai déjà dit. Nous sommes ici pour arpenter le périmètre de la ferme de madame Douglas, examiner sa disposition, évaluer les bâtiments et les habitations, et estimer le prix de la propriété.

Le front de Jamie se rida.

— Si c'est le revenu de la rente que vous essayez d'établir, n'est-ce pas du ressort de l'héritier ?

— Tu te méprends, dit Lachlan en souriant, une ligne amère se dessinant sur ses traits burinés. Elle est la propriétaire. Edingham lui appartient entièrement.

Confus, Jamie le regarda.

— Pourquoi ne consulte-t-elle pas...

— Psst!

Le regard de Lachlan le transperça comme un couteau.

— La veuve Douglas me consulte. C'est mon opinion qui lui importe.

— Fort bien, oncle. Mais pourquoi suis-je ici?

Lachlan projeta sa mâchoire vers l'avant.

— Parce que tu es mon neveu, mon beau-fils et mon seul héritier.

Il fit un pas vers Jamie et martela :

— Parce qu'il est impératif pour moi que nos voisins de Galloway fassent ta connaissance et apprennent à te faire confiance.

Quand il s'approcha encore davantage, son haleine rance le précéda.

— Parce que je pense que tu pourrais te montrer utile, aujourd'hui, dit-il. Auprès de ses fils, en particulier.

Les mots de l'homme n'étaient rien que de l'air chaud par un froid matin de janvier; cela ne lui avait rien appris de plus. Jamie n'osa pas hausser les épaules, mais il s'assura que sa voix reflète son détachement.

— Très bien, oncle. Je suis à votre service.

Las d'esquiver la pointe du regard de Lachlan, Jamie observa les habitations d'Edingham et les bâtiments de ferme. Le toit en pignon de la maison était fait de granit et d'ardoise, ses murs, percés de fenêtres élégantes et son entrée, surmontée d'une corniche. Les bâtiments avaient à peu près les mêmes dimensions que ceux d'Auchengray, mais leur disposition régulière offrait une apparence plus soignée, un fait qu'il ne put chercher à dissimuler.

— Madame Douglas possède une propriété bien entretenue.

— En effet, fit Lachlan avec un petit rire, mais il ne sembla pas amusé. Tu auras amplement l'occasion d'en faire l'inspection. Pour l'instant, nous avons une famille à rencontrer.

La porte d'entrée s'ouvrit devant eux. Une femme d'environ quarante ans apparut sur le seuil. Avec ses cheveux courts, sa silhouette ronde, son visage rougeaud et sa robe couleur fauve, elle avait tant l'air d'un chardonneret que Jamie s'apprêtait à s'adresser à elle en gazouillant.

— Madame Douglas, dit Lachlan, la main ouverte, allongeant le pas.

Elle avait sans doute perçu la note cordiale dans la voix de Lachlan et avait vu en lui un homme agréable. Pour Jamie, ces manières doucereuses ne faisaient pas illusion : c'était de la ruse enrobée de miel. Son oncle continua :

— Je suis enchanté de vous revoir.

Revoir ? Il y avait bien eu une transaction concernant cinq vaches, que Lachlan n'avait pas révélée. Croyait-il que Duncan ne remarquerait pas l'écriture dans les livres ?

Ils furent invités à franchir le seuil et ils se débarrassèrent des plaids qui les avaient protégés du froid pendant qu'ils chevauchaient. Son oncle parlait en faisant de grands gestes, à la manière des trafiquants et des marchands de chevaux de la foire de Keltonhill.

— James Lachlan McKie d'Auchengray, mon neveu, qui porte aussi mon nom, je suis heureux de te présenter à madame Morna Douglas d'Edingham, que j'ai eu l'occasion de rencontrer à plusieurs reprises dans les cercles de Galloway.

Jamie n'entendit plus grand-chose après « McKie d'Auchengray ». Son allégeance allait à Glentrool, pas à la ferme d'un laird à bonnet d'Auchengray, si prospère fût-elle. Dans trois mois, quatre au plus, il ferait ses adieux définitifs à ce domaine. Pour le moment, il serait poli vis-à-vis de cette femme et sourirait en s'inclinant devant elle, car l'oiseau rondelet avait un visage sympathique.

— Monsieur McKie.

Sa voix était douce et haute, comme celle d'une enfant, et ses mains voletaient autour de son visage.

— Comme c'est gentil à vous d'être venu.

Elle battait des yeux si rapidement qu'il crut qu'une poussière s'était déposée sur ses cils.

— Monsieur McBride m'a dit que vous étiez doué avec les chiffres et que vous aviez un bon œil pour évaluer une terre.

La veuve sourit à Lachlan et reprit :

— Comme votre oncle est un gentilhomme honorable et honnête, je présume qu'il a dit la vérité.

— Vous ne me laissez aucun choix, madame Douglas, dit Jamie, car si je devais ne pas être à la hauteur de cette élogieuse description, on dirait que mon oncle est un menteur.

Jamie se tourna vers Lachlan, laissant ses yeux dire ce que lèvres ne pouvaient pas. *Menteur.* Cela faisait du bien de le penser en regardant dans sa direction.

Elle le prit par la manche, le regard tourné vers une porte ouverte.

— Mes fils vous attendent dans le boudoir et ont hâte de faire votre connaissance.

La veuve les guida dans une pièce si densément meublée qu'il y avait à peine assez d'espace pour s'y asseoir.

— Monsieur Douglas aimait l'ébénisterie, expliqua-t-elle, leur indiquant du geste un petit canapé garni de cuir. Il était toujours en train de fabriquer quelque chose, dès qu'il trouvait assez de bois.

Quelque part au milieu de ce fouillis de tables et de commodes, trois jeunes hommes se levèrent. Plus grands que leur mère, aussi vigoureux qu'elle semblait inoffensive, ils donnaient clairement l'impression d'être contraints d'être là. Préoccupés, rectifia Jamie. Méfiants. Ils avaient quelque chose en commun, alors.

— Monsieur McKie, voici mon fils aîné, Malcolm Douglas, qui a célébré son vingtième anniversaire en décembre.

Malcolm s'inclina légèrement, et sa mère fit aussi une petite révérence. Par habitude, peut-être.

— Et Gavin Douglas, son jeune frère, qui aura dix-neuf ans en avril, dit-elle.

Un autre salut tiède.

— Et voici mon cadet, Ronald Douglas, qui vient d'avoir dix-sept ans.

Ledit Ronald dégagea une mèche de cheveux qui lui tombait sur le front.

Jamie s'inclina poliment devant les trois à tour de rôle, déjà conscient qu'il aurait de la difficulté à les différencier, tant les garçons étaient semblables en termes d'âge, de taille et d'apparence : cheveux frisés de la couleur de la glaise mouillée ; peau semée de taches de son, sans évidence d'une première poussée de barbe ; dos large et rudes mains de fermiers. En dépit de ses manières polies, la mère semblait tenir ses fils d'une poigne de fer, comme il était lui-même sous le joug de Lachlan. Jamie sentait que les trois frères prenaient sa mesure et il se cabra.

— Ma propriété est dans la paroisse de Monnigaff, dit-il, évitant le regard de Lachlan. Glentrool est le domaine de mon père, Alec McKie.

Malcolm, l'aîné, parut surpris.

— Vous quitterez donc Auchengray ?

— Pas avant quelque temps, répondit Lachlan à sa place, car, comme vous l'imaginez bien, n'ayant pas de fils moi-même, la présence de Jamie m'est inestimable pour faire marcher la ferme.

Lachlan eut l'audace de mettre une main paternelle dans le dos de Jamie, mais elle n'y resta pas longtemps.

— Allons examiner la propriété de votre mère, mes garçons, car c'est la raison de notre visite ici, dit-il pour mettre fin à la conversation.

La veuve parut surprise.

— Ne prendrez-vous pas un rafraîchissement d'abord ?

— Le temps est sec, pour l'instant, et le ciel est bleu, dit Lachlan en jetant un coup d'œil par la fenêtre. Je suggère que nous profitions du beau temps pour faire le tour de la ferme.

— Très bien, monsieur McBride, dit-elle modestement. Comme vous voudrez. Mes fils vous accompagneront tandis que je m'occuperai du repas.

Le groupe d'hommes sortit, Malcolm prenant les devants. Dès qu'ils furent dans la cour pavée des bâtiments, Malcolm commença à les décrire — la volière et la basse-cour, les étables et les granges. Sa voix vibrait de la fierté de l'homme qui montre ses réalisations. Même en janvier, il y avait un bon nombre de travailleurs qui vaquaient à leurs occupations.

— Nous élevons des moutons à face noire pour le marché, dit Malcolm, bien que cette information fût un peu superflue, étant donné la présence des bêtes dans les pâturages.

Jamie prit note de divers détails alors qu'il déambulait entre les bâtiments, calculant mentalement le prix de la propriété. C'était certainement l'affaire sur laquelle on gardait le secret : la vente d'Edingham. Lachlan répétait qu'elle appartenait à la veuve, et non aux fils, ce qui était déjà un arrangement inhabituel. Avaient-ils l'intention d'empocher leurs profits et de faire voile vers l'Amérique, comme tant d'autres à Galloway l'avaient fait avant eux ? La pauvre femme devrait-elle les suivre ? Les plans de la famille n'étaient pas encore clairs à ses yeux.

Grimpant sur une hauteur, les hommes furent mieux en mesure de voir l'ensemble de la terre, un paysage ondulant de collines et de mousses. À l'est s'élevaient les ruines de granit du château d'Edingham. Autrefois pourvu de grandes tours, il n'était aujourd'hui plus qu'une coquille vide ; son donjon semblait gardé par un grand orme et maintenu ensemble par les vignes grimpantes qui l'avaient envahi. Un seul pignon s'élevait de l'amas de pierres, ses deux lucarnes sombres contemplant la campagne de la paroisse d'Urr. Des pans des autres murs restaient debout, et, dans le coin le plus éloigné, un escalier en colimaçon s'élevait dans le vide.

— Il fut bâti par les Livingstone au XVIe siècle, expliqua Malcolm, marchant à côté de lui. Mais ils ne furent pas les premiers à revendiquer cette terre. Nous avons trouvé des pièces de monnaie romaine dans la mousse des marais.

Jamie se tourna vers lui, ignorant les autres, qui continuèrent d'avancer. Peut-être devait-il sonder le garçon avant que Lachlan porte attention à leur conversation. Le vent qui soufflait du Solway et lui fouettait le visage était piquant, imprégné de sel.

— Dites-moi, Malcolm, dit Jamie en parlant à voix basse, connaissez-vous la raison de l'intérêt de mon oncle pour votre propriété ?

Le regard du jeune homme s'assombrit.

— Pourquoi ne pas le lui demander ?

Malcolm s'éloigna rapidement avant que Jamie puisse répondre. Pas d'aide à attendre de ce côté-là. Ou bien les garçons l'ignoraient, ou bien ils n'approuvaient pas la présence de Lachlan à Edingham. Peu importe les manières polies de son oncle envers la veuve Douglas, il était clair qu'il n'éprouvait aucune affection sincère pour la femme et ses fils.

Jamie martelait du talon le sol durci, envoyant des coups de pied aux cailloux isolés en marchant. Il ressentait un sourd mal de tête depuis leur départ d'Auchengray ; maintenant, il lui martelait les tempes. La douleur ne s'était pas apaisée quand ils revinrent à la maison pour un déjeuner tardif. Du hareng bouilli, un rôti de croupe de bœuf fumé, des perdrix grillées — du poisson, de la viande, de la volaille — furent versés dans les plats d'étain en portions gargantuesques. Les trois frères engloutirent le contenu de leur assiette sans se préoccuper le moins du monde de l'étiquette. Jamie mangea ce qu'il put, bien que la nourriture ne fût pas assaisonnée à son goût. Neda s'y entendait mieux avec les épices ; le chef des Douglas ne semblait connaître que le poivre.

Après avoir avalé quelques sablés si secs qu'il faillit s'étouffer, Jamie fut soulagé quand Lachlan sembla sur le point de conclure leur visite. Son oncle prononça une seconde longue prière – davantage destinée à impressionner la veuve qu'à rendre grâce à Dieu ou à bénir le repas, pensa Jamie –, puis il se leva avant que les autres aient eu le temps de bouger de leur chaise.

– Je crois avoir oublié mes gants dans votre petit salon, déclara Lachlan en s'y dirigeant. Jamie, parle-leur de nos troupeaux d'Auchengray, je n'en ai que pour un instant.

Jamie fit ce qu'on lui avait demandé. Il décrivit la longue laine brute de la race des moutons à face noire, leur face tachetée, leurs cornes incurvées, tant chez les brebis que chez les béliers, jusqu'à ce que la longue absence de son oncle le rendît mal à l'aise.

– Je crois que je vais aller trouver mon oncle et ses gants, dit-il pour s'excuser.

Laissant la famille à une douzaine de pas derrière lui, Jamie arriva à la porte du petit salon à temps pour surprendre Lachlan en train de fouiller dans une pile de papiers. Qu'est-ce que l'homme pouvait bien chercher ? Son oncle se retourna vivement, montrant les gants qu'il avait sûrement sortis de ses poches quelques instants avant son arrivée.

– Te voilà enfin, mon garçon. J'ai cru que tu allais t'attarder à table une autre heure.

Il sortit de la pièce sans ajouter un mot d'explication, demandant qu'on amène leurs montures.

Après des adieux embarrassés, les deux chevauchèrent vers le nord en direction de la maison. Le comportement satisfait de son oncle agaçait tant Jamie qu'il ne pouvait soutenir une conversation polie. Il galopa en silence tandis que Lachlan parlait sans s'arrêter de troupeaux et de moutons, des prix du marché et de l'augmentation de celui du charbon.

C'est seulement quand ils s'engagèrent dans le dernier tournant avant d'arriver à Auchengray que son oncle aborda le sujet d'Edingham. Ce n'était ni un commentaire ni une question, mais un simple commandement.

– Mercredi prochain, mon neveu, nous retournerons à Edingham.

Si un blaireau avait pu sourire, il aurait ressemblé à Lachlan McBride, à ce moment-là.

– La vérité, c'est que je crois que la veuve Douglas apprécie à sa table la présence de deux hommes avec de belles manières.

Chapitre 23

Jane a emprunté les maximes d'une école incrédule,
Et accepté comme vérité le test du ridicule.
— George Crabbe

C'était le dernier lundi de janvier, une journée d'hiver humide et morne comme Rose en avait tant vu à Dumfries. Une pluie glaciale fouettait les vitres des fenêtres de la cuisine alors que les jeunes filles de l'école Carlyle essayaient de faire de la pâte feuilletée. Leur institutrice avait engagé pour l'occasion une boulangère expérimentée du château de Drumlanrig, afin de leur enseigner la technique.

— Un jour frais est préférable, avait insisté la dame joviale, les manches déjà couvertes de farine.

Elle rejeta vers l'arrière une longue mèche rebelle de cheveux couleur caramel d'un petit mouvement de l'épaule, puis leur expliqua le processus.

— Tamisez la farine, reprit-elle, ajoutez le sel, puis faites un petit puits pour le jus de citron et un petit peu d'eau. Pas trop !

La mixture collante devint une pâte encore plus gluante, qui devait encore être roulée et pliée, badigeonnée de noisettes de beurre, puis roulée encore.

— C'est ce qu'on appelle le premier tour, dit la boulangère. Nous devrons en faire encore deux autres.

Pas une plainte ne franchit les lèvres présentes, mais les yeux de Jane se levèrent lentement au ciel. Quand la boulangère s'éloigna pour aider une autre élève, Jane murmura à l'oreille de Rose :

— Que dirais-tu d'aller faire une petite course, cet après-midi ?

– Par ce temps ? dit Rose en la regardant d'un air perplexe. Quel genre de course ?

Un sourire mutin se dessina sur la bouche de Jane.

– As-tu déjà entendu parler du Globe Inn ?

– Si j'en ai entendu parler ?

Le visage de Rose se colora.

– C'est l'endroit où Jamie m'a demandée en mariage à la Saint-Martin.

– C'est donc là que c'est arrivé.

Jane la regarda, et la compassion se lisait sur sa figure.

– Je n'ai pas oublié, Rose, reprit-elle. Et tu ne le devrais pas non plus. Quand Jamie McKie verra ta jolie personne à la fin de la semaine, je n'ai aucun doute qu'il essaiera d'amender la situation. Voir l'endroit même où il a fait sa demande devrait te donner le courage nécessaire pour le lui rappeler.

Rose secoua son tamis à farine, tout en hochant la tête de droite à gauche.

– Nous ne pouvons aller au Globe, Jane. C'est un établissement public, pas un endroit pour des jeunes demoiselles non accompagnées.

– Évidemment, dit Jane d'un ton neutre, plongeant les mains dans la pâte pendant que la boulangère passait entre les rangs pour évaluer leurs efforts. Je me charge de tout, promit-elle.

Peu après trois heures de l'après-midi, les leçons du jour terminées, les deux amies, enveloppées dans leur cape, marchaient vers le nord en direction de la grand-rue. Bien que la pluie eût cessé, un vent froid avait décidé de lui succéder.

– L'école surplombe Quensberry Square, expliqua Jane, mais nous ne nous y arrêterons que le temps d'y déposer ceci.

Elle tenait un petit volume strié de poussière de farine logée entre les grains du cuir, *Une méthode nouvelle et facile pour faire la cuisine,* écrit par une institutrice de Queensberry.

– Je voulais le remettre entre ses mains expertes, mais il s'est plutôt retrouvé dans ma malle, reprit Jane en faisant un petit clin d'œil. Je ne sais pas comment il a pu se retrouver là, car je n'ai pas l'intention de préparer un seul repas dans mon existence.

Rose soupira.

— Je n'y échapperai pas à moins de faire un beau mariage.

Jane, dont les joues étaient rougies par le vent, la regarda avec un dédain simulé.

— Et pourquoi en serait-il autrement, ma chère ? Ton Jamie est un homme fortuné, qui a parfaitement les moyens d'engager un bon maître queux. Allons, hâtons-nous d'en finir avec cette course. J'ai promis à Etta l'Austère que notre visite à Queensberry inclurait une admonestation par mon ancienne directrice, ce qui a eu l'heur de lui faire grand plaisir. « Vous disposez d'une heure, pas plus » ont été ses dernières paroles.

Jane accrocha le bras de Rose au sien et l'attira vers elle pendant qu'elles passaient sur les pavés glissants de la place Nith.

— Cinq minutes pour Queensberry, décréta-t-elle, et le reste pour le Globe.

Rose essaya d'avaler ses peurs, mais elles lui restèrent coincées dans la gorge.

— L'aubergiste doit connaître ta famille, dit-elle d'une voix tendue. Tu ne crains pas d'y être reconnue ?

— Oui, sûrement.

Le rire profond et roucoulant de Jane était plus sucré qu'une pâtisserie.

— C'est à notre avantage, mademoiselle McBride, car monsieur Hyslop nous dirigera vers la petite arrière-salle du Globe, où nous pourrons siroter un whisky sans crainte d'être surprises.

Rose resta muette, tant elle était abasourdie par le plan audacieux de Jane. *Du whisky !* Oui, elle y avait déjà goûté, et Neda en mélangeait toujours un peu à la bière chaude de *Hogmanay*. Mais siroter un whisky comme un homme… *Oh ! là ! là !* Rose pria pour que la directrice de Queensberry ne les laisse pas entrer et sortir si rapidement, qu'elle les retienne jusqu'à ce qu'il fût trop tard pour se rendre au Globe. Monsieur Hyslop refuserait peut-être d'accueillir la fille d'un laird à bonnet sans son père. Ou, mieux encore, le propriétaire serait absent et Jane ne pourrait leur obtenir une table. Deux jeunes femmes de qualité buvant seules dans une taverne ? Inimaginable. Mais aussi délicieusement tentant, se disait Rose avec une pointe de culpabilité.

Secouant la brume froide qui pesait sur leurs épaules telle une présence fantomatique, Rose et Jane marchaient rapidement dans la rue, la tête baissée pour s'en protéger le plus possible. Rose se surprit en train de rire, excitée ou nerveuse, elle n'aurait su le dire. Quelle amie audacieuse elle avait trouvée, en la personne de Jane Grierson ! Elles traversèrent English Street, en direction du Midsteeple. Le palais de justice de pierre surmonté de sa blanche coupole pointue était un rappel doux-amer du jour où Jamie avait fait sa demande en mariage. Ne s'était-elle pas trouvée au pied de ces mêmes marches cherchant son père et Duncan ? Elle passa devant d'un pas pressé, maintenant, notant l'heure à l'horloge. Si elles voulaient être de retour dans la venelle Millbrae avant que le ciel fût tout à fait sombre, vers quatre heures trente, elles devaient faire vite.

La nouvelle colonne de pierre érigée en l'honneur de Charles, duc de Queensberry, pointait vers le ciel comme un doigt effilé. Elle s'élevait au centre du vaste square du marché, gelé et désert.

— Et voilà l'école, dit Jane en indiquant un élégant immeuble d'angle, et elle attira Rose dans cette direction. Ça ne prendra qu'un instant, lui assura-t-elle. Madame Clark boit son thé, à cette heure-ci ; seule une domestique écervelée oserait la déranger pour le retour d'un livre.

Jane connaissait bien les habitudes de la directrice. À peine avaient-elles sonné et s'étaient-elles présentées au majordome que le livre de recettes souillé fut soutiré des mains gantées de Jane. Après un bref mot de remerciement, la porte se referma abruptement sur les deux jeunes filles.

Jane gratifia l'accueil grossier d'une secousse dédaigneuse de son long manteau, puis les deux amies tournèrent les talons pour revenir vers la grand-rue et se diriger vers le Globe d'un pas alerte.

— Rose, ce sera une aventure que tu n'oublieras pas de sitôt.

— Oh, si je vis pour m'en souvenir, dit Rose, qui tremblait pour une douzaine de bonnes raisons.

Le vent leur soufflait dans le dos et la pente était descendante, elles durent donc ralentir le pas pour ne pas tomber. Rose localisa finalement le Globe et sentit son cœur se resserrer. Dans cette même auberge, Jamie avait prononcé les mots qui avaient changé sa vie. *Dites que vous vous marierez avec moi, Rose. J'ai attendu toute ma vie pour vous.*

Des souvenirs l'enveloppaient comme une brume : l'amour qu'elle avait vu dans les yeux de Jamie ce jour-là ; la cupidité qu'elle avait perçue dans ceux de son père ; la déception qui avait certainement dû briller dans son regard à elle. Car elle n'aimait pas Jamie, à ce moment-là. Elle aurait plutôt voulu qu'il épouse Leana. Oh ! C'était une erreur qu'elle ne referait plus : rejeter une proposition de mariage parfaite, dans l'attente de l'apparition d'un sentiment d'amour insaisissable. Son amour pour Jamie avait éclos trop tard. Et son amour pour elle s'était éteint trop vite.

— Mademoiselle McBride !

C'était Jane qui tirait sur sa manche.

— On n'a jamais vu une mine aussi mélancolique dans le voisinage du Globe. Souris, jeune fille. Un petit verre mettra un peu de couleur sur tes joues. *Tu verras**, ajouta-t-elle.

Elles se glissèrent à l'intérieur par les étroites portes de bois et furent d'abord accueillies par une bouffée d'air chaud, puis par une forte odeur de whisky et de bière, et le vacarme des chopes s'abattant sur les tables. Instinctivement, Rose battit en retraite, les yeux rivés sur l'entrée où s'entassaient les clients. Un jeune marchand la dévisagea des pieds à la tête de ses yeux bruns brillants de concupiscence. Elle détourna vite le regard. N'était-ce pas une chose dont son père l'avait prévenue ? « Ton joli visage t'ouvrira des portes qu'il vaut mieux garder fermées, Rose. » Elle lança un furtif regard en direction du jeune homme, folle d'angoisse quand elle vit ses yeux encore braqués sur elle entre ses cils cuivrés. Elle voulait un mari, bien sûr, mais rien dans cet homme ne suggérait un époux.

Avançant en chancelant derrière Jane, Rose fixait les cheveux humides qui pendaient sur la nuque de son amie. Elle écoutait ses échanges familiers avec les clients, comme si elle les connaissait, comme si cette femme audacieuse franchissait les portes de tels établissements, sans être accompagnée, tous les jours de son existence privilégiée. Des mots d'avertissement, que Rose avait appris lors d'un sabbat lointain, refirent surface : *Que ton cœur ne dévie pas vers ses chemins, ne t'égare pas vers ses sentiers.*

Rose voulait être audacieuse, être différente, explorer le monde. Mais pas comme ça.

— Jane, dit-elle en regardant le sol. Je pense qu'il est préférable de partir.

— Trop tard, jolie Rose, car voici monsieur Hyslop, qui nous conduira jusqu'à notre table.

Le propriétaire, un homme au visage rubicond et aux larges épaules, avec des avant-bras gros comme des poules à crête, fit signe à Jane de le suivre.

— On f'rait tout pour une dame. Et pour son amie, ajouta-t-il en lorgnant Rose. Et qui est-elle ?

Jane répondit avant que Rose puisse l'arrêter.

— C'est mademoiselle McBride.

Monsieur Hyslop la regarda plus attentivement.

— Seriez-vous pas la fille de Lachlan McBride ?

— Oui, répondit-elle, le visage rouge de honte jusqu'à la racine des cheveux.

La famille de monsieur Hyslop habitait dans leur paroisse. Aucun doute, il allait se sentir tenu d'écrire à son père pour l'informer que sa fille était une dévergondée. *Que le ciel me vienne en aide !*

Il reporta son regard sur Jane.

— Vous voulez l'arrière-salle, j'imagine ?

Jane enleva pompeusement ses gants, s'amusant visiblement beaucoup.

— C'est le seul endroit convenable pour deux dames.

— Oui, si vous l'dites.

Il frotta son menton barbu, dont les poils bruns étaient aussi épais que de la laine.

— La porte est fermée, mam'zelle Grierson, dit-il. L'endroit est peut-être déjà pris. À moins que ce soit un certain poète qui l'occupe, je d'manderai aux clients d'aller ailleurs.

L'imposant propriétaire frappa à la porte, l'ouvrit, puis glissa la tête dans l'ouverture.

— Mais si c'est pas Rabbie, qui prend un p'tit verre avec Alastair Waugh !

— C'est monsieur Burns, murmura Jane à Rose, comme si toutes ses préoccupations devaient s'évanouir à la pensée de rencontrer un si illustre personnage.

L'aubergiste poussa la porte un peu plus et fit un pas de côté, afin que les parties en présence puissent se voir.

— Messieurs, j'ai deux invitées spéciales, qu'aimeraient bien utiliser l'aut' table, si vous l'permettez.

Un homme à la chevelure douce et noire, dont les yeux ressemblaient à deux flaques de chocolat, se leva tout de suite et s'inclina.

— Mademoiselle Grierson, je crois. Vous êtes la bienvenue à l'une ou l'autre de ces tables.

Il devait avoir une trentaine d'années et était solidement charpenté. Bien que Rose sût qu'il était un fermier de la paroisse de Dunscore, ses manières étaient celles d'un homme qui fréquente les salons plus souvent que les étables.

– Monsieur Burns, monsieur Waugh, je suis heureuse de vous présenter mademoiselle Rose McBride.

Jane inclina la tête dans sa direction.

– De Newabbey.

Comme s'il avait été piqué par une aiguille, l'autre gentilhomme se leva d'un bond.

– Alastair Waugh de Dumfries, à votre service, mesdames.

Rose s'humecta les lèvres, tout en regardant mélancoliquement une carafe et deux verres presque vides sur une table tachée par des décennies d'usage.

– Vous êtes bien généreux, messieurs, mais je crains que nous vous ayons interrompus.

– Pas du tout.

Le poète indiqua de la main la table et les chaises inoccupées.

– Nous célébrons simplement un anniversaire, mademoiselle McBride, et il les observa toutes les deux plus attentivement. Soyez rassurées, chères dames, nous sommes des gens de la campagne, parfaitement inoffensifs.

– Inoffensifs, répéta Jane en lui lança un sourire éclatant. Parce que vous habitez à la campagne ?

– Non, mesdemoiselles, répondit-il avec un sourire non moins charmant. Parce que nous sommes des hommes mariés.

Chapitre 24

Nous, les hommes mariés, il nous arrive si souvent de penser,
Qu'on se lasse des meilleures choses !
— Robert Burns

— Pauvre Jamie, tu as l'air épuisé, dit Leana en le faisant entrer dans la maison.

Elle lui retira son manteau et expédia un domestique afin de rapporter de l'eau chaude.

— Où est père ? Il n'est pas revenu avec toi ?

— Non, Leana, dit Jamie en ôtant son chapeau tricorne de sa tête toute mouillée par la pluie, heureux d'être au sec et de la perspective d'un bain chaud. Morna Douglas l'a de nouveau invité à sa table pour déjeuner. J'ai décliné l'invitation, mais ton père a accepté immédiatement.

Leana hocha la tête, comme si elle analysait cette information, mais ne dit rien. Jamie fut heureux de ne pas être assailli de questions, car il avait bien peu de réponses à offrir. L'intérêt de son père pour la veuve Douglas ne semblait rien de plus qu'une relation de bon voisinage, mais, avec un être aussi retors que Lachlan McBride, on ne pouvait être sûr de rien. Pendant tout l'après-midi, Lachlan avait examiné ses livres de comptes — devant la veuve, cette fois-ci — et en détail. Son oncle murmurait pour lui-même en faisant les calculs de tête, tout en jetant des notes dans un petit calepin qu'il gardait dans son gilet. Les frères entraient et sortaient, en faisant de toute évidence leurs propres observations.

Pendant que la veuve préparait du thé à la cuisine et que ses trois fils étaient occupés ailleurs, Jamie l'avait pressé de lui fournir des explications.

— Y a-t-il un motif à notre seconde visite, oncle ?

Lachlan s'était redressé, comme s'il était prêt à engager le combat.

— La Bible dit qu'il plaît à Dieu que nous visitions les orphelins et les veuves plongés dans l'affliction.

Jamie s'abstint d'enchaîner avec la suite du verset, où il était question de se garder de la souillure du monde. Lachlan McBride se préoccupait davantage d'une peccadille dans la fibre morale d'autrui que de toutes les marques noires qui barbouillaient la sienne. Qu'un homme aussi haïssable ait pu engendrer une âme aussi bonne et douce que Leana dépassait la compréhension de Jamie.

Elle se tenait debout devant lui dans le couloir, le regard plein d'espoir. Ses cheveux, qui venaient tout juste d'être lavés et brossés, luisaient à la lueur des chandelles.

— Comme tu es jolie, dit-il en lui effleurant la joue. Le dîner chez les Drummond est toujours prévu ce soir, n'est-ce pas ?

L'expression joyeuse de son visage lui apprit tout ce qu'il voulait savoir. En effet, qui méritait davantage d'être invitée à un dîner que Leana, confinée à la maison depuis des mois avec Ian ? Quelques heures de plaisirs à Glensone lui procureraient un répit bienvenu au cœur de la triste monotonie de l'hiver.

— Si tu n'es pas trop fatigué pour m'y accompagner, dit-elle rapidement. Et si cela ne te dérange pas de sortir encore par ce temps exécrable.

— Ne t'en fais pas. Nous irons en cabriolet.

Il lui prit la main dans la sienne et se dirigea vers l'escalier.

— Viens, dit-il, et raconte-moi ce que mon fils a fait, aujourd'hui.

Leana le suivit dans leur chambre, où un bain d'eau chaude et un costume propre l'attendaient. Jamie se débarrassa de ses vêtements mouillés et sales et se laissa glisser dans le bain fumant tandis que Leana s'assit sur une chaise à une pudique distance de son mari.

Sa voix était empreinte de fierté maternelle, lorsqu'elle lui décrivit les progrès de Ian.

— Je lui ai fait la lecture, ce matin. Bien sûr, il ne comprend pas le moindre mot, mais il babille avec moi pendant que je lis.

— Oui, je l'ai déjà entendu gazouiller, dit Jamie. Il serait chez lui dans une volière.

— Et regarde les hochets que Neda lui a faits.

Elle leva les gourdes séchées sur lesquelles il y avait des visages peints.

— Neda m'a dit qu'elle avait utilisé du jus de baie. C'est une bénédiction d'avoir une femme aussi attentionnée sous notre toit. J'espère que ta mère vivra plus près de Ian, afin qu'il puisse aussi connaître l'amour de sa grand-mère.

Jamie, tout en se frottant les bras avec un linge rugueux, ne put s'empêcher de sourire.

— Rowena McKie possède plusieurs admirables qualités, mais je ne peux me l'imaginer en grand-mère aimante.

— L'as-tu déjà vue avec un bébé dans les bras ? demanda Leana, peu convaincue. Son propre petit-fils, pas l'enfant d'une autre ?

Quand il secoua la tête, elle s'esclaffa.

— Attends au mois de mai, quand nous franchirons les portes de Glentrool, dit-elle, et que nous mettrons Ian dans les bras de ta mère. Les enfants ont une manière de transformer les femmes sensibles en pudding écossais.

Il la regarda à travers la vapeur qui montait du bain.

— Je l'avais remarqué.

— Ah bon, dit-elle en baissant la tête, et une touche de rose lui colora les joues. Je vais voir au dîner du garçon, pendant que tu t'habilles.

Là-dessus, Leana se dirigea vers la chambre d'enfant, un petit débarras au bout du couloir qu'elle avait transformé pour

Ian. Jamie l'avait observée diriger les domestiques, la semaine précédente, alors qu'ils préparaient la pièce. Elle frottait souvent les surfaces elle-même pour s'assurer qu'elles étaient assez propres pour son fils curieux, qui explorait son univers tant avec sa bouche qu'avec ses yeux ou ses mains. Aucun père n'aurait pu désirer une mère plus attentionnée pour son enfant que Leana.

Il était maintenant rasé, et l'eau du bain commençait à tiédir. Jamie s'arracha à la cuvette de bois pour se lever et s'assécher vigoureusement, avant de passer ses vêtements. Il apprécia la sensation de la chemise propre sur son dos encore légèrement moite. Hugh, qui s'était chargé des bottes que Jamie avait laissées sur le plancher, réapparut pour les lui remettre à bout de bras ; leur cuir poli était maintenant d'une riche couleur acajou. Jamie se dirigea vers le lit.

— Dépose-les ici, lui dit-il. Et vois ce que tu peux faire avec cette cravate.

Hugh alluma deux autres bougies, car le soleil d'hiver s'était couché depuis longtemps déjà, et il noua soigneusement la cravate de Jamie. Le domestique, dont les cheveux gris étaient retenus par une mince queue de cheval, attacha pareillement ceux de Jamie, les nouant à la toute fin avec un bout de ruban.

Leana revint dans la chambre, portant un garçon aux yeux gonflés de sommeil.

— Regarde, Ian. Ne trouves-tu pas que ton père est beau ?

Elle venait à peine de placer le garçonnet dans ses bras que sa tête s'affaissa mollement sur le côté. Riant doucement, elle retourna Ian et l'appuya sur son épaule, où il laissa échapper un petit soupir avant de se rendormir.

— Sois assuré, mon garçon, que ton père est un spectacle à voir.

— Et madame McKie également, répondit Jamie avec aisance, montrant qu'il y croyait enfin.

Elle n'avait aucun besoin de la beauté mystérieuse de Rose ou de sa personnalité exubérante ; car Leana était supérieure à sa sœur de bien d'autres façons. Elle avait une personnalité charmante, une langue agréable, de la patience, un esprit fin, un cœur loyal. Par-dessus tout, Leana était dotée d'une foi sans borne. Et elle l'aimait bien plus qu'il le méritait.

Maintenant, il faisait de son mieux pour lui rendre son amour, de toutes les manières qu'il pouvait. Par des cadeaux, en lui prodiguant de l'affection, et par ses actions. Était-ce suffisant ? Le croyait-elle, quand il lui avouait son amour pour elle ? Le sentait-elle dans ses étreintes, l'éprouvait-elle dans ses caresses ?

Le regard de Jamie trahit peut-être sa pensée, car, après qu'elle eut remis l'enfant endormi à Eliza, qui attendait silencieusement derrière eux, Leana se tourna vers lui et déclara :

— Ce soir, je ne suis ni une mère ni une femme responsable de son foyer. Je suis une femme, Jamie, et tout à toi.

Le désir franc dans ses yeux était plus éloquent que ses paroles. Il traversa la pièce, ferma la porte au nez de la domestique ahurie, puis pressa Leana tout contre lui et l'embrassa passionnément. Oui, elle savait qu'elle était aimée. Avant que la nuit soit finie, il le lui prouverait.

— Jamie, murmura-t-elle enfin en lui caressant la nuque, nous sommes attendus à six heures pour le dîner.

— Bien sûr, dit-il.

Quelque part sur lui se trouvait sa montre ; il palpa ses poches pour la trouver.

— Nous devons partir tout de suite, j'en ai peur, dit Jamie en se redressant, la libérant de son étreinte, mais pas de son regard. Lorsque nous reviendrons à la maison, chère femme, nous aurons nos propres festivités d'hiver, toi et moi. Considère ceci comme une invitation officielle.

Ils arrivèrent à Glensone juste à temps. Les Drummond, père et mère, poussaient déjà les invités dans la salle à manger, lorsque Peter, leur fils de vingt ans, accueillit Jamie et Leana à la porte.

— Nos plus proches voisins, pourtant les derniers arrivés, les taquina Peter en les aidant à retirer leur manteau. Entrez, nous vous avons réservé votre place.

Des chandelles brillaient aux quatre coins de la pièce à plafond bas. Dans le foyer, des bûches de pin étaient enflammées, et leur chaleur bienvenue asséchait les bords mouillés des jupes et des pantalons, dissimulés par la longue table recouverte d'une nappe.

— Je suis heureux d'être venu, lui murmura Jamie à l'oreille, guidant Leana vers une place libre le long des bancs étroits. Depuis qu'il était arrivé dans la paroisse, Jamie avait amplement donné prise aux commérages, mais plus maintenant. Il était un père, aujourd'hui, un mari et un vaillant berger. Bien qu'ils ne dussent rester à Auchengray qu'un autre trimestre, Jamie voulait que l'on ait une bonne opinion des McKie après son départ, pour le bien de Leana.

Dès qu'il fut assis, il eut l'eau à la bouche à la vue du festin qui s'étalait devant lui. Sur toute la surface de la table étaient disposés des plats regorgeant de fines tranches de saumon mariné, de grouses rôties enveloppées de bacon, de fromage cottage et de cheddars aux saveurs relevées, de scones fraîchement cuits et de *bannocks* à l'orge. Jamie déplia sa serviette de table sur ses genoux et attendit. La prière devait précéder le festin.

Peter Drummond se plaça derrière Jamie et plaqua ses mains robustes sur ses épaules.

— Les McKie sont ici, nous pouvons prier, maintenant.

Monsieur Drummond fit une courte prière pour bénir le repas, puis les mains et les plats s'animèrent pendant une heure joyeuse de festin, de toasts, de rires et de conversations animées. L'atmosphère de Glensone était très différente de l'austérité qui régnait à la table d'Auchengray. Quand les invités eurent fait honneur au repas comme il se devait, un violoniste se présenta à point nommé. Le musicien aux cheveux roux se lança dans une interprétation joyeuse de *Johnny McGill*, faisant aussitôt lever les convives, qui formèrent deux lignes dans la pièce adjacente, où les meubles avaient été placés contre le mur.

Jamie s'exécuta plusieurs fois avec Leana, qui se révéla une danseuse aussi agile et gracieuse que toute autre présente dans la pièce. Dès qu'il la regardait, les coins de sa jolie bouche se levaient vers le haut. Comme il était heureux de la voir s'amuser, entourée de ses amis. Il la laissa aller à contrecœur quand Alan Newall, de Troston Hill, la réclama pour un branle écossais.

— Jessie est restée à la maison avec Annie, expliqua le jeune fermier, car notre deuxième enfant arrivera bientôt. Elle a insisté pour que je vienne quand même. Afin de lui donner un peu de répit, en tout cas, c'est ce qu'elle m'a dit, avoua-t-il, le sourire aux lèvres.

Alan lui présenta la main.

— Venez, madame McKie. Voyons voir si je peux faire mieux que votre homme de Monnigaff.

Jamie sourit en les voyant se joindre à la ligne juste à temps pour un salut et une courte révérence. Une petite coupe de punch chaud fut placée entre ses mains par madame Drummond, au moment où le violoniste pinçait les premières notes de *Green Grow the Rashes.*

Pendant que les autres dansaient, Peter Drummond vint près de lui, les mains croisées dans le dos, d'un pas incertain.

— Si ce n'est pas trop audacieux, monsieur McKie, pourrais-je vous demander comment se porte mademoiselle Rose McBride ? Va-t-elle bien ? Aime-t-elle l'école ?

— Oui, elle va bien, dit Jamie en souriant, heureux de voir qu'il ne ressentait pas le moindre soupçon de jalousie.

Il semblait que ses sentiments vis-à-vis de Rose s'étaient atténués à mesure que son amour pour Leana grandissait.

— Ma belle-sœur apprend beaucoup de choses, à Dumfries. J'oserais même dire que nous la reconnaîtrons à peine, quand elle viendra nous rendre visite à la fin de la semaine.

Peter regarda ailleurs, mais pas avant que Jamie eût remarqué une rougeur sur les joues du jeune homme

— Y aurait-il un moment où Rose… Euh, c'est-à-dire, mademoiselle McBride… serait à la maison ? demanda-t-il enfin. Un moment où je pourrais… la saluer ? À Auchengray ?

Jamie étudia l'expression honnête du jeune homme. De cinq ans son cadet, Peter Drummond était le seul héritier d'une excellente propriété, un garçon aussi bien habillé et ayant d'aussi belles manières que tout autre jeune homme de la paroisse. Peter ferait un bon parti, pour Rose. En particulier après la désastreuse méprise avec Neil Elliot. Jamie posa la main sur l'épaule de Peter et serra fortement.

— Nous pourrons certainement arranger un entretien, lorsque Rose sera de retour, vendredi.

Quand Alan vint raccompagner Leana auprès de Jamie, quelques minutes plus tard, il se confondit en excuses.

— Pourquoi ne m'avez-vous rien dit des talents de votre épouse sur un plancher de danse ? Je ne compte plus les fois où je lui ai écrasé les orteils.

Jamie demanda à une domestique d'apporter une autre petite coupe de punch.

— Votre ferme et la nôtre partagent la même marche, Alan. J'ai cru que vous aviez sûrement dansé avec Leana auparavant.

— Oh oui, plusieurs fois. Mais pas alors que son mari riait de moi, un verre de punch à la main.

— Je vois, dit Jamie en faisant un clin d'œil, puis il offrit un toast, et les hommes burent à leur bonne santé mutuelle. Avant que j'oublie, Alan, le refuge dans le vallon entre Troston et Auchengray a besoin d'être réparé. Des pierres sont tombées, d'autres s'en détachent. Pourrais-je vous demander de m'aider à le remettre en état, quand le temps le permettra ?

Comme la petite construction était située à la frontière des deux domaines, leurs propriétaires devaient voir conjointement à son entretien. Alan accepta, puis il vida le reste de son punch et partit à la recherche d'une autre partenaire pour la gigue suivante, laissant Jamie et Leana seuls.

— Rose et moi y jouions souvent, quand nous étions enfants, dit Leana en prenant une gorgée. Puis, elle décrivit comment les fillettes avaient aménagé la grossière hutte de pierre, en imaginant qu'elles étaient mariées à des bergers.

— Et, aujourd'hui, tu as épousé un berger qui n'a pas même un toit de chaume à t'offrir.

Leana leva la tête pour lui sourire, ce qui le réchauffa bien plus que le vin.

— Ton amour est le seul refuge dont j'ai besoin, Jamie.

Elle fouilla dans la poche du gilet de son mari et en retira sa montre, dont elle ouvrit le boîtier d'argent.

— Il se fait tard, dit-elle, et nous avons un autre rendez-vous, toi et moi. À moins que tu veuilles danser une autre gigue…

— N'en dis pas plus, chérie, répondit-il en déposant leurs coupes. Je vais chercher la voiture.

Chapitre 25

En général, l'orgueil est à l'origine de toutes les grandes erreurs.
— John Ruskin

— *Je suis désolée !**

Rose saisit le poignet en dentelle de sa robe et le tordit sous son pupitre.

— Je suis désolée, Jane. Vraiment désolée.

De l'avant de la classe, l'institutrice la dévisagea sévèrement.

— Cessez ces murmures, mademoiselle McBride.

Jane ne daigna pas se retourner. Elle se contenta de hocher la tête et de regarder devant, ne laissant à Rose d'autre choix que de l'imiter. Oh ! Comment tout cela avait-il bien pu arriver ? Accueillie à bras ouverts un jour, et rejetée en moins d'une heure le lendemain. Une heure qui avait commencé par une excursion clandestine et qui s'était terminée par la fuite en pleurs de Rose du Globe Inn. Et sans qu'une seule goutte de whisky ait été servie, avant même que les jeunes filles aient pu s'asseoir.

Ce lundi après-midi fatidique, Jane avait suivi Rose dehors dans l'air froid du soir, et son souffle était aussi brûlant que ses paroles.

— Rose, comment as-tu pu être aussi impolie ! Tu as grandement offensé messieurs Burns et Waugh.

— Mais ce sont des hommes mariés, Jane !

— Bien sûr, dit-elle, croisant les bras sur sa cape à bordure fourrée, et les hommes mariés doivent être évités à tout prix.

Debout sur les pavés de la grand-rue, Rose, atterrée, avait écouté Jane réciter les avantages d'être vues en public avec des hommes mariés, plutôt qu'au bras de célibataires disponibles.

— Les premiers peuvent susciter des commérages, mais les seconds sont capables de te conduire à l'église. Et, pour ma part, je ne suis pas prête à me marier.

Elles marchèrent dans un silence glacial et se séparèrent dès qu'elles mirent le pied à l'intérieur de l'école Carlyle. Elles étaient assises côte à côte pour le dîner, pourtant, elles n'échangèrent pas une parole. Pas plus qu'elles ne dirent un mot dans le dortoir, en dépit du fait qu'elles couchaient dans des lits voisins.

C'était maintenant jeudi. Les cours prenaient fin à midi, afin que chaque jeune fille puisse faire sa malle et se préparer pour son premier week-end à la maison. La maison, le dernier endroit où Rose voulait aller, pas avant de s'être réconciliée avec Jane, en tout cas. Rose ne regrettait pas d'avoir fui du Globe, mais elle regrettait l'amitié perdue de Jane Grierson. N'y avait-il aucun moyen de restaurer la confiance de son amie en elle ? Ce serait un printemps bien long et bien morne à Carlyle, sans l'intrépide Jane pour mettre un peu de couleurs dans ses jours.

Pendant toute la leçon de français, son esprit fut en ébullition, essayant de trouver quelque chose d'original qui pourrait tenter Jane, afin de se faire pardonner. Une aventure audacieuse, qui lui prouverait que Rose était une compagne digne d'elle. L'exploration d'un territoire inconnu de Jane, pourtant d'un attrait irrésistible. Et il devait aussi y avoir un élément de risque. *Dangereux**, aurait dit Jane. *Oui**. Dangereux.

Puis, l'idée lui vint. *Lillias Brown*. Rose renversa presque ses cahiers sur le plancher, tant elle était excitée. *Bien sûr !* Jane connaissait la moitié des résidents du comté, mais elle n'avait jamais dit que son chemin avait déjà croisé celui d'une voyante. Oseraient-elles faire une visite à Nethermuir ? C'était une idée qui donnait la chair de poule, ce qui la rendait encore plus délicieuse. Rose jeta quelques mots sur le papier, puis attendit qu'Etta Carlyle eût le dos tourné à la classe pour se pencher et placer la feuille pliée près de la main de Jane.

Et si je t'emmenais voir une sorcière ? Prépare-toi à me suivre à midi.

Rose regardait, anxieuse, alors que la note restait là, ne suscitant aucun intérêt. *S'il te plaît, Jane !* Plusieurs minutes s'écoulèrent avant que Jane la saisisse, la triture sans l'ouvrir, puis la glisse dans son livre. Rose était certaine que tout était perdu, quand elle vit Jane reprendre le papier et le déplier. Il ne fallut qu'un moment à son amie pour lire les mots et encore moins de temps pour se retourner sur chaise, les yeux écarquillés, ses élégants sourcils arqués par l'étonnement.

— Une sorcière ? murmura Jane.

Rose hocha la tête de haut en bas, essayant de garder un visage de marbre. Les explications viendraient plus tard. Pour l'instant, elle devait penser à un moyen de s'éclipser pendant quelques heures. Rose avait assez d'argent dans sa bourse pour louer deux chevaux, et elles ne seraient pas parties assez longtemps pour avoir besoin de se restaurer. Trouver Nethermuir serait simple ; c'était sur la route d'Auchengray, n'est-ce pas ? À côté de Craigend Loch, avait dit Lillias. Elles pourraient toujours s'informer sur place auprès d'un voisin.

Lorsque la leçon fut terminée et les jeunes filles, renvoyées au dortoir pour préparer leur malle, Rose avait son plan en tête. Il ne lui restait plus qu'à trouver un prétexte crédible pour l'institutrice, et Jane était douée pour en inventer.

— Dis-moi, murmura Rose à son amie, ne me fais pas languir plus longtemps.

Elle effleura le coude de Jane en la suivant dans le dortoir.

— Que penses-tu de mon idée ?

Jane se retourna pour l'embrasser rapidement.

— C'est oui !

— Je suis pardonnée, alors ? Pour ce qui s'est passé au Globe ?

Rose retint son souffle dans l'attente de sa réponse.

— Absolument, dit Jane en lui pressant la main. Il t'en reste simplement beaucoup à apprendre sur la vie, et c'est mon rôle de te le montrer.

— J'en serai ravie.

Rose cligna des yeux pour refouler ses larmes, soulagée d'être de retour dans les bonnes grâces de son amie. Elle décrivit rapidement ses intentions, puis lui assura :

— Nous serons de retour à cinq heures. Invente quelque chose pour Etta l'Austère.

Jane plissa les lèvres un moment, puis fit un sourire malicieux

— J'ai une vieille tante qui habite dans la paroisse de Lochrutton, dont le cœur est faible. Je dirai à la directrice que je dois lui rendre visite sans délai. Et comme j'ai déjà tant parlé de toi à tante Catherine, elle désire beaucoup faire ta connaissance.

Rose eut un moment de découragement.

— Je ne crois pas que nous aurons le temps de voir ta tante et Lillias Brown.

Jane ouvrit la bouche, incrédule.

— Ma tante se porte à merveille, petite folle ! Et elle confirmera notre histoire, s'il le faut.

Elle jeta un coup d'œil en direction des autres élèves, occupées à préparer leur malle.

— Faisons nos valises tout de suite, dit Jane, ainsi on ne dira pas que nous cherchons à tirer au flanc. Après, nous nous en irons.

Rose observa leur plan se déployer comme un mouchoir de dentelle. Tranquillement. Gracieusement. Discrètement. Elles se glissèrent dehors avec la bénédiction de leur directrice un peu avant une heure, le visage bien enfoui sous le capuchon de leur cape pour se protéger du froid et de l'humidité. Ni pluie ni neige ne tombait à ce moment-là, mais des nuages épais, couleur de l'étain, étaient suspendus bas dans le ciel. La tête baissée, Rose et Jane se précipitèrent vers les écuries de Whitesands, à la recherche d'une paire de chevaux à louer.

Alors qu'elles approchaient du pont, maintenant en vue des écuries, Jane ralentit le pas.

— Es-tu certaine que tu veux payer pour cela, Rose ? Je crains que mon père ne me confie pas tant d'argent.

— Un homme prudent, dit Rose en riant, espérant chasser sa nervosité. Oui, ma bourse suffira.

Pouvoir l'affirmer gonflait Rose d'orgueil. Bien que la famille de Jane fût de loin la plus riche, c'était sa générosité qui était à l'œuvre, ce jour-là.

Quelques instants après, elles approchèrent d'un garçon d'écurie qui traînait parmi les chevaux. Jane leva la tête, sa manière habituelle de montrer qu'elle comptait arriver à ses fins. Rose, les doigts serrés sur sa bourse, s'inquiétait de ne pas avoir assez de pièces d'argent, après tout.

— Deux chevaux hongres, s'il te plaît. Sellés pour des dames.

Avant d'avoir pu répondre, le garçon se mit à tousser si fort qu'il se plia en deux. C'était une sorte d'aboiement qui faisait pitié à entendre, comme s'il avait été incapable de respirer. Levant finalement la tête, il s'essuya le visage du revers de la manche. Ses yeux étaient cernés de rouge, ses épaules, affaissées. Il semblait ne pas avoir dormi depuis des jours.

— Pauvre garçon.

Rose ne put s'empêcher de remarquer combien il était jeune. Pas plus de dix ans.

— Depuis combien de temps es-tu malade ?

Il haussa les épaules avec apathie.

— Un jour ou deux. Mon frère l'a attrapé aussi.

Indiquant les écuries d'un bras fatigué, il demanda :

— Pendant combien de temps aurez-vous besoin des chevaux ?

— Seulement jusqu'à cinq heures.

Quand il marmonna le prix pour une demi-journée, Rose déglutit. Toute sa bourse, le fruit de plusieurs années d'économies, y passerait. En dépit de sa démarche chancelante, le garçon installa les demoiselles sur leur monture et disposa décemment leurs jupes autour de la selle. Puis, il les envoya à un trot alerte vers le pont de Devorgilla.

— En aucune circonstance, nous ne devons nous attarder dans les rues de Brigend, dit Rose, tout en regardant droit devant elle, ignorant les mendiants, les vagabonds, les Tsiganes et les voyageurs qu'elles croisaient sur leur chemin.

Elle tenait fermement les guides, incitant les chevaux à avancer, ignorant les propositions grossières lancées vers elle comme des ordures de la fenêtre d'un deuxième étage. Elles devaient à tout prix avoir refranchi Brigend avant la tombée de la nuit, au risque de leur vie.

Lorsque le duo eut dépassé le dernier taudis, respirant l'air frais de nouveau, Jane redressa la tête et se mit à rire très fort, effrayant presque son cheval.

— Je crois que tu as vraiment mûri depuis notre première rencontre, Rose McBride !

— Si c'est le cas, tant mieux, dit Rose en poussant sa monture. N'avais-tu pas dit qu'il m'en restait encore beaucoup à apprendre sur la vie ?

L'incident du Globe avait été oublié et pardonné, et les deux chevauchaient avec le cœur léger, en dépit du ciel menaçant. La route familière ondulait à travers la campagne vallonnée, un ruban brunâtre de boue et de gravier au milieu des herbes gris-vert de l'hiver. Conservant une allure rapide, elles étaient maintenant à quelques milles au sud-ouest de Dumfries, quand Jane fit signe de s'arrêter, en pointant du doigt un endroit familier.

— Goldielea, dit-elle. Tu es déjà venue ici, j'en suis sûre. Le colonel donne les fêtes les plus charmantes.

Rose observa le grand manoir situé sur une plaisante élévation. À son grand regret, elle dut confesser la vérité d'une petite voix.

— Je n'ai jamais franchi le seuil de Goldielea.

— Et nous sommes pratiquement dans ta paroisse ! Tu me déçois, Rose.

Jane fit un petit tss-tss réprobateur.

— Goldielea est remarquable à plusieurs égards. Une salle de réception spacieuse, une libraire bien pourvue et huit chambres à coucher. En plus des appartements des domestiques, bien sûr.

— Bien sûr, dit Rose en pressant son cheval d'avancer.

Un poids s'était déposé sur son cœur. Avait-elle exagéré la richesse de sa famille aux yeux de Jane, en vantant le cheptel de moutons d'Auchengray dès leur première rencontre ? Est-ce que son amie s'imaginait qu'elle vivait dans une maison de campagne distinguée, comme Goldielea, ou un vaste domaine, comme Maxwell Park ? Auchengray était assez spacieuse pour accueillir leur petite famille, mais sûrement pas un endroit devant lequel on s'arrêtait pour méditer.

Rose savait une chose : L'avenir de son amitié avec Jane dépendait d'une rencontre riche en émotions avec Lillias Brown. Encore trois milles et elles seraient à Craigend Loch, frappant à la porte du cottage de la veuve Brown. La sorcière serait peut-être absente. Que faire, alors ? *Elle doit être là. Elle le sera.* Rose pria, implorant Dieu d'être bon, d'être charitable. Les condamnations de la Bible au sujet de la sorcellerie ne devaient sûrement pas frapper une femme aussi inoffensive que Lillias Brown, n'est-ce pas ? Tout de suite, les commandements de la Loi lui retentirent dans la tête. « *On ne trouvera chez toi personne qui pratique divination, incantation, mantique ou magie, personne qui use de charmes, qui interroge les spectres et devins, qui invoque les morts.* »

— Rose, à quoi rêvasses-tu ?

Elle secoua la tête, comme pour en chasser les mots, mais n'y parvint pas. Jane aurait-elle les mêmes appréhensions ? Rose changea de position sur sa selle pour la regarder plus attentivement.

– Tu n'as aucune crainte de rencontrer Lillias Brown ? Peur de ce qu'elle pourrait dire ou nous faire dans sa maison ?

– Me crois-tu si niaise ? Peu de choses m'effraient, jeune fille. Allons, je suis fatiguée de cette selle. Mes jambes sont presque engourdies.

– Alors, suis-moi.

Gardant les yeux à gauche de la route, surveillant l'apparition du ruisseau qui les guiderait jusqu'à Craigend, Rose faisait peu de cas du ciel qui s'obscurcissait au-dessus de leur tête, ou du vent du nord qui lui fouettait le dos. Bien qu'il ne fît pas suffisamment froid pour qu'il neige, c'était assez pour la faire frissonner. Lorsqu'elle se dirigea vers l'étroit et sinueux cours d'eau qui pénétrait dans la forêt, Jane la suivit, car le sentier le long du ruisseau n'était pas assez large pour livrer passage à deux chevaux.

– Quel sentier difficile ! Je comprends pourquoi tu ne voulais pas d'une voiture. Es-tu sûre que nous sommes dans la bonne direction ?

– Il n'y a pas d'autre chemin, dit Rose, un frisson lui parcourant l'échine.

Elle devenait nerveuse, mais rien de plus. Qui sait quelles histoires elles entendraient là-bas, quels charmes la sorcière leur jetterait ? Grâce à l'épais rideau de chênes, Rose ne sentait plus la morsure du vent, mais elle pouvait l'entendre siffler au-dessus de leur tête, agitant les branches dénudées. C'était un bruit surnaturel, qui ressemblait aux murmures de créatures invisibles. Elle n'aimait pas la couleur du ciel et évitait de le regarder. Pas plus qu'elle ne tournait la tête à droite ou à gauche, de peur d'apercevoir une paire d'yeux les épiant entre les buissons. Des renards, se tapissant au sol, et des chevreuils, figés dans la plus grande immobilité pour éviter d'être vus, étaient communs dans cette partie de Galloway. Elle ne les craignait pas, mais n'aimait pas l'idée d'être observée par eux, ni qu'ils flairent l'odeur de sa peur dans l'air.

– Rose, dit Jane d'une voix plus brusque. Quand arriverons-nous à la maison de cette femme ?

– Nous y sommes presque.

Une réponse prudente, qui n'était ni la vérité ni un mensonge. Une demi-heure plus tard, quand la surface grise du loch brilla à travers les branches, Rose en versa presque des larmes de joie.

– Voilà Craigend ! cria-t-elle, et elle lança sa monture en avant.

Il ne lui restait plus qu'à trouver le cottage de la sorcière, et ses vœux seraient exaucés. Peut-être pas par Dieu, mais réalisés néanmoins. Le rideau d'arbres s'amincissait près du bord de l'eau, en particulier sur sa droite. C'était sûrement par là que se trouvait Nethermuir. En tournant à gauche, elles se retrouveraient bientôt sur les pentes abruptes de Woodhead Hill. *Non.* C'est à droite qu'elles trouveraient Lillias.

Au moment où les deux jeunes filles virent le toit de chaume du cottage de pierre basaltique et la fumée montant de la cheminée, Jane était retombée dans le silence, sa façon habituelle de punir ceux qui la décevaient. Quand Rose indiqua les lettres sculptées dans la porte – Nethermuir –, Jane n'eut qu'un seul commentaire :

– Enfin !

Sans dire un autre mot, les deux jeunes filles descendirent de cheval, puis attachèrent leur bête à des branches basses, près du loch. Autour d'elles, tout était calme ; aucun oiseau n'agitant l'air de ses ailes ; pas un écureuil ni un lapin courant ici et là. Le cottage semblait avoir poussé comme un arbre planté là en un autre siècle. Des buissons de genêts à balais se nichaient à chaque bout du logis tandis que de l'orpin hirsute rampait sur les murs autour de la porte. D'épaisses cordes, faites de tiges de graminées séchées, étaient suspendues aux linteaux des petites fenêtres, au bout desquelles pendaient des crânes de la taille d'un poing, blanchis par le temps et les intempéries. Ils avaient autrefois appartenu à des lièvres, à en juger par leur forme. Rose détourna vite le regard, effrayée par les ossements grossièrement alignés.

Plusieurs petits ballots étaient alignés contre la porte. Ils avaient été déposés là récemment, estima Rose, car ils n'étaient pas recouverts de débris végétaux. Elle souhaita soudain avoir apporté un présent pour Lillias. Un cadeau. Une offrande.

— Nous y allons, Rose ? dit Jane en rejetant son capuchon vers l'arrière, passant sa main gantée sur ses cheveux. J'ai attendu assez longtemps pour faire connaissance avec ta sorcière.

Rose aperçut une lueur à la fenêtre. Un mouvement furtif.

— Tu n'auras pas à attendre plus longtemps, Jane.

La porte s'ouvrit, comme mue par une force invisible.

— Lillias Brown nous attendait, semble-t-il.

Chapitre 26

Mélange, mélange, brasse encore,
Et la vieille sorcière jette son sort.
— Incantation traditionnelle écossaise

— Z'êtes que deux? s'exclama la sorcière.

Puis, elle ramassa les sacs à ses pieds, marmonnant quelque chose au-dessus chacun, et se redressa devant Rose, les bras chargés.

— J'pensais que t'allais m'les amener toutes les douze, Rose.

Rose eut un hoquet.

— Douze… quoi?

— Les jeunes filles d'ton école. Y en a-t-y pas une douzaine? Oh, mais t'aurais pas pu t'rendre jusqu'ici avec autant d'chevaux. Deux, c'est mieux. Et qui est avec toi, si j'peux m'permettre?

Le dos de Jane sembla s'arrondir comme celui d'un chat croisant le chemin d'un autre. Même les poils ras de son manteau parurent se hérisser.

— Je suis mademoiselle Jane Grierson de Lag.

Les yeux bleus de la femme s'allumèrent comme des bougies.

— Une parente de Sir Robert?

— Oui, répondit Jane, comme s'il s'était agi d'un serment. Prenez garde de ne rien dire de mal à son sujet, vieille femme.

— Parler en mal d'un mort? J'suis pas sotte à c'point-là! Pas plus que j'suis aussi vieille que vous l'pensez.

Lillias Brown rentra dans sa maison et ouvrit sa porte toute grande derrière elle.

— Z'avez été dehors assez longtemps par un jour aussi froid, dit-elle. V'nez en dedans, où il fait bon et sec.

Jane passa la première et dut se pencher pour entrer dans le petit cottage de pierre, malgré son dos ankylosé. Rose restait accrochée à ses talons, comme si la porte avait pu se refermer toute seule devant elle. Les deux restèrent silencieuses un moment, laissant la femme s'occuper de ses paquets pendant qu'elles observaient son environnement. L'intérieur était plus lumineux que Rose ne s'y attendait. Des chandelles de toutes les couleurs et de toutes les formes brûlaient dans des plats d'étain, disposés dans la pièce de manière à éclairer un grand cercle tracé sur le plancher de terre. Le lit de la sorcière n'était rien de plus qu'un petit cadre sur lequel était jetée une vieille couverture de laine. Au-dessus du lit pendait une sorte de croix grossière. Elle était faite de deux longs os — humains, sans aucun doute, pillés dans quelque cimetière.

Pressant sa main contre sa bouche comme si elle voulait retenir la bile qui lui montait à la gorge, Rose toussa, puis ravala, grimaçant de dégoût. À quoi avait-elle pensé en amenant Jane ici ? Un tel lieu diabolique ne pouvait cimenter leur amitié ; cela ruinerait tout, au contraire.

Tandis que Lillias Brown l'observait, la lumière dansante du feu de bois jouait sur la cicatrice courant sur son front.

— T'es en train d'penser qu'tu regrettes d'être venue, Rose.

— Oh ! Non, je…

— Aie pas peur, jeune fille. J'savais qu'tu r'viendrais m'voir un jour.

Elle fit un geste vague de sa main osseuse.

— Quand j't'ai vue cueillir des noisettes dans le bois, au mois d'octobre, j'l'ai vu dans tes yeux. Qu'tu r'viendrais frapper à ma porte avant longtemps.

— Et nous voici, dit Rose.

Elle essaya d'esquisser un sourire, mais craignit qu'il ne ressemblât plutôt à une grimace.

— Merci de nous ouvrir votre porte, madame Brown.

Sa tête grise se balança d'avant en arrière.

– C'est pas nécessaire d'm'appeler « m'dame », j'en ai pas tellement les manières. Lillias suffira.

Elle pointa vers une paire de tabourets à trois pattes, près du foyer, placés juste à l'extérieur du cercle par terre.

– Mais assoyez-vous donc, dit-elle.

Pendant que les jeunes filles s'installaient, Lillias glissa les doigts dans l'une des nombreuses petites boîtes en fer blanc déposées sur le grossier manteau de la cheminée, puis lança une poignée de plantes vertes séchées dans le feu. Les feuilles sifflèrent et les flammes devinrent d'un bleu éclatant, libérant un arôme capiteux que Rose fut incapable d'identifier. Lillias le fit à sa place.

– C't'une fougère rare. D'la langue de cerf.

Elle alluma une chandelle rouge et la plaça au-dessus d'elles, sur le foyer. Lillias approcha un troisième tabouret près du feu, puis s'assit entre Rose, qui ne disait mot, et Jane, qui affichait un air lugubre.

– J'sais ce qui t'tourmente, Rose. L'homme que t'aimes s'éloigne, plutôt que d'se rapprocher d'toi. Pas vrai ?

Jane revint tout de suite à la vie.

– Rose ! Tu as parlé de Jamie à cette femme ?

– Non, elle a deviné, c'est tout.

– Deviné ?

Le rire de Lillias était comme le cri strident du chat dont la queue est coincée dans une porte. Même les poutres du plafond semblèrent avoir peur.

– Penses-tu qu'Lillias Brown prend ces idées dans l'air qui tourne autour d'sa tête grise ? C'était la nuit de *Hogmanay*. La veille, pour être juste. T'étais sur le point d'te marier avec un garçon du nom d'Jamie McKie. Mais l'amour de ta sœur était puissant. Assez pour vous déjouer tous les deux. Maintenant, y a un bébé qui d'vrait être le tien. Et un homme aussi.

Les yeux de Rose s'écarquillèrent.

– Et un homme ?

— Qui d'vrait être ton mari, dit Lillias, qui se leva abruptement pour sortir de la cabane avant que Rose puisse l'arrêter.

Jane lui prit la main, et elle était déjà presque debout elle-même.

— Rose ! dit-elle, cette femme est soit une vraie sorcière, soit une folle. Et les deux possibilités ne me sourient guère.

— Mais je pensais que tu voulais…

— Ce que je voulais, c'était m'amuser une heure aux dépens d'une vieille fille un peu dérangée s'imaginant être une sorcière. Je ne m'attendais à rien de plus.

Elle lança un regard méfiant en direction de la porte.

— Lillias Brown est la sage-femme du diable, Rose, reprit-elle. Es-tu sûre que tu veux entendre ce qu'elle a à dire ?

Rose se mordit les lèvres, fixant les flammes jaunes une autre fois. La vieille femme, sorcière ou voyante, connaissait la vérité au sujet de Jamie. Et de Leana. Et sur elle aussi. Si Lillias disposait de certains moyens pour voir au-delà de l'ici et du maintenant, jusqu'au jour où Jamie lui appartiendrait… alors, oui, Rose voulait en savoir plus. Quel qu'en fût le prix.

— Je veux entendre ce qu'elle sait, Jane, dit Rose en prenant la main de son amie. Mais si tu préfères partir, allons-nous-en maintenant.

Jane tourna la tête pour examiner la mansarde une autre fois, avec ses piles de vieux parchemins et ses tas d'herbes bizarres.

— Nous resterons, Rose. Un peu. La sorcière a peut-être quelque chose d'intéressant à m'annoncer, à moi aussi.

— Des nouvelles que vous n'serez pas heureuse d'apprendre.

C'était Lillias qui était soudain réapparue à l'intérieur du cottage.

La porte était refermée, pourtant, elles ne l'avaient même pas entendue rentrer.

— L'genre de nouvelles qu'j'aime pas trop révéler, dit la voyante, tenant dans une main une petite branche de chêne avec deux glands encore attachés et, dans l'autre, du lierre fraîchement cueilli.

Déposant la branche sur les genoux de Rose, Lillias dit simplement :

— Parce que c'est jeudi.

Elle enroula ensuite le lierre autour de son cou, le laissant pendre comme un collier sur son corsage.

— Parce que c'est utile, soupira lugubrement la vieille femme. Ce s'rait mieux si nous étions vendredi à dix heures. Mais on peut pas toujours avoir tout c'qu'on veut, n'est-ce pas, jeune fille ? dit-elle en se tournant brusquement vers Jane.

— Quelle nouvelle n'êtes-vous pas trop désireuse de me révéler ? demanda avec humeur Jane, dont la patience commençait à s'effriter. Si vous savez quelque chose, Lillias Brown, vous devez me le dire.

La femme posa une main desséchée sur le front intelligent de Jane. Ses mâchoires semblaient marmonner des paroles, même si elle ne disait rien.

— C'est d'grande camomille dont nous aurions b'soin, mais y est pas facile d'en trouver l'hiver, dit-elle.

Lillias retira ses doigts du front de Jane, puis passa la main à travers le feu, avant de tendre le bras vers une grande armoire remplie de boîtes rectangulaires, toutes différentes les unes des autres. Elle s'empara d'une poignée de tiges et de fleurs séchées et les jeta dans un grand bol vide, et versa ensuite un peu d'eau chaude d'une bouilloire qui se trouvait dans le foyer.

— Place la tête au-dessus du bol et respire à fond. La maladie court vite, à c'qu'on dit.

Jane regarda le récipient, la méfiance gravée dans les traits de son visage.

— Comme je ne suis pas du tout malade, je préfère m'abstenir, merci bien.

Lillias la dévisagea un moment, pendant que la vapeur continuait de s'élever du bol entre elles.

— Vous r'fusez l'bien que j'peux vous faire ?

Jane sembla sur le point de répondre quelque chose, puis se pinça les lèvres et secoua la tête.

Lillias se tourna donc vers Rose, oubliant jusqu'à l'existence de Jane.

— Alors, c'est toi qui prendras la grande camomille dans ton corps, Rose. N'en gaspille pas, car t'en auras sûrement grand b'soin.

Bien qu'elle ne souffrît d'aucun malaise, Rose obéit à la femme, tremblant un peu alors qu'elle se penchait au-dessus du liquide fumant.

— Plus près, jeune fille.

Rose se pencha un peu plus tandis que Lillias lui déposait une mince serviette sur la tête, pour capturer la vapeur âcre. La chaleur humide produisait un effet merveilleux, dégageant sa tête de la congestion qui l'avait envahie, quelques heures auparavant. La fumigation, toutefois, sentait un peu le moisi. Amère. Mais pas désagréable. Une plante procurant une sensation aussi divine ne pouvait être dangereuse. Quelques minutes plus tard, quand Rose leva la tête, clignant des yeux alors que l'air froid piquait ses joues chaudes, elle sourit, respira profondément, puis toussa.

— Voilà, dit Lillias. Prends la serviette pour l'voyage du retour. Attache-la autour d'ton cou.

La femme jeta un coup d'œil par la fenêtre.

— Y nous reste peu d'temps, Rose, mais nous avons encore une chose à faire. Prendrais-tu du thé, si j'en faisais ?

— Oui, accepta Rose en se redressant sur son tabouret.

Elle jeta un coup d'œil à Jane, qui semblait préoccupée et fixait les lacets de ses bottes. Pendant que la veuve préparait le breuvage, Rose se pencha vers son amie.

— Jane, dit-elle doucement, nous prendrons ce thé, puis nous nous dépêcherons de rentrer à Dumfries. Quand Jane leva les yeux, Rose fut surprise par la grande tristesse dans le regard de son amie, comme si elle avait vu quelque chose d'horrible, mais ne pouvait le nommer.

— Bientôt, Jane. Je te promets que nous nous en irons bientôt.

Jane hocha la tête machinalement, et son regard vagabonda en direction des os au-dessus du lit de la sorcière.

Lillias servit une seule tasse de thé. À Rose.

— Bois-le vite, pendant qu'y est chaud.

Puis, la femme croisa les mains, les yeux rivés sur la tasse tandis que Rose la portait à ses lèvres.

— N'aie pas peur d'son contenu. Rien qu'du thé noir, du gratte-cul, et des framboises, enfin celles qu'les cerfs avaient laissées.

Rose se brûla presque la bouche, tant le thé était chaud, mais elle se sentait poussée à le boire.

— Quel effet doit-il produire ? demanda-t-elle en humectant ses lèvres pour les soulager.

— J't'ai déjà dit c'qui s'en vient, lui rappela Lillias. Et tu connais déjà la vérité, parce que la pomme a épelé son nom, et qu'tu l'as vu dans la glace, et qu'les noisettes ne mentent jamais.

— Jamie, soupira Rose.

— Oui, dit Lillias en regardant la bougie rouge brûlant sur le manteau du foyer. Ton heure ici est presque finie. Aie pas d'inquiétude. J'vais enterrer la cire fondue, c'qui fait qu'le charme sera pas brisé. Y grandira plutôt comme une graine dans la terre. Y a deux choses dont j'dois t'parler.

Elle fouilla dans sa poche et en sortit un ruban bleu au bout duquel était suspendu un banal caillou rond, percé d'un trou au milieu.

— Comme j'l'ai trouvé moi-même, y aura pas un grand pouvoir. Mais si t'en trouves un aut' pareil su' la route, lance c'lui-ci dans l'loch et porte l'autre à ton cou. T'oublieras pas ?

— Non, répondit Rose en avalant la dernière gorgée.

— Bien, car c'est c'qui t'apportera c'que tu désires le plus : un ventre fertile.

Lillias retira le lierre, soulevant les feuilles rigides par-dessus la tête de Rose. Puis, elle mit la grossière amulette autour de son cou.

— Garde la pierre sous ta robe, recommanda-t-elle en tapotant le caillou plat, érodé par l'eau et taillé par une main inconnue. C'est mieux qu'personne sache c'que tu prépares.

— Mais qu'est-ce que je prépare ? demanda Rose en déposant sa tasse, pressée de partir.

Jane semblait mal en point, et elle ne se sentait pas très bien elle-même.

— T'es su' l'point d'devenir une mère. Et une épouse.

En dépit de ses appréhensions, Rose rit nerveusement.

— Vous voulez dire une épouse d'abord, et ensuite une mère.

Lillias ne dit rien et tendit seulement la main au-dessus de sa tête, où des plantes séchées étaient suspendues à une poutre basse. Elle choisit un bouquet de fleurs pâles. Comme Leana, elle les avait sans doute cueillies lors d'une autre saison avant de les faire sécher à l'envers, afin que les fleurs conservent leurs propriétés.

— Des mille-feuilles, expliqua la voyante en retournant le plant à l'endroit. Des achillées, si tu préfères.

Elle sortit un couteau à manche noir de sa poche et coupa une petite tige, puis plaça les fleurs séchées dans la main de Rose et ferma les yeux. Les mots qu'elle prononça ressemblaient à de la musique.

— Dis-les avec moi, Rose, et la jeune fille se joignit à la voyante.

Je vais cueillir la belle achillée,
Et plus doux sera mon visage,
Et plus chaudes seront mes lèvres,
Et plus chastes seront mes paroles.

— Y a d'autres paroles, dit la veuve, mais t'en as pas b'soin. Va-t'en, maintenant, car la nuit va tomber bientôt.

À ces mots, Jane se leva brusquement et jeta son capuchon sur sa tête.

— Je suis prête, dit-elle d'une voix râpeuse.

Rose cacha l'achillée dans la poche de son manteau, puis enfila ses gants, pressée de partir. Elle avait pourtant l'impression qu'il lui restait encore quelque chose à dire ou à faire. Un geste de gratitude, peut-être.

— Comment puis-je vous remercier, Lillias ?

Lillias étendit la main en direction d'une longue table de bois où elle avait précédemment déballé les paquets ramassés devant sa porte.

— R'garde c'que mes voisins m'ont laissé. Un sac de farine. Des œufs, du beurre, des tranches de bacon. Un bonnet d'laine neuf. Des chandelles de cire en vrac.

Son visage ridé se creusa plus qu'elle ne sourit.

— C'est la peur, t'sais, reprit-elle. Y pensent que j'vais ruiner leurs récoltes ou faire tourner l'lait des vaches.

En souriant, elle découvrit ses dents jaunâtres et mal alignées.

— Alors, m'as-tu apporté un présent, toi aussi ? dit-elle.

Rose jeta sur Jane un regard chagriné. Elle avait utilisé tout son argent pour louer les chevaux. Peut-être restait-il quelques pièces à son amie ? Jane, l'air absent, secoua la tête, et le cœur de Rose s'alourdit. C'était à elle d'improviser. Alors qu'elle se tordait les mains nerveusement, la réponse se présenta d'elle-même : ses gants. Les arrachant rapidement, elle les remit à Lillias.

— Je vous offre mes gants. Ils sont faits de bonne peau de daim et ils réchaufferont vos mains, jusqu'à ce que le printemps revienne à Nethermuir.

La sorcière fit un pas en arrière, écarquillant les yeux.

— J'en veux pas.

— Parce qu'ils m'appartiennent ? demanda Rose, blessée.

— Non, non, jeune fille, dit Lillias, humectant ses lèvres desséchées. Tes gants ont vu des endroits qui sont pas pour moi. Tu m'apporteras aut' chose un aut' jour, d'accord ?

— C'est promis, dit Rose aussi sincèrement qu'elle le put.

Elle renfila ses gants, puis glissa la main sous le coude de Jane.

— Il est temps d'y aller, ma chérie, dit-elle.

Lillias se tenait debout près de la porte au moment de leur départ, le visage levé vers le soir qui tombait.

— La nuit réveille le hibou, dit la vieille femme en se touchant le front. C't'une bonne discussion qu'nous avons eue, jeune Rose. Prends soin d'ton amie, car elle aura b'soin d'ton aide avant longtemps.

Chapitre 27

Le danger passé,
Dieu est oublié.
— Proverbe écossais

Rose fit un signe de la main prudemment. Elle soutenait Jane de l'autre en la traînant le long du sentier de la forêt.

— Fais attention aux racines, Jane. Es-tu aussi fiévreuse que tu sembles l'être, ma pauvre amie ?

— Je ressens de la chaleur, confessa-t-elle tout en se massant le front à l'endroit où Lillias avait placé sa main. Et je me sens étrange. Comme si je m'éveillais d'une sieste involontaire.

Alors que les jeunes filles approchaient des chevaux qui les attendaient, les animaux hennirent et agitèrent leur épaisse crinière. Sans l'aide d'un palefrenier ou d'une pierre pour les aider à monter, Rose fit ce qu'elle put pour aider Jane, balançant littéralement son amie sur la selle. Rose s'assura que le pied de Jane était solidement inséré dans l'étrier et son genou, bien placé autour du pommeau. Monter en amazone était un art, et Jane le maîtrisait parfaitement. Mais pas ce jour-là, car ses jambes étaient aussi inconsistantes que du pudding. Si elle avait une fièvre naissante, plus tôt elle serait rentrée à Dumfries, mieux cela vaudrait. Les Grierson viendraient la chercher le lendemain matin et s'en occuperaient, bien qu'une bonne nuit de sommeil fût sans doute tout ce dont elle avait besoin. Jane était en meilleure santé que le cheval qu'elle montait. Il faudrait plus qu'une sortie par ce temps d'un froid mordant pour arrêter un cœur aussi brave.

Rose trouva une robuste souche d'arbre et elle fut bientôt sur son cheval hongre à son tour. Trottant à côté de celui de Jane, dont elle tenait les guides, Rose fut soulagée de voir son amie reprendre des forces. Les yeux de Jane étaient bien ouverts, et elle était assise plus droite.

— Es-tu prête à rentrer à Dumfries, Jane ?

— Oui, dit-elle pour toute réponse, mais un léger sourire se dessinait sur ses lèvres.

Revenir sur leurs pas fut facile, au début. Les berges détrempées du Craigend offraient un sentier naturel à suivre, et seuls quelques arbres tombés çà et là les ralentissaient. Quand les jeunes filles entrèrent dans la forêt sombre, toutefois, des troncs abattus en train de pourrir et des buissons épineux semblaient les attendre à chaque courbe de la rivière glaciale, éprouvant tant les chevaux que les cavalières, tous gagnés par la nervosité, maintenant.

— Attention ! s'exclama Rose en entendant le cheval derrière elle faire un faux pas.

— Ne t'en fais pas, Rose, dit Jane, et sa voix était maintenant plus forte. Continue, Rose.

— Ce ne sera plus très long avant d'atteindre la route, et, alors, nous volerons comme le vent.

Ce fut plutôt lui qui vint à leur rencontre. Dévalant les Lowther Hills, un vent hivernal les accueillit brutalement alors que les deux jeunes filles tournaient vers le nord-est sur la route qui les ramènerait à Dumfries. Des nuages épais, lourds de pluie depuis le matin, se libéraient enfin de leur fardeau. Quand les premières gouttes commencèrent à tomber, Rose montra son poing au ciel, dirigeant sa colère contre lui.

— Oh ! Ne pourrais-tu pas attendre que nous soyons en sécurité dans notre lit ?

L'obscurité tomba rapidement, ainsi qu'une pluie aveuglante. Chevauchant côte à côte, surtout pour ne pas se perdre de vue, Rose et Jane poussèrent leurs chevaux dans un galop vigoureux. Leur cape de laine les préservait efficacement du froid, mais pas de la pluie, qui s'insinuait entre les plis de l'étoffe et s'y logeait, comme des doigts glacés appliqués sur leur cou, les laissant gelées et mouillées. Rose passa une main gantée sur la serviette de toile attachée autour de son cou. Le linge, réchauffé par sa peau, sentait toujours la grande camomille. Il était heureux que la voyante eût refusé ses gants ; s'agrippant aux guides, Rose ne pouvait que s'imaginer en train d'affronter les éléments déchaînés les mains nues. *Dieu merci !* pensa-t-elle, espérant que le Tout-Puissant continue d'écouter ses prières.

– Rose ! cria Jane dans le vent. Peux-tu voir la route ?

– Non ! Prie pour que nos montures trouvent leur chemin.

Guidés par leur instinct et le bruit de la terre battue sous leurs fers, les chevaux évitaient les flaques peu profondes et avançaient à un rythme régulier. Au moment où Rose et Jane atteignirent les premiers cottages de Brigend, le vent et la pluie avaient cessé considérablement, mais le froid humide s'accrochait. Rose ne pouvait sentir son pied dans l'étrier, et ses mains serraient douloureusement les guides. Mais elle n'osait pas s'arrêter ; ni même ralentir. Une tempête l'avait déjà empêchée une fois de rentrer à la maison ; cela n'arriverait plus.

Sur toute la longueur du village se déroulaient des rangées de fenêtres de guingois, éclairées par des chandelles et des feux de foyer.

– Devrions-nous chercher un refuge ? demanda Jane, dont la voix semblait à nouveau rauque et exténuée.

Rose résista à l'envie de s'arrêter et hocha la tête de droite à gauche.

– Nous sommes presque arrivées. Les étables sont juste de l'autre côté du pont, tu te rappelles ?

Au moment où la cloche du Midsteeple sonna cinq heures, les jeunes filles franchirent les arches de grès rouge du pont de Dumfries. Les chevaux, impatients d'avoir leur avoine, furent accueillis par le propriétaire de l'écurie en personne, un homme massif, qui sortit de sa masure pour venir à leur rencontre. Il s'empara immédiatement des rênes des deux animaux.

— Mais qu'est-ce qui vous est passé par la tête, jeunes filles, d'sortir par un temps pareil ? J'pensais jamais r'voir mes chevaux !

Rose descendit de cheval, grimaçant au moment où ses pieds gelés touchèrent le sol boueux.

— Il fallait bien les ramener, dit-elle. J'ai donné tout l'argent de ma bourse au jeune garçon qui travaille pour vous, en lui promettant de revenir à cinq heures.

— Oh ! dit-il en expirant longuement, son haleine produisant une abondante vapeur blanche, j'vous aurais pas fait payer plus, si v'z'aviez dû arrêter en chemin.

L'homme aida Jane à descendre, l'observant avec inquiétude.

— Le p'tit palefrenier, j'l'ai renvoyé chez lui avec une toux terrible, dit-il.

— Il avait vraiment l'air mal en point, renchérit Rose, se sentant plus désolée que jamais pour le gamin.

— Ouais, y toussait comme un poulet avec la pépie.

L'homme frappa ses mains nues l'une contre l'autre et les frotta vigoureusement.

— Si v'z'avez pas b'soin d'aut' chose, mam'zelle, j'ai des ch'vaux à nourrir et ma famille dont y faut que j'm'occupe.

Il mena les chevaux vers leur stalle pendant que Rose prenait la main de Jane et la guidait à travers la grand-rue. Presque en courant, Rose et Jane arrivèrent à l'école Carlyle, évitant les ruelles sombres jusqu'à ce qu'elles aperçoivent celle portant le nom de Millbrae. Rose s'arrêta pour reprendre haleine et dit ce qui devait l'être avant d'atteindre la porte.

— Je suis désolée, Jane.

Elle ne pouvait pas même soutenir son regard.

— C'était une idée complètement folle. Le cottage d'une sorcière ! À quoi ai-je donc pensé ?

— Tu as simplement cru que cela serait original. Et excitant, dit Jane en reprenant son souffle. Et ce l'était.

— Un peu trop.

— Non, dit Jane, en tirant affectueusement sur son manteau. C'était fameux. Tu m'avais promis une aventure, Rose McBride.

— Oh oui !

Elle éclata de rire, son soulagement était si complet qu'elle perdit presque pied sur les marches de l'école Carlyle.

— Tu étais seulement si... discrète, à Nethermuir.

Jane s'attarda sur la dernière marche.

— Je ne te mentirai pas, Rose. Je me suis sentie fiévreuse un moment et je n'étais plus tout à fait moi-même.

Elle s'éclaircit la gorge, puis ravala, grimaçant comme si cela lui faisait mal.

— Mais des draps propres et un lit chaud devraient me remettre sur pied, je suppose.

Rose retira le foulard grossier qu'elle portait autour du cou et l'offrit à Jane.

— Il reste peut-être un soupçon de grande camomille.

Jane éclata de rire. Personne n'aurait pu être plus heureux de l'entendre que Rose.

— Non merci, jeune fille. Les herbes et les charmes de la sorcière sont pour toi seulement.

Elle saisit le heurtoir de la porte.

— Tu me laisses parler des détails de notre visite chez tante Catherine à Lochrutton, d'accord ? Du saumon que nous avons mangé pour déjeuner, des gâteaux au miel qu'elle nous a servis avec du thé, du foulard que ma tante m'a brodé et de ce que le médecin lui a dit hier.

— Oh oui ! approuva Rose, enthousiaste. Tu lui raconteras tout.

Elles cognèrent et madame Carlyle vint leur ouvrit. Quand elle les vit debout sur le seuil, épuisées et trempées jusqu'aux os, elle ne dit pas un mot sur leur arrivée tardive et leur tenue en désordre.

— Je n'ai pas cessé de prier depuis que la toute première goutte de pluie s'est abattue sur la fenêtre, confessa l'institutrice. D'abord, un bain chaud, puis le dîner, ensuite au lit.

Accompagnant ses protégées dans l'escalier, puis devant les regards ébahis des autres élèves rassemblées dans la salle à manger, Etta l'Austère régnait de nouveau dans son royaume. Elle distribua les ordres au petit personnel de l'école et ouvrit les malles déjà faites des jeunes filles pour y prendre des robes qui, à défaut d'être fraîches, étaient au moins sèches.

— Frottez bien vos cheveux avec une serviette, leur recommanda l'institutrice, pendant que des domestiques transportaient prudemment deux grands bassins d'eau fumante dans le dortoir. On n'est jamais trop prudents, l'hiver, ajouta-t-elle. Mary Carruthers est encore alitée à cause de sa fièvre, vous savez.

Elle leur remit des draps propres en faisant de son mieux pour montrer de la compassion.

— Cela m'attristerait tant de voir deux de mes étudiantes les plus brillantes passer le reste de l'année sous leur couvre-lit.

— Oui, m'dame, acquiesça Jane d'une voix dans laquelle Rose crut détecter une nuance de sarcasme. Cela serait très malheureux.

Madame Carlyle, semble-t-il, entendit tout autre chose.

— Votre gorge semble irritée, Jane. Vous sentez-vous bien ?

— Oui, m'dame, je…

— Venez, j'ai justement ce qu'il vous faut. Une simple herbe médicinale. Vous n'aurez qu'à vous pencher au-dessus d'un plat d'eau chaude et à l'aspirer de tous vos poumons.

— Vraiment ? dit Jane en regardant Rose, qui fixait le plancher en se mordant la lèvre inférieure pour ne pas rire. Je ne crois pas en avoir besoin, murmura Jane, mais merci quand même.

Dès que la femme fut partie, les jeunes filles se jetèrent sur leur lit et s'enfouirent la tête dans leur oreiller pour rire aux éclats. Cela avait été une très longue journée ; Rose n'aurait pu imaginer une fin plus heureuse.

Le vendredi matin se leva avec un ciel bleuté sous une fine couche de nuages et sans une goutte de pluie.

— Le temps s'est adouci pendant la nuit, expliqua madame Carlyle à toute l'école, pendant le petit-déjeuner. C'est une réponse à nos prières, bien sûr, car vous avez toutes une longue route qui vous attend.

Elle sortit une liste de sa poche, tout en mettant une paire de lunettes à monture d'argent pour la lire à voix haute.

— Mademoiselle Balfour prendra un certain temps pour atteindre Moffat et elle ne sera pas de retour avant mardi. Mademoiselle Johnstone sera à Ruthwell tard aujourd'hui, mais je suis heureuse de voir que nous la reverrons dès lundi après-midi, avec toutes les autres. Au moment où mademoiselle Herries déjeunera un peu plus tôt que de coutume chez elle, à Torthorwald, mesdemoiselles Grierson et McBride seront encore en voiture, cheminant dans des directions opposées. Mais sensiblement à la même distance, car il y a environ neuf milles d'ici à la porte de vos domiciles respectifs, n'est-ce pas ?

— Oui, m'dame, dirent Rose et Jane à l'unisson, en se faisant un clin d'œil à l'insu de la dame, qui avait le nez plongé dans sa feuille manuscrite.

Quand Willie arriva pour la chercher, Rose dit au revoir à Jane dans le parloir, et elle fut heureuse que son amie ne vît pas le cabriolet banal attendant au bout de la ruelle. Auprès de la calèche à quatre chevaux ébène des Grierson, le modeste attelage d'Auchengray était tout juste bon pour faire les courses.

— Ce ne sont que trois jours, Jane, mais il me semble que ce sera une éternité avant que nous nous revoyions.

— Tu es vraiment une petite folle, Rose McBride.

Jane lui prit la main et la serra fortement en clignant des yeux.

— Je serai de retour lundi, comme toi, dit-elle.

Rose baissa la voix et fit un effort pour avoir l'air sévère.

— Et tu garderas la tête au sec et tu respireras de la vapeur de camomille.

— Oui, m'dame. À toute heure du jour et de la nuit, répondit Jane en hochant la tête, le visage espiègle. Je suis heureuse de t'avoir rencontrée, Rose. Ce que tu as fait hier était très audacieux, et tout cela parce que tu voulais redevenir mon amie.

— Oui, dit Rose en baissant le menton, mais cela aurait très bien pu avoir l'effet contraire.

— Sûrement pas.

Jane appuya la joue contre celle de Rose et lui murmura à l'oreille :

— *Nous serons toujours amies*.*

Elles restèrent immobiles un moment avant de se séparer, les deux se souriant à travers leurs larmes. Jane s'essuya le coin de l'œil de sa manche.

— Attends que monsieur McKie voie ce qu'un mois de bonne éducation et de culture a fait à sa jeune et jolie Rose.

Rose se tourna vers la glace accrochée près de la porte et se jeta un bref regard.

— Penses-tu que Jamie remarquera une différence ?

Le rire de Jane était bas et rauque.

— Il aurait bien de la difficulté à ne pas la voir.

Chapitre 28

Fais l'éloge de ses vertus;
Sois aveugle à ses défauts.
— Matthew Prior

— Jamie, elle est arrivée.

Il leva les yeux de son livre et trouva Leana, debout dans l'embrasure de la porte de leur chambre à coucher, les mains agrippant ses jupes. L'accent de détresse dans sa voix était évident. Il se leva et vint la rejoindre immédiatement, les *Voyages de Gulliver* oubliés.

— Viens, nous souhaiterons ensemble la bienvenue à ta sœur.

Lui prenant la main, il l'entraîna dans le couloir, gardant la voix basse.

— Tu n'as aucune raison d'être inquiète, Leana. C'est toi que j'ai épousée. Ne l'oublie pas.

L'écho du rire musical de Rose se répandit dans toute la maison. Ils la trouvèrent rapidement dans le salon, à l'avant de la maison. Au début, Jamie ne pouvait voir que les hautes plumes de son bonnet, entourées par divers membres de la maisonnée se massant autour d'elle, l'accueillant comme si elle avait été partie douze mois, et non un seul.

— Jamie! Rose virevolta dans sa direction, lui consacrant toute son attention.

Elle écarta les serviteurs et lui fit une révérence, s'inclinant vers le sol comme une mondaine accomplie.

— *Bonjour, monsieur**.

Réprimant son amusement, Jamie lui rendit sa courbette, sa main balayant presque le plancher.

— *Bonjour, mademoiselle. Pourrais-je vous présenter ma femme, Leana**.

Rose sourit et avança vers eux d'un pas léger.

— Je connais très votre bien votre femme.

Elle enlaça Leana brièvement, comme on retrouve une voisine, pas une sœur.

— *Enchantée**.

— Mais que dites-vous, tous les deux? les réprimanda Leana, souriante. Nous nous grattons tous la tête, ici.

Rose recula d'un pas et posa les mains sur sa taille.

— N'aie pas peur, Leana. Rien d'autre que «bonjour» et «puis-je vous présenter ma femme». Les premières phrases apprises dans la leçon d'introduction. En une minute, j'ai épuisé tout mon vocabulaire de mots français, tant il est pauvre.

— Mais non, je suis très impressionnée, dit Leana doucement.

Si elle se sentait éclipsée par sa sœur, sa voix n'en laissa rien paraître.

Jamie s'émerveillait devant les deux sœurs. Si seulement lui et son frère Evan se comportaient aussi civilement. Dès que les deux hommes se trouvaient dans la même pièce, les escarmouches verbales commençaient, quand ce n'était pas les duels à l'épée. Il faut dire que lorsque Jamie s'était enfui de Glentrool, Evan avait un bon motif d'être en colère. Avec l'aide de sa mère, Jamie avait trompé son père pour lui subtiliser son héritage. Pas étonnant que Rowena McKie ne pressait pas son fils cadet de rentrer à Glentrool tout de suite. *Bientôt, mère.*

— On m'a dit que le déjeuner serait servi bientôt, dit Rose en faisant un geste en direction de l'escalier, sa main imitant le mouvement d'une hirondelle en vol. Je vais arranger ma *toilette** un moment, avant de saluer père.

— Bien sûr, dit Leana, faisant un pas de côté pour laisser passer sa sœur, qui la frôla au passage. Jamie, je dois m'occuper du repas de Ian avant le nôtre, dit-elle à son mari.

Il se tourna et vit le regard troublé de sa femme. Il se reprocha amèrement d'avoir regardé Rose, ne fut-ce qu'un seul moment.

— Ta sœur ne sera à la maison que trois petites journées, lui rappela-t-il. J'ai bien l'intention de trouver des occupations et de rester à bonne distance du péril. Dès lundi après-midi, Auchengray redeviendra tel qu'il était avant que ta sœur en eût franchi les portes en valsant.

La voix de Leana n'était plus qu'un murmure.

— J'essaierai de ne pas compter les heures.

James l'enveloppa dans ses bras et la maintint contre lui un moment.

— Tu t'en fais trop, ma chérie. Elle est toujours une enfant, de neuf ans ma cadette. Avec de plus belles manières, bien sûr, et armée de quelques artifices de coquette. Mais Rose n'est pas la femme que j'ai épousée, ni la mère de mon fils. Tu es ces deux choses, et aimée, de surcroît.

Il lui déposa un baiser sur le front.

— Va nourrir notre progéniture affamée, dit-il. Je t'attendrai à table.

S'il avait oublié à quel point Rose avait constamment besoin d'attention; l'heure du déjeuner devait vite le lui rappeler. Elle raconta par le menu ses quatre dernières semaines, paraissant ne pas remarquer l'expression désapprobatrice de son père. Lachlan McBride préférait manger en silence, une habitude que Rose refusa de respecter alors qu'elle passait d'une anecdote à l'autre, comme une enfant impatiente d'exhiber ses cadeaux de Noël. Jane Grierson, une jeune fille plus âgée dont elle avait fait mention dans sa dernière lettre, figurait au premier plan dans toutes ses histoires. Toutefois, Jamie sentait bien qu'il y avait autre chose à son sujet, que Rose n'était pas disposée à révéler.

— Alors, Jamie, dit-elle en posant son regard sur lui. Qu'avez-*vous* fait, pendant ce long mois?

Il haussa les épaules, feignant l'indifférence.

— J'ai réparé le muret de pierres sèches. Je me suis occupé des brebis. J'ai aimé ma femme.

Il avait voulu la surprendre ; l'expression de son visage lui apprit qu'il avait réussi.

— Leana et moi avons passé une soirée d'hiver à Glensone, ajouta Jamie en souriant à Leana, pour bien montrer que son amour pour elle était solide et vivant. Peter Drummond s'est d'ailleurs informé de vous, Rose.

Elle fronça le nez.

— Peter ?

Jamie dirigea son regard vers le bout de la table, ignorant sa réponse.

— Que diriez-vous, oncle, de recevoir la visite de notre jeune voisin, monsieur Drummond ? Nous avions convenu, lui et moi, qu'elle pourrait avoir lieu samedi vers quatre heures.

— Oh ! cracha Lachlan. Voilà le bon moment pour inclure le père de la jeune fille en question dans la discussion. Le jeune Drummond aurait dû s'adresser à moi en premier.

— Assurément, acquiesça Jamie, c'est ce que Peter aurait dû faire. Je faisais cette suggestion en passant, et sans vouloir vous offenser.

Les paroles de Jamie étouffèrent les braises de la colère naissante de l'homme. Rose ne serait pas aussi facilement apaisée.

Comme il s'y attendait, elle l'aborda dans le couloir, après la prière suivant la fin du repas. La jeune fille était échauffée, presque fiévreuse, et sa langue était acérée.

— Jamie, quelle est cette ruse, de vouloir ainsi me jeter dans les bras de Peter Drummond ?

— Ce n'est pas mon idée, dit-il posément. Peter m'a simplement demandé s'il pouvait venir vous rendre visite. Vous seriez sage de voir ce que ce jeune homme peut vous offrir, Rose.

Ses yeux se plissèrent.

— Je n'ai aucun désir d'être la femme de Peter.

— Alors, choisissez-en un autre, Rose, car je suis heureusement marié.

Instinctivement, il fit un pas en arrière.

— Assurez-vous de traiter Drummond avec le respect qu'il mérite, la prévint-il. Je ne tolérerai pas de voir humilié un autre de nos voisins.

Il la planta là, seule dans le couloir, tandis qu'il recherchait le paisible sanctuaire de la grange. Bien qu'elle fût plus jolie que jamais, Rose avait changé. Et, Dieu merci, lui aussi.

Ce samedi matin là, lorsque l'horizon à l'est commença à s'illuminer, Jamie était déjà au travail dans la grange, nettoyant ses ciseaux pour la tonte. La besogne — dure et salissante — lui permettrait de garder sa famille au centre de ses pensées et de maintenir Rose à distance.

Il esquiva le déjeuner, mais son absence fut remarquée. Duncan vint le voir.

— On s'est ennuyés d'toi à table, dit-il, en secouant la boue de ses bottes.

Jamie passa un chiffon imbibé d'huile sur les lames.

— Je n'ai pas faim.

Duncan maugréa.

— Y est trois heures, garçon. T'avais pas invité Peter Drummond pour venir voir Rose ?

— Le garçon s'est invité lui-même. Quoi qu'il en soit, mon oncle peut le recevoir.

Duncan croisa les bras.

— Lachlan McBride n'est pas c'lui qui lui a dit d'venir.

— Parlez franchement, l'homme, dit Jamie en mettant les ciseaux de côté. Vous êtes ici pour quelque chose, et ce n'est pas Peter Drummond.

— Non.

Un sourire illumina le visage de Duncan.

— Je peux pas t'tromper, Jamie. C't'au sujet d'Rose.

Jamie secoua la tête. *Rose, toujours Rose.*

— J'imagine qu'elle vous a envoyé me trouver.

— Elle l'a pas fait, dit-il, et son sourire s'était évanoui. Mon père a dit un jour que si l'démon trouvait un homme désœuvré, y allait l'mettre au travail.

Duncan jeta un coup d'œil aux ciseaux aiguisés et aux sacs de grains bien empilés, laissant ses paroles faire leur chemin avant d'ajouter :

— J'suis ici parce qu'un homme marié vient d'sauter un repas pour éviter une jeune fille.

La chaleur monta au visage de Jamie.

— Et alors ?

— T'sais ce que la Bible dit : « Veillez et priez pour ne pas entrer en tentation. » Pries-tu, Jamie ? Parce que tu peux être sûr qu'j'le fais. Y a trop gros en jeu, ici...

— Je sais ce qui est en jeu ! cracha Jamie, irrité par le sens des paroles de Duncan. Vous nous avez vus, Leana et moi. Il n'y a aucune crainte à avoir que je refasse la cour à Rose McBride.

Duncan abattit la main sur l'épaule de Jamie ; son regard ferme était aussi braqué sur lui.

— J'suis heureux d'l'entendre, garçon. Alors, viens r'cevoir l'jeune Drummond, pour qu'y s'sente le bienvenu. Montre-lui qu'tu l'approuves de s'intéresser à Rose, et à Rose qu't'es heureux pour elle.

Sa voix faiblit, mais pas sa détermination.

— C'est l'temps pour Rose d'aller d'l'avant dans sa vie, et pour toi d'faire de même, déclara-t-il.

— Ce n'est pas moi qui vais vous contredire là-dessus, dit Jamie en se passant la main dans la barbe. Je recevrai monsieur Drummond à quatre heures, et dites à Hugh que j'aurai besoin de son rasoir.

— Entendu, dit Duncan, qui relâcha sa prise avec un sourire satisfait avant de se diriger vers la maison.

Conscient de l'heure, Jamie acheva en vitesse d'aiguiser sa dernière paire de ciseaux. On n'en aurait pas besoin avant le mois de juin, mais lorsque l'agnelage débuterait, vers la fin mars, il n'y aurait plus beaucoup de temps pour de telles corvées. Quand Jamie entra dans sa chambre, Hugh l'y attendait déjà. Ainsi que Leana.

Elle s'assit près de lui, pendant que le domestique affûtait sa lame sur un cuir à rasoir.

— Jamie, dit Leana, je ne crois pas que Rose devrait recevoir monsieur Drummond aujourd'hui.

Il sourit ironiquement.

— Ne me dis pas qu'elle a déjà refusé sa demande en mariage.

— Jamie, cela ne concerne pas Peter. C'est Rose. Elle n'a pas l'air bien du tout. Si tu avais été là au déjeuner, tu l'aurais remarqué toi-même.

Une voix de femme flotta depuis le couloir.

— Remarqué quoi ?

Ils tournèrent la tête et virent Rose qui se tenait debout sur le seuil de la porte. Elle paraissait un peu chancelante sur ses pieds. Leana alla vers sa sœur et la fit entrer.

— Nous parlions de toi, ma chérie. Comme tu avais l'air fatiguée. Fiévreuse.

De sa main libre, elle toucha le front de Rose.

— Ah, il est chaud, mais pas bouillant.

— Aucun motif de s'inquiéter, alors, répondit Rose, ne souriant qu'à moitié. Je… me suis ennuyée de vous au déjeuner, Jamie.

Les épaules de l'homme s'affaissèrent.

— Vraiment, je ne peux rater un seul repas ici sans en entendre parler jusqu'à plus soif. Pardonnez-moi, mesdames. Comme Duncan dirait, j'avais beaucoup de besogne et personne pour la faire à ma place.

S'arrêtant pour examiner le visage de Rose, il remarqua les petites ombres sous ses yeux. Elle semblait vraiment exténuée.

— Et si nous disions à monsieur Drummond de repasser un autre jour ? Est-ce que cela vous conviendrait, jeune fille ?

Elle soupira et, cette fois-ci, un vrai sourire illumina son visage.

— Ce serait merveilleux. Vous êtes si gentil, Jamie.

Gentil. La gentillesse n'avait rien à voir avec ça ; c'était l'égoïsme qui l'animait. Il souhaitait que Peter Drummond voie Rose sous son meilleur jour, afin qu'il continue à la courtiser.

Leana passa un bras autour de la taille de Rose.

— Et si j'emmenais Rose en bas, à la cuisine, pour lui faire prendre une tasse de thé au miel ? Cela pourrait soulager sa gorge.

Dès que les femmes furent parties, Hugh s'éclaircit la voix pour demander.

— V'lez-vous toujours être rasé, m'sieur ?

Hugh se tenait debout à côté de lui, une serviette chaude dans une main et son rasoir brillant dans l'autre.

— Il serait bête de gaspiller cette bonne eau chaude. Allez, l'homme, fais ton travail.

Heureux de s'abandonner aux soins du domestique et de se détendre quelques instants, Jamie s'enfonça dans la chaise en renversant la tête vers l'arrière, brisé de fatigue. Leana le trouva dans la même position une heure après et le réveilla d'un tendre baiser sur chacune de ses joues lisses.

— Pauvre homme, dit-elle affectueusement en laissant courir ses doigts dans ses cheveux défaits. Hugh a dit que tu t'étais endormi comme une bougie que l'on souffle, ajouta-t-elle.

Jamie se leva, chancelant et désorienté, frottant son cou rigide. La pièce était enveloppée d'ombres, et seule une chandelle vacillante éclairait leur visage.

– Quelle heure peut-il être ?

– C'est presque l'heure du dîner.

– Oh ! Et Peter Drummond ?

– Il est venu pour repartir aussitôt. Père lui a expliqué que Rose se sentait mal et ne pouvait recevoir de visiteurs. Qu'elle était au lit.

Jamie se redressa, soudain complètement réveillé.

– Va-t-elle plus mal, alors ?

– Oui, répondit Leana, dont les yeux pâles reflétaient la lumière de bougie. Elle dit que sa gorge lui fait si mal qu'elle ne dînera pas. Je ne suis pas médecin, mais il me semble que les ganglions du cou sont gonflés.

Un sentiment d'urgence le fit bondir sur ses pieds.

– Devrais-je chevaucher jusqu'à Dumfries pour quérir un médecin ?

– Mon Dieu, Jamie ! Ce n'est pas si tragique. Rien d'autre qu'un rhume ordinaire, mais tu peux être sûr que je veillerai bien sur elle.

Il se mit à faire les cent pas dans la chambre.

– Est-ce le retour à la maison en cabriolet qui pourrait en être la cause ? Le temps a été exécrable toute la semaine. Est-elle sortie, pendant son séjour là-bas ?

– Calme-toi, dit Leana en lui prenant le coude. Rose n'a mentionné aucun incident particulier qui pourrait expliquer son état. Mais elle m'a dit de ne pas m'inquiéter. Viens voir par toi-même.

Leana l'attira dans le corridor jusqu'à la chambre qu'elle partageait autrefois avec sa sœur et frappa doucement à la porte.

– Pouvons-nous entrer, ma chérie ?

Une seule bougie brûlait près du lit où Rose était assise, entourée d'oreillers. Ses joues semblaient rouges, mais pas plus que lorsqu'elle revenait d'une promenade dans le verger. Rassuré, Jamie sourit.

— Faites-vous toujours de grands sourires aux malades ? dit Rose, dont la voix n'était plus qu'un mince filet.

— Mieux vaut un sourire qu'une grimace, dit-il à la blague, croisant les mains dans le dos pour ne pas être tenté de saisir celles de Rose.

Il ne l'avait jamais vue aussi calme, aussi réservée. Il ne restait plus rien de sa nouvelle assurance.

Leana passa la main sur le couvre-lit.

— Il semble bien que vous passerez vos deux jours de vacances dans cette chambre, Rose.

— Oui, dit-elle en s'enfonçant dans ses oreillers. C'est ce que je crois aussi.

Chapitre 29

La pluie lassante tombe sans cesse, tandis que le jour est enveloppé de moiteurs.
— David Gray

— Ah !

Neda fit claquer son linge à vaisselle en direction de la fenêtre de la cuisine.

— A-t-on déjà vu un jour du sabbat aussi maussade ?

Leana hocha la tête d'un air absent, préparant un plateau de thé et de porridge pour l'apporter dans la chambre de Rose. Les domestiques étaient rassemblés dans le vestibule pour la revue habituelle de son père avant le départ pour l'église. Qu'il pleuve, qu'il neige ou qu'il fasse soleil, Lachlan McBride s'assurait que chaque représentant de sa maison fût habillé et chaussé convenablement pour les services religieux. Ils pouvaient aller pieds nus les autres jours de la semaine, mais pas le dimanche.

— Rose n'a pas bien dormi, la nuit dernière, dit Leana, couvrant la tasse de thé fumant avec une soucoupe. Avec cette pluie qui tombe si fort, elle doit rester à la maison malgré le sabbat. Je vais m'en occuper, bien sûr.

Neda arqua un sourcil.

— Pensez-vous qu'c'est la chose à faire ? Z'en avez plein les mains avec Ian.

— Je m'attends à ce qu'elle dorme la majeure partie de la journée, puisque je compte lui donner un soupçon de camomille. Nous nous en sortirons.

Elle porta prudemment le plateau dans l'escalier, escaladant une marche à la fois. Mais comment Eliza faisait-elle pour monter et descendre en volant sans en faire tomber une goutte ? En levant les yeux, elle vit Jamie sur le seuil, qui la regardait, visiblement amusé.

— Tu ne me trouverais pas si drôle si je faisais tomber tout ça sur tes pieds, Jamie McKie.

Il sourit et fit un pas en arrière pour la laisser passer.

— Ta sœur est heureuse de pouvoir compter sur une infirmière aussi accomplie.

Leana s'arrêta à la porte de Rose.

— Mes capacités sont limitées à ce que j'ai pu cueillir dans mon jardin la saison dernière. Quoi qu'il en soit, je ferai ce qu'il faut pour qu'elle se sente mieux.

Elle regarda les panneaux de bois de la porte.

— Prie pour Rose, dit-elle, car sa nuit a été très agitée, j'en ai peur.

— Tout comme la tienne, dit-il, et il y avait de la compassion dans ses yeux. Je t'ai entendue quitter ton lit plusieurs fois.

— Excuse-moi de t'avoir réveillé, Jamie.

Elle baissa le menton, en prenant soin de ne rien renverser sur son plateau.

— Après tout, je suis une mère. M'inquiéter est devenu une seconde nature, chez moi.

Tout en lui offrant un infime sourire, elle s'appuya sur la porte pour l'ouvrir.

— Veux-tu voir Rose ? lui demanda-t-elle.

— Je *t'ai* vue, Leana, répondit Jamie, en déposant un baiser sur son front. C'est tout ce qui m'importe.

Elle l'observa disparaître dans l'escalier pour rejoindre les autres, remarquant avec plaisir le bruit de ses pas familiers et la large carrure de ses épaules. Elle n'aurait jamais imaginé un tel jour, mais il était arrivé : non seulement elle aimait Jamie de tout son cœur, mais elle lui faisait confiance. Même en présence de Rose.

Rappelée à ses devoirs, elle poussa sur la porte et entra dans l'obscure chambre à coucher. Sa sœur était heureusement endormie, bien que sa respiration, audible, semblât congestionnée et que ses draps furent en fouillis. Leana déposa le plateau et écarta les rideaux afin de voir ce qu'elle faisait. La pluie fouettait les carreaux des fenêtres. Une bonne journée pour dormir, mais le froid et l'humidité n'étaient pas propices à la guérison. Leana plia les couvertures de Rose au pied de son lit, puis remit les oreillers en place et passa le dos de sa main sur le front de sa sœur. La fièvre était sa plus grande inquiétude. Plus tôt ce matin-là, Annabelle avait apporté un nouveau pichet d'eau tiède, prêt à servir si Leana désirait éponger le front de Rose. Il lui suffit d'effleurer sa peau bouillante pour comprendre que cette eau serait utile.

— Je suis désolée de te réveiller, Rose.

Lorsqu'elle passa le chiffon humide sur le front de la jeune fille, sa patiente ne réagit pas. Alarmée, Leana pressa les doigts sur son cou, cherchant le pouls. *Voilà.* Elle poussa un soupir de soulagement et retourna le linge, le pressant à nouveau sur son front, puis sur ses joues, enfin sur ses lèvres craquelées et sèches. Ouvrant tant bien que mal le col de sa robe de nuit, Leana fut surprise de découvrir un long ruban bleu dans le cou de sa sœur. En tirant dessus, elle vit apparaître une pierre, aussi quelconque qu'un vulgaire caillou du chemin. Le trou soigneusement percé au centre était sa seule marque distinctive. Imprégné de la chaleur de Rose, il reposait dans la paume de Leana comme une chose vivante. Anxieuse de s'en débarrasser, Leana souleva la tête de sa sœur d'une main et retira le collier de l'autre, prenant soin de ne pas accrocher le ruban dans ses cheveux défaits et humides.

Dès que la tête de Rose reposa de nouveau sur l'oreiller, la jeune fille ouvrit les yeux.

— Leana, s'il te plaît. Ne fais pas ça.

La première réaction de Leana fut de dissimuler la pierre enrubannée derrière son tablier, jusqu'à ce qu'elle entende la voix de Neda en elle, qui murmurait : « *Où y a de la méfiance, y a pas d'amour.* » Elle confessa donc la vérité à Rose, en montrant l'objet.

— Je n'aime pas l'allure de ceci, Rose. Et j'avais peur d'endommager le ruban avec mon linge mouillé.

Elle plaça la pierre dans le tiroir de la table de chevet. Elle aurait bien voulu demander ce qu'elle signifiait et d'où elle venait. Pas d'un orfèvre de Dumfries, assurément. Peut-être que sa nouvelle amie à l'école l'avait donnée à Rose en gage de leur amitié.

— Est-ce que ce collier provient de Jane ?

— Jane ! dit Rose en écarquillant les yeux. Est-elle ici ? Va-t-elle bien ?

Ici ? Leana repassa le chiffon tiède sur le front de sa sœur. *Pauvre fille !* La fièvre était peut-être pire qu'elle ne l'avait envisagé.

— J'ai peur de ne pas comprendre ce que tu veux dire, Rose.

Elle essayait de parler calmement, de se faire apaisante.

— Parles-tu de ta nouvelle amie à l'école ?

— Malade, murmura-t-elle. La fièvre.

— Je sais que tu es malade, dit Leana en lui tapotant la main. Et que tu as la fièvre.

Elle roula les manches de la robe de nuit de Rose et releva l'ourlet jusqu'aux genoux.

— Tu trembleras peut-être un peu, mais je veux te retirer tes lourdes couvertures et laisser ton corps se rafraîchir de lui-même.

Aucun apothicaire ne lui avait montré cela ; elle l'avait appris accidentellement, le 3 novembre dernier, alors qu'elle prenait soin de Janet Crosbie, une amie d'enfance souffrant de pneumonie. Janet aussi avait rejeté ses couvertures et le résultat avait été que sa température avait commencé à baisser. Jusqu'à ce que madame Bell, la femme d'un laird à bonnet du voisinage, experte autoproclamée en la matière, se mette en colère et insiste pour ensevelir la jeune malade sous plusieurs couvertures. Le lendemain matin, Janet Crosbie était morte.

Leana ne répéterait pas la même erreur. Pas plus qu'elle ne laisserait un chirurgien frapper à la porte d'Auchengray armé de ses lancettes et de sa cuvette pour la saignée. Elle s'assurerait que Rose récupère grâce à la prière, au bon sens et aux provisions que Dieu avait placées dans son jardin.

— J'ai quelque chose qui t'aidera à dormir, chérie.

Elle tendit à Rose un peu d'eau mélangée à une goutte de rhum et à un soupçon de camomille cueillie l'été précédent, quand elle pouvait encore cultiver son jardin.

— C'est la meilleure chose pour calmer ta gorge irritée et ta toux persistante.

Rose but sans se plaindre, puis s'effondra sur son oreiller. Ses yeux se fermèrent peu à peu.

— Fièvre… calmer, dit-elle faiblement, sa voix se brisant.

Leana déposa la tasse vide.

— Oui, tu as de la fièvre. Mais compte sur moi, Rose. Tu te sentiras mieux, bientôt.

Leana plongea plusieurs chiffons dans l'eau tiède avant de les essorer. Puis, elle les plaça un à la fois sur les bras et les jambes de sa sœur, sur ses mollets et ses pieds, et tout autour de son visage. Elle faisait une courte prière en mettant chaque linge en place. *Dieu, ayez pitié. Christ, ayez pitié.* Au moment où elle finissait de couvrir sa sœur de prières et de compresses, on frappa à la porte, et Neda entra sans faire de bruit dans la chambre.

— Nous allons à l'église maintenant…

Les mots de la vieille femme s'arrêtèrent. Elle regarda la patiente, puis Leana, les yeux agrandis par l'inquiétude.

— Z'êtes sûre qu'vous savez c'que vous faites ?

Leana s'immobilisa, troublée par la question. Et si elle l'ignorait et que ses méthodes empiraient l'état de Rose, au lieu de l'améliorer ? Et si la maladie de sa sœur n'était pas un rhume ordinaire, mais une pneumonie ? Ou bien la grippe ?

— Oh Neda, dit Leana d'une voix étranglée. Que Dieu m'assiste, je fais ce que je peux.

Neda l'embrassa comme une mère, plaçant la tête de Leana sur son épaule.

— Allons, jeune fille. Personne peut faire mieux qu'vous, car personne n'aime autant vot' sœur.

Leana renifla et s'épongea le nez avec un linge qui restait en regardant sa sœur.

— C'est vrai. J'aime ma douce Rose.

— Oui, vous l'aimez, dit Neda, qui posa une main sur le front de Rose, retournant le linge qui s'y trouvait. Lisez-lui la Bible, Leana. J'demanderai à Duncan d'l'apporter ici, avant d'partir.

Elle lui effleura la joue avant de sortir.

— V'connaissez la vérité et celui qui l'a écrite, dit-elle. Qu'vot' sœur l'entende par vos lèvres aujourd'hui, car elle en a sûrement b'soin.

Neda sortit et ouvrit la porte suffisamment pour que Leana puisse entendre Ian dans la pièce d'à côté, qui commençait à s'agiter, exigeant son petit-déjeuner.

— Dors bien, Rose. Je serai de retour bientôt.

Laissant la porte légèrement entrouverte, au cas où Rose se réveillerait et réclamerait sa présence, Leana se hâta vers la chambre d'enfant. Eliza était assise, tenant Ian sur ses genoux.

La domestique aux cheveux blond-roux leva les yeux.

— Est-ce ta mère, p'tit garçon ?

Les bras de Ian s'agitèrent comme les ailes d'une bernache prenant son envol. Leana rit de ses mimiques, puis le prit dans ses bras et inonda ses joues collantes de baisers.

— Oui, c'est ta mère. Et qui est bien heureuse de te voir, elle aussi.

Eliza se leva, car il n'y avait qu'une chaise dans la petite pièce.

— J'pars pour l'église, alors. Avec vot' permission.

Leana laissa aller la discrète jeune fille en la remerciant, puis plaça Ian sur sa poitrine sans délai, heureuse de ce moment de répit dans une matinée troublée. Elle lui flatta la tête, se délectant de la chaleur de sa peau, de la douceur de ses cheveux, et fredonnait un air en accord avec les charmants gazouillis du poupon. Une demi-heure paisible s'écoula sans un bruit dans la maison, à l'exception de celui fait par Duncan en apportant la Bible dans la chambre de Rose. Leana appuya la tête sur la chaise à haut dossier et laissa son imagination l'emporter à Loch Trool, où ses pas la conduiraient très bientôt. Jamie l'appelait l'endroit le plus joli de Galloway, avec ses collines d'un vert profond et ses lochs étincelants nichés entre elles. Non loin de la rive s'élevaient les murs de pierre de Glentrool, une demeure massive construite pour survivre aux générations.

— Ce sera ta maison, Ian, dit-elle à son fils, portant ses petits doigts à sa bouche et les frottant d'un baiser. Et la mienne.

Fidèle à ses habitudes, Ian retomba dans le sommeil. Sa sieste serait courte, mais elle donnerait à Leana le temps de s'occuper de Rose et d'arranger un peu la chambre de l'enfant. Pas un grand ménage, car c'était le sabbat, mais suffisant pour calmer l'esprit de sa mère. Elle travailla rapidement, replaçant le dernier cadeau de Duncan, un jeu de blocs de bois, et les hochets multicolores de Neda, essuyant les surfaces du berceau, jetant les draps souillés dans un panier.

— Dors, mon petit prince, dit-elle, et elle laissa la porte entrouverte derrière elle pour se rendre dans la chambre de Rose.

Sa sœur dormait toujours, comme elle s'y attendait.

— Ne t'en fais pas si tu ne te réveilles pas pendant que je te fais la lecture, chérie, dit Leana en s'installant dans la chaise à côté du lit. J'en profiterai, moi aussi.

Le prévenant Duncan avait placé l'épaisse Bible sur la table de chevet et rapproché la chaise. En effet, le volume était si lourd qu'elle ne pourrait le tenir sur ses genoux très longtemps. Leana prit ses lunettes dans l'une de ses poches, puis alluma une seconde chandelle et commença à lire le texte en plissant les yeux. Elle parlait lentement et distinctement, au cas où Rose n'aurait eu que les yeux fermés, écoutant malgré tout.

— « Par la foi, nous sommes en paix avec Dieu par notre Seigneur Jésus Christ. »

Leana fit une pause, laissant les mots la pénétrer jusqu'au fond du cœur. *La foi,* bien sûr. Elle comprenait cela. Mais *la paix* ? Comment une mère pouvait-elle connaître la paix après que son bébé eut quitté son sein, après qu'il eut titubé hors de ses bras pour être lancé dans un monde dangereux ? Comme Rose, qui était allée confiante à Dumfries pour revenir malade à la maison ?

Les réponses étaient là, dans les mots : la paix était de Dieu, et avec Dieu, et à travers Dieu. Leana posa sa main moite sur la page, sans cesser de prier. *Que Dieu t'accorde cette paix, chère Rose.*

Chapitre 30

Une maladie, qu'aucun remède ne peut guérir,
mine mon cœur.
– Charles Robert Maturin

D*ieu, venez à mon secours.* Rose était incapable de même murmurer les mots, tant sa gorge douloureuse était enflée. Elle pouvait prier, toutefois, et c'est ce qu'elle fit. *Dieu, je vous en conjure, aidez-moi.* C'était une demande folle, car elle avait tourné le dos au Tout-Puissant et franchi le seuil du cottage de Lillias Brown. *Pardonnez-moi, je vous en prie.*

Elle s'efforça d'ouvrir les yeux. Ses paupières plissées ne laissaient entrer qu'une maigre lumière. Leana était entrée et sortie de la chambre toute la matinée – ou plusieurs matins s'étaient-ils écoulés ? Après avoir retiré ses couvertures, Leana avait couvert de linges humides la peau nue de Rose, la laissant tremblante, fiévreuse et seule dans la chambre sombre. Pourquoi Jamie n'était-il pas venu la voir ? Ni son père ? Ni même Neda ? Ou peut-être étaient-ils passés. Peut-être l'avaient-ils laissée pour morte. Elle chercha à tâtons ses couvertures, comme si elle émergeait d'un sommeil drogué. Une substance que Leana lui avait administrée, sans doute. Sa sœur était-elle une sorcière, comme Lillias ? Ses paroles avaient été douces, ses contacts, affectueux. Mais ses intentions profondes l'étaient peut-être moins.

La fièvre. Oui, elle l'avait dit à Leana. Sa sœur n'avait-elle pas écouté ? N'avait-elle pas compris ce qu'elle avait ?

Des mots oubliés revenaient par bribes, se balançant dans son esprit comme des bateaux sans amarres. « *Les herbes et les charmes de la sorcière sont pour toi seulement.* » C'était la voix de Jane. « *Choisissez-en un autre, Rose, car je suis heureusement marié.* » Seul Jamie pouvait être dépourvu de cœur à ce point.

«*Ma petite fille est à toute extrémité.*» Son père. Ou était-ce le révérend Gordon, lisant la Bible? Non, c'était Leana, qui lui faisait la lecture.

— Leana.

Sa voix était éraillée. Puisque personne n'apparaissait à la porte, Rose essaya un autre nom.

— Jane, parvint-elle à dire.

Mais Jane vivait au loin, à Dunscore. Est-ce que Jane était malade aussi?

— Suzanne, dit-elle.

Non, elle ne viendrait jamais. *Jamie.* Elle ne pouvait se résoudre à dire son nom à voix haute, car elle pourrait pleurer et sa gorge n'en serait que plus douloureuse.

Quelques petits coups, frappés doucement sur la porte, la firent sursauter.

— Rose, c'est moi.

Leana entra en portant un plateau.

— Les autres reviendront du sabbat bientôt, lui rappela-t-elle. J'ai pensé qu'il serait mieux que tu te rassasies un peu, avant que ta chambre soit pleine de visages inquiets.

Elle déposa son plateau et glissa une serviette sous le menton de Rose.

— Veux-tu goûter à la compote de pommes? C'est la même que j'ai servie à Ian tout à l'heure.

Rose regarda la coupe de fruits en purée et sa sœur, une cuillère de corne à la main. En était-elle arrivée là, à devoir être nourrie comme un bébé? Mortifiée, elle regarda le mur.

— S'il te plaît, Rose, tu dois prendre des forces si tu veux guérir.

Elle ferma les yeux et attendit que sa sœur se lasse d'essayer de la persuader. Il fallut un certain temps avant que Leana laisse tomber et quitte la chambre sur la pointe des pieds. Rose essaya de dormir, mais le sommeil ne voulait pas venir. Elle essaya de se lever, mais son corps refusait d'obéir. Quand elle étendit une main tremblante vers la coupe abandonnée, elle n'apprécia pas correctement la distance et heurta le plateau. Le petit bol de céramique se fracassa, répandant son contenu sur le plancher de bois peint.

Leana revint immédiatement.

— Pauvre petite. Tu avais faim, après tout.

Il n'y avait aucun jugement sur son visage, aucune remontrance dans sa voix.

— Laisse-moi nettoyer tout ça, puis j'irai t'en chercher une autre.

Rose n'eut pas d'autre choix que de se laisser nourrir.

— Je le faisais quand tu étais un bébé, lui confia Leana, essuyant sa bouche avec une serviette de table. Neda m'aidait à t'attacher dans la chaise haute avec l'une de mes ceintures. Je versais le porridge à la cuillère dans ta jolie bouche, jusqu'à ce que tes joues ressemblent à celles d'un écureuil.

Rose leva la main pour signifier qu'elle n'en voulait plus. C'était trop humiliant. Et cela lui faisait mal d'avaler.

Leana n'insista pas, se contentant d'essuyer le visage de Rose. Puis, elle trouva une brosse et commença à coiffer les cheveux de sa sœur en faisant de longs mouvements, tout en fredonnant.

Rose n'avait pas la force de lui résister, pas plus qu'elle en avait l'intention, maintenant. Assoupie par l'agréable sensation sur son cuir chevelu, elle s'enfonça plus profondément dans le matelas de bruyère. Ses paupières s'alourdirent avant de se fermer. Plusieurs minutes s'écoulèrent avant que des voix attirent son attention.

Leana se pencha plus près.

— La famille est de retour à la maison, enfin. J'insisterai pour qu'ils ne s'attardent pas dans la chambre. Est-ce que cela te convient, Rose ?

Elle se préoccupait peu de ceux qui viendraient à son chevet et du temps qu'ils resteraient, car elle ne voulait que dormir. Et c'est ce qu'elle fit.

Lorsqu'elle se réveilla, même les ombres de la chambre avaient disparu, et la nuit s'était installée depuis longtemps. Pas une bougie n'était allumée, mais elle entendit quelqu'un respirer dans la froide obscurité. Elle rassembla son courage et s'efforça de parler.

– Leana ?

– C'est moi, Rose.

Jamie. Son cœur se mit à battre plus rapidement.

– Oh, fit-elle, prise de court.

– Puisque vous étiez profondément endormie, j'ai jugé que je pouvais aussi venir à votre chevet.

Elle perçut un sourire discret dans sa voix.

– Leana est inflexible : un visiteur à la fois, reprit-il, et elle entendit le frottement d'une chaise qui s'approchait. Puis-je allumer une bougie ?

– Non, dit-elle, puis elle déglutit avec difficulté.

Elle se sentait vraiment misérable et ne devait guère paraître à son avantage.

– Qui d'autre… ?

– Neda a passé la première heure avec vous, puis Duncan, ensuite Annabelle.

La voix de Jamie était basse, apaisante.

– Leana viendra frapper à la porte, si elle sait que vous êtes éveillée, continua-t-il. Vous avez dormi toute la journée du sabbat.

C'était une torture de savoir Jamie si près, pour elle seule, et de ne pouvoir lui parler. Elle étendit une main sur la couverture, dans l'espoir qu'il la prenne, mais elle glissa plutôt hors du lit pour aller pendre mollement au-dessus du plancher.

Jamie la redéposa sur le couvre-lit, la touchant à peine.

– Pauvre Rose, dit-il. Vous êtes vraiment mal en point.

Il la regardait avec compassion, mais rien de plus.

– Est-ce que les autres élèves étaient aussi malades ? Avant votre départ, bien sûr.

— Jane… Grierson.

Chaque mot lui coûtait un effort. Au moins, elle n'aurait pas à expliquer que sa maladie résultait d'avoir respiré l'air vicié de la mansarde de la sorcière. D'avoir aspiré ses herbes maléfiques. D'avoir chevauché sous une froide pluie d'hiver. C'était un miracle d'être encore en vie, pensa Rose. Est-ce que son amie était morte ? Avait-elle récupéré ou son état avait-il empiré ? Rose parvint à dire trois mots — « Écrivez à Jane » — avant de sombrer dans un sommeil fiévreux.

Lorsqu'elle rouvrit les yeux, la lumière grise du soleil avait envahi la pièce. Annabelle époussetait sa table de toilette, levant chaque objet avec soin, le remettant précisément au même endroit : le miroir à bordure d'argent, la brosse à poils rigides, un peigne en corne de bœuf, le coffret d'épingles à cheveux, le petit pot de poudre pour le visage, l'élégant vase ayant autrefois appartenu à sa mère, maintenant rempli d'eau de rose fraîche. Rose observa les mouvements efficaces de la servante, tout se remémorant le jour où elle était arrivée d'Aberdeenshire, timide et maladroite. Depuis, Neda lui avait appris à lire, à faire le ménage, à aider dans la cuisine. Elle n'était pas encore aussi adroite dans son rôle de femme de chambre, mais Rose se chargerait de la former bientôt.

Lorsqu'elle prononça le nom de la jeune fille dans un murmure rauque, la domestique tourna sur ses talons, et son chiffon à épousseter s'agita comme un drapeau.

— Mademoiselle Rose ! Vous êtes réveillée, maintenant. Je vais trouver madame Leana.

— Non, dit Rose en toussant, produisant un son terrible ressemblant à un jappement.

Quand elle eut en partie retrouvé son souffle, toujours râpeux, elle posa son regard sur le plateau du petit-déjeuner à côté du lit.

— À boire, dit-elle.

Annabelle obéit immédiatement, portant une tasse de thé tiède à ses lèvres.

— Doucement.

En dépit des efforts de la servante, du thé coula sur le menton de Rose, tachant la robe de nuit en lin.

— Oh ! Je suis désolée, mademoiselle, s'excusa-t-elle.

La porte s'ouvrit.

— Mais que se passe-t-il, ici ? Rose est réveillée, et tu ne m'as pas appelée ?

Le visage de Leana apparut au-dessus de l'épaule d'Annabelle, et son visage était plus hâve que d'habitude.

— Personne n'a fermé l'œil, tant nous étions inquiets à ton sujet, ma chérie, dit Leana. Viens, Annabelle, laisse-moi m'occuper de ma sœur pendant que tu finis d'épousseter la chambre. Nous aurons assurément plusieurs visiteurs, car l'absence de Rose a été remarquée au sabbat, hier matin.

Rose secoua la tête, même si cela la lui faisait tourner, et sa gorge douloureuse parvint à émettre un mot.

— Non.

— Pas de visiteurs ? interrogea Leana en passant le dos de sa main sur la courbe du cou de Rose. C'est peut-être mieux, car ta fièvre n'est pas encore tombée.

Elle passa un linge froid sur ses joues et le contour de son menton, épongeant au passage le thé répandu.

— Bien sûr, nous accueillerons le révérend Gordon. Pour les autres, je suppose que nous demanderons à Neda de les gaver de gâteaux et de biscuits sablés, avant de les renvoyer chez eux.

Rose fut soulagée. C'était la coutume, dans les Lowlands, de rendre visite aux malades et d'envahir sa chambre en si grand nombre que le patient avait du mal à respirer. Elle avait fait plusieurs de ces visites elle-même ; à l'avenir, elle reconsidérerait leur utilité. Pour l'instant, un sujet pesait lourdement sur son cœur, et c'était Jane. Elle devait lui écrire immédiatement, s'informer au sujet de sa santé, et lui demander pardon. Elle était affligée à l'idée que Jane puisse être aussi malade qu'elle, parce qu'elle l'avait attirée à la recherche d'une sorcière en plein hiver!

La veille, elle avait mentionné qu'elle voulait écrire une telle lettre, mais Jamie n'avait pas compris. Rose le dit plus fermement, cette fois-ci.

— Écris à Jane.

— Ton amie de l'école Carlyle? Tu voudrais que je lui envoie une lettre?

Leana déposa le linge dans la bassine d'eau, puis s'assécha les mains sur son tablier.

— Si tu me dis ce qu'il faut y mettre, je l'écrirai volontiers pour toi.

Leana revint quelques instants après, chargée de son pupitre portatif, qu'elle déposa sur ses genoux.

— Dis-moi seulement l'essentiel, dit-elle, je compléterai le reste.

Pour chaque bribe de phrase qui franchissait les lèvres sèches de Rose — «malade aussi», «vraiment désolée», «écris-moi» —, Leana écrivait un paragraphe entier, le lisait à voix haute, puis attendait son approbation. Elles avaient à peine fini leur brève lettre que Leana prit une autre feuille de papier vierge.

— Chérie, j'ai discuté avec Neda...

Sa voix faiblit alors qu'elle étudiait le visage de Rose d'un regard inquiet.

— Nous pensons qu'il serait plus prudent que tu ne retournes pas à l'école quelque temps. Pourquoi ne pas leur écrire maintenant? Nous mettrons les deux lettres à la poste en même temps.

Hocher la tête pour approuver lui aurait demandé plus de forces qu'il ne lui en restait. Rose leva la main brièvement, puis la laissa retomber.

— La Chandeleur, murmura-t-elle.

— Oui, nous pourrons inclure ton offre à madame Carlyle de lui acheter des chandelles pour son école.

Le crayon de Leana traça sur le papier des courbes gracieuses.

— Ton amie Jane sera sans doute nommée reine de la Chandeleur, demain matin, dit-elle pour l'égayer un peu.

Rose ferma les yeux, priant pour que Jane puisse faire le voyage de retour à l'école Carlyle à temps. Après le petit-déjeuner du 2 février, Jane présenterait à l'institutrice la plus grande donation en argent — pour allumer le feu de la Chandeleur — et mériterait la couronne de papier. *S'il vous plaît, Dieu, faites qu'il en soit ainsi. Que Jane se porte bien.*

Leana regarda par la fenêtre et récita le petit poème si souvent répété.

Si le jour de la Chandeleur est sec et beau,
La moitié de l'hiver est encore à venir ;
Si le jour de la Chandeleur est pluvieux et triste,
La moitié de l'hiver est passée à Yule.

— Nous prierons pour qu'il soit pluvieux et triste, n'est-ce pas ? J'en ai assez de l'hiver, et je sais que toi aussi. Père pense que c'est le voyage de retour en cabriolet qui t'a donné ce vilain rhume.

Il valait mieux les laisser penser ce qu'ils voulaient. Rose ne les contredirait pas, si cela les empêchait d'apprendre la vérité. Elle était seule responsable de la maladie qui avait rampé dans son corps comme un serpent, et qui s'était si fortement enroulée autour de sa gorge qu'elle pouvait à peine respirer.

Chapitre 31

Je ne suis pas la rose,
mais j'ai vécu près de la rose.
— Henri Benjamin Constant de Rebecque

« Comment va Rose ? » « Quand sera-t-elle mieux ? » « Ta sœur est-elle si mal en point, pourra-t-on la voir bientôt ? »

Une pluie de questions accueillait Leana chaque fois qu'elle sortait de la chambre de Rose. Des domestiques, des voisins inquiets, des travailleurs de ferme — tous s'attardaient autour de la maison, se décidaient à entrer, imploraient qu'on leur donne des nouvelles. Neda servait des sablés et du thé, mais les visiteurs ne se laissaient pas distraire, tant était grande la curiosité éveillée par l'étrange mal qui avait frappé Auchengray.

Murmurant des remerciements, Leana passa à travers la foule bigarrée des visiteurs assemblés dans la salle à manger et frappa à la porte du petit salon, espérant y trouver son père.

— Entrez !

Sa voix semblait plus bourrue qu'à l'habitude. Elle devrait se montrer prudente.

Après avoir refermé la porte, Leana vint le rejoindre près du foyer. Il était assis dans son fauteuil capitonné préféré, aussi grand qu'un trône, sirotant son whisky du matin.

— Père, je suis venue au sujet de Rose.

— Oh ! dit-il en frappant sa coupe d'étain sur la table aux pattes minces, qui se mit à danser en émettant un bruit désagréable. N'y a-t-il aucun autre sujet de conversation dans cette maison ?

— Vous avez raison, nous sommes tous las. Mais ma sœur est vraiment très malade.

Leana se tenait les mains pour les empêcher de trembler. Son père lui faisait toujours cet effet-là. Elle ne s'en étonnait pas, car tous les pères n'effraient-ils pas un peu le cœur de leurs filles ?

— Neda et moi, reprit-elle, croyons que Rose ferait mieux de rester à la maison cette semaine, plutôt que de retourner à l'école.

Il changea de position dans son fauteuil, et les fils argentés qui lui striaient les cheveux réfléchirent la lueur du feu.

— Mais j'ai payé le terme entier. Jusqu'à la Pentecôte.

— Il lui faudra une semaine, peut-être deux, et elle sera en mesure de reprendre ses études. Rose réussit très bien, en français en particulier.

Lachlan McBride grogna.

— *Sans valeur**. À moins que ta sœur s'imagine devenir l'amante du comte de Mirabeau.

Il sirota son whisky en silence, mais Leana remarqua un léger sourire qui jouait sur ses lèvres.

— Il serait amusant d'imaginer ta sœur à Paris, dit-il ironiquement, se défendant contre la populace, subsistant sans viande ni pain, alors qu'elle ne peut passer une journée sans sucreries.

Leana hocha la tête. Elle était au courant de la révolution qui avait cours en France — c'était le sujet de conversation préféré, du parvis de l'église jusque dans l'arrière-cuisine —, mais les soins de Ian avaient préséance sur la politique étrangère. Peut-être que, lorsqu'ils seraient tous à Glentrool, elle aurait plus de temps pour se tenir au courant de tels événements.

— Alors, qu'en dites-vous, père ? Devrais-je m'occuper de Rose, sous notre toit, jusqu'à ce qu'elle soit assez rétablie ?

— Oui, tu le devrais. Mais j'exigerai une réduction de ses frais de pension, si elle doit s'absenter plus de quelques jours.

Leana baissa le regard vers les lettres qu'elle tenait à la main, se demandant comment procéder. À la demande de

Rose, elle avait ajouté un post-scriptum à celle destinée à madame Carlyle : *Vous trouverez notre contribution à votre feu de la Chandeleur, avec les compliments de la famille.* Maintenant, elle devait tenir sa promesse. Peu de choses dans la vie étaient aussi périlleuses que demander à Lachlan McBride de se séparer de son argent.

— Père, puisque demain est la Chandeleur, il serait de bon ton de faire… une petite donation pour madame Carlyle. C'est la tradition, vous savez.

Il se leva brusquement.

— Ma propre fille, gronda-t-il, qui me dit ce qui doit être fait un jour de fête.

Prenant sa cassette sur la grande tablette au-dessus de sa tête, il déverrouilla le couvercle de métal et le fit pivoter bruyamment sur ses gonds. De l'endroit où était située Leana, le petit coffre semblait plein à craquer. Des guinées écossaises colorées et des pièces de toutes les dimensions — de cuivre et d'argent — surgissaient au-dessus des bords. Un large cordon d'or noué était déposé sur la fortune de son père. Avait-il toujours été là ?

— Envoie ceci à la femme, dit-il en prenant deux shillings pour les lancer sur ses genoux. Puis, il referma le coffret aussi vivement qu'il l'avait ouvert.

— Très bien, père.

Leana tint les pièces dans la paume de sa main, comme pour les réchauffer. Un présent scandaleusement pingre. Elle était heureuse que Rose n'eût pas à le remettre elle-même à son institutrice.

— Je vais demander à Willie de les donner en notre nom, en même temps que la lettre, dit-elle.

Elle n'ajouta pas qu'elle était déjà écrite, de peur que son père lui reprochât d'avoir tout tramé à son insu.

Lachlan fit un geste en direction de la porte et les coins de sa bouche s'affaissèrent.

— Demande à Willie d'emmener quelques-uns de nos visiteurs avec lui, avant qu'ils s'invitent à notre table.

Elle tâcha de parler d'un ton égal et calme.

— Père, ce sont nos voisins, nos amis de la paroisse. Ils diront du bien d'Auchengray et de son laird, si vous voulez bien leur souhaiter la bienvenue ; les remercier de se préoccuper de Rose ; et les inviter à repasser un autre jour, quand Rose ira mieux. Cela ne prendra qu'un peu de votre temps.

Il ouvrit la porte sans autre commentaire et marcha dans la salle à manger, levant les bras de façon si théâtrale, en prenant de tels airs de grand seigneur que tous crurent qu'ils se trouvaient, non pas dans l'habitation du maître d'Auchengray, mais dans les pièces dorées de Maxwell Park. Sous des paroles mielleuses s'agitait la langue qui les mettait dehors. Quelques minutes plus tard, ils étaient tous partis, en se félicitant mutuellement d'avoir un si agréable voisin.

Leana, qui observait la scène par la porte du petit salon, était ébahie par son numéro.

— Père, vous m'étonnez.

Il passa près d'elle, manifestement fier de lui.

— Il s'agit seulement de donner aux gens ce qu'ils veulent : de la reconnaissance ; montrer qu'on prend conscience de leur existence ; un salut à leur vanité, si peu fondée soit-elle.

Il revint à son bureau pour replacer des papiers qui étaient déjà bien rangés.

— Ce sont les plus petites choses qui rendent les gens heureux, Leana, expliqua-t-il. Tiens, toi, par exemple.

— Moi ?

Elle porta la main à son cœur.

— Quelles sont ces petites choses qui me rendent heureuse, père ?

— Ian, d'abord, et l'amour de Jamie, ensuite.

Leana baissa la tête, déconcertée de le voir aborder des sujets aussi personnels.

— L'affection de mon mari n'est pas une petite chose.

— Et Dieu sait le temps que tu as dû patienter pour la gagner. Peut-être apprécies-tu maintenant à sa juste valeur tout ce que j'ai fait pour toi.

Leana leva lentement la tête.

— Tout ce que vous avez fait?

— Rencontrer le conseil de l'Église, après ton mariage. M'assurer que les registres seraient modifiés pour que tu apparaisses comme l'épouse de Jamie, et non telle une femme impie.

Leana ouvrit la bouche pour s'opposer, mais ravala ses paroles. Il était injuste de la traiter d'impie. Mais il était plus que justifié de la qualifier de pécheresse. Malgré tout, son péché avait été pardonné et oublié, car la Bible disait que Dieu était toujours miséricordieux et purifiait son peuple de ses fautes. Oui, elle était immaculée aux yeux de Dieu. Mais à ceux de son père, elle ne serait jamais sans tache.

— Je vous suis reconnaissante pour ce que vous avez fait, dit Leana, et elle l'était vraiment, aussi difficile que cela fût pour elle de l'admettre.

Les efforts de Lachlan avaient fait en sorte que Jamie était son véritable mari et, elle, sa légitime épouse, à la satisfaction de l'Église et du village.

— Père, dit-elle, j'espère que vous m'êtes reconnaissant à votre tour pour le petit-fils en bonne santé, digne d'être appelé votre héritier, que je vous ai donné.

— Mon héritier, dit-il d'une voix sans vie. Comme tu dis, ajouta-t-il du même ton, avant de faire un geste en direction de la porte pour la congédier. Assure-toi que le présent de la Chandeleur de Rose sera expédié sans délai. Et fais en sorte que Willie comprenne bien que les *deux* shillings doivent être remis dans la main de madame Carlyle. La femme est aussi cupide qu'elle est distinguée, et elle voudra les deux.

Au moment où Leana allait franchir la porte, il ajouta :

— Tu peux être sûre que ces pièces aboutiront dans sa poche, et non dans les goussets du fabricant de chandelles. N'est-ce pas, fille ?

Qu'avait-il dit, un peu plus tôt ? « Il s'agit seulement de donner aux gens ce qu'ils veulent. » Elle appliqua le conseil de l'homme en refermant la porte derrière elle.

— Je suis sûr que vous avez raison, père, répondit-elle. Vous avez toujours raison.

Le jour de la Chandeleur fut tout sauf sec et beau. Il plut des trombes d'eau sur la terre déjà saturée, gonflant les ruisseaux en torrents et transformant les chemins de la paroisse en rivières de boue. Aucun visiteur ne brava les éléments, pas même le révérend Gordon. Toute la maisonnée se relaya pour veiller la malade, offrant réconfort et prières, mais se tordant surtout les mains d'impuissance.

Bien que la fièvre de Rose eût considérablement diminué, sa toux avait empiré. Elle semblait parfois s'étouffer dans ses propres expectorations, et des gouttes de salive s'écoulaient sur son menton. Leana s'assurait toutefois qu'elle était toujours propre et présentable. « Pauvre chérie », disait-elle en épongeant les coins de ses lèvres gercées. Un instant, Rose luttait pour respirer profondément ; le suivant, sa respiration était rapide et superficielle. Elle perdait du poids aussi, car ses clavicules étaient apparentes sous sa robe de nuit, et ses joues, autrefois roses, étaient creuses et hâves.

Les craintes de Leana augmentaient d'heure en heure. Alors qu'elle s'occupait de Ian, assise dans sa charmante chambrette, elle se mordillait les lèvres pour s'empêcher de pleurer. *Dieu tout-puissant, que vais-je faire ?* Elle chercha dans son cœur et dans son esprit quelque remède auquel elle n'aurait pas pensé. Il ne fallait pas compter sur le soleil et le grand air à Galloway avant plusieurs mois. Rose avait besoin d'exercer ses poumons, mais ses spasmes de toux étaient pénibles à voir et plus encore à entendre.

Elle pria pour que le révérend Gordon vienne frapper à leur porte dès le lendemain matin. Dans les paroisses écossaises, les ministres étaient souvent les plus instruits au milieu de leurs ouailles, et ils pouvaient offrir des conseils médicaux si le besoin s'en faisait sentir. Les médecins, une rareté à la campagne, n'étaient appelés qu'à l'ultime limite. Son père s'opposerait à pareille dépense, et elle-même redoutait les méthodes intrusives des chirurgiens. Peut-être que l'état de Rose s'améliorerait après une autre nuit de sommeil. L'idée d'un remède précis pouvait aussi surgir à l'esprit du révérend.

Elle était assise dans la chambre d'enfant, portant un mouchoir à son nez, quand Jamie entra pour la voir. Ses pensées angoissées devaient être bien visibles sur son visage.

— Leana, veux-tu que je chevauche jusqu'au village et que je ramène le révérend Gordon avec moi ?

— Oh, Jamie, je le voudrais certes, mais…

Ses épaules s'affaissèrent, et elle écouta la pluie qui mitraillait les carreaux dans le couloir.

— C'est un jour trop maussade pour sortir, dit-elle, pour un homme ou un animal. Je crains que tu ne te retrouves alité à ton tour.

— Puisque nous parlons de ce genre de choses…

Il se tut et se pencha pour l'embrasser, puis posa ses lèvres sur le front de son fils.

— C'est à ton sujet que je suis inquiet, reprit-il. Tu t'occupes de Rose jour et nuit, et aussi de Ian. Nous pourrions tous contracter cette terrible maladie, quelle qu'elle soit. Je ne m'en fais pas à mon sujet, mais je m'inquiète beaucoup pour toi et pour mon fils.

Jamie aurait voulu n'avoir l'air que sérieux, mais son regard le trahit ; il était effrayé, tout comme elle.

— Promets-moi que tu laisseras les autres veiller sur elle jusqu'à ce qu'elle recouvre la santé. S'il te plaît, Leana. Fais-le pour moi. Pour Ian.

Elle ne put résister à la tentation de le taquiner un peu.

— Est-ce que tu regretterais mon absence? demanda-t-elle. Si je mourais, si je n'étais plus en vie? N'en trouverais-tu pas tout simplement une autre pour me remplacer?

Jamie s'agenouilla, s'abaissant jusqu'à ce qu'ils eurent les yeux à la même hauteur. La mâchoire contractée, il avait maintenant l'air sérieux, et aussi très tendre.

— Je ne pourrais jamais trouver une autre femme comme toi, Leana. Et je n'essaierais pas non plus.

Il se pencha pour l'embrasser une autre fois, s'attardant un moment avant de se redresser sur ses hanches et de se lever.

— Nos bergers disent que le ciel va s'éclaircir demain, dit-il. Ils se trompent rarement sur ces choses. Du temps plus clément amènera le révérend et, peut-être, un répit pour Rose.

Un ciel dégagé et le révérend Gordon firent tous deux leur apparition après le petit-déjeuner du mercredi. Le laird d'Auchengray était déjà en route vers Edingham quand Leana accompagna le ministre au chevet de Rose. Jamie se leva, offrant sa chaise au visiteur, puis rejoignit Leana à la porte.

Elle saisit la main de son mari, car elle avait besoin de sa force.

— Nous sommes reconnaissants que vous soyez venu, révérend Gordon, dit Leana, qui résista à la tentation d'ajouter « finalement ».

Le ministre était un homme occupé qui avait bien des âmes à sa charge — environ deux cents dans le village, plus quatre cents autres à la campagne.

— Notre Rose n'est pas bien, ajouta Leana en regarda sa sœur endormie de l'autre côté de la chambre, le cœur gonflé comme la rivière en cette saison. Voyez par vous-même, monsieur.

Le révérend Gordon s'approcha. Bien que ses cheveux autrefois bruns eussent tourné au gris depuis quelques années, ses épais sourcils avaient gardé leur couleur naturelle, dessinant deux traits gras sur son visage. Le ministre ponctuait ses sermons de mouvements expressifs de ses sourcils broussailleux, les rapprochant lors des passages sévères, les levant vers le ciel lorsqu'il sollicitait la grâce divine pour les fidèles, ce qui était plus rare. À cet instant, alors qu'il se penchait vers le lit, son front était creusé de rides soucieuses. Il écarta les rideaux pour mieux voir la malade, toucha le front de Rose, puis palpa la base de son cou.

– C'est pire que je le craignais. Il s'agit de quelque maladie des poumons et de la gorge. Plus pernicieux qu'un rhume ordinaire, je puis vous l'assurer.

Il laissa retomber le rideau avec réticence, avant de poursuivre :

– C'est sa respiration qui m'inquiète le plus. Que lui avez-vous donné pour soulager la congestion ?

Leana énuméra les herbes médicinales qu'elle lui avait prudemment administrées – de la camomille pour aider Rose à dormir, des cerises sauvages pour calmer la toux, de la verge d'or et du sureau pour l'excès de glaire, de l'armoise pour la fièvre. Chaque nom de remède fut accueilli par un grognement approbateur.

– Vous avez bien travaillé, madame McKie, dit le révérend, qui sortit de son manteau un exemplaire usé de *La médecine élémentaire, ou une méthode facile et naturelle pour guérir la plupart des maladies*[10]. J'ai apporté ceci, pensant que cela pourrait vous être utile.

Il exhiba aussi un sachet de cuir de la taille et de la couleur d'un hérisson.

10. N.d.T. : Le titre original de l'œuvre est *Primitive Physic, or an Easy and Natural Method of Curing Most Diseases* (John Wesley, 1761).

— Et j'ai trouvé ceci sur le seuil de votre porte, expliqua-t-il. Peut-être en reconnaîtrez-vous le contenu ?

— Que Dieu vous bénisse, monsieur.

Elle glissa le livre sous son bras, curieuse de découvrir ce que le sachet pouvait contenir. Glissant les doigts entre les bordures de cuir pour l'ouvrir, elle inclina la tête pour humer le contenu. Elle eut un brusque mouvement de recul, et ses yeux étaient pleins d'eau.

— Oh ! de la grande camomille.

Elle respira de nouveau, pour s'en assurer, puis tira fermement sur les cordelettes pour le refermer.

— Il n'existe pas d'herbe plus amère, dit-elle, mais elle a plusieurs usages bénéfiques. En vérité, j'aurais dû y penser moi-même. Tu l'as vue dans mon jardin, Jamie. Une tige duveteuse avec de petites fleurs jaune et blanc, comme des pâquerettes.

— Si tu le dis, Leana, répondit Jamie en regardant le mystérieux paquet. Mais ce sachet n'est pas de ton jardin. D'où provient-il, alors ?

Les trois échangèrent des regards, mais personne n'eut de réponse à offrir. Finalement, Leana rompit le silence :

— Je peux seulement supposer que c'est un voisin attentionné, quelqu'un qui a vu la condition de Rose lundi et qui a pensé que la grande camomille pourrait soulager sa toux. Ce qu'elle pourrait très bien faire.

Elle fit un pas en arrière.

— Si vous voulez m'excuser, messieurs, j'ai une inhalation à préparer.

Au moment où Leana se dirigeait vers l'escalier, le révérend Gordon l'attrapa par la manche.

— Attendez un moment, jeune dame.

Il fit en geste de la tête en direction du couloir.

— Y a-t-il un endroit où je pourrais parler avec Jamie en privé ? Une chambre inoccupée, peut-être ?

Leana entendit les deux mots — « Jamie » et « privé » —, et cela lui mit les nerfs à fleur de peau. Est-ce que son bon mari aurait fait quelque chose de mal ? Ou elle ? Un regard rapide vers le visage de Jamie lui assura qu'il était aussi surpris qu'elle.

— Si ce n'est pas trop petit, la chambre de Ian est libre, dit-elle en faisant un geste vers la porte adjacente. Neda lui donne à manger dans la cuisine. Vous aurez la pièce à votre disposition.

— Très bien.

Le ministre passa en compagnie de Jamie devant elle, mais sans la regarder. Alors qu'elle se dirigeait à son tour vers l'escalier, il l'entendit s'adresser à Jamie :

— … la santé de Rose n'est pas le seul motif de ma visite à Auchengray. J'apporte aussi la nouvelle d'un oubli malheureux qui requiert votre attention.

— Quelle sorte d'oubli ? demanda Jamie, déjà sur la défensive.

Leana s'arrêta sur le palier au moment où le révérend Gordon invitait Jamie à entrer dans la chambre d'enfant. Elle n'avait pas l'intention d'épier leur conversation, pourtant, son cœur anxieux la clouait où elle était.

— Alors, jeune homme, dit le ministre, alors que la porte se refermait lentement. Vous connaissez ce dicton populaire : *Il y a un temps pour détourner le regard, il y en a un pour voir les choses en face…*

Chapitre 32

Il titubait comme un homme ébranlé,
et accablé par le désespoir.
— Samuel Taylor Coleridge

— Où voulez-vous en venir, monsieur ?

Le cœur de Jamie se mit à battre plus vite. *Un oubli. Malheureux.* Les paroles du révérend Gordon soulevaient plus de questions qu'elles n'apportaient de réponses.

Le ministre approcha la chaise qui se trouvait contre le mur et épousseta le siège avec un grand mouchoir. Annabelle avait déjà fait le grand ménage dans la pièce. Il était clair que le révérend Gordon cherchait à gagner du temps.

— Assoyez-vous, mon garçon, car il y a de nombreuses choses dont nous devons discuter.

Son malaise était évident. Quelques gouttes de sueur perlaient sur son front et ses longs doigts trituraient les boutons de son manteau.

Jamie s'assit, mais inconfortablement.

— De quoi s'agit-il, révérend ?

Le ministre se pinça les lèvres, pressant son index sur elles, comme s'il pesait ses mots.

— Tôt ce matin, j'ai eu l'occasion de consulter les registres du conseil de l'Église de décembre 1788. Au sujet d'une tout autre affaire, voyez-vous.

Son regard s'arrêta sur le berceau vide, puis revint à Jamie.

— Comme je m'y attendais, continua-t-il, j'ai noté les trois dimanches au cours desquels les bans ont été lus pour le mariage à venir de James McKie et de Rose McBride.

— Oui, dit Jamie, qui commençait à se détendre un peu.

Ce n'était pas une découverte digne d'être mentionnée, pas plus que cela ne constituait l'élément final de l'affaire.

— Les bans mentionnaient James et Rose, dit-il, mais par la suite…

— Attendez.

Le révérend Gordon leva la main pour interrompre Jamie.

— Vous étiez présent, jeune homme, et vous avez entendu vos deux noms être criés dans l'église, n'est-ce pas ?

— En effet, répondit Jamie, qui ne pouvait contester la vérité.

Pas plus qu'il ne pouvait nier qu'il avait alors été enchanté d'entendre son nom prononcé avec celui de Rose.

— Poursuivez, monsieur.

— En vérité, ce ne sont pas les bans qui me préoccupent, continua le ministre. C'est l'acte de mariage rédigé par notre clerc, le dernier jour de l'année, qui me donne des soucis.

Ah. Jamie sourit, soulagé. Le révérend Gordon avait remarqué la substitution des noms le jour du mariage et avait oublié comment cela s'était produit. Après tout, ces événements avaient eu lieu treize mois auparavant. Bien des choses s'étaient passées depuis, dans la paroisse. Qui pouvait se targuer de ne rien oublier ?

— Vous voulez parler de l'endroit où il est amendé afin d'y lire les noms « James et Leana McKie » ?

— Non, dit le ministre et l'expression de son visage s'assombrit. Sinon, cette discussion n'aurait pas de raison d'être. Je parle de l'écriture de la main du clerc, indiquant le mariage légal et officiel de James et de Rose McKie.

— Rose ? dit Jamie, s'étouffant presque en disant son nom. Cela doit être une erreur.

— Erreur ou pas, c'est ce qui apparaît sur l'acte. Votre nom et celui de Rose, de la main même du clerc. Il n'y a aucune autre indication.

— Mais cela aurait dû être modifié ! s'écria Jamie, dont la voix tendue vibrait comme une corde de violon.

Ce n'était plus un oubli, c'était une abomination.

— Mon oncle Lachlan a rencontré le conseil de l'Église en janvier, reprit Jamie, et le document a été modifié.

L'avait-il vraiment été ? Jamie s'agrippa aux bras de la chaise et dit le plus calmement qu'il en fut capable :

— En fait, je ne suis pas certain du jour de cette rencontre, car Leana et moi étions à Dumfries, cette semaine-là.

Leana. L'idée même de lui annoncer la nouvelle lui nouait l'estomac.

— Vers le 6 ou le 7 janvier, je crois, dit-il. N'y étiez-vous pas, révérend ?

— C'était le 5 janvier, en effet, le premier lundi du mois; à l'occasion d'une réunion habituelle de notre conseil. J'étais présent quand votre oncle a exposé votre cas.

— Nous y voilà !

Jamie respira librement pour la première fois depuis qu'il s'était assis.

— Vous savez tout, alors.

Tout ce branle-bas pour rien, se dit-il.

— Vous n'avez qu'à rayer le nom de Rose, en date du 31 décembre, et à écrire celui de ma véritable épouse, Leana, en lieu et place.

— C'est ce qui aurait dû être fait, acquiesça le ministre, qui faisait osciller son poids d'une jambe à l'autre. Mais le clerc de notre conseil... oh !

Il fit un geste de la main comme s'il chassait un moustique.

— George Cummack, cela vous dit-il quelque chose ?

— Non, je ne le connais pas. Le devrais-je ?

— Quelque peu gâteux, je le crains, bien qu'il fût brillant dans sa jeunesse.

S'adossant à la porte close, le ministre laissa échapper un lourd soupir.

— George était le secrétaire lors de cette réunion où votre père a présenté son témoignage en votre faveur. Toutefois, il avait négligé de se procurer un nouveau livre pour rédiger les minutes de 1789; et celui de 1788 avait déjà été remisé dans mes archives.

Les mains de Jamie devinrent moites.

— Êtes-vous en train de me dire qu'il ne reste aucune trace de cette rencontre?

— Au contraire, il a tout jeté sur quelques feuilles de papier. Il nous a assuré qu'il transcrirait ses notes dans le nouveau registre relié qu'il comptait acheter, qu'il nous ferait ensuite signer et approuver.

Jamie se pencha vers l'avant, retenant son souffle.

— Et ensuite?

Les épaules du ministre fléchirent légèrement.

— Je suis désolé d'admettre qu'il ne l'a pas fait. Pas plus qu'il ne se souvient d'avoir modifié les registres de 1788.

Jamie s'affaissa sur sa chaise, comme s'il avait été frappé par la foudre.

— Comment... C'est-à-dire, pourquoi n'a-t-il...

Son discours décousu s'arrêta quand la vérité eut fait assez de chemin dans son esprit. Rien de tout cela ne tenait debout. Si l'acte de mariage n'avait pas été modifié... si les minutes de la réunion de janvier n'avaient pas été conservées...

Le ministre semblait plus calme, maintenant qu'il avait communiqué la nouvelle. Il s'épongea le front et enfouit son mouchoir dans sa poche.

— J'ai peur qu'en vertu de la loi de l'Église, qui est aussi la loi du pays, vous ne soyez pas marié avec Leana. Vous êtes marié avec Rose.

Jamie secoua la tête, lentement au début, puis plus rapidement, comme s'il avait voulu en déloger l'affreuse vérité.

— Ce Cummack. Il peut démêler cet écheveau. Sûrement, il peut expliquer cet... cet « oubli », comme vous l'appelez.

— Et voilà le nœud du problème, répondit le ministre, dont le regard s'était détourné de Jamie pour se poser sur ses propres chaussures. La santé de monsieur Cummack était chancelante et il a quitté la paroisse pour aller vivre avec sa fille, avant que le conseil ait eu la chance de se réunir de nouveau. Il est parti en catimini, je suis peiné de le dire.

– Parti ? répéta Jamie, désemparé. Pour aller où ?

– Eskdalemuir.

– C'est dans le comté de Dumfries, non à Londres, se lamenta Jamie. Une chevauchée d'une demi-journée, tout au plus.

– Le lieu de sa résidence ne poserait pas problème, si ce n'était que…

Le révérend Gordon leva les yeux, et on pouvait lire du regret sur son visage grave.

– Euh, Jamie, il n'est pas facile pour moi de vous dire ceci : George Cummack est mort peu après son départ de Newabbey. Sans ses minutes, l'acte de mariage ne peut être changé.

La contenance de Jamie s'effondra.

– Mais je suis marié avec Leana ! Me comprenez-vous, monsieur ? Je ne suis pas concerné par votre conseil d'Église, ni vos registres, ni vos clercs gâteux. Leana est ma femme et la mère de mon fils. Pas Rose.

– Je le sais bien, jeune homme. Mais nos registres disent autre chose.

– Alors, rectifiez-les !

– Je ne peux faire cela, vous le savez très bien. Où serions-nous, si les gens pouvaient les modifier à leur guise ? C'est un document légal, Jamie. Même moi, je ne peux rien changer.

Jamie fut réduit au silence. Il avait à peine écouté les mots du ministre, exprimés sur un ton pastoral comme s'il officiait des funérailles.

– Vous devez comprendre, Jamie, à quel point tout ceci est embarrassant pour moi. Je vous ai marié avec Rose, du moins c'est ce que je croyais. Puis, j'ai entendu le témoignage de Lachlan concernant Leana, et je l'ai accepté comme étant valide. Et j'ai fait confiance à George Cummack, certain qu'il ferait son devoir : changer le nom de l'acte de mariage et consigner la déclaration de votre oncle. Hélas, ces détails n'apparaissent nulle part dans les registres de l'Église.

— Ces détails ?

Sa vie lui était retirée, morceau par morceau, mot par mot.

— Leana n'est pas un détail. Elle est ma femme. Que Dieu me vienne en aide, elle est la mère de mon fils !

— Oui, elle l'est. Il est bien connu que vous la tenez en grande estime.

Posant une main réconfortante sur l'épaule de Jamie, le ministre continua :

— Jamie, votre jolie cousine est très malade. Fasse le ciel que la maladie n'emporte pas sa jeune vie, mais…

— Mon Dieu ! s'exclama Jamie en se levant vivement. Jamais je ne souhaiterai la mort de Rose !

— Non, non, mon garçon. Je suis un serviteur du Tout-Puissant et je n'appellerai jamais la destruction sur l'une de mes propres paroissiennes. Je dis seulement que si Rose devait trépasser, alors la question serait résolue peu après. Vous et Leana viendriez me retrouver au village, où j'officierais une cérémonie privée devant la porte de l'église. En quelques minutes, tout rentrerait dans l'ordre. La paroisse considère déjà que vous êtes mari et femme, de commune renommée. Votre mariage serait officiel et l'imbroglio, résolu.

— Un autre détail, n'est-ce pas ?

Le regard de Jamie devient noir.

— Et si Rose survit ? Ce que vous devriez espérer de tout cœur, étant son ministre. Qu'adviendra-t-il, alors, de mon mariage ?

Le révérend Gordon haussa légèrement les épaules.

— Si Rose se rétablit, vous devrez comparaître tous les trois séparément devant le conseil de l'Église pour présenter votre témoignage.

La colère bouillante de Jamie se refroidit. Il regarda ses mains.

— Et que devrons-nous dire, alors ?

— Chacun d'entre vous devra faire une confession publique, concernant vos intentions le dernier jour de décembre 1788. Alors, tout deviendra officiel. En vérité, c'est ainsi que les choses auraient dû être faites au départ. Quand votre oncle a comparu devant nous, début janvier, cependant, vous et Leana étiez à Dumfries, et votre parent a su se montrer fort… persuasif.

Jamie grimaça.

— J'imagine que les pièces d'or qu'il a jetées sur votre table devaient être irrésistibles.

L'ombre d'une irritation voila le visage du révérend Gordon et mourut aussitôt.

— Les pauvres de la paroisse ont bénéficié de la généreuse contribution de Lachlan, lui rappela le ministre. Et vous en avez profité aussi, James. Grâce à votre oncle, vous avez épousé la femme de votre choix.

De mon choix. Mais il n'avait pas choisi Leana ; Lachlan l'avait choisie pour lui. Quand il ne voulait pas de Leana pour épouse, elle lui fut imposée. Maintenant qu'il la désirait à jamais pour femme, elle ne l'était plus du tout, semblait-il.

Et c'était Rose qui était dans la balance. Entre la vie et la mort. Tenant leur vie entre ses mains. Il n'avait pas besoin de deviner ce qu'elle dirait au conseil de l'Église. Il le savait trop bien. Pourtant, Jamie n'aurait pour rien au monde voulu que Rose trépassât, pas une seule seconde. Il ne pouvait que demander que la volonté de Dieu fût faite. Laissé à lui-même, il craignait l'issue qu'il favoriserait.

Le révérend s'approcha de la porte, apparemment pressé de s'en aller.

— Comparaître devant le conseil de l'Église ne sera pas trop ardu. On vous demandera de décrire votre rôle dans cette… situation inhabituelle, à tour de rôle. Rose renoncera à toutes ses prétentions, présentes ou futures, sur votre personne, n'est-ce pas ?

Jamie ne répondit pas.

— Après ce témoignage, vous confirmerez que votre intention première était d'épouser Leana, et non Rose, ainsi que votre oncle nous l'a expliqué.

Le révérend Gordon secoua la tête et soupira :

— Quel dommage que les minutes aient été perdues, car ces inconvénients vous auraient été épargnés.

Jamie le regarda. *Inconvénients ?* C'était bien plus que ça.

— Puis, Leana déclarera qu'elle vous aimait depuis le tout début, et que cette affection a toujours été mutuelle.

Le révérend leva les mains.

— Vous voyez comme tout s'arrangera simplement.

Jamie se mordit la joue. *Ce sera tout sauf simple.*

— Venez, Jamie. Je dois prier pour Rose, avant de partir.

Le ministre ouvrit la porte comme s'il quittait une prison et fit signe à Jamie de l'accompagner.

— J'ai l'intention de prier pour qu'elle récupère vite, afin que les registres du conseil puissent être rectifiés le plus rapidement possible.

Chapitre 33

Comment va votre patiente, docteur ?
Pas tant malade, mon seigneur,
Que troublée par d'étranges fabulations.
— William Shakespeare

Le révérend Gordon tapota le dos de Jamie alors qu'ils marchaient vers la chambre à coucher.

— Dans toutes mes années de ministère, mon garçon, je n'ai jamais vu un pareil imbroglio que votre mariage.

— Vous pouvez le dire, monsieur.

Le ton du ministre était affable, ses mots rassurants.

— Ce sera une bonne chose, quand tout cela sera bientôt derrière vous.

Mais Jamie n'écoutait plus qu'à moitié, car son attention se fixa sur sa cousine dès qu'ils entrèrent dans la chambre. Rose était parvenue à se redresser et se tenait précairement assise sur le bord du lit. Annabelle, terrifiée, était à ses côtés. Les yeux de la jeune fille étaient exorbités et sa bouche, grande ouverte, cherchant avidement à aspirer un peu d'air. Sa peau était si pâle qu'elle paraissait bleue.

— Rose !

Jamie bondit à ses côtés, glissant un bras derrière elle pour l'empêcher de tomber.

— Respirez, Rose ! l'implora-t-il tandis que, de sa main libre, il écartait vivement les rideaux du lit fermé, de peur que la lourde étoffe ne la fasse suffoquer.

— Annabelle, trouve Leana !

Le ministre attacha rapidement les rideaux aux montants du lit, les yeux agrandis par l'urgence.

— Non, que la domestique reste ici. J'irai trouver votre femme, dit le révérend. Et un médecin, aussi.

Il se dirigea vers la porte et sa voix basse continuait de rouler dans la pièce, comme lorsqu'il était en chaire.

— Écoutez-moi, Jamie, reprit-il. Rose est très malade, encore plus gravement que nous l'avions compris. Je chevauche jusqu'à l'infirmerie de Dumfries pour leur dire de dépêcher un chirurgien immédiatement.

— Laissez-moi y aller, monsieur, s'offrit Jamie, mais le ministre était déjà sur le seuil de la porte.

— Vous êtes requis ici, et on ne me refusera pas quand j'aurai expliqué ce que j'ai vu.

Il jeta un dernier regard au lit encastré.

— Priez, jeune homme, car il n'y a plus que le Tout-Puissant qui puisse la sauver, maintenant.

Le révérend Gordon disparut, la queue de son habit battant derrière lui, et il dévala l'escalier tout en appelant Leana.

Jamie reposa Rose sur les oreillers, mais elle se redressa immédiatement quand elle eut peur d'étouffer. Quelque chose lui bloquait la gorge, obstruant le passage de l'air, l'asphyxiant.

— Rose, vous devez respirer. Essayez encore, Rose.

— Jamie !

Leana apparut dans l'embrasure de la porte, un bol fumant entre les mains, le visage blanc comme un drap.

— Le révérend Gordon dit…

— Oui, oui, c'est grave, Leana.

Jamie lui fit signe d'approcher, luttant lui-même pour respirer.

— Viens, fais ce que tu peux, car mes connaissances vétérinaires sont insuffisantes pour faire face à ceci.

Neda était sur ses talons, tandis que toute la maisonnée était maintenant réunie près de la porte, l'angoisse et la peur se lisant sur les visages.

— Gardez l'silence, leur recommanda la gouvernante, et laissez-nous faire c'qui doit être fait. La meilleure manière d'venir en aide à vot' maîtresse, c'est d'vous mettre à genoux et d'prier très fort.

Ils s'agenouillèrent tous dans le couloir, leurs prières s'élevant vers le ciel comme la vapeur de la bassine d'herbes médicinales de Leana.

Jamie s'écarta pour laisser Leana et Neda travailler. Il détourna pudiquement le regard quand elles tirèrent les genoux de Rose vers le bord du lit, avant de replacer sa chemise de nuit. La vérité le frappa à nouveau. *C'est ma femme.* Les mots du ministre résonnaient dans sa tête : «*Par la loi de l'Église, vous êtes marié avec Rose.*»

Rose, qui luttait pour sa vie.

Jamie la regarda, s'efforçant de prier, peu importe la suite des événements. *Laissez-la vivre, Dieu tout-puissant. Soyez miséricordieux, guérissez-la.*

Les deux femmes l'encadraient, lui soutenant chacune un bras. Rose restait là, inerte, immobile, muette, respirant à peine.

— Penche-toi au-dessus du plat, l'encouragea Leana. Sois une bonne fille. Respire par le nez, si tu le peux.

Quand les cheveux de Rose firent un rideau autour de la bassine alors qu'elle y penchait la tête, Leana dit calmement :

— N'es-tu pas la plus intelligente, Rose? Tu n'as pas besoin de serviette, car tes cheveux seuls emprisonneront la vapeur. Peux-tu respirer normalement, maintenant? Juste un peu?

Jamie s'émerveilla devant le calme de Leana, car ses propres genoux étaient près de fléchir sous le poids de l'inquiétude. Oui, et celui de la culpabilité. En avaient-ils assez fait? Rose était horriblement faible et son teint, d'une pâleur mortelle. Ils auraient dû appeler un médecin plus tôt. Hier, ou même lundi. Était-il trop tard? L'avaient-ils abandonnée?

Rose toussa, produisant un son horrible, guttural, qui ne laissa passer qu'un infime filet d'air. Leana appliqua la main dans le dos de Rose, traçant des cercles lents et réconfortants entre ses omoplates, sans cesser de lui murmurer à l'oreille.

— Allez, allez, ma petite, ma petite.

Jamie, réduit à l'impuissance, ne pouvait qu'observer Rose dans son état. Pourtant, Leana chantait pour elle. *Chantait.* Jamie s'efforçait d'assister à son travail d'amour, même si les larmes lui piquaient les yeux et que son menton frémissait. Leana était la femme qu'il aimait. C'était la femme qu'il avait épousée. Et il combattrait pour elle, afin qu'elle reste à ses côtés.

Si Rose devait mourir…

Non. Il n'y penserait pas, ne considérerait pas même cette possibilité. Elle ne devait pas mourir, car une partie de Leana s'éteindrait aussi.

Si Rose devait survivre…

Elle survivrait. Elle devait survivre.

Tout Auchengray se mobilisait pour Rose — Leana et Neda la soutenaient, Annabelle courait chercher de l'eau chaude, Jamie lui épongeait le front et Duncan offrait des encouragements de l'embrasure de la porte. Leana récitait des versets à voix haute, levant son visage vers le ciel, comme si le Tout-Puissant avait le regard baissé sur Auchengray à l'exclusion de tout autre foyer.

— Je vous en prie, venez poser les mains sur elle pour qu'elle soit sauvée et qu'elle vive.

À midi, les serviteurs rassemblés à la porte se séparèrent comme les eaux de la mer Rouge et un gentilhomme vêtu d'un élégant costume noir fit son entrée dans la pièce. Il transpirait sous sa perruque à la suite de son arrivée précipitée. Toute sa personne respirait le savoir et l'intelligence, et son œil exercé parut comprendre la situation en un battement de cils.

— Docteur John Gilchrist, de l'infirmerie de Dumfries, dit-il brusquement, serrant la main de Jamie. Votre révérend a insisté au plus haut point pour que je vienne sans délai.

Il se lava les mains dans l'eau chaude, puis demanda à Neda d'emporter la bassine et la petite table afin de pouvoir examiner la patiente. Il palpa et ausculta le visage et le cou de Rose, il bombarda Jamie et Leana de questions sur son âge, sur ses déplacements récents, sur l'apparition des premiers symptômes. Il voulut savoir le moment où la toux avait débuté et depuis combien de temps elle avait la fièvre.

— Comme vous pouvez le voir par la coloration bleutée de la peau, la patiente ne reçoit pas suffisamment d'oxygène.

Tout ce que Jamie voyait, c'est qu'elle était très malade.

— Que faut-il faire, monsieur ?

Il déploya sa petite trousse chirurgicale, révélant une collection d'instruments rutilants à manche d'ivoire : ciseaux, scalpels, pincettes, un abaisse-langue et un petit bistouri.

— Notre première tâche consiste à dégager le passage de l'air. Je devrai retirer ce qui l'obstrue, en l'occurrence, une épaisse couche de sécrétions grisâtres qui obstrue la gorge.

Il essuya ses lunettes avec un mouchoir, puis l'agita en direction d'une chaise vide près du lit.

— Placez-la sur cette chaise droite, ordonna-t-il. Je vous demanderai de la maintenir absolument immobile.

Neda et Leana parvinrent à l'asseoir sur la chaise, lui retenant les épaules contre les lattes de bois du dossier, lui renversant la tête vers l'arrière et lui étirant le cou quelque peu, obéissant aux instructions du médecin. Rose gémit et ses yeux roulèrent dans leur orbite, comme si elle perdait connaissance, ou pire encore. Le docteur Gilchrist mania l'abaisse-langue, puis réclama plus de lumière. Jamie s'approcha avec une chandelle dans chaque main, tout en se préparant à assister à la pénible opération qui allait suivre.

— Le docteur Home, d'Édimbourg, recommande une trachéotomie, en pareil cas. Je préfère ne pas employer une mesure aussi invasive sur mes patients, à moins que cela soit absolument nécessaire.

Son regard sévère se posa sur Leana et Neda.

— Si vous ne la maintenez pas totalement immobile, il sera nécessaire de pratiquer une incision de la trachée. Comprenez-vous bien ?

Les deux femmes agrippèrent Rose, tandis que des larmes se répandaient tant sur le visage de la jeune fille que sur le leur. Jamie en était réduit à tenir les bougies bien hautes et à prier. Dans son état de faiblesse, Rose n'avait pas la force de résister pendant que le docteur procédait à son examen minutieux. Elle voulut d'abord se débattre sur sa chaise, jusqu'à ce qu'on la convainque de ne pas bouger.

Le docteur eut recours à ses deux mains pour lui écarter les mâchoires le plus possible.

— Pardonnez-moi, jeune fille, de ne pouvoir vous administrer de sédatif. Supportez la douleur et tout sera bientôt fini. Vous pourrez alors respirer à nouveau.

Jamie grimaça quand la mince lame argentée du scalpel disparut dans la gorge de Rose. Pendant que l'homme travaillait diligemment et efficacement, Leana réconfortait sa sœur sans arrêt, priant pour qu'elle puisse supporter ce qui devait être une torture. Enfin, le médecin retira l'instrument et redressa doucement sa patiente. On entendit le son d'une respiration profonde et rauque.

— Que Dieu soit loué ! cria Neda, et les domestiques rassemblés à la porte firent chorus.

Leana continua de prodiguer ses soins à Rose, dégageant ses cheveux noirs de son visage, épongeant sa bouche ensanglantée.

— Merci, Seigneur, murmurait-elle encore et encore.

— J'accepterai aussi un petit remerciement, dit le chirurgien avec bonne humeur, prodiguant des conseils tout en nettoyant ses instruments. Donnez-lui des liquides tièdes à la cuillère, recommanda-t-il. Aucune nourriture solide avant au moins une semaine. Il lui faudra du temps pour guérir, alors oubliez toute notion d'un retour à Dumfries. Il est presque assuré que c'est là-bas qu'elle a contracté la maladie.

Leana regarda Jamie, comme si elle cherchait quelque appui de sa part, puis demanda avec appréhension.

— De quelle maladie s'agit-il, monsieur ?

Le médecin les regarda tous, étonné de la question.

— Je pensais que vous le saviez. Votre sœur a le croup. Bien qu'on ne rencontre pas beaucoup de cas à Édimbourg, il n'est pas inconnu dans Galloway. L'air salin, voyez-vous. Le plus souvent, ce sont les enfants en bas âge que nous traitons, mais nous avons vu plusieurs jeunes adultes, cet hiver, qui en étaient affectés.

— Les enfants en bas âge ? demanda Leana, les yeux agrandis par la peur. Est-ce que mon fils est en danger ? Y a-t-il un risque pour nous ?

Jamie sentit ses mains se glacer. Le jour serait-il porteur d'autres terribles nouvelles ? D'abord, on lui avait annoncé que son mariage était en péril, maintenant cela. *Que Dieu nous vienne en aide à tous.*

Le docteur Gilchrist se pinça les lèvres un moment.

— Vous dites qu'elle est rentrée vendredi et que sa toux a commencé samedi ? Si personne d'autre dans cette maison ne présente les mêmes symptômes, le danger est écarté. Habituellement, le risque de contagion est le plus grand de deux à quatre jours après l'exposition à la maladie. Je reviendrai la semaine prochaine afin de voir comme se porte ma patiente. Si d'autres cas devaient se déclarer, je reviendrais plus tôt, évidemment.

Il referma son étui en cuir, pas plus grand qu'un livre de poésie, et le glissa dans la poche de son manteau.

— Vous savez, reprit-il, un garçon d'écurie de Dumfries a infecté une douzaine d'autres personnes avant que nous remontions à la source.

Il plaça la main sur la joue de Rose, d'une manière professionnelle, mais non dénuée de compassion.

— Votre sœur serait-elle entrée en contact avec ce garçon, madame McKie ? En louant un cheval, peut-être ?

Jamie répondit à sa place.

— C'est impossible, je le crains. Les jeunes filles de l'école Carlyle n'ont pas besoin de chevaux. Devrions-nous la porter dans son lit, maintenant ?

— Oui, car c'est de sommeil qu'elle a besoin. Et de matricaire immergée dans l'eau bouillante à toute heure du jour et de la nuit.

Le docteur sourit à Leana en replaçant ses lunettes.

— C'est tout à votre honneur d'y avoir pensé, madame McKie, avant même que j'aie établi mon diagnostic, la complimenta-t-il. La matricaire, qu'on appelle aussi grande camomille, est le plus ancien remède d'Écosse pour le croup.

Chapitre 34

Vous ne pouvez jamais planifier l'avenir d'après le passé.
— Edmund Burke

Tout en aidant avec précaution Rose à se redresser sur la chaise, Leana observait Jamie du coin de l'œil. Il marchait dans la pièce comme un somnambule, ramassant la literie jetée çà et là sur le plancher pour en faire un nouveau tas un peu plus loin.

— Viens, Jamie, l'appela-t-elle d'une voix chaude, car elle voulait qu'il lui confie ses appréhensions. Neda a fini de changer les draps. Voudrais-tu m'aider à remettre Rose dans son lit ?

Leana s'assura qu'elle avait bien attiré son regard avant d'ajouter :

— Comme en toutes choses, mon cher mari, j'ai toujours besoin de toi.

Elle avait voulu lui remonter le moral. Il la regarda plutôt comme un homme accablé.

— Jamie, qu'y a-t-il ?

— Le révérend Gordon… dit-il dans un soupir, qui était la tristesse même. Nous devons parler un peu plus tard, Leana. En privé.

Bien sûr. La discussion entre le ministre et Jamie. *Un oubli malheureux.* Leur conversation dans la chambre de Ian avait été complètement éclipsée par la crise.

— Oui, nous en reparlerons plus tard, car ma sœur nécessite toute notre attention, maintenant.

Conjuguant leurs efforts, ils portèrent Rose dans le lit encastré. Sa gorge, ravagée par le scalpel du chirurgien, ne pouvait émettre aucun son, mais ses yeux exprimaient sa gratitude. Leana posa son regard sur sa sœur, dégagea son front et replaça pudiquement sa robe de nuit, puis saisit ses mains dans les siennes. *Je t'aime, Rose.*

Jamie vint se placer debout derrière elle et lui prit les épaules, les massant légèrement.

— Elle a meilleure mine, Leana.

— Oui, elle va mieux.

Elle leva une main pour toucher les doigts de Jamie, l'autre tenant toujours celle de Rose, les réunissant tous les trois, ne serait-ce qu'un moment.

— Leana, dit Jamie.

Il lui pétrit les épaules une dernière fois avant de passer devant pour la regarder.

— Je dois encore examiner plusieurs brebis avant de perdre la lumière du jour. L'agnelage débute dans sept semaines.

Et quelques semaines après, nous partirons pour Glentrool. Cette perspective réjouissait Leana. Cela semblait presque impossible.

— D'après l'entente que j'ai conclue avec ton père, dont tu te souviens sûrement, il a promis de me verser une récompense pour chaque brebis qui survivra à l'hiver et pour chaque agneau qui naîtra. Et mon intention, ajouta-t-il avec un sourire fatigué, c'est que chacune de mes brebis profite et donne naissance à des jumeaux.

— Oh, Jamie ! Quel rêveur tu es, dit Leana en souriant, puis elle esquissa un geste vers la porte. Alors, va, car j'entends tes protégées à toison bêler pour réclamer ta présence.

— Cela ne t'ennuie pas trop ?

— Non, pas du tout. Nous discuterons de la nouvelle apportée par le révérend Gordon à ton retour.

Elle le congédia avec un tendre baiser, puis se tourna vers Rose pour voir son état. Ses yeux étaient fermés, bien que Leana remarquât des larmes briller entre ses grandes paupières noires. *Pauvre fille.* Sa gorge devait la faire horriblement souffrir.

– De la grande camomille, a prescrit le docteur, dit Leana en prenant le sachet de cuir sur la table de chevet. Alors, ce sera de la grande camomille. Je ne connais pas l'âme généreuse qui a laissé ce présent sur notre seuil, mais ces herbes t'aideront à guérir jusqu'à la prochaine visite du médecin. Ce bon voisin se présentera peut-être pour que nous puissions le couvrir de remerciements.

Rose ouvrit les yeux, puis la bouche. Elle dit un mot dans un souffle si faible que Leana n'était même pas sûre qu'il s'agît d'une parole. Cela ressemblait à « elle ».

– Ne parle pas, Rose. Tu sais ce que Neda dit toujours : « Épargne ton souffle pour refroidir ton porridge. »

Elle se pencha et appuya sa joue contre celle de Rose, heureuse de constater que sa peau n'était ni glacée ni bouillante.

– J'enverrai Annabelle chercher d'autres vêtements chauds et de l'eau bouillante pour tes inhalations, dit-elle.

Lorsqu'elle se redressa, Rose souleva la main, comme si elle avait encore autre chose à dire. Luttant, le visage contorsionné par la douleur, Rose ne parvint qu'à émettre un seul son :

– Jay.

Leana fronça les sourcils.

– Jamie, tu veux dire ? Il est parti s'occuper des brebis, ma chérie.

Rose tira sur sa manche, plus fortement qu'elle ne l'en croyait capable, et secoua la tête de droite à gauche.

– Jay ! répéta-t-elle.

– Jane ? C'est cela que tu veux dire ? Ton amie de l'école Carlyle ?

Rose hocha la tête, puis s'effondra, comme si elle avait épuisé ses dernières forces pour prononcer cette seule syllabe.

– Jane Grierson, c'est ça ? Je m'excuse de t'avoir fait répéter son nom.

Désireuse de corriger sa méprise, Leana arrangea les couvertures de sa sœur et replaça ses oreillers.

— Willie remettra tes lettres à l'école lundi. Peut-être recevrons-nous des nouvelles de Jane par la poste du lendemain. D'ici là, tu dois te reposer.

Laissant une chandelle brûler, Leana ferma la porte et se dirigea vers la cuisine, où les servantes s'activaient pour que le dîner fût prêt à sept heures. En dépit des événements bouleversants de la journée, Lachlan McBride voudrait que son assiette lui soit servie à l'heure habituelle, dès son retour à la maison. Leana renvoya Annabelle à la chambre de la malade avec une cuvette d'eau bouillante, puis retrouva l'exemplaire de *La médecine élémentaire* du révérend Gordon. Elle se retira dans la quiétude de son officine pour voir ce qu'elle pourrait découvrir dans ses pages.

— *Croup*, lit-elle à voix haute. *Une maladie de la gorge accompagnée d'une respiration bruyante et d'une toux rauque.* C'était une description fidèle de l'affection de Rose. Alors que Leana poursuivait sa lecture, cochant mentalement un à un les traitements recommandés, elle arriva au dernier élément, accompagné d'un avertissement de l'auteur : *Le poison produit par le croup*, écrivait-il, *peut endommager le cœur et le système nerveux, et, dans les cas extrêmes, provoquer une crise cardiaque.*

L'espace d'un court moment, elle crut que c'était son propre cœur qui allait s'arrêter. Elle avait traité Rose comme s'il s'était agi d'un rhume ordinaire ! La veille du sabbat, quand Jamie lui avait offert de chevaucher jusqu'à Dumfries pour chercher un médecin, quelle avait été sa réponse ? « Mon Dieu, Jamie ! Ce n'est pas si tragique. » *Non, Leana, c'était pire.* Son amour-propre n'avait pu tolérer qu'un chirurgien franchisse le seuil de la maison, certaine qu'elle pouvait guérir sa sœur avec des herbes et des prières. Bien que son aversion pour les écoulements de sang et les drogues eût sans doute joué un rôle dans son attitude, son orgueil déplacé avait pratiquement coûté la vie de sa sœur.

Pardonne-moi, Père.

Leana referma le livre de médecine et le pressa contre sa poitrine. À quel point Rose s'était-elle approchée de la mort ? Personne ne pouvait le savoir. *Trop près.* Penchant la tête vers le livre, Leana implora le pardon. Elle se recueillit silencieusement, sans bouger, respirant à peine. *J'attendrai le Dieu de mon salut. Mon Dieu m'entendra.* Elle pria sans mot, sentant le poids du silence tomber sur elle.

Elle entendit de petits coups frappés à la porte de l'officine. Leana ouvrit la porte et trouva Neda qui l'observait.

— On s'fait du mauvais sang, n'est-ce pas ?

— Oui, dit Leana en posant le menton sur la tranche du livre. J'ai beaucoup à réfléchir, car je n'ai pas été la meilleure des soignantes pour Rose.

— Allons ! dit Neda en l'attirant dans la cuisine bruyante. La jeune fille n'aurait jamais vu un aut' matin d'Galloway, si v'z'en aviez pas pris soin avec autant d'zèle. Ne dites pas l'contraire, car le docteur d'Dumfries a dit qu'vous aviez été brillante, et c'est c'que vous êtes.

Leana mit son livre de côté, hochant la tête.

— J'accepte votre compliment, chère femme. Père sonne la cloche du dîner. Je ferais mieux de m'approcher de la table.

Neda la poussa légèrement vers la porte.

— C'est pourquoi j'tais venue vous chercher. Allez !

Le dîner fut plus animé qu'à l'accoutumée. Son père, qui revenait tout juste d'une autre visite chez la veuve Douglas, avait manqué les événements de la journée. Il les accablait de questions sans fin sur la tournure presque tragique des événements. Leana remarqua que Jamie ne dit rien au sujet de sa conversation privée avec le révérend Gordon. Il mentionna seulement que le ministre avait chevauché jusqu'à Dumfries pour trouver un médecin, convaincu de l'urgence de la situation.

— J'imagine que le chirurgien t'a remis une note d'honoraires.

— Il l'a fait, dit Jamie, qui sortit une feuille pliée de la poche de son gilet. Cela me semble plus que raisonnable, considérant que l'homme a sauvé la vie de Rose.

Lachlan arracha la feuille de la main de Jamie.

— Laisse-moi en être le juge, dit-il en examinant le document.

Il maugréa, puis le déposa à côté de son assiette sans plus de commentaires.

— Et qu'en est-il du révérend Gordon ? L'homme avait-il quelque nouvelle à nous annoncer ?

— Des nouvelles ? dit Jamie en se grattant le menton. Quelle sorte de nouvelle ?

Lachlan le regarda obliquement.

— La sorte de nouvelle que tout ministre qui vaut sa dîme apporte, quand il rend visite à ses ouailles. Allons, Jamie, Newabbey n'a pas de journaux. Comment les commérages de la paroisse circuleraient-ils, sinon de bouche à oreille ?

Jamie se détendit.

— Nous n'avons pas eu beaucoup de temps pour ce genre de choses, j'en ai peur.

Même si la rougeur disparaissait peu à peu de son visage, Jamie évitait de regarder en direction de Leana.

— Le révérend a rendu à notre famille un grand service en galopant comme le vent de la mer d'Irlande jusqu'à Dumfries, dit-il.

— Oh oui, répondit Lachlan, qui vint bien près de s'esclaffer. Le ministre a sauvé notre Rose, mais sa pauvre monture ne s'en remettra peut-être pas.

Il fit sonner sa clochette de laiton à nouveau pour que l'on serve le pudding. Sur les autres tables, à la campagne, le dessert était réservé pour les grandes occasions. À celle de son oncle, on s'offrait cette gâterie deux fois par jour.

— Du *flummery*[11], c'est ça ? demanda-t-il, et il s'en régalait d'avance. Vous y avez lancé quelques bonnes poignées de cassis, n'est-ce pas, femme ?

Neda plaça une généreuse portion du dessert devant son maître.

— Une demi-pinte de lait, une aut' de crème, des blancs d'œufs et d'l'eau d'rose, du sucre et d'la muscade. Et, oui, y a aussi l'cassis qu'vous aimez tant.

Elle fit une pause avant d'ajouter :

— Y vient tout droit du fourneau. Attention à vot' langue.

Leana vit un sourire tordre légèrement la bouche de Neda, et elle cacha le sien derrière sa cuillère. Depuis combien d'années la gouvernante faisait-elle une pause avant de répéter ces mots à son père ? *Attention à vot' langue.* Oh, jamais il n'en avait tenu compte. L'homme disait tout ce qui lui plaisait, peu importe les sensibilités qu'il écrasait, chaque fois qu'il ouvrait la bouche.

Le trio termina son dîner, puis Lachlan lut un passage de la Bible.

— « Je suis Yahvé qui proclame la justice, qui annonce les choses vraies. » Et ici, ajouta Lachlan en les observant de ses yeux gris, nous agirons de même. Nous devrons dire la vérité, ce qui est vrai et non des faussetés.

Bien que son père prêchât ce qu'il ne pratiquait pas lui-même, Leana croyait ces mots du plus profond de son cœur. La manière dont la vérité était dite comptait aussi, et, à cette fin, son principe était simple : *Dis la vérité avec amour.*

Après cette éprouvante journée, les McKie se retirèrent tôt. Ils installèrent Ian dans son berceau — nourri, baigné, heureux — et virent au confort de Rose. À l'aide d'une cuillère, ils versèrent un peu de camomille entre ses lèvres, la laissant descendre goutte à goutte dans sa gorge, pour éviter de provoquer une toux qui lui aurait infligé encore plus de mal que le scalpel du chirurgien. Leana donna des directives

11. N.d.T. : Dessert à base de flocons d'avoine.

aux servantes, afin qu'elles veillent Rose toute la nuit, et qu'elles l'appellent au moindre motif d'inquiétude.

— Bonne nuit, chère Rose, dit Leana depuis le couloir, puis elle se retira dans sa chambre.

Jamie l'attendait près du foyer, toujours habillé, et l'inquiétude se lisait sur son visage. Elle se hâta d'aller le rejoindre et posa la main sur la manche de son veston.

— Jamie, j'ai entendu le révérend Gordon parler d'un « oubli malheureux ». Est-ce cela qui te trouble ?

— Oui, chérie, répondit Jamie en lui prenant la main, étudiant ses doigts, frottant son pouce sur l'argent de son alliance.

Il garda le silence si longtemps qu'elle se demanda si elle devrait faire une autre tentative pour qu'il aborde le sujet. Quand il parla, la douleur dans sa voix était palpable.

— Cela concerne le soir de notre mariage, Leana. Et les registres du conseil de l'Église. Le révérend dit que certaines choses ne concordent pas.

Chapitre 35

L'amour peut espérer,
là où la raison renoncerait.
— Lord George Lyttelton

— Ne concordent pas ?

Leana n'aima pas ce qu'elle entendit.

— Qu'est-ce qui est écrit, dans les registres de l'Église ?

Jamie ne dit d'abord rien. Il semblait absorbé par les mains de sa femme, prenant son temps, pressant ses lèvres contre l'alliance au doigt de Leana. Il la retourna, baisa la paume encore plus tendrement. Quand, enfin, il leva les yeux pour chercher son regard, elle savait que les nouvelles seraient mauvaises.

— Les registres de l'Église montrent que le 31 décembre, j'ai épousé Rose McBride.

La lumière dans la chambre sembla se modifier, comme si toutes les chandelles s'étaient allumées d'un coup. Leana était persuadée d'avoir mal compris, car accepter la déclaration de Jamie comme une vérité était impensable.

— Le révérend se trompe. L'acte de mariage a été modifié. Mon père nous a assurés qu'il s'était chargé de tout.

— C'est ce qu'il a fait, dit Jamie, et la tension était palpable entre chaque mot. Mais le changement n'a pas été fait comme promis. Pas plus que le témoignage de ton père n'apparaît dans les minutes du conseil.

Jamie lui expliqua en détail pourquoi. Il lui répéta sans rien omettre l'histoire invraisemblable du secrétaire, un dénommé Cummack. Le vieil homme était mort et enterré aujourd'hui, et il avait emporté la vérité dans sa tombe.

Elle écouta, mais ne put rien dire alors que sa vie paisible commençait à s'écrouler autour d'elle. *De grâce, Seigneur. Pas cela. Pas cela !*

Le visage de Jamie était sombre.

— Et voilà où nous en sommes, Leana : devant la loi, je suis marié avec ta sœur. Avec Rose.

— Non ! dit-elle en agrippant ses jupes. Toi et moi sommes…

Il porta ses doigts aux lèvres de Leana, comme si, en arrêtant le flot des paroles, il leur enlevait leur véracité.

— Nous sommes mari et femme, de fait et de réputation. C'est la bonne vieille loi de l'Écosse, Leana.

— Oui, mais si la loi…

— Tous dans la paroisse savent que tu es ma femme. *Toi,* Leana. Pas Rose.

— Oui, mais, Jamie…

— Tout Newabbey t'a vue t'épanouir avec Ian, mois après mois.

Il plaça la main plus bas contre son corps, comme s'il avait voulu prendre possession de son ventre.

— Quiconque a vu le fils que tu as porté ne peut douter un seul instant qu'il est le mien. Et toi aussi. Tu es mienne, Leana.

— Mais l'Église…

Elle cherchait à respirer, la gorge comprimée par la peur.

— Oh, Jamie, dis-moi quelque chose. Dis-moi que cela n'est pas la fin !

— Non, ma chérie.

Sa voix devenait irrégulière, les mots se brisaient avant d'être exprimés.

— Tu es… ma femme. Tu es… mon amour.

Il l'attira dans ses bras, la serrant si fort qu'elle ne pouvait plus bouger.

— Je ne les laisserai pas te séparer de moi, déclara-t-il. Je ne les laisserai pas faire.

Elle s'agrippa à lui ; elle avait besoin de sa force, voulant désespérément être rassurée. Ils demeurèrent ainsi pendant plusieurs minutes ; les seuls sons qu'on pouvait entendre dans la pièce étaient le crépitement du feu dans le foyer et les sanglots angoissés de Leana étouffés contre la poitrine de Jamie.

— Qu'adviendra-t-il de nous, Jamie ? murmura-t-elle enfin.

Il la libéra assez longtemps pour la regarder dans les yeux, puis lui dit ce qu'il fallait faire pour apaiser le conseil de l'Église.

— Ce ne sont pas les aînés qui me préoccupent, mais Rose. Et Lachlan, aussi. Qui sait ce qu'ils pourraient dire ?

Leana se ressaisit, les mains appuyées sur ses épaules, et prit une respiration tremblante.

— Si nous disons la vérité avec amour, Jamie, nous ne pouvons échouer.

— Mais si Rose dit la vérité — qu'elle seule était destinée à devenir mon épouse à la fin de l'année —, alors tout est perdu.

Leana secoua la tête.

— La vérité, dit-elle, c'est qu'elle ne t'aimait pas au début, et qu'elle m'a poussée dans tes bras. Tu te souviens ?

— Oui, grogna-t-il. Pourquoi ne l'ai-je pas écoutée, alors ?

— Peu importe, maintenant, dit Leana en lui caressant la joue, un sentiment de paix se déposant sur elle.

Oh mon Dieu, je crois en toi.

— Les aînés sont des hommes honorables, Jamie. Honnêtes et justes. Ils voudront ce qui est le mieux pour Ian. Et pour notre famille, et pour l'Église, et pour la gloire du Tout-Puissant. Nous dirons la vérité, chacun dira sa vérité.

Elle déposa ses lèvres brièvement sur les siennes.

— L'honnêteté prévaudra, dit-elle. Elle le fait toujours.

Les coins de la bouche de Jamie s'élevèrent légèrement.

— Chérie, tu m'impressionnes. Toujours confiante, même s'il n'y a aucune raison d'espérer.

— Il y a toujours une raison d'espérer, mon amour.

Leana fit un pas en arrière pour retirer les aiguilles de ses cheveux, les laissant tomber par vagues sur ses épaules en secouant la tête.

—Même la tombe n'est pas la fin de tout, dit-elle.

Des paroles courageuses, auxquelles elle croyait. Mais au plus profond d'elle-même, dans un coin bien caché du jardin de son cœur, la sombre graine de la peur était tombée dans une terre fertile. Quand sa sœur apprendrait la nouvelle, elle pourrait l'utiliser à son avantage. *Et si Rose me volait Jamie, comme moi je le lui ai pris ?* Il n'y avait rien d'autre à faire qu'attendre que Rose guérisse. Et, alors, quand sa sœur serait assez forte, lui dire la vérité. Et implorer sa bienveillance et faire ce qui devait être fait, pour le salut de Ian. *Et pour le mien. S'il te plaît, Rose.*

La condition de Rose s'était nettement améliorée, le lendemain matin. Limitée à un thé faible et à de la soupe tiède, elle avala néanmoins tout ce qu'on lui offrait et en redemandait d'un signe de la tête.

— Quelle bonne malade ! lança joyeusement Neda, attachant un bavoir autour du cou de Rose et la nourrissant à la cuillère.

— Jane, parvint à dire Rose après le déjeuner, un peu plus distinctement cette fois-ci.

Leana l'informa qu'elle n'avait reçu aucune nouvelle de Dumfries.

— Mais Peter Drummond est passé ce matin pour s'informer de toi. Aimerais-tu qu'il revienne te voir ?

Leana fut surprise de voir Rose refuser de la tête. Sa sœur n'avait aucun autre prétendant, et Peter était un jeune homme aimable, bien éduqué, et dont les revenus devaient plaire à leur père difficile. Curieux que Rose refuse sa cour, comme si elle avait quelqu'un d'autre en tête. Lui avait-on présenté un gentilhomme à Dumfries ? Ou croyait-elle encore pouvoir conquérir le cœur de Jamie ? Le conseil de l'Église avait ouvert la porte à cette terrible possibilité. Si Rose continuait d'aller mieux, il faudrait tôt ou tard lui dire ce qu'il en était. D'ici là, Leana l'inonderait de son affection et prierait pour que leur amour tienne bon.

Le vendredi matin, Rose était capable de s'asseoir sur le bord de son lit sans aide, puis, avec l'aide de Leana, de se tenir debout et de faire quelques pas.

— Un bain, croassa-t-elle, et la baignoire de bois fut apportée dans sa chambre, puis remplie d'eau chaude par un domestique désireux de voir sa maîtresse guérir.

Leana renvoya tout le monde de la pièce à l'exception d'Annabelle, afin que Rose puisse jouir d'un peu d'intimité. Tandis que la servante frottait la peau de Rose, que la maladie avait rendue presque translucide, Leana lavait les cheveux de sa sœur. Elle jeta une demi-douzaine d'œufs frais dans une mousse qu'elle versa sur la tête de la jeune fille. Elle attendit quelques minutes, puis rinça sa chevelure avec du rhum et de l'eau de rose à parts égales. Elle frotta ses longues mèches avec une serviette pour les assécher, les laissant retomber tel un voile sur ses épaules.

— Vois comme ils brillent ! Comme une cape de soie.

Rose se toucha les cheveux et sourit.

— Comme ceux de Jane.

Assise près du foyer dans sa vieille chaise de lecture, elle fut enveloppée dans plusieurs couvertures, car les jours de février étaient le plus souvent froids et humides.

Leana prit une lettre dans sa poche, espérant qu'elle contiendrait de bonnes nouvelles.

— Regarde ce que Willie a rapporté du village. Une surprise, qui a été mise à la poste à Dumfries.

— S'il te plaît…, lis-la, parvint laborieusement à dire Rose, en s'enfonçant plus profondément dans son coussin.

Sa sœur était loin d'aller bien ; la faiblesse de ses mouvements et l'économie de ses mots étaient autant d'indices de la douleur qu'elle éprouvait.

Leana brisa le cachet de cire – portant l'élégant « C » de Carlyle – et déplia la feuille, et elle reconnut l'écriture soignée de l'institutrice.

– Quelle belle main, dit-elle.

Elle plaça le tabouret de la table de toilette près de la chaise de Rose et s'assit, replaçant ses jupes pour les éloigner du foyer.

À mademoiselle Rose McBride
Mercredi 3 février 1790

Chère mademoiselle McBride,

Nous avons toutes été bouleversées par la nouvelle de votre maladie soudaine. Je souhaite que cette lettre vous trouve en meilleure santé. Bien que votre personnalité enjouée nous manque beaucoup, nous croyons aussi qu'il est plus sage pour vous de demeurer à Auchengray jusqu'à votre complète guérison. Vous nous informerez de la date de votre retour. Nous ne t'avons pas oubliée, chère Rose*.

Leana s'arrêta pour regarder sa sœur, qui n'avait pas l'air bien du tout. Elle avait dit à leur père que Rose resterait à la maison une semaine ou deux de plus. En l'observant maintenant, elle comprenait qu'un congé de deux mois serait plus prudent. Elle reprit sa lecture :

Votre lettre à mademoiselle Jane Grierson a été envoyée à son domicile dans la paroisse de Dunscore. Elle non plus ne se sentait pas assez bien pour revenir parmi nous lundi, souffrant d'une fièvre persistante et d'une vilaine toux.

– Oh ! fit Rose en pressant le bout de ses doigts sur sa bouche.

Leana déposa la lettre et se pencha pour toucher l'épaule de sa sœur.

– Je suis désolée, chérie. Tu avais raison de t'inquiéter de l'état de santé de Jane.

Nous avons commencé l'étude du Gentil berger *d'Allan Ramsay. Si votre père en possède un exemplaire, peut-être pourriez-vous vous joindre à nous dans la lecture des joyeuses aventures de Patie et de sa jolie Peggy.*

Neda avait lu la pièce pastorale à Leana quand elle était enfant ; quelques années plus tard, elle-même l'avait lue à son tour à Rose.

– Tu te souviens, chérie ? Si souvent, nous étions persuadées que tout était perdu, puis, soudain, un événement heureux venait tout arranger.

Les mots qu'elle venait de dire prirent racine dans son cœur. Son propre mariage n'était-il pas au bord du précipice ? Chaque nuit, dans le lit fermé, elle mouillait la chemise de Jamie de ses larmes, et leurs étreintes étaient teintées de tristesse. Rose devait guérir rapidement, car ils ne pourraient garder la nouvelle secrète longtemps. *S'il vous plaît, mon Dieu, faites qu'un événement heureux vienne tout arranger.*

Chapitre 36

Ah, rien ne nous arrive trop tôt, sinon le chagrin.
— Philip James Bailey

Ce n'était pas le mauvais temps qui l'avait rendue malade. C'était le garçon d'écurie avec son horrible toux. Rose le savait, maintenant. Leana et les autres l'apprendraient bientôt, s'ils reconstituaient le casse-tête. Malgré son délire, elle se souvenait vaguement que le docteur Gilchrist l'avait mentionné. Elle aurait préféré être inconsciente, à ce moment-là. Que sa visite fût totalement effacée de sa mémoire. Mais elle se rappelait tout, dans les moindres détails.

Rose ferma les yeux un moment, assaillie par ses souvenirs. L'horreur d'être écrasée sur la chaise. La révulsion, lorsqu'elle avait senti les doigts vigoureux du médecin fouiller dans sa bouche. La douleur agonisante causée par sa lame, qui lui grattait la gorge. *Mon Dieu, aidez-moi. Mon Dieu, aidez-moi.* Elle ravala de nouveau, se sentant nauséeuse.

— Je veillerai bien sur toi, chère sœur.

Leana était près d'elle et évaluait son état d'un œil expert.

— Il te faut des liquides chauds, salés en particulier, pour guérir ta gorge irritée, dit-elle. Un délicieux bouillon de bœuf pour dîner fera très bien l'affaire. Il me reste assez de grande camomille pour aromatiser l'air que tu respires pendant plusieurs jours. Et j'ai tout ce qu'il me faut dans mon officine pour préparer de la pommade de menthe pour tes lèvres gercées.

Un tel dévouement méritait davantage que le simple « merci » que Rose parvint à articuler.

Leana inspectait méticuleusement les lieux en fronçant les sourcils.

— Il fait trop froid, ici. Je vais demander à Willie de doubler la quantité de tourbe allouée à cette pièce.

Rose émit une faible protestation.

— Père…

— Oui, acquiesça Leana en souriant. Père n'approuvera pas une telle extravagance. Je vais lui rappeler que je dois aussi répondre devant un médecin de renom, car le docteur Gilchrist voudra voir une patiente sur la voie de la guérison quand il reviendra mercredi.

Rose ressentit un frisson la parcourir, mais il n'était pas dû aux courants d'air qui s'infiltraient par les fenêtres.

— Encore ?

— Il n'y a aucune raison d'avoir peur, ma chérie, la rassura Leana en remontant les couvertures autour de son cou. Je veillerai à ce qu'il garde ses instruments de chirurgie dans la poche de son manteau, d'où ils ne devraient jamais sortir. J'imagine que le docteur ne voudra que jeter un coup d'œil sur ta gorge, afin d'apprécier les résultats de son travail.

Rosa fixa la chaise à dossier rigide, vide et menaçante, semblant l'attendre. Leana suivit son regard et devina ses pensées.

— Je lui demanderai de t'examiner ici, dans cette chaise confortable. Pas dans celle de bois. Mieux encore, nous la reléguerons au rez-de-chaussée.

Elle leva le bras négligemment en direction du meuble de chêne, comme si elle la chassait de la chambre tel un enfant turbulent.

— Annabelle, déplace cette chose inconfortable dans le couloir, et demande à l'un des hommes de la remiser dans la pièce à l'avant.

La domestique passa un chiffon dessus pour la forme, avant de sortir en la portant dans ses bras.

— Tu vois ? dit Leana en posant un baiser sur le front de sa sœur. N'aie aucune crainte, douce Rose. Le docteur Gilchrist t'a sauvé la vie alors que j'en étais incapable. Il a apporté la guérison dans cette maison. Et il le refera.

Rose n'eut pas conscience des jours qui suivirent, tant ils semblaient se confondre, seulement ponctués par la visite du sabbat à l'église, marquant la fin d'une semaine et le début de la suivante. Annabelle lui tenait compagnie à la maison, cette fois. Ses habiletés limitées en lecture ne lui permirent que de lire quelques psaumes familiers, mais les entendre apporta néanmoins à Rose quelque réconfort. *Seigneur, accordez-moi votre pardon : guérissez mon âme.*

Rose avala consciencieusement les potages saturés de sel et les thés chargés de miel, tous servis à la même température, qui l'apaisaient sans la faire souffrir. Leana lui frotta la peau avec une crème qui sentait les graines de melon – « elle n'est pas destinée à guérir ta gorge, mais à réhydrater ta peau » –, et sa literie exhalait la grande camomille, tant la fumigation avait été répétée souvent dans sa chambre.

Chaque jour, son état s'améliorait. Elle put respirer profondément sans tousser. Elle arriva à avaler sans grimacer de douleur. Et elle parvint à faire le tour de la pièce sans perdre l'équilibre. Est-ce que Jane guérissait aussi ? se demanda-t-elle. Son amie était peut-être déjà de retour à l'école Carlyle, resplendissante de santé, avec ses robes colorées, son rire audacieux et son regard espiègle.

Lorsqu'arriva le mercredi, Rose se réveilla tôt, agitée, sans appétit. Leana frappa à sa porte à midi et fit entrer un homme large d'épaules, coiffé d'une perruque argentée. *Le docteur Gilchrist.* Un individu occupé, à en juger par la rapidité de son pas et la précision de ses mouvements. Elle fut heureuse de constater qu'il ne sortait pas ses instruments. Il s'approcha plutôt d'elle en faisant signe à Leana de tenir deux chandelles bien hautes.

– Ouvrez grand, mademoiselle McBride. Je ne vous ferai aucun mal. Pas cette fois.

Rose retint son souffle et renversa la tête vers l'arrière. *S'il vous plaît, ne me faites pas souffrir.* Elle ferma les yeux, mais ne put faire taire sa peur. Écarter les mâchoires était une torture ; sentir ses doigts appuyer contre son palais la fit presque s'évanouir.

— Bien, bien, murmura-t-il finalement, en retirant les mains de la bouche de sa patiente pour lui palper légèrement la gorge. L'enflure a considérablement diminué, dit-il. Votre sœur est une garde-malade exceptionnelle.

Rose ouvrit les yeux et hocha la tête légèrement, peu désireuse de forcer le passage de quelques mots à travers son larynx douloureux. Quand quelques larmes lui glissèrent sur les joues, elle les essuya tout de suite, heureuse que Leana eût demandé aux autres d'attendre au pied de l'escalier. Il était déjà assez humiliant pour elle que sa sœur la vît dans cet état, sans se donner en spectacle devant Neda et les autres.

Leana les regarda, puis demanda d'une voix hésitante :

— Docteur Gilchrist, y a-t-il quelque chose en particulier que je puisse faire pour Rose ? D'autres problèmes peuvent-ils survenir ?

Croisant les mains derrière le dos, il se balança sur les talons un moment, avant de s'immobiliser comme un arbre bien enraciné.

— Il y a une complication possible que je m'en voudrais de ne pas évoquer.

Rose n'entendit qu'un mot — *complication* —, et son pouls s'accéléra.

— Voyez-vous, qu'une jeune femme soit ainsi exposée à une fièvre prolongée, au seuil de sa période de fertilité, cela combiné aux effets secondaires du croup sur le cœur et les autres organes…, c'est, comment dirais-je, regrettable.

Fertilité. Regrettable. Rosa déglutit plusieurs fois, en dépit de la douleur, essayant d'étouffer le sentiment de terreur qui grandissait en elle.

Le docteur Gilchrist se pencha vers sa patiente, le regard rempli de compassion.

— On ne peut être certain de ces choses, mademoiselle McBride, mais il est possible que la santé de votre ventre ait été compromise. Vous pourriez être incapable de porter des enfants.

Son cœur s'arrêta de battre.

— Je suis… stérile.

— Oh, Rose, dit Leana en lui touchant l'épaule. Docteur Gilchrist, n'y a-t-il rien à faire ?

— Non, gémit Rose, en faisant un signe de négation de la tête.

Il ne pouvait vouloir dire cela.

— Non, répéta-t-elle.

— Je suis si désolée, ma chérie.

Rose cligna des yeux, mais les mots étaient toujours là, marqués au fer rouge dans son esprit. *Incapable de porter des enfants.*

— Vous êtes une jeune femme charmante, dit-il.

Il se pencha plus près, comme s'il avait voulu lui apporter du réconfort. En vain.

— Je suis certain, ajouta-t-il, que vous ferez une épouse adorable.

Elle baissa la tête. *Mais pas une mère adorable.*

C'était peut-être mieux qu'elle ne puisse parler ; aucune parole ne lui venait, seulement la douleur. Elle se sentait vide à l'intérieur, comme si son ventre n'était qu'une enceinte creuse. Pendant que Leana lui flattait les cheveux, le médecin continuait de lui prodiguer des paroles apaisantes, lui rappelant que, bien que cela fût une probabilité avec laquelle il fallait compter, ce n'était pas une certitude. Que sa vie pourrait être comblée, même sans le bonheur d'avoir des enfants.

— Nous prierons, dit Leana doucement, et aurons foi en Dieu, afin qu'il guérisse les entrailles de ma sœur.

Le médecin fit un pas en arrière, reboutonnant son manteau.

— Je souhaite que l'avenir me donne tort un jour et que vous apparaissiez à ma porte avec une kyrielle d'enfants accrochés à vos jupes. Mais peut-être est-il préférable que vous le sachiez avant de penser au mariage, afin que vous et votre futur époux puissiez mieux, euh…, vous résigner à cette situation.

Rose agrippa le bras de Leana, l'attirant vers elle. Sa voix était rauque, pressante. Tous les mots lui demandaient un effort.

— Ne le… dis à… personne.

Leana se retourna pour la regarder dans les yeux.

— Je comprends, Rose. Personne ne doit le savoir.

Le docteur Gilchrist offrit à Rose un mot d'adieu.

— Mademoiselle McBride, vous avez beaucoup de chance d'avoir survécu. Tous ceux qui ont dû combattre le croup n'ont pas eu votre chance.

Il fit une pause au seuil de la porte, la main posée sur le loquet.

— Hier, reprit-il, j'ai quitté le chevet d'une jeune femme présentant les mêmes symptômes que vous. Même son teint était pareil au vôtre. Mais je suis arrivé trop tard.

Il secoua la tête.

— Un arrêt du cœur, reprit-il. Dix-huit ans, aussi jolie que vous l'êtes, et elle s'est éteinte.

Même symptôme. Même teint. Dix-huit ans.

Rose fit un effort pour demander.

— Où ?

— Dans la paroisse de Dunscore. Une vieille famille, très fortunée. Ils auraient dû me mander sur place plus tôt. Personne ne soupçonne à quel point le croup peut être dangereux.

Rose retint son souffle, sachant que dès qu'elle commencerait à pleurer, ses larmes ne s'arrêteraient plus.

— Qui… était-ce ?

– Elle s'appelait Jane Grierson. Une si jolie jeune fille. Quel dommage.

Chapitre 37

Comment se consoler de la peine,
D'un amour qui a vécu ?
Quand plus rien ne peut nous venir en aide,
Que peut-on faire ?
— Algernon Charles Swinburne

Les funérailles eurent lieu le samedi.

Rose était trop malade pour y assister, mais son cœur avait voyagé au nord jusqu'à la paroisse de Dunscore, vers une maison qu'elle n'avait jamais vue, abritant une famille qu'elle ne connaissait pas, auprès d'une jeune fille qui était pour elle une véritable amie. Et elle pleura sans retenue. Rien de ce que Leana put dire ou faire n'apaisa son chagrin. La missive des Grierson était douloureusement brève. *Merci pour votre lettre demandant des nouvelles de la santé de Jane. Hélas, notre chère fille est morte.*

La culpabilité la rongeait jour et nuit. N'eût été de sa folle idée de visiter le cottage de Lillias Brown, Jane serait en vie, et son propre ventre serait fertile. Aucune prière, aucune supplication ne pouvait la ramener de la tombe. *Pardonne-moi. Pardonne-moi.*

Pour empirer les choses, le révérend Gordon s'était arrêté à deux reprises, récemment, afin de savoir dans combien de temps elle pourrait s'aventurer hors de la maison.

— Bientôt, avait répondu Rose dans un murmure coupable.

Une personne devait être gravement malade pour ne pas assister aux offices. Il l'avait regardée par-dessus la monture de ses lunettes.

— Le premier du mois, peut-être ? Votre sœur pense que vous serez assez remise pour vous déplacer dès le mois de mars. Vous serez dispensée de chanter les psaumes pendant quelque temps, mais votre présence aux célébrations religieuses serait... bien vue.

Elle aurait préféré s'y rendre, ce matin-là, plutôt que d'être laissée seule pendant un autre sabbat dans une maison vide. Au moins, maintenant, elle pouvait s'habiller pendant la journée et quitter enfin sa robe de chambre. Elle était aussi capable de descendre l'escalier, afin de prendre ses repas en famille et une nourriture plus substantielle. Rien d'aussi lourd que du gibier ou des aliments comportant des aspérités, comme des amandes, mais les bouillons onctueux de Neda glissaient sans douleur dans sa gorge cicatrisée.

Un petit-déjeuner froid, préparé la veille, attendait sur le buffet. Des *bannocks* et du beurre, de la gelée de pomme et de la marmelade d'oranges, des œufs durs accompagnés de minces tranches de jambon.

— Bonjour, dit-elle prudemment.

Sa voix était toujours rauque, sonnant comme du gravier sous les semelles d'un marcheur.

Jamie et Leana l'observèrent tous deux, puis échangèrent un regard. L'échange avait été si bref que Rose aurait pu ne pas le remarquer. Que signifiait-il ? Elle n'avait informé personne du sombre pronostic du docteur Gilchrist, et n'avait aucune intention de le faire. La pitié de Leana, malgré ses efforts pour tenter de la dissimuler, était assez difficile à supporter. Jamie devait continuer à l'ignorer, sinon, tout espoir qu'elle avait de le reconquérir un jour serait anéanti. Quel homme voudrait d'une femme incapable de lui donner un héritier ? Et elle n'en parlerait jamais à leur père, car elle cesserait d'exister aux yeux de Lachlan McBride. Finies les jolies robes pour séduire le regard d'un prétendant, car aucun ne voudrait demander la main d'une jeune femme stérile. Plus d'éducation, car cela serait en pure perte pour une vieille fille. Plus de vie, du moins telle qu'elle la connaissait.

Non, elle ne pouvait risquer autant. Une vérité tue n'était pas un mensonge. C'était seulement un secret. Chacun, assis autour de la table ce matin-là, en gardait plus d'un à part soi.

Rose s'attaqua à son petit-déjeuner, soudain affamée.

– Saluez mes amies de ma part à l'église, dit-elle entre deux bouchées, puis elle se sentit rougir.

Sa liste d'amies proches était de plus en plus réduite. Les Elliot ne voulaient plus lui parler. Les Drummond non plus, puisqu'elle avait refusé de recevoir Peter. Peut-être que leurs voisins immédiats, les Newall, en faisaient encore partie.

– Parlant d'amis, dit joyeusement Leana, je voulais te dire que nous avons reçu une bonne nouvelle de Troston Hill : Jessie Newall a donné naissance à un garçon en pleine santé.

Lachlan la regarda sévèrement.

– Pas à table, Leana. C'est inconvenant.

– Désolée, père.

Leana se pencha au-dessus de son assiette et dit d'une voix basse :

– Ils l'ont appelé Robert Alan Newall. D'après Duncan, c'est le vrai portrait de son père. Alan doit être si fier.

L'un des seuls avantages d'avoir la gorge cicatrisée, se dit-elle, c'est que personne ne le remarque, quand on se tait. *Une mère heureuse. Un fils nouveau-né. Un père fier.* Jusqu'à ce jour, Rose n'avait jamais su ce que c'était de souffrir, plutôt que de se réjouir à l'annonce d'une telle nouvelle. *Égoïste, Rose.* Oui, c'était cela. Mais il était difficile d'être généreuse, quand tout son être criait son désir d'avoir un enfant qui serait le sien.

Ne pouvant faire ce qu'elle aurait voulu – s'enfuir de la pièce et chercher le réconfort de sa chambre –, Rose fit de son mieux pour garder son sang-froid. Elle s'appliqua à enrober sa viande d'une épaisse couche de gelée de pomme, avant de la couper en cubes minuscules, faciles à avaler. Puis, elle tartina ses pains *bannocks*, jusqu'à ce que la moindre parcelle sèche de leur surface fût recouverte de beurre jaune et riche. Levant les yeux quand on lui parlait, les gardant baissés autrement, Rose ne rouvrit plus la bouche, sauf pour manger, pendant tout le reste du repas.

En dépit de son départ hâtif de la table, elle ne put se rendre très loin, car Leana la suivit dans le couloir et l'arrêta.

— Pourrions-nous te parler avant notre départ pour l'église ?

Jamie apparut derrière Leana, comme un acteur répondant au signal de son entrée en scène. Les deux se tinrent côte à côté devant elle et leur regard avait quelque chose d'insistant.

— S'il te plaît ? ajouta Leana. Dans ta chambre, si tu veux bien.

Rose accepta, ne serait-ce que par curiosité, et s'engagea dans l'escalier. Est-ce que Leana avait révélé à Jamie le pronostic du médecin ? Les deux envisageaient-ils de déménager à Glentrool, après tout, encouragés par la température plus clémente ? Était-il possible que Leana soit enceinte de nouveau ? Un autre enfant suivant Ian de si près semblait peu sage. Lorsque les trois arrivèrent dans la chambre, Rose ferma la porte, puis s'y appuya, presque à bout de souffle après cette courte ascension.

Leana parla la première.

— Assois-toi, ma chérie, car tu ne sembles pas très bien.

C'était vrai ; ses genoux ne pouvaient plus la soutenir davantage. Elle se déplaça vers la chaise et se laissa pratiquement choir sur le confortable coussin, en faisant un effort pour ne pas gémir de bonheur. Quand Jamie et Leana prirent place devant elle, les mains enlacées, Rose dut admettre qu'ils formaient un beau couple ; l'un aux cheveux noirs, l'autre à la chevelure blonde.

Après une pause embarrassée, Jamie débuta :

— Rose, nous ne vous fatiguerons pas avec de longues explications. Le révérend Gordon est passé vous voir avant de sauter sur son cheval pour prévenir le docteur Gilchrist. Vous souvenez-vous de l'avoir vu ici ?

— Oui… et non.

Elle avait passé les dix derniers jours à essayer de ne pas se rappeler ce qui s'était passé pendant cette horrible journée.

— Nous comprenons, Rose. Il vaut mieux oublier.

Leana se leva un moment pour déposer un plaid sur les épaules de sa sœur, puis fit signe à Jamie de poursuivre.

— Le ministre n'était pas seulement venu pour s'asseoir à votre chevet, dit Jamie. Il m'a aussi informé d'une erreur qui s'est glissée dans les registres du conseil de l'Église, en décembre 1788.

Son regard semblait fuir celui de la jeune femme.

— C'est au sujet de notre mariage, Rose.

— Mais je n'y étais pas.

Sa voix devint presque inaudible ; d'épuisement ou en raison de son cœur brisé, elle n'aurait su le dire.

— C'est Leana qui a prononcé les vœux.

Jamie observa Leana, le visage rayonnant d'amour.

— Oui, elle l'a fait. Et, par habitude et aux yeux de tous, Leana est ma femme et Ian McKie, mon fils, pour lequel je lui suis si reconnaissant.

Après un court soupir, il se tourna vers Rose.

— Mais l'acte de mariage, reprit-il, dit que je suis marié avec quelqu'un d'autre.

Elle vit la vérité dans ses yeux, avant qu'elle transite par ses lèvres.

— Avec vous, Rose.

Elle ouvrit la bouche toute grande.

— Aux yeux de la loi, nous sommes mari et femme.

Jamie. Elle se sentit défaillir. Il la rattrapa juste à temps pour l'empêcher de choir sur le plancher. Leana lui prit la main, tâta son pouls.

— Oh, Jamie. C'était trop dur à supporter, après sa maladie et la perte de Jane Grierson. Nous aurions dû attendre.

— Non, murmura Rose.

Était-ce possible ? Jamie serait-il mien, finalement ?

— S'il vous plaît. Dites-moi ce qui est arrivé.

L'histoire était si invraisemblable qu'elle devait être vraie. Une bévue après l'autre. Des livres mal rangés et des minutes égarées. Rose les observait tous les deux et ses pensées se bousculaient dans sa tête.

— Mais que faut-il faire ?

Jamie reprit les explications du révérend : tous les trois devraient comparaître devant le conseil de l'Église et livrer leur témoignage au sujet des événements du 31 décembre. D'un ton qui n'admettait pas la discussion, Jamie ajouta :

— Il est important que nous nous entendions tous sur ce qui doit être dit.

Rose s'accrocha à ses espoirs, même si elle sentait qu'ils lui glissaient entre les doigts.

— Et que devrais-je leur dire, d'après vous ?

Leana se pencha vers l'avant, l'éclat du foyer jouant sur les tresses dorées relevées sur sa tête.

— La vérité, Rose. Dieu n'honorera que la vérité. Dis-leur que tu n'aimais pas Jamie, lorsqu'il t'a demandée en mariage. Que tu voulais d'abord qu'il se marie avec moi. Peux-tu faire cela, ma chère sœur ? Car nous savons toutes les deux que c'est vrai.

La voix de Jamie se montra plus résolue.

— La Bible dit : « Compte sur Dieu et agis bien. » Ce qui veut dire, pas seulement ce qui est bien pour vous, Rose, mais aussi pour votre sœur. Et pour Ian.

Rose se tourna de sorte que lui seul apparaisse dans son champ de vision.

— Et pour vous, Jamie ? Qu'est-ce qui est bon pour vous ?

Il prit la main de Leana dans la sienne.

— Que Leana soit mon épouse et la mère de mon fils.

Puis, il surprit Rose en lui prenant la main aussi.

— Et que vous demeuriez ma cousine bien-aimée.

Oh, Jamie. Même si on lui offrait l'occasion de l'avoir comme épouse, il n'en voulait pas.

– Pardonnez-nous, Rose, de ne pas vous l'avoir dit plus tôt.

Jamie semblait vraiment contrit.

– Nous aurions dû vous inclure dans nos discussions dès le début. Mais vous étiez si confuse, ce jour-là et le suivant…

– Et tu étais si malade, ma chérie. Si horriblement malade.

La voix de Leana se brisa.

– Plusieurs fois cette nuit-là, j'ai cru que nous allions te perdre.

Elle les regarda tous les deux : éclatants de santé, épanouis et amoureux l'un de l'autre. Tout ce qu'elle n'était pas. Cette prise de conscience s'abattit sur elle comme un vent glacial.

– Cela vous aurait facilité les choses, si j'étais morte.

– Rose ! s'exclama Leana, interdite. Ne pense jamais une chose pareille, chérie. Je préférerais te voir en vie et heureusement mariée à mon Jamie, qu'enterrée dans un cimetière.

Stupéfaite, Rose fixa le visage de sa sœur, dans lequel elle lisait comme dans un livre ouvert.

– Peux-tu vraiment penser ce que tu dis ?

– Oui, dit Leana en déposant légèrement une main sur chacun d'eux. Je t'aime autant que j'aime Jamie, Rose. Et je continuerai de le dire jusqu'à ce que tu me croies.

Rose détourna le regard, honteuse de confesser que l'amour de sa sœur, quoique sans limites, n'était pas suffisant. Elle voulait le cœur de Jamie. Elle voulait un enfant à aimer. *Je veux ce que tu possèdes, Leana.*

Jamie jeta un coup d'œil à sa montre de poche, puis se leva pour sortir.

– Je m'excuse, Rose, mais nous serons en retard à l'église, si nous ne partons pas bientôt. Nous reparlerons de cela plus tard, quand vous… quand vous aurez eu le temps d'y réfléchir davantage. Leana, je vais aller préparer le cabriolet.

Leana rassembla ses jupes autour d'elle.

— Et je dois m'occuper de Ian. Il s'est ennuyé de toi, Rose.

Cher Ian.

— Pourrais-je le voir ? Car mon neveu m'a manqué, à moi aussi.

Tenir l'enfant contre son cœur l'aiderait peut-être à guérir, comme un baume appliqué sur une plaie ouverte. Il était évident que l'erreur du conseil allait être rectifiée rapidement.

Leana revint bientôt avec l'enfant dans les bras, clignant des yeux comme s'il venait tout juste de se réveiller.

— Regarde qui veut te voir ! N'est-ce pas tante Rose ?

Voir Ian atténua sa douleur, même si ce ne fut qu'un bref instant.

— Quel charmant garçon. C'est vraiment Jamie en miniature.

Prenant un pied enveloppé dans son petit bas, pas plus gros qu'un œuf de poule, Rose le pressa gentiment, sentant ses minuscules orteils dans les plis de laine. L'écho de la voix du docteur Gilchrist se répétait dans son cœur. *Incapable de porter des enfants.*

— Je suis si heureuse d'avoir cet enfant-là, déclara Rose comme si le chirurgien était encore dans la pièce.

— Je te demande pardon ?

Rose leva les yeux et vit Leana qui la regardait fixement, ses yeux pâles remplis de confusion.

— Je voulais dire que j'étais heureuse que mon neveu soit cet enfant-là, et non pas quelque garçonnet endormi incapable de faire un sourire à sa tantine.

— Bien sûr, dit Leana en serrant Ian très fort. Il est temps de l'habiller pour aller à l'église. On n'est jamais trop prudent avec la température, bien que ce soit un jour agréable pour le mois de février.

Elle sortit sans bruit, en baisant la joue de Ian.

– L'an dernier, le jour de la Saint-Valentin était aussi radieux, lui dit-elle. Tu ne t'en souviens pas, gentil garçon, car tu étais caché dans mon ventre, attendant impatiemment l'arrivée du mois d'octobre. Tout comme moi.

Rose la suivait du regard alors que la voix de Leana faiblissait dans le couloir. Sa sœur n'avait aucun motif d'inquiétude, car elle avait l'amour de Jamie et aussi son fils, même si, aux yeux de la loi, elle ne portait pas son nom, pour le moment. Ce trésor-là lui appartenait, à elle, Rose. *Rose McKie.* Hélas, comme les mots griffonnés sur les bouts de papier à la Saint-Valentin, le nom ne signifiait rien, si Jamie ne le voulait pas ainsi.

« La vérité, Rose », avait insisté Leana. Rose s'adossa à sa chaise. La vérité, c'était qu'elle aimait encore Jamie. Même si, lui, ne l'aimait plus.

Chapitre 38

L'épouse, quand le danger ou le déshonneur guettent,
Reste plus sûrement et plus sagement auprès de son époux,
Qui la protège ou affronte le péril avec elle.
— John Milton

— Jamie, pourquoi es-tu aussi soucieux ? J'ai demandé à Rose de dire la vérité, et je crois qu'elle le fera.

À mi-chemin sur la route de l'église, il pouvait encore voir l'expression sur le visage de Rose, quand il lui avait dit : « Aux yeux de la loi, nous sommes mari et femme. » Elle avait presque défailli à la nouvelle. Pourtant, au moment même où elle s'apprêtait à s'effondrer de sa chaise, il avait perçu l'ombre d'un sourire sur son visage. *Non, Rose. Pardonne-moi, mais il ne peut en être ainsi.*

Il claqua légèrement son fouet sur le dos de la jument, sentant ses mâchoires se contracter.

— Rose dira la vérité, oui, mais seulement si cela lui apporte ce qu'elle veut.

— Jamie, Jamie.

Leana voulut l'apaiser en n'utilisant rien d'autre que la musique de son nom prononcé avec amour.

— Rose ne nourrit plus de tels projets en ce qui te concerne. De plus, elle n'est pas la seule qui témoignera, cher mari. Toi et moi aurons aussi l'occasion de dire la vérité.

Assise à côté de Jamie dans le cabriolet, Ian blotti dans les bras, Leana appuya la tête sur son épaule.

— Dieu a béni notre union, même si elle a commencé dans le péché, dit-elle.

Sa femme n'avait pas perdu l'habitude de se fustiger.

— Et qui est à blâmer pour ce début, Leana ?

Elle n'hésita pas une seconde.

– C'est moi, bien sûr.

– Non, dit-il d'un ton de réprimande.

Elle ne comprenait toujours pas qui était le vrai responsable.

– C'était la machination de ton père, depuis le tout début, reprit-il. Tu m'as révélé les propos méprisables que Lachlan t'a tenus, cette nuit-là, les menaces qu'il a proférées, les demi-vérités qu'il t'a murmurées à l'oreille. Cesse de te torturer, Leana. Ce sont les mensonges de ton père qui t'ont envoyée chercher des réponses dans mon lit.

– Mais j'y suis allée de mon plein gré, Jamie. N'oublie jamais cela, car moi je ne le pourrai pas.

Le regard de Jamie quitta la route poussiéreuse un moment pour chercher le sien.

– N'endosse pas tout le fardeau de la faute. Si j'avais compris plus tôt quelle merveilleuse femme j'avais, plutôt que de soupirer après Rose pendant tous ces longs mois, ta sœur aurait lâché prise il y a longtemps.

– Aujourd'hui, Jamie, la situation est bien différente, et ce dont tu parles appartient au passé.

Son rappel se voulait prudent. Les deux avaient fait le tour de ce jardin-là plusieurs fois auparavant.

– Une erreur administrative ne peut être ta faute, Jamie. Ni la mienne. Ni celle du révérend Gordon. Et on ne peut quand même pas accuser mon père.

– Rien ne l'accuse *encore,* marmonna-t-il, en faisant un geste en direction de Lachlan McBride, qui chevauchait Walloch à bonne distance devant eux. Le sol dur sous les deux roues de la voiture faisait rebondir les passagers alors qu'ils longeaient un pâturage accidenté où des chèvres grimpaient et sautaient sur les nombreux rochers escarpés.

– Je ne tiens pas à être présent, quand le révérend Gordon en informera ton père, dit-il.

Leana frissonna en s'imaginant la scène.

— Moi non plus. Pourtant, j'aimerais qu'il le fasse bientôt. Je dormirai mieux la nuit quand tu seras mon mari, pas celui d'une autre.

La jeune femme semblait certaine de l'issue. Son amour pour Rose l'empêchait-il de voir les dangers qui se profilaient à l'horizon ? Il valait mieux aborder le sujet maintenant que de panser ses blessures plus tard.

— Leana, as-tu réfléchi à ce que nous ferions, si Rose révélait au conseil de l'Église ce qui s'est vraiment passé, le soir de *Hogmanay* ? Parce que, moi, je l'ai fait. Si je suis forcé d'honorer mes vœux et de prendre Rose pour épouse, je demanderai aussitôt le divorce.

— Et pour quel motif, Jamie ?

Elle y avait pensé aussi, car sa réponse avait été bien rapide.

— À notre connaissance, Rose ne t'a jamais été infidèle. L'Église n'accordera le divorce pour aucune autre raison.

— Alors, je la laisserai ici, insista-t-il, et je vous emmènerai, toi et mon fils, à Glentrool.

Leana hocha la tête en riant doucement, bien qu'il n'y eût pas la moindre trace de joie dans ce rire.

— Tu t'illusionnes, Jamie. Le révérend Gordon ne nous accordera jamais sa bénédiction, en pareilles circonstances. Le ministre de ta paroisse ne nous ouvrirait pas sa porte et refuserait que nous nous approchions de la table de communion. Nous serions des parias, rejetés partout où nous irions.

Elle changea de position, pressant son fils endormi sur son cœur. La douleur dans sa voix le saisit au cœur.

— Jamie, si l'inimaginable devait se produire — plaise à Dieu que ce ne soit pas le cas —, nous resterions tous à Newabbey. Et j'élèverai notre Ian en me rappelant ce que c'était que d'être ta femme.

— Oh, chérie.

Jamie prit les guides d'une seule main afin de passer un bras autour de ses épaules et de l'attirer contre lui.

— Cela n'arrivera pas. Je ne le permettrai pas.

C'était plus que de la simple vantardise, et il espéra qu'elle le crût.

— Entre-temps, comment composeras-tu avec la situation ? demanda-t-il ensuite.

— Le regard tourné vers Dieu, mes mains posées sur Ian et mon cœur auprès du tien.

Touché, il lui baisa le front et enchaîna :

— Et Rose ?

Leana soupira.

— Quand Rose était petite fille, je mettais le pied sur l'ourlet de sa robe pour qu'elle ne s'éloigne pas de moi.

— As-tu essayé de le faire récemment ?

— Non, mais j'y ai pensé.

Elle regarda en direction du Criffell qui s'élevait non loin de là, à leur droite. Même par une belle matinée ensoleillée, le sommet était enveloppé de brume.

— Quelque chose est arrivé à Rose, pendant son séjour à Dumfries. Je ne connais pas les détails, mais je sens qu'il s'agit d'un événement malheureux.

Jamie hocha la tête, faisant confiance au jugement de Leana. Il n'avait remarqué que des changements superficiels chez Rose — sa manière de se coiffer, ses nouvelles manières. Mais Leana remarquait des choses qui lui échappaient totalement.

— Pour être honnête…

Leana essuyait machinalement la joue de Ian du pouce. Elle luttait visiblement pour bien choisir ses mots.

— J'en suis venue à croire, reprit-elle, que Jane Grierson, malgré tout le bien que Rose en disait, n'était pas la plus… vertueuse des compagnes. Excuse-moi d'en parler ainsi, que Dieu ait pitié de son âme.

— Il n'est pas nécessaire de t'excuser, Leana. Tes intuitions se vérifient, habituellement.

— Pas toujours.

Son menton baissa, et sa voix aussi.

— Cela aurait pu être Rose qui repose dans sa tombe, aujourd'hui.

Pendant un moment honteux, il souhaita qu'il en fût ainsi. *Pardonnez-moi, Père tout-puissant.*

— Oh, Jamie, dit soudain Leana d'une voix tendue. Et si Ian avait contracté le croup, pendant que je soignais Rose ? C'est toi qui avais recommandé que nous fassions venir un médecin. Comme je m'en veux d'avoir repoussé ton idée si longtemps.

— Oh ! Voyez qui se flagelle encore, dit Jamie en lui déposant un petit baiser sur le front. Glisse une autre pièce dans le tronc des pauvres, si tu veux, Leana McKie, mais si tu as fait quelque erreur au sujet de ta sœur, ton amour pour elle l'a largement rachetée.

— *La charité sert à couvrir la multitude des péchés,* c'est ça ?

— Comme un grand plaid, jeune femme.

Quelques instants après, il serra les guides tout en tenant Leana bien collée contre lui, et l'attelage traversa en cahotant le Newabbey Pow avant d'entrer dans le village. Les portes et les fenêtres des cottages étaient grandes ouvertes, invitant l'air printanier à y séjourner un bref moment. Les chants d'oiseaux dans les jardins adoucissaient l'atmosphère, et des touches de verdure commençaient à apparaître sur les haies. Le printemps n'était pas encore arrivé, pourtant, l'hiver n'était plus qu'un souvenir.

— Un jour de la Saint-Valentin parfait, dit Leana en s'animant un peu. Ce qui me rappelle que j'ai apporté quelque chose pour le voyage du retour.

Elle fouilla à l'intérieur de la poche de son manteau et exhiba une belle pomme rouge bien luisante.

— C'est la plus jolie du lot, dit-elle fièrement.

Elle lui en avait donné une en février — « À mon Valentin » —, accompagnée de son cœur. Il ne lui avait pratiquement rien offert de lui-même. Maintenant, il semblait qu'il allait devoir racheter cette ingratitude. Leana lui donna un petit coup de coude au moment où il immobilisait le cabriolet.

— Tu sembles bien pensif, tout à coup. N'apprécies-tu pas ta pomme ?

— Bien sûr.

Jamie lui sourit, mettant de côté ses préoccupations pour l'instant. Peu importe ce qui devait arriver, Leana était la femme qu'il aimait. Il ne lui permettrait pas de l'oublier.

— La pomme est très tentante, dit-il. Mais je préférerais un baiser.

— Ici ?

Elle considéra les voisins qui déambulaient sur le parvis. Les Hamilton, les Kingan, les McBurnie et tous les autres.

— En face de l'église ? demanda-t-elle, étonnée.

— Je ne peux penser à meilleur endroit, répondit-il en regardant la porte du temple. Parce que c'est ici que je t'ai embrassée la première fois. Comme ceci.

Il prit son visage entre ses mains et posa la bouche sur la sienne. Leana ne lui résista pas. Au contraire, elle était encore plus consentante que la première fois. Que le soir de leur mariage.

Finalement, elle se dégagea quelque peu de son étreinte.

— Jamie, tout le monde nous observe.

— C'est très bien, dit Jamie en l'embrassant de nouveau, plus fermement que la première fois, jusqu'à ce qu'il puisse sentir la chaleur de sa peau s'élever sous ses caresses.

— T'ai-je assez embarrassée pour aujourd'hui ? demanda-t-il avec un large sourire, en s'adossant à son siège.

— Oh ! s'exclama Leana, en appuyant le dos de ses doigts sur ses joues, comme pour les refroidir.

Elle sourit timidement en baissant la tête.

— Ils ne cesseront pas de commérer de sitôt, je te l'assure.

— J'espère que tu as raison.

Jamie sauta au sol d'un bond désinvolte, salua du chapeau leurs voisins, puis contourna le cabriolet en souriant à Leana. *Qu'ils voient de leurs yeux qui est marié avec qui, et où mon amour réside.* Même si les voix autour d'eux s'amplifièrent, le ton était joyeux et les sourires, sincères. Il s'arrêta un court moment près de la voiture.

— Un mari embrassant sa femme ? Que c'est disgracieux ! lança-t-il à Leana.

— Scandaleux, acquiesça-t-elle.

Elle cala Ian dans ses bras, puis descendit à son tour.

— Le révérend Gordon, s'il se fie à ses registres, pensera que c'est inconvenant.

— Ils seront bientôt modifiés, lui rappela-t-il.

Il accompagna sa famille par les portes étroites de l'église, puis vers son banc. Jamie pria pour que l'homme qui les avait mariés se range de leur côté, le moment venu. *Plaise à Dieu que cela arrive rapidement.* Moins Rose aurait de temps pour y penser et mijoter quelque chose, mieux cela vaudrait.

Après avoir gravi l'escalier en colimaçon jusqu'à sa chaire, le révérend posa un regard sévère sur tous ses paroissiens et hocha brièvement la tête, lorsqu'il s'arrêta vis-à-vis des McKie. Était-ce de bon ou de mauvais augure ? Jamie ne put en décider. Deux heures plus tard, le révérend Gordon les suivit hors de l'église dans la brillante lumière du midi, et les guida vers le presbytère. Il s'arrêta à la barrière.

— Il n'est pas nécessaire d'entrer, sinon madame Gordon pensera que j'amène des invités pour dîner. Mais je voulais savoir si vous étiez prêts à procéder avec… l'affaire qui nous préoccupe.

— Oui, nous le sommes, lui assura Jamie. Nous avons expliqué la situation à Rose, ajouta-t-il, certain que cela serait la prochaine question du ministre. Quand le conseil de l'Église se réunira-t-il ?

— Le 1er mars. J'en ferai l'annonce au prochain sabbat. Mais vous brûlez les étapes, jeune homme. Votre beau-père doit d'abord être informé de cet oubli. C'est son témoignage qui a été perdu et son argent qui n'a pas porté le fruit qu'il escomptait.

Jamie fit la grimace.

– Monsieur, mon oncle n'accueille pas de bonne grâce les surprises comme celles-là.

Le révérend Gordon maugréa.

– Croyez-vous que je l'ignore ? C'est pourquoi je suis allé vers vous en premier, un jeune homme doté d'une bonne dose de bon sens, afin que vous l'annonciez aux jeunes femmes. Maintenant, nous devons en informer votre oncle aussi, bien qu'il ne comparaisse pas devant le conseil. C'est vous trois qui devrez témoigner, car c'est votre histoire que nous désirons connaître, pas celle de Lachlan.

Le ministre chassa d'une chiquenaude une araignée qui s'était déposée sur sa manche, espérant sans doute qu'il pourrait disposer de Lachlan McBride aussi facilement.

– Convenons que je me présenterai à Auchengray ce vendredi après-midi. À quatre heures, si cela vous agrée. Dites-lui de m'attendre. Je lui expliquerai la bévue du clerc et notre intention de rectifier cette omission survenue lors de notre réunion du 1er janvier.

Il se pencha vers Leana et demanda :

– Votre sœur sera en mesure de se déplacer au mois de mars, n'est-ce pas ?

Leana s'humecta les lèvres, un réflexe que Jamie attribua à la nervosité.

– Je pense bien qu'elle sera prête à voyager en voiture à ce moment-là, répondit-elle d'une voix égale.

– Très bien. Et quelle a été la réaction de Rose, si je peux me permettre de le demander ?

– Sa réponse fut…

La voix de Leana s'éteignit.

– Prévisible, termina Jamie pour elle. Rose a promis de dire la vérité.

La vérité, c'était qu'il ne l'aimait plus comme il l'avait déjà fait. Pourrait-elle l'accepter et le dire à haute voix ? Ou s'accrocherait-elle à un vœu maintenant lointain, en exigeant qu'il l'honore aujourd'hui ?

Le révérend Gordon grommela son approbation.

— C'est la seule chose que notre conseil demande, exige plutôt, devant Dieu : la vérité.

Chapitre 39

Après tout, qu'est-ce qu'un mensonge ?
Ce n'est qu'une mascarade de la vérité.
— George Gordon, Lord Byron

— L'révérend Gordon est ici pour vous voir, m'sieur.

Eliza fit une petite révérence dans l'embrasure de la porte ouverte du petit salon, puis retraita vers la cuisine, pendant que Leana escortait leur visiteur dans la petite pièce.

— Qu'est-ce qui me vaut l'honneur ? demanda Lachlan d'une voix bourrue. C'est une tasse de thé que j'avais demandée, pas un ministre.

Leana sourit, comme si l'intention de son père n'avait été que de plaisanter avec le visiteur, et non de se montrer désagréable.

— Eliza est partie chercher le plateau, père.

Elle passa ses mains moites sur les plis de ses robes.

— Indiquez son siège au révérend, dit-elle, et je serai heureuse de vous verser votre thé.

Les hommes s'assirent sans dire un mot. Leurs fauteuils capitonnés furent rapprochés du modeste foyer et une petite table, placée entre eux.

— Alors, monsieur McBride.

Le ministre ouvrit la conversation, et son visage était à l'image du temps qu'il faisait : froid et gris. Je ne resterai pas longtemps, mais il y a une affaire importante dont je dois discuter avec vous.

— Oui, Jamie m'en a parlé.

Le père de Leana regarda le révérend Gordon avec méfiance. Jamie lui avait seulement dit de s'attendre à une visite du ministre. Bien qu'en général, Lachlan sût à peu près tout ce qui se passait sous son toit, il avait été distrait ces derniers temps par les affaires de la ferme d'Edingham. Il n'avait pas pressé Jamie de lui fournir des détails supplémentaires sur les raisons de sa venue. *Dieu soit loué.*

Eliza arriva en portant son plateau, accompagnée d'un cliquetis de tasses et de soucoupes en porcelaine de Chine, qu'elle déposa maladroitement sur la table.

— Messieurs.

Elle fit une petite révérence à nouveau, puis retraita dans le couloir pendant que Leana versait deux tasses de thé noir fumant.

— Je vous laisse à vos affaires, messieurs.

Leana rejoignit Eliza dans le couloir, espérant trouver quelque prétexte pour s'attarder de l'autre côté de la porte close.

— Je donnerais n'importe quoi pour être un bouquin dans sa bibliothèque en ce moment, murmura Leana.

Combien de fois s'était-elle appuyée contre les panneaux de cette porte, épiant les conversations de son père ? Mais elle n'était alors qu'une adolescente, tandis qu'aujourd'hui, elle était une épouse respectable, mère, de surcroît. Ces choses-là ne se faisaient tout simplement pas.

Les fossettes d'Eliza se creusèrent un peu plus.

— J'peux pas me changer en livre, mais j'peux être une domestique qui époussette dans l'passage. Voyez comme un bon coup d'chiffon f'rait du bien par ici.

Elle donna un coup de torchon en faisant à sa maîtresse un clin d'œil complice.

— Écouter aux portes, ça fait partie du travail d'la bonne.

— Pas cette fois-ci.

Leana jeta un regard inquiet en direction du petit salon.

— Il vaut mieux que personne n'écoute ce qui pourrait se dire aujourd'hui. Je préférerais que les deux hommes prennent leur thé sans oreille indiscrète.

— Comme vous voudrez, dit Eliza, visiblement déçue, et elle retraita vers l'escalier en marmonnant quelque chose.

Leana se dirigea vers la cuisine. Elle ne pouvait se résoudre à épier, mais ne voulait pas trop s'éloigner non plus. Elle trouva Neda près de l'âtre, en train de brasser une chaudronnée de choux frisés mousseline pour le dîner. Du chou, de l'orge et des oignons tourbillonnaient autour de sa louche en libérant un délicieux fumet. Leana lui avait brièvement expliqué la situation, ce matin-là, sachant que la gouvernante garderait la nouvelle pour elle.

— Où sont les autres ? demanda Leana, car la maison était silencieuse.

— Si vous v'lez parler de vot' Jamie, y est au travail avec Duncan dans les pâturages. Y fait p't'être aussi froid qu'en hiver, mais les brebis vont mettre bas avant la fin du mois.

Neda jeta une poignée de sel dans le chaudron, puis se débarrassa des derniers grains en passant la main sur son tablier.

— Annabelle est avec Ian dans la chambre d'enfant, ajouta-t-elle, où elle essaie d'lire une histoire. Quand à vot' sœur, elle fait une sieste dans sa chambre. La pauv' fille est épuisée et y est juste quatre heures d'l'après-midi.

— Oui, le docteur Gilchrist a dit qu'il lui faudrait un certain temps pour récupérer.

Leana n'en dit pas plus. Rarement pensait-elle à la santé de Rose sans se remémorer les mots du chirurgien : « incapable de porter des enfants ». Elle ne pouvait imaginer un verdict plus cruel s'abattant sur l'âme d'une femme. Fidèle à sa parole, Leana ne l'avait révélé à personne, ni ne le ferait, d'ailleurs. Dieu seul tranchait sur des sujets aussi graves.

Leana resta quelques instants dans l'officine, afin de ranger ses tablettes. Elle en ressortit pour trouver une Eliza bouleversée devant la porte de la cuisine.

— Madame McKie ! Entendez-vous pas ? Vot' père crie après le révérend ! dit-elle, désemparée, et ses mains tordaient nerveusement les cordons de son tablier. Faut-y faire que'que chose ? Parce que j'ai peur qu'y en viennent aux coups.

Neda abandonna sa louche dans le chaudron et s'approcha de la porte, avançant silencieusement sur le plancher de brique.

— Vous vous doutiez bien qu'ça pourrait arriver.

— Oui, avoua Leana. Mais je priais pour que cela ne se produise pas.

La porte du petit salon s'ouvrit dans un grand bruit de bois se fracassant contre le mur de plâtre ; dans la cuisine, tous les chaudrons de cuivre se mirent à danser aux poutres où ils étaient suspendus.

— Leana ! cria son père avec véhémence.

— J'arrive.

Elle saisit ses jupes et traversa le couloir en courant. Le révérend Gordon n'était plus là, mais elle put entendre le son des fers de son cheval sur la pelouse. Son père était toujours à l'intérieur de son repaire, marchant de long en large.

— Qu'y a-t-il, père ?

Le cou de Lachlan était si enflé dans le col de sa chemise qu'il pouvait à peine parler.

— On vient à l'instant de m'informer que tous les efforts que j'ai déployés en ton nom au mois de janvier dernier ont été inutiles.

— Je vois.

— Vraiment ?

Il serra les dents si fort qu'il aurait pu broyer un bout de bois.

— C'est possible, Leana, mais j'en doute.

— Oh, fit-elle.

Cela semblait la réaction la plus prudente, jusqu'à ce qu'elle apprenne ce que le révérend Gordon lui avait dit au juste.

— Que doit-on faire, père ? demanda-t-elle.

— Va réveiller ta sœur, puis va chercher ton mari dans les pâturages et venez tous me rejoindre ici. Tout de suite.

À Auchengray, les nouvelles voyageaient à travers les interstices des portes comme la fumée du foyer. Leana informa Neda et se rendit à la chambre de sa sœur, où elle trouva Annabelle, qui était déjà en train d'asperger d'eau froide le visage de sa maîtresse.

– Rose, dit Leana doucement en l'aidant à se lever de son lit. Père a été mis au courant de la situation, mais j'ignore ce qu'il sait exactement.

Elle soutint Rose en descendant l'escalier et les deux jeunes femmes se dirigèrent vers le salon.

– Ne dis rien avant notre arrivée, chérie.

Leana sortit précipitamment par la porte d'entrée et se dirigea vers la grange. Le sol détrempé mouilla ses pantoufles en cuir de veau, et un vent froid traversa sa robe de lin.

Jamie venait déjà à sa rencontre en agitant son bonnet dans sa direction.

– Neda a sonné la cloche, expliqua-t-il. J'ai cru que le révérend Gordon était arrivé.

– Il est reparti. Précipitamment, je dois dire.

Elle prit le bras de son mari et l'accompagna vers la maison, passant devant le grand noisetier qui avait été complètement dépouillé de ses fruits l'automne précédent.

– Père est d'humeur massacrante, il veut nous voir tous les trois sans délai.

Jamie lui donna un baiser sur la joue avant de franchir le seuil de la porte.

– Souviens-toi, cette erreur du clerc n'est pas notre faute, Leana. Ne laisse pas ton père essayer de te faire croire autre chose.

Lorsqu'ils entrèrent dans le petit salon, le plateau et les tasses avaient été enlevés. Trois chaises de bois étaient alignées, le dos tourné au lit fermé de son père. Rose était assise sur l'une d'elles, se soutenant aux appuie-bras, paraissant très faible.

Lachlan faisait les cent pas devant le foyer comme un chien furieux retenu par une laisse. Il s'arrêta pour indiquer les chaises.

— Assoyez-vous.

Leana et Jamie obéirent en se tenant discrètement la main sous un repli de ses jupes. Les trois attendirent dans un lourd silence, puis Leana voulut dire quelque chose ; Jamie tira sur sa main pour l'arrêter. Une mise en garde.

Lachlan planta les pieds devant la grille du foyer et croisa les bras sur son veston brodé.

— On vient de m'informer de « l'oubli malheureux » du conseil de l'Église, pour employer les termes du révérend Gordon. Pendant tous ces mois, j'ai cru que mon témoignage et mon argent avaient couvert vos péchés. Mais non. Ils sont maintenant exposés aux regards de toute la paroisse, sous une lumière plus crue que celle d'une journée d'hiver.

— Ce n'est pas vrai, père, protesta Leana. Toute la paroisse ne peut encore...

Elle s'arrêta, comprenant ce qu'elle avait fait.

— Alors, dit son père en fixant son regard sur elle. Cet oubli n'est pas une nouvelle pour ma famille, n'est-ce pas ? C'est ce que je pensais. Le bon révérend n'a pas été si candide que toi, Leana. Que sais-tu d'autre, à propos de cette affaire ?

Jamie répondit à sa place.

— Il me l'a d'abord dit à moi, oncle, car c'est pour moi que l'enjeu est le plus important.

— Oh ! dit Lachlan en se tournant vers lui, le visage livide. Est-ce que mon argent n'est pas aussi dans la balance ? Jeté en pure perte à des pauvres qui ne font rien pour s'aider eux-mêmes. Et mon nom, n'a-t-il donc aucune valeur ? Penses-tu que je me réjouis en pensant aux aînés du conseil, qui rient sous cape de ce laird à bonnet, dont la fille et le neveu ont vécu pendant plus d'un an ensemble sous son toit, sans la bénédiction de l'Église, et lui ont donné un *bâtard* comme petit-fils ?

— Assez ! dit Jamie en bondissant sur ses pieds. Ian est mon fils légitime. Leana est ma femme bien-aimée. Par habitude et de commune renommée, nous sommes bel et bien mariés.

Ses mots étaient assénés comme des coups de marteau qui résonnaient dans la pièce.

— Nous corrigerons cette omission le 1er mars, déclara-t-il, et nous essuierons la poussière d'Auchengray de nos semelles dès le début du mois de mai.

Merci, Jamie. Leana baissa la tête, afin de dissimuler son soulagement.

Après un lourd silence, Lachlan parla d'une voix qui tremblait d'une colère mal contenue.

— Ne te fais pas un ennemi de moi, neveu.

— Je n'attends rien de vous, dit Jamie, dont la voix restait ferme, tel un bouclier de fer brandi contre les paroles assassines de Lachlan. Le révérend Gordon m'a assuré que vous n'assisterez pas au conseil de l'Église. Nos témoignages — celui de Leana, de Rose et le mien — sont les seuls requis.

Le rire de son oncle sonna désagréablement à ses oreilles.

— Ah oui ? Et qui paiera pour cela ?

— Nous n'avons pas besoin d'argent, répliqua Leana.

Rose se redressa soudain, comme un patin dont on aurait tiré les ficelles.

— La Bible dit : « La langue du juste est un argent de choix. » Si je dis la vérité, cela n'a-t-il pas plus de valeur que l'argent ?

Lachlan ne répondit pas à Rose, mais s'en prit plutôt à Leana.

— Et connais-tu la fin du verset cité par ta sœur, jeune fille ? demanda son père, dont la voix tonnait, maintenant. Le connais-tu ?

Oui, elle le connaissait.

— « Le cœur de l'impie est de peu de valeur. »

— Es-tu en train de me traiter d'impie, ma fille ?

Leana ne ploya pas sous sa colère.

– C'est ce que vous avez dit de moi, il n'y a pas si longtemps : que j'étais une pécheresse. Peu importe à quel point j'ai péché lors de la nuit de noces, je me suis confessée librement à Dieu. Et devant Jamie et Rose. Et devant vous aussi, père.

Les yeux de Lachlan, mornes jusqu'à maintenant, s'éveillèrent.

– Assure-toi de ne pas confesser ces péchés-là au conseil, ou tu passeras le sabbat sur le banc de pénitence.

Puis, il se tourna vers sa sœur.

– La seule innocente, cette nuit-là, fut Rose. C'est elle qui témoignera la première. Et voici ce que tu diras, Rose, dit-il avec autorité. Car je ne te laisserai pas leur livrer une autre version que celle que j'ai donnée en janvier. Sinon, on m'accusera d'avoir fait un faux témoignage, et ces gens-là ne tolèrent pas les menteurs. Peu m'importe la femme qui finira dans le lit de mon neveu ; mais moi, je ne tiens pas à comparaître devant le synode à Dumfries. Tu diras au conseil ce que je te dicterai, Rose. Pas un mot de plus.

Rose demanda d'une toute petite voix, pareille à celle d'une enfant :

– Et que devrai-je leur dire ?

Lachlan compta chaque point sur ses doigts robustes, en s'assurant que la jeune fille comprenne bien chaque mot.

– Tu leur diras que tu n'as jamais aimé ton cousin, James McKie. Que tu voulais qu'il épouse Leana. Que tu as accepté ce mariage comme une obligation. Que tu as changé d'idée et que tu t'es enfuie à Twyneholm. Et que tu désirais que ta sœur se marie avec Jamie à ta place.

– Mais, père…

– C'est ce que je leur ai dit et c'est ça que tu leur diras. Ces cinq points, Rose. Répète-les, maintenant. Tous les cinq.

La voix tremblante, Rose obéit, comptant sur ses doigts.

– Mais, père, ce n'est pas la vérité…

— C'est *ma* vérité ! l'interrompit-il sèchement. Si tu espères te marier un jour, tu te plieras à ma volonté, Rose. Sinon, je connais plusieurs fermiers décrépis de cette paroisse qui paieraient du bel argent pour une jolie épouse comme toi.

Leana frémit en se remémorant Fergus McDougal, un vieux laird à bonnet mal dégrossi d'une paroisse voisine qui, tout de suite après la mort de sa femme, s'était présenté à Auchengray à la recherche d'une nouvelle mère pour sa marmaille. C'était il y a deux ans, en octobre. Si son père avait eu gain de cause, Leana serait aujourd'hui mariée avec ce Fergus McDougal, aux dents tachées et au ventre proéminent, et porterait ses autres enfants.

La menace de Lachlan McBride n'était pas creuse, et ses filles le savaient très bien. Il pointa ensuite son index en direction de Jamie.

— Tu seras le suivant à témoigner, neveu, car ton nom est le suivant à apparaître dans les registres du conseil.

Jamie leva un menton défiant dans sa direction.

— Et je présume que vous allez aussi me mettre vos paroles dans la bouche ?

— Seulement si tu tiens à Leana. Et à ton fils. Sinon, dis ce que bon te semble. Mais si tu veux garder ma fille et mon petit-fils, tu répéteras ce que j'ai dit en ton nom, et qui était ceci : lorsque tu as compris que Rose ne t'aimait pas, et qu'elle ne voulait pas de toi pour mari, alors que sa sœur aînée n'était que trop heureuse de s'asseoir sur le banc de la mariée à tes côtés, tu as plutôt épousé Leana, avec le consentement de Rose.

— Veuillez me pardonner, oncle, dit Jamie d'un ton sarcastique, mais combien de points cela fait-il ?

Le regard de Lachlan le transperça de part en part.

— Compte-les toi-même, garçon.

Leana se leva également, afin de baigner dans la chaleur de Jamie et de puiser dans sa force.

— Ensuite, c'est moi qui devrai parler devant le conseil, père.

— Oui, tu le feras. Ton témoignage sera le plus important de tous, Leana, car c'est toi qui as le plus à perdre : ton mari, ton fils et ta réputation. Écoute-moi donc attentivement. J'ai dit que tu avais aimé Jamie dès la première heure de son arrivée. Que tu étais persuadée qu'il avait aussi de l'affection pour toi. Que ta sœur était venue te voir en pleurs, pour confesser qu'elle n'aimait pas Jamie. Qu'elle t'implorait de l'épouser. Et que c'est ce que tu as fait. N'en dis pas plus, Leana.

— Je n'aurai pas besoin de le répéter, murmura-t-elle. Je n'oublierai pas ce que vous avez dit.

Leana se retint de réciter le verset d'un psaume qui lui venait aux lèvres — « l'impie complote contre le juste » —, sachant que ses propres péchés ne lui permettaient pas de juger ceux d'autrui.

Lachlan leur tourna le dos pour se verser un doigt de whisky, puis pointa en direction de la porte avec sa coupe d'étain, comme s'il était las de leur présence.

— J'ai eu mon content de drames pour la soirée. Dis à Neda que je prendrai mon dîner seul ici.

— Vous serez seul, dit Leana en passant la main sous le coude de Jamie. Et nous serons ensemble. Et quand mars viendra, nous dirons la vérité.

Chapitre 40

Je ne puis affirmer qu'elle fut honnête ;
Pourtant, permettez-moi de dire qu'elle était jolie ;
Et eux, qui voyaient son beau visage,
N'auraient pas dû y chercher la vérité.
— Matthew Arnold

Une lune pleine s'éleva dans le ciel de l'est en cette première soirée de mars. Dans la salle à manger brillamment éclairée du révérend Gordon, un feu de bois se consumait dans le foyer. Des chandelles brillaient tout autour de la pièce, tenant les ténèbres en respect.

— Mademoiselle McBride, nous commencerons bientôt.

Rose hocha légèrement la tête en direction d'Andrew Sproat, l'instituteur de l'école de la paroisse et le plus jeune des trois aînés de l'église, qui étaient assis en face d'elle derrière la longue table des Gordon. Au seuil de la quarantaine, Sproat avait la physionomie d'un honnête homme. Ses cheveux blonds, maintenant clairsemés, laissaient entrevoir les taches de rousseur de son crâne, tandis que les lunettes perchées sur son nez magnifiaient le regard de ses yeux bleus. Il semblait plutôt sympathique.

Le révérend Gordon n'avait pas encore pris place au bout de la table. C'était un homme ponctuel, et il entrerait sans aucun doute dans la pièce à sept heures précises. Peut-être conférait-il avec Jamie et Leana, qui attendaient leur tour dans le couloir. Avaient-ils pensé à ce qu'elle pourrait dire ? Leana lui avait demandé d'être équitable, d'être charitable. Et, avant tout, d'être honnête. Oui, mais quelle vérité devait-elle dire ?

Les trois étaient arrivés au presbytère plus tôt qu'ils ne l'avaient prévu. Poussés par un vent frais du sud-ouest, ils avaient voyagé sur la route d'Auchengray jusqu'au village à un rythme alerte, éclairés par le faisceau bondissant de la lanterne du cabriolet. Puisque Lachlan avait refusé de modifier l'heure du dîner, Neda les avait pourvus de tourtes de mouton chaudes pour se sustenter pendant le trajet. Trop nerveuses pour manger, Rose et Leana avaient donné les leurs à Jamie, qui les avait dévorées bien avant que la voiture eût dépassé le moulin à tabac.

La situation était intenable alors que les trois faisaient route ensemble dans la voiture – Jamie au centre, flanqué d'une sœur de chaque côté. Toute son attention était tournée vers Leana, bien sûr. Il lui murmurait des mots doux, lui assurant que la séance se déroulerait bien. Quand il aida Rose à descendre de la voiture, son regard était à la fois bienveillant et distant.

– Ce sera bientôt fini, Rose.

Oui, bientôt.

Elle croisa les mains, pour cacher une tache qu'elle venait de remarquer sur un gant, et respira profondément pour se donner du courage. Oui, elle serait plus qu'équitable. Elle s'assurerait que justice soit faite.

Lors du sabbat précédent, quand le révérend Gordon avait annoncé la réunion du conseil de l'Église en chaire, il avait demandé qu'un simple quorum soit présent et pas davantage. Trois hommes. La bévue du vieux clerc n'était pas à l'honneur de l'administration de la paroisse, supposa-t-elle ; moins nombreux seraient ceux mis au courant de cette erreur, mieux cela vaudrait pour tous.

Une précaution inutile, toutefois ; tout le comté saurait bientôt la vérité.

Tout comme Andrew Sproat, les deux autres aînés affairés à compulser leurs papiers étaient des hommes de bonne réputation, respectés dans le voisinage, capables de résister à la boisson et aux femmes faciles. Henry Murdoch était un commerçant prospère, un honnête importateur de marchandises, pas l'un de ces contrebandiers qui évitaient les percepteurs de taxes de la couronne. De petite stature, doté de l'œil vif et de la personnalité un peu blasée des hommes d'affaires, Murdoch arborait une chevelure grise qui s'échappait de son crâne en touffes spiralées. C'était celui qu'il fallait surveiller, car son esprit était aussi affûté que sa langue.

Elle considérait avec appréhension l'homme qui était assis à côté de lui. Jock Bell était un proche voisin et un associé de son père, mais il connaissait aussi Jamie. Chaque mois de septembre, le laird à bonnet de la ferme Tannock vendait à Lachlan les béliers destinés à saillir les brebis d'Auchengray. Homme affable, dont les habits froissés ne laissaient rien paraître de sa richesse véritable, Bell était rarement vu sans son bonnet de berger et sa houlette de prunellier. Il ne faisait aucun doute que Jock favoriserait la version du mariage de Jamie, mais elle se montrerait affable envers lui, néanmoins.

À l'extrémité opposée de la table se trouvait le nouveau secrétaire du conseil, qui attendait la plume à la main. Ce n'était pas le vieux George Cummack, sorti de la tombe pour errer de nouveau, mais Walter Millar, le nouveau clerc nommé à ce poste fin janvier. Homme mince et nerveux, dont la tête et les mains semblaient trop grosses pour son corps, il était assis au bout de sa chaise, prêt à noter scrupuleusement tout ce qu'on lui dirait.

Le révérend Gordon apparut et gagna sa place, le dos tourné au feu ardent du foyer. Peu de gens utilisaient le bois comme combustible à Galloway, tant il était rare, mais l'un des paroissiens fournissait le presbytère en bûches de pin sec. Rose aimait la senteur — une odeur forte et franche, non pas moisie comme celle de la tourbe. Le bois crépitait et se fendait en brûlant, projetant de temps à autre des étincelles sur les dalles du plancher, où elles s'éteignaient tout de suite. Tout comme l'amour de Jamie l'avait été pour elle, ardent une seconde, évanoui l'instant d'après. Tout ça à cause d'un bébé. Né de l'autre côté du couloir, dans cette même maison.

Rose porta la main à son cœur et sentit l'amulette de pierre sous sa robe de lin. Elle fut réconfortée par cette présence tangible, quoiqu'invisible. Bien que cela mît Rose mal à l'aise de dépendre des conseils d'une telle femme, tout ce que Lillias avait promis semblait se réaliser. Il était clair qu'elle savait comment attirer un mari. Peut-être que sa sorcellerie pouvait aussi guérir un ventre stérile.

— Nous sommes prêts à commencer, annonça le ministre, ouvrant la Bible cérémonieusement, comme à son habitude, sa main traçant un arc dans les airs. Une lecture de l'épître de saint Paul à l'Église d'Éphèse, annonça-t-il. Elle décrit le but d'une rencontre comme la nôtre ce soir : « Ainsi, nous ne serons plus des enfants, nous ne nous laisserons plus ballotter et emporter à tout vent de la doctrine, au gré de l'imposture des hommes et de leur astuce à fourvoyer dans l'erreur. »

Il fixa son regard sur les cinq personnes présentes, attendant, avant de poser son regard sur la suivante, que chacune d'elle parût bien comprendre le sens des mots et leur portée.

Imposture, astuce, erreur.

Si son père avait été dans la pièce, le ministre aurait eu de bons motifs de s'inquiéter. Rose n'avait pas besoin d'imposture. Il lui fallait seulement une chance de dire la vérité.

L'attention du ministre revint vers sa page, et sa voix profonde résonna dans la pièce.

— « Mais vivant selon la vérité et dans l'amour, nous grandirons de toute manière vers celui qui est la tête, le Christ. »

Il referma le livre avec un claquement senti.

— Voilà nos directives, conclut-il.

Vivre selon la vérité et dans l'amour. Leana avait répété ces mêmes mots pendant deux semaines, afin que tous soient d'accord pour placer leur affection mutuelle et leur amour pour Dieu au-dessus de tout. Lachlan McBride leur avait donné des directives tout à fait différentes : *dites la vérité en accord avec ma volonté.* Si Lachlan avait été ici — et Rose était heureuse que ce ne fût pas le cas –, elle aussi aurait eu un message pour lui : *je ne ferai pas une chose pareille.*

– Mademoiselle McBride.

La voix autoritaire du révérend Gordon la fit se redresser. Elle dirigea son regard au-dessus de la table, vers les trois aînés et le clerc qui étaient assis en face d'elle, les mains jointes, se préparant à écouter et à juger.

– Oui, messieurs, je suis prête à livrer mon témoignage au sujet des événements du 31 décembre 1788.

– Comprenez, jeune fille, la mit en garde Henry Murdoch, que l'on pourrait vous demander de commenter des faits antérieurs à cette date.

Elle hocha la tête, plus désireuse que jamais de répondre à leurs questions. Plus loin leur enquête remonterait, plus ses prétentions à l'amour de Jamie leur paraîtraient fondées.

– Dois-je me lever ?

Les hommes échangèrent un regard, puis secouèrent la tête.

– Ce n'est pas nécessaire, dit le ministre. Cette rencontre n'est qu'une simple formalité pour corriger les registres du conseil de l'Église.

Il appuya les coudes sur la table, faisant un triangle avec ses mains, une pose qui n'était pas sans lui rappeler son père.

– Ainsi, reprit-il, votre cousin James McKie est apparu pour la première fois dans la paroisse de Newabbey en…

Il consulta ses notes.

– … octobre 1788. Où et quand avez-vous convenu de vous marier avec monsieur McKie ?

– À la Saint-Martin, le mois suivant. Ce jour-là, il en a fait la demande à mon père au Globe Inn de Dumfries, en ma présence. Le même soir, à Auchengray, Jamie et moi avons échangé nos vœux devant toute la maisonnée, qui nous a servi de témoin.

Andrew Sproat la regarda attentivement à travers ses lunettes.

— Avez-vous joint vos pouces humectés de salive, comme le veut la coutume ?

— Oui, nous l'avons fait, monsieur.

La plume du secrétaire grattait activement la page de son cahier à reliure de cuir.

— Et étiez-vous aussi présente pour entendre les bans lus dans la paroisse de Newabbey, lors de trois sabbats consécutifs ?

— Oui. C'est mon nom qu'on a lu. Rose McBride. Et Jamie McKie.

C'était merveilleux de le dire librement. D'entendre, de sa propre voix, que Jamie était destiné à être sien. Depuis le début. Que ce qu'elle faisait était juste. Et légitime. Et assurément vrai. N'était-ce pas ce que Leana voulait ?

Jock Bell s'adossa à sa chaise.

— Dites-moi, jeune fille, quand pensiez-vous vous marier ?

— Le jour de *Hogmanay*.

— Et avez-vous fait faire une robe pour cette occasion ?

Rose sourit, en se rappelant le premier moment où elle avait passé la robe bordeaux sur ses épaules.

— Oui, ma robe a été confectionnée par Joseph Armstrong, un tailleur du village.

Le révérend Gordon se tourna vers Henry Murdoch.

— Je crois que vous avez déjà parlé à monsieur Armstrong.

Ses mains se glacèrent dans ses gants. Bien qu'il fût habituel pour les aînés de recueillir de l'information dans la paroisse, la pensée qu'ils avaient frappé aux portes pour s'enquérir de ses faits et gestes l'indisposait. Rien n'échappait à leur regard vigilant. Un pêcheur qui réparait ses filets le jour du sabbat ou un fils qui ne respectait pas son père se retrouvaient bientôt devant le conseil. Le coupable pouvait être soit réprimandé, soit mis à l'amende, ou encore attaché au joug à la porte de l'église — un collier d'acier fixé par une chaîne au mur extérieur, l'exposant aux moqueries de ses voisins. Elle souhaitait qu'ils n'aient pas déterré quelque fait gênant sur son compte, car c'était elle qui était innocente, dans cette affaire. Son père ne l'avait-il pas affirmé ?

Murdoch hocha la tête sèchement.

— Monsieur Armstrong se rappelait la robe de mariage et les deux sœurs. Il était certain que c'était la plus jeune — « celle aux cheveux noirs » furent ses mots — qui devait être la mariée. Il a dit qu'elle avait quitté la séance d'essayage pour aller porter des invitations de mariage, avec monsieur McKie.

— Est-ce ainsi que les choses se sont passées, mademoiselle McBride ?

— Oui, monsieur. Jamie et moi sommes allés porter les invitations. Ensemble.

Rose regarda la chaise vide à côté d'elle, s'imaginant Jamie assis là, la regardant obliquement. Furibond. Son aplomb en fut ébranlé quelque peu. *Pardonnez-moi, Jamie. Mais vous savez que c'est vrai.*

— Alors, dit le ministre, une semaine avant le jour du mariage, vous vous êtes rendue dans la paroisse de Twyneholm. Vous deviez passer cette semaine-là chez votre tante, mademoiselle Margaret Halliday, une femme qui jouit d'une excellente réputation. C'est la tradition, n'est-ce pas ? La fiancée s'éloigne pendant une semaine, puis revient pour le mariage proprement dit.

— Oui, c'est cela.

— Mais, vous n'êtes pas revenue.

— Non.

Elle détourna le regard, frappée à nouveau par le sentiment de ce qu'elle avait perdu. Comme elle avait été candide ! Naïve. Confiante. Il ne lui était jamais venu à l'esprit, ne serait-ce qu'un moment, que son retard lui coûterait Jamie… que Leana… que son propre père…

Jock Bell enfonça le fer dans la plaie avec sa question suivante.

— Mademoiselle McBride, pourquoi n'êtes-vous pas revenue à la maison, comme prévu ?

Rose écarta de la main une mèche de cheveux de son front moite, essayant de retarder l'inévitable, ne serait-ce qu'un moment.

— Le matin du mariage, quand nous nous sommes réveillés, il y avait une terrible tempête de neige. Newabbey n'a pas été touché, mais à Twyneholm, les routes étaient impraticables, tant pour les chevaux que pour les voitures.

Le secrétaire tapota ses notes.

— Je peux écrire au révérend John Scott de la paroisse de Twyneholm pour vérifier ce fait, si nécessaire.

Le révérend Gordon présenta la paume de sa main pour toute réponse, le regard fixé sur Rose.

— Qu'espériez-vous ? Que votre famille procède à la cérémonie par procuration ? Ou que votre cousin épouse votre sœur, avec votre bénédiction ?

Touchant la pierre ronde dissimulée sous ses vêtements, comme si elle voulait y puiser du courage, elle dit la vérité.

— Ni l'un ni l'autre, messieurs. Je pensais que ma famille attendrait mon retour en toute sécurité à la maison, afin de faire comme il était prévu. Je ne savais même pas ce qu'était un mariage par procuration, avant que ma sœur me l'explique.

Les traits du ministre se figèrent.

— Quel jour vous l'a-t-elle expliqué ?

— Le premier jour de 1789. Je suis arrivée à Auchengray à l'heure du déjeuner et j'ai découvert que le mariage avait déjà été célébré.

Un murmure courut dans la pièce alors que les hommes conféraient entre eux, visiblement énervés. Leur voix devenait plus stridente, leur visage plus dur. Finalement, Henry Murdoch leva la main et les hommes se tournèrent vers elle d'un commun accord.

— Le cœur de la question est ceci. Lorsque vous êtes revenue à Auchengray, mademoiselle McBride, avez-vous été surprise de découvrir que James et Leana étaient mari et femme ?

— Plus que surprise, monsieur.

Rose inclina la tête.

— J'étais en état de choc.

Elle ferma les yeux et les serra très fort. *Pardonne-moi, Leana. Mais, je l'étais, et tu le sais très bien.* Poursuivraient-ils leur interrogatoire, jusqu'à ce qu'elle dévoile le reste ? Comment Leana s'était glissée dans le lit de Jamie, en se faisant passer pour elle ? Comment Leana lui avait volé son mari ?

Le révérend Gordon interrompit le cours de ses pensées par une question tout à fait différente, une question qu'elle espérait éviter.

— Mais, Rose, n'aviez-vous pas, en fait, encouragé votre sœur à se marier avec James McKie ?

— Oui, intervint bruyamment Jock Bell. Plusieurs témoins dans la paroisse me l'ont confirmé.

Sois juste, Rose.

— À son arrivée, j'ai suggéré qu'il courtise ma sœur. Elle était très amoureuse de lui…

Henry Murdoch l'interrompit.

— Vous n'étiez pas éprise de votre cousin, à ce moment-là.

— Je ne l'étais pas. Pas au commencement.

— Alors, quand ? persista-t-il. Quand avez-vous découvert que vous l'aimiez ?

La vérité, Rose. Tu as promis de dire la vérité.

— Pas avant mon départ pour Twyneholm.

La tête grise du marchand s'inclina vers l'arrière, tandis qu'il se frottait le menton.

— Ainsi, quand vous avez quitté la paroisse, sur le point de vous marier, monsieur McKie était toujours dans l'incertitude quant aux inclinations de votre cœur.

— C'est exact, admit-elle, mais il connaissait mes intentions.

N'est-ce pas ? Elle jeta un nouveau coup d'œil à la chaise vide.

— Je voulais me marier avec lui.

— J'ai peur de ne pas très bien comprendre.

Les sourcils du clerc s'élevèrent au-dessus de la monture de ses lunettes.

— Pourquoi monsieur McKie a-t-il épousé votre sœur ?

— Parce qu'il… Parce qu'elle…

Dis-leur. Dis-leur au sujet de Leana.

Rose essaya, mais les mots refusaient de franchir ses lèvres.

Elle revit plutôt le visage aimant de sa sœur, chaque jour de sa vie. Les mains de sa sœur s'activant à son chevet pendant sa maladie. La voix de sa sœur qui lui chantonnait « allez, allez, ma petite ». Ses paroles de réconfort. « *Je t'aime comme ma propre enfant, Rose.* »

Elle s'effondra sur la table et se cacha le visage dans les mains.

Les aînés ne patientèrent pas très longtemps avant qu'Henry Murdoch insiste pour obtenir une réponse.

— Pardonnez-moi, mademoiselle, mais nous devons savoir la vérité : Leana McBride était-elle la femme que Jamie McKie devait épouser, le 31 décembre ?

Rose leva la tête, ses gants mouillés de larmes.

— C'est une question à laquelle je ne puis répondre. Vous devrez la poser à monsieur McKie.

Le ministre se leva, en repoussant sa chaise derrière lui.

— Et nous le ferons, mademoiselle McBride. Vous pouvez en être assurée.

Chapitre 41

Viens, confie-nous tes chagrins,
Dis-nous toutes tes peines, tous tes péchés.
— George Crabbe

— Jamie !

Rose sortit en titubant de la salle à manger et tomba dans ses bras.

— Cousine, êtes-vous malade ?

Il l'aida à s'asseoir sur le banc du couloir et se dégagea tout de suite de ses bras. Leana passa une main sur la joue de Rose, car le visage angoissé de la jeune fille était blanc comme un drap, puis elle se dépêcha d'aller à la cuisine chercher un verre d'eau. Jamie resta auprès de Rose, essayant de parler d'une voix calme.

— Que s'est-il passé à l'intérieur ?

Que leur avez-vous dit ? C'était ce qu'il avait besoin de savoir. *Qu'avez-vous dit exactement ?* Elle avait promis de dire la vérité, mais laquelle ? La sienne ? Celle de Lachlan ? La vérité telle qu'elle était cette nuit-là, il y a si longtemps… ou telle qu'elle se présentait maintenant ? Avait-elle saisi cette occasion de renverser la situation en sa faveur ? Même si cela devait briser le cœur de sa sœur, même si cela risquait de ruiner sa vie à lui ?

Il fixait son regard sur elle, tandis qu'elle s'enfermait dans le mutisme. *De grâce, faites qu'elle ne leur ait pas dit le pire !*

La porte de la salle à manger s'ouvrit.

— Monsieur McKie, dit le révérend Gordon, dont le regard était troublé. C'est à votre tour de parler devant le conseil. Et j'ai le regret de vous dire que des questions difficiles vous attendent. Des questions qui exigeront de vous des réponses franches.

Jamie hocha la tête. *Quelles questions ? Qu'avez-vous fait, Rose ?* Il suivit le ministre dans la pièce, réchauffée par le foyer et la chaleur des cinq occupants. Un peu de sueur perlait sur le front de l'un d'eux.

Le révérend Gordon indiqua une chaise inoccupée.

— Veuillez vous asseoir, je vous prie.

Le raclement de la chaise se réverbéra sur les murs de la pièce silencieuse. Jamie prit un instant pour replacer le pan de sa veste en s'assoyant, tout en demandant à Dieu de l'éclairer de ses conseils. La promesse du Tout-Puissant, celle qu'il lui avait faite dans un songe, la nuit de son départ de Glentrool, en route vers Auchengray, lui revenait maintenant à l'esprit. *Je ne t'abandonnerai jamais.* Un appui dont Jamie avait plus besoin que jamais.

Son regard se posa sur les hommes en face de lui, qu'il connaissait de nom ou de réputation. Millar, le nouveau clerc du conseil de l'Église. Sproat, le maître d'école. Murdoch, le marchand, une tête forte. Et Jock Bell, un voisin et un fermier, comme lui, le plus amical du groupe. Jamie le salua d'un bref signe de tête, mais cela n'effaça pas l'expression préoccupée du visage de Jock.

Le révérend Gordon n'était pas sitôt assis que l'interrogatoire débuta. Ce fut Murdoch qui ouvrit les débats.

— Était-ce votre intention d'épouser Rose McBride, le 31 décembre ?

Une question piégée.

— Au début, j'avais l'intention de me marier avec Rose, acquiesça Jamie, pesant bien ses mots. Mais j'ai plutôt choisi de demeurer l'époux de sa sœur.

— Choisi ? grogna Murdoch. Est-ce que Rose vous a offert ce choix, ou avez-vous choisi, comme vous dites, sans le lui demander ?

Sproat se pencha vers l'avant.

— Et à quand remonte ce choix ? À novembre, à décembre, ou encore à janvier ?

— Et vous dites que vous avez choisi de demeurer l'époux de sa sœur. C'était la voix de Millar, lourde de reproches, qui se faisait entendre. Ce n'est pas la même chose que de choisir au préalable, monsieur.

— Messieurs !

Le révérend Gordon frappa la table du poing.

— Un à la fois, s'il vous plaît. Avez-vous oublié vos manières ?

Il se tourna vers Jamie, pendant que les gorges s'éclaircissaient et que les cols se dénouaient.

— Jamie, reprit-il, votre cousine Rose nous a présenté des faits qui… ne concordent pas avec la version de votre oncle. Nous essayons simplement de démêler ce qui s'est passé.

Le ministre jeta un long regard circulaire, arrêtant son regard solennel sur chaque membre du conseil.

— Monsieur McKie, reprit-il, pourquoi ne pas nous dire ce qui est arrivé dans vos propres mots ? Ce faisant, vous répondrez sans doute à toutes nos questions. Sinon, vous pouvez être assuré que nous les poserons. Allez, mon fils.

Jamie pencha la tête, essayant désespérément de rassembler ses esprits. *Vivre selon la vérité et dans l'amour.* Oui, c'était cela. Il leur dirait la vérité, qu'il aimait Leana, pas Rose. Que ce n'était pas le début de l'histoire qui importait, mais sa conclusion. Il leva les yeux et affronta résolument leur regard.

— Je suis le mari d'une seule femme, Leana McBride McKie, depuis un an et deux mois. Je l'aime de tout mon cœur et je lui suis reconnaissant de m'avoir accompagné à l'église le jour de *Hogmanay* de l'année 1788. Nous avons un fils, mon héritier légal, Ian Lachlan McKie. C'est pourquoi nous demandons que l'acte de mariage indique que le 31 décembre 1788, Leana McBride a épousé James McKie.

Deux des membres parurent soulagés. Au point de vouloir clore immédiatement l'enquête. Mais trois autres n'étaient pas de cet avis. Et le révérend Gordon était du nombre.

— Jamie, pourquoi ne pas m'avoir dit cela lors de l'échange des vœux ? Pourquoi Leana s'y est-elle présentée en tant que représentante de sa sœur, si c'était votre intention commune que Leana devienne votre femme ?

La pire question possible.

— Parce qu'alors...

La voix de Jamie faiblit ; tous les chemins qu'il envisageait menaient à une tourbière.

— Parce que la décision d'épouser Leana, reprit-il, a été prise après la lecture des bans.

Et après le mariage, aussi. Jamie fit de son mieux pour avoir l'air embarrassé, comme si la seule faute du couple amoureux avait été de vouloir se marier précipitamment.

— J'étais impatient de me marier, révérend. Ainsi que Leana.

C'était vrai, mais pour des raisons différentes.

— Il semblait prudent de procéder à la cérémonie telle qu'elle avait été prévue.

— Prudent, dites-vous ?

Le secrétaire agita sa plume dans sa direction, tel un doigt réprobateur.

— Vous avez simplement supposé que vous rectifieriez l'acte de mariage plus tard, c'est cela ?

Jamie inclina la tête. Il ne se préoccupait pas de ce qu'ils pensaient de lui, ni à quel point il pouvait paraître ridicule. Il ne voulait que sauver son mariage avec Leana.

— Oui, monsieur. Nous avons tous les deux perdu la tête.

La voix du ministre était basse et non dénuée de sympathie.

— La punition pour ce que vous avez fait n'est pas très sévère, Jamie. Vous garderez tous les trois la tête sur vos épaules. Mais il y a toujours des divergences entre votre histoire et celle de Rose, qui me rendent mal à l'aise. Cela concerne la chronologie des événements. Tout le monde, dans cette paroisse, voit bien que vous chérissez votre femme et votre fils. La joie de Rose vis-à-vis de cette situation est moins apparente. Elle a refusé une demande en mariage d'un jeune homme du village, si je comprends bien.

Jamie hocha la tête, soulagé de la diversion.

— Neil Elliot a demandé sa main, en effet.

— L'avez-vous encouragée à répondre favorablement?

Une scène lui revint en mémoire. Rose et Neil, debout dans l'ombre de la vieille abbaye de Newabbey. S'embrassant.

— Oui, je l'ai fait. Mon oncle était également en faveur d'un tel mariage. Mais Rose ne le voulait pas, et il n'y avait aucune raison de la contraindre.

— Vous voulez dire que rien d'inconvenant ne s'est produit entre eux?

Jamie était en terrain solide, ici.

— Non, monsieur. Rien d'inconvenant.

Le révérend Gordon se tourna vers les autres.

— Je dois avouer, connaissant la jeune Rose McBride depuis sa plus tendre enfance, qu'elle possède une vive imagination, portée à l'exagération, et que son esprit volage ne reste jamais très longtemps fixé sur le même objet.

Jamie ne put s'empêcher de sourire.

— Je vois que vous la connaissez bien, monsieur.

Haussant les épaules, le ministre ajouta :

— Cela ne me surprendrait aucunement qu'elle ait voulu vous épouser à un moment donné, pour changer ensuite d'idée.

— Oui, vous comprenez très bien le fond de sa personnalité.

Jamie devait s'efforcer de ne pas trop montrer sa joie. S'ils voyaient en Rose une jeune fille capricieuse, il y avait encore de l'espoir.

On entendit cogner doucement à la porte et madame Gordon entra, portant un lourd plateau chargé d'une théière et de tasses.

— J'ai attendu un moment silencieux, dit-elle.

Elle déposa rapidement les tasses devant chaque personne et versa le breuvage fumant.

— Je vous ai aussi apporté des gâteaux, au cas où vous auriez une petite faim, et du lait pour votre thé.

La femme du révérend sortit aussi discrètement qu'elle était entrée.

Tandis que les aînés prenaient leur collation, Jamie essaya de remettre de l'ordre dans ce qui avait été dit. Et dans ce qui avait été tu. Si aucune autre question n'était soulevée, peut-être que le pire de l'orage était passé. Lorsque les assiettes furent mises de côté et les miettes, brossées des vestons, Jamie essaya de paraître détendu et confiant, comme s'il ne pensait à rien d'autre qu'à son morceau de gâteau au gingembre.

— Excusez-moi, révérend Gordon.

C'était Walter Millar, qui tapotait la page de son livre de minutes.

— Mais nous oublions ici l'un des derniers commentaires de mademoiselle McBride. Monsieur Murdoch lui a demandé si elle avait été surprise, en rentrant de Twyneholm, de découvrir que James et Leana étaient mari et femme. Sa réponse fut : « Plus que surprise, monsieur. J'étais en état de choc. »

Le cœur de Jamie s'arrêta. *Oh, Rose.* Elle leur avait dit la vérité, en fin de compte. *Trop de vérité.* Jamie ne fut ni surpris ni en colère. Mais il était anéanti.

— Pourquoi était-elle en état de choc, monsieur McKie ?

La voix de Sproat, qui venait de poser la question, était vaguement accusatrice.

— Je ne saurais le dire, messieurs.

La vérité, Jamie. Leana n'en attend pas moins.

— Comme le révérend Gordon vient de le souligner, elle est instable sur le plan des émotions. Je sais seulement qu'avant son départ pour Twyneholm, elle n'avait jamais déclaré qu'elle m'aimait.

— Et sa sœur, Leana. Avait-elle déjà confessé son amour pour vous, son désir de devenir votre femme ?

Jamie, je t'aime encore.

— Oui, oui, elle l'a fait. À plusieurs reprises.

Plaise à Dieu, il ne la laisserait pas tomber. Pas maintenant, quand chaque mot pouvait signifier la vie ou la mort de leur mariage.

— Leana McBride m'a clairement fait comprendre qu'elle serait ravie de devenir mon épouse, précisa-t-il. Et je suis honoré d'être son mari.

— Nous avons posé une dernière question à votre cousine, Jamie, expliqua le ministre. Elle nous a dit que vous seriez mieux à même d'y répondre. Monsieur Millar, auriez-vous l'obligeance de la lire ?

Sous la table, Jamie planta ses talons dans le plancher pour se raidir. Il avait promis à Leana qu'il laisserait le Tout-Puissant le guider dans ses réponses. *En toi je me confie, que je n'aie point honte.*

Le secrétaire hocha lentement la tête sur son cou trop mince.

— Monsieur Murdoch a posé la question suivante : « Leana McBride était-elle la femme que Jamie McKie devait épouser, le 31 décembre ? » Comment répondriez-vous, monsieur ?

La femme que je devais épouser. Jamie fixa le foyer crépitant, essayant de gagner du temps, de réfléchir à sa réponse. S'ils voulaient savoir s'il avait l'intention de se marier avec Leana ce jour-là, la réponse était non. Mais Leana n'était-elle pas la femme qu'il devait épouser, par la volonté divine ? Il pouvait répondre honnêtement et sans hésitation à cette question-là.

— Oui, Leana était bien la femme que je devais épouser.

— Et non Rose McBride ?

— Non, messieurs, dit Jamie fermement. Pas Rose.

— Avez-vous quelque raison de croire que Leana ne corroborera pas entièrement ce que vous venez de nous dire ?

Sur ce point, il pouvait parler avec confiance.

— Leana et moi sommes en complet accord sur ces sujets.

— Oui, je suis sûr que vous l'êtes, dit le révérend Gordon, qui se mit à marcher devant le foyer, les mains derrière le dos. Jamie, vous me pardonnerez une question d'une nature plus intime. Mais c'est le devoir du conseil de l'Église de s'assurer que tous les paroissiens obéissent aux dix commandements. En particulier, la septième de ces sages lois.

Jamie les énuméra dans sa tête. *Oh.*

— Votre fils est né très tôt après le jour de votre mariage, ajouta le ministre.

— Neuf mois et quatre jours, monsieur.

Bien que la question l'irritât, il resta calme.

— Si votre question concerne la virginité de Leana au moment du mariage, je puis vous rassurer sur ce point.

Tout à fait.

Le secrétaire parla de nouveau, armé de sa plume.

— La semaine où Lachlan McBride s'est présenté à la réunion du conseil de l'Église pour témoigner en votre faveur, personne ici n'était présent, à l'exception du révérend Gordon. Et, comme vous le savez, il n'en subsiste plus de trace écrite. Mais je crois que votre oncle a déclaré que votre mariage a été consommé pendant la nuit de noces.

Jamie contracta la mâchoire, mais répondit d'une voix neutre.

— Il le fut.

— Alors, il est possible que votre fils, Ian, fût conçu cette nuit-là.

— Il semble que Dieu ait gratifié ma femme d'un ventre fertile, oui.

Mal à l'aise avec la direction que les questions prenaient, Jamie essaya une autre approche.

— Le révérend Gordon certifiera qu'une somme suffisante d'argent fut versée en guise d'amende pour nos actions impétueuses, fort justement, d'ailleurs.

Il passa la main sur sa bourse cachée dans une poche de son gilet.

– Toutefois, ajouta-t-il, si une somme additionnelle…

– Monsieur McKie !

La voix du ministre tonna dans la pièce comme le Jugement dernier.

– Vous ne pouvez acheter la vertu.

– Pardonnez-moi, révérend, répondit Jamie, qui rougit jusqu'aux oreilles. Je ne voulais pas me montrer irrespectueux envers l'Église ou le Seigneur. Je voulais seulement…

– Fort bien, fort bien.

Le révérend balaya l'excuse de Jamie d'un geste évasif.

– C'est ma faute. Je suis un peu susceptible sur ce sujet, car il arrive si souvent qu'un paroissien tente de racheter ses fautes avec de l'argent, plutôt que de devoir affronter le banc de pénitence.

Jamie était toujours aussi rouge.

– J'espère que rien de ce qui a été dit ce soir ne mérite une… telle punition.

Le regard fixe du révérend Gordon n'était pas rassurant.

– La soirée n'est pas terminée, Jamie. Faites entrer votre femme.

Chapitre 42

Seule une âme douce et vertueuse,
Comme un arbre arrivé à maturité, ne ploie pas.
— George Herbert

— Leana, les aînés t'attendent.

Elle leva la tête, le cœur gonflé comme les rivières en mars. *Mon cher Jamie.* Il se tenait debout dans le couloir du presbytère, toujours aussi beau, pourtant, il avait l'air défait, comme une guenille jetée sur le bord du seau d'Eliza.

— Viens t'asseoir, chéri. Rose est dehors, elle respire un peu d'air frais pour se remettre. Tu disposeras de cet endroit pour toi seul pendant quelques minutes.

— J'en suis heureux.

Il vint la rejoindre sur le banc, le regard fiévreux, la regardant des pieds à la tête, comme s'il avait voulu graver son image dans son esprit.

— Ma chère épouse, dit-il en lui prenant les deux mains.

Il l'embrassa sur les lèvres, puis sur les joues, avant de lui murmurer à l'oreille :

— Pèse bien tes paroles.

Elle serra la main de Jamie une autre fois, puis se leva devant l'invitation pressante que lui faisait le révérend Gordon du seuil de la salle à manger.

— Venez, jeune femme. Il se fait tard, et nous avons encore plusieurs questions qui demeurent sans réponse.

Passant devant le ministre, elle se tourna pour jeter un dernier regard à Jamie, avant que la porte se referme sur elle. *Cher mari.* Si tout allait bien, il serait sien avant la fin de cette éprouvante soirée.

La pièce était beaucoup plus éclairée que le couloir. Leana cligna des yeux, les laissant s'y habituer, puis s'assit et rapprocha la lourde chaise de la table, avec quelques difficultés tant ses genoux tremblaient. *Protègez-moi, mon Dieu ; je m'en remets à vous.* Elle était nerveuse, oui, mais aussi déterminée. Déterminée à dire la vérité et à laver toutes les taches restantes qui pouvaient souiller son mariage.

Leana croisa les mains sur les genoux, sans toucher la table, s'assoyant le plus droit possible. *Mère serait fière.* Elle baissa le regard vers ses gants de soie blanche. Les gants qu'Agness McBride avait portés le jour de ses noces. Ceux que Leana avait mis pour prononcer ses vœux devant Jamie. *Les gants de ma mère.* De pure soie blanche, immaculés et sans accroc, remisés dans un tiroir et enveloppés dans un linge, auxquels on ne touchait presque jamais.

Sauf ce soir.

Ce soir, elle ouvrirait son cœur pour que ces hommes l'examinent ; elle leur montrerait qu'elle aimait Dieu et qu'elle aimait Jamie. Les deux aussi l'aimaient. Et les deux lui avaient pardonné. Elle était une pécheresse, oui, mais elle avait été purifiée par la grâce. *Qui se tiendra dans son lieu saint ? L'homme aux mains innocentes, au cœur pur.* Leana regarda de l'autre côté de la table, vers ceux qui tenaient sa vie entre leurs mains, et pria pour qu'ils se montrent cléments.

— Madame McKie… Euh, mademoiselle McBride.

Le secrétaire se tordait les mains, tant il était mal à l'aise.

— Jusqu'à ce que la procédure soit terminée et la décision finale, rendue, révérend, comment devons-nous nous adresser au témoin ?

— Avec sa permission, nous l'appellerons Leana. Est-ce que cela vous convient ?

— Oui, dit-elle, en inclinant la tête avec respect. C'est ma mère qui a choisi ce nom.

— Vraiment ?

Au milieu des rides sillonnant le visage du ministre se dessina un léger sourire.

— Et en connaissez-vous la signification ?

Leana leva les sourcils, exprimant sa curiosité.

— Je croyais qu'elle trouvait que ce prénom sonnait bien.

— Le nom signifie « qui sert Ian ». Peut-être Jamie le savait-il, quand il a choisi le nom de son fils ?

— C'est moi qui l'ai choisi, répondit Leana, qui regretta tout de suite d'avoir révélé la vérité.

Cela diminuait le rôle de Jamie, le faisait paraître indifférent. Peut-être n'était-il pas trop tard pour corriger son erreur.

— Le nom de notre fils, reprit-elle, signifie « don de Dieu », et Ian l'est certainement. Un présent pour nous deux.

— Oui, c'est un gentil garçon, acquiesça le révérend Gordon, tout en replaçant ses papiers. Il se fait entendre avec beaucoup d'énergie pendant les sermons, mais c'est ce que la plupart des bébés font.

— Je verrai à ce qu'il soit moins bruyant.

Leana remarqua que les autres hommes s'impatientaient pendant leur bavardage. Elle était heureuse de parler de Ian, bien qu'elle dût le faire avec prudence ; deux heures s'étaient écoulées depuis qu'elle l'avait allaité. Et elle était heureuse de parler de Jamie, aussi. Mais rien n'avancerait, tant qu'elle ne parlerait pas de Rose.

— Passons maintenant à des choses plus sérieuses, dit le secrétaire, dont le ton las trahissait son agacement. Mademoiselle… Enfin, Leana. Votre mari — je veux dire, monsieur McKie — a dit, et je cite, « Leana McBride m'a clairement fait comprendre qu'elle serait ravie de devenir mon épouse. » Est-ce exact ?

Elle rayonnait de son côté de la table.

— Oui, c'est certainement vrai.

— Quand lui avez-vous fait connaître « clairement » vos intentions ? En octobre, à son arrivée ? En novembre, quand il demandé votre sœur en mariage ? En décembre, sur le banc de la mariée ? Quand, exactement ?

Tant de questions. Leana se pinça les lèvres, pour empêcher sa bouche de s'assécher complètement.

— Je fus…

Attirée ? Séduite ? Éprise ?

— Disons que j'ai trouvé mon cousin charmant dès le début. Mes sentiments pour lui ont grandi très rapidement.

Elle se détourna, certaine que ses joues devaient être rouges comme des framboises. *L'avait-elle trouvé charmant ?* Elle avait aimé Jamie, dès qu'elle l'avait aperçu, marchant sur la pelouse d'Auchengray, et qu'elle l'avait entendu prononcer son nom.

Andrew, le maître d'école, la prit en pitié.

— Est-ce que ces sentiments étaient réciproques, Leana ?

— Pas au début.

C'est vrai depuis deux mois seulement.

— Mais peu à peu, oui, ils le devinrent.

Sa conscience la tiraillait. L'assaillait. *Dis la vérité.* Elle répondrait à chaque question avec une parfaite honnêteté, bien sûr. Mais devait-elle dire des vérités qu'ils n'avaient pas demandé à entendre ? Quelle dose de vérité serait suffisante ?

— Dites-nous, Leana, demanda Jock Bell d'une voix plutôt bienveillante. Est-ce que votre sœur, Rose, a encouragé cette affection naissante envers monsieur McKie ?

— Elle l'a fait. Assurément.

Leana hocha la tête, espérant que le mouvement rendrait moins évidente la rougeur de ses joues.

— Rose semblait désireuse de nous voir mariés, Jamie et moi.

Au début. Pas à la fin. *Pardonne-moi, Rose.*

Henry Murdoch, un homme au tempérament bouillant comme son père, renâcla avec un dédain évident.

— Votre sœur fut l'entremetteuse, est-ce ainsi que vous présentez les choses ?

Leana hésita, incertaine des intentions de son interlocuteur.

— C'est ainsi qu'elles m'apparaissaient, monsieur.

— Eh bien, mademoiselle McBride, ce n'est pas ainsi qu'elles apparaissaient aux yeux de votre sœur.

Il l'avait appelée ainsi délibérément, et son visage était aussi dur que du silex.

— Lorsqu'elle est revenue de Twyneholm, le jour du nouvel an, reprit-il, pour découvrir que vous étiez mariée avec son fiancé, Rose McBride fut, selon ses propres mots, « plus que surprise..., en état de choc ».

Oh, Rose. Leana essaya de déglutir, mais son cœur semblait lui obstruer la gorge. Qu'est-ce que sa sœur leur avait raconté ? Toute l'histoire, jusque dans ses détails les plus scabreux ? *Pèse bien tes mots.* Il était trop tard pour une telle prudence, car tous ses péchés avaient été confessés par une autre.

Henry Murdoch, soit ne remarqua pas son malaise, soit ne voulut pas en tenir compte, car il continua de marteler ses questions à la poursuite de la vérité.

— Messieurs, je pense que notre réponse se trouve ici.

Son visage marbré, éclairé par l'éclat du foyer, semblait vouloir s'enflammer.

— Si Rose désirait épouser monsieur McKie, demanda-t-il, alors qu'avez-vous fait, Leana, qui fut si surprenant ? Si... choquant ?

Elle baissa la tête, implorant d'avoir la force de continuer.

J'ai choisi le chemin de la vérité.

— J'ai pris...

Les mots lui manquaient. C'était une chose de se confesser à Jamie, à Rose, à Neda. Même le Dieu tout-puissant n'avait pas bronché, quand elle avait déversé ses péchés devant lui dans un épanchement de larmes. Mais dans cette pièce... devant ces hommes...

Le secrétaire insista.

— Vous avez pris quoi, mademoiselle ?

— J'ai pris... ce qu'il ne m'appartenait pas... de prendre.

Le révérend Gordon se pencha vers elle.

— Vous devez être plus précise, Leana.

Le ton de sa voix était amical, mais ferme.

— Vous avez porté la robe de mariage de votre sœur ; est-ce cela que vous avez pris ?

— Non, son… voile.

— Son voile de jeune mariée ?

— Oui, murmura-t-elle. Je portais ma propre robe, mais, à l'église, je me suis coiffée du voile de jeune mariée de Rose.

— Je vois, dit Walter Millar en donnant de petits coups de plume dans le fond de l'encrier. Cela ne constitue pas une infraction à la loi morale, à moins que nous décidions qu'il s'agît du vol ou de la convoitise de la propriété de sa sœur.

— Vous passez à côté de l'essentiel, monsieur.

Jock Bell remua la tête comme l'un de ses béliers.

— Peu importe la qualité du travail de broderie, dit-il, l'emprunt d'un voile de mariée — d'ailleurs, vous le lui avez rendu, n'est-ce pas, Leana ? — ne constitue pas un péché, ni ici ni dans aucune autre paroisse d'Écosse. Non, messieurs, il y a autre chose, je le perçois dans l'attitude de la jeune femme.

Leana leva les yeux à temps pour surprendre Jock Bell qui la fixait de l'autre côté de la table. Il voyait trop clair. Il voyait la vérité.

— Leana ne nous a pas dit l'essentiel. Confessez-vous, jeune femme, car nous ne sortirons pas d'ici avant que l'affaire soit réglée.

Les cinq hommes braquèrent leur regard sur elle et attendirent.

Dans l'âtre, une bûche de pin bascula, envoyant une volée d'étincelles dans les airs.

Dans son cœur, quelque chose bascula aussi. *Je marche en ta vérité, rassemble mon cœur pour craindre ton nom.* C'était Dieu qu'elle craignait, d'une sainte peur ; pas ces hommes. Elle dirait la vérité. Toute la vérité. Non pas parce qu'ils la connaissaient, mais parce qu'elle la savait. L'entière vérité. Elle ne serait plus honteuse, car il n'y avait pas de honte dans la vérité. Seulement lorsqu'on la dissimulait.

— Je suis prête, dit-elle calmement, car elle l'était.

Murdoch s'éclaircit la voix.

— Répondez à ceci, alors, car c'est la question que nous avons posée deux fois ce soir : étiez-vous, Leana McBride, la femme que James McKie devait épouser le 31 décembre ?

La vérité.

— Non, je ne l'étais pas.

Une fureur s'éleva, échauffant l'atmosphère de toute la pièce.

— Expliquez-vous, mademoiselle McBride !

— Je le ferai, messieurs.

La peur et les hésitations se détachèrent d'elle comme une carapace morte, et la force l'envahit comme une eau vive. *La vérité.*

— Monsieur McKie, reprit-elle, croyait avoir épousé ma sœur. Je l'ai plutôt réclamé pour moi.

— Vous l'avez réclamé ?

— C'est cela. Je suis allée dans sa chambre au cœur de la nuit et je me suis présentée à lui comme son épouse.

Maintenant, c'était au tour des aînés d'être en état de choc. Les épithètes fusèrent comme autant de pierres lancées dans sa direction. *Garce. Traînée. Impie. Prostituée.*

Le révérend Gordon hurla pratiquement après elle :

— Affirmez-vous que, lorsque James McKie a prononcé les vœux, dans mon église, il les adressait à Rose ? Non à vous ?

— C'est ce qu'il faisait. Rose est sa femme, d'après la loi de l'Église.

— Alors, qu'êtes-vous donc ? gronda un autre.

— Je suis sa femme, par habitude et de commune renommée.

Elle parlait sans honte. Elle parlait sans peur.

— Je suis la mère de son fils.

Des questions assassines atterrirent à ses pieds.

— Que lui avez-vous dit, cette nuit-là ?

— L'avez-vous séduit ?

— Comment fut-il trompé ?

Leana sentait tous les coups, mais ils ne portaient pas.

— Jamie ne s'est rendu compte que c'était moi qui étais à ses côtés que le matin venu. Lorsqu'il était trop tard.

— Pourquoi une femme ferait-elle une chose pareille ? aboya Jock.

— Parce que j'aimais Jamie de tout mon cœur. Dès le tout début.

Jamie, je t'aime encore.

— Et parce que je pensais qu'il m'aimait et qu'il m'avait reconnue, cette nuit-là. Mais c'était une erreur.

— Oh ! Assez, jeune femme, car ce ne sont que des mensonges.

— C'est la pure vérité, messieurs.

C'est la vérité que mon palais proclame.

Au-dessus du capharnaüm, une voix raisonnable s'éleva.

— N'y a-t-il personne d'autre à blâmer, Leana ? Votre sœur ? Jamie ? Votre père ?

Elle hocha la tête de droite à gauche. Que son père dévoile ses propres péchés. Ce n'était pas à elle de les confesser.

— Je suis la seule à blâmer. Personne d'autre n'est coupable.

— Mais, Leana…

— Messieurs ! tonna le révérend Gordon. C'est assez.

Il déposa ses avant-bras sur la table, et ses longues mains blanches ressemblaient aux tablettes de Moïse. Les aînés se turent, mais on entendait leur respiration lourde et menaçante, comme celle de chiens rendus fous par l'odeur du sang.

— Leana nous a dit plus que nous lui en demandions, leur rappela-t-il, sa colère s'apaisant. Nous avons tout ce dont nous avons besoin pour rendre une décision juste.

Il se tourna vers Leana. Bien que son front fût traversé d'une ride sévère, une sorte de respect brillait dans son regard.

— Vous avez été honnête, Leana, et courageuse. Dieu vous récompensera sûrement. Mais ici, sur terre, votre punition sera rapide, le châtiment, douloureux, car un grand tort a été causé à votre sœur.

Pardonne-moi, Rose.

— Je ne le nie pas, monsieur, car j'aime ma cadette de tout mon cœur.

— Allez, laissez-moi vous rendre à votre famille pendant que nous délibérons sur votre sort.

Il lui prit le coude, comme s'il s'attendait à ce qu'elle défaille, mais elle marcha d'un pas assuré. Ils pénétrèrent dans le couloir obscur. Rose était absente tandis que Jamie, assis, semblait profondément affligé. Il était clair qu'il avait entendu les cris, car, lorsqu'il se leva pour aller les rejoindre, il avait l'air d'un homme brisé.

Décontenancé, le ministre attira la jeune femme un peu à l'écart.

— Pourquoi, Leana ? dit-il d'une voix brisée par l'émotion. Votre mari a déclaré volontairement que vous étiez son épouse légitime. Pourquoi ne pas vous être réfugiée derrière son témoignage ?

Leana le regarda dans les yeux.

— Parce qu'un jour, révérend Gordon, je comparaîtrai, non pas devant le conseil de l'Église, ni devant mon mari, ni devant mon père, mais devant le Dieu tout-puissant.

Prononcer son nom lui donna la force de poursuivre, même si ses yeux s'embuaient de larmes.

— Et, lorsque je serai devant lui, je n'aurai pas honte. Car Dieu est mon rocher, et ma forteresse et mon sauveur ; mon Dieu, ma force, en laquelle je placerai ma confiance.

Chapitre 43

L'inhumanité de l'homme pour l'homme
est la source d'innombrables deuils.
— Robert Burns

Le révérend Gordon hocha la tête avec incrédulité.

— Mes prières vous accompagnent tous les deux.

Jamie se tenait debout derrière Leana tandis que le ministre regagnait la salle de réunion. Ses mains étaient prêtes, au cas où ses genoux auraient ployé sous elle. Pourtant, elle ne semblait en aucun cas sur le point de défaillir. Sa voix était forte, ses paroles, assurées. *Dieu est mon rocher.* Une femme extraordinaire, sa Leana. Sa rencontre avec le conseil s'était peut-être mieux déroulée qu'il ne se l'était imaginé, en fin de compte.

Lorsqu'elle se tourna vers lui, le visage couvert de larmes silencieuses, ses espoirs s'évanouirent instantanément.

— Oh, Jamie, dit-elle en pleurant, en s'effondrant sur son épaule, j'ai dit la vérité.

— Oui, je suis certain que tu l'as fait.

Ma courageuse femme. Jamie lui passa une main dans les cheveux.

— Car si tu ne l'avais pas dite, tu ne serais pas celle que j'aime.

— Mais Rose a parlé… Rose leur a dit…

— Allons, allons, murmura-t-il aussi doucement qu'un père à son enfant, en plaçant un mouchoir dans sa main. Rose n'est pas celle qui nous préoccupe ici.

Moi, peut-être. Mais pas toi, chérie.

Leana essuya ses larmes, mais elles continuaient de couler.

— Le révérend a dit que ma punition serait rapide…

Non. Sa gorge se serra alors qu'il l'enlaçait. *Pas ma Leana.*

— Et que mon châtiment allait… être… douloureux.

Elle enfouit la tête contre sa poitrine et dit d'une voix étouffée par son gilet :

— J'ai peur, Jamie.

Il réprima un grognement, ferma les yeux. Le banc de pénitence était là comme un gibet, lugubre et vide, attendant que sa femme y prenne place. Il ne comportait pas de pointes acérées, pour percer sa peau blanche, ni de collier de métal grossier pour écorcher son cou délicat. Mais il la blesserait, néanmoins. La honte et l'humiliation entaillent plus profondément que le fer.

Laissez-moi porter la honte. Oh, mon Dieu, laissez-moi porter la honte pour elle !

— Jamie, que voulait-il dire ? Quelle sorte de douleur ?

— N'y pense pas, ma bien-aimée. Rappelle-toi seulement combien je t'aime.

Il l'embrassa, lui caressa les cheveux, pour la réconforter, pour engourdir ses peurs. Ni l'un ni l'autre ne porta attention à la porte d'entrée qui s'ouvrit et se referma derrière eux, jusqu'à ce que l'écho d'une voix familière roule sur les murs du couloir.

— Est-ce… fini ?

Rose.

Jamie se redressa, continuant de lisser les cheveux défaits de Leana. Il la tenait près de lui, comme s'il avait voulu la protéger d'un danger imminent. Rose se dirigea vers eux, visiblement fatiguée.

— Cela s'est-il bien passé… pour toi, Leana ?

Lorsque Leana fit mine de vouloir se dégager de lui, Jamie la retint. *Reste avec moi. Nous lui ferons face ensemble.*

— Oubliez le témoignage de Leana, ma cousine.

Sa voix était aussi affûtée que l'épée de l'archange et son intention, non moins vengeresse.

— Qu'avez-vous dit aux aînés ?

Rose cligna des yeux avant de répondre.

— Je leur ai dit la vérité.

— Je suis fière de toi, Rose, dit Leana en s'essuyant les yeux.

— Mais je ne leur ai pas tout dit. Il y aurait eu bien d'autres choses à ajouter.

Rose s'assit sur le banc, croisant ses mains gantées.

— J'aurais pu décrire ce qui s'est passé pendant ma nuit de noces.

Jamie lui lança un regard furieux.

— Sauf que vous n'y étiez pas, répondit Jamie, tout en se félicitant intérieurement qu'il en fût ainsi. Ce n'était pas votre histoire, c'était la mienne, et j'ai choisi de ne pas révéler ces détails.

— Mais, moi, je n'ai rien dissimulé.

Leana pressa le mouchoir sur sa bouche, comme si elle avait voulu empêcher les mots d'en sortir. J'ai dit toute la vérité aux aînés.

Jamie se figea sur place.

— Toute la vérité ?

Oh, ma femme.

Leana cacha son visage, écarlate de honte.

— J'ai cru que Rose… J'étais persuadée que…

— Ce n'est pas ma faute ! cria Rose. Je ne leur ai presque rien dit !

— Et moi, j'ai tout dit.

Leana se tourna pour leur faire face, les joues toujours rouges, mais sa voix était maintenant plus forte.

— Je devais dire la vérité, continua-t-elle, peu importe ce qui avait été révélé dans cette pièce. C'était le Dieu tout-puissant que je voulais honorer, pas moi. Mais je n'avais pas l'intention de te faire du mal, cher Jamie.

Elle lui caressa le visage d'une main tremblante.

— S'il te plaît, dit-elle, pardonne-moi…

— Non, Leana, répondit Jamie en portant un doigt à ses lèvres. Ce que tu as fait était juste. Il n'y a rien à pardonner.

— Et moi ?

La voix de Rose était tendue.

— Suis-je pardonnée… aussi ?

Leana s'approcha, les mains tendues en un appel muet.

— C'est ton pardon que je dois obtenir, Rose. Le tien par-dessus tout, puisque tu es celle à qui j'ai fait le plus grand tort.

Elle se pencha vers la cape de sa sœur, ses doigts délicats effleurant les replis verts.

— Me pardonneras-tu, Rose ? De tout ton cœur, et pas seulement en paroles. Je te le demande.

Les mains de Jamie se crispaient à chaque seconde qui s'écoulait dans un lourd silence.

Dites quelque chose, Rose. Après tout ce que vous avez fait, ne la tourmentez pas ainsi.

— Tu as le droit d'être en colère, Rose, de te sentir trompée.

Leana s'agenouilla aux pieds de sa sœur, ses jupes répandues autour d'elle, sur le plancher.

— Le conseil de l'Église assouvira sa soif de châtiment, je n'ai aucun doute à ce sujet. Ce que je te demande est un plus grand sacrifice, Rose. Ton pardon.

Elle posa ses gants de soie blanche sur ceux de coton de Rose, couvrant la tache qui les maculait.

— Peux-tu m'accorder ton pardon, ma chère Rose ?

— Tu auras mon pardon, Leana, dit Rose, tout en regardant Jamie, les yeux implorants. Si je peux ravoir mon Jamie.

— Oh ! s'exclama Jamie, qui se retint de cracher sur le plancher. Je ne suis pas quelque vulgaire bibelot dans la besace d'un contrebandier à échanger contre un sou. Vous n'aurez jamais mon cœur, même si vous parvenez à vous approprier le reste de ma personne.

Leana courba les épaules.

— Les aînés décideront qui sera la femme de Jamie. Peut-être l'ont-ils déjà fait.

Elle se leva de nouveau, mais en vacillant légèrement.

— Si tu ne peux me pardonner, Rose, moi, je te pardonne. Pour tout ce que tu as pu dire dans cette pièce, ce soir, que cela fût vrai ou non. Pour tout ce que tu as fait depuis le jour du mariage. Rien de tout ça n'importe plus, maintenant.

Un brusque courant d'air froid s'engouffra par la porte d'entrée. La voix de Lachlan McBride tonna dans le corridor.

— Alors, en avons-nous fini avec cette histoire ?

Il leur jeta à tous un regard coléreux en entrant, puis claqua la porte derrière lui.

— Ton bébé réclame son dîner, Leana. Il est grand temps que vous rentriez à la maison tous les trois. Vous n'avez sûrement plus rien à faire ici.

Lachlan marcha à grands pas sans attendre la réponse, et il alla cogner à la porte de la salle à manger avant qu'on puisse le retenir. La porte s'ouvrit brusquement et le révérend Gordon sortit. Il était plus grand que Lachlan McBride et paraissait aussi plus en colère. Se penchant vers le laird à bonnet, le ministre dit d'un ton sec :

— Vous n'avez pas été convoqué à la réunion de ce soir, monsieur McBride. Que faites-vous ici ?

— Je viens simplement chercher ma famille, révérend, car il se fait tard.

Il regarda par-dessus son épaule, en se hissant légèrement sur la pointe des pieds.

— Les aînés ne devraient-ils pas être en train de faire leur ronde ? demanda-t-il. Qui s'assure que les gens du village sont bien rentrés à la maison et que personne ne traîne dans les rues ?

Le révérend Gordon consulta sa montre de poche, bien que Jamie supposât que ce fût davantage pour garder son sang-froid que pour connaître l'heure.

— Bientôt, mais pas tout de suite. Puisque vous êtes ici et que nous avons pris notre décision, je présume que vous voudrez vous joindre à nous.

Le ministre pointa un doigt entre les yeux gris de Lachlan pour ajouter :

— Mais vous ne parlerez que si on vous le demande et vous vous garderez de donner votre opinion. Est-ce bien compris ?

— Oui, dit Lachlan d'un ton bourru, en faisant un pas en arrière pour s'éloigner de l'index menaçant. Suis-moi, Jamie, et emmène tes femmes. Prie pour qu'on ne t'en retire pas une avant la fin de la soirée, pour la clouer au banc de pénitence.

De grâce, mon Dieu, faites qu'il n'en soit pas ainsi. Jamie accompagna Leana dans la pièce, suivis de Rose. Chacun prit place dans un concert de raclements de chaises. Le feu mourait petit à petit, pourtant, l'atmosphère était plus étouffante que jamais. Assis entre les deux sœurs, Jamie priait pour avoir de la force. Et aussi pour obtenir un jugement clément, bien qu'il fût trop tard pour cela, les juges ayant déjà arrêté leur sentence. Leurs mains étaient croisées sur les nombreux documents posés devant eux. Le secrétaire de la réunion avait déjà posé sa plume, et son doigt indiquait une ligne en particulier, la dernière de sa page. Tous les yeux se tournèrent vers le révérend Gordon, au bout de la table, dont l'imposante silhouette était découpée par la lumière du foyer.

— Nous étions confrontés ce soir à un devoir pénible, mais qui nous incombe pourtant, en tant que chefs de cette paroisse : celui de faire respecter la loi de Dieu.

Il hocha la tête vers les aînés, qui lui rendirent la pareille.

— Ce qui avait commencé comme une simple erreur de transcription s'est transformé en dilemme moral aux conséquences graves, poursuivit-il. Pendant toutes mes années dans cette fonction, je n'ai jamais rien vu de semblable. Mais si on arrive à faire taire nos émotions, toutefois, le cas est plus clair qu'on serait d'abord porté à le croire.

Le ministre consulta ses notes, puis regarda Rose.

— Au nom des aînés, car mon vote ne compte pas plus que le leur, je vous présenterai à tour de rôle nos décisions. Rose, vous êtes la première.

Du coin de l'œil, Jamie remarqua qu'elle s'était redressée et qu'un rayon d'espoir illuminait son visage. *Non, Rose. N'espérez pas cela, car je ne puis vous aimer de nouveau.*

— Nous considérons que Rose McBride — ou devrais-je dire, madame McKie — est innocente à tous les égards.

Rose émit un hoquet audible et écarquilla les yeux.

Jamie serra les accoudoirs de sa chaise à les briser. *Pas Rose. Elle ne peut être ma femme.* Le révérend Gordon poursuivit, comme s'il parcourait une liste d'emplettes.

— Bien que vous ayez attendu un long moment pour être honorée du titre de madame McKie, il vous faudra patienter encore un peu pour vivre auprès de votre mari. Légalement, cependant, vous avez le droit de porter son nom et de jouir de ses propriétés. Et, bientôt, de sa personne.

Au comble du désespoir, Jamie observa Leana retirer doucement l'alliance d'argent de son doigt pour la remettre à sa sœur. Cette dernière la regarda un moment avant de la glisser à son propre annulaire.

Non. Cela ne peut être la justice.

Il prit la main de Leana sous la table, mais elle était inerte et ne réagit pas quand il la serra. *Oh, Leana. Tout n'est pas fini. Ne désespère pas.*

— Monsieur McKie, voici la décision que nous avons rendue à votre sujet.

Il leva les yeux, mais sans regarder l'homme. Sa vie n'avait-elle pas déjà été décidée pour lui ? *Pas pour lui. Contre lui.*

La déclaration du ministre était factuelle.

— Leana a attesté que vous aviez l'intention d'épouser Rose, et non elle. Puisque vous avez été trompé dès le début — piégé, en fait, par votre cousine Leana —, nous ne vous tiendrons pas rigueur de vos remarques devant ce conseil concernant la nature de votre relation avec elle.

— Il ne s'agissait pas de remarques, le corrigea Jamie, les dents serrées. C'était la vérité. Je l'aime.

Le révérend Gordon leva les mains pour l'arrêter.

— C'est ce que nous avons tous entendu. Que vous en soyez arrivé à chérir Leana est à la fois admirable et regrettable, mais cela ne change rien aux faits dans cette affaire. Nous avons conclu que vous tentiez simplement de la protéger. Un effort louable, qui ne devrait pas se retourner contre vous.

N'écoutaient-ils donc pas ? N'avaient-ils rien entendu ? Jamie s'exprima avec plus de force.

— Ce n'était pas un effort, révérend Gordon. Leana est mon épouse.

— Était, Jamie. Leana était votre épouse, mais elle ne l'est plus.

— Mais elle…

— La loi de l'Église reconnaît que Rose est votre épouse *per verba de praesenti*. La prétention de Leana, fondée sur l'habitude et la commune renommée, n'a pas préséance et est donc invalide.

Le révérend Gordon haussa les épaules.

— Vous ne pouvez être marié à deux femmes, Jamie. Ce serait contre la loi de l'Église et celle de la société.

La pièce sembla s'ébranler, comme si tout se mettait à tourner. Jamie écoutait le ministre parler, pourtant, ce que l'homme disait n'avait pas de sens. *Per verba*, avait-il dit. *Mais les mots de qui ?* S'il avait enfreint la loi, alors, il en paierait le prix. Jamie leva les yeux en souhaitant que le sol sous ses pieds s'arrêtât de tourner.

— Quel est mon châtiment, alors ?

— Vous avez causé un préjudice à votre cousine Rose, monsieur.

Henry Murdoch le dévisageait, de l'autre côté de la table.

— Vous l'avez d'abord choisie, aimée, courtisée, et vous avez œuvré pour obtenir sa main. Peu d'hommes considéreraient le fait d'être marié avec une telle femme comme un châtiment.

Jamie s'affaissa sur sa chaise.

— Mais je ne suis pas comme la plupart des hommes.

Je suis le dernier des hommes. La pièce semblait avoir cessé de tourner, mais c'est son estomac qui prenait la relève.

Le révérend Gordon se pencha vers la table, et sa voix devint plus grave.

— Comprenez ceci, Jamie : si les circonstances avaient été différentes, vous auriez été accusé d'adultère. Si vous nous aviez déclaré avoir choisi Leana pour femme la nuit de votre mariage, tout en ayant prêté serment à Rose, notre seul recours aurait été de vous punir tous les deux. Mais…

Il se redressa et étendit les mains.

— … comme vous avez été trompé, nous persistons à vous déclarer innocent.

Innocent ? Jamie savait qu'il était coupable sur toute la ligne. D'avoir blessé Leana et aimé Rose. D'avoir aimé Leana et de maintenant la blesser, encore une fois.

Aurait-on observé la Loi tout entière, si l'on commet un écart sur un seul point, c'est du tout qu'on devient justiciable.

— Je ne suis pas innocent, déclara-t-il en se levant. Je suis coupable.

Il le répéta avec plus de force.

— Je suis coupable. Leana n'est pas celle qui a trompé, ici…, c'est moi. J'ai trompé mon père. J'ai trompé mon frère. Pis que tout, je me suis trompé moi-même en pensant que j'aimais une jolie jeune fille, qui n'aime personne d'autre qu'elle-même.

— Jamie ! s'écria Rose.

Il ne la regarda pas. Seulement Leana.

— S'il te plaît, s'il te plaît, pardonne-moi.

Ses yeux ne le jugeaient pas.

— Tu es déjà pardonné, Jamie.

Henry Murdoch martela ses notes.

— S'il y a un pardon ou de la clémence à accorder en ce lieu, c'est de ce côté-ci de la table qu'il doit provenir.

— Non, monsieur.

Jamie regarda Henry, mais le vit indistinctement à travers les larmes qui lui brouillaient la vue.

— Ce n'était pas votre clémence que j'implorais, messieurs, mais celle de Leana.

Il baissa le regard vers Leana, et ce sont ses yeux qui lui parlaient. Il savait qu'elle comprendrait. *Je ne t'abandonnerai jamais.*

Ses yeux bleu pâle lui répondirent. *Je t'aimerai toujours.*

— Fort bien.

Walter Millar, le secrétaire, tambourinait son cahier.

— Puisque Leana semble vous avoir pardonné, vous êtes un homme libre, James McKie.

Il détourna le regard au moment où Rose tendait la main pour saisir la sienne.

— Je suis tout sauf un homme libre.

Chapitre 44

L'infortune l'avait vaincue,
Combien c'était vrai.
— Madame de Staël

La vérité l'avait libérée, mais c'était une liberté dont Leana ne voulait pas : une vie d'où Jamie serait absent. Leana savait que les aînés la déclareraient coupable. Coupable d'aimer Jamie. Et coupable d'être une femme qui manipulait les hommes. *Maudit soit le tricheur.*

— Leana ?

C'était la voix du révérend Gordon.

— Posée, sans rudesse, pourtant ferme.

— Maintenant, nous nous adressons à vous.

Elle leva la tête. La pièce devint tout à fait silencieuse. Même le foyer semblait retenir son souffle brûlant.

— Leana McBride, au nom du conseil de l'Église de la paroisse de Newabbey, c'est mon pénible devoir de prononcer un jugement sur votre péché. Êtes-vous prête à entendre notre déclaration ?

— Oui, car la parole de Dieu est juste.

Elle se redressa, comme si on s'apprêtait à la flageller.

— Je suis prête.

— Commençons par établir clairement la nature de votre transgression.

Le ministre rapprocha les notes de ses lunettes, les lisant à haute voix, comme s'il s'agissait des mots d'un autre, et non des siens.

— Dans la nuit du 31 décembre 1788, avez-vous consciemment pris cet homme, James McKie, comme époux, par un acte de tromperie délibéré ?

Consciemment. Tromperie. Délibéré.

— Est-ce ainsi que cela s'est passé ?

Non, mais les apparences l'indiquent.

— Je ne me suis pas identifiée, lorsque je me suis rendue auprès de Jamie. Alors, oui…, il a été trompé.

Le révérend Gordon continua.

— Ayant mystifié monsieur McKie, vous l'avez incité à commettre l'adultère, sans qu'il en fût conscient, ni consentant.

Adultère ?

— Mais je croyais que Jamie n'était pas accusé…

— Il n'est pas accusé, Leana.

Le front du ministre apparut au-dessus de ses documents.

— Nous avons déjà convenu de cela.

— Très bien, dit-elle, toujours consciente de la présence de Jamie à ses côtés. Je ne veux pas qu'il souffre à ma place, déclara-t-elle.

La main de Jamie chercha la sienne sous la table. Elle ne pouvait le regarder, car elle se serait effondrée. *C'est toi, ma force.* Le révérend Gordon secoua ses feuilles, rappelant l'attention de Leana sur l'affaire en cours.

— Bien que vous n'ayez pas intentionnellement personnifié votre sœur, c'est bien ce qui s'est produit. Est-ce exact, Leana ?

— Oui, en effet. Dans le noir, Jamie a cru que j'étais Rose.

— Mais vous saviez que vous n'étiez pas marié avec cet homme.

— Je le savais, murmura-t-elle.

— Et pourtant, sachant que Jamie n'était pas votre époux, vous… vous avez…

— Oui, dit-elle en baissant la tête. Je l'ai fait.

— Vous êtes conséquemment accusée par le conseil de l'Église du péché de fornication…

— Non !

Jamie bondit sur ses pieds, au moment où le cœur de Leana s'effondrait, comme une dune battue par une grande vague.

— Assoyez-vous, monsieur McKie, ou quittez cette pièce.

— C'est injuste, dit-il en retombant sur sa chaise, tremblant de colère, murmurant à part lui. Rien de tout cela n'est juste.

Le révérend Gordon l'ignora et poursuivit.

— L'épître de saint Paul à l'Église de Corinthe évoque ce détestable péché : « Mais le corps n'est pas pour la fornication ; il est là pour le Seigneur. » Êtes-vous d'accord, Leana, et remettez-vous votre corps à Dieu, et à lui seul ?

Elle hocha la tête. *Mon Dieu, sur qui je compte.*

— Je suis désolée, jeune femme, mais vous devez répondre verbalement. Vous repentez-vous de votre péché ?

Leana baissa les yeux, mais sa voix ne se brisa pas.

— Je me repens. Je suis sincèrement désolée.

La tristesse selon Dieu produit un repentir salutaire.

Elle leva les yeux, non pas en direction du révérend, mais vers son Jamie bien-aimé. Il devait comprendre, il devait savoir sans l'ombre d'un doute ce qu'elle disait et ce à quoi elle pensait. *Je suis désolée de t'avoir trompé. Mais je ne le suis pas de t'aimer.*

Les mots qu'elle lisait dans ses yeux reflétaient les siens. *Je t'aime encore.* Ils se regardèrent pendant tout le prononcé de la sentence.

— Leana McBride, vous êtes conséquemment condamnée à comparaître au banc de pénitence dans une robe de toile à sac, la tête et les pieds nus, pendant trois dimanches consécutifs à compter du prochain sabbat, comme il convient à la gravité de votre péché.

Hébétée, elle agrippa la main de Jamie. *Le banc de pénitence.* Même quand elle était enfant, elle n'osait pas s'approcher du banc détesté. Il était réservé aux impies. *Aux dépravés*, comme son père les appelait. Aux pécheurs.

Maintenant, il l'attendait, elle.

Ma peine est trop lourde à porter. Les mots de Caïn. *Mes mots.* Jamie serra sa main si fortement qu'elle craignit qu'il lui broyât les os.

Le ministre parla à nouveau.

— Tous les droits et privilèges conjugaux entre James McKie et Leana McBride sont désormais annulés.

Non. Elle ne pouvait plus le regarder, car la douleur était trop grande. *Oh, Jamie. Ne plus jamais te tenir dans mes bras. Ne plus jamais te toucher. Ne plus jamais t'embrasser.* C'était la plus dure des punitions, la pire de toutes.

Le révérend Gordon accéléra la procédure, comme s'il lisait une annonce avant le début des offices.

— Lachlan McBride, vous devrez vous assurer que les deux vivent dans des chambres séparées à compter de ce soir. James, votre mariage sera consommé le samedi 27 mars, après la relecture des bans, les dimanches où Leana montera sur le banc.

Rose intervint.

— Si Jamie et moi sommes déjà mariés, pourquoi relire les bans ?

Monsieur Millar s'empressa de répondre :

— Les bans permettent à toute personne qui s'oppose à un mariage de faire valoir ses objections. Étant donné tout ce qui a transpiré de ce cas, nous avons pensé que c'était plus prudent.

Le secrétaire du conseil consulta son cahier, puis se tourna vers Lachlan, qui était demeuré assis, sombre et silencieux, pendant tout le déroulement de la procédure.

— Il y a aussi une amende de trente shillings en argent qui doit être payée sans délai. Elle incombe à la personne légalement responsable de l'intimée. Comme Leana McBride n'est pas mariée et qu'elle vit sous votre toit, monsieur, la dette vous échoit.

Lachlan porta la main à son gilet et exhiba une bourse en peau de veau, lourde de pièces d'argent. Lorsqu'il la lança sur la table, elle s'y écrasa bruyamment, faisant sursauter le pauvre maître d'école. La voix de Lachlan était aussi froide que son argent.

— C'est toujours une affaire coûteuse que de comparaître devant le conseil.

Le révérend Gordon ignora la bourse, mais pas son propriétaire.

— Monsieur McBride, étant le seul témoin dans cette pièce qui ait entendu votre témoignage du 5 janvier 1789, je dois confesser que la vérité, qui nous a été révélée ce soir, n'a que très peu de ressemblance avec l'histoire que je vous ai entendu raconter l'année dernière. Toutefois, comme il n'en existe aucune trace écrite, je ne peux retenir ces contradictions contre vous, ni vous imposer de punition.

— Et c'est fort bien, révérend.

Lachlan fixa son regard sur Leana, et le dégoût était écrit sur sa figure.

— Ma fille est une traînée, dit-il. C'est une punition suffisante pour un père.

Elle baissa la tête et son cœur s'effondra. *Mon Dieu, délivrez-moi de la main de l'impie, de la poigne du fourbe et du violent.* La pensée de vivre sous le toit de son père, de souffrir sous son regard impitoyable jusqu'à la fin de ses jours, était au-delà de ses forces. *Délivrez-moi, mon Dieu.*

Le ministre fit un geste dans sa direction avec ses papiers.

— Maintenant, en ce qui concerne Ian.

Ian. Le cœur de Leana s'arrêta.

— C'est à monsieur McKie que revient la décision de le reconnaître comme son héritier légitime, ou de le déclarer bâtard.

La voix de Jamie résonna comme un gong.

— Ian James McKie est mon héritier légal et mon seul héritier.

Il lança un regard non équivoque en direction du secrétaire du conseil.

— Veillez à ce que ma déclaration soit dûment consignée.

Leana lui sourit à travers ses larmes. *Quel bon père.* La reconnaissance de son fils par Jamie démontrait qu'elle aussi aurait toujours une petite place dans sa vie.

— Au sujet de Ian, intervint Lachlan, je déclare que je ne reconnais pas en lui mon petit-fils, ni ne désire qu'il soit l'héritier d'Auchengray.

Il parlait d'un ton indifférent, comme si l'enfant était sans importance et que seule la propriété comptait pour lui.

— Comme je n'ai pas de fils, c'est mon droit légal de choisir mon héritier.

Il dirigea son gros doigt vers le clerc.

— Vous enregistrerez cela aussi dans vos minutes.

Leana était presque soulagée. Moins son père se retrouverait sur le chemin de Ian, mieux cela vaudrait. Elle l'élèverait seule, dans le coin qu'on voudrait bien lui laisser dans la maison, sachant que Jamie ne serait jamais très loin. *Mon cher petit garçon, mon cher Ian.*

— Très bien, acquiesça le révérend Gordon, bien qu'il fût clair que la dureté de la décision de Lachlan lui déplaisait. Notre plus grande préoccupation en ce qui concerne cet enfant n'est pas son héritage futur, mais son éducation morale présente.

— Oui, soupira Leana.

Elle ne pouvait être plus d'accord.

— C'est notre souhait de voir Ian McKie grandir dans une maison dévote et pieuse, libre de toutes… mauvaises influences.

Elle aspira fortement. *Il parle de moi. Je suis une mauvaise influence.*

— Par conséquent, l'entière responsabilité des soins du garçon incombera à son père, James McKie, et à sa belle-mère, Rose McKie.

Non !

Leana faillit perdre connaissance. Jamie la saisit par le bras juste à temps.

— Messieurs, Leana est la mère de l'enfant. Vous ne pouvez lui faire cela.

Elle essaya de respirer.

— S'il vous plaît…

Ces mots jaillirent dans un sanglot.

— S'il vous plaît…, ne prenez pas… mon fils.

— Je suis désolé, dit le secrétaire, qui semblait sincère.

— S'il vous plaît, gémit-elle, vous ne pouvez faire cela. Ian est… mon seul… Ian est…

— Regardez-la !

Jamie fit un pas en avant, l'attirant avec lui.

— Ne voyez-vous pas ce que vous faites à ma… à cette excellente femme ? Le banc de pénitence n'est-il pas une punition suffisante ? Combien doit-elle payer pour le crime de m'aimer ?

Oh, Jamie. Elle luttait, comme si elle essayait de se hisser d'un puits profond, s'accrochant au bras de Jamie comme à un filin jeté dans les ténèbres pour la sauver. Sans Jamie, elle se noierait. Sans Ian, elle cesserait de résister au courant qui l'emportait.

Le révérend Gordon réclama le calme, car partout dans la pièce, il y avait des murmures et des visages anxieux. Il leva une main pacificatrice vers Jamie.

— Ressaisissez-vous, monsieur McKie, il n'y a aucune raison de faire pareil éclat. Vous vivrez tous sous le même toit, du moins pour l'instant.

Le ministre hocha la tête en direction des aînés.

— Personne ici n'est dénué de sympathie pour vous, mademoiselle McBride. Nous sommes simplement préoccupés par le sort de votre fils, comme vous devriez l'être.

— Je suis le père de l'enfant, dit Jamie d'une voix qui demandait à être entendue. Et Leana est sa mère. Personne n'est plus soucieux du bien-être de Ian que nous le sommes.

Le révérend Gordon leva la main pour acquiescer.

— Oui, oui, nous le voyons bien.

Après avoir consulté ses notes un moment, le ministre expliqua :

— Leana pourra continuer d'agir comme nourrice auprès de l'enfant.

— Quoi ?

Ce fut Jamie qui parla au nom de Leana, qui était incapable de prononcer un seul mot.

— Toutefois, amenda le révérend, le vingt-septième jour du mois, l'enfant sera retiré à sa mère et confié aux McKie.

— Vous ne pouvez être sérieux ! rugit Jamie, qui était maintenant penché sur la table. Quel est le but de cette cruauté ? Je croyais que vous étiez préoccupé du bien-être de mon fils. Vous voudriez le priver de ce dont il a le plus besoin ?

— Qui est cruel, à présent ? répliqua le révérend Gordon. Demander à Leana de continuer à s'occuper d'un enfant qui n'est plus le sien serait sans pitié. Non, il vaut mieux en terminer dès le vingt-sept.

Il fit un geste de la main.

— Vous pourrez trouver une nourrice dans la paroisse, Jamie, reprit-il. Vous et Rose n'aurez aucune difficulté. Mais il serait déraisonnable de demander à Leana de jouer un rôle aussi ingrat.

Au lieu de cela, je n'aurai plus de rôle du tout. Leana serra les bras autour de son corsage, priant pour que son lait attende qu'Ian soit dans ses bras.

— Il se fait tard, dit-elle. En avez-vous fini avec moi ?

Le révérend Gordon échangea des regards avec les autres aînés.

– Oui. Le conseil continuera de siéger quelque temps encore, mais vous êtes libre de vous en aller, maintenant.

Son regard, dirigé vers elle seulement, se rembrunit.

– Je vous verrai au sabbat à la porte de l'église. Avant la première cloche.

– Je n'oublierai pas, dit Leana, qui se leva et s'enfuit de la pièce.

Chapitre 45

Tant les hommes que les femmes trahissent leur nature
Quand ils ne sont pas tendres.
— Philip James Bailey

Rose s'attarda devant la porte de la chambre d'enfant, essayant d'entendre la voix douce de Leana et les petits couinements haut perchés de Ian. Tout était silencieux, à l'intérieur. La porte était déjà entrebâillée ; une petite poussée permit à Rose d'entrer, sans être toutefois plus avancée. Elle la referma doucement derrière elle, puis découvrit que la pièce n'était pas vide, après tout. Leana et Ian faisaient une sieste tardive dans la matinée.

La veille, après le retour de la famille du conseil de l'Église, le petit lit mobile avait été apporté de l'étage des domestiques dans la petite chambre de Ian. Son père ne se montrait pas cruel envers Leana ; il remplissait simplement sa promesse d'offrir des chambres à coucher séparées à Jamie et à sa sœur. Rose était soulagée, bien sûr. Pourtant, de la voir ici, pelotonnée en boule sur son couvre-lit brodé bleu et blanc, vint jeter sur elle une nouvelle vague de culpabilité. Son père aurait-il dû faire un effort additionnel ? La couchette était trop petite pour une femme adulte. Basse sur ses roulettes, elle restait normalement remisée sous un grand lit, d'où on la tirait dans les rares occasions où un invité restait à dormir.

De plus, la chambre était exiguë. Une seule étroite fenêtre, regardant vers le nord en direction des jardins et d'Auchengray Hill, lui prodiguait son maigre éclairage. Rose souleva ses jupes et se déplaça sans faire de bruit sur le plancher, puis se retourna pour avoir une meilleure vue. Elle ne voulait que s'enquérir de la disposition des lieux, se préparant pour les jours où elle devrait se souvenir de ce qu'elle contenait ; elle était plutôt tombée sur un portrait vivant digne de la palette d'un peintre.

Leana n'avait pas tressé ses cheveux, ce matin-là, et ils se répandaient sur le couvre-lit comme un nuage doré. Son expression était sereine, sa peau aussi pâle que celle de Ian, les deux étaient éclairés par les rayons inclinés du soleil du matin qui s'infiltraient dans la pièce. Le garçon, couché sur le côté, était roulé sur lui-même, ses petits poings dodus enfouis sous son menton, ses rares mèches de cheveux bruns encore humides de son bain. Leana était lovée autour de l'enfant, formant un rempart de son corps, comme pour le protéger.

De moi.

Rose baissa la tête, des larmes lui piquaient les yeux. *Je ne ferai jamais de mal à ton fils, Leana.*

Comment les choses en étaient-elles arrivées là ? Oui, Rose voulait Jamie et elle était heureuse que le conseil de l'Église ait jugé que les vœux de mariage de Jamie devaient être honorés. Mais, même si elle adorait l'enfant, jamais elle n'avait souhaité qu'il devienne le sien.

T' es su' l'point d' devenir une mère. Et une épouse. Était-ce ce que la sorcière voulait dire ? Les deux à la fois ? Rose voulait un fils, bien sûr, mais son fils. Le fils de Jamie, le fruit de son propre corps. En vérité, elle n'avait aucune idée de la manière de prendre soin d'un enfant. Était-ce Leana qui lui montrerait comment le changer et le baigner ? Neda, qui lui dirait quelle était la nourriture favorite de Ian ? Ou bien observeraient-elles avec une joie méchante ses maladroites tentatives de s'occuper d'un bébé ?

Non. Leana était incapable de méchanceté.

Sa sœur était une meilleure mère, endormie, que la plupart des autres, éveillées. Toutes les qualités de Leana — sa patience, sa gentillesse, sa simplicité — lui servaient bien dans la maternité. Rose savait qu'elle n'avait aucune de ces qualités. Elle était impatiente, ne tenait jamais en place, et en voulait toujours davantage. Jamie lui avait assuré qu'il aimait ces attributs, quand ils s'étaient rencontrés pour la première fois, faisant l'éloge de ses manières enjouées. *Votre joie a conquis mon cœur.* Oui, c'est ce qu'il avait dit.

Maintenant, il aimait la calme et paisible Leana. La mère de son fils.

Rose se mordit les lèvres, détournant le regard de la scène touchante. *Je vous en supplie, aimez-moi à sa place, Jamie. Ne désirez plus que moi.*

— Rose?

Jamie.

Il était dans l'embrasure de la porte, l'homme qui était son mari, et qui pourtant ne l'était pas.

— Qu'est-ce qui vous amène ici? demanda-t-elle, parlant à voix basse. Les brebis se sont-elles lassées de votre compagnie?

— Je crois que ce serait plutôt à moi de demander ce que vous faites ici?

Jamie traversa la pièce sans faire de bruit, jetant un tendre regard sur la mère et l'enfant en passant près d'eux. Sans un mot de plus, il saisit la manche de Rose et l'attira vers le couloir, où il la relâcha aussitôt. Son regard avait perdu toute douceur, maintenant, de même que sa voix.

— Vous n'avez aucun droit d'être dans cette chambre, tant que ma… tant que Leana s'occupe de Ian. Vous n'êtes pas encore sa belle-mère, Rose.

— Mais je suis votre femme, même si ce n'est que de nom.

Elle baissa les yeux, se demandant ce qu'elle devait faire pour se faire aimer de Jamie.

— Je voulais en apprendre un peu plus sur votre fils, dit-elle. Les soins qu'il lui faut, comment satisfaire ses besoins.

— Regardez-moi, Rose.

Elle obtempéra, étonnée par la demande, et fixa les yeux sur son beau visage. Il regarda le sien attentivement un court moment.

— Je voulais seulement m'assurer que vous étiez sincère.

Jamie croisa les bras sur sa chemise de toile, déjà tachée par sa matinée de labeur.

— Je tenais à m'assurer que vos yeux disaient la même chose que vos paroles, précisa-t-il. Vous êtes une adroite dissimulatrice, Rose. Si quelqu'un pouvait tromper autrui dans le noir, ce serait bien vous.

Son cœur se serra.

— Jamie, je sais que vous êtes… en colère.

— En colère ? grogna-t-il. C'est très loin du compte.

— Vous avez tous les droits d'être furieux. Mais pas contre moi, Jamie. Je vous en prie, pas contre moi. L'erreur de transcription n'était la faute de personne. En ce qui concerne mon témoignage d'hier, je ne leur ai fourni aucun détail au sujet de… votre nuit de noces.

Sa mâchoire se contracta pendant qu'elle parlait, puis il l'imita :

— « Plus que surprise, monsieur. J'étais en état de choc. » Vous leur avez donné toutes les preuves dont ils avaient besoin. C'était très astucieux de votre part. Rien ne trouble votre conscience, pourtant, vous avez obtenu tout ce que vous vouliez.

— Pas tout, dit-elle faiblement, et elle était sincère. Car je ne possède pas votre cœur.

— C'est vrai ; vous ne le possédez pas.

Il fit un pas arrière, décroisant les bras.

— Il appartient à la femme qui est dans cette pièce et il lui appartiendra toujours, aussi longtemps que nous vivrons tous les deux. Vous avez fait une mauvaise affaire, Rose. Demandez à Leana ce que c'est que d'être mariée à un homme qui ne vous a pas choisie, et qui ne vous aime pas.

Elle eut une lueur d'espoir, car sur ce point, elle avait un avantage sur sa sœur.

— Vous m'aviez choisie, Jamie. Vous m'aviez préférée à Leana. Et vous m'aimiez. Je le sais, car vous me l'avez dit. Si souvent.

Il secoua la tête.

— Vous parlez du passé, Rose. Vous ai-je déjà aimée? Oui..., enfin, je le pensais. Mais vous n'êtes plus la même jeune fille que j'ai rencontrée à mon arrivée à Auchengray. Vous êtes plus secrète, je vous sens plus égoïste, aussi.

Il semblait troublé, comme s'il n'était pas heureux du tout de la blesser.

— Votre cœur s'est endurci, Rose, reprit-il. Peut-être a-t-il toujours été ainsi, et que je ne m'en rendais pas compte.

Elle détourna le regard, honteuse de ce qu'il pourrait trouver dans ses yeux. De la culpabilité. De la tristesse. Et de la douleur devant la vérité qu'il lui assénait.

— Si mon cœur s'est endurci, c'est parce qu'il a dû être rapiécé si souvent.

Retirant un mouchoir de sa manche, elle le porta à son nez et renifla doucement.

— Tout ce que vous dites est vrai, Jamie. Mais je veux changer. Je veux redevenir cette Rose, joyeuse et insouciante que vous avez déjà connue. Et aimée.

— Vous ne pouvez changer tout ce qui s'est passé, Rose.

— Non, lui accorda-t-elle, en faisant aussi un pas en arrière. Mais je peux me changer.

Et elle le pouvait. Elle le ferait. En commençant à l'instant même.

Rose tourna sur les talons et se hâta de descendre l'escalier, sa détermination grandissant à chaque pas. Maintenant que le conseil de l'Église avait corrigé les choses, elle travaillerait pour mériter Jamie, afin qu'il arrive à être heureux de la tournure récente des événements. Elle irait voir discrètement Neda à la cuisine, pour découvrir ce que Jamie préférait à table. Elle déterrerait sa haïssable aiguille et lui confectionnerait une chemise de batiste — sans aide, cette fois-ci, sans compter sur les doigts agiles de Leana pour faire presque tout le travail. Une journée passée auprès des servantes serait aussi bien employée. Elles pourraient la renseigner sur la naissance et les soins à donner aux enfants, car il serait injuste de demander à Leana de l'instruire sur ces sujets.

Rose n'avait pas sitôt atteint le rez-de-chaussée qu'un nom lui vint à l'esprit. *Jessie Newall.* Heureusement mariée, Jessie était mère de deux enfants, le dernier étant un bébé de quelques semaines à peine. Qui serait mieux placée que Jessie pour lui montrer ce qui rendait heureux un nourrisson? Rose irait tout de suite la voir et se passerait de déjeuner. L'atmosphère à table serait de toute façon aussi lourde qu'elle l'avait été au petit-déjeuner; Jamie était d'humeur sombre tandis que Leana avait combattu ses larmes pendant tout le repas. D'ici un jour ou deux, les choses pourraient s'être améliorées. Mais aujourd'hui, le mieux pour elle était de disparaître.

Après avoir lancé sa cape sur ses épaules, Rose se mit rapidement en route vers la ferme de Troston Hill, soulagée de respirer l'air frais chargé des senteurs du printemps. Sous ses pas, la nouvelle herbe perçait à travers le sol spongieux et, le long du March Burn, de jolis bourgeons verts habillaient les branches des grands chênes. Comme des cairns de laine dispersés sur les collines, des brebis, lourdes d'agneaux, appelaient leurs bergers de leurs bêlements. Oh! Comme les heures passées sur les collines lui avaient manqué. Pas étonnant que Jamie adorait cela, tout comme elle, autrefois — et elle y retournerait, si cela lui permettait de gagner son cœur.

Bien qu'on fût début mars et qu'il fît encore frais, le soleil lui réchauffait le visage. Il lui indiquait le chemin par le sommet d'Auchengray Hill, la descente du côté opposé et la pente raide de Troston Hill, qu'il lui faudrait gravir. Elle avait oublié l'aspect rude des pâturages, jonchés de pierres et d'ajoncs qui s'accrochaient à ses bas. Heureusement, ses lourdes bottes gardaient ses pieds secs tandis que son bonnet procurait de l'ombre à son visage. Puisque Jamie semblait préférer la peau claire, elle ne laisserait pas le soleil ruiner son teint.

La ferme des Newall apparut, avec ses granges et ses communs, modestes, mais bien tenus, et un petit troupeau de moutons à face noire. Au cœur de la propriété se trouvait une maison d'un étage, construite en pierres blanchies à la chaux, avec vue sur Lowtis Hill et le Criffell. Ragaillardie par la température splendide et la perspective d'un après-midi en compagnie d'Annie et de son tout jeune frère, Rose cogna à la porte et salua d'une voix chantante.

Une servante aux yeux fatigués l'invita à entrer, en faisant une timide révérence.

— J'vais prévenir m'dame Newall qu'vous êtes ici. Elle s'ra là bientôt.

La domestique disparut dans la cuisine tandis que Rose essayait de ne pas être estomaquée par le spectacle sous ses yeux. Son souvenir de Troston Hill — deux années s'étaient écoulées depuis sa dernière visite aux Newall — était celui d'un cottage coquettement meublé, où tout était ordonné et propre comme un sou neuf. Aujourd'hui, elle pouvait à peine s'y tenir debout, et encore moins s'asseoir, en raison des piles de lessive sur les fauteuils. Les restes du petit-déjeuner jonchaient encore la table, et le foyer n'avait pas été entretenu depuis quelque temps. Sûrement, deux enfants ne pouvaient être responsables d'un tel chaos dans une maison.

— Jessie ? dit-elle d'une voix hésitante alors qu'elle commençait à se demander si elle n'avait pas frappé à la mauvaise porte. De toute évidence, elle s'était trompée de journée.

— Rose McBride ?

Jessie arriva dans la pièce, avec un bébé dans les bras et Annie qui s'accrochait à son tablier. Les deux étaient en pleurs. Son expression n'avait rien d'amical et le ton de sa voix était à peine poli.

— Ou devrais-je dire, madame McKie ?

La bouche de Rose s'ouvrit toute grande, puis elle retrouva suffisamment ses esprits pour demander.

— Comment savez-vous… enfin, c'est hier soir…

— Oh ! Croyais-tu qu'une histoire aussi scandaleuse pouvait être gardée entre les murs d'Auchengray ? Les domestiques du révérend ont eu le temps de la raconter à vingt personnes avant le petit-déjeuner, qui l'auront colportée autant de fois avant midi. Mon homme à tout faire rentre tout juste de Newabbey, et il m'a dit qu'on ne parle de rien d'autre que des femmes de Jamie McKie.

Rose fléchit sous ce flot de paroles acerbes.

— Je n'avais aucune idée que la nouvelle se propagerait si vite.

— S'il s'était agi des ragots habituels, cela aurait pris une journée ou deux de plus.

Jessie passa près d'elle, inclinant la tête pour l'inviter à la suivre.

— Mais l'échange d'une mariée contre une autre ? Allons, Rose ! Jamais Newabbey n'avait connu d'histoire aussi choquante !

Ross s'affaissa sur une chaise de la cuisine, ses espoirs s'effondrant avec elle.

— Maintenant, j'ai honte de t'avouer le but de ma présence ici.

— Tu ferais mieux de t'y habituer.

Jessie s'assit à son tour, tirant une autre chaise pour qu'Annie se joigne à elles.

— Parce que tu porteras une honte aussi épaisse que ta cape verte pendant toute la saison. En vérité, Rose, toutes les portes te seront fermées.

— Mais, Jessie…

Rose la regarda, désemparée.

— Ce n'est pas ma faute…

Le regard franc de Jessie lui coupa la parole.

— Sais-tu à quel point ta sœur est estimée, dans la paroisse ? Le sais-tu ? Leana est la vraie fille de sa mère, gentille et douce. Tu me pardonneras cette remarque, Rose, mais tu ressembles bien davantage à ton père.

Rose ne dit rien. Il était inutile de discuter une vérité, si douloureuse fût-elle.

— Personne ne saura jamais ce qui s'est passé pendant cette nuit de *Hogmanay*, poursuivit Jessie. Mais j'étais au mariage, comme la plupart des gens de Newabbey. Et nous avons vu une mariée radieuse et son beau fiancé qui semblaient très heureux d'être ensemble, au moment de franchir le seuil de la maison, à minuit.

Rose regardait fixement la table pendant que le thé lui était servi. Bien que sa bouche fût complètement desséchée, elle n'avait aucune envie d'étendre le bras pour prendre la tasse.

— Puisque j'ai commencé à te dire la vérité, Rose, je ne te cacherai rien.

Jessie se versa une tasse de thé et du lait pour Annie, dont les yeux bleus étaient fixés sur l'assiette de gâteaux secs.

— Je ne suis pas la seule au mariage qui a encouragé Leana à prendre Jamie comme mari, reprit-elle. Et je ne regrette pas de l'avoir fait. Je suis seulement déçue que tu aies saboté mes efforts.

Rose se leva, trop bouleversée pour entendre la suite.

— Je te l'ai dit, Jessie. Rien de tout de cela n'est ma faute. Le secrétaire du conseil de l'Église devait changer les noms sur l'acte de mariage, et il ne l'a pas fait.

— Peut-être, jeune fille. Mais les histoires qui circulent te pointent du doigt comme étant celle qui a placé Leana sur le banc de pénitence.

Jessie souffla sur le thé pour le refroidir.

— J'espère que tu t'en souviendras pendant le sabbat, quand Leana y montera et que tous les regards à l'église se tourneront vers toi.

Chapitre 46

Ô blanche innocence,
Toi qui dois porter le masque de la culpabilité pour cacher
Ton horrible et sereine contenance
À ceux qui ne te connaissent pas !
— Percy Bysshe Shelley

Leana baissa la tête et passa la robe de toile grossière par-dessus ses cheveux étroitement tressés. Ses mains ne tremblaient pas, et ses genoux tenaient bon. *Et maintenant, je suis déjà offerte.* Le sabbat était enfin arrivé et, avec lui, la fin de l'agonie de l'attente.

Ian était couché dans son berceau, à ses pieds, profondément endormi après son petit-déjeuner plus matinal que d'habitude. La pièce était éclairée par une seule chandelle et la pâle lumière grise du matin. Une brume argentée illuminait la petite fenêtre et, au-delà, des chants d'oiseaux remplissaient l'air. Leana n'avait pas besoin de plus de lumière ni d'un miroir ; sa robe n'avait pas pour but de la rendre attirante. Elle arrangea les plis lâches autour de sa taille et secoua les manches, dépourvues de manchette ou de bouton. Blanche et banale, elle n'était pas destinée à la parer, mais à marquer sa déchéance.

Pendant trois jours d'affilée, elle avait fait courir son aiguille dans la toile blanchie, confectionnant sa robe de la honte. *J'ai cousu un sac sur ma peau.* Le vêtement informe lui frottait le cou, irritant sa peau sensible le long de sa clavicule. Ces laines grossières étaient destinées à la literie des domestiques, pas à être portées le dimanche ni aucun autre jour, d'ailleurs. Mais elle devait s'en vêtir, il n'y avait pas d'échappatoire.

Jamie était innocent, pourtant, il serait aussi forcé de payer un prix terrible. Ian, plus innocent encore, grandirait dans la honte par la faute de sa propre mère. *Et il serait élevé par une autre.*

— Non ! gémit Leana, son courage l'abandonnant.

Elle se pencha au-dessus du berceau pour prendre l'enfant endormi dans ses bras. *Pardonne-moi, cher petit !* Il se colla contre elle, nichant sa tête sous son menton. *Ian, mon doux Ian.* Elle tenta de chantonner pour lui, mais en fut incapable. Elle essaya de parler, mais aucun mot ne franchit ses lèvres. Elle baissa plutôt la tête et mouilla de larmes sa robe de coton.

Plusieurs minutes s'écoulèrent ainsi, puis elle entendit cogner doucement à la porte de la chambre.

— Leana ?

Jamie ouvrit, sans attendre une réponse. L'avait-il entendue pleurer ? Ses yeux, bordés de rouge, comme s'il avait passé la nuit sans dormir, s'écarquillèrent, incrédules à la vue de la robe de grosse toile.

— Oh, ma pauvre chérie ! Dois-tu porter cette horrible chose maintenant ? Ne peux-tu pas attendre d'être rendue à l'église ?

— Il vaut mieux que je m'habille ici, car je n'oserai m'en approcher sans l'avoir revêtue.

— Tu as raison, dit-il, et son soupir était lourd dans le silence du matin. Tu n'affronteras pas cette épreuve toute seule, Leana. Quand partons-nous pour Newabbey ?

Oh, Jamie. Ne comprenait-il pas ?

— Tu ne peux m'accompagner, mon amour. Cela ne serait jamais permis.

— Je disparaîtrai dans la pinède quand nous atteindrons le pont, insista-t-il, d'une voix vibrante. Personne ne le saura.

— Et mon père ? Et Rose ? Et les voisins que nous pourrions croiser en chemin ? Que penseraient-ils, s'ils nous voyaient ensemble, surtout aujourd'hui ?

Elle tendit la main pour caresser la joue rugueuse de Jamie.

— Non, Jamie. Je dois me rendre à l'église en marchant seule. Il est juste que je le fasse.

— Rien de tout cela n'est juste.

Il pressa la main de Leana sur son visage, puis baisa sa paume.

— Je voudrais pouvoir le faire pour toi. Prendre ta place devant tous, en ton nom.

— C'est mon péché qui doit être racheté, pas le tien, lui rappela-t-elle gentiment. Ce serait pire pour moi de te regarder monter sur le banc de pénitence.

Ses yeux, qui ne cillaient pas, brillaient de douleur.

— Et c'est moi qui devrai te regarder.

Cher Jamie. Elle s'avança vers ses bras tendus et il l'enlaça, leur enfant blotti entre eux. Ils demeurèrent immobiles quelques minutes, isolés du monde et de toutes ses peines.

Lorsque Jamie parla enfin, il recula d'un pas pour voir son visage.

— Nous te suivrons de près. Duncan, Neda et moi.

— Et Rose ?

Il serra les dents.

— Elle peut se rendre à l'église comme bon lui semble.

Rose. Sa sœur lui avait à peine adressé la parole de la semaine, pourtant, elle observait Ian avec une évidente curiosité. Il était impensable que Rose s'occupât de son fils, même si Leana savait que sa sœur l'aimait. Leana comptait sur Jamie afin de pourvoir à son éducation, de veiller à son bien-être. Dès ce matin. À compter de maintenant.

Leana baissa les yeux vers leur fils.

— Veilleras-tu bien… sur Ian ?

— Tu sais bien que je le ferai, chérie.

Elle remit l'enfant endormi dans les bras de Jamie en posant un baiser sur ses cheveux soyeux, puis fit un pas en arrière et lissa les plis de sa robe en toile de sac. Ses mains recommençaient à trembler.

— Jamie, je dois m'en aller immédiatement, sinon, j'ai peur de ne pas en avoir la force.

Il ne parla pas, mais lui baisa affectueusement le front. Puis, il pressa Ian contre lui, afin que Leana puisse sortir. Elle ne devait plus s'attarder. Ni regarder en arrière. Descendant l'escalier d'un pas prudent, elle pria pour que personne ne la vît sortir de la maison à une heure aussi matinale. Elle devrait leur faire face bien assez vite. Elle entendit beaucoup de voix dans la cuisine, mais ne croisa pas une âme dans le couloir, avant d'ouvrir la lourde porte pour marcher dans le matin du sabbat.

Une épaisse brume l'enveloppait, bouclant ses cheveux en fines mèches qui lui caressaient le visage. La sensation d'aller tête nue, et surtout sans chaussures, était si étrange pour elle. Le sol était froid sous ses pieds et l'herbe, humide. Quand elle eut franchi les vergers, l'ourlet de sa triste robe était tout mouillé. Quand elle emprunta le chemin de gravier, ses pierres pointues lui perçaient la peau, et elle ralentit le pas. Peu importe la douleur, elle devait arriver au son de la première cloche. *Il le fallait. Il le fallait.*

Lorsqu'elle atteignit le chemin menant à Newabbey, Leana ne regarda ni à droite ni à gauche, mais fixa le regard sur la terre battue et se mit en marche vers le village, évitant les cailloux semés sur son passage. Même les pierres rondes, polies par l'eau et l'usure, blessaient le tendre épiderme de ses pieds. Contrairement aux bergers et aux travailleurs de la ferme, qui allaient pieds nus à longueur d'année, Leana s'aventurait rarement à l'extérieur sans chaussures ou sans bottes. Grimaçant à chaque pas, elle s'efforçait de mettre un pied devant l'autre, priant pour avoir la force de continuer. *Je suis tienne. Sauve-moi.*

Le paysage vallonné restait noyé dans le brouillard, faisant paraître les rochers et les arbres informes et grisâtres. Les points de repère familiers, qui guidaient normalement ses pas et lui indiquaient sa progression, avaient disparu. Le Criffell ? Le moulin à tabac ? Nulle part en vue. Et le mariage ? La maternité ? Cela aussi était loin derrière. Devant elle ne s'étendait plus qu'un avenir terne et sans espoir. Trois sabbats passés au banc de pénitence, puis plus rien.

Non, Leana. Ce n'était pas vrai. Lors du sabbat qui avait vu naître Ian, elle avait découvert une vérité, si souvent négligée pendant les jours heureux qui avaient suivi : l'amour de Dieu suffisait. Sa foi suffisait. *Je ne t'abandonnerai jamais.* Oui, c'est ce que le Tout-Puissant avait dit à Jamie dans un rêve. Et elle sentait maintenant qu'il le lui répétait à elle, en un murmure silencieux dans un repli de son cœur. *Je ne t'abandonnerai jamais.*

— Je vous en prie, dit-elle doucement.

Leana venait à peine d'enjamber le pont du village quand une voix, qui semblait sortir du brouillard, l'interpella.

— Si c'est pas mam'zelle McBride, qui s'en va réchauffer l'banc d'pénitence.

Le meunier. Elle se retourna vivement et grimaça de douleur quand une pierre vint se loger dans son pied.

— Monsieur ?

Brodie Selkirk vint se planter devant elle, les bras croisés sur la poitrine.

— J'aurais jamais pensé voir c'te jour-là ! La bonne fille de Lachlan tombée dans la honte.

Ses yeux étroits étaient remplis de reproches.

— Va vite, reprit-il, car la cloche d'l'église est su' l'point d'se faire entendre, et la file des gens qui veulent t'souhaiter la bienvenue s'allonge.

Leana frémit, s'imaginant la scène qui l'attendait. Les commères du voisinage, tels des aigles pêcheurs tenant un poisson frétillant entre leurs serres, s'apprêtaient à faire un festin de sa disgrâce. Elle inclina la tête et passa rapidement devant monsieur Selkirk, grimaçant à chaque pas douloureux. Lorsque l'église apparut, son cœur chavira. Le meunier n'avait pas exagéré. Trois douzaines ou plus de villageois étaient massés devant la porte, au milieu desquels se trouvait le révérend Gordon.

— Venez, mademoiselle McBride, l'appela-t-il de loin tout en lui faisant signe d'approcher. C'est le moment.

Elle évita les regards curieux, mais ne put s'empêcher d'entendre les remarques sur son passage. « Quelle effrontée ! » « Oh ! R'gardez c'te scandaleuse Leana. » « Tel père, telle fille. » « V'là sainte Leana ! »

Cependant, tous ne lui décochaient pas des flèches cruelles, appuyées par des regards méchants. Maggie Hamilton hocha brièvement la tête sur son passage. Ainsi que la femme de Jock Bell, qui enleva son bonnet noir pour exprimer sa sympathie. « Pauv' fille », entendit Leana. « La vraie coupable, c'est sa sœur. »

Non. Rose était innocente. Même son père l'avait affirmé.

Au-dessus de sa tête, la cloche de l'église sonnait pour la première fois, ce matin-là. Elle devait retentir trois fois.

— Vous resterez là, Leana.

Le révérend Gordon fit un pas de côté, révélant une dalle plate et surélevée près de l'entrée.

Elle n'avait jamais beaucoup prêté attention à cet endroit, auparavant, ni au joug qui émergeait du mur. Maintenant, Leana fixait le collier d'acier, horrifiée.

— Est-ce que… je devrai…

— Non, Leana. Il n'est pas nécessaire d'attacher le collier autour de votre cou. Restez debout ici, dit le ministre en la guidant vers sa place. Une question de la Bible, maintenant.

Bien que sa voix fût rude, son visage ridé exprimait une rare compassion chez lui.

— « Ton cœur pourra-t-il résister ? »

— Oui, murmura-t-elle, répondant sur le même ton. « Le jour où je crains, moi, je compte sur toi. »

— Bien dit, mademoiselle McBride.

Il fit un pas en arrière pour lui faire un peu de place, invitant les autres à l'imiter avant de poursuivre.

— Vous devrez rester ici jusqu'à la troisième cloche et faire face à vos voisins. Bien que vous ayez trompé leur confiance, vous n'avez pas causé de tort à leur propriété. Ils ne seront donc pas invités à venir vous frapper.

Il regarda sévèrement la foule et déclara.

— Si quelqu'un s'avise de le faire, il devra s'expliquer devant le conseil.

Son avertissement prononcé, le révérend Gordon entra dans l'église, la laissant seule pour affronter tout ce qui pourrait arriver. Leana respira profondément, redressa les épaules et se raidit dans l'attente des gestes méprisants ou des railleries qui allaient sûrement suivre.

Elle n'eut pas à attendre très longtemps.

Thomas Clacharty cracha sur elle, laissant une trace de salive noire sur sa robe de pénitente.

Nicholas Boyle fit ostensiblement un détour pour entrer dans l'église, murmurant des insultes au passage.

David McMiken secoua la Bible dans sa direction en entrant, refusant de la regarder.

Mary McCheyne attira ses enfants derrière ses jupes, puis lança des mots au cœur de Leana, aussi affûtés qu'un sabre.

— T'es une prostituée dégoûtante ! siffla-t-elle. Une putain de la pire espèce, qui a volé l'mari d'sa sœur.

Lydia Taggart brandit plutôt quelques versets :

— « Or, on sait bien tout ce que produit la chair, la fornication, l'impureté, la débauche, les orgies. »

Lydia semblait prendre plaisir à énumérer chaque péché, ses yeux verts lançant des éclairs.

Leana ne nia aucune de ses accusations, laissant leur vérité la laver. *De ma faute, purifie-moi.*

D'autres passèrent sans prendre acte de sa présence, comme s'ils avaient honte à sa place. Plusieurs regardèrent, mais ne firent aucun commentaire. Leana s'efforça de tous les regarder, pour qu'ils voient la vérité qui brûlait dans son cœur. Oui, elle était une pécheresse. Mais sa confession l'avait libérée. Ses voisins pouvaient bien tacher sa robe, ils ne pouvaient souiller son âme, car elle était purifiée, blanche comme la neige, pure comme la laine de l'agneau. Elle n'était pas innocente, mais elle avait été pardonnée.

Un cabriolet s'arrêta non loin de la porte. *Rose. Et père.* Leana ne savait où regarder ni quoi leur dire alors qu'ils approchaient. Si seulement elle avait pu s'enfuir en courant pour se réfugier dans les ruines de l'abbaye ! Son père ne la regarda pas et passa en coup de vent, mais l'expression de son visage était éloquente : il avait honte de reconnaître en elle sa fille. Rose se tenait un peu derrière lui ; elle aurait voulu dire quelque chose, mais elle ne trouvait pas les mots. Finalement, elle aussi disparut dans l'église.

Bouleversée par leur rejet silencieux, Leana pressa une main sur son estomac, craignant d'être malade, même si elle n'avait rien mangé depuis plus d'une journée. Lorsqu'elle releva les yeux l'instant d'après, elle remarqua un petit groupe de paroissiens qui s'approchaient prudemment, comme s'ils attendaient que la foule se disperse.

Parmi eux se trouvait Alexander Lindsay, un vieil homme courbé par les années.

— Vot' mère s'rait fière de vous, en vous voyant accepter c'que les aut' vous disent, sans vous détourner.

Mère. Leana réprima un sanglot, imaginant Agness McBride debout à côté d'elle. Est-ce que sa mère serait vraiment fière d'elle ?

— Merci, dit-elle alors que le vieux Lindsay avançait d'un pas tremblant dans l'église.

Isabella Callender prit la main de Leana et la serra.

— Z'êtes une bonne fille avec un bon cœur. Peu importe c'qu'adviendra, j'souhaite que l'pire soit vite passé.

— Oui, acquiesça Leana alors que les larmes lui montaient aux yeux.

Un par un, Janet Sloan, puis Maggie Hamilton, puis James Glover lui offrirent quelques mots de réconfort. Ce n'est que lorsque Peter Drummond fut passé que Leana remarqua une jeune femme rousse qui se tenait debout à quelques pas de distance, les bras tendus vers elle.

— Jessie ! cria Leana.

Les deux amies tombèrent dans les bras l'une de l'autre.

— Chère amie, je suis si heureuse que tu sois venue.

— Et où donc aurais-je pu être le jour du sabbat ? la taquina Jessie, reculant un peu afin de sécher ses larmes.

Après avoir parlé un moment avec elle, Jessie lui dit :

— Il y en a d'autres qui attendent leur tour.

Elle fit un mouvement en direction de la porte voûtée où quelques personnes lui manifestaient leur appui silencieux. Jamie, qui tenait Ian. Neda. Duncan. Eliza. Annabelle.

— De nombreuses personnes t'aiment, Leana. Souviens-toi de cela, quand tu monteras sur le banc. Tu n'es pas seule.

— Non, je ne le suis pas.

Elle respira profondément, pour la première fois ce matin-là, et les regarda en retenant ses larmes.

— « Dieu est la force de ma vie. »

Et toi, Jamie, le seul homme que j'aimerai jamais.

Chapitre 47

Car mon cœur
Est trempé comme l'acier.
— William Shakespeare

Il l'aimait. Pouvait-il le lui dire, debout dans ce terrible lieu de jugement ? Il le pouvait et le ferait, car elle méritait de l'entendre. Et il avait besoin de dire les mots à haute voix, même s'il savait que cela ne le soulagerait pas de la culpabilité qui lui déchirait les entrailles.

— Jamie, tu dois y aller l'premier, dit Duncan en lui donnant un petit coup de coude. C'est d'ton support qu'la jeune fille a l'plus besoin, pas du nôtre.

— Alors, elle l'aura.

Tenant Ian contre sa poitrine, Jamie marcha résolument vers Leana. Son regard n'avait pas quitté le sien, dès l'instant où elle l'avait aperçu. Quand la cloche résonna frileusement pour la deuxième fois, le garçon passa sa petite main sur les joues de Jamie — heureux, semblait-il, d'avoir son père à lui seul.

— Pa-pa-pa !

— Oui, mon garçon.

Il déposa un baiser sur les cheveux de l'enfant, sans jamais quitter des yeux la femme qu'il aimait.

— Bien sûr, je suis ton père. Et voilà ta brave maman.

Leana était seule, maintenant, car la deuxième cloche était celle convoquant les paroissiens à la célébration du culte. Des voix ternes flottaient à travers la porte ouverte de l'église. Le maître de chapelle psalmodiait d'abord chaque verset, puis la congrégation le reprenait, une ligne à la fois. « Yahvé, mon Dieu, en toi j'ai mon abri. »

Jamie n'avait jamais autant apprécié le choix d'un long psaume de rassemblement que ce jour-là.

– Jamie.

Quand Leana prononça son nom, cela ressemblait à de la musique.

– Béni sois-tu d'être là, murmura-t-elle, inclinant la tête pour cacher ses larmes.

Il ne baissa pas la voix, comme elle l'avait fait, mais parla hardiment, enterrant les chants.

– Je t'aime, Leana. Je t'aimerai toujours.

Lorsqu'elle leva le regard, le visage rayonnant d'espoir, Ian ne put se retenir plus longtemps. Il réclama sa mère, en tendant les bras.

– Oh, mon garçon !

Elle le tint tout contre elle, couvrant son visage de baisers.

– Tu ne sais pas où nous sommes.

– Ian se moque bien du lieu, dit Jamie en dégageant quelques mèches du visage de Leana. Tout comme moi, d'ailleurs.

La réponse de Leana fut comme un baume sur son âme.

– Que ferais-je, sans mes deux braves hommes ?

Il replaça une mèche de cheveux défaits derrière son oreille, en disant :

– Plaise à Dieu que tu n'en sois jamais séparée.

– Mais ne partiras-tu pas pour Glentrool après l'agnelage ? demanda Leana en collant Ian sur son épaule, comme si elle avait voulu le protéger de l'affreuse vérité. Avec… avec Rose ?

Jamie n'hésita pas à répondre, car il avait longuement réfléchi à la question.

– Non, répondit-il. Nous ne déménagerons pas à Glentrool. À moins que tu viennes avec nous.

Ses grands yeux pâles s'agrandirent.

– Jamie, je ne pourrais jamais faire une chose pareille !

– Alors, nous resterons à Auchengray.

Pour elle, il ferait tout. Il abandonnerait ses prétentions à Glentrool. Il vivrait sous le toit de Lachlan McBride. N'importe quoi.

— Je n'accepterai pas que mon fils soit séparé de sa mère. Pas plus que je ne laisserai la femme que j'aime entre les mains d'un père aussi haïssable.

— Mais Rose…

La cloche l'arrêta au milieu de sa phrase.

— Jamie, tu dois entrer immédiatement ! Vite, avant que le bedeau vienne pour moi.

Il obéit en dégageant Ian des bras de sa mère, en dépit des protestations du garçon, et entra dans l'église sous la cloche qui sonnait au-dessus de sa tête. Jamie se sentait lâche de l'abandonner à la porte de l'église. Pourtant, il devait le faire ou elle se verrait condamnée à passer un sabbat supplémentaire au banc de pénitence, pour lui avoir parlé après le début de l'office. Une douzaine de regards curieux le suivirent alors qu'il avançait dans l'église, accompagné de Duncan et des autres. Jamie pria pour que les domestiques eussent aussi adressé un mot gentil à Leana, car elle aurait besoin de leur affection pour la soutenir, pendant cette éprouvante matinée.

Non, pas éprouvante. Impossible. Inimaginable.

Le révérend Gordon se présenta en chaire au moment où la cloche se tut. Il s'inclina en direction des Stewart assis dans la loge du laird, qui se levèrent à tour de rôle pour saluer, ce qui était la coutume chez les gens de petite noblesse de la paroisse. Le ministre signala ensuite au maître de chapelle de cesser de chanter, en se penchant vers l'avant pour lui donner un petit coup sur la tête avec son livre de psaumes. Jamie, entre-temps, s'était glissé dans le banc de son oncle, essayant de mettre le plus de distance possible entre lui et le couple formé par Rose et son père, sans prêter le flanc aux commérages. Les membres de la congrégation avaient suffisamment de ragots à se mettre sous la dent, sans leur fournir une autre bouchée de choix.

— Avant notre première prière, je voudrais demander à monsieur Millar de s'avancer pour la criée des bans.

Le cœur de Jamie s'arrêta net. Consumé par l'épreuve de Leana, il avait oublié l'affaire suivante au rôle du conseil : les bans. *Les miens. Et ceux de Rose.* C'était porteur de malchance que d'être présent à la lecture de ses propres bans. Jamie n'en avait cure. Tout comme Rose, semblait-il, qui se penchait légèrement pour mieux entendre, savourant sans doute le moment. Il se retourna pour voir si Leana avait déjà été introduite à l'intérieur. *Dieu merci !* Pas encore. Le matin avait déjà fourni assez d'éléments pour lui briser le cœur, sans ajouter celui-là.

Monsieur Millar, le clerc du conseil, se leva de sa place près de la chaire, puis fit face aux paroissiens, qui attendaient la suite avec impatience.

— Je proclame les noms de ceux qui désirent que leur mariage soit reconnu par la paroisse de Newabbey. Le 27 mars, James McKie d'Auchengray reconnaîtra publiquement Rose McBride McKie comme son épouse légitime. Y a-t-il quelqu'un dans cette salle qui prétend qu'il existe un empêchement à cette union, telle que consignée dans les registres de la paroisse, en date du 31 décembre 1788 ?

Toute l'assistance retint son souffle.

Jamie fixa le plancher pour maîtriser la nausée qui montait en lui. Peu de personnes présentes recevaient cette nouvelle pour la première fois ; on n'avait parlé pratiquement que de cela dans le village, depuis lundi. Mais de l'entendre de la bouche même du clerc lors de l'office conférait à cette histoire sordide un caractère officiel. Lorsqu'il leva la tête, se préparant à affronter ses voisins, Jamie découvrit que ce n'était pas lui qu'ils regardaient, mais Rose.

Elle souriait, et l'espoir rayonnait sur son visage, comme si elle cherchait leur approbation. Mais bien peu lui rendirent son sourire. Certains avaient l'air outrés, d'autres, scandalisés. Est-ce que la sympathie populaire irait à Leana plutôt qu'à

Rose ? Il devait le découvrir assez tôt. Seule la première prière de la matinée séparait Leana du banc si redouté.

Le révérend Gordon leva les mains, et toute la congrégation se leva, les hommes retirant leur chapeau. Jamie déposa son tricorne sur le banc afin d'avoir les deux mains libres pour s'occuper de Ian, qui devenait souvent bruyant au moment le moins opportun. Dès que la prière débuta, Rose s'approcha de lui en dirigeant son regard sur le garçon, comme si elle voulait offrir son aide. Jamie secoua à peine la tête. Il ne voulait pas attirer l'attention sur lui, pourtant il était bien résolu à ne pas laisser Rose prendre son fils. Comme si elle en avait le droit. Comme s'il allait permettre à une créature aussi égoïste de tenir l'enfant de Leana.

Une poignée de mots — « Plus que surprise, monsieur. J'étais en état de choc. » —, et Rose avait ruiné sa vie. Et celle de Leana encore plus. Comment aimer un jour une femme à qui il ne pouvait pardonner ?

La réponse lui vint trop rapidement. *Mais si vous ne remettez pas aux hommes, votre Père non plus ne vous remettra pas vos manquements.* Mais c'était plus qu'un manquement, c'était une imposture.

Jamie fut soulagé, car la prière du ministre, habituellement interminable, fut heureusement courte. En effet, chaque minute que Leana devait attendre à la porte ne pouvait être qu'une torture pour elle. Lorsque le révérend Gordon tonna « Ainsi soit-il », Jamie s'assit avec les autres, tout en se retournant légèrement pour être en mesure de la voir entrer.

— Et maintenant, si monsieur Hunter veut bien amener Leana McBride, afin qu'elle comparaisse devant cette congrégation sur le banc de pénitence. Car, ainsi que la Bible nous le commande : « Les coupables, reprends-les devant tous, afin que les autres en éprouvent de la crainte. »

Jamie avait le cœur dans la gorge, lorsque le bedeau avança en se traînant les pieds vers la porte. Au même moment, les fidèles assis près de lui murmuraient plus ou moins discrètement :

— J'ai entendu dire qu'elle l'avait trompé le jour même de ses noces !

— Oui, et elle aurait conçu son bébé la même nuit !

Il était inutile de les fusiller du regard ; cela ne ferait qu'empirer les choses pour Leana.

William Hunter, un homme plus âgé à la démarche chancelante, dont le sourire dévoilait plus de gencives que de dents, faisait office de bedeau à l'église, accomplissant toutes les tâches serviles que les aînés lui demandaient de faire. Ce matin-là, c'était son rôle d'exposer la pénitente au regard de tous et aux quolibets de plusieurs. Il l'escorta jusqu'au centre de l'église, pendant que les murmures s'élevaient des bancs à un niveau odieux.

Leana s'approcha du banc de pénitence, placé bien en évidence devant la chaire. Le meuble de bois n'avait pas été occupé depuis de nombreux mois, le conseil de l'Église sanctionnant les offenses mineures sans avoir recours à une humiliation publique. Mais les vœux de mariage n'étaient pas transgressés à la légère, et cela, dans aucune paroisse. Il y avait deux sièges rectangulaires sur le tabouret à six pattes — l'un plus bas, l'autre bien plus élevé. Les offenses mineures valaient aux coupables le siège du bas. Leana prendrait place sur le plus élevé, où tous pourraient la voir sans devoir tendre le cou.

Jamie retint son souffle en la regardant se servir du premier banc comme d'un marchepied, car l'escalade n'avait rien d'élégant. Elle pouvait même être périlleuse, à moins d'avoir la poigne solide et un bon sens de l'équilibre. Heureusement, Leana s'en tira sans encombre. Au bout d'un instant, elle était perchée à plus d'un bon *ell*[12] écossais au-dessus du plancher de dalles, sa robe grossière modestement repliée sous elle. Elle hocha la tête en direction du révérend Gordon, en signe

12. N.d.T. : Unité de mesure équivalant à un peu plus d'un mètre.

d'obéissance, puis s'assit, les mains jointes devant elle, comme il sied à une dame. *Dieu est en elle ; elle ne peut chanceler.*

À la vue de sa mère, Ian se mit à s'agiter dans les bras de Jamie.

– Calme-toi, mon garçon, dit Jamie doucement, le rapprochant de lui. Tu vois comment ta mère est silencieuse ? Nous devons l'imiter.

La dignité de Leana était communicative, car le silence se fit dans la congrégation.

Le bedeau retourna un sablier pour marquer le début du sermon du ministre. Leana serait forcée de rester assise pendant l'homélie d'une heure, attendant la réprimande qui surviendrait à la conclusion de l'office. Les sermons devaient être prononcés sans notes, pourtant, le révérend Gordon jeta plus d'une fois un regard sur ses feuilles, tandis que sa voix sonore assénait la vérité aux paroissiens tel un marteau de velours. Jamie ne lui accorda que peu d'attention. Son attention était plutôt concentrée sur Leana, qui ne broncha pas sous les assauts verbaux du ministre, ni ne rougit quand le message semblait s'adresser à elle directement. Mais cela se produirait, tôt ou tard.

Le sable dans le verre semblait s'être figé, tant l'heure s'étira. Les estomacs grondèrent et les enfants commencèrent à s'agiter. Quand Ian se mit à somnoler, Jamie passa l'enfant à Neda, puis il reprit sa surveillance. Regardant sa femme. L'aimant à distance. Souffrant pour elle. Souhaitant être à sa place.

Finalement, la partie supérieure du sablier se vida, et le ministre conclut son sermon.

– Et c'est ma responsabilité de diriger votre attention sur Leana McBride, qui est assise devant vous.

Jamie grimaça. Toutes les âmes présentes n'attendaient que ce moment.

– Mademoiselle McBride s'est engagée sur le chemin du repentir en ce jour du sabbat et comparaîtra devant cette assemblée à nouveau le 14 et le 21 mars. Étant accusée du péché de fornication, la réprimande de ce matin visera son péché odieux, justement décrit dans le livre des Proverbes.

Jamie grinça des dents à la lecture de la première ligne.

— *Telle est la conduite de la femme adultère, elle mange, puis s'essuie la bouche en disant : je n'ai rien fait de mal !* Pourtant, n'est-ce pas cela qui est assis devant nous ? Une tentatrice impie, qui a mangé à notre table, s'est essuyé la bouche avec notre linge et a marché parmi nous telle une femme vertueuse ? Et pendant tout ce temps, elle se vautrait dans la tromperie, prétendant être une épouse, alors qu'en fait, elle n'était qu'une prostituée.

Non !

L'assistance se faisait petite dans les bancs. Le visage de Jamie rougissait. Comment le ministre pouvait-il avilir Leana ainsi ! Oui, les mots étaient écrits dans la Bible, mais il était rare de les entendre lancés aussi durement de la chaire. Pas de doute possible, le révérend voulait que Leana serve d'exemple. Mais l'homme n'avait-il aucune compassion ?

— Et qu'est-ce qui trouble la terre ? demanda le révérend, qui continua sans attendre de réponse. La Bible nous dit que c'est « quand une fille odieuse parvient à se marier ». Et je vous dis, cette femme odieuse est loin d'être mariée, même si elle nous a tous mystifiés, le mari de sa sœur y compris.

Non ! Jamie grinça des dents, il aurait voulu parler, crier à l'homme pour lui répondre. *Elle ne m'a pas trompé. Elle m'a aimé.*

— « Une maîtresse femme est la couronne de son mari, mais une femme indigne est comme de la pourriture dans ses os. »

Le révérend se tourna pour faire face à Jamie. Bien que l'homme ne pointât pas un doigt accusateur en sa direction, il ne le sentait pas moins enfoncé dans sa poitrine.

— Je ne vois aucune couronne sur votre tête, monsieur McKie. Vous n'êtes pas un prince d'Écosse, pas plus que votre fils n'est héritier d'un trône. Car Ian a été conçu dans le péché et il est né d'une prostituée…

— Ça suffit !

Jamie se leva vivement.

— Je refuse d'entendre souiller le nom de mon fils, car il est innocent.

Et sa mère également.

— Personne n'est innocent, monsieur McKie. « Tous ont péché et sont privés de la gloire de Dieu. » Vos propres os sont pourris, monsieur, épargnés seulement par la miséricorde du Dieu tout-puissant et celle de cette Église.

Il se pencha vers l'avant, ses sourcils broussailleux formant une ligne sévère.

— N'êtes-vous pas reconnaissant, monsieur ? demanda-t-il. À la fin du mois, ne retrouverez-vous pas votre femme légitime, la chaste et jolie Rose McBride ?

Jamie agrippa le dossier du banc de bois devant lui, tremblant de rage et de frustration, retenant de toutes ses forces les mots qu'il aurait tant voulu dire. *Je ne suis pas reconnaissant. Je ne la veux pas comme épouse.*

— Parlez, monsieur ! Car il est clair que quelque chose vous ronge.

Il fit un geste en direction de Leana, qui restait assise en silence, le visage aussi blanc que sa robe.

— Est-ce la tromperie de cette femme ? Est-ce cela que vous voulez dénoncer ? Réprimanderez-vous maintenant Leana, comme il vous revient de le faire ?

Jamie regarda vers le ciel, au-dessus de la chaire du ministre. *Tu m'as ceint de force pour le combat.* Il éleva la voix pour qu'elle porte autant que celle du révérend, afin que tous entendent.

— Je ne la réprimanderai pas.

— Alors, vous ne l'aimez pas, déclara le ministre, car la Bible dit : « Ceux que j'aime, je les semonce et les corrige. »

— Non ! cria Jamie, en pointant en direction du banc de pénitence. Cela, monsieur, n'est pas de l'amour.

Il passa par-dessus le banc vide devant lui et s'avança vers la chaire comme si une grande armée le suivait dans son sillage.

— Dites-moi, révérend, est-ce comme cela que vous aimez vos agneaux ? En les dégradant ? En les humiliant ?

Le ministre plaça les mains devant lui, comme pour former un bouclier.

— Cela est plus que suffisant, monsieur McKie.

Jamie s'arrêta au pied du banc de pénitence et leva la main pour saisir celle de Leana.

— Réprimandez-la pour ses péchés si vous le devez, mais vous ne devez pas avilir la femme que j'aime. Car je l'aime. Qu'il n'y ait aucun malentendu sur ce point. Lisez tous les bans que vous voudrez. C'est Leana McBride que j'aime et personne d'autre.

Chapitre 48

Tôt ou tard, les plus rebelles
doivent ployer sous le même joug.
— Madame de Staël

Rose se laissa retomber sur le dossier de bois. *Oh, Jamie.* Il n'aurait jamais déclaré une chose aussi scandaleuse, debout au pied du banc de pénitence, si elle n'avait pas été vraie.

Personne ne remarqua sa souffrance, car tous étaient absorbés par le drame qui se jouait sous leurs yeux, et on ne se donnait pas même la peine de baisser la voix pour s'échanger des commentaires. Le révérend Gordon étendit les mains pour imposer le silence à la congrégation. Même si son visage demeurait sévère, sa voix avait cessé de tonner.

— En cette unique occasion, monsieur McKie, je passerai outre à votre comportement passionné. Peu importe l'estime que vous portez à Leana McBride, le péché de votre cousine exige une juste réprimande. C'est le devoir de cette paroisse de s'assurer qu'elle s'y soumet.

Les mots de Jamie s'élevèrent au-dessus du vacarme.

— Et c'est le mien de l'aimer, monsieur.

Et personne d'autre. Pas même moi. Rose se faisait toute petite alors que les deux hommes se défiaient du regard, comme s'il n'y avait eu personne d'autre dans le sanctuaire. Jamie était à elle, n'est-ce pas ? Même l'Église l'avait affirmé. Mais les yeux de Jamie ne disaient pas cela. Ni ses paroles. Ni sa main, qui prenait celle de sa sœur.

— Regagnez votre place, maintenant, monsieur McKie. C'est au tour de mademoiselle McBride de se confesser, avec l'humilité qui convient, c'est-à-dire à genoux.

Rose sursauta, puis comprit que mademoiselle McBride était Leana, maintenant, et non elle. *Dieu soit loué.* Elle aurait difficilement pu faire ce que Leana était sur le point d'accomplir.

Sa sœur s'arracha du banc surélevé et se retourna pour s'agenouiller sur l'autre, plus bas. Dans cette position, elle garda la tête baissée si longuement que toute l'assemblée tomba dans le silence. Rose s'étirait le cou pour voir. Est-ce que Leana pleurait ? Priait-elle ? Ou implorait-elle le pardon ?

Finalement, Leana leva la tête et s'adressa au révérend Gordon d'une voix ferme et claire.

— Je suis coupable du péché que vous avez nommé. Bien que ce ne fût pas mon intention de briser le septième commandement, cela fut néanmoins le résultat.

À chaque phrase, son visage devenait plus radieux, comme si un nuage s'était retiré pour faire place au soleil.

— Je ne blâme personne d'autre que moi. Tous sont innocents, sauf moi.

Oh, ma sœur. Comment pouvait-elle être si courageuse ?

Lorsque Leana la regarda, Rose détourna le regard, subjuguée. C'était de l'innocence qu'elle voyait dans les yeux de sa sœur. Et de la culpabilité qu'elle ressentait dans son cœur. Sa sœur lui avait-elle fait du mal ? Ou n'était-ce pas plutôt elle qui l'avait traitée injustement ? L'envie et le pardon se disputaient la préséance, jusqu'à ce que les fortes paroles du révérend Gordon, exigeant une réponse, l'arrachent à ses réflexions.

— Êtes-vous sincèrement désolée, mademoiselle McBride ?

La question la transperçait comme le plus affûté des poignards. *Es-tu désolée, Rose ?* Dans l'intimité du banc d'église, elle inclina la tête.

— Oui, murmura Rose. Et non, car c'était aussi la vérité. *Pardonne-moi.*

La réponse de Leana flotta au-dessus de l'assemblée, qui retenait son souffle.

– Je suis plus désolée que je ne puis l'exprimer. J'ai blessé ma famille et j'ai péché contre le Tout-Puissant.

– Et vous repentez-vous ? Devant tous ces témoins, vous engagez-vous à ne plus pécher ?

– Devant Dieu et cette assemblée, je me repens de tout mon cœur.

Leana se releva, mais seulement un moment. Se tournant vers la congrégation, elle se baissa jusqu'au plancher de pierre. Ses genoux touchèrent le sol, puis ses épaules, enfin elle se prosterna devant tous, la joue appuyée sur la dalle froide, les bras en croix. Sous les boucles blondes de sa chevelure, la robe de grosse toile semblait dessiner des ailes autour de son corps.

Sa voix était douce, pourtant assurée ; tendue, mais non brisée.

– Dieu est bon, éternel est son amour, et d'âge en âge, sa vérité.

Le silence régna des fondations jusqu'aux solives du plafond. Les femmes portèrent leurs doigts à leurs lèvres. Les hommes retirèrent leur chapeau. Même les jeunes enfants restèrent assis en silence, les yeux grands ouverts d'étonnement.

Rose n'avait jamais autant souffert. Les péchés de Leana avaient été confessés et pardonnés ; les siens, ni l'un ni l'autre. Sa sœur était purifiée, tandis qu'elle stagnait dans la honte de ses désirs égoïstes, n'osant prier, souhaitant que le plancher de dalles sous son banc s'ouvrît pour l'engloutir. Une prière du révérend Gordon, un psaume, puis sa bénédiction devaient encore suivre. La porte de l'église, verrouillée au début du sermon, ne serait pas ouverte avant l'« Ainsi soit-il » final du ministre. Pourrait-elle attendre aussi longtemps ? Arriverait-elle à le supporter ?

L'assemblée chantait en suivant le livre des *Paraphrases*, mais Rose pouvait à peine reconnaître les mots qui semblaient flotter devant ses yeux, sur la page.

Ô Dieu, nous confessons nos fautes nombreuses,
Si grande fut notre culpabilité !
Folles et vaniteuses furent nos pensées
et nos vies entières n'étaient que péché.

Tout cela était vrai, chaque parole. *Fautes. Culpabilité. Folie. Vanité. Péché.* Elle les avait déjà chantées avant. Pourquoi était-elle touchée pour la première fois ?

Rose s'enfuit de l'église au moment où le bedeau insérait la clé dans la serrure, le bousculant presque dans sa hâte de s'échapper. Elle marcherait pour rentrer à la maison. Non, elle *courrait.*

Déjà hors d'haleine au moment d'atteindre le moulin, Rose ralentit le pas pour traverser le pont, essuyant les larmes brûlantes de ses joues. Personne ne lui avait adressé une seule parole de toute la matinée. Personne. Le révérend Gordon avait dit d'elle qu'elle était « jolie », pourtant c'était sa sœur aux cheveux clairs qui avait gagné les cœurs, confirmant les prédictions de Jessie Newall.

Plusieurs voisins passèrent près d'elle à pied ou à cheval. Ils retournaient à la maison prendre une collation du sabbat, avant de revenir à l'église pour le deuxième office. Ils furent polis sans être aimables, saluant du bonnet au lieu de lui parler. Abattue par leur froideur à son égard, Rose plongea dans la pinède près de Barlae. Défaisant sa large ceinture, elle releva ses jupes et s'aventura plus profondément dans les bois, plongeant ses chaussures dans l'épais tapis d'aiguilles sèches et brunes, et de fougères feuillues. Privé de la chaleur du soleil, l'air devint plus frais. Elle longerait le ruisseau, contournerait par derrière la propriété de leur voisin et gagnerait Auchengray par la colline. Que le reste de la maisonnée écoute un autre sermon si elle le voulait ; elle ne pouvait en supporter davantage.

La pinède commença à s'éclaircir alors qu'elle contournait la base de Barlae Hill, en prenant garde de ne pas mouiller ses chaussures et ses jupes dans le ruisseau qui la guidait sur le chemin du retour. Plus loin de l'autre côté de la montagne en coulait un second, parallèle au premier. Combien de temps s'était écoulé, depuis qu'elle avait risqué sa vie et ses os pour aller y cueillir des noisettes ?

— Ça fait quatre mois qu't'es venue au March Burn.

Effrayée, Rose virevolta sur elle-même.

— Lillias, murmura-t-elle en voyant la sorcière émerger d'un taillis de pommiers sauvages. Que faites-vous dehors, le jour du sabbat ?

La guérisseuse éclata de rire en rejetant sa tête vers l'arrière, exposant ses dents mal chaussées.

— C'est mon jour favori pour m'prom'ner dans l'pays. Tous les dévots sont à l'église, alors j'ai la paroisse à moi toute seule.

Elle regarda le ruban au cou de Rose.

— J'vois qu'tu portes le collier que j't'ai donné, dit-elle.

Rose toucha à la pierre, bien cachée sous son corsage. Elle avait honte de le porter, pourtant, elle voulait désespérément un enfant, lorsque Jamie serait vraiment son mari.

— L'as-tu mis chaque jour, depuis qu't'es venue m'voir à Nethermuir ?

— Oui, mentit Rose, s'efforçant de ne pas détourner le regard. Le docteur Gilchrist m'a dit…

— Bah !

La vieille femme balaya l'air de la main.

— Ma magie est plus puissante que la sienne.

— Vos sorts sont puissants, Lillias, acquiesça Rose.

Bien que la femme la rendît mal à l'aise, les pouvoirs de la sorcière étaient indéniables. Jamie n'était-il pas pratiquement à elle ?

— Y a-t-il autre chose que je doive faire… ?

Lillias Brown passa la main sur sa bouche tordue, aux lèvres aussi crevassées qu'une vieille bourse de cuir.

— Y aurait ben des choses, dit-elle enfin. Faire un bébé la nuit d'tes noces, c'est c'que tu veux, non? La lune s'ra bientôt pleine, mais elle l'est pas encore. La lune était pleine l'soir d'ta visite au presbytère, pis tu vois l'bon résultat.

Rose pouvait à peine avaler, tant sa bouche était sèche. Comment Lillias savait-elle toutes ces choses ?

— Lors de ma… ma nuit de noces, bégaya-t-elle. Que dois-je faire pour être certaine… que…

— As-tu une robe verte qu'tu peux porter au moment d'dire tes vœux ?

Rose hocha la tête, soulagée. C'était sa robe la plus jolie et l'une des favorites de Jamie.

— Vois aussi à c'que la cuisinière prépare un potage de lièvre, le soir où tu rejoindras ton mari.

Un potage de lièvre ? Rose plissa le nez.

— Neda peut sûrement faire ça, mais…

— Bien. Tu t'souviens du lierre qu'j'ai mis autour d'ton cou ? Coupe des lierres frais c'matin-là et place-les dans un bol près d'ton lit.

Oui, elle pouvait faire cela, car il poussait du lierre dans leur haie.

— C'est pas la bonne saison pour trouver des cônes et des noix, mais si t'as des amandes dans ton cellier, ajoutes-en à ton porridge du matin.

Lillias baissa un peu la tête en la regardant.

— Dommage pour toi, c'sera pas l'bon temps du mois, ajouta-t-elle.

— Non, soupira Rose.

Elle en savait peu sur ces choses, mais cela confirmait ses craintes.

— N'y a-t-il rien à faire ?

— Oh oui, jeune fille.

Elle ricana en dégageant un petit carré d'herbes des feuilles qui le jonchaient.

— Y a beaucoup d'choses qu'on peut faire. Assois-toi là et tourne ton visage du côté du village.

Rose hésita, mais pas très longtemps. Si la vieille sorcière pouvait l'aider, quel mal y avait-il à cela ? Elle fit demi-tour, puis s'assit au sol, les bras quadrillés d'ombres et de rayons de soleil.

— Pourquoi en direction du village ?

— Newabbey s'trouve à l'est, répondit Lillias en s'agenouillant derrière elle, tout en plaçant les mains sur ses épaules. La puissance du soleil va réchauffer ton ventre. Et la force d'la terre va t'rendre fertile comme le sol du printemps. Attends un p'tit peu et n'parle pas.

Rose ferma les yeux, se concentrant sur l'herbe fraîche sous elle et sur la pression légère appliquée sur ses épaules par les mains brunes de Lillias. C'était tellement plus agréable que d'être assise à l'église, dévorée par la culpabilité ! Le chant des oiseaux remplissait l'air, et une brise légère soulevait les mèches délicates qui bordaient son visage. Rose sourit, détendant son dos, succombant à la plaisante sensation de s'enfoncer dans le sol, comme une plante y plongeant ses racines.

Rien ne fut dit, ni fait. Les minutes s'envolèrent une à une.

Lorsqu'elle se sentit prête à ouvrir les yeux, Rose s'aperçut que les mains de la sorcière ne reposaient plus sur ses épaules.

— Lillias ? murmura-t-elle en regardant de tous côtés.

Elle entendit un ricanement dans son dos.

— J'te laisserai jamais malade. T'sens-tu plus forte, ma belle ?

— Oui, dit Rose, étonnée de découvrir que c'était vrai.

Elle se releva sans aide et ôta les débris végétaux accumulés sur sa robe, revigorée, comme si elle avait marché d'un pas alerte au grand soleil.

— Je ne me suis pas sentie aussi bien depuis…

— D'puis la veille du jour où t'as attrapé le croup.

Lillias fronça les sourcils, fouillant dans sa poche.

— Si ton amie avait respiré d'la grande camomille, p't-être qu'elle s'rait encore ici, aujourd'hui.

Rose sentit les poils se dresser sur sa nuque.

— Vous voulez parler de Jane Grierson ?

Lillias haussa les épaules.

— J'pouvais pas lui apporter un sachet d'herbes à Dunscore, dit-elle.

Son regard plongea dans celui de Rose.

— Mais j'sais que t'en as trouvé un su' l'pas d'ta porte.

— C'est le révérend Gordon qui l'a découvert.

Lillias tressaillit.

— Mais y a pas touché ?

— Je ne le pense pas.

— Bien, car sa puissance est empruntée, et pas d'la source la plus pure.

Rose fit un pas arrière, de nouveau mal à l'aise, sachant bien ce que le révérend dirait. *Malheur à ceux qui appellent le mal bien et le bien mal.*

— Je… je dois y aller, Lillias. Je suis… attendue. À la maison.

— Tu n'partiras pas avant que j'te donne un présent, dit Lillias en exhibant un gros cordon vert noué. Ça te rendra plus qu'fertile, m'dame McKie. C'est le charme le plus puissant d'tous.

Rose le regarda avec de grands yeux.

— Mon… père possède un cordon semblable.

— Oui, dit-elle, et sa tête grise hocha de haut en bas. M'sieur McBride l'a caché dans sa cassette, pas vrai ?

— C'est juste.

Rose ravala le goût amer qui semblait s'être insinué dans sa bouche.

— Leana me l'a décrit. Sauf pour la couleur, je crois qu'il est pareil à celui-là.

— J'les ai faits tous les deux.

Lillias manipula la corde avec un orgueil évident.

— C't'un charme à sept nœuds. Chacun a été fait quand j'sentais la puissance grandir en moi, puis j'l'agitais au-dessus d'une fumée d'herbes. Le tien est vert, pour t'rendre féconde.

Elle tendit la corde à Rose une autre fois, l'incitant à la prendre. Celle d'ton père est dorée pour faire croître ses richesses.

— À quel moment…

Rose regardait le cordon sans oser lui toucher.

— Quand mon père… est-il venu vous voir ?

— C'est moi qui suis allée vers lui, comme j'l'ai fait avec toi dans le bosquet de noisetiers. Y rentrait à la maison après un rendez-vous, en r'montant l'chemin d'Newabbey, l'nez en l'air, comme d'habitude.

La sorcière fit tournoyer le cordon vert, comme un serpent dont elle aurait été la dresseuse.

— Nous avons causé un peu, ton père et moi, reprit-elle. Comme on l'fait toi et moi, Rose. Puis, y est venu frapper à ma porte à Nethermuir, juste avant qu'ton cousin vienne habiter chez vous. Et il est reparti avec les sept nœuds.

Son rire donna un frisson à Rose.

— C'te corde-là sera ton salut.

Je suis ton salut.

— Mon… salut ? répéta Rose, confuse.

C'était comme si deux voix parlaient en elle. L'une était posée et rassurante, l'autre plus forte, mais inquiétante.

— Ça t'sauvera d'la stérilité et t'apportera des jumeaux.

— Deux ?

Elle en eut le souffle coupé.

— En êtes-vous sûre ?

Le sourire de la femme n'était ni amical ni rassurant.

— Prends-tu la corde, oui ou non ?

— N-non ! s'exclama Rose d'une voix rendue aiguë par la peur.

Que faisait-elle donc ici, à converser avec une telle femme ? Lillias Brown savait des choses que les mortels ne devaient pas connaître. Même Jane – *oh, ma pauvre amie disparue !* – avait qualifié Lillias de sage-femme du diable. *Tu avais raison, Jane.*

– J'suis pas à la solde du diable, dit Lillias en saisissant ses jupes. Mais j'appartiens pas à ton Dieu non plus.

Rose la regarda avec horreur.

– De quel côté êtes-vous donc ?

– J'suis ton amie, Rose McKie. Et aujourd'hui, Jamie est ton mari, non ? Comme j'te l'avais promis.

Son sourire était horrible à voir.

– Fais c'que j'te dis, ajouta-t-elle, et t'auras un enfant, toi aussi.

– Non !

Rose s'éloigna d'elle et essaya de repérer le sentier qu'elle avait suivi dans la pinède, derrière elle.

– J'ai déjà un fils. Ian sera mon beau-fils.

– Allons ! dit Lillias en secouant la corde devant elle. Penses-tu qu'l'enfant d'une aut' femme attachera Jamie à toi ? Non, jeune fille. Tu d'vras avoir deux fils – mieux qu'ta sœur –, pour gagner l'cœur d'ton mari. C'est l'seul moyen, Rose. Tu sais que j'dis la vérité.

La parole de notre Dieu subsiste à jamais. Les mots de la Bible prononcés par Leana, ce matin-là.

– Non, dit Rose avec force. Vous ne dites pas du tout la vérité, Lillias.

Elle arracha le ruban de son cou et le lança avec la pierre nouée aux pieds de la sorcière.

– Éloignez-vous de moi. Et de ma famille.

Rose n'attendit pas d'avoir une réponse et s'enfuit comme le vent à travers les arbres, le cœur lui martelant la poitrine. *Allez loin de moi, maudits.* C'était la seule chose à laquelle elle pouvait penser en se précipitant entre les branches de pins qui s'accrochaient à ses cheveux et en sautant par-dessus les troncs abattus en tenant ses jupes. *Tu te garderas de tout mal.* Lillias Brown était le mal en personne. Et dire qu'elle lui avait déjà fait confiance ! *Pardonnez-moi, Seigneur. Pardonnez-moi.*

Quand elle émergea dans la lumière du soleil à la lisière de la forêt, Rose s'arrêta, le temps de reprendre un peu haleine. Elle essuya ses dernières larmes, heureuse d'avoir échappé à l'emprise de la femme, et reprit le chemin de la maison.

Chapitre 49

Un bébé dormait,
sa mère pleurait.
— Samuel Lover

— *Un p'tit oiseau, un p'tit mouton,* chantait Leana doucement, en passant les doigts dans les cheveux soyeux de Ian alors qu'il somnolait dans ses bras.

Neda avait étendu un épais tartan devant l'âtre, dans la chambre de Jamie, où la mère pouvait allaiter l'enfant et faire une sieste en privé, tandis que le reste de la maisonnée vaquait à ses occupations habituelles du mercredi après-midi. Jamie, de son côté, passait la journée dans les pâturages plus éloignés, s'occupant des brebis.

— Dans deux semaines, m'a dit ton père, naîtront les premiers agneaux.

Leana se sourit à elle-même, tout en déposant Ian sur la couverture avec grand soin.

— Mais j'ai déjà le mien.

Elle le couvrit d'un drap de coton et l'enveloppa d'une berceuse.

— *Mon p'tit oiseau, mon beau p'tit agneau.*

L'enfant grandissait à vue d'œil. Il pouvait saisir des objets et les tenir fermement, maintenant. Non pas en agitant le bras au petit bonheur, mais en dirigeant sa main vers le bloc sculpté, ou la balle en peau de daim, avec un regard déterminé, pareil à celui de son père. Dès qu'elle devait le tenir dans ses bras pendant quelque temps, Leana se plaçait autour du cou un collier de grosses perles de bois. Il les manipulait, littéralement fasciné, pendant qu'elle discutait avec un visiteur ou écoutait Jamie lui faire la lecture à voix haute, dans la soirée. C'était Jessie Newall qui lui avait appris cela. Jessie, la joyeuse mère de deux enfants.

Et je suis la mère d'un enfant.

— Mais plus pour très longtemps, mon petit.

Leana tira sur les lacets de sa robe, puis les noua solidement en se mordant la lèvre. *Pas de larmes, Leana.* N'avait-elle pas assez pleuré ? Ses yeux se mouillèrent néanmoins, et elles débordèrent de ses paupières. Dans la soirée, sa poitrine serait gonflée de nouveau, une douleur d'amour que seul un bébé affamé pourrait soulager. Comment pourrait-elle le supporter, quand le jour tant redouté arriverait ? Celui où elle confierait son fils à Rose ? Quand elle observerait une nourrice étrangère allaiter Ian ? Lorsqu'une autre femme viendrait le border dans son berceau, le soir ?

— Mon Dieu, hâtez-vous de venir à mon secours.

Elle s'essuya les joues, seulement pour constater, une seconde après, qu'elles étaient de nouveau mouillées. Le supplice du banc de pénitence n'était rien, comparé à cela. La honte, les reproches, les réprimandes — ces épreuves ne duraient que quelques heures. Elle les avait déposées aux pieds du Tout-Puissant, et il en avait obligeamment porté le poids en son nom. Mais ce sacrifice-là était trop grand.

— Aidez-moi ! murmura-t-elle, et elle s'enfouit le visage dans les mains.

Un coup sec frappé à la porte annonça la présence de Neda sur le seuil.

— Leana ? Ça ne va pas ?

L'inquiétude dans le regard de Neda se mua en sympathie.

— Oh, jeune fille, dit-elle en s'introduisant dans la chambre, refermant la porte derrière elle. C't'un geste sans cœur de leur part. Y avait pas d'mère parmi eux, sinon y z'auraient jamais pensé à une chose aussi affreuse.

— C'est pour le bien de Ian, dit Leana en lui remontant la couverture sous le menton. Ils disent que je suis indigne d'être sa mère.

— Allons !

Neda secoua son tablier, comme si leurs paroles n'étaient que quelques miettes à balayer.

— Z'êtes une femme qui a fait une erreur, et seulement en choisissant d'écouter vot' cœur. Vot' péché a été racheté depuis longtemps, et toute la paroisse le sait. Vous les avez vus s'rassembler autour de vous, après le premier sermon ?

— Tout le monde n'est pas de mon côté, lui rappela Leana. Thomas Clacharty a craché sur moi et Mary McCheyne m'a traitée de « prostituée dégoûtante ».

Les yeux de Neda se plissèrent.

— Si Mary McCheyne ose le répéter au prochain sabbat, elle aura affaire à moi. Car j'connais une chose ou deux à son sujet, qu'le conseil d'l'Église s'rait pas trop ravi d'apprendre.

— Allons, Neda. Il y a des secrets derrière la porte de chaque maison.

— Oui, j'vous l'concède.

Elle hocha la tête pensivement, puis retrouva sa jovialité habituelle.

— Au fait, j'ai moi-même un ou deux secrets derrière la porte de l'officine. Tâchez d'pas aller y mettre vot' nez quand j'y suis pas !

Le sourire de Leana éclaira tout son visage, cette fois.

— Nous pourrions peut-être oublier mon anniversaire, ce matin ? Vingt-deux ans, ça semble si vieux.

— Non, cinquante-deux ans, ça, c'est vieux, la corrigea Neda, tirant sur quelques mèches grises de ses cheveux cuivrés. Z'avez encore plusieurs belles années d'vant vous. D'bonnes années, j'vous l'garantis.

Elle se tourna vers la porte, laissant un mot d'espoir dans son sillage.

— Dieu a encore une main posée sur vot' vie, Leana, dit-elle. Qui vivra verra.

Le jeudi matin, quand Leana s'éveilla, elle entendit les petits rires des domestiques de l'autre côté de la porte de la chambre de Ian. Il était facile de les reconnaître : Annabelle, dont l'enfance à Aberdeen avait donné à son parler une riche saveur écossaise, et Eliza, qui bavardait comme un choucas avec ses camarades, mais qui tombait muette dès que le laird d'Auchengray était en vue. *Sage fille.*

Puisque Ian avait déjà commencé à remuer, Leana n'avait pu résister à l'envie de marcher sur la pointe des pieds jusqu'à la porte avant de l'ouvrir vivement.

— Bonjour ! chantonna-t-elle.

Les servantes sursautèrent sous l'effet de la surprise, mais elles se ressaisirent et exécutèrent une petite révérence en rougissant.

— B'jour, m'dame.

Leana resserra sa robe de chambre, puis étendit les bras.

— Ai-je vieilli tant que ça ?

— Non, m'dame, lui assura Eliza, mais vot' fils a grandi d'un aut' pouce, depuis hier.

Leana se retourna et vit Ian qui s'assoyait, se préparant à réclamer bruyamment son petit-déjeuner.

— C'est juste.

Elle se pencha au-dessus du berceau, le prit dans ses bras et fit signe aux servantes de descendre.

— Retournez travailler, vous autres, leur dit-elle, car j'ai un enfant affamé à nourrir.

Le visage semé de taches de son d'Annabelle s'épanouit en un sourire.

— Et quand r'joindrez-vous la famille à table ?

Leana leur dit de l'attendre à huit heures, puis ferma la porte sur leurs petits rires et leurs complots de jeunes filles.

Ah! Qu'il est beau d'avoir quinze ans. Aussi innocentes que des agnelles, encore épargnées par les vicissitudes de l'existence. *À l'exception de Rose, qui n'avait pas été épargnée, elle.* Leana fut attristée par cette pensée. Rose venait d'avoir quinze ans, quand sa vie s'était effondrée. Il lui était difficile d'en vouloir à sa sœur, car Leana était consciente du mal qu'elle lui avait fait. Pourtant, il était aussi difficile d'être clémente, quand le prix à payer pour son bonheur était si élevé.

– Toi, mon garçon. Tu es ce que Rose désire plus que tout : un bébé à elle.

Leana changea ses langes et le plaça rapidement contre son sein.

– Et il est facile de voir pourquoi, car tu es un ange, reprit-elle, tout en baisant le bout de son doigt pour le déposer ensuite sur son petit nez. Ton père dit qu'il demeurera à Auchengray assez longtemps pour te voir grandir. *Béni sois-tu, Jamie.* Elle ne pouvait qu'espérer et prier pour qu'il en soit ainsi, car de tels choix, dans son existence, étaient faits par les autres, maintenant.

– Viens, pensons à quelque chose de plus gai pour l'anniversaire de ta mère. Une berceuse que je ne t'ai pas encore apprise, peut-être?

Elle s'adossa sur sa chaise, et plaça un oreiller sous son bras pour les supporter tous les deux.

– *Peux-tu coudre des coussins, peux-tu coudre des draps? Et peux-tu chanter bal-la-lou quand l'bébé pleure?*

Elle frotta avec son pouce la plante de ses petits pieds nus, chérissant la sensation.

– Mon garçon, dit-elle, avant que ce jour soit fini, je serai sans doute en train de coudre, toi, tu pleureras sûrement et, alors, notre chanson deviendra une réalité.

Ils passèrent une heure tranquille ensemble, puis il fut temps de faire usage de son pichet d'eau. Pendant qu'elle se baignait, Ian restait à ses pieds, jouant avec des cuillères de corne qui émettaient un son amusant quand on les percutait. Eliza se présenta à sa porte avant huit heures pour l'aider à finir de l'habiller et s'occuper des langes de Ian, puis la servante précéda la mère et l'enfant dans l'escalier d'un pas alerte.

— Ce n'est que le petit-déjeuner, la taquina Leana. Est-ce que le porridge refroidira si vite ?

Son bol de porridge fumait, et le thé était encore chaud. Mais ce qui attira son regard, ce fut plusieurs présents joliment emballés, déposés près de son assiette. Pas un ou deux, comme c'était l'habitude, mais plus d'une douzaine empilés devant son couvert.

Son père pointa son couteau à beurre dans leur direction.

— Ouvre-les d'abord, Leana. Tant que tu ne l'auras pas fait, il ne s'accomplira aucune besogne dans cette maison.

Leana compta près de la moitié des domestiques qui rôdaient autour de la salle à manger, l'un tenant une seule assiette, l'autre une tasse, chacun essayant de paraître utile.

— Et si j'ouvrais ce paquet en premier ? dit-elle d'un ton léger.

Tous l'entourèrent immédiatement, jouant du coude et pouffant de rire derrière leurs assiettes.

— De qui pourrait être celui-là ? interrogea Leana.

— Willie ! Willie ! dit Eliza, tout en lui faisant signe de s'approcher.

Deux jolis rubans bleu pâle reposaient sur du papier bien ordinaire.

— Ne sont-ils pas ravissants ?

— J'les ai choisis pour aller avec vos yeux, confessa Willie, qui rougit jusqu'aux oreilles.

Chaque présent était plus délicat que le précédent. Des aiguilles à coudre de Birmingham. Des bougies fraîchement trempées dans de la cire d'abeille. De l'eau de lavande. Du papier à écrire importé de France. Des fleurs séchées. Même son père avait déposé un présent avec les autres. Pourtant, c'étaient les domestiques, dont le salaire n'excédait pas sept livres par année, qui s'étaient montrés les plus généreux.

— Par où commencer pour vous remercier tous ? demanda-t-elle à voix haute, quand tous les cadeaux furent déballés et que tous les visages autour d'elle rayonnaient. Vous êtes tous bien trop gentils.

Neda, qui semblait l'instigatrice de l'événement, affichait un grand sourire.

— Est-ce que quelqu'un s'rait assez bon pour apporter à vot' maîtresse un aut' bol de gruau ? demanda-t-elle à la ronde. L'sien est froid d'puis longtemps.

Eliza et Annabelle se précipitèrent vers la cuisine, avec tous les autres à leur suite.

— Quelle vulgaire démonstration d'affection, grommela son père en plantant sa cuillère dans son porridge. Ces gens-là ont-ils donc oublié leur place ?

— Leur place est près de notre cœur, murmura Leana, puis elle prit le cadeau de son père. Merci pour cette nouvelle plume, père, dit-elle. Mes lettres n'en seront que plus élégantes. Et le papier à lettres est magnifique, Rose.

— *Joyeux anniversaire**, lui dit sa sœur, un sourire timide au visage. Tu voudras sans doute le regarder de plus près… plus tard.

Elle détourna le regard, tripotant sa serviette de table.

— Je le ferai, ma chérie, promit Leana.

Elle regarda longuement sa sœur, qui avait été si discrète, ces derniers jours. Pensive et sans entrain. Leana pria pour que sa sœur ne souffrît plus des derniers vestiges du croup. Non seulement son ventre pouvait en être affecté, mais aussi son cœur, avait dit le docteur Gilchrist.

Jamie attira ensuite son attention.

— Mon aussi, je te souhaite un joyeux anniversaire, Leana, dit-il.

Son chaud regard exprimait ce qu'il ne pouvait pas dire. *Je t'aime.*

— Est-ce que la ceinture s'harmonise bien avec ta robe bleue ? demanda-t-il.

— Oui, elle est parfaite.

Elle souhaita que son sourire communique sa pensée. *Tu me manques.*

Annabelle arriva avec un nouveau bol de porridge et un petit pot de marguerites sauvages.

— Y est temps que vous r'tourniez dans vot' jardin, m'dame. J'ai cueilli celles-ci su' la pelouse, mais elles s'comparent pas aux fleurs qu'vous faites pousser.

— Sur la pelouse, dis-tu ?

Leana frôla leurs petits pétales.

— Peux-tu déposer ton pied sur sept à la fois ?

— Oh oui !

La servante aux cheveux roux se frappa dans les mains.

— C'est bientôt l'printemps.

— Dix jours, si je compte bien. Dès les premiers jours du printemps, les femmes de la paroisse de Troquire iront rôder du côté du puits de Saint-Queran.

— Pas si le conseil de l'Église en entend parler, murmura Lachlan en reposant bruyamment son couteau à beurre sur la table.

Les yeux de Rose brillèrent de curiosité.

— Et qui sont ces femmes qui se rendent là-bas ?

— Les femmes stériles, répondit Leana sans réfléchir, puis elle se figea.

Oh, ma pauvre sœur. Mais il était trop tard.

Toute couleur s'effaça des joues de Rose.

— Tu dis que les eaux de ce puits guérissent… l'infertilité ?

— C'est ce qu'on dit, s'empressa de s'amender Leana. Il est vieux de plusieurs siècles, un amas de pierres en train de s'effondrer. Et de toute façon, mai est le meilleur mois…

Elle haussa les épaules, espérant pouvoir changer de sujet.

— Père a raison, reprit-elle. Il n'est pas convenable pour une femme chrétienne de se rendre au puits d'un saint le jour du sabbat.

Rose fronça les sourcils.

— Mais n'est-il pas saint, justement ?

— Oui, dit Lachlan, dont la barbe frémit. Saint et papiste.

Leana grimaça devant ce ton hargneux. Il n'y avait que six familles catholiques romaines dans la paroisse, dont Lord et Lady Maxwell faisaient partie. Lachlan les connaissait toutes et se montrait méprisant envers elles, à l'exception des Maxwell, bien sûr. Aussi intolérant qu'il fût, Lachlan défendait néanmoins ses riches voisins, car ils pouvaient lui être utiles.

Leana prit son petit-déjeuner en silence, consciente que Jamie la regardait. Elle aurait voulu savoir ce qu'il pensait, ce qu'il envisageait de faire. Pourtant, l'inviter à discuter à l'écart ne pouvait que leur attirer de graves ennuis. Elle essayait de se contenter de courtes conversations dans le corridor, d'échanges de regards pendant les repas, d'un bref frôlement quand ils se croisaient. C'était bien insuffisant pour satisfaire le cœur d'une femme, car ses tendres baisers et la chaleur de ses mains lui manquaient. *Jamie. Jamie.* La pensée de ne jamais plus partager son lit la faisait mourir à petit feu, heure après heure. L'image de Rose en train de l'aimer à sa place était intolérable.

La semaine se termina trop rapidement. Le soleil se leva trop tôt sur un autre matin brumeux de sabbat.

Leana s'habilla en silence, préparant son cœur, domptant ses nerfs. Neda vint la voir afin de lui offrir un *bannock* pour la longue route, puisqu'elle ne s'était pas présentée au petit-déjeuner.

— Je n'ai ni faim ni soif, admit Leana. Un estomac vide est ce qu'il y a de mieux.

— P't-être, dit Neda en glissant le *bannock* dans la poche de son tablier. Duncan et moi serions honorés d'marcher avec vous jusqu'à l'église, c'matin. C't'une honte pour vous d'vous y rendre toute seule. J'sais qu'Jamie doit pas vous accompagner, mais nous, on peut.

— Soyez bénis, dit Leana en inclinant la tête. Je ne suis pas sûre que ma propre mère aurait été aussi généreuse.

— Allons ! Z'avez pas connu vot' mère aussi bien qu'moi, j'suis désolée d'vous dire ça. Elle serait restée à vos côtés à la porte d'l'église et vous aurait même aidé à monter su' le banc, tant qu'elle aurait su que vot' cœur était tourné vers Dieu. Aucune femme n'avait l'cœur si charitable qu'Agness McBride.

— Comment a-t-elle pu supporter mon père ? demanda Leana, qui se dépêcha de porter la main à sa bouche. Pardonnez-moi d'en dire du mal le jour du sabbat.

— Chut ! J'dirai à personne qu'z'avez désobéi au cinquième commandement, dit Neda, atténuant son reproche d'un clin d'œil complice. C't'une bonne question qu'vous avez posée, reprit-elle, et la réponse est facile : en dépit des nombreuses fautes de vot' père, vot' mère aimait l'homme, et elle a gagné l'respect d'tous ceux qui la connaissaient. Et, parlant de respect…

Neda s'interrompit pour ouvrir la porte derrière elle.

— Y a un homme bon qui fait l'pied d'grue d'vant la porte d'la chambre d'enfant et qui veut vous souhaiter bonne chance, en c'te triste jour. V'lez-vous l'voir ?

Jamie. Leana replaça ses cheveux en vitesse et se pinça les joues.

— Avec joie.

— Duncan et moi vous attendrons dans le couloir.

La dernière chose qu'elle vit de Neda fut son sourire maternel.

L'attitude de Jamie était hésitante en entrant dans la pièce, comme s'il voulait jauger l'état d'esprit de la jeune femme.

— Je vois que tu es prête, Leana.

Il s'approcha d'elle, posa les doigts sur la manche de sa robe de pénitente.

— Mes prières t'accompagnent et mes pieds te suivront bientôt.

Son odeur, sa chaleur imprégnaient l'atmosphère. Submergée par sa présence toute proche, elle baissa le regard.

— J'aurais préféré que tu ne me voies jamais ainsi.

— Je te verrai de toutes les façons possibles.

Elle perçut la rude tendresse dans sa voix, ainsi que les désirs contenus. *Mon mari. Mon amour.*

— Jamie, je n'ose te demander de m'embrasser.

— Alors, ne le demande pas.

Il l'attira contre lui, plaquant l'étoffe rugueuse contre son corps et ses lèvres sur les siennes.

Chapitre 50

On dit que le péché ne touche pas l'homme autant
Qu'il jette de honte sur la femme ; pourtant, lui aussi doit
Participer à la pénitence ; étant, plus profondément qu'elle,
Plongé dans le péché.
— Algernon Charles Swinburne

Jamie continua de savourer le baiser toute la matinée. Il était fier de ne pas lui en avoir volé davantage. Et honteux d'avoir pris ce qui ne lui appartenait plus. *Pardonne-moi, Leana.*

Elle était debout, près de la porte de l'église, dans le brillant soleil de mars. Plus de paroissiens se montraient affables que cruels, ce matin-là, mais des esprits mesquins se mêlaient encore à eux. Jamie demeurait quelques pas derrière, défiant silencieusement quiconque oserait la blesser, tandis que Neda et Duncan se tenaient des deux côtés de l'entrée, distrayant les arrivants par un sourire chaleureux.

Je devrais être sous ce joug.

La fornication n'était pas un péché qu'on pouvait commettre seul. Il fallait deux partenaires consentants pour ça. Il n'était peut-être pas sobre pendant la nuit de noces, ni complètement réveillé quand elle s'était glissée dans son lit, mais il avait été consentant. Oui, il l'avait été. S'il avait prononcé le nom de Rose, ne fût-ce qu'une fois, Leana aurait confessé la vérité immédiatement et se serait enfuie du lit plongé dans les ténèbres. Sa faute n'était-elle pas aussi grande que celle de Leana ? Sinon plus ? Il donna un coup de pied dans un tas de boue alors que la honte rougissait ses joues.

Je devrais porter la robe en toile de sac.

Lorsqu'il s'assit au son de la deuxième cloche, tenant Ian dans le creux de son bras, Jamie sentit que sa fine chemise de batiste le serrait désagréablement au col. Les pécheurs devaient porter le vêtement d'étoffe grossière. Il aurait dû demander à Leana d'en confectionner un autre, aux manches plus longues et plus larges aux épaules. La lecture des bans du mariage par le clerc ne faisait qu'empirer les choses.

Je devrais grimper sur le banc.

Le bedeau livra Leana au banc de pénitence après la première prière. Cette fois, personne ne s'exclama à voix haute quand elle prit place sur le siège étroit, même si les murmures enflèrent, comme si un chef d'orchestre venait de lever son bâton. Au retournement du sablier, le révérend Gordon commença son sermon par Isaïe. Jamie écouta, son cœur battant au rythme de celui de Leana, perchée là-haut, implorant son pardon.

Je devrais être avec toi, ma bien-aimée.

Lors du dernier sabbat, il l'avait défendue. Il l'avait soutenue. Refusant de la répudier. Proclamant, avec les risques que cela comportait, ses sentiments pour elle devant toute l'assemblée. *C'est Leana McBride que j'aime et personne d'autre.* Pourquoi, alors, se sentait-il encore coupable ? Pourquoi avait-il l'impression que ses entrailles étaient broyées entre les meules du moulin de Brodie Selkirk ?

Parce que Leana paie le prix de ses péchés. Et toi, non.

Le sermon s'acheva, mais la souffrance de Jamie ne faisait que commencer. Le révérend Gordon allait offrir une seconde réprimande, et inviterait les paroissiens à faire de même.

— Fuyez la fornication, déclara le révérend péremptoirement. La Bible nous dit : « Fuyez la fornication ! Tout péché que l'homme peut commettre est à l'extérieur de son corps ; celui qui fornique, lui, pèche contre son propre corps. » Leana McBride comparaît devant cette assemblée pour la deuxième fois, continua le révérend, afin de se faire rappeler qu'elle doit fuir le péché, au lieu de suivre son appel, pour le salut de son corps.

Le menton de Jamie reposait sur le front de son fils. *Mais son corps précieux a donné la vie à Ian.* Du bien était né du mal, une bénédiction était née du péché. Était-ce la grâce du Tout-Puissant à l'œuvre ? La miséricorde de Dieu était-elle si vaste qu'elle accomplissait cela aussi ?

– Ne savez-vous pas que votre corps est le temple du Saint-Esprit qui est en vous, qu'il vous vient de Dieu, et que vous ne vous appartenez pas ? demanda le révérend Gordon en la regardant par-dessus ses lunettes. À qui appartenez-vous, Leana McBride ? Parlez, que nous vous entendions.

Sa voix résonna comme la cloche de l'église.

– Mon corps, mon âme et mon esprit appartiennent à Dieu.

– Oui, et la Bible nous dit : « Pour éviter la débauche, que chaque homme ait sa femme et chaque femme, son mari. » Avez-vous un mari, Leana ? Y a-t-il un homme qui peut y prétendre ?

Moi, je le prétends volontiers. Jamie s'avança sur son banc, comme s'il n'attendait qu'un mot de Leana pour se lever. *Dis ce mot, Leana.*

Elle s'assit bien droite, souriant, comme si elle ne pouvait attendre d'offrir sa réponse.

– J'ai bien sûr un mari. « Ton créateur est ton époux ; on l'appelle le Dieu de toute la terre. »

Jamie s'affaissa sur son banc, honteux de sa déception. *Pardonnez-moi, mon Dieu. Car je sais qu'elle est vôtre.*

Le révérend Gordon hocha la tête dans sa direction, s'efforçant de ne pas laisser paraître de satisfaction ou de fléchissement.

– Fort bien. Vous déclarerez à nouveau votre désir de vous repentir.

Elle descendit gracieusement sur le banc inférieur, puis atteignit le sol. Elle se présenta devant la congrégation, son âme aussi nue devant eux que ses mains et ses pieds.

– Je me repens et j'implore votre pardon.

– Dieu seul a le pouvoir de pardonner nos péchés, lui rappela le ministre. Mais c'est notre devoir de chrétiens de démontrer de la compassion envers vous. Et c'est ce que nous ferons.

Après la bénédiction, Jamie la retrouva dans un coin ensoleillé de la cour de l'église, où les paroissiens s'étaient réunis pour converser un peu et prendre une petite collation de viande froide entre les offices. Duncan et Neda montaient la garde à quelques pas de là, offrant à Jamie et à Leana un moment d'intimité avant que le reste de la maisonnée fasse son apparition.

Il tourna Ian vers sa mère afin qu'il puisse la voir.

— Regarde qui vient te voir, mon garçon. Ta gentille maman.

Leana tendit les bras pour prendre son fils, qui se trémoussait de joie, mais sans regarder Jamie dans les yeux.

— Jamie, je dois te demander une faveur. Qui est difficile pour moi.

Elle se pencha au-dessus de Ian, comme pour dissimuler sa honte.

— Tu ne devras plus… m'embrasser. Ce matin…

— Oui, Leana.

Son cœur sembla s'arrêter.

— Je n'en avais pas le droit.

— Non, dit-elle d'une voix qui n'était plus qu'un faible murmure. Tu avais tous les droits, car je l'ai accueilli. Mais tes baisers sont trop tendres, Jamie. Et mon amour pour toi est trop grand. Cela rendra seulement ce qui doit arriver… plus difficile.

Il tendit les bras pour la réconforter, mais se ravisa.

— Je sais que ce que tu dis est la vérité, mais je n'aime pas l'entendre.

— Pas plus que moi, Jamie.

Elle regarda en direction de l'église.

— Ce matin, là-haut, je t'ai senti assis avec moi.

— C'est vrai ?

Une soudaine vague de culpabilité, comme le mascaret du Solway, le submergea.

– Ma place était là, Leana. À côté de toi.

– Non, dit-elle.

Ses yeux bleus se mouillèrent, peut-être à cause de l'éclat du soleil.

– Si tu devais monter sur le banc de pénitence, nous serions alors tous les deux jugés indignes d'être parents. Et qui, crois-tu, aurait la responsabilité d'élever Ian ?

Il n'avait pas réfléchi à cette horrible possibilité.

– Rose ? Ta tante Margaret ?

Elle secoua lentement la tête.

– Mon père.

Que Dieu nous vienne en aide.

– Leana, cela ne peut arriver. Cela ne doit pas arriver.

La voix de Lachlan McBride, qui venait de tonner, une douzaine de pierres tombales plus loin, les interrompit.

– Mais que tramez-vous, vous deux ?

Jamie se retourna vivement pour lui faire face. Leana ne mentirait jamais, pas même pour se défendre. Lui, par contre, avait encore quelques tours dans son sac pour déjouer son oncle.

– Nous disions que Leana doit à tout prix éviter de tomber du banc de pénitence. Elle se romprait le cou sur les dalles.

Lachlan lui jeta un drôle de regard, tout en sortant machinalement sa montre de poche, avant de la remettre à sa place.

– Voilà une préoccupation bien étrange de ta part, Jamie.

Neda apparut, brandissant un panier d'osier.

– Pourquoi ne pas nous occuper du déjeuner ? lança-t-elle. J'ai des pâtés de pigeon pour tout le monde. M'sieur McKie, trouvez un endroit sec pour qu'on puisse s'asseoir.

Jamie guida la famille vers une paire de bancs de pierre libres, près des ruines de l'abbaye. Il fut surpris de constater que Rose n'avait pas trouvé quelqu'un de son âge pour partager son repas, comme elle le faisait souvent. Toutes ses amies dans la paroisse semblaient s'être volatilisées. Il ressentit une brève vague de sympathie pour elle.

Neda installa la famille, distribuant les pâtés, puis s'occupa des domestiques, qui avaient trouvé un carré d'herbe nouvelle pour s'y asseoir. Leana avait les mains pleines, occupée à donner du porridge froid à Ian à la cuillère. Rose replaça sa robe, grignota sa part distraitement, puis la mit de côté et s'éclaircit la voix pour dire quelque chose.

— Puisque nous sommes tous réunis, pourrions-nous parler du vingt-sept ?

Quand sa proposition ne reçut que des regards froids, Rose parut abattue.

— Mais c'est… le jour de mon mariage.

Et le mien. Jamie déposa son plat à son tour, car son appétit avait disparu.

— Père a demandé qu'il n'y ait pas de repas de noces ensuite.

Elle pencha la tête vers Lachlan sans le regarder.

— C'est trop cher. Il n'y aura pas non plus d'invités à l'église.

— À l'église ?

C'était la première fois que Jamie était informé de ce détail.

— Ne serait-il pas possible de répéter les vœux à Auchengray ? Cela ne prendra que quelques minutes avec le ministre.

La demande plaintive de Rose le laissa pantois.

— Dites oui, Jamie. Cela a tant de signification pour moi.

Quand Leana hocha légèrement la tête, il sut qu'il ne pouvait leur tenir tête à toutes les deux.

— C'est d'accord, si vous voulez.

— Nous n'aurons besoin que de deux témoins, ajouta Rose, en regardant ses mains, croisées sur ses genoux. Le révérend Gordon dit qu'ils doivent être des membres de la famille. Père, naturellement, jouera ce rôle. Et l'autre… si tu veux bien, Leana...

– Quoi ?

Dégoûté, Jamie préféra se lever et s'éloigner un peu, plutôt que de regarder sa future femme.

– Vous ne pouvez demander à votre sœur de servir de témoin à ce… à ce…

– Jamie, l'interrompit Leana, je peux le faire.

– Ce n'était pas mon idée, expliqua Rose en levant les mains. Demandez au ministre, si vous le voulez.

Jamie s'arrêta en face d'elle.

– Vous pouvez être assurée que je le ferai.

L'idée le hanta pendant toute la durée du deuxième office : Leana allait devoir souffrir une autre humiliation. *À cause de moi.* Puisqu'elle n'était pas tenue de monter sur le banc de pénitence dans l'après-midi, elle resta avec sa famille, s'occupant tranquillement de Ian. Comment Leana faisait-elle pour rester si calme ? Quand Rose lui avait demandé de lui servir de témoin, elle n'avait pas même sourcillé.

Jamie croisa les bras sur sa poitrine, déterminé à être en colère au nom de Leana. Quelle sœur exigerait jamais pareille chose ? *Une sœur sans cœur, rancunière, jalouse.*

Pourtant, alors que ces mots cheminaient dans son esprit, il ne pouvait s'empêcher de tempérer son jugement sur Rose. Après tout, elle n'avait pas dix-sept ans, cinq ans de moins que Leana. Rose n'avait pas connu sa mère, et son père était un malotru. Sa seule sœur lui avait pris le mari qui lui était destiné. La jeune fille avait aussi perdu deux amies chères : Suzanne, en raison de sa propre impétuosité, et Jane, emportée par une mort tragique. Rose elle-même n'avait-elle pas été gravement malade pendant les longs mois d'hiver ?

Et dis-toi que le pire est à venir. Rose avait attendu plus d'une année pour devenir sa femme, convaincue qu'il pourrait recommencer à l'aimer. *Et de qui est-ce la faute ?*

En revenant en marchant à la maison, Jamie se laissa distancer par Lachlan et Rose qui cheminaient côte à côte, causant sans doute de la température et de l'agnelage à venir. Comme la jeune fille ressemblait à sa mère, Rowena ! Les mêmes cheveux et yeux noirs, la même taille fine. *Oui, et le même caractère entêté.* Dans deux semaines, Rose serait sa femme. Dans une douzaine de mois, il comprendrait mieux la vie que son père avait vécue, marié et mené par le bout du nez par une jeune fille qui savait obtenir ce qu'elle voulait.

Jusque-là, son cœur, au moins, appartenait à Leana. Cela le chagrinait de ne pouvoir marcher à ses côtés, de crainte qu'un voisin rencontré au hasard pût croire qu'ils étaient encore mari et femme. *Je le ferais, si je le pouvais.* C'est ce qu'il lui avait dit pendant la nuit de noces, dans l'escalier à la porte de sa chambre, ne s'imaginant pas ce qui se préparait. *Je le ferais, si je le pouvais.*

Se rappellerait-elle ces mots, et en comprendrait-elle la signification, s'il les lui répétait à l'oreille ? Exprimeraient-ils tout ce qu'il aurait voulu lui dire ? *Je t'aime encore. Je ne désire que toi. Je sais que c'est impossible.*

Il s'approcha d'elle sous prétexte d'arranger la couverture de Ian, qui se défaisait autour de ses pieds.

— Leana, dit-il doucement, et il attendit qu'elle incline la tête vers lui. Je le ferais, si je le pouvais.

Son sourire était teinté de mélancolie. *Elle se souvenait.*

— Je le ferais aussi, Jamie.

Elle pencha la tête.

— Bien que je ne le dusse pas.

— Nous sommes toujours mariés, lui rappela-t-il, essayant de les convaincre tous les deux.

— Non. Nous n'avons jamais été mariés.

Quand elle leva les yeux vers lui, ils étaient brillants de larmes.

Et je ne répéterai jamais plus ces vœux, car aucun homme ne voudra d'une femme dont le nom a été autant sali.

Jamie marchait les mains dans le dos, sinon, il aurait suivi l'élan de son cœur et essuyé les larmes sur ses joues.

— Tout homme serait fier de t'avoir pour épouse.

Quand elle renifla pour toute réponse, il fouilla dans son esprit pour trouver autre chose qui pourrait lui réchauffer le cœur.

— Leana, dit-il enfin de sa voix la plus vibrante. Je ne connais pas les passages que le révérend Gordon a choisis pour ton dernier matin sur le banc de pénitence, dimanche prochain. Mais j'en connais quelques-uns qui conviennent à… ton caractère.

— Ah oui ? dit-elle en le regardant de biais. Est-ce que ces versets contiennent le mot « fornication » ?

— Non, rassure-toi. Mais je peux aussi les accompagner de commentaires appropriés, comme le révérend l'a fait.

Il marcha derrière elle, pour ne pas prêter le flanc aux mauvaises langues, puis commença sa récitation improvisée.

— « Une maîtresse femme, qui la trouvera ? »

— Oh ! Quel conte de fées.

Elle secoua la tête, mais il entendit le sourire dans sa voix.

— Je suis loin d'être celle-là.

— Permets-moi de ne pas être d'accord. Quand tu as découvert quel menteur et quel voleur j'étais, tu m'as encore traité comme un prince.

Il lui donna une petite tape sur l'épaule.

— Et dois-je te rappeler que l'accusé doit écouter seulement, et se garder d'interrompre ? ajouta-t-il d'un ton taquin.

— Mes excuses, monsieur, dit-elle modestement.

— « Elle a bien plus de prix que les perles ! » Si on pouvait mettre un prix sur ta tête blonde, Leana, je vendrais tout Glentrool pour t'avoir pour moi seul.

Son souffle était plus doux que la brise printanière.

— Oh, Jamie.

— Silence, mademoiselle McBride, ou je te condamne à un autre baiser dans la chambre d'enfant.

Sa voix basse flotta au-dessus de son épaule.

– Je t'en prie, continue, car c'est une punition trop douce à subir.

– « Force et dignité forment son vêtement. » Oui, et ainsi es-tu vêtue, Leana.

Elle s'arrêta pour le regarder.

– Un sac de toile est difficilement un vêtement honorable.

Jamie plaça ses mains sur la tête et les pieds de Ian et souhaita qu'elle les sentît sur elle aussi.

– Tu as tort, ma bien-aimée. Seule une femme très forte peut se lever devant ses voisins et confesser ses péchés. J'aimerais avoir ta force.

– Tu la possèdes, Jamie. Et tu transmettras ce courage à ton fils.

Elle se pencha plus près de lui alors que les domestiques qui passaient détournaient complaisamment le regard.

– Je connais le reste de ce verset, mon amour, dit-elle, mais je ne peux voir comment il s'applique à moi : « Elle rit aux jours à venir. » Quand, Jamie ? Quand rirai-je à nouveau ? Quand je t'entendrai prononcer tes vœux devant Rose ? Quand je la regarderai élever notre fils ?

Ses yeux s'emplirent de nouvelles larmes, et le chagrin reparut sur son visage.

– J'aime tendrement ma sœur, ajouta-t-elle. Mais de penser qu'elle t'aimera et portera tes enfants… Oh, Jamie, comment pourrais-je me réjouir de cela ?

Chapitre 51

Il faudra que j'emprunte à la nuit une ou deux de ses heures sombres.
— William Shakespeare

Il était minuit à Auchengray, la première heure du sabbat. Rose tira les couvertures jusque sous son cou et essaya de dormir, ne serait-ce qu'un court moment. Elle partirait bien avant l'aube pour le puits de Saint-Queran. Plus tôt cette semaine, elle était allée voir son vieil ami Rab Murray, qui gardait les moutons sur les collines voisines. Elle lui avait demandé de lui indiquer le chemin, puisque les bergers connaissaient le pays mieux que quiconque. En échange d'un sac de sablés, le débrouillard garçon lui avait révélé comment trouver le puits sacré.

— C'est rien d'plus qu'un muret d'pierres, lui avait indiqué Rab entre deux bouchées. Y est construit autour d'un puits, dont les eaux débordent dans le Crooks Pow. Au tournant d'la route de Cargen — avant le pont, tu connais ? —, prends à gauche su' la tourbière. Y a un bouleau argenté qui pousse tout près. Su' ses branches, tu verras les lambeaux de vêtements que les pèlerines laissent derrière elles. T'auras pas d'difficultés à l'trouver. C'est à un peu plus d'six milles à dos de cheval, su' la route entre Newabbey et Dumfries, moins à pied, si tu franchis la colline.

Puis, il plissa les yeux, montrant qu'elle avait piqué sa curiosité.

— Tu penses pas traverser la campagne en pleine nuit l'premier mai, pas vrai, Rosie ?

— Non ! lui dit-elle en éclatant d'un rire cristallin.

Elle fit semblant de ne pas avoir remarqué qu'il avait utilisé son surnom de fillette, même si cela la mettait hors d'elle-même.

— Jamais je n'irais près d'un puits en mai, ça porte bien trop malchance.

En fait, elle n'attendrait pas si longtemps ; elle s'y rendrait ce matin même, le premier jour du printemps. Et elle n'irait pas à pied ; elle chevaucherait Walloch, le beau cheval hongre de Jamie. Si les eaux bénies de Saint-Queran pouvaient guérir le ventre stérile d'une femme, elle s'en abreuverait, s'y laverait les mains, s'y tremperait les pieds, ferait tout ce qui serait nécessaire. Son mariage aurait lieu dans six jours, et les heures étaient comptées.

Il faisait encore nuit, quand elle se réveilla. La bougie à combustion lente, cochée pour marquer les heures, indiquait qu'il était près de quatre heures. *Deux heures avant l'aube.* Si elle s'habillait en un clin d'œil et sellait Walloch aussi vite, elle serait en route pour Saint-Queran avant que Neda se lève pour préparer le porridge du matin.

Rose endossa sa plus vieille robe — la ligne de l'ourlet avait été déchirée par les ronces et les ajoncs, et le droguet bleu était maintenant gris — et se faufila dans l'escalier, retenant son souffle, à l'affût du cliquetis d'un loquet ou d'une voix endormie appelant son nom. Elle atteignit le vestibule et ouvrit la porte avec d'infinies précautions, puis la referma derrière elle en poussant un soupir de soulagement. *À Walloch, maintenant.*

La lune, dans son dernier quartier, avait disparu depuis longtemps derrière l'horizon, plongeant la propriété dans une obscurité complète. En passant devant les bâtiments de ferme, elle entendit les travailleurs saisonniers dans leurs minuscules cabanes qui grommelaient dans leur sommeil. Walloch l'entendit s'approcher de l'écurie et hennit pour l'accueillir.

— Bon garçon, le câlina-t-elle, passant une main sur son cuir lisse pour le calmer. Tu veux bien que je te mette ma selle de dame, n'est-ce pas ?

Malgré son poids, elle parvint à soulever la selle de cuir toute seule, à serrer la courroie, puis à utiliser la pierre faisant office de marchepied pour grimper sur le fringant animal.

— Doucement, car je n'ai aucune envie de me rompre le cou.

Pas une bougie ne s'alluma à une fenêtre, pas un cri ne se fit entendre à la porte quand le cheval enleva sa cavalière à un trot modéré. Ce n'est que lorsqu'ils furent à mi-chemin en direction de Newabbey que Rose comprit l'erreur qu'elle avait faite, en ne laissant pas de note écrite dans sa stalle. Annabelle ne viendrait pas la voir avant huit heures ; elle serait rentrée à ce moment-là. Mais Willie se lèverait pour nourrir Walloch bien avant et croirait l'animal volé.

— Seulement emprunté, murmura-t-elle dans l'air froid et humide, tout en faisant courir une main gantée sur l'encolure de Walloch. Je t'aurai rendu à temps pour ton avoine du matin. Pas vrai, garçon ?

Le duo adopta un trot confortable et bifurqua bientôt vers le nord en direction de Dumfries, plutôt que de franchir le pont du village. Une épaisse forêt de pins écossais se dressait de part et d'autre de la route. Craignant la présence d'un détrousseur de grand chemin tapi dans l'ombre des arbres, elle donna à Walloch un petit coup de talon. Il n'eut pas besoin de plus d'encouragement pour commencer à galoper, tandis qu'elle inclinait son poids vers l'avant. *Oh ! Quel animal racé !* Ils arriveraient au puits sacré bien avant le lever du soleil.

Sans clair de lune pour la guider, Rose se fiait à la vue perçante et à l'ouïe fine de Walloch pour les garder sur le chemin alors qu'ils passaient Whinny Hill, puis Gillfoot. À Cargen, elle dirigea le cheval sur une piste étroite, pas plus large qu'un sentier pour piétons. La mousse avait été bien tassée. Elle n'était pas la première à venir rechercher les bienfaits des eaux du puits de Saint-Queran.

Bien qu'il restât encore un peu de temps avant le lever du soleil, l'air semblait plus léger, l'obscurité, moins opaque. Rose vit l'arbre aux haillons d'abord, ensuite le puits entouré de pierres plates et grossières. Une jeune femme était là. Seule, pleurant. *Pauvre jeune fille !* Rose sentit sa gorge se serrer par compassion. Rose n'entretenait que la peur d'être stérile, la terrible possibilité ; cette femme n'avait clairement aucun doute sur sa condition. Rose mit pied à terre sans bruit et attacha les rênes de Walloch à un petit arbre, près du ruisseau. Puis, elle contourna le cercle de pierres, tout en restant suffisamment à l'écart pour que la femme puisse jouir de l'intimité qu'elle recherchait.

Rose affecta de ne pas observer ni écouter alors que l'étrangère enlevait ses bottes et ses bas, malgré le froid de la nuit, pour ensuite faire le tour du puits trois fois en silence. Elle marcha en suivant la marche du soleil, puis y jeta une pièce de monnaie, pour « argenter » l'eau, comme disait Rab Murray. Rose tapota la poche cousue sous sa robe, soulagée de sentir les pièces sous ses doigts. Lorsque la femme commença à marmonner sa prière, Rose ne put en reconnaître les mots, mais elle perçut très bien les émotions qu'ils exprimaient et hocha la tête, car elle les comprenait. *Je sais, jeune fille. Je sais.*

Sa requête adressée, la femme porta un gobelet rempli de l'eau du puits à sa bouche et la but avidement. Après l'avoir rempli, elle exhiba un bout de haillon, le plongea dans l'eau, puis leva ses jupes jusqu'à la taille, se dénudant dans la nuit. Rose détourna la tête, car elle connaissait la suite. Le linge mouillé fut appliqué sur la partie de son corps qui avait besoin d'être guérie — son ventre exposé —, puis le bout de chiffon fut noué à l'arbre et laissé là afin qu'il s'étiole, dans l'espoir que la cause de sa stérilité fasse de même.

Rose n'avait pas de chiffon, encore moins d'envie de procéder à une tâche aussi humiliante. Ne pourrait-elle pas simplement jeter une pièce d'argent dans le puits et boire un verre de son eau ?

Oh, Jamie. Elle voulait son fils, et elle le voulait rapidement. Si cela pouvait être utile, elle subirait toutes les épreuves nécessaires pour mettre au monde un enfant sain. Le puits n'était pas de la sorcellerie ; c'était un endroit sacré. Rose respira profondément pour se donner du courage, puis se tourna pour voir si la femme avait terminé ses étranges ablutions.

Elle était partie. Le cercle était désert. Il n'y avait aucune autre pèlerine en vue.

Rose s'approcha rapidement, tremblant des pieds à la tête, tant à cause du froid que de sa gêne. Même la lune ne la verrait pas, pourtant, il lui semblait que les yeux de la terre l'observaient. À l'exception de la prière, la femme était restée silencieuse ; Rose décida de faire de même.

Bonnet, bottes, gants et bas furent déposés par terre. Elle serra les dents pour les empêcher de claquer et fit le tour du puits. Elle faillit faire tomber toutes ses pièces par terre en essayant d'en saisir une, tant ses mains tremblaient violemment. L'argent tomba dans le puits et éclaboussa légèrement au contact de l'eau. Incertaine de la prière qu'elle devait faire et à qui l'adresser — au Tout-Puissant ? À saint Queran ? À la fée qui veille sur le puits ? —, Rose se contenta de murmurer la vérité :

— J'aime mon mari, et je veux son fils.

Je le veux. Plus que tout.

— Guérissez mon ventre. Rendez-le fertile et sain, prêt pour sa semence. S'il vous plaît, je vous le demande. Je vous en supplie.

S'il vous plaît. Elle suffoqua dans ses sanglots et dut cesser de prier.

Rose essuya ses larmes, chaudes sur ses doigts glacés, et remarqua que la femme avait laissé le gobelet. Ou peut-être était-il là depuis des années. Remplie d'appréhension, Rose le rinça d'abord, puis but avec précaution une première gorgée d'eau. Elle était fraîche, malgré l'arrière-goût particulier hérité du sol tourbeux. Elle le vida, puis le remplit à nouveau et le déposa sur le bord du muret. Déchirant une lanière de son jupon, elle le trempa dans l'eau et le ressortit tout imbibé, sachant ce qu'elle devait faire ensuite.

C'était maintenant ou jamais. *Pour ton fils, Jamie. Pour toi.*

Jetant un regard circulaire sur la campagne déserte, se convainquant que personne ne pouvait la voir, Rose leva ses jupes au-dessus de ses mollets, puis de ses genoux, de ses cuisses, se découvrant jusqu'à la taille. Elle s'efforçait de maintenir ses jupes et ses jupons relevés d'une main, tout en se frottant précipitamment le ventre de l'autre. Elle faillit échapper un cri, lorsque l'eau glaciale lui dégoulina sur les jambes. Finalement, quand elle laissa retomber ses jupes, l'étoffe de droguet était couverte d'éclaboussures. Mais comment allait-elle s'expliquer, quand elle rentrerait à Auchengray ? *Rose, chère Rose. Agiras-tu donc toujours sans réfléchir ?*

L'aube arriva plus vite qu'elle l'avait imaginé. Elle noua précipitamment le lambeau à une branche du bouleau tout près, dont le tronc blanc argenté était facilement visible, maintenant.

— S'il vous plaît, s'il vous plaît, murmura-t-elle à nouveau.

Son supplice était presque terminé ; si cela guérissait son ventre, il en aurait valu la peine. Quand elle se retourna pour ramasser ses bas, le ciel n'était plus noir, mais d'un bleu foncé. *Dépêche-toi, dépêche-toi.* Selon les légendes racontées par Rab Murray, il était essentiel de quitter le puits avant la levée du jour, sinon, tous ses efforts auraient été vains. Elle remit ses bas avec une telle hâte qu'elle les déchira, puis enfila ses bottes, qu'elle n'attacha qu'à moitié. Montant rapidement

Walloch, elle détala au trot, laissant le puits derrière elle, le museau de Walloch pointé directement vers l'est.

Le matin se levait sur Galloway quand ils atteignirent la route du sud vers Newabbey. Les rênes bien en main, son genou enserrant fermement le pommeau, elle lança Walloch au galop en enfonçant son bonnet sur son front. Si l'un des aînés devait être mis au courant de son pèlerinage — et leurs informateurs étaient partout —, elle serait convoquée devant le conseil pour être accusée d'avoir profané le sabbat et honoré un rite papiste. Et une autre sœur McBride viendrait réchauffer le banc de pénitence. *Non !* Il n'en était pas question.

Son seul espoir était de faire un détour, en approchant de Troston Hill par le nord, de dépasser Glensone, puis de prendre le chemin d'Auchengray. Cela allongerait son trajet, et il lui faudrait passer devant les fermes de voisins, qui jetteraient peut-être un regard suspicieux à ses bas déchirés et à sa robe toute mouillée. Mais chevaucher aux abords du village comportait un risque trop grand d'être vue par l'une des nombreuses personnes qui se feraient une joie d'aller la dénoncer auprès d'un aîné. *Non.* Elle prendrait le chemin le plus long en espérant que personne ne la remarquerait.

Walloch s'engagea avec assurance sur la route accidentée et peu familière, mais le gravier fit bientôt place à la boue et aux cailloux, les ralentissant encore davantage. Elle étudia l'arc du soleil. Était-il déjà sept heures ? Plus tard encore ? Elle devait être à l'église à temps, car les bans du mariage seraient lus de nouveau. Quand la maison de Jessie Newall fut en vue, Rose cria presque de soulagement.

— Nous sommes presque arrivés ! lança-t-elle à Walloch, qui trotta près de la maison blanchie à la chaux avant de descendre la pente abrupte, heureux d'être de retour sur un terrain plus ferme.

Le cheval, qui avait bien hâte de prendre son avoine du matin, s'envola au galop sur le chemin droit.

— Ralentis, garçon ! cria-t-elle, mais c'était sans espoir.

Penchée sur le pommeau, Rose prêta peu attention à une silhouette dans le lointain, qui se tenait debout, à la barrière d'Auchengray. Pas avant d'être pratiquement à sa hauteur.

— Jamie !

Elle immobilisa brusquement Walloch, malgré les mouvements de tête de protestation de sa monture.

Jamie la regardait sévèrement, les bras croisés sur la poitrine. Endimanché, le menton rasé de frais, les bottes vernies, il était admirable. Soudain, elle se sentit comme une jeune laitière qui se rend à l'étable.

— Je vois que vous êtes aussi debout très tôt, dit-il.

Rose descendit en gardant les yeux cachés dans l'ombre de son bonnet. Quand elle voulut le contourner pour ramener Walloch à l'étable, Jamie lui saisit le coude sans trop de ménagement.

— Où avez-vous emmené Walloch, et pourquoi ?

— Le cheval appartient à mon père, lui rappela-t-elle, puis souhaita ne pas avoir dit cela, car la ride sur son front se creusa. Et jusqu'à ce que vous soyez mon mari, reprit-elle, mon temps m'appartient, n'est-ce pas ?

Les yeux de Jamie lancèrent des éclairs.

— Dois-je vous rappeler que je suis déjà votre mari ?

Il relâcha sa prise sur elle, mais pas son regard dur.

— Selon Willie, dit-il, vous êtes partie bien avant le lever du soleil. Où une femme peut-elle bien aller, de si bon matin, à dos de cheval ?

De grâce, Jamie. Elle ne pouvait se résoudre à lui dire la vérité. À affronter l'expression d'incrédulité sur son visage. Se moquerait-il d'elle ? La réprimanderait-il ? Aurait-il honte que sa femme se soit ainsi comportée ? Mais elle était sa femme. Il avait le droit de savoir.

— Je me suis rendue… à un puits.

— Voyons ! Nous avons un puits tout juste aux portes d'Auchengray.

— Mais je suis allée à celui de Saint-Queran.

Il resta interdit un moment.

— Mais pourquoi, Rose ?

— Pour guérir mon ventre, dit-elle, et ses joues étaient en feu. Pour… être certaine de pouvoir vous donner… des fils.

— Jeune fille, vous ne pouvez être sérieuse.

Sa colère disparut comme la rosée du matin ; présente un moment, évaporée tout de suite après.

— Bien sûr que vous porterez mes fils, s'il plaît à Dieu.

Il fit un pas vers elle, prenant ses mains dans les siennes sans les serrer. C'est seulement à ce moment-là qu'elle se mit à trembler, en raison du matin frisquet et de ses vêtements mouillés, sans doute. Mais aussi de la présence de Jamie si près d'elle.

Rose se hâta de s'expliquer, et ses mots se bousculaient.

— Leana a parlé du puits, vous vous souvenez ? Le matin de son… anniversaire.

— J'avoue que je ne me rappelle pas tous les détails. C'était au sujet des femmes stériles, n'est-ce pas ?

— Oui, dit-elle, s'efforçant de soutenir son regard. Jamie, je… C'est-à-dire, quand je récupérais du croup, le docteur Gilchrist m'a fait part d'une… très mauvaise nouvelle.

Jamie serra ses mains.

— Quelle est-elle, Rose ?

Mais il la connaissait déjà, il pouvait la lire dans ses yeux.

— Nous ne pouvons être certains que je pourrai… avoir des enfants. Mais si les eaux de Saint-Queran ont le pouvoir de me guérir, je me devais d'essayer. Ne voyez-vous pas, Jamie ?

Les yeux de Rose nageaient dans ses larmes.

— Je ferai tout… tout pour vous donner des enfants, balbutia-t-elle. Pour que vous soyez… pour vous rendre…

Jamie hocha la tête, comme s'il comprenait.

— Pour que je sois père une autre fois.

— Non.

Rose baissa la tête, laissant les larmes couler goutte à goutte sur le gravier, à ses pieds.

— Pour que vous m'aimiez à nouveau.

Chapitre 52

C'est l'temps de courir, c'est l'temps de galoper,
Car le printemps est de retour.
— Charles Leland

Leana les observait de la fenêtre en haut de l'escalier. Marchant vers l'écurie. Si près l'un de l'autre qu'ils semblaient se toucher. Jamie offrant un mouchoir à Rose. Rose s'essuyant les yeux.

Leana les aimait tous les deux. Mais pas comme ça.

Mon Dieu, comment vais-je le supporter ?

Elle s'éloigna de la fenêtre, car elle se sentait malade ; elle aurait voulu fuir, se cacher avant qu'ils franchissent la porte et ne la trouvent là-haut. Dans six jours trop vite passés, elle livrerait Jamie aux bras accueillants de sa sœur. Comme il aurait été tentant de laisser le fil de la vie glisser aussi entre ses doigts. Les tablettes de son officine contenaient tout ce qu'il fallait pour mettre fin à sa misère. *De la jusquiame, de la parisette, de la ciguë.*

Non. Leana secoua la tête, rejetant les pensées impies qui voulaient y prendre racine. Elle ferait ce qu'elle devait. La vie suivrait son cours, ne fût-ce que pour le bien-être de Ian.

En entendant leurs voix dans le vestibule, elle passa ses mains moites sur sa robe de toile grossière et se précipita dans la salle de couture, son sanctuaire. La petite pièce, où elle et Rose avaient passé tant d'heures paisibles, s'éclaira considérablement quand Leana écarta les rideaux pour laisser entrer la lumière du matin. Elle regarda son rouet, les ombres de ses mécanismes ingénieux qui dessinaient des motifs compliqués sur le plancher de bois franc, et les cardes, nettoyées et bien rangées, là où Rose les avait laissées. Est-ce que les deux sœurs se retrouveraient ici chaque lundi, comme elles en avaient l'habitude ? Quand Jamie et Rose seraient mari et femme, est-ce que la vie à Auchengray continuerait comme avant, avec pour seul changement l'identité des occupants des chambres à coucher ?

Que Dieu me vienne en aide ! Elle s'effondra sur le tabouret à trois pattes, sa robe de toile de sac drapée autour de ses jambes nues, le visage enfoui dans ses mains. Comment pourrait-elle vivre sous le même toit qu'eux ? Où trouverait-elle la force de les regarder assis à table et à l'église, tout en les imaginant en train de...

Non ! Je ne peux pas !

Quand elle entendit des bruits de pas au seuil de la porte, elle les ignora, souhaitant que son visiteur, peu importe qui c'était, la laisse en paix.

— Leana.

C'était la voix de Jamie.

— Puis-je... t'accompagner jusqu'à l'église ?

Elle secoua la tête, sans se permettre de lever les yeux vers lui, car cela lui faisait trop mal, comme un soleil d'été lui blessant la vue.

— Tu sais que ce n'est pas sage, Jamie. Neda me tiendra compagnie.

Il ne dit rien pendant un long moment.

— Comment puis-je te faciliter les choses, chérie ?

Aime-moi, Jamie. Il lui était impossible de lui faire une invitation aussi audacieuse.

— S'il te plaît, Leana, dis-moi ce que je dois faire.

Il traversa la chambre et posa les mains sur sa tête. Elle sentit sa chaleur sous ses tresses en torsade.

— Je ne peux supporter de te voir souffrir, dit-il, pas seulement aujourd'hui, sur le banc de pénitence, mais tous ces jours, où nous sommes ensemble... et pourtant séparés.

La sincérité de sa voix la consola un peu. Et aussi d'apprendre que ses caresses lui manquaient, comme elle se languissait des siennes. Essuyant ses joues de sa manche, elle se releva et fut reconnaissante qu'il ne retire pas sa main, quand elle bascula un peu la tête vers l'arrière pour le regarder.

— Pardonne-moi, car je sais que mon visage est…

— Aussi joli que tout autre à Galloway. Et pour moi en particulier.

Il s'inclina et lui baisa le front, se baissant encore un peu plus, comme s'il avait voulu lui embrasser les lèvres aussi, mais il se ravisa.

— N'oublie jamais cela, Leana, dit-il.

Une heure plus tard, le mot enjolivait toujours ses pensées, comme un ruban ornant un vêtement. *Jolie.* On ne l'avait pas qualifiée ainsi souvent, dans sa vie. Sa sœur, oui. Mais pas elle. *Béni sois-tu, Jamie.*

— Peu importe c'qui vous fait sourire, j'suis heureuse de l'voir.

Neda marchait à ses côtés sur le chemin de Newabbey, réglant son pas sur le sien, plus lent, car elle devait marcher pieds nus. Le reste de la maisonnée arriverait à l'église bien assez vite ; Leana était heureuse de passer un peu de temps seule avec Neda et son Ian adoré.

Il était réveillé et très heureux de son sort, gazouillant en observant le décor défiler tandis qu'il rebondissait sur sa hanche.

— C'est le printemps, Ian. Ton tout premier.

Des indices de la saison nouvelle les accueillaient à chaque tournant de la route. Des chatons couvraient les saules, soyeux comme d'authentiques petits chats gris, et des pas-d'âne jaunes s'épanouissaient dans les champs. Près du ruisseau sinueux croissaient des massifs de pétasites. Au nord s'élevaient des futaies de mélèzes piqués de bourgeons roses et aux épines d'un vert éclatant.

— J'ai toujours aimé le premier jour du printemps, dit Leana, le regard rempli de nostalgie, en pensant à son jardin.

Je consacrerai la semaine prochaine à creuser et à planter, annonça-t-elle.

Et à sevrer Ian. Et à m'éloigner de Jamie.

— Tu aideras Rose, n'est-ce pas, Neda ? Quand le moment sera venu ?

— Vous savez qu'je l'ferai, car j'aime vot' bébé comme mon propre petit-fils.

Le soupir de la femme fut long, chargé de douleurs.

— Vot' sœur m'a assaillie d'questions, quand v'z'étiez absente. Elle s'demandait si la nourrice qu'elle avait trouvée f'rait l'affaire. Elle voulait aussi connaître les jeux favoris de Ian. Et la nourriture qu'il aimait.

— Tu dois lui enseigner toutes ces choses, Neda, dit Leana, en posant un baiser rapide sur le front de son fils, bien au chaud sous son bonnet. Pour le bien de Ian. Et le mien.

Neda passa un bras autour de la taille de Leana en marchant.

— J'ferai tout pour m'rendre utile, mon enfant. V'savez bien qu'y a rien que j'ferais pas pour vous ou vot' fils.

Chère Neda. Leana savait qu'elle n'aurait jamais pu supporter les derniers mois sans son soutien.

— Ce matin, au moment où je devrai me tenir debout près de la porte de l'église, c'est en te plaçant là où je pourrai te voir avec Ian que tu me viendras le plus en aide. Je me sens si seule, à ce moment-là.

Neda la regarda au-dessus de son épaule.

— V'pouvez être assurée qu'mon mari et vot' Jamie s'ront jamais loin d'vous, Leana. Ils s'attarderont près d'la porte aussi longtemps qu'possible. On s'ra toujours à portée d'vue.

Neda Hastings faisait rarement une promesse qu'elle ne tenait pas ensuite. Au son de la première cloche, elle, Duncan et Jamie se tenaient pareils à des sentinelles près de la porte, tenant Ian à tour de rôle, fixant du regard quiconque osait proférer des paroles blessantes à l'endroit de Leana, tout en marquant, par un sourire, leur approbation à ceux qui offraient un mot de réconfort. Son père prit à peine acte de la présence de sa fille en passant. Rose s'attarda un peu, comme si elle voulait dire quelque chose.

— Leana?

La peau délicate sous les yeux de sa sœur semblait presque bleue, comme si Rose avait passé une longue nuit sans sommeil.

— Pourrais-je te parler plus tard, Leana?

Leana se contenta de hocher la tête, car son père regardait Rose avec insistance et il exigea qu'elle le suive sans délai. Plusieurs choses préoccupaient sans doute Rose. Jamie lui avait parlé de son expédition au puits de Saint-Queran. C'était peut-être cela qui perturbait la jeune fille.

— Oui, plus tard, murmura Leana au moment où sa sœur pressait le pas vers la porte.

Après que la deuxième cloche eut appelé les paroissiens pour la prière, Leana attendit seule que le bedeau vienne la chercher. Ce fut plutôt le révérend Gordon qui sortit sous le froid soleil de mars, en secouant les manches de sa robe noire. L'étoffe de qualité offrait un contraste saisissant avec sa robe grossière à l'ourlet noirci.

— Leana, votre conduite lors des deux derniers sabbats m'a…, comment dire…, étonné.

Elle retint son souffle.

— Favorablement ou non?

— Vous connaissez la réponse. Je n'ai jamais vu une femme affronter l'épreuve du banc de pénitence avec autant de grâce. Même si vous avez été traitée sans pitié, vous avez accordé votre pardon aux autres.

Ses sourcils broussailleux se haussèrent alors qu'il la jaugeait du regard.

— Bien que j'aie fait ce qu'on attendait de moi, reprit-il, je n'ai pris aucun plaisir à vous réprimander, mademoiselle McBride.

Elle inclina la tête, incertaine de ce qu'elle devait répondre. Ses mots avaient été durs lors du premier dimanche, un peu moins le suivant. Serait-il bienveillant, ce matin?

— Les aînés ont demandé que vous rédigiez un engagement — la promesse d'un comportement décent dans le futur —, qui sera déposé dans les registres du conseil, avec votre signature. Je suis assuré, à la suite de ce que j'ai vu et entendu, que vous accepterez sans réticence de le faire.

— Oui, dit-elle, car c'était une promesse facile à tenir.

Les circonstances de son péché avaient peu de chance de se répéter de son vivant.

— Quand devrai-je rédiger cette promesse?

— Samedi, avant l'échange des vœux, au presbytère. Cela se fera assez rapidement, mais je vous demande de réfléchir à ce que vous écrirez, car c'est un document légal, qu'il ne faut pas prendre à la légère.

— Je ne prendrai jamais le repentir à la légère.

— Pas plus qu'aucun d'entre nous ne le devrait.

Il hocha la tête en guise d'adieu, puis se dirigea vers la chaire pour la première prière du sabbat.

Lorsque le bedeau l'escorta à l'intérieur quelques moments après, elle escalada le banc sans incident et s'assit sur le siège dur et étroit. Le sermon du ministre répétait le même passage tiré d'Isaïe que la semaine précédente, une poignée de versets répétés machinalement qui s'envolèrent au vent. Leana fixa son regard sur Jamie et Ian, puisant en eux la force de subir son humiliation finale.

Quand le sablier fut retourné, le révérend Gordon mit ses notes de côté.

— Nous réprimandons pour la dernière fois mademoiselle McBride, qui comparaît devant nous. Quelqu'un a-t-il autre chose à lui reprocher? Si oui, avancez-vous ou taisez-vous à jamais.

Personne ne se leva. Pas une voix ne s'éleva. Tous les yeux étaient fixés sur elle, mais dans aucun ne brillait la moindre lueur de reproche.

— Très bien.

Le révérend Gordon s'appuya sur ses avant-bras et regarda par-dessus son pupitre.

— Écoutez mes dernières paroles, mademoiselle McBride, qui sont tirées de l'Évangile.

Il ne consulta ni la Bible ni ses notes, mais déclama les versets choisis d'une voix forte, qui porta dans tout le sanctuaire.

— « Ce ne sont pas les gens bien portants qui ont besoin de médecin, mais les malades. » Est-ce que le Grand Médecin est venu à votre aide, Leana ? A-t-il guéri votre âme ?

Elle le regarda dans les yeux, ne craignant pas sa confession.

— Il l'a fait, monsieur.

La voix du révérend Gordon continua d'être sévère, mais son expression s'adoucit.

— Notre Seigneur est venu sur cette terre, non pour appeler les justes, mais les pécheurs au repentir. Vous a-t-il appelée pour que vous vous repentiez de vos péchés ?

— Oui, il m'a appelée, et je me suis repentie.

Et il m'a pardonné. Merci mon Dieu.

— Les gens de Galilée sont allés à la recherche de Jean dans le désert, qui les baptisa pour la rémission de leurs péchés.

Le révérend Gordon couvrit alors son pouce de salive et l'éleva, jetant l'étonnement dans la congrégation. Un murmure parcourut les bancs.

— De même, ajouta-t-il, que j'ai baptisé votre fils, nouveau-né dans ce monde, je vous baptise avec ces mots, Leana McBride : « Aie confiance, ma fille, ta foi t'a sauvée, va en paix. »

Je vous laisse en paix. Elle se leva sur ses jambes tremblantes et descendit du banc le plus élevé, puis mit les pieds sur le plus bas, le regard fixé sur la chaire. Peu importe ce qui était arrivé au révérend Gordon, l'homme n'était plus le même. Ni son troupeau. Ni elle-même. Au moment où Leana posa le pied sur le plancher, le murmure dans l'église s'était enflé et atteignit un crescendo. C'était devenu un chœur muet. Un hymne sans paroles. Non, qui ne comptait qu'un seul mot : le *pardon.*

Le bedeau l'accompagna vers la porte. Les mains se tendaient vers elle pendant qu'elle passait. Certains yeux étaient secs, d'autres non, un grand soupir de soulagement déferla dans toute la salle comme une brise printanière, portant Leana dans son souffle. Leur pardon lui inspirait la clémence. Elle inclina la tête vers David McMiken, Mary McCheyne et Lydia Taggart, à tour de rôle. *Comme vous m'avez pardonné, je vous pardonne.*

Elle ne vit qu'une seule paire d'yeux qui brillaient, non pas de paix, mais de douleur.

Rose.

Chapitre 53

Un destin commun que nous devons assumer,
Tu te meurs d'envie, moi, d'amour.
— John Gay

Cinq jours. C'était tout le temps qui restait avant que Jamie et Ian soient perdus à jamais pour elle. Le Tout-Puissant avait réconforté Leana chaque sabbat passé sur le banc de pénitence, et le révérend Gordon l'avait bénie de son pardon. Mais rien ne pouvait arrêter la marche du temps, ni défaire ce qui avait été fait.

Le lundi apporta des nuages et une menace de pluie alors que Leana travaillait dans le jardin, retournant la terre avec sa truelle, gardant ses mains occupées dans l'attente que Ian s'éveille de sa sieste. Son jardin médicinal était le premier à montrer des signes de vie. De l'arum sauvage, avec ses feuilles luisantes et fusiformes, se déployait au-dessus du sol. La tige duveteuse de la primevère commune offrirait son panache de fleurs jaunes dans un mois. Elle déposa une poignée de sable dans le sol près des pointes nettes des bourses-à-pasteur, en pensant à son berger bien-aimé dans les collines.

Cette semaine, pendant qu'elle jardinerait, Jamie consacrerait chaque heure d'éveil à ses brebis, les surveillant et les préparant à mettre bas. Tandis que les agneaux s'abaissaient dans leur ventre, la cambrure de leur colonne vertébrale s'accentuait, et elles devenaient agitées. Leurs pis maintenant gorgés de lait, elles bêlaient constamment pour obtenir de l'attention. Leana, dont la poitrine se gonflait alors qu'elle essayait de sevrer Ian, n'attendait pas moins désespérément d'entendre la voix apaisante de Jamie. *Cinq jours. Pas un de plus.*

Le mardi après-midi, elle trouva la note que Rose avait insérée dans les feuilles de son élégant papier à lettres avant de lui en faire présent à son anniversaire. Une seule phrase, sans signature : *Leana, pourras-tu jamais me pardonner ?*

Elle tint la note dans ses deux mains, fixant les spirales familières de l'écriture. Si Rose faisait allusion à son témoignage devant le conseil de l'Église, il n'y avait rien à pardonner. Sa sœur avait simplement dit la vérité aux aînés, même si Jamie avait de cela une tout autre opinion. Leana agrippa la note plus fermement. Il y avait peut-être une chose qui était impardonnable, une seule. *Ian.* Elle froissa le papier dans ses mains. *Quatre jours.*

Mercredi, Rose avait frappé à sa porte, pendant que la mère et l'enfant empilaient des blocs de bois. Leana ne fut pas surprise ; Rose la suivait comme son ombre depuis dimanche, l'observant avec Ian, les yeux pleins d'interrogations. *Pourrais-je te parler plus tard ?* Cette heure était peut-être arrivée. Leana avait levé son regard du sol où elle était assise avec Ian sur les genoux.

— Qu'y a-t-il, chérie ?

Rose entra d'un pas hésitant.

— J'espérais que tu m'enseignerais…

Son regard vagabonda dans la pièce, évitant celui de Leana.

— Je veux dire, se reprit-elle, qu'il faut que j'apprenne à m'occuper de Ian.

— Bien sûr.

Leana frotta sa joue sur la tête duveteuse du bébé, s'efforçant de retenir ses larmes. *Je dois le faire. Il le faut.*

— Assois-toi, Rose. Ici, sur le tapis.

Rose obéit, ramenant ses jupes autour d'elle, leurs genoux se touchant presque. Ian était assis entre les deux, frappant les blocs ensemble en riant. Rose ne pouvait détourner le regard de l'enfant, et souriait à ses jeux. Elle adorait Ian ; Leana l'avait remarqué dès le début. Mais l'aimerait-elle assez pour s'en occuper quand il serait malade, le corriger quand il serait désobéissant, le tenir dans ses bras quand il pleurerait sans raison ? *L'aimerait-elle comme je l'aime ?*

Leana respira profondément pour se calmer, puis saisit Ian par les épaules pour le déposer sur les genoux de sa sœur. L'abandonner, ne fût-ce qu'un moment, exigeait d'elle toute la force qu'elle possédait.

— Je t'enseignerai ce que je peux, Rose. Il y a plusieurs choses que Ian t'apprendra lui-même, avec le temps. N'est-ce pas, mon garçon ?

Maintenant face à sa mère, Ian s'animait. Il tendait le bras, essayant de toucher le bout du nez de sa mère qui se penchait vers lui, riant aux éclats quand elle se retirait juste à temps.

Rose la regardait avec étonnement.

— Joues-tu souvent avec lui comme cela ?

— Dès que j'en ai l'occasion.

Leana leva son tablier pour cacher son visage à Ian. Elle regarda ensuite par-dessus l'ourlet. Les yeux de l'enfant s'ouvrirent d'abord tous grands, puis son visage entier s'épanouit en un large sourire.

— Fais-le participer à tes tâches quotidiennes, Rose. Si tu cardes de la laine, éloigne-le des dents pointues, mais assois-le à tes pieds avec un paquet de laine. Quand tu aides dans la cuisine, assure-toi qu'il est à une distance sécuritaire du foyer, puis remets-lui une cuillère de corne avec une casserole qu'il pourra marteler à sa guise.

Rose rit et se tourna en se penchant vers Ian, afin qu'il voie son visage.

— Tu aimes bien faire du bruit, n'est-ce pas, jeune homme ?

— Les enfants sont bruyants, acquiesça Leana. S'il se met à crier sans vouloir s'arrêter, pense à une liste de causes possibles. A-t-il mouillé ses langes ? A-t-il faim ? Est-il fatigué ? Est-ce que quelque chose l'irrite ? Veut-il qu'on le prenne ?

La bouche de sa sœur s'ouvrit.

— Mais par où commencer ?

— Vérifie toutes ces choses, dans l'ordre le plus raisonnable, jusqu'à ce que l'enfant retrouve le sourire.

Leana s'étira et baisa le bout de son petit nez.

— Ne te méprends pas, être mère est une lourde tâche. Annabelle t'aidera. Et Neda.

— Et tu seras ici ? s'empressa de demander Rose.

— Oui, répondit Leana, tout en passant son pouce sur les orteils nus de l'enfant, les comptant un à un. Je serai là.

Les deux sœurs s'amusèrent avec Ian à tour de rôle. Puis, il commença à agiter les bras vers elles, comme si satisfaire deux mères à la fois était au-dessus de ses forces. Leana se leva et prit le bébé, avant d'aider Rose à se relever.

— Maintenant, ta première leçon, Rose. Tu te souviens de notre liste ?

Les mains de Rose tremblaient tandis qu'elle détachait les linges souillés de l'enfant. Elle fit la grimace, puis se ressaisit aussitôt. Ses mouvements, alors qu'elle le changeait, étaient maladroits, mais son attention était concentrée sur la tâche. Leana ne pouvait nier que Rose faisait de louables efforts, même s'il lui était pénible de l'admettre. À quoi s'attendait-elle donc ? Que Rose, qui aimait les enfants, n'aimerait pas Ian ? Qu'elle échouerait lamentablement et qu'elle renoncerait à s'en occuper ? Qu'elle supplierait Leana de continuer d'être la mère de Ian, qu'elle renverrait la nourrice, et que tout serait comme avant ?

Non, Leana. Rien ne sera plus jamais comme avant.

La mère, la belle-mère et l'enfant passèrent la majeure partie de la journée pluvieuse ensemble. Il y eut quelques moments privilégiés — peu nombreux, mais précieux —, quand les deux sœurs riaient devant Ian en s'échangeant de tendres regards, ou lorsque leurs mains se touchaient et qu'aucune des deux ne les retirait. Une pensée chez Leana dominait toutes les autres : *le bonheur de Ian.* Son bien-être était tout ce qui lui importait. Si Rose devait l'élever, alors Leana ferait en sorte qu'elle fût bien préparée.

Quand Ian fut installé pour sa sieste de l'après-midi, les sœurs descendirent sur la pointe des pieds à la recherche d'une tasse de thé réconfortante. Annabelle les servit dans le salon à l'avant, les traitant davantage en invitées que comme des membres de la famille.

— Si vous voulez aut' chose, m'dames, v'savez où m'trouver.

Elle fit une petite révérence et les laissa à leurs scones à la mélasse tandis que la pluie monotone continuait de mitrailler les carreaux de la fenêtre.

Sans son bébé pour amortir la tension entre elles, Leana comprit qu'elles se comportaient comme des étrangères polies, parlant de la pluie et du beau temps, de la saison de l'agnelage, de sujets sans risque. Aucune mention ne fut faite du mariage à venir ni de la nourrice. Ni de Jamie. Ni de Ian. Quand leur conversation sombra dans un silence inconfortable, Rose se leva pour ajouter une autre brique de tourbe dans le foyer, car la pièce s'était refroidie. Elle reprit sa chaise, la rapprocha de celle de Leana, puis fixa sur Leana un regard troublé.

— As-tu trouvé… ma note ? Dans le papier à lettres ?

Finalement, on y arrivait. La question à laquelle Leana était incapable de répondre.

— Je l'ai lue hier.

Leana étendit une fine couche de beurre sur la dernière bouchée de son scone, attendant.

— Quelle est ta réponse, alors ?

Les mains de sa sœur saisirent les siennes, immobilisant son couteau.

— Pourras-tu jamais me pardonner ?

Leana chercha dans son cœur une réponse honnête.

— Je t'aime, Rose.

— Non !

Rose se laissa choir sur sa chaise, laissant retomber ses bras inertes à côté d'elle.

— C'est ce que tu répètes toujours, mais ce n'est pas ce que je te demande. Je veux savoir si tu m'as pardonné. À propos de Jamie. Et de tout le reste.

Leana déplaça son assiette, honteuse de constater que ses mains tremblaient.

— Je ne peux affirmer que je t'aime et ne pas te pardonner. Les deux sont indissociables, Rose. L'amour et le pardon.

Rose se détourna, pressant sa joue contre le coussin de la chaise.

— Tu as prononcé les mots, Leana. Mais je me demande si tu les penses vraiment.

Leana regarda par la fenêtre, comme si la pluie pouvait contenir une réponse qu'elle ne trouvait pas en elle.

— Je voudrais qu'ils soient sincères, Rose, dit-elle enfin. Comment pourrais-je t'en vouloir d'avoir dit la vérité ? Ou de tenir à l'homme qui t'était destiné ?

— Mais cette vérité t'a coûté tout ce que tu avais.

— Pas tout à fait, lui rappela Leana. Tu es toujours ma sœur.

— Oh ! fit Rose, dont la voix devint plus tendue. Un maigre réconfort, dit-elle. Une sœur aussi égoïste et haïssable que père. Oui, malveillante, envieuse, malfaisante. Tout ce que tu n'es pas.

— Ce n'est pas vrai, Rose. J'ai aussi mes péchés à porter.

Sa sœur s'essuya les yeux du revers de la main.

— Nomme-m'en un.

Oserait-elle dire la vérité ?

— Je vais t'avouer le plus honteux de tous, Rose. Jamais je ne cesserai d'aimer Jamie.

Sa sœur la regarda, incrédule.

— Mais tu ne peux l'avoir.

— Non, dit Leana, qui le leva, frottant de la main les miettes sur sa jupe. Je ne le peux pas.

Chapitre 54

Ah ! que me vaut de garder le troupeau,
Moi qui ai perdu mon amour tandis que j'protégeais mes moutons.
— Alexander Pope

Les premiers agneaux vinrent au monde tôt le jeudi, nés d'une brebis mature, qui ne perdit pas de temps à mettre bas ses jumeaux sur le gazon humide de rosée. Elle les léchait pour les laver sous le fier regard de berger de Jamie, qui venait de couper le cordon ombilical avec un couteau émoussé pour réduire le risque d'hémorragie. Les jumeaux furent debout sur leurs pattes chancelantes en moins d'une heure et leur mère les poussa à petits coups de museau vers ses pis. Jamie regardait attentivement la queue minuscule de chaque agneau ; si elle oscillait comme le pendule d'une horloge, cela voulait dire qu'il avalait du lait. Il observa leur petit corps se remplir et leur estomac se gonfler.

— C'est une bonne mère, commenta-t-il, hochant la tête vers Duncan, qui s'était joint à lui. La journée sera longue. J'ai entendu des brebis grogner ici et là dans les pâturages.

— Oui, y a des bergers postés su' les collines. Tes agneaux sont les premiers d'un grand nombre à naître. Et des jumeaux, à part ça.

Duncan donna une bonne tape dans le dos de Jamie.

— C't'un bon signe, mon garçon. Habituellement, chez les faces noires, la moitié donnent des jumeaux, l'autre moitié n'en donnent qu'un. On verra combien d'temps ta chance durera.

Tandis qu'il faisait sa ronde sur les collines et dans les pâturages, Jamie découvrit une bonne douzaine de brebis en plein travail, le museau pointé en l'air, luttant pour mettre leurs agneaux au monde. Le même matin, une seconde brebis donna naissance à des jumeaux, puis une troisième. Il avait choisi les béliers avec soin, s'assurant qu'ils étaient tous jumeaux eux-mêmes, toutefois, il n'était guère fréquent qu'autant de brebis donnent naissance à deux petits. Malgré tout, alors que le jour progressait, les agneaux continuaient de naître par paire. Sur les pentes d'Auchengray Hill, l'une des brebis essayait d'expulser ses deux rejetons en même temps. Sans l'aide experte d'un berger, la brebis et sa progéniture risquaient de mourir. Jamie plongea une main dans son ventre et attacha une corde aux pattes de devant de l'un des agneaux, puis il positionna sa tête, avant de le tirer à la lumière du jour. Le deuxième suivit rapidement.

Il fit une pause, en pensant aux frères McKie : *Evan. Puis, James.* S'il était né le premier, son passé, son présent et son avenir auraient été fort différents. Pas de fuite à Auchengray pour échapper à la fureur de son frère. Pas de Leana. Ni de Ian. *Et pas de Rose dans ma vie.* Dans deux jours, elle serait son épouse légitime. *Que Dieu me vienne en aide.* Jusque-là, il mettrait des agneaux au monde, tout en priant pour sa propre délivrance de cette situation impossible.

Puis, il en aperçut un qui n'arrivait pas à respirer. Jamie l'agrippa fermement par les pattes de derrière et le fit tournoyer à bout de bras, expulsant les mucosités de sa gorge grâce à la seule force de la rotation. L'animal, à la fois étonné et étourdi, chancela pendant un moment, avant de retrouver son équilibre et de retourner en titubant vers sa mère.

— Bien joué, garçon! s'écria joyeusement Duncan, qui l'observait d'un pâturage voisin.

Jamie lui fit un signe de la main, heureux de ressentir le plaisir de maîtriser quelque chose dans sa vie, aussi limité soit-il.

Neda avait fait porter un panier de pâtés fourrés de venaison aux bergers à l'ouvrage par l'une des jeunes domestiques, car il n'y avait pas de temps pour déjeuner à la maison. Ce n'est qu'au crépuscule que Jamie rentra en titubant, épuisé, mais satisfait. Il dormirait la fenêtre ouverte, à l'affût de bêlements angoissés dans la nuit, un indice certain qu'une brebis était en détresse. Ç'aurait été une honte de perdre un agneau après une journée aussi remarquable, qui n'avait vu naître que des jumeaux, tous biens portants, de surcroît.

Leana l'accueillit à la porte de la cuisine, portant Ian sur la hanche.

— Neda me dit que les collines d'Auchengray sont couvertes d'agneaux.

— Oui, répondit Jamie en souriant, malgré sa fatigue. Nous avons eu plus que notre part de chance, aujourd'hui.

Se dirigeant vers l'escalier, il lui lança une invitation familière :

— Viens, Leana, dit-il. Tiens-moi compagnie, pendant que je m'habille pour le dîner.

Il entendit un petit hoquet de surprise derrière lui.

— Mais, Jamie, je ne peux pas...

Ah! Quelle bourde! Ne pouvait-il pas réfléchir, avant d'ouvrir la bouche?

— Pardonne-moi.

Il se retourna et vit le regard blessé dans ses yeux pâles.

— C'est entièrement ma faute, s'excusa-t-il. L'habitude, j'en ai peur.

Une habitude qu'il appréciait beaucoup. L'avoir près de lui. La voir rougir, pendant qu'il s'habillait. Lui voler un baiser, quand Hugh avait le dos tourné. Comment se pouvait-il que des plaisirs si simples puissent être à jamais perdus?

Il ne pouvait pas même lui effleurer la joue pour la réconforter, ni dégager les cheveux de son front. Il se pencha plutôt pour embrasser leur fils, s'immobilisant un moment au-dessus de la tête de l'enfant, blotti contre le cœur de sa mère. Plus longtemps qu'il aurait dû, Jamie s'enroba dans la chaleur de Leana et la douce senteur de lavande de sa robe.

— Jamie, murmura-t-elle.

Combien il aimait l'entendre dire son nom.

— Oui, jeune femme?

— Tu dois te changer avant le dîner, lui rappela Leana, mais sans s'approcher de lui. Et je dois nourrir notre fils.

— Tu as raison.

Jamie leva la tête à contrecœur, heureux de voir l'ombre d'un sourire sur ses lèvres.

— M'accompagneras-tu au moins dans l'escalier ?

Ils gravirent les marches de pierre, leurs épaules s'effleurant au passage, pendant que Jamie lui racontait en détail les événements de cette journée, marquée par un nombre exceptionnel de naissances. Ils venaient à peine d'arriver en haut quand Rose, se précipitant hors de sa chambre, faillit entrer en collision avec eux.

— Oh ! fit Rose, en faisant un pas en arrière, les mains en l'air. Je ne m'attendais pas…

Elle baissa les mains et les yeux aussi.

— C'est-à-dire, je vous… cherchais, Jamie.

— J'accompagnais… simplement la mère de mon fils dans l'escalier, expliqua-t-il, pendant que Leana disparaissait dans la chambre d'enfant.

Comment devait-il l'appeler, s'il ne pouvait plus dire qu'elle était sa femme ? Sûrement pas sa « bien-aimée », même si elle l'était. Ni son « amante », car elle ne l'était plus. Ni son « amie », car le mot s'appliquait difficilement. Ni sa « cousine », enfin, car il en avait deux : l'une qu'il aimait et l'autre qu'il était sur le point d'épouser. Une autre fois.

C'était la seconde cousine qui l'observait maintenant, dans l'espoir d'avoir un entretien avec lui.

— Quand j'aurai fait ma toilette, Rose. Je vous verrai au salon, avant que votre père sonne la cloche du dîner à sept heures.

Les traits de la jeune fille s'illuminèrent.

— Je m'y rends tout de suite.

Jamie s'habilla, bien qu'il ne fût pas pressé d'aller la rejoindre. Qu'est-ce que la jeune fille pouvait bien avoir en tête? *Quelle question bête.* Ils avaient très peu parlé de leur mariage. Il était imminent, maintenant. Ce n'était pas tant la brève cérémonie qui l'inquiétait, que tout ce qui allait s'ensuivre.

Il la trouva debout devant la fenêtre du salon, sa jolie natte tombant derrière elle sur sa robe brodée. Elle se tourna lentement — pour l'effet, peut-être — alors que la lueur de la bougie éclairait chacun de ses traits. Rose était tout à fait charmante; il ne pouvait le nier.

— Jamie, dit-elle d'une voix doucereuse, qui semblait aussi affectée que sa pose. Avez-vous pensé à notre nuit de noces?

Aussi peu que possible. Mais il ne pouvait répondre cela.

— Seulement que cela sera… bien difficile. Pour nous deux.

Le sourire de Rose s'évanouit.

— Mais je vous aime, Jamie. Ce ne sera pas difficile pour moi.

Comme il ne répondait pas, elle s'empressa de rompre le silence.

— Vous avez appris à aimer Leana. Peut-être réapprendrez-vous à m'aimer.

— Peut-être.

Malheureux! Que viens-tu de dire?

Recevant ce simple mot comme une invitation, Rose traversa la pièce et vint se placer devant lui. Son front effleurait presque son menton, elle était si près, en fait, qu'il ne pouvait plus la regarder dans les yeux. Son parfum de bruyère l'assaillit, et son souffle lui chatouilla le cou.

— Puisque vous savez que je pourrais être… stérile…

Il fit un pas en arrière, cherchant une échappatoire.

— Nous ne pouvons en être sûrs, Rose.

— Mais la seule façon de nous en assurer, c'est…

Elle eut la décence de rougir.

— C'est… d'essayer, dit-elle.

Il n'y avait aucune ambiguïté dans le sens du mot « essayer ».

— Si c'est un enfant que vous voulez, rappelez-vous que nous devons prendre soin de Ian.

— Et j'aime votre fils, dit-elle rapidement. Je vous l'assure.

— Je suis heureux de vous l'entendre dire.

Il n'avait aucune raison d'en douter ; Leana le lui avait déjà dit.

— Mais je veux mon enfant à moi, Jamie. Votre enfant.

Elle posa la main sur sa manche, et ses doigts trouvèrent un fil défait qu'elle se mit à tortiller.

— La veille du sabbat, lorsque nous rentrerons à la maison, devrions-nous nous retirer… dans ma chambre, plutôt que dans la vôtre ? Cela me gênerait de partager le même lit où vous… et ma sœur…

— Très bien, répondit-il.

Il ne profanerait pas un endroit aussi sacré. La voix de Rose se fit plus hésitante.

— Vous accomplirez votre devoir… envers moi, n'est-ce pas, Jamie ?

— Oui, répondit-il, l'irritation le gagnant. Mais comprenez qu'il s'agira d'un devoir, et non d'un plaisir.

Elle haussa légèrement les épaules.

— Peu m'importe…, pourvu que…

— Je vous en prie.

Il entoura de ses mains les avant-bras de Rose, afin de s'assurer d'attirer toute son attention.

— Si vous ne portez pas d'enfants, Rose, dit-il, ce ne sera pas parce que j'aurai négligé mes devoirs d'époux. Ce sera parce que Dieu n'aura pas voulu bénir votre ventre.

La cloche du dîner ponctua chacune des paroles acerbes de Jamie, qui relâcha Rose et sortit précipitamment de la pièce.

Était-ce un mari qu'elle voulait, ou simplement un bélier pour lui donner une progéniture ?

Lorsqu'ils entrèrent ensemble dans la salle à manger, aussi bouleversés l'un que l'autre, Lachlan les ignora tandis que Leana fixait son assiette d'étain. Honteux de son emportement, Jamie n'osait regarder Rose. Pas plus qu'il ne pouvait se tourner vers Leana, qui semblait gênée pour lui. Il baissa la tête et implora le ciel. *Encore deux jours.*

Lachlan récita une brève prière, puis ordonna qu'on serve le repas. Annabelle et Eliza entrèrent dans la pièce avec des plats fumants de bouillon d'orge, épaissi avec des petits pois, des carottes et des navets.

— Du *bannock* d'orge aussi ? maugréa Lachlan. N'avons-nous rien d'autre que de l'orge, dans notre garde-manger ?

Neda se tenait à la porte, comme à son habitude, supervisant les domestiques.

— J'vous d'mande pardon, m'sieur. J'verrai à ce qu'il y ait plus d'variété à vot' table, d'main soir.

Rose se redressa, comme si elle venait de penser à quelque chose.

— Neda, dit-elle d'une voix aussi sucrée que du sabayon. Pourriez-vous servir un potage de lièvre, lors de notre souper de noces ?

Neda lui jeta un regard singulier.

— Si c'est c'que vous voulez, jeune fille. J'enverrai l'un des garçons attraper un lièvre brun au clair de lune. C'est l'meilleur temps pour les piéger.

Un potage de lièvre ? Qu'est-ce que la jeune fille tramait ? Jamie leva les yeux et vit que Lachlan le regardait.

— Neveu, je veux que tout soit réglé samedi.

Jamie contint son irritation.

— Il reste peu à faire. Nos vœux seront répétés à la porte de l'église, notre union, bénie par le révérend Gordon, et le registre du conseil, signé en présence de nos témoins.

– As-tu des projets pour la suite ? demanda Lachlan en déposant sa serviette de table. Une lune de miel, peut-être ?

L'homme pouvait-il être sérieux ?

– C'est la saison de l'agnelage, oncle. Je peux à peine m'absenter pour me rendre au village, dit Jamie, puis il regarda Rose fixement. Il n'y aura pas de lune de miel. En aucun cas. Chacune de mes heures d'éveil, au cours des prochains jours, sera passée dans les pâturages.

Les yeux baissés, Rose fit glisser sa natte sur son épaule, et caressa lentement le ruban qui retenait les tresses.

– J'ai l'intention de consacrer la journée de vendredi à me préparer pour notre mariage, dit-elle doucement.

– Tandis que moi, je la passerai avec Ian, dit Leana, en regardant Jamie de l'autre côté de la table. En travaillant dans mon jardin.

Jamie hocha la tête légèrement. *Je viendrai, Leana.* Ses brebis avaient besoin de lui. Mais Leana encore davantage. *Que Dieu nous vienne en aide, à tous les deux.*

Chapitre 55

Chaque rose porte son épine.
— Richard Watson Gilder

Un jour. Il n'en restait plus qu'un, avant que Jamie lui appartienne.

Rose, assise sur le bord de son lit clos, regardait la robe fraîchement repassée suspendue devant elle. C'était l'une de celles qu'elle avait espéré apporter à l'école Carlyle au printemps. Son mois à Dumfries semblait un souvenir lointain, enveloppé dans les brumes d'une fin tragique. Et maintenant, ceci, un mariage qui était tout sauf idéal. Bien que sa robe fût d'un ravissant vert jade, elle l'avait mise bien souvent auparavant. L'alliance à son doigt avait été portée par Leana pendant plus d'une année. Comme les vœux avaient déjà été prononcés, le couple n'avait pas la permission d'entrer dans l'église. Et elle n'aurait pas de lune de miel ; Jamie le lui avait fait clairement comprendre. *Jamais.*

Un sentiment de peur nouait son estomac. Il avait promis d'accomplir son devoir envers elle ; bien sûr, puisque la Bible l'exigeait. *Que le mari s'acquitte de son devoir envers sa femme.* Peu importe ce que cela signifiait. Les mots ne semblaient pas douloureux, pourtant, c'était ce qu'elle avait entendu dire : *ce sera douloureux.* Jane lui avait confié quelques détails sordides dans l'intimité du dortoir, laissant Rose plus perplexe que jamais. Qu'est-ce que Jamie attendrait d'elle ? Ou elle de lui ?

— Jamie ne me ferait jamais de mal, se consola-t-elle.

Elle avait vu avec quelle délicatesse il manipulait les agneaux, ses gestes prudents avec les brebis. Assurément, il serait au moins aussi tendre avec elle. Plaise à Dieu, avec le temps, elle aurait ce qu'elle désirait par-dessus tout : un enfant à elle. Elle voyait le regard de Ian pour sa mère. De l'amour pur. À la limite de l'adoration. Un lien qui ne pouvait être brisé. Était-ce de l'égoïsme ou la simple vérité, Rose n'aurait su le dire ; elle voulait seulement un enfant qui l'aimerait sans réserve, car les événements récents lui laissaient croire que Jamie n'en serait peut-être jamais capable.

Des larmes lui piquaient les yeux. Était-ce si mal de vouloir être aimée ?

Quelques instants plus tard, quand Annabelle frappa à sa porte, Rose se leva, soudain désemparée. Où irait-elle, pendant que la domestique ferait le grand ménage de la chambre ? Le lendemain matin, elle aurait bien des choses à faire : répandre des pétales de rose sur ses draps frais, suspendre sa plus belle robe de chambre et disposer des chandelles dans toute la pièce, pour chasser les ombres, la nuit venue. Mais, maintenant, alors que Jamie était occupé sur les collines, Rose devait se résoudre à attendre. Et à s'inquiéter.

— Vot' sœur est dans l'jardin avec Ian, dit Annabelle. Elle apprécierait sûrement vot' compagnie.

Oui, et peut-être que non.

Hugh, un panier de lessive propre entre les mains, se tenait au pied de l'escalier au moment où elle descendait d'un pas rapide.

— Où v'z'allez, mam'zelle ?

— Je vais au jardin rendre visite à Leana et cueillir quelques fleurs pour ma chambre.

— Y est trop tôt dans la saison pour les fleurs, mam'zelle, dit-il alors qu'elle passait près de lui. Les arbres dans l'verger sont pleins d'bourgeons, mais vous n'verrez pas grand-chose d'fleuri dans l'jardin d'vot' sœur.

Il devait bien y avoir *une* fleur. Le printemps n'était-il pas déjà vieux d'une semaine ? Pourtant, quand elle sortit de la cuisine pour entrer dans le domaine de Leana, Rose comprit qu'elle ne portait pas beaucoup attention à des notions aussi futiles que le passage des saisons. Tout ce qu'on pouvait y voir, c'étaient des rangées de sol fraîchement remué, l'une après l'autre, ainsi que de petites pousses vertes. Même les rosiers adorés de sa mère n'étaient que de petits bâtonnets bruns couverts de bourgeons. Il faisait bon à l'extérieur, toutefois. Une légère brise du sud-ouest réchauffait l'atmosphère, comme le faisait le soleil de l'après-midi qui ruisselait sur le pays, peignant les champs et les pâturages de tons brillants, d'un vert plus éclatant encore que celui de sa robe de mariage.

Elle observa un moment Leana, agenouillée à l'extrémité de son jardin. Ses cheveux défaits lui tombaient sur les épaules, la marque de la femme non mariée. Ian était assis à côté de sa mère sur un plaid épais, tapant vigoureusement sur la couverture avec sa cuillère à porridge. Rose les appela, puis elle leva ses jupes et marcha sur les passages gazonnés entre les jardins rectangulaires.

— Il n'y a pas de fleurs, même par une journée si radieuse ?

Lorsque Leana leva les yeux, son sourire était forcé.

— Rien que des fleurs sauvages : des pensées des champs et des myosotis, qui poussent entre les rangs. J'ai planté des graines toute la matinée, par contre. Tu auras des fleurs dans ton jardin avant longtemps.

— Ton jardin, la corrigea-t-elle. Tu sais très bien que je n'ai aucun désir de plonger les mains dans la terre.

Elle regarda le petit espace de terrain soigneusement entretenu.

— Si tu quittes jamais Auchengray, dit-elle, ces jardins seront laissés à l'abandon, j'en ai peur.

Sans crier gare, Ian se pencha au-delà de la bordure du plaid, plongeant ses poings dans le sol gras.

— Attention, mon garçon, dit Leana en déposant sa truelle. Tu vas déraciner ma valériane.

L'avertissement de sa sœur vint trop tard. Le garçon attrapa la plante par sa racine chevelue et la tira en se renversant sur le dos, l'arrachant complètement.

— Oooh ! cria-t-il en agitant comme un hochet l'épaisse masse de racines blanches.

Rose fronça le nez.

— Et quelle est cette odeur désagréable?

— Les racines de valériane.

Elle tendit la main vers la plante, mais Ian fut trop rapide pour elle. Il se tordit pour lui échapper, puis se renversa sur sa couverture en riant. Leana soupira, secouant la tête.

— Je suppose que ça ne peut pas lui faire de mal. S'il la met dans sa bouche, ce qu'il fait avec presque tout, il constatera que le goût est très désagréable.

Rose ouvrit la bouche.

— Et si c'était vénéneux?

— La valériane? Peu de plantes sont aussi bénéfiques, dit Leana, qui ne perdait pas Ian de vue, tout en recommençant à creuser. Elle est si efficace que d'aucuns l'appellent «Guérit tout». Ne l'as-tu jamais remarquée les étés précédents, ici, au bout du jardin? Elle croît bien dans notre sol riche, et ses fleurs rose pâle apparaissent en juin.

Rose hocha la tête, ne voulant pas admettre son ignorance en matière d'horticulture.

— Alors, quelle est la maladie que cette plante miraculeuse est censée guérir?

Leana leva les yeux, ses yeux bleus jaugeant Rose sous son bonnet à large bord.

— Les maladies du ventre.

Du ventre? Rose essaya de ne pas démontrer trop d'intérêt.

— Que veux-tu dire par «maladies du ventre»?

— Rose, je pensais que tu le savais, dit Leana en frottant la terre de ses mains. Les racines de valériane sont employées pour guérir les femmes stériles depuis l'arrivée des Romains en Écosse.

— C'est vrai? demanda Rose, qui sentait l'espoir renaître en elle.

Était-il possible qu'elle trouve un remède dans les jardins mêmes d'Auchengray?

Leana leva une main prudente.

— Bien sûr, les résultats ne sont pas garantis...

— S'il te plaît, chère sœur !

Rose tomba à genoux, ne se souciant pas de salir ses jupes.

— Tu étais là, quand le docteur Gilchrist m'a annoncé la nouvelle. Tu l'as entendu dire que je pourrais ne jamais avoir d'enfants.

— Je l'ai entendu, dit Leana en baissant un peu la tête, son bonnet cachant son visage. Et j'en suis désolée, Rose, dit-elle.

Est-ce que Leana était vraiment désolée ? Suffisamment pour l'aider ? Rose tendit les mains pour prendre celles de sa sœur.

— Que doit-on faire avec cette valériane ? Broyer les racines ? Infuser les feuilles ? S'en frictionner la peau, ou la boire en sirop ?

Le rebord de paille resta immobile. Et ses lèvres aussi.

— S'il te plaît, Leana. Si la valériane peut me guérir, ne veux-tu pas en préparer pour moi ? Tu sais à quel point je veux mes propres enfants. Je veux seulement... ce que tu as.

— Bien sûr, tu veux *tout* ce que j'ai, dit Leana en retirant ses mains, refusant de lever les yeux, mais Rose entendit les larmes dans la voix de sa sœur. Est-ce que mon mari et mon enfant ne sont pas assez pour toi, Rose ? demanda-t-elle.

— Oh, Leana. Je ne voulais pas dire... Je n'aurais pas dû...

— Non, dit-elle, et ses mots exprimaient toute sa douleur. Tu n'aurais pas dû. Tu veux tout ce qui est à moi, Rose. Et, pourtant, tu ne m'offres rien en retour. *Rien.*

— Mais, Leana..., qu'est-ce que je possède que tu pourrais vouloir ?

Chapitre 56

Sur moi, sur moi,
Le temps et le changement n'ont plus de prise.
— Richard Hengist Horne

Jamie. Voilà ce que je veux.

Elle n'aurait jamais pu l'avouer à Rose. Elle ne pourrait jamais le dire à Jamie. Mais Leana ne pouvait se mentir à elle-même. Une heure en tête-à-tête avec l'homme qu'elle aimait — c'était cela qu'elle voulait. Qu'elle voulait, mais ne pouvait avoir. Et même l'imaginer était un péché.

Leana trouva un bout de sa manche qui n'était pas maculé de terre et le passa sur ses joues.

— Il n'y a rien que tu puisses m'offrir, Rose. Pas plus que tu n'as besoin de le faire, car je suis ta sœur. Je t'ai causé du tort sans le vouloir, comme toi, tu m'en as fait. Ne parlons plus de cela.

— Oui, dit Rose, qui semblait soulagée. Alors…, tu prépareras la valériane pour moi ?

— Je le ferai, Rose, mais pas celle-là.

Leana reprit la plante des mains de Ian et replanta la tige arrachée, tassant un peu de terre autour de sa base avec sa spatule.

— La racine de valériane que j'ai cueillie l'année dernière aura de bien plus grands effets, dit-elle.

Elle se leva, coinça son panier d'outils d'horticulture sous un bras et attrapa Ian de l'autre.

— Viens avec moi dans l'officine, dit-elle.

Les deux sœurs n'échangèrent aucune parole pendant qu'elles franchissaient la pelouse et entraient dans la maison, mais l'impatience de Rose flottait autour d'elle comme un parfum. Est-ce que cette jeune fille ne pensait jamais à personne d'autre qu'à elle-même ? *Et à qui pensais-tu, il y a un moment à peine, Leana ?* La tension entre elles s'apaiserait peut-être, lorsque le mariage serait chose faite. *À moins qu'elle empire.* Leana fut heureuse qu'Eliza les accueille à la porte, car l'officine n'était pas un endroit pour un bébé curieux.

– Voudrais-tu prendre Ian quelques minutes, s'il te plaît, pendant que je prépare une teinture pour Rose ?

– Oui, m'dame.

Eliza présenta son bonnet à Ian, qui l'arracha promptement, révélant une vague de boucles blond-roux.

– Oh ! et moi qui pensais te donner un bonbon, p'tit garnement !

Les deux se lancèrent à la recherche des épingles à cheveux qui avaient volé un peu partout sur le plancher, tandis que Leana et Rose traversaient la cuisine.

Leana s'arrêta devant le foyer, le temps d'allumer une bougie, puis entra la première dans l'officine, où elle avait passé plusieurs journées à distiller sa récolte automnale de plantes médicinales. Elle s'installa sur un tabouret élevé dans son cabinet pharmacologique, réconfortée par la vue familière. De l'aigremoine, du pied-de-lion, du plantain, de la bétoine pourprée et des douzaines d'autres élixirs attendaient patiemment qu'on daigne en faire usage. Leur préparation était un long processus, consistant à laisser macérer les herbes sèches dans du rhum et de l'eau pendant deux semaines, avant d'égoutter le liquide à travers un tamis de gaze, puis de le passer dans un pressoir à vin, pour finalement l'embouteiller dans de minces flacons bruns. Des remèdes puissants, bien qu'aucun d'eux ne fût assez fort pour guérir son cœur brisé.

Au travail, Leana. Elle localisa rapidement la valériane, dont elle mélangea plusieurs gouttes dans une cuillère à de l'eau puisée au puits d'Auchengray.

– Avale ceci sans le laisser reposer sur ta langue, dit Leana à sa sœur. L'odeur est particulièrement déplaisante.

Rose obéit en faisant une horrible grimace.

— Maintenant, dit Leana, tu sais pourquoi les Grecs l'avaient baptisée « phu », pour exprimer leur dégoût.

— Je comprends, dit Rose en se passant la langue sur les lèvres, fronçant le nez de nouveau. Est-ce que je vais ressentir quelque chose ?

— Cela te détendra, te rendra même un peu somnolente. Pourquoi ne pas t'étendre sur ton lit une heure, avant le déjeuner ?

— Mais Jamie…

— Il s'occupera de ses brebis jusqu'à bien après le crépuscule. Il arrivera à se passer de toi, Rose.

— Si tu en es sûre.

Sa sœur se dirigea vers la cuisine, puis se retourna. Ses joues étaient de la même couleur que sa robe rose clair.

— Leana, dit-elle, je suis désolée de te demander cela, mais je… je n'ai pas de mère et cela me gênerait d'interroger Neda. C'est au sujet… de Jamie.

Leana commença à ranger les flacons dans son cabinet, feignant de ne pas l'avoir entendue, mais ses mains tremblaient.

— Pourrais-tu me dire… ce qui m'attend, Leana ? Que faire…, quand je serai avec Jamie ? J'en sais si peu sur… ces choses.

Leana ferma la porte du cabinet si brusquement qu'on entendit les bouteilles s'entrechoquer.

— Es-tu en train de me demander comment satisfaire mon mari ?

— Non, murmura Rose, je te demande comment plaire au mien.

Le tabouret de bois vacilla, quand Leana se leva, et elle agrippa la table pour se soutenir.

— Je t'ai montré comment t'occuper de Ian. Mais je ne...

Les mots restaient coincés dans sa gorge.

— Mais je ne te montrerai pas comment… aimer Jamie.

— Mais comment apprendrai-je ? se plaignit Rose.

— Oh, *Rose* !

Leana passa à côté d'elle en coup de vent, se dirigeant vers la porte.

— Comment peux-tu demander une chose pareille ?

— Attends !

Rose l'attrapa par la manche.

— S'il te plaît, Leana.

Elle s'arrêta, mais seulement parce qu'elle craignait l'endroit où ses jambes l'emporteraient. *Vers les collines. Vers Jamie.* Leana ne pouvait se résoudre à regarder sa sœur en lui parlant.

— Laisse… moi… partir.

Chaque mot semblait être arraché de son cœur comme les pages d'un livre.

— S'il te plaît, ne me demande pas cela.

— Je suis désolée, Leana. Je suis seulement si… confuse. Je ne sais pas à quoi m'attendre…, ni comment m'y préparer…

— *S'il te plaît,* Rose !

Se libérant de l'emprise de sa sœur, Leana traversa la cuisine les larmes aux yeux. Elle devait s'enfuir, aller dehors, où elle pourrait respirer, où elle arriverait à penser. Loin d'Auchengray. Loin de Rose. Elle traversa le seuil et partit vers la lumière déclinante du début de soirée. Au crépuscule, la terre libérait sa chaleur en se refroidissant, créant un brouillard tourbillonnant près du sol, perceptible, pourtant invisible.

Désorientée, elle courut droit vers Neda, et les deux faillirent choir au sol.

— Oh, jeune fille ! Où allez-vous, l'dîner est dans moins d'une heure ?

Leana put à peine reprendre son souffle.

— Pas faim, parvint-elle à dire, puis elle s'enfonça dans le brouillard léger.

Mais où allait-elle ? *Jamie.* Oui, elle devait le trouver, car lui seul pouvait comprendre. *De grâce, mon Dieu. Seulement pour voir son visage, pour entendre le son de sa voix.*

— Jamie ! cria-t-elle dans la brume épaisse qui l'enveloppait.

Contournant les bâtiments de ferme, Leana se hâta vers Auchengray Hill, appelant l'homme qu'elle aimait. Quand elle atteignit la crête, elle pouvait difficilement se tenir debout, tant ses jambes tremblaient. Le crépuscule et la brume conspiraient contre elle, car elle ne pouvait voir ni les collines voisines ni la vallée à ses pieds.

— Jamie !

Elle écouta, respirant fortement.

Une voix flotta jusqu'à elle à travers l'obscurité.

— Leana ?

— Oui ! cria-t-elle, dévalant le flanc abrupt de la colline, serrant ses jupes à deux mains dans sa course frénétique.

Je viens, Jamie ! voulut-elle crier, mais son souffle saccadé ne le lui permettait pas. Cependant, il pouvait sûrement l'entendre piétiner les ajoncs qui déchiraient ses jupons.

— Jamie ! parvint-elle à dire une autre fois, puis elle le vit émerger du brouillard, grimpant vers elle, les yeux agrandis par l'inquiétude.

— Qu'y a-t-il ? Qu'est-ce qui ne va pas ?

— *Tout* !

Elle se lança dans ses bras, étouffant ses sanglots sur sa poitrine.

Chapitre 57

L'amour est le tyran du cœur ; il obscurcit
La raison, perturbe le jugement ; sourd aux conseils
Il poursuit sa course effrénée jusqu'à la folie.
— John Ford

— Oh, mon amour !

Il la serra dans ses bras, tout contre lui.

— Je suis désolé. Si désolé.

Les mains de Leana s'agrippaient au dos de sa chemise.

— Pardonne-moi, Jamie. Je... je... ne devrais pas... être ici.

— Allons, murmura-t-il, frottant sa barbe sur les cheveux de la jeune femme, respirant son parfum capiteux. C'est l'endroit où tu dois être, Leana.

Il ne savait pas ce qui l'avait amenée en dévalant Auchengray Hill. Mais elle était à sa place. *Ici, avec moi.* Jamie s'inclina un peu vers le sommet, plantant ses bottes dans le sol détrempé afin de ne pas être renversé. Il n'osait ni bouger ni la libérer, car il connaissait Leana trop bien. Submergée par le remords, elle voudrait s'enfuir à toutes jambes. Il allait la perdre bien assez vite, mais ce ne serait pas maintenant.

Bien qu'elle essayât de parler, ses mots étaient décousus, dénués de sens. Elle essayait de reprendre haleine entre chaque phrase.

— Dans le jardin..., avec Ian..., non, dans l'officine..., Rose m'a demandé...

Toujours Rose.

— Nous n'avons pas besoin de parler de ta sœur.

— Elle voulait... Leana s'agrippa plus fortement à sa poitrine. Elle voulait savoir comment... comment... t'aimer.

Jamie réprima un juron. *L'impudence de cette fille !*

— Ta sœur ne pourra jamais faire usage de tels conseils.

Il plongea les mains dans les cheveux de Leana et fit basculer un peu sa tête pour voir son visage.

— Tu es la seule qui puisse me combler, Leana.

Il lui effleura le front avec ses lèvres, sentant la chaleur de sa peau. Quand les paupières de Leana se fermèrent peu à peu, il les baisa à tour de rôle. Puis, ses joues, mouillées de larmes. Et la petite fossette au menton.

Sa bouche plana un moment au-dessus de la sienne. *Tu ne devras plus m'embrasser.* Elle le lui avait demandé, et il avait accepté. *C'est une punition trop douce à subir.*

— Pourrais-tu la subir maintenant, chérie? Puis-je t'embrasser?

Lorsqu'elle hocha la tête, si légèrement, il avait tout le consentement qu'il attendait. Le brouillard s'épaississait et tout devenait sombre en cet instant où le crépuscule se fondait dans la nuit. Et la bouche de Jamie ne quittait plus la sienne, réclamant son dû. *Tu es mienne, ma chérie. Et je suis à toi.*

— Jamie.

Elle enfouit la joue dans le creux de son cou, un peu instable sur ses jambes.

— Jamie, s'il te plaît…

— Viens, murmura-t-il, le refuge est tout près, au pied de la colline.

Il lui saisit la main, pour éviter qu'elle s'enfuie, qu'elle essaie de courir.

— Par ici, Leana. Prends garde où tu poses le pied.

Il la guida vers le refuge de pierre, un misérable abri contre le mauvais temps, et guère plus. Il n'y avait pas de chaises, seulement une table et un lit de pierre contre le mur. Ils s'y assirent, frissonnant tous les deux, même s'il ne faisait pas particulièrement froid.

— Au moins, c'est propre, ici, dit-il en enveloppant les épaules de Leana dans ses bras pour l'attirer plus près de lui.

Alan Newall et moi avons réparé les murs et remis l'endroit en état, la semaine dernière. C'était vraiment sordide.

Pourquoi parlait-il de telles choses? Elles ne comptaient pas, maintenant. Tout ce qui importait, c'était Leana.

Jamie l'assit sur ses genoux, replaçant ses jambes pour la stabiliser.

— Viens, mon amour. Laisse-moi t'embrasser encore.

Sa bouche l'accueillit, tandis qu'il faisait courir délicatement ses mains dans ses cheveux, le long de ses épaules, dans son dos.

— Tu es la femme que j'aime, lui murmura-t-il entre deux baisers.

Ma femme. Ma Leana.

— Ne l'oublie jamais. La seule.

Il retint son souffle, dans l'attente des mots qu'il brûlait d'entendre : « Aime-moi, Jamie. » Une invitation amoureuse de sa part. Son doux consentement.

Mais ce ne furent pas ces mots-là qu'elle dit.

— Excuse-moi, Jamie.

Leana se redressa lentement, écartant son corps du sien. Même dans la pénombre du refuge, il pouvait voir le chagrin dans ses yeux.

— Ce serait injuste, dit-elle. Injuste pour Rose. Et nous le savons trop bien.

Il grommela en baissant la tête. *Trop bien.*

— C'est ma faute, dit-elle.

Elle se remit sur ses pieds et arrangea ses jupes.

— Je n'aurais jamais dû venir te voir.

— Mais je suis heureux que tu l'aies fait.

Plus qu'heureux. Il se leva, désirant toujours l'embrasser, détestant l'idée de la laisser partir.

— Ne te flagelle pas trop, mon cœur, dit-il. Ce n'était qu'un baiser.

— Non, Jamie.

Elle fit un pas en arrière, hors de portée de ses bras.

— C'était de la tentation. Pardonne-moi, mon amour.

Leana s'enfuit du refuge, et il vit sa robe bleue s'évanouir dans le brouillard.

Quelques minutes plus tard, tandis qu'il marchait vers les écuries, son cœur martelait encore sa poitrine. *Ce n'était qu'un baiser.* Non, Leana avait raison ; c'était plus que cela. Un mot d'elle et il aurait tout ruiné. *Aime-moi, Jamie.* Grâce à Dieu, elle avait trouvé la force de ne pas le dire.

Seulement, maintenant, les répercussions de leur rencontre — si brève et si chaste fût-elle — s'élevaient en lui comme la brume du soir. Est-ce que Rose savait où sa sœur se rendrait ? Quelqu'un les avait-il vus ? Il n'était nullement préoccupé par sa propre réputation ; seul le nom de Leana lui importait. Elle avait déjà payé chèrement son péché. Il ne pourrait tolérer de la voir reprendre place sur le banc de pénitence, pas pour un baiser qu'il n'aurait jamais dû demander.

Le son étouffé de la porte d'entrée s'ouvrant et se refermant l'accueillit sur la pelouse alors qu'il approchait de l'étable. *Leana. De retour à la maison.* Au-dessus de lui, les colombes roucoulaient dans la volière, se préparant pour la nuit. *Pardonnez-moi, mon Dieu. Pardonnez-nous tous les deux.* Se faufilant par la porte de derrière, il trouva la cuisine dans son état d'animation habituelle, avec son concert de casseroles orchestré par Neda, donnant ses ordres aux domestiques. On le salua poliment, mais les regards le fuyaient alors qu'il traversait la pièce pour se diriger vers le couloir. *Très bien.* Plus vite il aurait atteint le sommet de l'escalier, moins on aurait l'occasion de lui poser trop de questions.

— Neveu !

Jamie s'immobilisa entre deux marches. *Lachlan.* Il se retourna et sentit son estomac se nouer. Lachlan et Duncan étaient tous deux debout devant la porte du petit salon, lui faisant signe d'approcher.

— Viens, garçon, dit Duncan. J'ai vanté ton travail à ton oncle, au sujet des agneaux.

Duncan écrasa une main sur l'épaule de Jamie et le fit entrer dans les quartiers de Lachlan.

— C't'une bénédiction d'Dieu, rien d'moins.

— Rien que des jumeaux, m'a dit Duncan.

Son oncle pointa un doigt vers le deuxième meilleur fauteuil, placé près du foyer. Jamie lorgna le cuir de qualité.

— Je suis crasseux, oncle. Il est inutile de souiller votre bon fauteuil.

Il avait besoin d'un prétexte pour écourter sa visite, car ses vêtements l'embarrassaient autant que sa conscience. Est-ce que Leana était parvenue à regagner sa chambre sans encombre ?

— Que des jumeaux, c'est vrai ? l'interrogea son oncle.

Jamie hocha la tête tout en se frottant le menton pour cacher son malaise.

— Jusqu'à présent, toutes les brebis ont donné naissance à une paire d'agneaux en bonne santé. Bien sûr, cela pourrait changer demain matin. Il reste encore deux semaines avant la fin de l'agnelage.

— Oui, oui, grommela Lachlan en se versant un petit verre de whisky. Quoi qu'il en soit, tu as plusieurs raisons d'être fier, James. J'ai l'intention d'écrire à ta mère et à ton père, pour les féliciter d'avoir mis au monde un berger aussi talentueux.

Jamie étudia l'homme attentivement. Bien qu'il ne perçût aucune arrière-pensée dans le compliment de son oncle, Jamie pressentait une ruse. Lachlan McBride offrait rarement un éloge gratuitement.

— Y a-t-il autre chose, oncle ? J'ai hâte de retrouver mon lit, car la journée a été longue, et celle de demain s'annonce plus rude encore.

Son oncle s'arrêta un milieu de son geste, le verre de whisky à mi-chemin de sa course vers sa bouche plissée.

— As-tu pu réfléchir un peu à ton avenir ?

Lachlan prit une longue gorgée, puis se passa la langue sur les lèvres afin d'être certain de ne pas en perdre une goutte.

— Après le sabbat, par exemple, quand ta nouvelle femme et l'ancienne vivront sous le même toit ?

La mâchoire de Jamie se contracta alors que s'affermissait sa résolution de quitter Auchengray en mai. Avec les deux filles de Lachlan.

— Je ne pense à rien d'autre, oncle. Je n'ai pas de solution à offrir avant la fin de la saison des naissances. Mais vous pouvez être assuré de ceci : je quitterai la paroisse et je ne partirai pas les mains vides.

Jamie sortit de la pièce avant que Lachlan ait pu ajouter autre chose, avec Duncan sur les talons.

— Jamie !

Le superviseur l'attrapa par la manche au moment où il atteignait l'escalier.

— Ton oncle t'disait simplement qu't'avais fait d'la bonne besogne avec ses bêtes.

— Justement. Ce sont *ses* moutons. Pas les miens, fulmina Jamie. Vous savez mieux que quiconque de quelle manière inhumaine Lachlan McBride traite sa famille. Pire encore, quand il s'agit d'un étranger.

— Écoute-moi, garçon.

Duncan l'attira à l'écart en l'agrippant fermement par un bras.

— J'ai pensé à un plan. Un plan qui t'permettrait d'obtenir la moitié des agneaux, vu qu'y sont tous jumeaux. Mais y faudra qu'tu modères tes humeurs avec ton oncle. Pendant l'agnelage, au moins. Peux-tu faire ça ? Pour ton vieux superviseur ?

— Oh ! vous savez que je le ferai, exhala Jamie en jetant un coup d'œil de l'autre côté du corridor. Pardonnez-moi,

Duncan. J'ai parlé sous le coup de la frustration. J'ai de nombreux soucis, présentement.

— Allons, allons.

Duncan le poussa amicalement vers l'escalier.

— T'es plus tendu qu'un ressort de montre. J'connais pas la raison, même si j'sais bien qu'deux jours à mettre des agneaux au monde, ça fatigue son homme. Va prendre un bain et enfile une ch'mise propre. T'as ben mérité une bonne nuit d'sommeil.

Rose ne sera sans doute pas de cet avis.

Jamie ralentit en atteignant le sommet de l'escalier, le pas alourdi par le regret — pas celui d'aimer Leana, mais celui de négliger sa sœur. La porte de sa chambre était fermée. Peut-être s'était-elle retirée pour la nuit ? Quelques pas plus loin, celle de la chambre d'enfant était close aussi. Est-ce que Leana y était, maternant Ian ? Il s'y arrêta, attendit, écouta.

La culpabilité lui fendit le cœur, quand il entendit le son, reconnaissable entre tous, d'une femme qui pleurait.

Chapitre 58

Mais avec la fraîcheur du matin vint le repentir.
— Sir Walter Scott

Dans l'heure précédant l'aube, dans l'espace froid et confiné de son lit mobile, Leana se réveilla, sans avoir vraiment dormi. Elle avait pleuré toute la nuit, mais c'était seulement maintenant qu'elle voyait — voyait vraiment, comme si elle s'éveillait d'un rêve — ce qui devait être fait.

Elle devait quitter Auchengray pour toujours.

Cette nuit de *Hogmanay*, il y a si longtemps, où elle avait cherché le réconfort dans les bras de Jamie, elle était innocente de tout, à l'exception de son amour aveugle pour Jamie. Mais hier — oh ! hier, elle avait été tout sauf innocente, tout sauf aveugle. Elle avait couru dans le crépuscule pour qu'il la prenne dans ses bras, pour recevoir ses baisers, reniant tout ce qu'elle savait être sacré, tout ce qu'elle croyait être vrai.

Leana porta les doigts à ses lèvres, se remémorant la douceur de sa bouche, la chaleur de son corps. Cela ne se reproduirait plus. Elle s'en assurerait. Pour le bien de Jamie. Pour le bien de Rose. Et même pour celui de Ian — *oh, mon précieux Ian !* Afin qu'il puisse grandir dans une maison où régnait l'harmonie, et non la discorde, elle devait se retirer.

Mais elle ne pourrait y arriver toute seule. Après avoir impudemment recherché l'étreinte de Jamie, oserait-elle demander l'aide du Tout-Puissant ? *Seigneur, tu es pardon et bonté, plein d'amour pour tous ceux qui t'appellent.* Elle sortit une main tremblante de sa couverture, puis l'autre, et tendit les bras dans l'obscurité de la chambre. *Je tends les mains vers toi.* Espérant ne pas réveiller Ian, Leana murmura :

— Pardonnez-moi, mon Dieu.

Elle retint son souffle, attendant un signe. Au début, seul le souffle doux de Ian remplit le vide autour d'elle. Puis, les mots dont elle avait le plus besoin, les mots qu'elle avait chantés à l'église, chantaient maintenant dans son cœur. *Mais l'amour de Dieu est de toujours à toujours.*

Leana s'assit, respirant profondément, comme si la fenêtre s'était ouverte pour rafraîchir l'air. Elle savait de quelle façon cette journée se déroulerait. Cela lui prendrait plus de courage qu'elle en avait, une force morale plus grande que celle qu'elle se croyait capable de mobiliser. *C'est toi, le Dieu de ma force.* Oui, la force viendrait d'en haut, car elle en avait trop peu en elle, pas pour cela.

Leana marcha silencieusement dans le couloir jusqu'à la porte de sa sœur, puis elle s'y agenouilla, baissant la tête, une main reposant sur le loquet. *Pardonne-moi, chérie.* Si la robe de pénitente qu'elle avait jetée avait pu l'aider, pensa-t-elle, elle l'aurait endossée une autre fois et répandu des cendres sur sa tête. Elle pria plutôt en silence, confessant ses péchés. *Pardonne-moi, Rose.*

Après s'être relevée, elle continua jusqu'à la porte de Jamie, où elle s'agenouilla aussi. Bien que la porte fût entrouverte, elle n'osait y entrer. *Pardonne-moi, Jamie.* Elle déposa un baiser sur le bout de son doigt et le posa sur le loquet. *Plus jamais, mon amour.*

Quand Leana fut de retour dans la chambre de Ian, elle tremblait des pieds à la tête. À cause de ses nerfs. Du froid. De la peur. Peur de ne pouvoir faire ce qui restait à faire. Ian dormait dans son berceau, ses membres étendus dans toutes les directions. *Comme ton père.* Se penchant au-dessus de son lit, elle prit l'enfant dans ses bras et le blottit sur son épaule en se redressant.

— Allons, allons, gazouilla-t-elle alors qu'il se nichait contre elle, toujours profondément endormi.

Elle s'assit doucement sur la chaise capitonnée où ils avaient déjà passé plusieurs heures paisibles ensemble elle couvrit son visage de baisers.

— Oh! mon cher garçon, murmura-t-elle. Mon précieux petit agneau.

Un sanglot s'éleva en elle pendant qu'elle le berçait, et elle murmura dans sa minuscule oreille :

— Ta mère t'aime, Ian. Ne l'oublie jamais. Jamais, mon gentil garçon.

Elle se pencha vers lui, étouffant ses pleurs dans sa couverture. Elle essaya de chanter, mais sa voix se brisa et, avec elle, son cœur.

— *Balou, balou, mon p'tit, mon p'tit bébé.*

Dans quelques heures, une nourrice de Glensone le tiendrait dans ses bras avec son frère de lait, et elle aurait assez de lait pour les deux.

— Mais ce ne sera pas le mien, gémit Leana en ouvrant sa robe de chambre. S'il te plaît, Ian. C'est notre dernier jour ensemble. S'il te plaît.

Il remua, car il avait reconnu sa mère et, encore à moitié endormi, dirigea sa petite bouche vers son sein. Elle s'adossa à la chaise, honteuse de son besoin, pourtant heureuse de pouvoir lui offrir quelque chose, ne fût-ce qu'un court moment.

— Merci, mon Dieu, dit-elle doucement. Car je sais ce que la Bible dit : « Je tiens mon âme en paix et en silence ; comme un petit enfant contre sa mère. » En vérité, j'ai presque sevré mon enfant de ma poitrine. Mais, mon Dieu…

Une nouvelle vague de larmes lui mouilla les yeux.

— Je ne peux sevrer mon cœur de lui.

Comme s'il sentait sa peine, Ian ouvrit les yeux. Quand il la vit, il lui offrit un sourire édenté en se détachant de son sein.

— Oh, Ian, lui reprocha-t-elle gentiment, retenant des larmes tout en le faisant passer de l'autre côté. Tu ne rends pas les choses faciles pour ta mère.

Bien que l'allaiter les apaisât tous les deux, cela ne le nourrissait plus tellement, ces derniers temps.

— Pardonne-moi, garçon, car il ne reste plus grand-chose, ici.

Elle épongea ses joues avec les campanules écossaises qui fleurissaient sur la manche de sa robe de chambre.

— Une autre jeune femme viendra à Auchengray deux fois par jour pour remplir ton ventre. Une jeune fille chanceuse, en vérité, de pouvoir te tenir comme ça.

Elle serait incapable de rester dans la même pièce, quand la jeune mère aux cheveux noirs, Jenny Cullen, viendrait allaiter son fils. Ni dans la même maison. Leana se pencha vers lui pour déposer un baiser sur son front.

— Jenny te nourrira, Ian, mais elle ne t'aimera jamais comme moi.

Elle était heureuse qu'il n'eût plus grand besoin du lait d'une mère. Quelques semaines encore et il serait sevré tout à fait. Pourtant, même une seule fois avec Jenny était trop horrible à imaginer. Peut-être refuserait-il sa poitrine ? Cette pensée réjouit Leana, mais seulement un moment. Non, il devait l'accepter comme nourrice, avec plaisir, car il aurait besoin du lait de Jenny pour grandir. Déjà, une petite dent, pareille à une perle, avait percé la gencive inférieure. Le lait de la nourrice serait une bénédiction, pas une malédiction.

— J'aurais tout de même préféré que ce soit le mien, confessa Leana tandis qu'Ian glissait de nouveau dans le sommeil, sur sa poitrine.

Elle referma l'encolure de sa robe de nuit, en prenant garde de ne pas le réveiller. Par la fenêtre derrière elle, les premières lueurs du matin filtraient dans la pièce. Des voix familières s'élevaient dans l'escalier, et l'odeur du bacon grésillant sur le foyer s'infiltrait sous la porte de la chambre. La vie continuait, semblait-il, comme s'il s'était agi d'un samedi bien ordinaire. Pourtant, avant que le soleil eût disparu sous l'horizon, elle aurait confié son fils adoré à la nourrisse, et son Jamie bien-aimé à Rose.

Aide-moi, Dieu. Aide-moi à supporter cela.

Elle leva la tête au son d'un petit coup frappé à la porte. Eliza, coiffée de son bonnet blanc frangé de boucles blond-roux, apparut avec un pichet d'eau fumante dans les mains.

— M'dame ? Aurez-vous b'soin d'aide avec le bébé, c'matin ?

Ses yeux complétèrent sa phrase. *Ou préférez-vous l'avoir pour vous toute seule ?*

— Non, Eliza. Je vais me débrouiller. Mais si tu peux revenir ici à midi, j'aurai besoin d'aide pour m'habiller, pour… pour…

— Oui, m'dame.

Elle plaça le pichet sur la table de toilette ainsi qu'une serviette propre.

— Vot' robe s'ra prête, et j'polirai aussi vos bottes d'équitation.

— Est-ce que tous les autres sont aussi réveillés ?

— M'sieur McKie est sorti pour aller retrouver les brebis, y a que'que temps déjà.

— Je vois.

Pas étonnant que sa porte fût ouverte. Il était déjà parti dans les collines.

— Vot' sœur dormait encore, par contre, quand j'ai frappé à sa porte.

Eliza haussa les épaules nonchalamment, puis elle se tourna pour s'en aller.

— J'pensais qu'un jour aussi radieux, elle s'serait levée avant l'chant du coq.

— Oui, dit Leana.

Elle congédia la servante d'un geste, avant de laisser retomber sa main sur son genou. *Toi aussi, tu me manqueras, jeune fille.*

Ian remua encore, quelques minutes plus tard, réveillé pour de bon, cette fois. Ses yeux brillaient et son ventre réclamait du porridge ; il enfouissait ses poings dans sa bouche en pleurant, le signe le plus évident qu'il avait faim.

— Je m'occupe de ton petit-déjeuner, garçon, puis de ton bain.

Pour la dernière fois. La toute dernière.

Elle le serra fortement sur sa poitrine, comme si elle voulait étouffer sa peine. *Comment vais-je faire, mon Dieu ? Comment vais-je lui dire adieu ?*

Chapitre 59

L'amour sacrifie tout,
Pour honorer son objet.
— Edward Bulwer-Lytton

Après le petit-déjeuner, Leana chercha refuge dans son jardin. Consciente de sa faiblesse, elle savait que si elle restait dans la maison, elle épierait les bruits de pas de Jamie dans l'escalier ou le son de sa voix dans le couloir. Elle déposa plutôt Ian sur son plaid, par terre, enfouit ses mains profondément dans le sol et pria, afin de démontrer une force qu'elle savait ne pas avoir. *Sois pour moi un roc hospitalier.*

Elle devait quitter Auchengray, de cela il n'y avait aucun doute. Dès la minute où les vœux seraient prononcés, elle s'enfuirait. *Mais comment, mon Dieu ? Et où ?*

Elle n'avait ni pièces pour payer un aubergiste, ni argent pour assurer sa subsistance, ni les moyens de se procurer un attelage. Les Newall pouvaient l'accueillir, mais ils habitaient trop près d'Auchengray. Et bien que les McKie ouvrissent volontiers leurs portes à Jamie, ils n'hébergeraient peut-être pas leur nièce à Glentrool. N'y avait-il aucun endroit où elle pût trouver refuge, le temps d'une saison ? N'y avait-il personne disposé à l'accueillir ?

Aide-moi, mon Dieu. Montre-moi le chemin.

Une heure tranquille à prier et à écouter s'écoula alors que son avenir sombre prenait forme dans son esprit et dans son cœur. Penchée au-dessus de ses jeunes plants, chantant une berceuse pour Ian, qui s'était enroulé sur lui-même pour faire la sieste à ses côtés, Leana sentit soudain une présence dans son dos, bloquant le soleil et rafraîchissant l'air sur ses épaules. Il était facile de deviner à qui cette ombre aimée appartenait. *Jamie.*

— S'il te plaît, Leana. Ne te retourne pas.

Sa voix était si tendue qu'elle craignit qu'il fût malade. Inquiète, elle tourna néanmoins la tête.

— Jamie ?

— Non, jeune femme.

Cette fois, elle entendit des larmes dans sa voix.

— Je te le demande, ne me regarde pas, car je ne saurais le supporter.

— Oh, Jamie.

Maintenant, il y avait des larmes dans la sienne aussi. *Non, pas comme ça, mon Dieu, pas comme ça !*

— Je ne peux plus te tenir dans mes bras, ni goûter tes lèvres, ni être assez près de toi pour sentir la bruyère sur ta peau. Et, maintenant, je ne peux plus même te regarder. Oh, mon amour.

Elle se courba en deux, son visage touchant presque le sol.

— Est-ce ainsi que nous devons nous séparer ? Un sens après l'autre, jusqu'à ce que nous devenions indifférents l'un à l'autre ?

Jamie se pencha. Il se garda de la toucher, mais il était si près qu'elle pouvait sentir la chaleur de son haleine dans son cou. Sa voix était douce et basse comme le vent d'été.

— Je t'aimerai toujours. Que Dieu me pardonne de dire la vérité.

Elle hocha la tête, mais ne put parler.

Et je t'aimerai toujours. Toujours.

— Toi et moi savons que ce qui est arrivé hier ne doit plus se reproduire, dit-il. J'ai demandé le pardon de Dieu et je l'ai reçu. Mais je ne me repentirai jamais de t'aimer. M'entends-tu, Leana ? Je t'aimerai toujours.

— Toujours, murmura-t-elle, les yeux noyés de larmes.

Adieu, mon amour. Quand elle eut fini d'essuyer ses joues avec son tablier, l'ombre était partie.

Relève-moi.

Ce dernier moment en compagnie de Ian dans le jardin fut trop vite passé. Leana le tenait, l'embrassait et le maternait à l'ombre de l'if, la mère et l'enfant discrètement dissimulés par un plaid. Sous la laine rugueuse, elle passait la main sur ses doux cheveux qui lui rappelaient tant ceux de Jamie, et elle pleura une autre fois, mouillant le front de Ian de ses larmes.

Eliza vint la rejoindre dans la chambre d'enfant à midi, comme prévu. Elle l'aida à revêtir la robe bordeaux retrouvée dans l'armoire de Rose.

— Oh, mam'zelle ! V'z'êtes magnifique. Aussi jolie que n'importe quelle… n'importe quelle dame.

Eliza baissa la tête, et ses joues étaient de la même couleur que la robe de sa maîtresse. Leana souleva le menton de sa servante pour la regarder dans les yeux.

— Si tu voulais dire « épouse », je ne m'en offusquerais pas, car j'ai l'intention d'être jolie, aujourd'hui.

C'était comme cela que la maisonnée se souviendrait d'elle, pensa-t-elle ; et elle voulait que cette image fût la meilleure possible.

— Je me rends à l'église maintenant, car je dois voir le révérend Gordon pour une autre affaire, dit-elle. Tu t'assureras que les autres partent à l'heure, n'est-ce pas ?

Eliza lui lança un regard qui voulait tout dire.

— M'sieur McBride y verrait, sinon.

Leana porta Ian dans l'escalier, où Annabelle attendait son tour de le prendre.

— Hélas, je ne peux t'amener avec moi.

Leana lui embrassa le front.

— Sois un gentil petit garçon avec Annabelle. Elle a un nouveau livre à te lire. Maman reviendra aussi vite qu'elle le pourra. Tu la regarderas par la fenêtre, n'est-ce pas ?

Ian lui toucha la joue en guise de réponse.

Leana entendit une porte s'ouvrir en haut de l'escalier et vit ensuite Rose descendre lentement, sa robe verte se balançant à chaque pas. *Un autre adieu.* Elles ne s'étaient pas revues depuis que Leana s'était enfuie de l'officine, la veille, pour se précipiter dans les bras de Jamie. Rose ne savait rien de cela ; peut-être ne l'apprendrait-elle jamais, car Leana ne risquerait jamais de blesser sa sœur simplement pour apaiser sa propre conscience. Lorsqu'elle quitterait Auchengray, elle emporterait le secret avec elle.

— Je suis heureuse que tu sois ici, Leana.

Sa sœur se tenait au pied de l'escalier, les mains derrière le dos, une pose familière de son enfance.

— Annabelle, dit-elle, pourrais-je être seule avec ma sœur un moment ?

La servante salua rapidement et disparut avec Ian dans les bras.

— Je sais que tu dois te rendre à l'église pour rédiger ta promesse de bonne conduite, et je ne te retiendrai pas. Mais il faut…

Elle baissa le regard vers le bout de ses mules en brocart.

— Il faut que je te demande pardon.

Leana fut estomaquée.

— Me demander pardon ?

— Pour les choses que j'ai dites hier. Les demandes déplacées… que je t'ai faites. Pas seulement déplacées. Irréfléchies. Insensibles. Cruelles.

— Oh, chérie. Tu n'as que seize ans et tu es une toute nouvelle mariée.

Leana la prit dans ses bras, faisant attention de ne pas froisser sa robe de mariée.

— Je suis seulement désolée de n'avoir pu me résoudre à te dire ce que tu dois savoir.

Elle ravala très fort, sachant ce qui devait venir ensuite.

— Me pardonneras-tu, Rose ?

Pour tout cela. Pour tout.

— Leana, il n'y a rien à pardonner.

— Oh que si.

Plus que je puis te dire. Plus que tu voudrais entendre.

— Si j'obtiens ton pardon, mon voyage sera plus facile, cet après-midi.

Rose se retira de ses bras, les yeux brillants.

— Alors, je te pardonnerai, Leana. Car le jour de son mariage, toutes les prières de la fiancée sont exaucées. Va à l'église, maintenant.

Dès qu'elle eut frappé à sa porte, le révérend Gordon ouvrit.

— Je vous attendais, mademoiselle McBride.

Il ne souriait pas, mais son visage était avenant, et le ton de sa voix était aussi agréable que la température.

— Venez, car le secrétaire du conseil attend. Il n'a pas pris son déjeuner encore, alors il est un peu irritable. Ne le laissez pas vous bousculer, toutefois. C'est une tâche importante qui vous attend, car cette déclaration restera consignée dans les registres pendant toute votre vie.

Il l'escorta dans le petit salon où Ian était né. Des images de son séjour à cet endroit lui revinrent, et sa gorge se serra. *Pas ici, Leana. Pas maintenant.*

— De très chers souvenirs me rattachent à cet endroit, dit-elle simplement en s'assoyant à la petite table où elle avait pris tous ses repas pendant une semaine.

Monsieur Millar, le clerc, ajusta ses lunettes, puis lui présenta une plume, le livre déjà ouvert à la bonne page.

— Mademoiselle McBride, à moins que vous ayez des questions, vous êtes libre de commencer.

Elle n'eut pas à hésiter, car elle avait pensé à chaque mot depuis son départ d'Auchengray. Elle pria pour que sa main ne tremblât pas en prenant la plume.

Moi, Leana McBride, fille non mariée de Lachlan McBride, je reconnais avec une profonde douleur dans mon cœur mon comportement de pécheresse la nuit du mariage de ma sœur.

Elle fit une pause assez longue pour ajouter une autre confession silencieuse. *Oui, cette nuit-là. Et hier aussi.*

C'est mon désir le plus ardent d'être pardonnée par Dieu et par toute cette congrégation.

Certains dans la paroisse ne lui pardonneraient pas. Mais Dieu l'avait fait. *En ton amour, je me confie.*

C'est ma résolution sincère, par la grâce divine que j'implore de tout mon cœur, de ne jamais plus pécher aussi gravement.

Plus jamais. C'était plus difficile à écrire qu'elle ne l'avait envisagé. Plus difficile encore d'y croire sincèrement et, pourtant, elle le devait. *Plus jamais.*

Je consens à ce que ceci, mon humble confession, soit consignée dans les registres de l'Église et puisse être retenue contre moi comme une circonstance aggravante de mon crime, si je devais de nouveau succomber à la tentation.

Elle ne succomberait pas. Ni Jamie. Pas s'ils étaient séparés.

Leana s'adossa à sa chaise et invita le révérend Gordon à lire ses mots, afin qu'il s'assure qu'ils étaient à la hauteur de ses attentes. Elle n'avait jamais écrit une confession, auparavant, et pria pour ne plus jamais avoir à le refaire. *Plus jamais.*

— Oui, grommela-t-il. C'est exactement ce que j'espérais. Signez ici, jeune femme, et c'est terminé.

Elle hésita un moment avant d'écrire son nom de famille. McBride, plutôt que McKie. Une habitude chère qui n'était pas facilement abandonnée. Le clerc du conseil lut le document, puis ajouta sa signature comme témoin.

Avant de perdre le courage de le demander, Leana se tourna vers le ministre.

— Il y a une chose que j'aimerais vous demander, révérend : une lettre de recommandation.

Ses sourcils broussailleux s'élevèrent, exprimant sa surprise.

— Pensez-vous quitter la paroisse, Leana ?

— Oui, répondit-elle, et elle souhaita qu'il ne demandât pas de détails, car elle en avait très peu à offrir.

— Et savez-vous où aller ? Connaissez-vous un endroit où l'on vous accueillera ?

— Personne n'osera me refuser son hospitalité si je suis munie d'une lettre de la main du révérend. Si vous le voulez bien…, si ce n'est pas trop demander.

C'était beaucoup lui demander, en effet, presque tout de suite après sa comparution sur le banc de pénitence. Il pouvait facilement lui refuser cette faveur, et même la punir pour l'avoir sollicitée.

— S'il vous plaît, révérend Gordon. Je dois quitter Auchengray pour le bonheur de ma sœur et de son nouveau mari, et de leur fils, aussi. La vie sera bien plus facile pour eux, si je ne vis plus sous le même toit.

Le vieil homme la regarda et son expression s'adoucit.

— Que Dieu me pardonne de dire une telle chose, mais Jamie McKie a été bien léger de choisir d'abord votre sœur.

Il se leva, palpa les poches de son veston, comme s'il cherchait quelque chose.

— Oui, je serai heureux de vous fournir une telle lettre. Nous ne pouvons courir le risque qu'un ministre bigot vous ferme la porte de son église au nez, n'est-ce pas ? Mon papier à lettres est dans mon étude. Un moment, je vous prie.

Il s'arrêta sur le seuil de la porte et fit un geste en direction du clerc.

– Monsieur Millar, veuillez écrire dans les registres qu'une lettre de recommandation a été octroyée à mademoiselle McBride.

La plume de l'homme gratta la page pendant qu'elle regardait le lit où elle avait accueilli Ian en ce monde. Se pouvait-il qu'il ne se fût écoulé que six mois depuis cet événement ? Le jour le plus heureux de sa vie s'était déroulé dans cette pièce. Et maintenant, celui-ci. Le plus douloureux.

Le révérend Gordon revint avec le papier en main. Il emprunta la plume et l'encre de Millar, et rédigea une brève lettre. Après l'avoir sablée et scellée, il la lui remit d'un geste élégant.

– Cela conviendra, je pense.

Il la regarda un moment, comme s'il pensait à quelque chose.

– Devrais-je omettre de mentionner cette requête, quand votre famille arrivera ?

– Oui.

Ce ne fut qu'à ce moment-là qu'elle se rendit compte qu'elle avait retenu son souffle tout ce temps.

– Je l'apprécierais, répondit-elle. Ma famille ne tardera pas à l'apprendre, mais je ne veux pas ruiner le mariage de ma sœur une seconde fois.

– Cette délicatesse est des plus louables. Et si je demandais à madame Gordon de servir de second témoin, afin de vous épargner ainsi cette humiliation, cela vous conviendrait-il ?

Elle resta bouche bée devant une offre aussi généreuse.

– Fort bien, dit-il, car je vois que cela vous agrée. Puis-je vous inviter à marcher quelques minutes dans le cimetière ? C'est un jour agréable et les autres habitants d'Auchengray ne seront pas ici avant une demi-heure. Vous pourrez rentrer chez vous en empruntant le sentier de la forêt.

Leana suivit le ministre dans le soleil du début de l'après-midi. Par une décision venant du cœur, et grâce à la clémence de Dieu et de l'homme, elle laisserait son passé derrière elle et entreprendrait une nouvelle vie. *Une vie sans Jamie. Une vie sans Ian. Une vie sans Rose.* Pas une vie authentique. Plutôt l'ombre d'une vie. Mais leurs trois existences seraient meilleures, à cause de cela. C'était tout ce qui comptait.

Sortant de sa rêverie, elle comprit qu'il la guidait vers une pierre tombale familière. Fait de grès rouge dans lequel on avait sculpté une couronne de roses, le monument s'élevait à environ deux *ells* au-dessus du sol. L'inscription était encore facile à lire : *Agness Halliday McBride.*

Les deux se recueillirent debout devant la tombe de sa mère. Quand le révérend Gordon parla, sa voix était rauque.

— Jamais je n'avais connu un être au cœur aussi généreux que votre mère. Et aujourd'hui, je crois que le vôtre, Leana, est pareil au sien. Que Dieu vous donne la force de traverser cette épreuve.

Chapitre 60

Tu es à moi,
tu m'as donné ta parole.
— Edmund C. Stedman

— Rose ?

C'était la voix de Neda, à la porte de la chambre.

— L'cabriolet est prêt, et vot' père aussi.

Rose se retourna pour s'assurer une dernière fois que sa chambre était parfaite. Des bougies, des draps propres, sa robe de nuit. *Oui, parfaite.* Dans son corps, la teinture de valériane de sa sœur était à l'œuvre. *Merci, Leana.* Pressant sa main sur son ventre, Rose murmura :

— Dieu tout-puissant, bénis-le et rends-le fécond.

Voilà. Elle avait fait ce qu'elle pouvait ; le reste dépendait de Jamie.

— Rose ?

C'était encore Neda.

— V'pouvez pas faire attendre vot' père plus longtemps.

— J'arrive !

Rose porta la main à ses cheveux, ramenés sur le dessus de sa tête en une masse opulente, et retenus par des rubans qui lui tombaient sur la nuque. Elle espéra que Jamie apprécierait sa coiffure. Elle ne l'avait pas vu ce jour-là, car il avait rejoint ses brebis et ses agneaux avant même le petit-déjeuner.

— Rose !

La voix de Neda ne souffrait pas de réplique, cette fois.

— J'arrive ! J'arrive !

Rose sortit précipitamment, déchirant presque sa robe en l'accrochant au loquet de la porte dans sa hâte.

— Est-ce que Jamie m'attend en bas ?

— Jamie est déjà parti pour l'église. Sur Walloch.

— Ah non! fit Rose déçue, assénant au plancher un petit coup de talon de ses nouvelles chaussures de brocart. Jamie devait m'accompagner en voiture.

— Les plans ont changé, dit Neda d'un ton neutre. Dépêchez-vous, jeune fille, ou vous trouverez un révérend Gordon guère content d'vous voir arriver en retard.

Lachlan McBride était de mauvaise humeur, quand elle posa le pied sur la pierre utilisée comme marchepied pour être hissée dans la voiture.

— Rose, grommela son père, ce sera une chance s'il reste encore quelqu'un à la porte de l'église.

— Cela ne les dérangera sûrement pas d'attendre encore un peu. Elle se laissa choir sur le siège de la voiture, dont les ressorts oscillèrent légèrement. Qu'y a-t-il d'autre à faire, le dernier samedi de mars?

— À faire?

Il lança un commandement sec à la jument, qui ébranla la chaise, et elle se mit à marcher dans l'allée d'un pas lent et régulier.

— Jeune fille, il y a bien des travaux qui peuvent occuper un homme, ton mari en particulier. C'est pourquoi il chevauche Walloch, afin de pouvoir revenir rapidement auprès de ses bêtes. Savais-tu que les brebis ne donnent naissance qu'à des jumeaux dans tout Auchengray?

— Vraiment? s'exclama-t-elle, soudain intéressée. Est-ce l'œuvre de Jamie? Ou bien celle des béliers?

Son père haussa les épaules.

— Jamie a choisi les béliers et il a supervisé les accouplements, alors il connaît sûrement son métier de berger. Duncan insiste pour dire qu'il s'agit d'une bénédiction divine.

Lachlan s'adossa à son siège et relâcha sa prise sur les guides. Une lueur de fierté illumina ses traits, comme s'il était personnellement responsable du prodige.

— J'ai ma petite idée sur ce qui a jeté une telle bénédiction sur mes troupeaux.

— Moi aussi, j'ai prié pour que le Tout-Puissant... me bénisse, murmura Rose.

Lorsque son père la regarda de biais, la chaleur lui monta au visage.

— Je veux dire...

— Je sais ce que tu veux dire, Rose. Il est clair que ta sœur peut produire un fils. Nous apprendrons bientôt si tu peux être son égale.

Son égale? Rose s'affaissa sous le poids de cette comparaison. Leana possédait une longue liste de vertus que tous dans la paroisse pouvaient énumérer. Rose savait que la sienne était bien courte et que son ventre risquait d'être stérile. Elle ne pouvait que prier afin que Jamie l'aime pour ce qu'elle était, et qu'elle ne passe pas toute la durée de son mariage à être comparée à sa sœur.

Se détournant légèrement de son père, Rose pressa ses genoux ensemble. Elle y déposa ses mains croisées et essaya de se composer une attitude digne, malgré les cahots de la route mal amortis par les vieux ressorts. La route sèche et la brise légère rendaient le trajet plus agréable, mais sans le raccourcir pour autant. Au moment où ils firent leur entrée à Newabbey, une douzaine ou plus de villageois étaient rassemblés autour de la porte de l'église.

Rose fut étonnée par leur nombre.

— Mais que font-ils tous ici?

— Il semble que la lecture des bans ait attiré les curieux, fit observer son père, tout en dirigeant Bess vers la dépendance verdoyante.

Le révérend et madame Gordon les attendaient en compagnie de Walter Millar. Aucun d'eux n'avait l'air très heureux et on ne voyait Leana nulle part.

— Excusez notre retard, cria Rose. Je voulais être la plus jolie pour mon mari.

Elle étendit la main pour qu'on l'aide à descendre de voiture. Trois jeunes garçons du village accoururent en se bousculant, mais son père les chassa et la déposa lui-même par terre.

– Merci, père.

Elle passa rapidement devant les badauds pour se rendre aux côtés de Jamie, glissant la main dans la sienne. Comme il était beau dans la toute nouvelle chemise qu'elle avait cousue pour lui ! Il avait aussi choisi son meilleur veston brodé, un nouveau pantalon en peau de daim, qui sentait encore le cuir, et le manteau bleu qu'elle aimait tant le voir porter.

– Enfin, dit-elle en serrant doucement sa main. C'est très aimable d'avoir attendu.

Il ne la regarda pas pour lui répondre.

– Quel choix avais-je, Rose ?

– Aucun, je suppose.

Elle s'humecta les lèvres et regarda par terre, espérant que l'un des hommes remarquerait sa jolie robe et les rubans de soie dans ses cheveux.

– Où est Leana ?

Le révérend Gordon toussota avant de répondre.

– Après que votre sœur a enregistré sa promesse de bonne conduite, j'ai suggéré que ce soit madame Gordon qui vous serve de témoin.

– Oh ! fit Rose, qui essaya de ne pas avoir l'air déçue, même si elle l'était beaucoup.

Est-ce que l'entretien avec le révérend Gordon avait été plus épuisant que Leana ne l'avait cru ? Lorsqu'elle avait parlé à sa sœur, plus tôt, il était clair qu'elle n'avait pas dû fermer l'œil de la nuit.

– Commençons, dit le révérend Gordon d'une voix solennelle, comme s'il était en chaire et non pas juché sur un bloc de granit devant la porte de l'église.

– Étant entendu qu'il s'agit d'un échange de vœux informel à l'intention de la mariée, et non d'une cérémonie officielle, je débuterai par la question usuelle : Y a-t-il un empêchement à ce mariage ? Quelque raison, pour laquelle vous ne devriez pas être unis en tant que mari et femme ?

Rose parla la première, parée de son plus beau sourire.

— Non. Nous sommes déjà mari et femme, et n'attendons que le moment… d'être enfin unis.

Un rire grivois la fit se retourner pour fouiller l'assistance du regard à la recherche du malotru. Jamie tira discrètement sur sa manche pour qu'elle regarde devant.

— Veuillez continuer, révérend, dit-il.

— Puisqu'il n'y a aucun empêchement, voulez-vous mettre l'alliance au doigt de votre femme ?

Rose retira l'anneau et le plaça dans la paume de Jamie, juste à temps pour qu'il puisse prendre sa main et le lui remettre au doigt, en s'arrêtant à la première phalange. Il le tint là fermement. Rose tremblait à son contact, et aussi devant la gravité des vœux qu'ils étaient sur le point de prononcer. *Soyez sincère, Jamie. S'il vous plaît, faites un effort.*

Le révérend Gordon débuta sans préambule.

— Jamie Lachlan McKie, voulez-vous prendre cette femme, Rose McBride, pour légitime épouse ?

Elle retint son souffle et regarda le beau visage de Jamie alors qu'il prononçait son serment.

— Je la prends devant Dieu et devant ces témoins.

Elle ferma les yeux, pour ne pas voir la tristesse sur son visage. *Prenez-moi, Jamie. Proclamez devant tous que je suis votre femme.*

Ses yeux s'ouvrirent, quand le révérend reprit la parole.

— Et vous, Rose McBride, prenez-vous cet homme, James Lachlan McKie, pour légitime époux ?

Rose répondit, aussi distinctement qu'elle le put :

— Je le prends devant Dieu et devant ces témoins.

Elle étira les doigts et inséra l'anneau, mais ils étaient si froids que l'alliance d'argent tournait sur elle-même.

– C'est pourquoi l'homme quitte son père et sa mère et s'attache à sa femme, et ils deviennent une seule chair.

Une seule chair. Les mots lui firent tourner la tête, et sa nervosité grimpa d'un cran. Le révérend Gordon dit avec une insistance particulière :

– Eh bien ! Ce que Dieu a uni, l'homme ne doit point le séparer.

La petite foule murmura à ces paroles. S'ils approuvaient leur union ou bien y étaient opposés, Rose ne sut le dire. Finalement, le ministre leva la main au-dessus de leur tête pour offrir sa bénédiction :

– Dieu vous sanctifie et vous bénit ; il déverse la richesse de sa grâce sur vous, et vous lui plairez et vivrez ensemble dans l'amour saint jusqu'à la fin de vos jours. Ainsi soit-il.

– Ainsi soit-il, dit-elle, puis elle comprit que personne d'autre ne le répétait.

Où ai-je la tête !

Ignorant sa bourde, le ministre s'informa auprès des autres.

– Devrions-nous entonner le psaume nuptial ? « Ta femme sera une vigne fructueuse… »

– Non, dit Jamie fermement en faisant un pas en arrière. Les vœux ont été prononcés deux fois, entendus devant témoins deux fois, enregistrés deux fois. Je suis plus que marié, monsieur.

– Vous l'êtes, acquiesça le révérend, qui fit un pas en avant pour déposer un baiser sec sur les lèvres de Rose, comme le voulait la coutume. Ses prochains baisers seront pour vous, James. Voyez-y, jeune homme.

Chapitre 61

Que me reste-t-il ?
La jeunesse, l'espoir, l'amour ;
Pour bâtir une nouvelle vie sur les ruines de l'ancienne.
— Henry Wadsworth Longfellow

Rose se tourna vers son mari et attendit en rougissant.

Mais Jamie ne l'embrassa pas.

Lachlan McBride glissa une pièce dans la main du ministre, qui regagna le presbytère, son devoir accompli. Madame Gordon signa une nouvelle page dans le registre du conseil de la paroisse, de même que Lachlan, en tant que témoins de l'échange des vœux, après quoi le clerc ferma le livre et disparut dans l'église.

Et Jamie ne l'avait toujours pas embrassée.

Mais que se passait-il donc ? Il l'avait déjà embrassée plusieurs fois, auparavant. Des baisers chastes et courtois, bien sûr, pourtant, il avait semblé y prendre plaisir. Elle lui toucha le bras.

— Jamie ?

— Pardonnez-moi, Rose.

Sans ajouter un mot, il marcha à travers la dépendance et se hissa sur Walloch d'une seule impulsion de ses longues jambes avant de détaler, la plantant là, abandonnée, attendant toujours son baiser.

— Ne t'en fais pas, ma petite.

Madame Gordon passa un bras autour des épaules de Rose, tournant le dos aux villageois grossiers qui multipliaient les railleries et les regards blessants.

— Donne-lui un peu de temps. Monsieur McKie te reviendra. Son esprit est ailleurs aujourd'hui, dans les pâturages, avec ses brebis.

Rose en doutait. Il ne pensait guère à ses moutons. Il pensait à Leana.

Elle revint à la maison dans le cabriolet avec son père, son cœur sombrant davantage à chaque secousse des roues dans les ornières. Son mari n'était pas à portée de vue, quand ils entrèrent en clopinant dans l'allée menant aux bâtiments. Dès que la voiture s'arrêta devant la maison, Rose bondit et s'y précipita, s'arrêtant à chaque pièce, espérant que Jamie fût à l'intérieur, attendant son arrivée. Peut-être qu'un baiser en plein jour ne lui plaisait pas. Qu'il l'embrasse donc à son aise, ici, à Auchengray.

Mais quand elle entra dans la cuisine, son dernier espoir, elle apprit la vérité.

– Jamie est auprès des brebis qui mettent bas, dit Neda sans avoir été interrogée.

Rose huma l'arôme du potage de lièvre qui avait mijoté dans l'âtre toute la matinée.

– Je crois que Jamie reviendra pour le dîner. Il est important que… que nous savourions tous les deux votre bonne soupe, Neda.

Lillias Brown était une horrible sorcière, mais cela ne voulait pas dire que ses vieilles méthodes étaient sans valeur. C'était un plat appétissant, aromatisé avec des herbes douces, des grains de poivre et du vin de Porto. Rose aurait volontiers englouti tout le chaudron.

– L'homme saute rarement un repas, dit la gouvernante. J'm'assurerai d'sonner la cloche et d'l'appeler quand c's'ra l'heure, Rose.

– Et ma sœur ?

– Pas encore à la maison, répondit Neda, trop affairée à trancher des carottes pour lever les yeux. Ian est couché et fait sa sieste.

– Jenny Cullen, la jeune fille de Glensone, sera ici à huit heures, lui rappela Rose. Leana préparera Ian pour son arrivée, n'est-ce pas ?

Les mains de Neda s'immobilisèrent.

— Le garçon s'ra ici, ayez aucune crainte.

— Très bien.

Il n'y avait rien d'autre à faire. Rose se traîna jusqu'en haut de l'escalier, combattant ses larmes. Mais quelle sorte de journée de mariage était-ce ? Pas d'amies pour lui tenir compagnie, pas de repas de noces, sa sœur absente lors de l'échange des vœux, jusqu'à son époux qui avait refusé de l'embrasser. Ce n'était pas juste, pas le moins du monde. Elle claqua la porte de sa chambre, satisfaite de voir les cadres se balancer sur les murs, bien que cela n'eût que peu d'effets pour apaiser sa douleur. Rose jeta un regard circulaire et comprit que Jamie ne se soucierait pas de la robe de nuit qu'elle porterait, ni du doux parfum qui régnait dans la chambre, tant que son cœur appartiendrait encore à sa sœur.

Quand ils seraient tous réunis pour le dîner, peut-être pourrait-elle lui démontrer qu'elle tenait à lui et prouver à Leana qu'en dépit de tout, elle serait une bonne épouse pour Jamie.

Mais Jamie n'apparut pas au dîner. Ni Leana.

— Où sont-ils ? demanda Rose à son père, assis seul à table avec elle. Elle sentait que quelque chose allait de travers, mais craignait de comprendre ce que c'était. Peut-être avaient-ils décidé de fuir ensemble.

Lachlan lui offrit peu de réconfort.

— Je n'ai pas vu ta sœur depuis l'heure du midi. Tu ne peux pas la blâmer de t'éviter, Rose. J'ai cru comprendre qu'elle dînait chez les Newall.

Lachlan déposa sa cuillère et avala un verre de bordeaux.

— En ce qui concerne Jamie, reprit-il, je sais de bonne source que l'homme est sur les flancs de Barlae Hill, car ses brebis ne lui laissent pas une seconde de répit. L'un des bergers est revenu avec le dernier décompte. Ce que ton mari a accompli est impressionnant. Tous des jumeaux, sans exception jusqu'à maintenant. Duncan jure qu'il n'a jamais rien vu de pareil.

— Moutons, moutons, moutons ! murmura-t-elle pour elle-même. On ne pense jamais à rien d'autre, dans cette maison ?

— Pendant la saison de l'agnelage, tu peux en être sûre, répondit son père, dont le visage devint plus sévère. Jamie travaille pour toi, Rose. C'est ton avenir qui est en jeu, et il le sait très bien. Sois reconnaissante, jeune fille, et ne demande pas plus à l'homme qu'il ne puisse donner.

— Oui, père.

Elle savait qu'il avait raison, comme toujours. Elle regarda la pendule sur le manteau de la cheminée.

— Jenny Cullen peut arriver d'une minute à l'autre, dit-elle. Si vous voulez bien m'excuser, je vais m'assurer que Ian est prêt pour la recevoir.

— Va, va.

Il agita sa cuillère dans sa direction.

— Et n'espère pas trop de ce côté-là non plus. Les choses ne sont jamais aussi simples qu'elles le paraissent.

Hélas, son père avait raison encore une fois. Jenny était une jeune femme discrète d'une vingtaine d'années. Son bébé avait trois ans de plus qu'Ian et sa mère, assez de lait pour deux bambins. Mais Ian n'en voulut pas. Rose observa tristement le garçonnet qui hurlait et agitait les bras en tout sens, frappant la pauvre Jenny au cou, refusant de téter, laissant la pauvre paysanne toute rouge de honte.

— Ce n'est pas ta faute, la rassura Rose, reconduisant Jenny à la porte d'entrée au seuil de la nuit froide.

Mais où était Leana ? Si elle avait été là, les choses se seraient sûrement passées différemment.

— Je m'assurerai que ma sœur sera ici, quand tu reviendras demain matin, lui dit-elle. Sa présence nous aidera peut-être.

— J'sais c'qu'y faut faire, m'dame McKie, dit Jenny en hochant la tête. Mais Ian est un garçon têtu et y sait d'qui y veut r'cevoir son lait.

— C'est toi qui seras sa nourrice. Une fois le matin et une autre le soir, dit Rose fermement. Quand il aura assez faim, il cessera de se débattre. Nous lui donnerons du porridge et un peu de jus dans la journée, mais nous comptons sur toi, Jenny. Sois à la hauteur.

— Oui, m'dame.

Jenny fit une petite révérence et se dirigea vers Glensone.

En voyant les épaules affaissées de la jeune femme, Rose sentit l'aiguillon de la culpabilité. De toute évidence, elle avait été trop brusque avec elle.

— C'est une nuit très noire, lui lança-t-elle. Veux-tu que je demande à Willie de te raccompagner à la maison ?

— Il est parti, m'dame.

C'était Annabelle qui s'était approchée d'elle dans l'entrée en tenant Ian, un poing placé contre la bouche de l'enfant pour lui donner quelque chose à mordiller.

— Oh ! À une heure aussi tardive ?

Rose lança les mains dans les airs.

— Excuse-moi, Jenny. La journée a été horrible.

— Glensone est à moins d'un mille d'ici, m'dame.

La servante aux cheveux noirs salua de nouveau, puis disparut de la vue.

Rose marcha en se traînant les pieds devant Annabelle. Elle gravit l'escalier de la même façon et s'arrêta sur le palier tandis que la domestique était toujours à portée de voix.

— Tu t'occuperas de Ian ce soir, n'est-ce pas ? Donne-lui du porridge ou de la compote de pommes, ou peu importe ce que le cher enfant préfère, pourvu qu'il dorme toute la nuit. Je serai dans ma chambre. Si monsieur McKie rentre, dis-lui que sa femme l'attend.

À chaque carrefour, cette journée l'avait déçue, Jamie en particulier. *Ne pourriez-vous pas m'aimer un peu ?* Entrant dans la chambre à coucher sans se soucier de refermer la porte, Rose plongea un bâtonnet de paille dans le foyer, puis commença d'allumer les bougies tout autour de la pièce alors que les premières larmes tombaient sur sa robe verte. Elle avait son nom et sa fortune. Mais ce n'était pas encore assez.

— Mon Dieu, dit-elle d'une voix qui commençait à se briser, je veux plus que cela.

La voix de Jamie flotta depuis le couloir.

— Plus que quoi ?

Rose virevolta, et des étincelles se détachèrent de la paille. Elle souffla rapidement la flamme avant qu'elle lui brûle les doigts.

— Vous voilà !

— On m'a dit que vous m'attendiez, répondit-il.

Il entra dans la chambre. Sa chemise et son pantalon étaient maculés de boue à son retour des pâturages. Il referma bien la porte derrière lui.

— Que voulez-vous de moi, Rose ? demanda-t-il. Quel est ce « plus » dont vous parlez ? N'en avez-vous pas assez ? Mon nom ? Mon fils ?

— Jamie, vous savez ce que je veux. Votre… cœur. Votre amour.

— Et ceci.

Il pointa en direction du lit.

— Vous voulez ceci de moi aussi.

— Oui, confessa-t-elle, séchant ses larmes. Car c'est le seul moyen d'avoir vos fils.

— Sottise ! dit-il en enlevant sa chemise pour la laisser choir au sol. Vous voulez les enfants, mais pas l'homme ?

— Non ! cria-t-elle. Jamie, je vous en conjure, ne me mettez pas dans la bouche des paroles que je n'ai pas dites.

Elle essaya de ne pas regarder sa poitrine nue, à peine recouverte d'un duvet aussi noir que ses cheveux.

— Bien sûr, je vous veux, dit-elle. Je ne désire que vous.

— Il est toujours question de ce que vous voulez, Rose.

— Oui, mais ce que je veux, c'est vous.

Elle étendit la main, l'implorant du regard.

— Cela ne vous fait-il pas plaisir d'être convoité, Jamie ? D'être désiré, de sentir qu'on a besoin de vous ?

Sa voix n'était plus qu'un murmure.

— Est-ce que quelqu'un éprouvera cela pour moi, un jour ?

— Oh, jeune fille, que puis-je répondre ?

Son soupir était celui d'un homme battu.

— J'ai ressenti toutes ces choses pour vous, il y a longtemps. Mais je ne peux rallumer une flamme qui s'est éteinte.

— Peut-être le puis-je ? demanda-t-elle, jetant toute modestie aux orties. Si vous me laissez faire.

Le regard de Rose se posa sur la robe de nuit toute neuve suspendue dans l'armoire. Devrait-elle lui demander de sortir, pendant qu'elle se changeait ? Devait-il se baigner d'abord ? Elle se prit les mains et essaya de ne pas les tordre.

— Que… devrions-nous faire…, pour commencer ?

— Faire !

Cela ressemblait plus à un rugissement qu'à une question.

— Je vais d'abord frotter la sueur de mon travail. Quittez la pièce ou restez, cela m'indiffère. Puis, vous enlèverez vos vêtements, revêtirez votre robe de nuit et viendrez me rejoindre dans le lit clos. Ce n'est pas un processus compliqué, Rose. Les maris et les femmes font régulièrement ce genre de choses.

Elle le regarda, bouleversée par la dureté des mots. Était-ce de cette manière qu'il avait traité sa timide sœur ? Non, elle les avait vus ensemble ; il se comportait comme un gentilhomme avec Leana.

— Pourquoi, Jamie ? Pourquoi êtes-vous si cruel avec moi ?

— Vous connaissez la raison.

Il lui tourna le dos, retirant son pantalon sans cérémonie.

– Quand vous avez trahi votre sœur devant le conseil, vous m'avez trahi aussi.

– Ce n'était pas une trahison.

Elle entrevit sa longue jambe musclée et se retourna avec un sursaut coupable.

– J'ai dit la vérité, lui rappela-t-elle, comme ma sœur nous l'avait demandé.

– Oui, mais vous n'avez pas dit toute la vérité. Juste ce qu'il fallait pour obtenir ce que vous vouliez.

Ses paroles étaient accompagnées par le bruit de l'eau s'écoulant du pichet d'eau dans le plat à ses pieds.

– Et, maintenant, je suis à vous, Rose. Jusqu'à ce que la mort nous sépare.

Elle tint sa langue, de peur d'accroître encore plus sa colère, et lui accorda un moment pour se laver.

– Jamie, dit-elle aussi doucement qu'elle en fut capable. J'ai cherché dans la Bible un verset spécialement pour vous. Pour nous. Pour ce soir. Voudriez-vous l'entendre ?

De l'eau éclaboussa les pieds de la jeune fille.

– À votre gré, Rose. Si le Tout-Puissant veut racheter cette nuit impie, que ses paroles soient entendues. Mais je préférerais voir votre visage pendant que vous le réciterez. Car je désire savoir si vous pensez vraiment ces mots.

Elle respira profondément pour calmer ses nerfs et se tourna lentement vers lui. Il était debout devant elle, trempé, s'essuyant avec une serviette de toile, sans la moindre honte.

– Que disiez-vous, jeune fille ?

Troublée, elle leva le regard et vit son beau visage encadré par sa chevelure noire et mouillée tombant sur ses épaules.

– Ce n'est que ceci : « La femme ne dispose pas de son corps, mais le mari. Pareillement, le mari ne dispose pas de son corps, mais la femme. »

Son regard la vrilla.

– Que voulez-vous dire, Rose ? Que vous me possédez ? Que vous avez un pouvoir sur moi ?

— Je veux dire que je suis à vous. Que mon corps vous appartient pour en faire ce qui vous plaira.

— Et le mien aussi pour votre plaisir, je suppose.

Il jeta la serviette.

— Tournez-vous que je puisse dénouer vos lacets. À moins que vous préfériez qu'Annabelle vienne vous aider.

— Non !

Elle fit ce qu'il lui demandait, heureuse de ne pas assister à la tempête qui faisait rage dans son regard.

— Jamie, vous savez que je suis… innocente.

Il grogna, tirant fortement sur les lacets de sa robe.

— Ce n'est pas le mot qui me vient à l'esprit quand je pense à vous, Rose. Autrefois, peut-être. Mais pas aujourd'hui. Vous en avez trop vu.

Elle pouvait difficilement être en désaccord. *La trahison de sa sœur. Les sortilèges de la sorcière. La mort d'une amie.*

— Je ne suis plus innocente pour bien des choses, dit-elle doucement, mais je le suis encore pour tout ce qui touche aux gestes de l'amour.

— Ah, dit-il.

Il tira la robe dénouée au-dessus de la tête de Rose avant de s'attaquer au corset.

L'air dans son dos était froid et plus encore sur son visage.

— Vous serez gentil avec moi, Jamie. N'est-ce pas ?

Chapitre 62

Le mariage est une chose désespérée.
— John Selden

— Oui, répondit-il.

Jamie serra le corset dans ses mains et ferma les yeux.

— Je serai gentil.

C'était la seule promesse qu'il savait pouvoir tenir. *Ne me demandez pas de vous aimer. Ne me demandez pas de prendre plaisir à ceci. Ne me demandez pas de vous en donner.*

Lorsqu'il rouvrit les yeux et vit son épaisse chevelure tomber librement sur ses épaules, il ravala la honte qui lui montait à la gorge. Le frisson de désir qu'il ressentait le rendait vaguement nauséeux, car il n'avait rien à voir avec la personne de Rose, mais tout avec le fait qu'elle était une femme attendant qu'il lui enseigne l'art de l'amour.

Sauf que ce n'était pas de l'amour. C'était un devoir.

Il défit le dernier lacet et ses vêtements churent sur le plancher.

— Jamie, murmura-t-elle, iriez-vous prendre ma robe de nuit ?

Contournant ses jupes, il alla chercher la délicate robe de nuit en lin et l'aida à l'enfiler, mais il la laissa ensuite se débrouiller. Moins il la toucherait, mieux cela vaudrait. Il ne susciterait pas d'espoirs en elle, seulement pour les réduire en cendres le matin venu. En tant qu'épouse légitime, Rose méritait son attention pour la nuit. Son sens du devoir n'allait pas au-delà. Pas quand Leana, la femme qu'il aimait, dormait dans la chambre voisine. Il ne l'avait plus revue après lui avoir parlé dans le jardin, ce matin-là, mais il était persuadé que

Leana était rentrée de chez les Newall, et qu'elle s'était retirée avec Ian.

Pardonne-moi, mon amour.

Non, il n'y avait pas de pardon pour cela. La loi du mariage disait que ceci était bon, légal et saint. Pourtant, à ses yeux, cette nuit était une débauche dans le pire sens du terme.

Pardonne-moi, mon Dieu.

Les ténèbres. C'était tout ce qu'il désirait. Un voile d'ombres pour couvrir son péché. Il fit le tour de la chambre, étouffant toutes les bougies, à l'exception d'une seule sur un bureau éloigné du lit. Il frotta la suie de ses doigts, puis plongea la main dans la cuvette et l'essuya, afin de ne pas tacher la robe de nuit blanche de Rose.

Le regard de la jeune femme suivait chacun de ses mouvements. Il le sentait, même quand il ne la voyait pas. Elle attendit qu'il eût fini d'éteindre les bougies avant de parler. Sa demande anéantit Jamie.

– Voulez-vous m'embrasser, maintenant, mon mari ?

Il n'avait pas le choix. Il ne pouvait s'y refuser. Pourtant, ce baiser était plus intime que ce qui allait suivre. Son corps ferait ce qui était attendu de lui ; il s'en détacherait, sur le plan des émotions, si nécessaire. Mais un baiser était sacré.

– Venez ici, Rose.

Jamie lui prit la main, l'aida à marcher sur l'amas de jupes et de jupons et l'attira vers lui. Pas tout contre lui, mais assez près. *Je te donnerai ma bouche, Rose. Mais pas mon cœur.*

Rose leva le visage vers lui, l'implorant, ne craignant pas de répéter sa requête.

– M'embrasserez-vous ?

Il ferma les yeux pour retenir les larmes qui menaçaient de lui faire perdre ses moyens et plaqua la bouche sur la sienne. Elle répondit avidement, comme il craignait qu'elle le fît, et le goût de ses lèvres était encore plus doux que le souvenir qu'il en gardait.

Oh, Rose. Ne me demandez pas cela. Ne me demandez pas de vous aimer.

Bien avant l'aube du sabbat, Jamie s'éveilla et se rendit au pot de chambre, craignant d'être malade. La nausée ne provenait pas de son corps; c'était son esprit. *Pardonne-moi, Leana. Pardonne-moi.* Il ne pourrait jamais assez le répéter.

Dans quelques heures, la famille partirait pour l'église afin d'assister aux offices. Tous s'assoiraient côte à côte sur le banc familial — Jamie, Ian et Rose —, sous les regards curieux des voisins, fixés sur leurs manteaux comme autant de boutons additionnels. Leana serait forcée de rester à l'écart avec son père. Même après son passage sur le banc de pénitence, la jeune femme continuerait de vivre l'ostracisme des paroissiens pendant un long moment encore. N'étant désormais ni épouse ni mère, elle n'aurait plus de vraie place dans la communauté. C'était la sentence la plus cruelle possible, pire que le banc.

Jamie écouta attentivement afin de surprendre quelque mouvement dans la chambre d'à côté. Il n'était pas inhabituel pour Leana d'être éveillée à toute heure de la nuit pour prendre soin de Ian. Il leur était interdit de se rencontrer derrière une porte close, mais ils pourraient néanmoins converser brièvement dans le couloir, car il tenait à assurer Leana de son amour, de son soutien. Il connaissait la raison pour laquelle elle n'avait pas voulu assister à leur mariage. Elle avait honte de ce qui s'était produit dans le refuge, de cela, il était persuadé.

Ce n'était rien de plus qu'un baiser, Leana.

S'habillant dans le noir, prenant garde de ne faire aucun bruit, il laissa ses bottes dans la chambre et marcha sur la pointe des pieds dans le couloir, plissant les yeux pour mieux voir à la faible clarté de la lune qui se couchait. Jamie appliqua l'oreille sur la porte de la chambre d'enfant, espérant entendre la respiration paisible et régulière de Leana. S'il ne pouvait entrer, ne lui était-il pas permis de jeter un coup d'œil ? Un bref instant ? Il avait besoin de la voir et qu'elle le voie aussi. Afin qu'elle puisse lire la vérité une autre fois dans ses yeux : *Je t'aimerai toujours. Je ne te quitterai jamais.*

Il souleva le loquet et grimaça quand il entendit le cliquetis sonore se propager dans le couloir désert. Il ouvrit la porte aussi doucement qu'il put et observa avec soulagement la scène charmante. Ian était profondément endormi, le pouce planté dans la bouche. Près du berceau, enfouie sous les couvertures, se découpait la silhouette familière d'une femme, dont la masse de cheveux d'or était répandue sur l'oreiller. Il agrippa le loquet, s'efforçant de rester immobile, plutôt que de suivre l'élan du cœur qui l'aurait précipité à son chevet pour la tirer du sommeil par un baiser, tout en priant pour que personne ne les entende.

Lorsque la femme se retourna dans son sommeil et découvrit son visage, Jamie sursauta.

Eliza ! Mais que faisait-elle dans le lit de Leana ?

Il se retira dans le couloir et referma la porte, indifférent au bruit du loquet, cette fois. *Pourquoi Leana n'était-elle pas là ?* Puis, la réponse lui vint. *Bien sûr.* Puisque Ian était maintenant sous la tutelle de Rose, c'était l'une des domestiques qui devait dormir auprès du garçon. Leana avait sûrement été relogée dans son ancienne chambre. Qui était auparavant celle de Rose. Il devenait de plus en plus difficile de s'y retrouver, sous le toit d'Auchengray.

Puisque personne ne répondit quand il cogna, Jamie entra dans la chambre familière, surpris de constater que les rideaux du lit clos étaient attachés aux montants. *Curieux.* Même si la nuit était douce, Leana préférait généralement s'y enfermer, recherchant sa chaleur. Il s'approcha et se rendit compte que les draps étaient immaculés. Et le lit, inoccupé.

— Leana ?

Il était ridicule de prononcer son nom à voix haute, comme si elle s'était dissimulée derrière un meuble. Mais où était-elle ? Dans la cuisine, peut-être ? Recherchant les conseils de Neda ?

Il descendit l'escalier, toujours chaussé de ses bas. Il sentait le contact des dalles froides sur la plante de ses pieds et les cognements sourds de son cœur dans sa poitrine. Pas un bruit en provenance de la cuisine ni derrière la porte du petit salon où Lachlan dormait. Jamie trouva une bougie allumée dans la salle de séjour et alla d'une pièce à l'autre, sa nervosité augmentant de minute en minute. Son père avait affirmé qu'elle avait été invitée à dîner chez Jessie Newall. Avait-elle passé la nuit à la ferme de Troston Hill ? S'arrêterait-elle à Auchengray avant de se rendre à l'église avec eux ?

Un sombre pressentiment l'envahit, comme une brume s'élevant de Loch Trool. Leana le fuyait, elle évitait Rose aussi. Il se rendit dans la cuisine déserte éclairée seulement par la lueur du foyer. Il s'assit lourdement sur un tabouret à trois pattes et déposa la bougie sur le billot avec un soupir.

– Qu'ai-je fait ?

– Z'avez rien fait, Jamie.

Surpris, il se retourna.

– Oh ! c'est vous, Neda.

Si quelqu'un connaissait les allées et venues de Leana, ce devait être cette bonne âme.

– Où est-elle ?

Neda ne répondit pas tout de suite, elle s'empara plutôt d'un second banc pour venir s'asseoir près du foyer, à côté de lui. La lumière jouait sur les traits de son visage assombri par une grande tristesse.

– Elle est partie, Jamie.

– Partie ?

Il se leva d'un bond et renversa son tabouret.

– Mais où ?

— J'saurais pas l'dire. Elle a pas voulu m'en parler.

Jamie la regarda, incrédule.

— Mais êtes-vous tout à fait certaine qu'elle soit partie ? Pour de bon, je veux dire, pas seulement pour rendre visite aux Newall ?

— Oui. Pendant qu'vous étiez à l'église, Leana m'a dit qu'elle quittait Auchengray.

— Mais pourquoi ?

Désemparé, il se passa les mains dans les cheveux, les arrachant presque, comme s'il avait voulu se punir.

— Ne comprend-elle pas que je l'aime ?

— Pour sûr, qu'elle sait qu'vous l'aimez, Jamie. C'est pourquoi elle devait s'en aller. Ça vous évitera d'être déchiré en lambeaux. Car vous l'êtes déjà, d'toute façon, à c'que je vois.

Déchiré ? Il pouvait à peine respirer. *Leana, tu ne peux me quitter. Pas comme ça.*

Neda replaça le siège renversé d'une main et tira de l'autre sur la manche de Jamie.

— V'nez vous asseoir près d'moi, Jamie. Personne d'autre le sait, mais y tarderont pas à l'apprendre.

Assommé, comme s'il avait reçu un coup de gourdin, il se laissa choir sur le banc et se prit la tête entre les mains.

— Pourquoi ne m'a-t-elle rien dit ? Pourquoi ne m'a-t-elle pas dit adieu ?

— V'savez pourquoi, jeune homme.

Neda lui frotta la nuque de sa rude paume de domestique, qui avait travaillé fort toute sa vie.

— Vous l'auriez suppliée d'rester, Jamie. Et elle l'aurait fait pour vous faire plaisir, parce qu'elle vous aime d'tout son cœur.

— Mais nous aurions été ensemble.

— Ensemble ?

Elle leva les yeux au ciel.

— Y a pas beaucoup d'hommes qui pourraient vivre sous l'même toit qu'deux femmes qui l'aiment pareillement.

Irrité par ses paroles, il secoua la main maternelle posée sur son cou.

— Rose ne m'aime pas comme Leana.

— Non, mais c'est c'qu'elle pense.

— Oui, grommela-t-il, et il se releva pour commencer à arpenter la cuisine.

La veille, dans l'intimité de leur lit fermé, Rose lui avait dit qu'elle l'aimait bien plus qu'il ne pouvait l'imaginer. Il passa la main sur sa barbe naissante, s'efforçant de réfléchir.

— Quelqu'un a sûrement dû voir Leana partir, dit-il.

Neda se leva à son tour, allant et venant pour réunir les éléments d'un petit-déjeuner sommaire. Rien ne serait chaud — c'était le sabbat, après tout —, mais elle verserait quelques cuillerées de porridge froid dans les plats. Il la regarda et comprit qu'elle temporisait, éludant sa question. Ignorait-elle la réponse ? Ou bien voulait-elle la lui cacher ? Finalement, elle avoua.

— Willie l'a emmenée en cabriolet, mais j'saurais pas dire où.

Jamie fit la grimace. Elle était donc à quelque distance d'Auchengray, à moins qu'elle ait été trop chargée pour partir à pied. *Que Dieu me vienne en aide, elle ne peut avoir quitté la paroisse !* Non, c'était peu probable ; elle ne pouvait partir de Newabbey sans une lettre du ministre, certifiant son état matrimonial et sa moralité. Après trois sabbats passés sur le banc de pénitence, pour le péché de fornication, elle aurait de la difficulté à arracher une telle recommandation de la plume vertueuse du révérend Gordon.

— Quand Willie est-il rentré ?

— Y est pas rentré.

Son cœur sauta un battement.

— Pas encore.

Neda secoua un tablier propre et l'attacha autour de sa taille, sans cesser de le regarder, comme si elle délibérait sur ce qu'elle devait lui révéler.

— Jamie, y a quelqu'un qui pourrait savoir où elle est allée : l'révérend Gordon. Vous vous souvenez qu'Leana s'est rendue à l'église avant tout l'monde, hier.

— Pour rédiger sa promesse.

— Et pour aut' chose, garçon.

Les épaules de Neda s'affaissèrent.

— Leana a demandé une lettre au révérend. Elle me l'a montrée avant d'partir.

Non. Jamie fixa le plancher un bon moment.

— Il n'y avait qu'un motif pour vouloir une lettre du révérend.

— Oui, répondit doucement Neda.

Jamie pressa sur ses yeux avec les paumes de ses mains.

Je ne te quitterai jamais.

Mais elle l'avait fait.

Chapitre 63

Quand nous dormons, le métier de la vie continue ;
et la trame qu'il filait quand le soleil s'est couché
se tisse encore au réveil.
— Henry Ward Beecher

Le lit était froid.

Ce fut la première chose que Rose remarqua, quand elle frotta le sommeil de ses yeux. La seconde était plus inquiétante : son mari n'était plus à ses côtés.

— Jamie ?

Elle se leva tout de suite, folle d'angoisse, et ouvrit les rideaux du lit en grand.

— Mon amour, es-tu là ?

Comme cela lui faisait étrange de l'appeler ainsi. *Mon amour.*

Rose rejeta les couvertures et glissa les jambes par-dessus le bord du lit, attendant que sa vision s'adapte à la maigre lumière. Ou bien c'était un matin maussade, ou bien il était plus tôt qu'elle le croyait. Elle marcha d'un pas peu assuré vers la fenêtre et regarda dehors, puis fronça les sourcils. C'était non seulement une journée de grisaille, mais elle était brumeuse et pluvieuse à souhait. Un temps lamentable pour sa première présence cérémoniale à l'église après son mariage. Tout comme la première apparition à l'église d'un bébé nouveau-né était cause de célébration, il en était de même pour le premier sabbat d'un couple de jeunes mariés. Maintenant, elle pourrait s'asseoir à côté de Jamie à l'église et lever fièrement la tête, à titre de madame McKie.

S'emparant de la seule chandelle sur l'armoire, Rose s'en retourna vers le lit clos et retint son souffle. *Les draps.* Légèrement tachés de sang, ils étaient un rappel cru de ce qui s'était passé la veille. Elle déposa la chandelle et ramassa les linges souillés, ravalant sa déception. Oui, Jamie s'était assuré qu'elle n'était plus vierge, et il avait été gentil, comme elle le lui avait demandé. Mais, lorsqu'elle avait murmuré « je t'aime », il n'avait su répondre que « J'en suis heureux. » Et quand elle avait demandé « M'aimez-vous, Jamie ? » sa réponse avait été « J'essaierai. »

« Essayez, je vous en conjure », l'avait-elle imploré, mais elle s'en était voulu de paraître aussi désespérée. Car elle l'était. Avec Leana vivant sous le même toit et qui l'aimait toujours, Rose s'inquiétait de ne jamais pouvoir conquérir le cœur de Jamie complètement. Son alliance d'argent, miroitant à la lueur de la bougie, frappa son regard et elle s'efforça de respirer profondément pour se calmer.

— J'appartiens à mon bien-aimé, dit-elle à voix haute, ne serait-ce que pour s'en convaincre. Et mon bien-aimé m'appartient.

La patience ne comptait pas parmi ses vertus, mais ne pouvait-elle pas apprendre à l'acquérir ? Et qui pouvait mieux la lui enseigner, par son exemple, que sa sœur ?

Ayant retrouvé sa bonne humeur, Rose noua sa robe de chambre autour de sa taille, puis descendit l'escalier, chargée des draps souillés, dans l'intention de les déposer discrètement à la buanderie. Si Dieu le voulait, elle n'aurait pas à les changer de nouveau à la date de ses règles. Leana n'avait-elle pas conçu la nuit même de ses noces ?

Elle ne murmurait plus que « s'il vous plaît », encore et encore, car Jamie avait raison : seul le Dieu tout-puissant pouvait octroyer une telle faveur.

En approchant de la cuisine, elle entendit des voix. *Neda. Jamie.*

— Bonjour, dit-elle d'une voix sonore, ne voulant pas les surprendre en franchissant le seuil de la pièce. Les deux levèrent les yeux dans sa direction, le visage défait. Rose demeura interdite.

— Qu'y a-t-il ? demanda-t-elle. Que s'est-il passé ?

Neda et Jamie échangèrent un regard, puis ce dernier répondit :

— C'est Leana. Elle est… partie.

— Partie ?

Ses bras s'affaissèrent sous ses draps.

— Mais où ? À l'église, si tôt ?

— Non, elle nous a quittés hier, dit Neda en la débarrassant de la literie. J'les apporte à la buanderie pendant qu'vot' mari vous explique l'peu qu'on en sait.

Jamie ne lui prit pas la main, comme Rose l'avait espéré, mais la regarda dans les yeux.

— Nous ne savons pas où est allée votre sœur, seulement qu'elle a quitté Auchengray.

— Quitté Auchengray ?

Rose remonta le col de sa robe de chambre, ayant soudain très froid.

— Mais pour aller où ?

— Nous n'en savons rien, Rose. Pendant que nous prononcions les vœux de mariage, votre sœur est rentrée à Auchengray par le sentier de la forêt. Neda affirme qu'elle n'aurait emporté que très peu d'effets personnels. Elle serait partie en cabriolet avec Willie, après que vous et votre père êtes rentrés du village.

— Willie… dit-elle d'une voix sourde, se souvenant des paroles d'Annabelle.

Il est parti, m'dame. Rose regarda dans le couloir, son cœur volant dans l'escalier vers la chambre d'enfant.

— Mais Ian ? Elle ne l'a pas...

— Non. Elle ne l'a pas emmené, Rose, dit Jamie, dont le visage était sombre. Elle aurait aimé le faire, j'en suis persuadé, mais la loi le lui interdisait.

— Pauvre Leana.

Rose s'effondra sur le tabouret à côté de lui, le cœur alourdi par cette triste nouvelle. *C'est à cause de moi qu'elle est partie.* Pour quelle autre raison aurait-elle abandonné Ian ? Ou Jamie ?

— C'est mon égoïsme qui l'a chassée d'ici, dit-elle.

Jamie lui effleura le coude, et l'expression de son visage s'adoucit.

— Il aurait fallu bien plus que l'ingratitude d'une sœur pour provoquer une telle décision.

— Mais vous ignorez tout des affreuses paroles que je lui ai dites.

Jamie ouvrit la bouche pour répondre, mais se ravisa quand Neda réapparut, les yeux rougis et la coiffure défaite.

— J'ai pas bien dormi, confessa Neda en se rendant agiter le bouillon qui avait mijoté toute la nuit sur le foyer. J'ai promis à Leana que j'soufflerais pas un mot à personne avant c'matin. Duncan et moi sommes restés debout la moitié d'la nuit à nous faire du mauvais sang.

Rose regarda en direction du petit salon.

— Alors, père n'est pas au courant.

Elle pria pour ne pas être là quand Lachlan apprendrait la nouvelle de la désertion de sa sœur. Car c'est ainsi qu'il décrirait son geste, bien que « fuite » fût plus approprié.

— Qui le lui annoncera ? demanda-t-elle.

— Je le ferai, dit Jamie en se levant, tirant sur les poignets élimés de sa chemise.

Il s'était habillé précipitamment dans le noir, et cela paraissait.

— Dès qu'il se réveillera, Neda, que l'une des domestiques vienne me trouver.

Un cognement inattendu à la porte de derrière les fit tous sursauter.

Leana !

— Est-ce elle ?

Rose se précipita vers la porte et l'ouvrit brusquement. C'était Jenny Cullen, frissonnant sur le seuil de la porte, ruisselante de pluie.

– Oh ! pauvre jeune fille ! dit-elle en faisant un pas en arrière pour la laisser entrer. Entre, ma pauvre amie, viens prendre une bonne tasse de thé.

Neda trouva une serviette propre et lui couvrit les épaules.

– Je prépare Ian tout de suite pendant que tu t'assèches et que tu te remets un peu, dit Rose.

Elle se précipita dans l'escalier, heureuse d'avoir une tâche pour occuper ses pensées, qui, en ce moment, couraient dans toute la campagne de Galloway. Où Leana avait-elle pu s'enfuir ? Son père avait des parents éloignés à Annan, mais ils ne correspondaient que rarement. Pouvait-elle s'être rendue jusqu'à Glentrool ? Puis, elle comprit : *Twyneholm*. Tante Meg adorait l'aînée de ses nièces. C'était l'endroit le plus plausible, bien qu'à une distance considérable pour une courte visite. Mais était-elle destinée à être brève ? Leana avait-elle décidé de partir pour de bon ?

Rose s'attarda devant la porte de la chambre d'enfant, réfléchissant à la situation. Elle aurait Jamie pour elle toute seule, une pensée réconfortante. Mais elle devrait aussi s'occuper de Ian sans aide et, bien qu'elle l'aimât beaucoup, cette charge lui semblait écrasante. À ce moment-là, les deux hommes dans sa vie aimaient sa sœur plus qu'elle. Pourrait-elle vivre avec leur déception, si Leana ne devait jamais revenir ? *Et toi, Rose ? Est-ce que tu regretteras ta sœur ?*

Comme la réponse ne vint pas tout de suite, Rose déposa son front contre la porte, les joues rougies par la honte. Bien sûr, la perte de sa sœur l'attristait. Qu'elle manquât autant à Jamie, voilà ce qui la préoccupait surtout. *Laissez-moi vous suffire, Jamie. Je vous en prie.*

Oubliant momentanément ses appréhensions, Rose frappa à la porte avant d'entrer dans la chambre. Eliza était déjà réveillée et habillée, tandis que Ian était enveloppé de langes propres.

— Est-ce que la nourrice est arrivée, m'dame ?

— Oui. Je te l'envoie.

Rose planta un baiser sur la joue de Ian, encore tout chaud de sommeil. *Tu es à moi, maintenant, garçon, et ça, c'est une certitude.* Ian lui sourit, encore endormi et semblant un peu confus.

— Je me sens comme toi, lui assura-t-elle en l'embrassant de nouveau.

Malgré son désir de le faire, Rose s'abstint de parler à Eliza du départ de sa maîtresse ; Lachlan devait en être informé le premier, sinon, tous en souffriraient dans la maison.

— Qu'Annabelle vienne me rejoindre dans ma chambre pour m'aider à me préparer pour la présentation à l'église, dit-elle en se retournant pour sortir de la pièce. J'ai bien peur qu'une journée difficile nous attende.

Rose trouva Jenny asséchant ses jupes près du foyer. La jeune mère avait retrouvé le sourire, grâce à la chaleur du foyer et à la tasse de thé fumant qu'elle tenait entre les mains.

— Dès que tu seras prête, Jenny, Ian t'attend dans la chambre d'enfant. J'espère… que tout se passera mieux, cette fois-ci.

— Oui, m'dame.

La jeune fille fit une révérence, puis se dépêcha d'aller faire ce qu'on attendait d'elle.

Jamie se tourna vers Rose, et elle vit de l'inquiétude dans ses yeux vert mousse.

— Cela ne s'est pas bien passé, hier, avec Ian ?

— Non, malheureusement.

Rose s'abstint juste à temps de lui reprocher d'avoir été trop occupé avec ses moutons pour le remarquer.

— Père affirme qu'il ne faut pas trop espérer d'une première rencontre avec la nourrice.

Jamie poussa un soupir ironique.

— Comme si votre père avait la moindre notion sur ces sujets.

Elle regarda vers le couloir.

— A-t-on entendu du mouvement dans sa chambre ? Plus vite on l'informera, mieux cela vaudra. S'il l'apprend par les commérages des domestiques…

— Très bien, dit Jamie en redressant les épaules. Je n'attendrai pas, alors.

— J'f'rais mieux d'venir avec vous, dit Neda en dénouant son tablier pour le déposer sur le billot. C'est moi qui l'ai laissée partir. S'il y a un prix à payer pour ma loyauté, c't'à moi de l'payer.

— Non, l'interrompit Rose. Je suis la seule à blâmer.

— Nous l'avons tous laissé partir, protesta Jamie, mais le ton de sa voix n'était pas acerbe. J'étais dehors en train de m'occuper des brebis, Rose prenait soin de Ian et Lachlan n'a jamais pensé à sa fille de sa vie. Maintenant, il faudra bien qu'il le fasse.

Il les regarda toutes les deux et dit :

— Si vous voulez venir avec moi, vous êtes les bienvenues.

Lachlan ouvrit une bonne minute après que Jamie eut cogné, visiblement mécontent d'être tiré de son lit de si bonne heure. Il les invita dans la pièce et leur indiqua les chaises, pendant que Neda ranimait le foyer qui s'était éteint pendant la nuit. Comme Jamie restait debout, Rose vint se placer derrière lui, là où elle se sentait le plus en sécurité.

Jamie ne perdit pas une seconde pour lui annoncer la nouvelle.

— Leana a quitté Auchengray, hier. Sans doute pour trouver refuge au cottage de tante Margaret, à Twyneholm, bien que nous n'en soyons pas sûrs.

Rose observa la mâchoire de Lachlan remuer, comme s'il mastiquait la nouvelle avant de cracher sa réponse.

— Est-ce ton œuvre, neveu ? gronda-t-il, la voix encore lourde de sommeil. Est-elle partie à cause de toi ?

Jamie fit un pas en arrière, comme s'il avait reçu un coup, et son épaule entra en contact avec Rose.

— Non, monsieur. Elle est partie sans rien dire, ni à moi, ni à Rose.

Neda raconta sa version de l'histoire tandis que le laird à bonnet fixait son bureau sans faire de commentaires. Lachlan McBride était encore plus terrifiant silencieux que lorsqu'il laissait éclater sa colère, pensa Rose. Quand il ne resta plus de détails à ajouter, la pièce retomba dans le silence.

Lachlan marcha vers son bureau et saisit sa cassette, dont il souleva brusquement le couvercle.

— Bien, dit-il en hochant la tête. Au moins, elle ne s'est pas rempli les poches avant de partir.

— Père ! Leana n'aurait jamais pris votre argent.

Il haussa les épaules.

— Elle a perdu sa valeur au marché, comme dirait Duncan. Personne ne paiera pour se marier avec Leana, maintenant. Je pensais qu'elle se serait dédommagée dans mon coffre, mais je vois qu'elle ne l'a pas fait.

Rose vit autre chose, aussi : un cordon d'or noué, déposé sur l'amas de pièces.

Chapitre 64

Les épines que j'ai récoltées viennent d'arbres que j'ai plantés ; elles m'ont déchiré, et j'ai saigné.
— George Gordon, Lord Byron

— Z'êtes certaine qu'vous v'lez pas r'venir à la maison avec moi, mam'zelle McBride ?

Willie enleva son bonnet de laine et tritura le bord avec ses doigts, tandis que ses bottes dégoulinaient sur le plancher de dalle du cottage.

— Y vont tous s'ennuyer d'vous, à Auchengray. La vérité, c'est que j'déteste penser que j'vais repasser la barrière sans vous.

Il inclina la tête, montrant son front dégarni.

— M'sieur McKie m'laissera plus m'occuper d'Walloch, maintenant.

— Allons, Willie.

Leana prit les mains de l'homme à tout faire et le bonnet qu'il tenait.

— Tu n'as rien à te reprocher pour mon départ. Je t'ai demandé de m'aider et tu l'as fait courageusement. Neda s'assurera qu'on te traite avec justice, quand tu rentreras à la maison.

Chère Neda. Elle avait aidé Leana à s'enfuir sans être remarquée, n'emportant avec elle qu'une petite malle contenant des articles de première nécessité, mais surtout sans poser de questions. Leana avait tout laissé derrière elle, sinon sa peine et ses larmes, qui, comme la pluie de la fin mars, n'avaient pas cessé de couler depuis son arrivée à Twyneholm.

Elle regarda le ciel lugubre par la petite fenêtre. Gris et humide, un mélange de brouillard et d'averses, la promesse d'un voyage du retour misérable pour le pauvre Willie.

Pourtant, elle l'enviait. *À la maison. Avec Jamie. Et Ian.* Laisser ses pensées dériver dans cette direction ne ferait que la torturer davantage.

— Je ne te renverrai pas à Auchengray les mains vides, Willie.

Elle sortit deux lettres cachetées de son sac de voyage, écrites aux petites heures de la nuit alors que le sommeil ne venait pas.

— Tu remettras celle-ci à Jamie, n'est-ce pas ? À personne d'autre ? Et celle-là est pour mon père, afin qu'il la lise à toute la famille.

Ce qu'elle ne pouvait leur dire de vive voix, elle le leur avait écrit sur papier. C'était la manière des lâches de faire les choses. Une personne ayant un minimum d'égards pour autrui aurait laissé ces lettres derrière elle pour calmer les inquiétudes de sa famille. Elle s'était plutôt dérobée par les étables pendant que sa famille dînait. Leana ne serait pas étonnée que son père jette sa lettre au feu sans même l'ouvrir.

— Portez-vous bien, mam'zelle.

Willie rajusta son bonnet sur sa tête et enfouit les lettres dans son manteau avec le mouton mariné pour le voyage du retour. Les deux visiteurs étaient arrivés à Twyneholm un peu avant minuit et ils avaient dormi aussi tard que possible, pour ensuite accompagner tante Meg à l'église paroissiale. Il serait près de six heures quand Willie verrait enfin Lowtis Hill et prendrait le dernier tournant pour rentrer à la maison.

— À Dieu vat ! murmura Leana, un mouchoir pressé sur son nez, alors qu'elle regardait la vieille Bess clopiner en montant la colline au-delà de l'église et disparaître de la vue.

— Viens, jeune fille.

Sa tante l'attira par l'épaule à l'écart de la fenêtre. Il est déjà loin, maintenant.

— Oui.

Leana enfouit son mouchoir dans sa manche.

— Comment pourrais-je assez vous remercier de m'héberger, tante Meg ?

Quand Margaret Halliday leva ses sourcils gris, Leana eut l'impression de se regarder dans une glace, lui renvoyant son image telle qu'elle serait dans quarante ans. Les boucles blondes de Meg avaient pâli et s'étaient patinées d'argent, et ses yeux étaient davantage gris que bleus, mais c'était ce même visage plein, cette même bouche généreuse qui accueillait Leana chaque matin dans son miroir. Plus exubérante que sa cadette, toutefois, tante Meg souriait du matin au soir pour le pur plaisir, semblait-il, de montrer sa dentition intacte.

— Oh ! répondit Meg. Ne suis-je pas la sœur de ta mère ? Et n'es-tu pas aussi ma nièce préférée ?

En dépit de son cœur lourd, Leana parvint à esquisser un sourire.

— Je ne répéterai pas à Rose que vous m'avez dit cela.

Meg leva les yeux au ciel, comme Rose le faisait si souvent.

— Qu'est-ce que j'ai vécu avec ta sœur sous mon toit pendant toute une semaine ! Et en hiver, de surcroît, alors qu'il m'était impossible de l'envoyer faire une promenade pour avoir une petite minute de tranquillité.

— Mais je resterai ici plus d'une semaine, la mit en garde Leana.

Est-ce que sa tante célibataire, vivant dans une insouciante solitude, arriverait à supporter sa compagnie de tous les jours ? Le douillet cottage de pierre comportait deux pièces — l'une pour dormir et s'habiller, l'autre pour cuisiner, manger, coudre, lire et tout le reste.

— J'espère que je ne serai pas un fardeau pour vous, ajouta-t-elle.

— Un fardeau ? Mais tu es une invitée bienvenue.

Meg toucha l'épaule de Leana, puis fit le tour du cottage, replaçant ses rideaux si souvent reprisés et rangeant des objets au passage. Bien que Burnside fût une humble demeure, sa maisonnette était sûrement la mieux tenue de la paroisse.

— Ne savais-tu pas que ta vieille tante se sent bien seule, de temps à autre ? demanda-t-elle en souriant.

— Non, je ne le savais pas, dit Leana d'un ton léger en se levant pour lisser les plis de sa robe bordeaux. À l'église, ce matin, je n'ai pas vu une âme franchir la porte qui ne soit venue ensuite vous demander un conseil ou autre chose.

— Tu sais pourquoi, n'est-ce pas ? C'est parce qu'ils voulaient te voir, toi, Leana, ma charmante visiteuse de la lointaine Newabbey.

Leana regarda de nouveau pensivement par la fenêtre.

— Auchengray n'est pas si éloignée. À peine une douzaine de milles.

— Dans le pays de Galloway, c'est l'autre bout du monde. Il y a des gens à Twyneholm qui n'ont jamais vu d'autre paroisse que la leur.

Meg alluma une autre bougie, faite avec la cire des abeilles de ses propres ruches.

— Voilà qui est mieux, murmura sa tante dans la pièce mieux éclairée, car c'est un jour lugubre, aujourd'hui.

— J'espère que ce n'est pas aussi triste à Auchengray, dit Leana en se détournant de la fenêtre. Rose mérite une chance d'être heureuse.

Les mains de Meg, toujours actives, s'immobilisèrent.

— Même si elle ne t'a jamais laissé cette chance ?

— Il est facile de comprendre pourquoi. Si vous aviez vu son visage, ma tante, quand elle est revenue à Auchengray dans l'espoir de se marier avec Jamie après sa semaine passée ici...

— Je t'en prie ! Tu peux être sûre que j'en ai entendu parler.

Meg soupira bruyamment et continua son travail.

— Rose m'a écrit une longue lettre, pendant que toi et Jamie étiez à Dumfries.

— Elle ne vous écrira plus, maintenant, je suppose. Maintenant que Jamie est là pour lui tenir compagnie.

Mon Jamie. Mon amour.

Sa tante lui demanda gentiment :

— Est-ce que Jamie sera heureux aussi ?

— Je le lui souhaite.

Vraiment, Leana ? Elle baissa la tête, honteuse.

— Peut-être, si je ne suis pas là pour… m'interposer. Pour le distraire.

Pour le tenter. Et être tenté par lui.

— Tant que je serai absente, ce sera plus facile pour tous les deux.

— Peut-être.

Meg se pencha vers elle et lui prit le menton de la main.

— Mais ce ne sera pas plus facile pour toi, Leana. Il ne te sera jamais facile de voir une autre femme élever ton enfant.

Leana fouilla dans sa manche pour prendre son mouchoir.

— Abandonner Ian fut le pire de tout. Vraiment le pire.

Elle l'avait tenu dans ses bras jusqu'à la toute dernière minute, dans l'écurie, avec Neda, pendant que Willie préparait le cabriolet. Les mots de Neda, quoique bien intentionnés, ne l'avaient que bien peu réconfortée. « Vous faites c'qui doit être fait, lui avait-elle dit, car le pauv' garçon devrait jamais choisir la mère qu'il doit aimer. »

Et Leana avait enfoui ses pleurs dans la couverture de Ian, de peur d'être entendue et qu'on vienne mettre fin à sa fuite. « Je suis si triste de partir, avait-elle répété, encore et encore. Mais il le faut, Neda. Ce sera mieux pour tout le monde. »

« Oh ! ma fille », avait dit Neda en l'embrassant, pendant que le cabriolet s'immobilisait devant la porte de l'écurie.

Embarrassée par ses larmes incessantes, Leana pressa le mouchoir sur ses yeux.

— À la fin…, à la toute dernière minute avec Ian…, je ne pouvais m'en arracher.

Un sanglot monta dans sa gorge avant qu'elle puisse le contenir.

— Si Neda ne me l'avait pas pris des bras... oh ! tante Meg, je le tiendrais sans doute encore !

Elle pressa ses avant-bras contre ses seins, atterrée par leur rondeur, même si elle les avait enveloppés de toile.

— Mais je devais... le sevrer. Je devais... partir. Je le devais...

— Je suis si désolée.

Les yeux de Meg brillaient de larmes retenues.

— Il le fallait...

Aucun autre mot ne voulut franchir ses lèvres. Une peine, lourde comme la tombe de sa mère, l'écrasa, la pliant sur la petite table de cuisine jusqu'à ce ses joues reposent sur la surface de bois, qu'elle baptisa de ses pleurs.

— Tu es une bonne mère, Leana, la réconforta Meg en lui flattant les cheveux. Tu as fait ce que la loi de l'Église attendait de toi. Ian ne peut comprendre ce que tu as fait pour lui maintenant, mais cela viendra. Un jour, son père lui racontera quelle merveilleuse mère il avait.

Leana secoua la tête, la voix étouffée par la douleur.

— J'aurais pu rester à Auchengray, ne serait-ce que pour Ian.

Mais, dès qu'elle l'eut dit, Leana sut que ce n'était pas vrai.

— En mai, quand Jamie déménagera avec sa famille à Glentrool, reprit-elle, peut-être retournerai-je à la maison.

Dans une maison vide. Les mains vides.

— Tu as fait ce qui était juste, Leana. Tu ne dois nourrir aucun doute là-dessus.

Avec quelque difficulté, sa tante s'accroupit à côté d'elle et passa son bras osseux autour de son cou.

— Tu dois maintenant attendre que la douleur s'apaise. Compte sur Dieu, jeune fille. Sois courageuse. Et il fortifiera ton cœur.

La tête de Leana s'appuya sur son bras. Son corps était comme une blessure ouverte, laissant couler des larmes qui ne voulaient plus s'arrêter, laissant couler le lait destiné à son fils. *Ian, mon doux Ian !*

Tout doucement, tante Meg l'aida à se redresser et lui baisa le dessus de la tête.

– Allez. Assois-toi une minute.

La vieille femme fit lentement le tour de la pièce, laissant à Leana le temps de retrouver quelques forces et d'essuyer ses joues. Au bout d'un moment, tante Meg prit une bouilloire qui se balançait dans l'âtre.

– Et si nous prenions une tasse de thé pour nous réchauffer et chasser l'humidité qui s'infiltre par ce toit de chaume ?

Elle regarda le secrétaire de Leana, toujours déposé sur la table.

– Tu vas devoir déplacer cela, ma chérie, ou nous n'aurons pas de place pour nos tasses. C'est un beau secrétaire, ma foi. Est-ce un cadeau de ton père ?

– Non.

Leana respira profondément et fit courir ses doigts sur le bois poli.

– Il est de Jamie.

Chapitre 65

Tu apportes… des lettres dans tes mains tremblantes.
— Alfred, Lord Tennyson

— C'est pour vous, m'sieur McKie. Mam'zelle Leana m'a demandé d'vous la r'mettre en main propre.

Jamie prit la lettre cachetée des mains usées de l'homme à tout faire, heureux que dans la lumière déclinante du crépuscule, le tremblement de la sienne ne fût pas apparent. Willie était rentré à la ferme une heure auparavant, provoquant un tumulte dans la maisonnée alors qu'il remettait la lettre d'explications de Leana à Lachlan. Lue à haute voix par le laird à bonnet à travers ses dents serrées, sa missive était chargée d'excuses et de remords, implorant son père de ne pas blâmer Willie ni qui que ce soit d'autre. Personne, sauf elle.

Entendre sa confession écrite ne fit qu'empirer les choses pour Jamie. *Oh, Leana. C'est ma faute. Pas la tienne. Je n'aurais jamais dû t'embrasser. Je n'aurais jamais dû te laisser partir.* À ce moment-là, Twyneholm lui semblait juste à côté. Il lui suffirait d'enfourcher Walloch et il y serait avant minuit.

Et ensuite quoi ? Déguerpir sans demander leur reste ? Fuir leurs familles, leur Église, la loi ? Il avait jonglé avec cette idée pendant l'heure précédente, pour revenir toujours à la même conclusion : *Bien sûr, mais après ?* Il ne pouvait abandonner son fils ni, en toute justice, sa nouvelle femme. Leana savait cela. *Est-ce pour cela que tu as choisi une autre paroisse, mon amour ?*

Il se rendit aux écuries pour avoir un moment de tranquillité. Pour réfléchir. Et pour donner libre cours à sa peine.

— J'aurais préféré que tu me ramènes mademoiselle McBride, plutôt que ceci, dit Jamie à Willie avec candeur, en manipulant la lettre. Quoi qu'il en soit, je te remercie de ta discrétion.

Willie ne put soutenir son regard.

— Mam'zelle Leana m'a dit d'vous l'remettre en personne. Sans témoin, qu'elle m'a dit. C't'une vraie dame, m'sieur McKie. J'suis… bien navré.

Jamie hocha la tête, craignant que sa voix le trahisse.

Quand Willie sortit d'un pas traînant, Jamie approcha la lanterne et brisa le sceau, frottant d'abord son pouce dessus, remarquant la légère empreinte emprisonnée dans la cire rouge. *Elle l'a touchée. Juste ici.*

Il déplia le papier rigide. La lettre n'était pas aussi longue qu'il l'aurait souhaité. Il aurait voulu lire ses mots page après page, entendre sa voix phrase après phrase, dans sa tête, dans son cœur. Mais il était heureux de ce qu'il tenait entre les mains, sachant que son contenu était réservé à son seul regard.

Dimanche 28 mars 1790

Mon doux Jamie,

Laisse-moi commencer par le plus important : je t'aime de tout mon cœur. Et je ne cesserai jamais de t'aimer.

Je n'avais pas l'intention de m'enfuir en secret, car je crains de t'avoir grandement blessé en le faisant. S'il te plaît, pardonne-moi, Jamie. Si je t'avais regardé dans les yeux, je serais restée à jamais.

Était-ce seulement avant-hier que nous parlions dans le jardin ? Pourtant, il me semble que cela s'est passé il y a plusieurs jours. Ou autant de semaines. Chaque heure séparée de toi est une mort à petit feu.

Si j'étais une femme plus forte, je serais heureuse de vivre tranquillement dans un coin de la maison de mon père. Pour regarder Ian grandir et te voir retomber amoureux de ma jolie sœur. Mais je ne suis pas aussi forte que tu le penses.

Je ne suis qu'une femme qui t'aime. Et qui sait que ton avenir n'est pas avec moi, mais bien avec Rose.

Oh, mon chéri, comme il m'est difficile d'écrire cela !

Tu affirmes que tu ne peux aimer Rose à nouveau ; avec le temps, toutefois, tu le feras. Elle est jeune et a beaucoup à apprendre, mais, au fond, ma sœur est une jeune fille charmante. Et elle t'aime. N'en doute jamais. Elle a attendu longtemps et elle a risqué beaucoup pour être ta femme.

J'en suis venue à comprendre, à mon plus grand chagrin, que je ne serai jamais complètement tienne. Pas avant que je puisse t'entendre dire « Moi, James Lachlan McKie, je prends cette femme, Leana McBride, pour légitime épouse. » Un moment qui, je le sais, n'arrivera jamais. Car, bien que tu aies prononcé ces vœux sacrés deux fois, ce n'était pas à moi que tu les adressais.

Oh, Leana. Terrassé, il s'adossa à la stalle de Walloch. *J'aurais volontiers prononcé ton nom, mon amour. Chaque jour de ma vie.*

Si j'avais pu imaginer un moyen quelconque d'être près de toi, mais sans te toucher ; de te voir, mais sans être vue des autres ; de t'aimer, mais sans espérer t'entendre dire que tu m'aimes en retour ; oh ! Jamie, si j'avais su faire ces choses, je les aurais faites.

Si j'avais pu tenir Ian chaque minute de la journée. Si j'avais pu le partager avec Rose le cœur joyeux, et ne pas sentir qu'une partie de moi venait de mourir, je serais revenue en courant à Auchengray. Mais j'ai peur de ne pouvoir davantage partager Ian que je ne puis te partager.

Promets-moi que tu seras mes bras pour notre fils. Et ma voix. Et mon cœur. Tiens Ian contre toi. Dis-lui les mots que j'aurais dits. Il a besoin de toi, Jamie. Encore plus que de moi. Et j'ai plus besoin de toi que d'air pour vivre.

Je t'aimerai toujours. Et, en vérité, je ne t'abandonnerai jamais, car ce qui est déjà à toi n'appartiendra jamais à aucun autre homme. Mais je te laisse partir, Jamie. Afin que tu aimes ma sœur et que vous puissiez tous les deux préparer votre avenir à Glentrool.

Tu seras toujours dans mes prières et aussi dans mon cœur. S'il te plaît, pardonne-moi.

Leana

Il la relut depuis le début pour être sûr, sans l'ombre d'un doute, qu'il avait vraiment compris ce qu'elle avait voulu dire sans l'écrire explicitement. Tout était là la seconde fois, et la troisième aussi.

Leana était vraiment partie. Elle ne reviendrait jamais à lui.

Non pas parce qu'elle ne l'aimait pas. Mais parce qu'elle le devait.

Mon amour. Ma Leana. Jamie fit courir son pouce sur son nom. Comme si le mot avait eu une texture, comme la cire du cachet. Comme s'il contenait une image d'elle qu'il aurait pu toucher. Soudain, l'encre de la signature s'effaça de la feuille, délayée par une larme tombée sur son pouce, et elle ne fut plus qu'une tache noire.

– Tu m'as marqué, Leana, murmura-t-il dans l'écurie sombre. Je ne serai plus jamais complètement moi-même. Mais j'aimerai ton fils, notre fils. Et j'honorerai mes vœux de mariage parce qu'ils m'ont coûté tout ce que j'avais.

Ils m'ont coûté ma femme.

Chapitre 66

Il n'existe pas,
Dans ce monde froid et vide, de source
D'amour profond, fort et immortel, sinon
Le cœur d'une mère.
— Felicia Hemans

Je ne serai jamais mère.

Rose s'assit en larmes à sa table de toilette, consternée de constater que ses règles avaient fait leur malheureuse apparition ce mois-là. Était-ce simplement la réponse de son corps à l'attraction lunaire, comme les marées du Solway ? Ou était-ce la sombre prédiction du docteur qui se confirmait sous ses propres yeux ? *Vous pourriez être incapable de porter des enfants.*

Une chose était sûre : avaler la teinture de valériane n'avait produit d'autre résultat qu'un horrible arrière-goût dans sa bouche. Pas étonnant que Jamie semblât si réticent à l'embrasser.

Jamie, Jamie. Depuis cinq jours, elle était sa femme. Depuis cinq jours, elle était la mère de Ian. Et dans aucun de ces deux rôles, elle ne se sentait encore à l'aise. Elle faisait de son mieux pour avoir l'air gaie, évitant de se plaindre ou d'exprimer des exigences. Mais le départ de Leana laissait un vide immense dans la maison, que Rose craignait de ne jamais pouvoir combler.

Les souvenirs de la vaillante Leana, qu'on voyait rarement sans une aiguille à la main, tiraillaient la conscience de Rose. Elle s'attardait dans sa chambre presque toute la matinée, de peur qu'on lui trouve d'autres corvées. *La chemise de Jamie doit être reprisée, Rose. Pourriez-vous trouver sa cravate, Rose ? Ian attend son porridge, Rose. Avez-vous changé ses langes, Rose ?* Cela ne lui laissait aucun répit, cette entreprise d'être à la fois épouse et mère ! La lettre de Leana à sa famille ne disait rien sur la durée de son séjour à Twyneholm. Est-ce que sa sœur rentrerait dans deux semaines ? Dans douze mois ? Jamais ?

Rose jeta un coup d'œil à l'armoire à linge, où une deuxième lettre de Leana était mystérieusement apparue après le retour de Willie de Twyneholm. Une lettre adressée à Jamie. Leana lui avait peut-être donné quelques indices sur ses intentions futures. L'écriture familière exerçait son pouvoir d'attraction dès qu'elle ouvrait la porte de chêne, que ce soit pour prendre une chemise propre pour Jamie ou pour brosser son manteau. Elle était certaine que les mots de Leana à Jamie étaient très différents de ceux qu'elle leur avait écrits. Oserait-elle la prendre et la lire ? Jamie accompagnait son père à Edingham afin de rendre une nouvelle visite à la veuve Douglas. Puisque les hommes n'étaient pas attendus avant le dîner, c'était le moment ou jamais. Le cachet de cire était déjà brisé. Elle la remettrait ensuite exactement où elle l'avait prise.

Elle jeta un coup d'œil vers la porte de la chambre à coucher pour s'assurer qu'elle était fermée, puis faufila ses doigts agiles entre les manches et les ourlets jusqu'à ce qu'ils atteignent le papier de couleur crème. Elle tira doucement la lettre vers elle, notant l'endroit précis où elle était cachée. Rose se dirigea ensuite vers la fenêtre pour avoir un peu plus de lumière, avant d'ouvrir la lettre de Leana.

Avant même de la lire, elle remarqua que la signature n'était plus qu'une tache d'encre au bas de la page. Est-ce que Jamie avait essayé de l'effacer, espérant cacher l'identité de son auteur ? N'importe qui à Auchengray aurait reconnu la main qui l'avait écrite. La toute première ligne rendait la chose encore plus évidente.

Mon doux Jamie…

Les doigts de Rose agrippèrent le papier. *Non, ma sœur. Tu ne peux plus dire cela.* Elle la lut, alarmée par l'amour persistant de sa sœur pour son mari. Et à quel moment avait eu lieu cette conversation dans le jardin ? Puis, les commentaires de Leana la concernant la rassurèrent.

Retomber amoureux de ma jolie sœur.

Rose hocha la tête avec soulagement. *Oui, s'il vous plaît, Jamie. Faites-le.* Il s'était un peu réchauffé vis-à-vis d'elle. Pourtant, quand il la regardait, Rose avait l'impression qu'il était absent. À une douzaine de paroisses à l'ouest, peut-être...

Ton avenir n'est pas avec moi, mais bien avec Rose.

Elle cligna des yeux et relut les mots avec incrédulité. Est-ce que sa sœur pouvait vraiment affirmer cela, alors qu'elle était encore éperdument amoureuse de Jamie ?

Ma sœur est une jeune fille charmante.

Le compliment lui colora les joues, mais plus de honte que de joie. Comment Leana pouvait-elle avoir de si bonnes paroles pour elle ?

Elle t'aime... elle a risqué beaucoup...

Rose toucha son front moite, tout en continuant de fixer la lettre. Leana voyait trop clair, comprenait trop bien ce qui se passait dans son cœur. Car c'était vrai : aimer Jamie, insister pour qu'il honore ses vœux, tout en sachant très bien que c'était sa sœur qu'il aimait et non elle, c'était bien sûr très risqué. Insensé, diraient la plupart.

Sauf Leana, qui n'affirmerait jamais cela. Elle aussi avait pris les mêmes risques.

La bouche de Rose s'ouvrit toute grande. *Oh, Leana. Tu comprends.* Pourquoi n'avait-elle pas considéré cela avant ? *Parce que tu ne penses qu'à toi, Rose.* Elle eut un frisson, car c'était vrai. Et elle haïssait cette vérité.

Son attention revint à la lettre. *J'ai peur de ne pouvoir davantage partager Ian que je ne puis te partager.*

Rose ravala le sanglot qui montait dans sa gorge.

— Et je ne peux élever Ian seule, confessa-t-elle, s'adressant à la feuille comme si Leana pouvait l'entendre.

Prendre soin de Ian s'était révélé plus difficile qu'elle l'avait envisagé. L'enfant s'était calmé suffisamment pour accepter de se laisser allaiter par la nourrice. Mais, lorsque Rose le tenait, il s'agitait et se contorsionnait, visiblement malheureux.

— Qu'est-ce que je fais de mal, Leana? demanda-t-elle. Est-ce simplement parce que je ne suis pas toi?

Les reproches silencieux de la lettre lui meurtrissaient le cœur. *Dis-lui les mots que j'aurais dits.*

— Mais c'est ce que je fais!

Des larmes lui mouillèrent les yeux.

— Je répète à Ian toutes les choses qu'un enfant veut entendre. Qu'il m'est cher. Qu'il m'est précieux. Qu'il est aimé.

Même en les prononçant à haute voix, Rose savait que ce n'était pas ce dont Ian avait le plus besoin.

— Est-ce parce que je ne suis pas la mère qui l'a porté qu'il crie autant?

Elle secoua la feuille, exigeant une réponse.

— Comment peux-tu lui manquer, alors qu'il n'est qu'un bébé?

De la même manière que ta mère te manque, Rose. Depuis le moment où tu es née. Une nouvelle vague de douleur déferla en elle. Anéantie, elle s'effondra sur la chaise la plus proche, laissant la lettre tomber doucement au sol. *Maman.* Le mot qu'elle n'avait jamais prononcé vraiment. Le mot qu'elle n'entendrait sans doute jamais. *De grâce, mon Dieu, faites qu'il n'en soit pas ainsi.*

Le coup à la porte fut discret, mais suffisant pour tirer Rose de sa douloureuse rêverie. Tout en séchant ses yeux, elle se leva, les genoux un peu tremblants, et ouvrit.

Annabelle n'attendit pas d'invitation pour se précipiter dans la chambre avec un Ian en crise dans les bras.

— L'garçon veut sa nourrice.

— Non, soupira Rose, l'enfant veut sa mère. Sa vraie mère, pas une malheureuse remplaçante.

L'expression joyeuse d'Annabelle s'évanouit et fit place à de la sympathie.

– V'z'en faites pas, m'dame McKie. Ian s'calmera, avec le temps. Les bébés sont difficiles à satisfaire, à c't'âge-là. Y pleurent tout l'temps, pour un oui ou pour un non.

Elle leva le petit garçon.

– J'ai pas raison, Ian? Ta belle-mère fait d'son mieux pour qu'tu sois bien et content. Allons, garçon, tâche d'honorer ton père et ta mère. C'est c'que dit l'Laird, et j'parle pas d'ton grand-père McBride.

Rose tendit les deux mains vers lui, le cœur rempli d'espoir.

– Veux-tu que je te prenne, mon garçon?

Il n'étira pas ses bras dodus comme il le faisait toujours en présence de Leana. Mais il laissa Rose le dégager de ceux d'Annabelle sans se débattre, et le placer contre son corset rouge sans se mettre à crier non plus. Comme il faisait bon l'avoir dans les bras!

Annabelle sourit.

– Voyez? C'est déjà mieux.

La servante avait parlé trop vite. Ian se mit à hurler comme s'il avait été piqué par une épine noire. Il agitait frénétiquement les mains vers la jeune fille aux cheveux roux, ne laissant planer aucun doute sur sa préférence.

– Oh! viens ici, dans c'cas. On va t'nourrir et t'coucher pour ta sieste.

Elle regarda Rose, sincèrement chagrinée.

– C'est tout c'que les bébés veulent : leur nourrice et leur sieste. Vous v'lez bien m'aider, n'est-ce pas, m'dame?

Rose savait qu'Annabelle n'avait pas besoin de son aide. L'avisée servante faisait de son mieux pour lui remonter le moral. Reconnaissante, Rose suivit la domestique portant l'enfant dans le couloir et referma la porte derrière elle, déterminée à consacrer le reste de la journée à se rendre utile.

Comme sa mère en avait l'habitude, selon Neda. Comme Leana le faisait toujours.

Les heures passèrent rapidement, sinon agréablement. Pendant que Ian dormait, Rose aida Neda à préparer de la marmelade, une tâche intimidante. Les oranges de Séville, achetées au marché de Dumfries, étaient chères et faciles à meurtrir.

— Râpe-les avec précaution, fais attention d'rien perdre d'la pelure, la mit en garde Neda. Ensuite, tranche-les et presse le jus à travers un tamis. Y faudra aussi des citrons, deux pour chaque douzaine d'oranges. Et quand tu fais bouillir la pelure, n'oublie pas d'changer l'eau après. Pour enlever l'amertume.

Rose fit comme on le lui disait. Elle grimaça quand elle plongea le doigt qu'elle venait de s'entailler dans le jus acide, et poussa un petit cri quand elle se brûla les mains en clarifiant le sucre. Quand tout fut fini et qu'un pot de marmelade fut placé sur le rebord de la fenêtre pour refroidir, elle oublia vite tous ses bobos. Neda ne tarissait pas d'éloges pour elle.

— J'serai fière d'servir ta marmelade avec le jambon bouilli au dîner, lui assura la vieille femme. C'est Jamie qui s'ra bien étonné, quand il apprendra que tu l'as faite pour lui !

Le soleil caressait l'horizon quand Rose entendit Jamie et son père entrer par la porte de devant. Son cœur s'accéléra, lorsqu'elle entendit la voix de son mari et le bruit de son pas montant vers leur chambre. Peut-être devrait-elle se rendre auprès de lui pendant qu'il s'habillait pour le déjeuner ? Elle venait de s'essuyer les mains sur son tablier et marchait vers le couloir, quand elle entendit Jamie l'appeler du haut de l'escalier.

— Rose ?

Le ton de sa voix trahissait son irritation.

— Pourrais-je vous parler un moment ?

L'appréhension ralentit son pas dans l'escalier. Quelque incident malencontreux s'était-il produit à Edingham ? Jamie et son père s'étaient peut-être disputés sur le chemin du retour ? À moins qu'il s'agisse d'une chose qu'elle avait faite ou, au contraire, négligé de faire ? Elle souffla pour essayer de se calmer un peu en gravissant les marches. Jamie la regardait monter vers lui, les mains croisées derrière le dos.

— Jamie, dit-elle d'une voix hésitante, y a-t-il quelque chose ?

Son regard était neutre, ainsi que sa voix. Son calme même était énervant.

— C'est au sujet d'une certaine lettre. Qui était adressée à moi, et non à vous. Mais que vous avez lue, de toute évidence.

La lettre de Leana. Elle se figea sur place, le pied levé entre deux marches, repensant à la feuille tombée derrière la chaise dans la chambre à coucher. Qu'elle avait oubliée, jusqu'à cet instant précis. Jamie la leva, l'agitant devant elle.

— Ai-je raison ? Vous l'avez trouvée dans l'armoire à linge et vous l'avez lue ?

— Oui, dit-elle faiblement.

Il était inutile de prétendre le contraire.

— Je dois avouer, Jamie, que, lorsque je l'ai trouvée parmi vos vêtements, la curiosité l'a emporté, et que je… l'ai lue.

Elle baissa la tête.

— Presque toute, ajouta-t-elle.

— Eh bien, venez lire la suite.

Il l'attira dans la chambre, plus gentiment qu'elle ne l'aurait cru, et la guida vers la chaise de lecture. Elle choisit de rester debout pour être plus près de lui.

— Jamie, je suis vraiment désolée. Je n'avais aucun droit de…

— Absolument aucun.

Il secoua la tête, clairement fâché, mais admirable de sang-froid.

— Savez-vous ce que la Bible dit, Rose? «En elle se confie le cœur de son mari.» Comment pourrais-je faire confiance à une femme capable d'une telle chose?

— Je suis… si désolée.

Elle leva les mains, ne trouvant rien d'autre à dire pour l'apaiser.

— Je vous en prie, Jamie. Une épouse ne peut-elle être pardonnée d'avoir voulu lire une lettre écrite de la main de sa propre sœur?

— Pardonnée?

Ses traits s'adoucirent un peu.

— Bien sûr que vous l'êtes.

Il était sincère. Elle le sentait. Mais quand avait-il changé à ce point? Le Jamie qui s'était présenté à Auchengray deux ans auparavant l'aurait tancée pendant une heure entière.

— La dernière ligne est celle que vous devez lire pardessus tout.

Il lui remit le papier rigide.

— Leana a écrit : «je te laisse partir, Jamie. Afin que tu aimes ma sœur…»

Oh, Leana.

— Croyez-vous qu'elle… le pense vraiment?

— Vous savez bien que oui, Rose. Arrive-t-il à votre sœur de ne pas dire la vérité?

Il plia la lettre et la glissa dans son gilet, sans la quitter des yeux.

— En raison de mon amour pour Leana, je fais un grand effort pour vous aimer, Rose. Pour notre salut à tous. Mais vous… vous rendez cela très difficile, parfois.

— Je n'en doute pas.

Heureuse de son honnêteté, et étonnée de sa propre candeur, elle fit un pas vers lui.

— J'espère que vous ferez ce que ma sœur demande et que vous m'aimerez, Jamie. Autant que moi, je vous aime.

Quand elle vit qu'il ne réagissait pas, elle devint plus audacieuse et posa les mains sur ses manches.

— Comblez l'espace en moi, murmura-t-elle. Je me meurs chaque jour où il reste vide.

Les yeux de Jamie cherchèrent les siens.

— Parlez-vous de votre cœur ?

Elle baissa la tête, honteuse d'avouer la vérité.

— Je parle de mon ventre.

Jamie voulut dire quelque chose, mais se détourna plutôt d'elle.

— Dites-moi ce que vous pensez, Jamie, car je ne peux le deviner.

Il y avait un accent implorant dans sa voix.

— Est-il mal de vouloir un enfant ? De vouloir un être qui a vraiment besoin de moi ?

La voix de Jamie était douce.

— Non, ce n'est pas mal, Rose.

Pas mal, mais égoïste. Le mot l'avait pourchassée toute la matinée.

Quand Jamie se tourna vers elle, la compassion dans son visage était évidente.

— Vous êtes vide à l'intérieur, Rose, mais ce n'est pas votre ventre qui l'est. C'est votre cœur. Seul le Tout-Puissant peut le combler. Pas moi, ni un enfant.

Ses mains lui saisirent les coudes.

— Comprenez-vous ? Comprenez-vous ce que je dis ?

Elle trembla à son contact.

— Vous dites que vous ne m'aimez pas. Et qu'aucun de vos enfants ne sera jamais de moi.

— Non, Rose ! Vous ne m'écoutez pas…

Rose s'enfuit de la chambre, car elle en avait assez entendu.

Chapitre 67

Dieu tempère le vent pour l'agneau qui vient d'être tondu.
— Proverbe écossais

Aime ma sœur.

— C'est ta sœur, grommela Jamie. C'est *toi* qui l'aimes.

Il laissa tomber le lourd seau contenant l'eau du puits trop brusquement dans l'abreuvoir, faisant sursauter les brebis aux alentours.

— Désolé, les amies, dit-il. Ne vous inquiétez pas. Ce n'est que de l'eau fraîche du Lochend.

Il apaisait les animaux énervés avec des mots familiers et par le ton calme de sa voix.

Le soleil du matin baignait les pâturages d'une chaude lumière jaune pendant qu'il faisait sa ronde seul. Il y avait trop de brebis et pas assez de bergers, alors les hommes s'étaient partagé le travail. Jamie préférait travailler seul, ainsi, il pouvait s'imaginer Leana marchant dans la prairie à ses côtés. Pas une heure ne passait sans qu'il entendît sa voix dans un fragment de ballade chantée par un berger qu'il croisait, ou sentît sa caresse à travers la douce brise d'avril ébouriffant ses cheveux.

Regarder Ian était comme jeter un regard indirect sur la femme qui lui avait donné naissance. Leana avait toujours dit que Ian était une version réduite de son père. Mais Jamie savait que ce n'était pas tout à fait vrai. Ian avait les yeux de sa mère. D'un bleu-gris clair. Qui ne cillaient pas. Confiants.

C'était elle que Jamie voyait, dès qu'il posait les yeux sur son fils.

Oh Leana. Ne reviendras-tu jamais auprès de moi ?

À cette question, elle avait déjà répondu.

Aime ma sœur.

— J'essaierai, Leana. *Mais seulement parce que tu me le demandes. Et parce que je t'aime.*

Jamie enjamba le muret de pierres sèches et passa dans le pâturage suivant en évitant au passage les flaques de boue. Il s'était levé bien avant l'aube pour voir à ses brebis, aidant celles qui mettaient au monde les derniers agneaux de la saison. Tous des jumeaux, tous en parfaite santé. Jamie secoua la tête, toujours étonné par le phénomène.

— Il semble que je sois meilleur berger que mari, confia-t-il aux agneaux qui titubaient autour de ses genoux.

— J'dois t'dire que j'suis d'accord avec toi, garçon.

C'était Duncan qui passait par là, un sourire ironique dessiné sur ses traits burinés.

— Ne t'avais-je pas dit qu'Rose était une brebis obstinée, et qu'tu devrais la tenir bien en main ?

Jamie grogna.

— Comment l'entendez-vous, Duncan ? Il faudrait donc que je lui fasse des jumeaux pour l'occuper ?

— Oui, ça l'occupera, acquiesça Duncan. Mais tu sais bien que c'est pas ça qui manque à c'te jeune femme.

— Ah bon ?

Jamie sentait son cou s'échauffer.

— Rose est mon épouse et c'est à moi de savoir ce qu'il lui faut.

Duncan hocha la tête, puis s'inclina pour ajouter du grain dans la mangeoire.

— Moi, j'suis pas certain qu'tu l'saches, garçon. Tu penses qu'elle a besoin d'tes baisers et tout ça. C'est fort bien. Mais Rose a besoin d'plus que c'que tu possèdes, Jamie : elle veut être sûre que Dieu l'aime et qu'y lui pardonne tout c'qu'elle a fait d'mal.

— Eh bien !

Jamie donna un violent coup de pied dans la mangeoire.

— Qu'elle s'adresse au Tout-Puissant, alors.

Duncan se redressa après avoir déposé son seau pour se croiser les bras sur la poitrine.

— En était-y pas ainsi avec toi, Jamie ?

Bien que sa voix fût calme, les mots de Duncan lui frappaient la poitrine comme la pointe d'un bâton.

— As-tu pas déjà cherché toi-même la grâce de Dieu ? Y me semble que l'amour d'Leana t'a mis su' l'bon chemin.

Jamie enfonça l'extrémité de sa botte dans la boue et la considéra un moment. Tout était mieux que regarder Duncan dans les yeux. Ou admettre que l'homme avait raison.

— Très bien, Jamie. T'as pas à l'admettre, parce que nous savons tous les deux qu'c'est vrai.

Duncan s'assit sur le muret de pierre et croisa les jambes, comme s'il voulait y rester quelques instants.

— Vois-tu pas une étrange ironie dans la situation, jeune James ?

— Oui, grommela-t-il, car cela, il pouvait l'admettre. Je dois faire pour Rose ce que Leana a fait pour moi.

— Bien dit, fit Duncan en approuvant. Et qu'a-t-elle fait, Jamie ? Dis-le clairement, car t'as pas profité d'la leçon, y m'semble.

Furieux, Jamie martela les mots.

— Leana m'a aimé alors que je ne le méritais pas, et que je ne pouvais pas — ou plutôt que je ne voulais pas — lui rendre son amour.

— T'as raison su' l'premier point, Jamie. Tu pouvais pas aimer Leana en temps-là, car un homme peut pas donner c'qu'il a pas.

Duncan se releva et plaqua les mains sur les épaules de Jamie.

— Où penses-tu qu'Leana a su trouver la force de t'aimer, de t'pardonner, pendant que t'étais occupé à courir après sa jeune sœur ? Tu connais la réponse, pas vrai ?

Dieu est amour ; ce qui demeure dans l'amour demeure en Dieu. Jamie s'avoua vaincu.

— Oui, je connais la réponse. Mais comment pourrais-je aimer une femme qui a trahi sa propre sœur et moi aussi ? Si Rose avait tenu sa langue devant le conseil, rien de tout cela ne serait arrivé.

Duncan l'étudia un moment sous le bord de son bonnet.

— Y t'est jamais venu à l'esprit qu'tout ça était la volonté du Tout-Puissant ?

Les épaules de Jamie se contractèrent. *Une bénédiction, plutôt qu'une malédiction.* Était-ce possible ?

— Pardonne à la jeune fille, Jamie. Montre à ta nouvelle femme c'qu'être aimée veut dire. Et j'parle pas de c'qui s'passe dans l'lit fermé, quand les chandelles sont éteintes. Pendant les autres heures de la journée, aussi.

Oh ! Jamie se dégagea de la prise de Duncan et fit les cent pas dans le pâturage en secouant la boue de ses bottes. Maintenant, l'homme lui disait d'aimer Rose à toute heure du jour et de la nuit ! Il tourna sur ses talons et marcha vers lui.

— Il y a six mois, vous m'avez dit d'aimer Leana.

Il s'arrêta à quelques centimètres de l'homme et se pencha vers lui.

— Eh bien, Duncan, je l'ai fait ! Et je le fais encore. Ne voyez-vous pas que c'est l'amour de Leana qui m'importe, et non celui de Rose ?

Duncan ne céda pas et ne changea pas de discours.

— Mais t'as déjà l'amour d'Leana, Jamie. Et tu l'auras toujours. C't'ainsi que l'Créateur l'a faite. La question est : Que feras-tu de c'bel amour qu'elle t'a donné ?

Il fit un geste en direction des rochers semés dans les pâturages.

— Baigner dedans à longueur de journée, comme une vipère qui s'vautre sur une roche au soleil ? demanda-t-il. Ou feras-tu c'que Leana voudrait qu'tu fasses, et le redonner à Rose, qui en a tant besoin ?

Aime ma sœur.

Jamie plissa les paupières.

— Quand avez-vous lu la lettre qu'elle m'a écrite ?

Duncan éclata de rire.

— J'connais pas ta lettre. Je t'ai simplement observé essayer d'être aimable avec la jeune fille, rongeant ton frein, t'mordant la langue. Les choses qu'un homme fait quand y s'efforce d'bien s'comporter avec sa femme. C'sont d'bonnes choses, vois-tu. Mais tu gardes le reste d'ta personne.

Jamie grimaça, comme si Duncan lui avait enfoncé un couteau jusqu'à l'os, tant les paroles de l'homme l'atteignaient.

— Laisse Rose faire son nid dans un coin de ton cœur, garçon.

Duncan donna une bonne tape sur la poitrine de Jamie.

— Y est assez grand, maintenant.

Jamie se retourna, cachant sa douleur. Mais il ne put s'empêcher de dire :

— Vous m'en demandez trop, Duncan.

— C'est pas moi qui l'demande, Jamie.

Les mots de Duncan l'accompagnèrent pendant des jours, puis une semaine, puis deux, lui mordillant les talons comme l'un de ses colleys. *Montre à ta nouvelle femme c'qu'être aimée veut dire.* Il était clair que Rose lui démontrait de l'affection. Sa confiture favorite au gingembre l'attendait dans son assiette au petit-déjeuner. Une pile de mouchoirs bien ourlés apparaissait dans l'armoire à linge. Elle se coiffait comme il aimait, en enroulant sa longue tresse autour de ses épaules. Et — ce qui était le plus éloquent — elle gardait sa langue acérée dans son fourreau et enveloppait ses épaules dans ses bras, la nuit.

Plus d'une fois, récemment, il avait revu en un éclair la Rose qu'il avait embrassée le jour de son arrivée à Auchengray. La Rose charmante qui lui avait coupé le souffle et volé son cœur. *Douce. Innocente.*

Ironiquement, c'était lui qui se sentait maintenant *amer* et *coupable.*

Amer de voir que son avenir était décidé encore une fois par d'autres. Et se sentant coupable d'avoir embrassé Leana dans le refuge, espérant davantage. *C'était une tentation.* Oui, voilà ce que c'était. Connaissant Leana, il aurait dû comprendre qu'elle ne se lèverait pas simplement le matin suivant comme si rien ne s'était passé. Non, pas sa Leana. Elle avait couru à l'église ; elle s'était enfuie à Twyneholm. *Elle s'est enfuie pour échapper à ton emprise, Jamie.*

Le laissant affronter la femme à qui il avait fait du tort. La même qu'il ne pouvait se résoudre à pardonner. *Rose.*

Aime ma sœur. Oui, il essayait. Sauf que cela ne ressemblait pas à de l'amour, c'était comme une trahison. Même s'il avait aimé Rose, avant. Même s'il avait de l'affection pour elle, maintenant. Même si l'Église disait qu'ils étaient légalement mariés. *Maris, aimez vos femmes.* Pouvait-il faire ce que la Bible commandait ? Pourrait-il pardonner à Rose et l'aimer à nouveau ?

Chapitre 68

L'amour d'une femme
est puissant, mais le cœur d'une mère est faible,
et, par sa faiblesse, triomphe.
— James Russell Lowell

Non ! Pas encore.

Rose lavait la tache de sa robe de nuit, inondant le tissu de ses larmes. *Pourquoi, pourquoi, pourquoi ?* Peu importe l'effort qu'elle mettait à la frotter avec du savon, le pâle contour restait. Pour lui rappeler. La narguer. *Tu ne seras jamais une mère.*

Quatre autres semaines s'étaient envolées, emportant ses espoirs avec elles. Toujours pas de bébé dans son ventre. Leana était si féconde qu'elle avait conçu Ian la nuit de ses noces. *Mais pas toi, Rose.* Elle lança sa robe de chambre dans le panier et quitta la buanderie, soufflant la chandelle en sortant. Empruntant le passage sombre menant aux pièces principales de la maison, Rose sentit sa bonne humeur revenir, au son de la voix d'un certain berger plaisantant dans la cuisine : Jamie, se préparant à partir pour la matinée.

La saison de l'agnelage maintenant passée, le fruit du travail de Jamie gambadait dans les prairies d'Auchengray, une paire d'agneaux à côté de chaque brebis à la riche toison. En seulement quelques semaines, le troupeau avait plus que doublé de taille. C'était un exploit si remarquable que même le révérend Gordon avait salué le Tout-Puissant pour l'abondante moisson pendant les offices : « Chacun a sa jumelle et nul n'en est privé. » Son père rayonnait, comme si c'était son œuvre. Après avoir vu sa fille grimper sur le banc de pénitence et fuir la paroisse, le laird à bonnet d'Auchengray avait besoin d'un motif pour lever de nouveau la tête à l'église.

Rose avait aussi besoin d'une raison ; il lui fallait un enfant. La preuve qu'elle et Jamie étaient vraiment mariés et vivaient maritalement. Autrement, on ne se gênerait pas pour dire que si les brebis de monsieur McKie étaient fécondes, sa femme, elle, était stérile.

Elle émergea dans la cuisine — la pièce la plus lumineuse et la plus chaude en toutes saisons — et trouva un groupe de servantes attroupées autour de Jamie comme autant de brebis. Mais il ne les regardait pas. C'était elle qu'il regardait. Il n'y avait pas de désir dans ses yeux, peut-être, mais un chaud regard était une amélioration bienvenue. Après un long mois frileux passé ensemble, Jamie commençait à dégeler vis-à-vis d'elle. À la regarder sans éviter ses yeux. À l'écouter sans contracter la mâchoire. Et, oui, à l'embrasser à l'occasion sans la tenir à bout de bras.

Le Jamie qu'elle avait connu et aimé autrefois n'était plus. Cet homme était différent. Plus mature. Plus gentil. Et porteur d'une sagesse plus grande qu'elle n'arrivait pas à comprendre complètement. Jamie ne l'aimait pas comme il aimait Leana. Mais il ne lui était plus hostile et, pour cela, elle lui était reconnaissante. Leur mariage en était un de compromis : elle avait cessé d'en attendre trop et Jamie, semblait-il, avait cessé d'en attendre si peu. Il était à elle toute seule et elle en tirait la consolation qu'elle pouvait.

Jamie lui offrit son bras, un gentilhomme dans des hardes de berger.

— Voulez-vous faire une promenade dans le jardin avec moi, Rose ?

Elle ne pouvait refuser une offre aussi galante. Laissant les servantes derrière eux, ils se rendirent ensemble à la porte de derrière et sortirent dans l'air frais d'un matin d'avril. Après un mois d'averses, tout poussait en une riche et verte abondance. Elle ne pouvait nommer les fleurs, mais les légumes étaient facilement identifiables. Des oignons pour la salade et des têtes de navet grosses comme le poing, plantés l'automne précédent, seraient cueillis pour la cuisine bientôt, tandis que quelques poireaux restant de la saison dernière, disséminés çà et là, seraient ramassés avant que les nouvelles graines soient semées.

— Tout ce dont ce jardin a besoin, maintenant, c'est Leana, dit Rose d'un ton léger pour tâter le terrain.

Peut-être que si elle parlait plus souvent de Leana, Jamie regretterait moins son absence. Elle ne reviendrait pas ; Jamie l'avait rassurée à ce sujet. Rose fut chagrinée de découvrir que rien ne la soulageait – ni ne la peinait– autant que cette certitude.

— Votre sœur avait un don pour l'horticulture, approuva Jamie.

Sa voix, plaisante, mais égale, ne trahissait rien.

— Je suis heureux qu'Eliza ait pris sa relève.

Il leva les yeux vers le ciel.

— Ce fut un beau mois d'avril. Pluvieux, comme d'habitude, mais doux.

— Oui, bien doux.

Rose ne pouvait rendre sa voix aussi radieuse que la température.

Ils passèrent devant le jardin de plantes médicinales de Leana. Rose fit semblant de ne pas voir la valériane, dont la tige était plus haute que le mois précédent. Si elle avait regardé le sol assez longtemps, elle aurait vu deux petites traces dans le sol, à l'endroit où Leana s'était agenouillée pour remettre la plante en terre. *Pardonne-moi, Leana.* Elle avait été d'une inqualifiable cruauté envers sa sœur, ce jour-là. *Es-tu en train de me demander comment satisfaire mon mari ?* Leana s'était enfuie à Twyneholm pour s'éloigner de sa jeune sœur égoïste ; c'était la seule explication possible, car Leana n'aurait jamais abandonné Jamie et Ian autrement.

— Qu'est-ce qui ne va pas, Rose ? Vous êtes bien silencieuse, ce matin.

Depuis quand Jamie était-il si observateur ? C'était un peu embarrassant pour une jeune fille de ne pouvoir dissimuler ses états d'âme à un homme.

— J'ai découvert que… je n'étais pas…

C'était une chose trop honteuse à dire. Rose dirigea son regard vers un rang de choux.

— Je n'attends pas d'enfant.

— Je vois, répondit-il.

Était-il heureux ? Déçu ? Le lui dirait-il, si elle l'interrogeait ? Oh ! Elle était mariée avec Jamie et, pourtant, elle ne le connaissait pas vraiment. Arriverait-il un jour à lui donner toute sa confiance ?

— Il est peut-être préférable que vous n'attendiez pas d'enfant maintenant, Rose.

Il lui tapota le bras d'un geste fraternel, pas comme un mari anéanti par la déception.

— J'ai une… nouvelle dont j'aimerais vous faire part d'ici un jour ou deux.

Une nouvelle ? Elle refoula une petite boule d'appréhension.

— Ne me donnerez-vous pas un indice, Jamie ?

— Il y a encore quelques détails que je dois régler. Mais bientôt.

Il se tourna vers elle, et ses yeux avaient la couleur des feuilles d'ortie à leur pied.

— Vous sentez-vous assez bien pour voyager, Rose ?

Il s'agit sûrement de Twyneholm.

C'était trop évident. Jamie ne pouvait tolérer d'être séparé de Leana, ne fût-ce qu'une heure. Ou bien c'était sa sœur qui avait écrit à Jamie, lui demandant d'amener Ian afin qu'elle puisse le voir. Ou encore, Leana avait décidé de rentrer à la maison et voulait qu'on aille à sa rencontre à Dumfries.

Rose essaya de paraître détachée.

— Un… voyage ? Bien sûr, Jamie. Comme vous voudrez.

Dites que ce n'est pas à Twyneholm. S'il vous plaît, s'il vous plaît !

— Très bien. Nous en reparlerons bientôt, Lea… euh, Rose.

Elle eut un hoquet. Il ne l'avait jamais appelée Leana. Jamais, pas une seule fois.

— Oh ! ma chère !

L'expression sur son visage en était une d'horreur. Il prit ses deux mains, l'attirant à lui afin qu'elle ne puisse se détourner.

— Je suis désolé, Rose. Du fond du cœur.

Il était si poli, si sincèrement navré, que sa déception s'évanouit rapidement.

— Je sais que vous n'aviez pas l'intention de nous confondre. Nous sommes sœurs, mais semblables en si peu de points.

Une lueur passa dans ses yeux, mais rien de plus.

— Bien peu, acquiesça-t-il.

Trop peu, entendit-elle dans les mots.

— Rose !

La voix forte de Lachlan les surprit tous les deux. Il marchait à grands pas dans le jardin, en tenue de cavalier, les bottes bien astiquées.

— Heureusement que je vous ai trouvés tous les deux, car j'ai des nouvelles qui ne peuvent attendre.

Des nouvelles ? Rose leva les yeux vers Jamie. Il était clair qu'il était aussi étonné qu'elle. Toutefois, c'était l'expression de son père qui la déroutait. Il était animé, presque souriant, clairement heureux au sujet de quelque chose, comme s'il avait touché une grande fortune ou fait quelque découverte importante. *Ou peut-être…* Ses mains se glacèrent. *Peut-être Leana rentrait-elle à la maison ?*

— Qu'y a-t-il, père ?

Le sourire de Lachlan, qu'on ne voyait que rarement, était un spectacle à voir.

— J'ai décidé de prendre épouse.

— Prendre… épouse ?

Rose ne put cacher sa surprise.

— Mais qui cela peut-il être ?

Jamie parla le premier d'un ton égal.

— Je pense le savoir.

— Oui, tu pourrais bien avoir raison, garçon.

Lachlan leur fit un hochement de tête à tous les deux.

— Il s'agit de madame Morna Douglas d'Edingham.

— La veuve de Dalbeaty ?

Rose cligna des yeux, essayant d'imaginer son père marié à une étrangère, à quelqu'un d'autre que sa mère. En vérité, marié tout court.

— En effet, voilà une grande nouvelle, dit-elle.

Jamie avait vu la femme et ses fils, mais le reste de la maisonnée n'en avait pas eu l'occasion.

— Viendra-t-elle habiter à Auchengray ? demanda-t-elle.

— Et où d'autre ma femme devrait-elle vivre ?

Rose vit des points d'interrogation se dessiner sur les traits de Jamie. Elle se demanda s'il se posait les mêmes questions qu'elle. *Était-ce un mariage d'intérêt ou aimait-il vraiment cette femme ? Et qu'en était-il des trois fils ? Déménageraient-ils avec leur mère ?* Rose n'osa pas l'interroger sur de tels détails ; elle fit plutôt ce qu'on attendait d'elle.

— Père, mais c'est… formidable ! Je suis si heureuse pour vous.

— Et c'est heureux, car elle apportera beaucoup de… euh, de talents à Auchengray.

Et des richesses. Elle le vit dans ses yeux. *Et des terres. Et du bétail.*

— Quand vous marierez-vous ?

— Bientôt, bientôt fut tout ce qu'il révéla, en retirant une peluche sur l'une de ses manches. C'est une femme fortunée. Cela prendra un certain temps pour faire tous les arrangements.

Bien que Lachlan eût fait de la place pour la veuve dans sa cassette, Rose était moins convaincue qu'il était préparé à lui faire une ouverture dans son cœur. La veuve Douglas connaissait-elle l'homme qu'elle s'apprêtait à épouser ? Ses habitudes pointilleuses, ses méthodes tortueuses ?

– Je vous souhaite beaucoup de bonheur, père.

Rose prit la main de Jamie, ayant soudain besoin du contact rassurant de son mari. Il l'avait peut-être épousée par devoir, mais jamais par appât du gain.

– Tenez-nous au courant du déroulement de vos projets, dit-elle.

– Oui, vous pouvez être sûrs que je le ferai, dit Lachlan en s'éloignant aussi rapidement qu'il était apparu, les laissant tous les deux à la dérive dans les remous de son passage.

Rose étudia l'alliance à son doigt un moment, puis elle rencontra le regard de Jamie. S'il était troublé, il ne le montra pas.

– Que devons-nous faire, Jamie ? Les fils viendront sûrement habiter ici avec leur mère. Je crains que nous n'ayons pas assez de place à Auchengray pour accueillir quatre personnes.

– Bien sûr que non, acquiesça-t-il en levant les yeux vers la chambre à coucher vide à l'étage. Mais nous en avons sûrement assez pour une.

Chapitre 69

L'expérience est bonne,
mais souvent chèrement payée.
— Proverbe écossais

Ce mois d'avril là, une autre femme quitta Auchengray.

— Jenny, tu as fait un très bon travail avec notre Ian, ce mois-ci.

La belle-mère et la nourrice se tenaient sur la pelouse d'Auchengray dans le crépuscule et regardaient l'objet de leurs efforts communs.

— N'a-t-elle pas bien pris soin de toi, garçon ? demanda Rose en berçant le garçon dans ses bras, tout en le faisant tressauter légèrement pour essayer d'obtenir un sourire. Regarde combien tes joues et ton petit ventre sont ronds !

Elle leva les genoux dodus et les baisa.

— Oui, et tes jambes aussi.

— Ian perdra tout ça quand y s'mettra à ramper, lui assura Jenny. Mon Davie est mince comme une truite et y frétille dans toute la maison.

Rose sourit alors qu'un autre fil d'inquiétude commençait à s'enrouler autour de son cœur. Ian pouvait s'asseoir et jouer sans tomber, maintenant, heureux de rester à ses pieds pendant qu'elle reprisait des bas ou cardait de la laine. Mais comment pourrait-elle le surveiller en essayant de travailler, quand il commencerait à ramper ? Sa sœur l'avait prévenue : *Être mère est une lourde tâche.* Rose était trop occupée à amuser Ian à ce moment-là pour peser le sens de telles paroles.

Rose avança de quelques pas avant de finalement confesser :

— Tu me manqueras, Jenny. Tu sais tellement de choses sur les soins à donner aux bébés. Je ne suis pas… toujours… certaine…

Sa voix s'éteignit. Que pouvait-elle dire ? Que la responsabilité d'être la mère de Ian était écrasante ? Qu'elle vivait dans la peur de faire une erreur ? Leana avait tout sacrifié pour Ian. Pourrait-elle faire de même ? Pourrait-elle être la mère que Ian méritait ?

Les yeux bruns de Jenny l'étudièrent.

— M'dame McKie, accompagnez-moi donc jusqu'à Glensone. J'pense que j'pourrais vous donner un bon conseil ou deux qui vous seraient utiles avec Ian.

— Oh oui, ce serait formidable. N'est-ce pas, mon garçon ?

Rose installa Ian solidement sur sa hanche alors que les deux femmes marchaient d'un même pas dans l'allée. Il n'y avait rien que Ian aimait autant qu'une promenade dehors.

— Il a deux dents de plus, maintenant. Est-ce pour cela qu'il salive autant ? s'enquit Rose.

Jenny hocha la tête de bas en haut, puis elle répondit à ses questions, offrant des avis sensés alors qu'elles cheminaient vers Glensone, précédées d'un soleil qui prenait bien son temps pour disparaître sous l'horizon. Bien qu'âgée d'à peine deux ans de plus que Rose, Jenny Cullen avait dû s'occuper de ses frères et de ses sœurs plus jeunes. Elle en savait long sur les éruptions et les fièvres infantiles, sur ce qu'il fallait faire pour empêcher que les nourrissons se blessent et sur l'âge habituel auquel ils commencent à marcher.

— Ian marchera sans aide dans une douzaine de mois, dit Jenny en tordant gentiment les orteils emmaillotés du bébé. S'il est comme son père, y gambadera dans les pâturages du lever au coucher du soleil dès son septième printemps.

— Je te crois, répondit Rose en levant les yeux vers Troston Hill, se demandant si Jamie était par hasard dans les parages.

Après le dîner, il était sorti par la porte de derrière, attiré par les jours qui s'étiraient et ses agneaux en croissance. *Mais cet agneau-là ?* Rose baisa la joue de Ian, collante de porridge. *Lui aussi a besoin qu'on s'occupe de lui, Jamie.*

Les oiseaux saluaient le crépuscule par un concert de notes aiguës quand le trio atteignit Glensone. La nuit ne tarderait plus à tomber. Jenny poussa la porte, puis se tourna pour offrir à Rose un sourire amical.

— J'vous remercie d'm'avoir permis d'être la nourrice de Ian. C't'un charmant bébé, dit-elle en replaçant la couverture autour de ses jambes. Et, si j'peux m'permettre de l'dire, vous s'rez une meilleure mère que vous l'croyez, m'dame McKie. Soyez pas trop dure avec vos p'tites erreurs. Parce que moi, j'les vois pas, et Ian non plus.

Gênée par ces éloges inattendus, Rose planta un petit baiser sur le front de Ian.

— J'espère que tu as raison.

La jeune femme les renvoya d'un geste de la main.

— Allez, rentrez à Auchengray, car la nuit tombe vite.

Rose plaça Ian sur son autre hanche et entreprit le chemin du retour à la maison, tandis que ses pensées vagabondaient au nord, en direction de la colline. Si Jamie se trouvait là, juste au-delà du sommet, apprécierait-il une visite de la mère et du fils ? De la *belle-mère,* se rappela-t-elle, car même si Ian gazouillait « ma-ma-ma » sans arrêt, c'était sûrement à Leana qu'il pensait.

Elle quitta le sentier de terre battue et coupa à travers champs, faisant tressauter Ian, qui se mit à pleurnicher.

— Allez, jeune homme, voyons si nous arrivons à trouver ton père pour le ramener avec nous à la maison.

Parvenue au sommet d'Auchengray Hill avec Ian dans les bras, Rose était hors d'haleine. Elle se sentait aussi un peu ridicule d'avoir entrepris cette excursion à l'orée de la nuit. Bien que Jamie ne fût nulle part en vue, elle repéra un objet familier et ne put résister à la tentation.

— Regarde, Ian !

Pointant en direction de la hutte de pierre nichée dans la vallée, elle entreprit la descente.

— Ma sœur et moi jouions dans cette cabane de pierre, quand nous n'avions que quelques années de plus que toi, Ian. Un jour, toi et Rabbie Newall ferez peut-être la même chose.

Alors qu'elle s'engageait prudemment sur la pente abrupte, Rose imprima à sa jupe un mouvement de côté pour éviter une plaque d'ajoncs. Ian choisit ce moment pour se pencher vers les fleurs jaunes.

— Non ! cria-t-elle en le tirant brusquement.

Perdant l'équilibre, elle ne put éviter la chute. Le terrain inégal sembla s'élever pour venir à sa rencontre.

— Ian ! cria-t-elle en l'agrippant fermement. Les deux touchèrent durement le sol et se mirent à débouler ensemble, les roches et les épines pointues s'accrochant à leurs vêtements et leur écorchant la peau au passage.

Ses jupes s'accrochèrent finalement à un buisson de ronces, qui les immobilisa. Ian hurlait à pleins poumons.

— Oh, Ian ! Oh, mon enfant !

Rose lutta pour se relever en le tenant tout contre elle.

— Ça va, mon garçon ? Tu n'as pas de mal ?

Ses cris étaient des spasmes aigus, et son visage était écarlate.

Ignorant la douleur cuisante à la jambe, elle palpa le garçon avec des mains tremblantes.

— Ian, mon doux Ian, dit-elle entre deux respirations saccadées. Je suis désolée. Si désolée.

Elle arracha les brindilles de sa couverture de coton et frotta la terre de ses joues. Elle ne put découvrir ni coupures ni égratignures. Cela ne voulait pas dire qu'il était sans ecchymoses. Ni effrayé comme jamais il ne l'avait été dans sa courte vie.

— Mon pauvre Ian !

Rose l'enveloppa dans ses bras, le couvrant de baisers et l'inondant de larmes.

— Pourras-tu jamais me pardonner ? Si je t'ai fait le moindre mal, je ne me le pardonnerai jamais.

Ni ton père. Oh, Jamie, je suis si désolée !

Toujours étourdie, elle jeta un regard circulaire sur la vallée solitaire plongée dans l'obscurité. Quelle mère amènerait son bambin à un tel endroit, et à pareille heure, de surcroît ? *Pas une vraie mère. Pas une bonne mère.* Elle devait rentrer à la maison sans perdre une seconde. Mais, lorsqu'elle essaya de se relever, elle en fut incapable. Elle avait amorti leur chute avec ses genoux, et l'un d'eux était si douloureux qu'elle ne pouvait bouger.

— Ian, qu'allons-nous faire ?

Elle le colla contre elle, essayant de le calmer et d'apaiser ses pleurs, malgré ses propres larmes qui coulaient sans vouloir s'arrêter. Si Leana avait été là, elle lui aurait fredonné un air. Pourrait-elle chanter ?

— *Petit, petit…*

Elle en était incapable. Son souffle était trop superficiel, sa gorge, trop serrée.

— Ian, Ian, dit-elle entre deux sanglots, en le berçant doucement.

Qu'est-ce que j'ai fait ? Qu'est-ce que j'ai fait ?

Quelques minutes plus tard, l'obscurité était complète. Pas une étoile n'illuminait le ciel, pas de clair de lune non plus pour éclairer le flanc de la colline. Les troupeaux et les travailleurs de ferme étaient tous rentrés, à cette heure-ci. Jamie devait être en train de s'habiller pour le dîner, se demandant ce qui avait bien pu arriver à sa femme et à son fils.

À moins qu'il soit encore dans les prés.

— Jamie ! cria-t-elle d'une voix fluette.

Les pleurs de Ian étaient plus vigoureux que ses appels. Sûrement, son père entendrait les pleurs de son fils par-dessus les bêlements des agneaux.

— Jamie !

Elle appela son nom à plusieurs reprises, implorant le ciel à chaque fois. *Faites qu'il m'entende ! Qu'il vienne à notre aide !*

Mais il n'y avait rien d'autre que le silence de la nuit. Des hiboux qui hululaient. Rien qui fût humain.

— Allons, Ian.

Rose essuya ses larmes avec sa manche.

— Je dois te ramener à la maison d'une manière ou d'une autre.

Elle essaya de replier ses jambes sous elle, mais la gauche refusait d'obéir. Libérant une main assez longtemps pour palper son genou, elle fut horrifiée de constater qu'il avait maintenant deux fois sa taille normale, tant il était enflé.

Mais elle devait se lever. Il lui faudrait marcher dessus. Elle devait faire *quelque chose.*

— À l'aide ! cria-t-elle encore, sans honte de la détresse qui s'exprimait dans sa voix. Aidez-nous ! S'il vous plaît, quelqu'un !

Ses larmes ne cessaient de couler.

— S'il vous plaît, à l'aide !

D'un endroit en elle vinrent les mots de réconfort appris il y avait si longtemps. *J'ai entendu ta prière. J'ai vu tes larmes.*

— Aidez-moi, Seigneur, murmura-t-elle. Je dois me lever. Il le faut.

Ne crains pas, car je suis avec toi.

Rose agrippa ses jupes et parvint à transférer son poids sur son genou valide, bien qu'il fût lui aussi raide et douloureux. Elle mit un pied sous elle, puis l'autre, gagnant de la force ce faisant, sans cesser de tenir fermement Ian contre sa poitrine. Bien que son genou brûlât d'une douleur à peine tolérable, au moins, elle était finalement debout. Et tremblante de la tête aux pieds.

Pourtant, ses efforts étaient insuffisants. Elle ne pourrait jamais escalader Auchengray Hill.

— Jamie! Jamie! cria-t-elle jusqu'à en perdre la voix, tout en couvrant les oreilles de Ian pour ne pas l'effrayer davantage.

Oh, Jamie. Je suis si désolée. Votre seul fils. Votre cher Ian. Peut-être ferait-elle mieux de descendre encore un peu jusqu'à la hutte. Elle ne contenait rien d'autre qu'une dalle de pierre en guise de lit, mais, au moins, ils seraient là à l'abri. Jusqu'à ce qu'on les trouve. *Venez. S'il vous plaît.* Grimaçant à chaque pas, elle boitilla en direction de l'abri de pierre basaltique, qui n'était qu'une ombre grise contre le ciel d'encre de la nuit.

Jamie viendrait la secourir, mais il ne lui pardonnerait jamais. *Jamais.*

Chapitre 70

Celui qui est sans pitié pour les autres,
Quelle pitié peut-il jamais espérer ?
— Edmund Spenser

Pardonne à la jeune fille, Jamie.

Jamie allongea le pas en direction d'Auchengray, comme s'il avait voulu échapper à l'injonction de Duncan. Mais elle le hantait plutôt comme un fantôme, le suivant pas à pas dans les prés, invisible, mais présente. *Pardonne-lui.* Ce serait plus facile, si Rose admettait qu'elle était à blâmer pour tout ce qui était arrivé. Plus facile encore, si elle demandait son pardon.

Et toi, lui as-tu demandé le sien ? Le menton de Jamie se contracta, comme quand il se préparait à l'assaut d'une idée désagréable. Rose ne savait rien de sa brève escapade avec Leana. Il ne valait pas la peine de lui en parler, n'est-ce pas ?

Quand Jamie passa devant Glensone, illuminé par la lumière du foyer, il pensa à Jenny Cullen. Elle le croiserait probablement en rentrant à la maison, car, ce soir, si sa mémoire lui était fidèle, devait être celui de sa dernière visite à Auchengray. Ian étant maintenant sevré, tout était prêt pour leur départ. Il ne manquait qu'une lettre dont il attendait l'arrivée et ils pourraient se mettre en route. Il ne l'avait pas encore annoncé à Rose et il se garderait de le faire, tant que tout ne serait pas réglé.

En approchant des étables, il entendit les vaches meugler, puis un cheval qui hennissait pour réclamer son avoine. C'est alors qu'un autre son attira son attention. Celui d'un bébé qui pleurait. Et les cris d'une femme provenant d'une certaine distance. Il accéléra le pas, traversa les jardins et laissa les plaintes le guider dans la direction d'Auchengray Hill. Il pouvait entendre la jeune femme plus clairement, maintenant, répétant le même nom, encore et encore. C'était le sien.

— Jamie !

Rose.

Il courut entre les bâtiments de ferme et son cœur battait de plus en plus fort. Que pouvait-elle bien faire dehors à pareille heure ? Elle semblait souffrir. Était-elle blessée ? Pourquoi Ian pleurait-il autant ?

— Rose ! cria-t-il de toute la force de ses poumons, afin qu'elle sache qu'il l'avait entendue.

— Jamie !

La voix de Rose était un peu plus aiguë, le ton, plus urgent.

Il atteignit Auchengray Hill en pleine course, puis escalada la colline en s'aidant de ses mains, s'agrippant aux feuillages pour ne pas perdre l'équilibre.

— Rose !

— Jamie, ici, en bas. Nous… sommes tombés.

Nous ? Était-elle tombée avec Ian ?

— Rose !

Du sommet de la colline, il pouvait l'entendre, mais pas la voir, car la vallée était enveloppée dans les ténèbres.

— Nous sommes ici, appela-t-elle d'en bas, d'une voix brisée. Dans le refuge.

Le refuge. La culpabilité bouillonnait dans ses veines alors qu'il descendait le plus vite qu'il le pouvait sur ce terrain qu'il connaissait trop bien.

— Tenez bon, Rose.

Il continua de se diriger vers la voix, essuyant la sueur qui perlait sur son front avec son avant-bras tandis que la culpabilité faisait peu à peu place à la colère. Mais que faisait-elle là ? Et avec Ian en plus. Mais où avait-elle la tête ?

— Vous nous avez trouvés, dit-elle faiblement en l'entendant qui approchait.

— Trouvés ? Je ne savais pas que vous étiez perdus.

Lorsqu'il entra dans l'abri, elle était assise sur la dalle de pierre, tenant Ian étroitement serré contre elle.

— Oh, Jamie. Je suis si désolée. Nous avons fait une chute…

— Une chute ? Mais que faisiez-vous sur Auchengray Hill, le soir ? Et avec mon fils ?

— Jamie…, je… S'il vous plaît, pardonnez-moi.

Rose reniflait, maintenant, de même qu'Ian, et leur visage était couvert de larmes.

— J'ai raccompagné Jenny Cullen à la maison et, ensuite…, je suis allée à votre recherche.

— Oh !

Ravalant sa colère, il s'assit près d'elle et prit son fils.

— Viens, garçon, jetons un coup d'œil sur toi.

Ian s'agita pendant que Jamie palpait le corps de l'enfant, puis il regarda dans ses yeux du mieux qu'il put dans la pénombre du refuge.

— Nous t'examinerons attentivement quand nous te baignerons, d'accord, garçon ?

Il plaça l'enfant dans le creux de son bras, puis tourna son attention vers Rose.

— Et vous, Rose ? Êtes-vous blessée ?

— Oui, dit-elle d'une voix brisée. Je ne peux plus marcher. C'est mon genou, je pense.

— Oh, Rose. J'aurais dû m'informer de vous d'abord.

Jamie, mon cher mari.

— Non, non, dit-elle en faisant un faible signe de la main. Ian est plus important.

Tout en tenant Ian contre son lui, Jamie examina tant bien que mal les genoux de Rose, en appliquant un peu de pression sur les articulations avec son pouce. Une pression sur l'un d'eux provoqua une petite grimace chez Rose. Quand il palpa l'autre genou, enflé et déformé, elle faillit s'évanouir. Il secoua la tête. C'était une entorse ou pire encore.

— Vous êtes mal en point, Rose. Je ne vous le cacherai pas.

— Jamie, ramenez Ian à la maison. Voyez à ce qu'on s'en occupe immédiatement. J'attendrai ici. Vous pourrez envoyer Willie avec un brancard un peu plus tard.

— Envoyer Willie ?

La jeune femme avait perdu le sens commun. Quel mari abandonnerait son épouse dans une petite cabane en pleine nuit ? *Celui qui a embrassé sa sœur au même endroit. Dans ce même refuge.*

— Jamie, s'il vous plaît.

Elle agrippa sa manche.

— Avant qu'un autre mot soit dit, je veux savoir si vous m'en voulez.

— Vous en vouloir ?

Allons, jeune fille.

— C'était un accident, Rose. Insensé, mais non intentionnel. Il est clair que vous avez protégé Ian sans songer à votre propre sécurité. Ses os sont souples et bien protégés. Le garçon s'en remettra.

— Alors..., vous me pardonnez ?

— Oui, Rose.

Pour cela.

— Venez, rentrons à la maison.

Jamie remit Ian à Rose. Puis, il glissa un bras sous les genoux de la jeune femme et plaça l'autre derrière ses épaules.

— Accrochez-vous solidement à mon cou, dit-il, et tenez bien mon fils.

— Jamie !

Elle fit ce qu'il lui demandait, les yeux exorbités par la frayeur.

— Mais vous ne pouvez nous porter tous les deux.

— Nous verrons bien.

Soulevant Rose comme si elle avait été une brebis blessée avec son agneau, il avança à travers le pâturage accidenté. Un hibou se fit entendre de son perchoir invisible alors que Jamie gravissait la colline, priant pour avoir assez de force.

— Tenez-vous bien, jeune fille, dit-il.

L'ascension fut un lent processus. À chaque pas, il devait reprendre un appui solide, avant de pouvoir lever un pied et faire le suivant.

Rose s'agrippa à l'épaule de Jamie comme à sa propre vie, coinçant Ian entre eux, murmurant de douces paroles à l'oreille de l'enfant pendant que son mari luttait pour atteindre le sommet d'Auchengray Hill. Elle s'efforçait d'être une bonne mère, il le voyait bien. L'air humide de la nuit se refroidissait de minute en minute et suintait dans ses os. Rendu au sommet, il déposa Rose sur sa jambe valide le temps de reprendre haleine. Après un bref répit, il la reprit dans ses bras pour entamer la descente de l'autre versant, en s'orientant grâce à la lumière diffuse des fenêtres des bâtiments qu'il distinguait à travers la brume.

— Tu as un père exceptionnel, Ian, dit Rose alors qu'ils arrivaient au pied de la colline.

La confiance de sa femme le rendait vaguement honteux. *Un père passable, mais un piètre mari.* Lorsqu'ils atteignirent le terrain plat, Jamie eut un second souffle, marchant à travers les jardins jusqu'à l'arrière de la maison, où la senteur du foyer et le fumet d'un chaudron de chou vert frisé flottèrent à leur rencontre.

— Nous sommes presque arrivés, Rose.

Elle ne répondit rien, mais pressa doucement ses lèvres sur son cou moite. Depuis quand sa femme têtue était-elle devenue si tendre ?

Neda fut la première à les voir entrer.

— Rose ? Ian !

Elle se précipita vers eux à travers la cuisine, son dîner oublié.

— Jamie, que s'est-il passé ?

Neda prit Ian des bras de Rose.

— J'pensais qu'les deux étaient allés à Glensone.

— Ils ont fait une vilaine chute, dit-il, éludant les questions pour ne pas incriminer sa femme.

Pendant la longue ascension, il avait eu suffisamment de temps pour penser à ce qui devait être fait.

— Neda, reprit-il, si vous voulez bien apporter le nécessaire de l'officine, tout ce que Leana utilise habituellement pour panser les blessures. Annabelle, montez de l'eau chaude, du savon et des chiffons dans notre chambre à coucher, ainsi qu'une chemise de nuit propre pour votre maîtresse. Prenez aussi Ian, car il a besoin d'un bon bain et d'un examen complet. Il faudra aussi quelques breuvages chauds pour la mère et l'enfant, car ils ont subi une rude épreuve.

Les femmes se précipitèrent pour lui obéir, apportant rapidement tout ce qu'il avait demandé. N'avait-il pas soigné ses brebis et leurs agneaux, ces dernières semaines ? Il savait sûrement comment panser les plaies et les meurtrissures de sa femme. Après l'avoir portée jusqu'en haut de l'escalier, il attendit qu'une Eliza aux yeux écarquillés eût fini de placer des draps propres sur le lit avant d'y déposer Rose.

— Ian d'abord, implora-t-elle.

Rose avait l'air si désespérée qu'il l'embrassa sur le front, ne serait-ce que pour la rassurer.

— Je demanderai à Eliza de lui donner son bain à un endroit d'où vous pourrez le voir.

Ian se plaignit vigoureusement quand la servante le frotta de la tête aux pieds, mais Jamie fut soulagé de constater que l'enfant n'avait subi aucune blessure apparente.

— Vous l'avez bien protégé, Rose, car le bébé n'a pratiquement aucune égratignure.

Il pouvait voir le soulagement dans ses yeux, pendant qu'elle murmurait une prière de remerciement. Jamie s'assura qu'Ian prenait un peu de porridge liquide, puis il s'occupa des blessures de sa femme.

— Je crains que vous ne vous en soyez pas aussi bien sortie, Rose.

Il lava son visage avec de l'eau chaude légèrement savonneuse et dégagea les cheveux de son front. La plupart de ses éraflures étaient mineures, à l'exception d'une entaille plus profonde au cou qu'il recouvrit avec un bandage de consoude. Il défit sa robe et lui dégagea les épaules, tirant sur l'étoffe avec précaution, pour découvrir que ses bras et ses jambes étaient couverts de meurtrissures. Il lui faudrait quelque temps pour guérir. Leur voyage devrait sans doute être reporté d'une semaine ou deux, sinon, les secousses de l'attelage lui seraient impossibles à supporter.

Contrairement à ses autres blessures, la guérison de son genou enflé demanderait davantage qu'un simple cataplasme de bourse à pasteur. Il l'enveloppa dans un linge imbibé d'huile de consoude et le suréleva sur un oreiller.

Neda le regardait faire par-dessus son épaule.

— Quel excellent médecin vous faites, m'sieur McKie.

— J'ai acquis une certaine expérience auprès de mes brebis, dit-il humblement.

Il remit à Neda le cataplasme aux herbes et la robe trempée de Rose, puis renvoya les femmes, qui emportèrent avec elles un Ian tombant de sommeil. Il se rappela soudain une bataille à poings nus avec son frère Evan, pendant son enfance, et des craintes de sa mère à la vue de sa tête passablement amochée.

— Ne le laissez pas s'endormir, les mit-il en garde, car il doit être surveillé pendant quelques heures encore. Si la petite tête de Ian a été atteinte, nous le saurons bien assez vite.

Eliza, la dernière à sortir, esquissa nerveusement une révérence.

— Tr… très bien, monsieur McKie.

Elle referma la porte, laissant le couple en paix.

Il arracha sa chemise collante de sueur et de sang et se frotta vigoureusement pendant que Rose, étendue en travers du lit, l'observait d'un œil prudent.

— Jamie…

Elle essaya de se redresser, mais retomba sur la pile d'oreillers en faisant la grimace.

— Jamie, je sais ce que vous allez dire et vous avez raison. Je n'avais aucune bonne raison d'emmener Ian dans cette folle excursion.

— Assez de cela.

Jamie plaça la chaise au chevet du lit, tirant l'ourlet de sa robe de chambre sur ses chevilles au passage, puis il plaça un autre oreiller derrière la tête de sa femme.

— C'est pardonné, Rose. Et oublié. Un incident, et rien d'autre.

— Mais vous aviez l'air si sérieux, il y a un instant. Était-ce à cause… de… ce que je vous ai dit… ce matin ?

Elle détourna la tête vers le mur.

— Parce que je n'attends pas… ? Oh, Jamie, je voudrais tellement vous donner des enfants. Une ribambelle de fils pareils à vous.

Touché par sa sincérité, il se pencha vers elle.

— Rose, j'espère que Dieu vous bénira en vous accordant des enfants un jour. Et qu'ils seront à l'image du Tout-Puissant, non à la mienne.

Ses propres mots le surprirent. Non pas qu'il veuille d'autres enfants, mais qu'ils soient de Rose. *Pardonne à la jeune fille, Jamie.* Cela avait-il déjà commencé ?

— J'espère que le Tout-Puissant se souviendra de moi bientôt.

Elle baissa la tête, et son joli visage était légèrement teinté de rouge.

— En dépit de mon imprudence ce soir, dit-elle, je prends mes devoirs de mère à cœur.

— Je sais que vous le faites, Rose.

Jamie la regarda — vraiment — plus attentivement qu'il ne l'avait fait depuis des semaines. *Non, des mois.* La jeune fille de laquelle il était tombé amoureux il y avait si longtemps n'existait plus ; devant lui se trouvait une jeune femme en train de s'épanouir. Une femme consciente de ses fautes, assurée de ses forces, désireuse d'œuvrer pour ce qui comptait vraiment. Pour être une femme honorable. *Ma femme.*

— Jamie.

Elle leva la tête, et ses yeux noirs luisaient à la clarté de la bougie.

— Je suis heureuse que vous soyez prêt à oublier ma bourde de ce soir. Mais il y a un autre soir que je n'oublie pas, celui où j'ai utilisé la vérité comme une épée vengeresse, réduisant votre mariage avec Leana en lambeaux.

Sa voix n'était plus qu'un mince filet.

— Oh, Jamie. Me pardonnerez-vous jamais d'avoir fait cela ? Car c'était un bien plus grave péché.

Cette fois, ce fut Jamie qui baissa la tête. De honte.

Pardonne et tu seras pardonné.

— Oui, Rose, je le peux. Et je le fais.

En s'exprimant à voix haute, il comprit qu'il était sincère. Qu'il devait lui pardonner autant qu'elle avait besoin de l'entendre. Cette clémence était son seul espoir. En pardonnant à Rose, il trouverait la liberté d'avancer. *Aime ma sœur.* Oui, il aurait peut-être aussi la force de faire cela, un jour.

Quand leurs regards se croisèrent, c'était comme s'ils faisaient connaissance pour la première fois. Des sourires timides furent échangés alors qu'il enveloppait les mains de la jeune femme dans les siennes. Elle murmura un remerciement, il hocha la tête. Il sut alors ce qui devait suivre.

Parle-lui de Leana. Dans le refuge.

D'abord, il résista à cette idée. Ne pouvait-il pas lui confier ce secret une autre fois, quand elle serait guérie ? Quand elle serait moins fatiguée ? *Non.* Ce soir. Avant de perdre sa résolution. *Dis-le-lui. Ne lui cache rien.* Il prit ses mains dans les siennes et la tutoya pour la première fois.

— Rose, j'ai aussi besoin de ton pardon.

Son expression était celle du plus pur étonnement.

— Mon pardon ? Mais, Jamie, pourquoi ?

Chapitre 71

Tout est clair comme le jour
En comparaison avec l'éducation du cœur.
— Sir Walter Scott

Les mains qui serraient les siennes étaient chaudes, fermes. Le visage de Jamie, toutefois, était assombri par les regrets.

— Le soir qui a précédé notre mariage, Rose…

Il s'éclaircit la voix.

— C'est-à-dire, avant l'heure du dîner…, toi et Leana avez eu une… conversation. Dans l'officine.

— Oui, nous en avons eu une. Même si je regrette maintenant qu'elle ait eu lieu.

Le cœur de Rose sombra à la pensée qu'il en connaissait les détails. Elle regardait le foyer par-dessus son épaule, souhaitant que les mots dits ce soir-là puissent être chassés par la cheminée comme la fumée de tourbe.

— Quand Leana a-t-elle parlé de mes paroles irréfléchies ?

— Peu après votre conversation.

Jamie détourna le regard un moment, puis se tourna vers elle de nouveau, mais elle sentait que c'était un effort. La bougie sur la table de chevet mettait en pleine lumière ses vingt-cinq ans. L'avait-elle déjà vu aussi pensif ? Sa voix semblait plus grave aussi, comme s'il avait vieilli au cours de la dernière heure.

— Leana est venue à ma recherche, ce soir-là, reprit-il. Dans la brume. Au crépuscule.

— Je vois.

Les images de Leana fuyant l'officine et courant par la porte d'entrée se pressaient dans l'esprit de Rose. Elle avait accordé peu d'importance à l'incident quand il s'était produit, tant elle était heureuse d'avoir la valériane.

— Est-ce que ma sœur t'a trouvé, finalement? demanda-t-elle.

— Oui.

Jamie serra les mains davantage.

— Elle pleurait, Rose. Elle avait le cœur brisé et cherchait quelqu'un… pour… la réconforter.

Le souffle de Rose s'interrompit. *Non, Jamie. S'il te plaît, ne me dis pas cela.*

— Alors, je… Nous… nous nous sommes embrassés. Debout sur la colline et… et ensuite, dans le refuge.

Avant que Rose puisse l'interrompre, il s'empressa d'ajouter :

— Ne blâme pas ta sœur. C'est entièrement ma faute.

Rose le regarda, craignant le pire.

— Y a-t-il eu… autre chose…, pendant cette rencontre?

— Non…

Le pouce de Jamie traça un cercle sur le dos de la main de Rose.

— Mais seulement parce que ta sœur a eu la force d'y mettre fin.

Rose expira lentement, et à son soulagement se mêlait de la culpabilité. Cela ne se serait jamais produit, si elle n'avait pas d'abord blessé Leana.

— C'est aussi ma faute, admit-elle. C'est courageux de ta part de me le dire, car tu aurais pu garder ce secret pour toi.

— Un mariage bâti sur le secret ne peut durer, Rose.

Il lui relâcha les mains après une dernière étreinte, puis il se leva, et son visage exprimait une nouvelle détermination.

— Ce matin, je t'ai promis que j'aurais quelque chose à t'annoncer, tu te rappelles?

— Bien sûr.

Comme si elle avait pu l'oublier ! Jamie traversa la pièce, fouilla dans l'armoire un moment, puis revint vers elle, une feuille de papier pliée à la main.

— Tu te souviens de cette lettre que Leana m'a écrite ?

— Celle que j'ai trouvée ?

Ou bien y en avait-il une autre ? Les lettres hebdomadaires de Leana à la famille, décrivant sa vie paisible à Twyneholm avec tante Meg, étaient lues à voix haute à table. Est-ce que sa sœur correspondait en même temps avec Jamie ? Rose fixa la feuille de papier, redoutant la réponse.

— Oui, celle-là même, dit-il, ce qui la rassura. Je te l'avais lue presque entièrement, à l'exception de la conclusion, que je suis désolé d'avoir gardée pour moi.

Il déplia la feuille et indiqua la dernière ligne, juste au-dessus de la tache d'encre.

— Vois-tu ce qui est écrit après « que tu aimes ma sœur » ?

Rose prit la lettre et se pencha au-dessus de la chandelle vacillante, la parcourant jusqu'à ce qu'elle trouve l'endroit. Ses yeux s'écarquillèrent en lisant la fin de la dernière phrase : « *... et que vous puissiez tous les deux préparer votre avenir à Glentrool.* » Rose leva les yeux vers lui, muette, mais seulement un court moment.

— Était-ce à cela que tu faisais allusion, quand tu m'as demandé si je me sentais capable de voyager ?

Son cœur, guéri par l'espoir, bondit dans sa poitrine. *Pas à Twyneholm... à Glentrool !* Le regard franc de Jamie combla ses attentes.

— Cette fois, nous prendrons un nouveau départ, Rose, dans un foyer qui sera vraiment le tien.

Un foyer. Il n'aurait rien pu trouver de mieux pour la combler de joie.

— Glentrool, soupira-t-elle, retombant sur ses oreillers.

L'image d'un grand manoir de pierre rectangulaire s'éleva devant elle. Le verrait-elle bientôt de ses propres yeux ? Et pourrait-elle l'appeler son «foyer»? Elle voulut respirer profondément, mais l'émotion lui comprimait la poitrine.

— Alors…, balbutia-t-elle, Glentrool… Quand?

— Je pensais que nous pourrions partir le 1er mai.

— En mai?

Elle prit la lettre et fit mine de le réprimander, au moment même où elle débordait de joie.

— Mais c'est dans deux jours!

— Tout à fait.

Un sourire discret décora son beau visage.

— Les moutons profitent bien, et j'ai fait tout ce que ton père m'avait demandé, même plus. Nous resterons encore quelques jours pour te permettre de guérir. Puis, nous quitterons Auchengray. Pour toujours.

Tout comme Leana l'avait fait. C'était peut-être une bonne chose, après tout, que son père ait choisi une nouvelle femme, car la maison serait bien vide.

— As-tu avisé mon père? demanda-t-elle.

— Pas encore, répondit-il sans hésiter. J'attends une lettre de ma mère, nous assurant que tout est prêt pour nous recevoir.

Il finit de se préparer à se mettre au lit en enfilant une chemise de nuit propre, puis il tisonna le foyer.

— Quand la lettre arrivera, reprit Jamie, j'ai l'intention d'assiéger Lachlan dans son petit salon, où sa cassette et ses livres de comptes seront à portée de main. L'homme me doit huit mois de salaire, et je verrai à ce qu'ils soient dans ma bourse avant notre départ.

— Mon brave mari, murmura-t-elle, tout en rassemblant son propre courage, tenant toujours la lettre.

Elle l'accompagnerait à Glentrool quelle que soit sa réponse à la question qu'elle préparait, mais elle devait la poser. Elle devait savoir.

— Jamie, dit-elle, que réponds-tu à la première demande de ma sœur? Quand elle a écrit que… tu dois m'aimer.

Elle déglutit bruyamment.

— Le feras-tu ?

Rose aurait voulu qu'il réponde immédiatement. Qu'il la prenne dans ses bras, lui dise « Oui, je le ferai » et l'embrasse passionnément. Mais il ne fit rien de cela. Il souffla plutôt la dernière bougie et se glissa sous les couvertures, reprenant gentiment la lettre pour la déposer sur la table de chevet.

Jamie, s'il te plaît. Dis quelque chose.

— Je savais que je t'aimais jadis, commença-t-il en se tournant vers elle, prenant grand soin de ne pas heurter son genou bandé. Puis, j'ai découvert que je ne connaissais pas la signification de ce mot.

Dans l'obscurité, elle ne pouvait voir son visage, mais sentait la sincérité de ses paroles.

— Je ne te mentirai pas, Rose. C'est ta sœur qui m'a enseigné le sens du verbe « aimer ».

Encore Leana. En serait-il toujours ainsi ? S'efforçant de ne pas laisser la déception transparaître dans sa voix, elle dit :

— Dis-moi ce que cela veut dire, alors.

— Le sacrifice, dit-il simplement. Et la patience. Deux choses qui ne sont pas naturelles chez moi.

— Ni chez moi, avoua-t-elle à son tour d'une voix basse. Mais je suis prête à apprendre, Jamie. Si tu me les enseignes.

Oserait-elle lui toucher le visage ? Le tolérerait-elle, s'il se détournait ? Étendant la main, elle l'appuya sur sa joue et pleura presque de joie quand il pencha la tête pour déposer un baiser sur sa paume.

Oh, Jamie.

— J'ai attendu si longtemps le moment où tu m'aimerais de nouveau, murmura-t-elle.

Puisqu'il ne répondait rien, elle ravala sa fierté et continua.

— Si je dois attendre encore plus longtemps, qu'il en soit ainsi, car je t'aimerai tant que mon cœur battra dans ma poitrine.

Chapitre 72

Tout commence en ce monde et tout finit ailleurs.
– Victor Hugo

Un visiteur inattendu frappa à la porte de sa chambre, le lendemain matin.

– Docteur Gilchrist ?

Elle observa avec étonnement son père escorter l'homme dans sa chambre à coucher, où elle était assise près du foyer, les jambes posées sur un tabouret. Elle n'était pas descendue pour le petit-déjeuner. D'une part, cela aurait été une entreprise difficile, d'autre part, elle se sentait un peu nauséeuse. Le résultat de sa chute de la veille, sans doute. Ian s'était réveillé affamé, par contre, ce qui l'avait rassurée.

– Qu'est-ce qui vous amène à Auchengray en ce beau jour de printemps, monsieur ?

– J'étais justement dans le voisinage pour voir l'un de mes patients – monsieur Bell, de la ferme Tannock – et j'ai pensé m'arrêter ici en passant.

Il hocha la tête en direction de Lachlan, qui cachait mal sa mauvaise humeur.

– Votre père a accepté de bonne grâce de me laisser vous examiner.

Lachlan maugréa.

– Tant que vous ne me refilez pas une note d'honoraires pour vos services.

Le regard du chirurgien était aussi effilé que l'un de ses scalpels.

– Je n'ai pas besoin de votre argent, monsieur McBride. La satisfaction de voir votre fille se remettre du croup est mon salaire.

Son expression exprima de la compassion, quand il aperçut sa jambe blessée.

— Mais je vois que vous êtes aux prises avec un mal différent, cette fois-ci. Avec votre permission, puis-je regarder votre genou, mademoiselle McBride ?

— Je vous en prie.

Elle sourit en soulevant le plaid qui lui couvrait les jambes. Vous pouvez m'appeler madame McKie, maintenant. Je me suis mariée en mars.

— Je suis heureux de l'entendre, dit-il, bien qu'elle vît une ombre passer dans le regard du chirurgien quand il se pencha pour étudier sa blessure.

Lachlan, debout dans l'embrasure de la porte, s'impatienta et s'excusa, emportant avec lui la tension qui régnait dans la pièce.

— Qu'en dites-vous, docteur Gilchrist ? demanda Rose au bout de quelques minutes. Vais-je guérir ?

— Oui, avec le temps.

Il se releva et tira sur ses manches.

— Et en ce qui concerne… le sujet de ma visite précédente, nous devrions avoir une réponse bientôt, n'est-ce pas ? Dès lors que vous êtes mariée…

Rose pensa à la petite tache sur sa robe de chambre la veille au lever.

— Je crains d'avoir déjà la réponse.

Il comprendrait sûrement, sans exiger de détails embarrassants. Mais il était médecin, lui rappela-t-il, et à ce titre, ces détails lui importaient. Le visage rougissant, elle lui décrivit les symptômes de ses règles. C'est seulement alors qu'elle se rendit compte d'un fait curieux : ni sa robe de chambre ni ses draps n'en révélaient les traces, ce matin-là.

Lorsqu'elle le lui mentionna, il arqua les sourcils.

— Vraiment ?

Il toucha la base de son cou, et elle sentit son cœur battre sur le bout de ses doigts.

— Si on exclut votre incident sur la colline, comment vous êtes-vous sentie au cours des derniers jours, madame McKie ? Légèrement étourdie ? Un peu nauséeuse ? Très émotive ?

— Oui, répondit-elle prudemment, ne voulant laisser à l'espoir aucune place pour grandir en elle.

L'idée même du petit-déjeuner lui avait noué l'estomac. Et quand Annabelle avait attaché son corsage, ce matin-là, n'avait-elle pas ressenti de l'inconfort qu'elle avait attribué à ses ecchymoses ?

— Eh bien, dit-il, et les commissures de ses lèvres semblaient vouloir s'élever en une sorte de sourire, la situation vaut la peine d'être suivie de près, dirais-je. Attendez une semaine ou deux, et voyez si vous notez des changements additionnels. De la somnolence, par exemple. Ou des modifications dans votre appétit.

Rose pouvait à peine former les mots.

— Docteur, êtes-vous en train de me dire que…

Il leva un doigt prudent en l'air.

— Je dis seulement qu'il faut attendre et voir, madame McKie. Cela pourrait n'être rien de plus que le traumatisme dû à votre chute.

Il fit un pas en arrière pour jeter un coup d'œil vers la porte, où Neda apparaissait avec un plateau de thé. Puis, il se tourna de nouveau vers Rose pour lui adresser un clin d'œil complice.

— Mais je serais plus qu'heureux de voir mon pronostic original infirmé, conclut-il.

— Qu'est-ce qui va pas ? demanda Neda dès que le médecin eut quitté la pièce. Est-ce vot' genou qui inquiète le docteur ? Ou la coupure su' vot' joli cou ?

— Non, mon genou guérira. Et mon cou aussi.

Rose détourna le regard, laissant ses pensées joyeuses s'exprimer sur son visage. *Une semaine ou deux ?* Le docteur

Gilchrist est-il sérieux ? Il lui serait difficile d'attendre deux jours.

Mais elle attendit, deux très longues semaines. Ses règles ne réapparurent pas, ni son appétit matinal. *Cela pourrait être l'effet de la secousse que j'ai subie,* se dit-elle, puis elle se rendit compte que son genou était presque guéri. *Peut-être est-ce le dernier vestige du croup,* décida-t-elle en grimaçant alors qu'elle tenait Ian fermement contre sa poitrine. *Ou ce pourrait être… Ou bien peut-être…* Elle ne pouvait se résoudre à évoquer la possibilité. Elle dissimula plutôt son sourire derrière sa serviette de table aux repas, sécha les larmes qui lui venaient aux heures les plus incongrues de la journée et pria avec ferveur celui qui décidait de l'état de son ventre. *S'il vous plaît. S'il vous plaît.*

Le matin vint, mais elle ne put lever sa tête lourde de l'oreiller, convaincue que sa peau était blanche comme le chardon et son estomac farci de panse de brebis. Ce fut le plus beau jour de sa vie.

— C'est vrai ! murmura-t-elle au plafond au-dessus de son lit clos et jusqu'aux cieux au-dessus, les larmes mouillant ses oreillers. Je vais être mère ! *Mère* !

C'était un présent. Un enfant en son sein. Pas de Jamie, et certainement pas de Lillias Brown. Non, il était de Dieu seulement. *Dieu soit loué !*

Neda fut la première à soupçonner la vérité.

— Z'avez l'air un peu malade, dit la gouvernante alors que Rose passait la matinée dans la cuisine.

Elle prit le menton de la jeune fille et l'examina attentivement.

— Allez faire un tour dans l'jardin avant l'déjeuner, mam'zelle, pour mettre un peu d'couleur su' ces joues-là.

Puis, le regard de Neda devint plus sérieux.

— À moins qu'y ait une aut' cause pour c'te visage blême ?

— Une cause ? fit Rose en écho, clignant innocemment des yeux. Pas que je sache.

Jamie ne fut pas aussi facile à tromper alors qu'ils déambulaient dans le verger tard dans l'après-midi. Le soleil ruisselait à travers les fleurs blanches des pommiers, tavelant son visage de taches de lumière.

— Tu me caches un secret, Rose, insista-t-il d'une voix bienveillante. En tant que mari, je compte sur toi pour me dire tout ce qui est important pour nous deux.

Elle s'arrêta pour le regarder, évaluant son humeur. Accueillerait-il la nouvelle avec joie, ou ne penserait-il qu'à Leana dans la lointaine Twyneholm ? Cela le détournerait-il d'elle à jamais ? Oh ! C'était bien assez de tenir son fils dans ses bras et sa semence dans son ventre, sans devoir supporter le poids de la peur en plus. Puis, elle décida de jeter tout ce qui lui restait de prudence au vent de Galloway.

— Jamie, *j'ai* bien un secret.

Rose glissa la main dans la sienne, appréciant sa force masculine.

— Un homme aussi intelligent que toi soupçonne sûrement ce que je suis sur le point de lui annoncer.

Bien qu'il ne l'attirât pas vers lui, elle avait toute son attention.

— Tu te souviens que le docteur Gilchrist m'avait annoncé une terrible nouvelle, lors de sa visite en février.

De la sympathie brilla dans ses yeux.

— Au sujet de ta possible stérilité ?

— Oui, dit-elle en essayant de respirer calmement. Il était… dans l'erreur.

Jamie serra sa main.

— Ce qui veut dire que tu serais…

Rose hocha la tête de haut en bas, trop bouleversée pour parler. Est-ce que la voix de Jamie vibrait du même espoir que le sien ?

Il déposa un baiser sur son front.

— Rose, c'est… une merveilleuse nouvelle !

— Oui, ça l'est.

Elle pouvait difficilement le voir à travers les reflets de ses larmes.

— Oh, Jamie, j'espérais que cela te rendrait heureux.

— Heureux ?

Il l'attira dans ses bras.

— Je suis bien plus que cela, chérie. Que ce soit un garçon ou une fille, c'est une bénédiction de Dieu.

Elle se blottit contre lui, sachant qu'il ne lui en voudrait pas si elle inondait sa chemise de pleurs.

— Il faudra attendre une autre semaine ou deux avant d'être absolument sûrs, le mit-elle en garde, bien que son cœur fût absolument sûr qu'elle tiendrait bientôt l'enfant dans ses bras. *Un fils.* Elle était aussi persuadée de cela. *Celui de Jamie. Et le mien.*

Jamie s'écarta un peu pour mieux la voir.

— Devrions-nous garder ce secret pour nous ?

Quand elle acquiesça d'un mouvement de la tête, il se tut un instant, bien que son front montrât une ride soucieuse.

— Ton père doit en être informé d'abord, dit-il finalement. Je ne le lui dirai pas avant que tous les arrangements pour notre départ pour Glentrool aient été faits. Puis, nous l'annoncerons à Neda, à Duncan et à tous les autres.

Il leva un doigt taquin devant elle.

— Mais pas un mot avant que je le dise.

— Entendu.

Rose se mordit la langue avant de demander :

— Mais pour Leana ? Devrions-nous l'en informer ?

Il restait bien du temps pour lui écrire avant leur départ d'Auchengray. Rose imagina Leana, debout près du modeste foyer de Burnside, dépliant sa lettre pour la lire. Est-ce que sa sœur serait heureuse pour elle ? Ou détruite par la nouvelle ? *Leana, pardonne-moi.* C'est ainsi qu'elle commencerait sa lettre. *C'est la bénédiction de Dieu, qui décide de tout. Je chérirai cet enfant comme je chéris Ian. Car je l'aime tendrement, ma sœur. Comme je t'aime.*

Une branche craqua derrière eux.

— Z'excuserez à une vieille femme d's'inviter comme ça.

Ils se retournèrent tous les deux et virent Neda qui marchait entre les arbres en fleurs, portant un Ian courroucé dans les bras. Elle avait l'air dépassée par les événements.

— Y a pas une servante qui peut rendre sa bonne humeur au garçon. Y veut voir personne d'aut' qu'sa mère ou son père.

Jamie fit un pas en arrière et adressa un clin d'œil à Rose, hors de la vue de Neda.

— Voilà sa mère en cet instant, dit-il.

Sa gorge se serra. *Mon doux Ian.* Était-elle véritablement une mère, maintenant ? Depuis qu'elle avait dévalé la colline avec lui, il semblait hésitant en sa compagnie, et pour cause. Rose tendit la main vers l'enfant et son cœur aussi.

— Me feras-tu confiance, Ian ? dit-elle doucement en essuyant une dernière larme. Me laisseras-tu te prendre, si je promets de ne jamais t'abandonner ?

Je vous le demande, Seigneur. Qu'il vienne à moi. Faites qu'il me pardonne.

Ian cligna vers elle de ses yeux bleu-gris, comme ceux de sa mère. Brillants et clairs. Sa chère bouche, celle de Jamie, lui sourit. *Il lui avait souri !* Quand elle tendit les bras, Ian ouvrit les siens.

— Ma-ma-ma-ma, babilla-t-il, et il se blottit dans ses bras.

Notes de l'auteure

Donnez-moi une heure de l'Écosse,
Laissez-moi la voir avant de mourir.
— William Edmondstoune Aytoun

Une heure, un jour, une semaine, une année — on n'est jamais rassasié de l'Écosse. De Glasgow à Édimbourg, de Skye à Aberdeen, d'Inverness à Dumfries, j'ai parcouru mon pays d'adoption en toute saison, pris quantité de notes et d'innombrables photographies, dans le but de rendre l'Écosse vivante pour mes lecteurs.

Hélas, je ne pouvais visiter le XVIIIe siècle, alors j'ai dû dépendre des livres des antiquaires pour trouver mon inspiration. Une bibliothèque de référence comptant six cents titres, toujours en expansion, incluant *Old Church Life in Scotland* (1885) d'Andrew Edgar et *The Scot of the Eighteenth Century* (1907) de John Watson, m'ont servi de passeport pour voyager à travers le temps et l'espace.

Peu importe vers quel livre je me tournais, une vérité s'imposait : depuis la Réformation jusqu'au début du XIXe siècle, l'Église tenait le haut du pavé en Écosse. Aucune loi ne lui était supérieure, aucune voix ne parlait avec plus d'autorité. Le conseil de l'Église local exigeait la lecture de bans annonçant les mariages à venir, et un pénitent pouvait être forcé de rédiger la promesse de ne jamais répéter certaines offenses. J'ai adapté la déclaration de Leana d'un tel document daté de 1749, retrouvé dans la paroisse de Mauchline. L'auteur, un cordonnier, avait insulté un ministre et maudit sa mère — de graves offenses en ce temps-là —, et il l'avait simplement paraphé *A.B.*

Les *Paraphrases* écossaises sont une collection des premiers hymnes de l'Église d'Écosse bien que, dans certaines congrégations, on s'en tint exclusivement aux psaumes métriques. Deux hymnes présentés dans *Belle est la rose* proviennent de l'édition de 1745. Selon *The Scottish Paraphrases* (1889) de Douglas Maclagan, l'auteur de l'hymne du chapitre sept est inconnu tandis que celui du chapitre quarante-huit serait l'œuvre du compositeur très apprécié Isaac Watts (1674-1748).

Les descriptions de Lillias Brown et de son lugubre cottage sont basées sur plusieurs comptes rendus que l'on trouve dans l'ouvrage de J. Maxwell Wood, *Witchcraft and Superstitious Record in the South-Western Districts of Scotland* (1911). En dépit de leur saine crainte des sorcières, les Écossais de la campagne célébraient la veille de la Toussaint avec enthousiasme. Le poème *Halloween* de Robert Burns, que l'on retrouve dans *Poems, Chiefly in the Scottish Dialect* (1786), décrit en détail plusieurs coutumes de cette nuit païenne, y compris certains des rites de divination employés par Rose.

Sweetheart Abbey, la fameuse « abbaye chérie » où Neil et Rose se retrouvent pour leur rendez-vous galant automnal, domine encore le paysage de la moderne New Abbey, et ce sont aussi ses ruines qui ornent l'endos de ce roman. Fondé en 1273 par Lady Devorgilla en mémoire de son regretté mari, John Balliol, le monastère cistercien était entièrement dévoué à l'adoration divine. La Réformation du XVIe siècle mit fin à la carrière du *Dulce Cor.* En 1779, l'abbaye sans toiture fut acquise par un groupe de gentilshommes de la région qui voulurent qu'on la traitât autrement que comme un amas de ruines.

Les fermes, les villes et accidents géographiques décrits dans *Belle est la rose* apparaissent sur les cartes détaillées de Galloway produites au cours des deux derniers siècles. L'orthographe des mots dans ce livre[13] est celle utilisée dans *The Statistical Account of Scotland* (1799) de Sir John Sinclair.

13. N.d.T. : Dans cette traduction, la plupart des termes en dialecte écossais ont dû être rendus en français. En effet, leur morphologie et leur consonance étaient trop éloignées de celles des mots de notre langue pour être reconnaissables. Si le lecteur de langue anglaise pouvait savourer les déformations et les variantes de mots familiers, le lecteur d'expression française aurait dû avoir constamment recours à un glossaire pour comprendre, ce qui aurait rendu la lecture fastidieuse, sinon impossible.

J'écrivais rarement une page sans me tourner vers les volumes consacrés au Kirkcudbrightshire et au Dumfriesshire. Vraiment une ressource remarquable.

J'ai imaginé l'école Carlyle pour jeunes filles en m'inspirant d'établissements similaires de Dumfries. Les notes du révérend William Burnside, consignées dans le *Statistical Account* en date de 1792, font mention de « deux ou trois pensionnats pour l'éducation des jeunes filles », qui existaient à l'époque de Rose. Pour ce qui est des enseignements qu'elles devaient s'attendre à recevoir de madame Carlyle, *Lectures on Female Education and Manners* (1799) de J. Burton, et *The Mirror of Grace* (1811), écrit par une « dame de qualité », m'ont été des sources d'inspiration à la fois utiles et divertissantes.

Le *Dumfries Weekly Journal*, que Rose trouvait si fascinant, était le journal consacré à la politique le plus influent de la ville. Lancée en 1777, cette feuille conservatrice, provinciale et toujours de bon goût parut jusqu'en 1833. Bien que l'école Queensberry soit fictive, le square Queensberry existe vraiment. Construit en 1770, ce marché public accueillit plus tard les parades protocolaires du régiment des volontaires de Dumfries pendant la Révolution française.

La « Vieille Alliance » entre l'Écosse et la France, à laquelle Jamie fait allusion, date du traité de 1295 entre John Balliol et Philippe IV. Au cours des siècles, l'alliance vaguement définie a connu des hauts et des bas, ponctués d'échanges réguliers de soldats, de fiancées, de bouteilles de vins de bordeaux et de recettes culinaires. La langue française a aussi migré vers le nord ; plusieurs Écossais pouvaient s'exprimer dans la langue de la diplomatie.

Les noms choisis pour les personnages de *Belle est la rose* sonneront juste aux oreilles des résidents de Galloway. Les prénoms et les noms de famille colligés sur les pierres tombales et les données des recensements de l'époque ont été combinés pour créer l'identité de nos personnages fictifs. Au chapitre vingt-trois, toutefois, un personnage historique célèbre fait une apparition : Robert Burns (1759-1796) était un acteur bien vivant du Dumfriesshire en 1790. Métayer d'Ellisland Farm, de la paroisse de Dunscore, au nord de Dumfries, Burns était laboureur, poète et douanier. Le Globe Inn était son pub préféré et son alcôve, son repaire favori. Dans la brève scène présentée ici, Burns célèbre un anniversaire — le sien — puisque l'action a lieu le 25 janvier. Rabbie Burns aurait eu trente et un ans le soir de cette rencontre avec la nerveuse Rose McBride au Globe. La taverne était vraiment la propriété de William Hyslop, un habitant de Lochend, dans la paroisse de Newabbey.

Sir Robert Grierson de Lag (1655-1733), intendant du Kirkcudbright, était mort et enterré depuis longtemps quand Rose fit connaissance avec Jane Grierson, à Dumfries. John Mactaggart, dans sa *Scottish Gallovidian Encyclopedia* (1824), déclare que sir Robert fut « l'un des êtres les plus malfaisants auxquels l'Écosse ait jamais donné naissance ». Persécuteur acharné des Covenanters, Grierson présida au procès et à l'exécution des martyrs de Wygtown. Il fut excommunié pour adultère et plus tard emprisonné en tant que Jacobite.

Quand Leana et Jamie arrivent à Glensone, ils sont accueillis sur des airs de violon sélectionnés parmi ceux décrits par George Emmerson dans son ouvrage *Scotland through Her Country Dances* (1967). La gigue *Johnny McGill* fut ainsi nommée en l'honneur du maître de danse itinérant d'Ayrshire qui en a composé la mélodie. Burns ajouta plus tard des paroles et la nomma *Tibbie Dunbar*. Un air encore plus ancien est *Green Grow the Rashes*, d'abord identifié sous le titre de *Cou thou me the raschyes green* dans un livre de musique écossaise datant de 1549. Burns lui ajouta aussi des paroles et ses vers étaient plaisamment autobiographiques : « Ô, mes heures les plus douces furent celles passées auprès des jeunes filles. »

Le « croup » est un ancien nom écossais pour un mal qui frappait souvent dans les comtés ruraux de Fife, d'Ayrshire et de Galloway, ainsi que le rapporte John Comrie dans son ouvrage *History of Scottish Medicine to 1860* (1927), et dont la malheureuse Rose a été victime. Le docteur Francis Home (1719-1813), qui fut le premier à décrire cette maladie contagieuse en 1765, recommandait la trachéotomie comme traitement. Elle fut diagnostiquée un demi-siècle plus tard par Pierre Bretonneau qui lui donna son nom moderne, la diphtérie.

Leana avait de bonnes raisons de s'inquiéter quand Rose tomba malade, car l'art médical était encore dans l'enfance au XVIIIe siècle, et la saignée — la phlébotomie — était pratique courante. Les quelques instruments décrits dans la trousse du docteur Gilchrist étaient souvent les seuls à la disposition du chirurgien. Il ne faut donc pas se surprendre si les Écossais se tournaient vers les méthodes ancestrales quand la maladie frappait ! Le puits de Saint-Queran — l'un des six cents puits curatifs d'Écosse — existe encore près du hameau d'Islesteps. Quand il fut nettoyé en 1870, des pièces de monnaie datant du règne d'Élisabeth 1re furent découvertes. Aujourd'hui, des lambeaux de vêtements abandonnés par des visiteuses plus récentes peuvent être vus noués aux branches des arbres des alentours.

La recette de la marmelade préparée par Rose a été adaptée de mon livre de recettes écossaises préféré, *The Scots Kitchen with Old Time Recipes* (1932) de F. Marian McNeill. Un touriste apprend rapidement qu'un petit-déjeuner écossais complet comporte toujours plusieurs tranches de pain grillées, servies avec une généreuse noisette de beurre et un pot de marmelade, le tout accompagné d'un bol de porridge inondé de crème fraîche. Au sujet de la marmelade et du porridge, McNeill écrit que « ces deux mets sont les principaux présents culinaires de l'Écosse au monde ». Le porridge écossais est plus lisse et plus pâle que le gruau lourd et grumeleux qu'on sert en Amérique. Les raisins, toutefois, ne sont pas servis à part ; les sourcils se lèvent parfois à table au petit-déjeuner, quand je demande des raisins secs et que je les verse directement dans mon porridge !

Les herbes médicinales du jardin et de l'officine de Leana ont été sélectionnées avec soin dans deux livres récents : *The Scots Herbal : The Plant Lore of Scotland* (1996) de Tess Darwin et *Scottish Plants for Scottish Gardens* (1996) de Jill, duchesse d'Hamilton. L'ouvrage en deux volumes récemment réédité de madame M. Grieves, *A Modern Herbal* (1931), est une ressource de choix pour ceux qui veulent en apprendre plus au sujet de l'arum sauvage, de la primevère, de la bourse à pasteur, de la consoude et de la valériane. La liste des herbes médicinales est infinie et vraiment fascinante.

Je suis choyée d'être entourée de rédacteurs et d'amis qui adorent tous ces détails autant que moi. Je voudrais offrir des remerciements chaleureux à mon équipe de rédaction chez WaterBrook Press – Laura Barker, Dudley Delffs, Carol Bartley et Paul Hawley – ainsi qu'à Benny Gillies, mon libraire, cartographe et réviseur écossais préféré. Sa coquette boutique près de Castle Douglas dans le village de Kirkpatrick Durham regorge de livres, de cartes et d'imprimés de l'Écosse. Rendez-lui visite en ligne à l'adresse www.bennygillies.co.uk. Je suis également reconnaissante à plusieurs « lectrices spécialisées » : mes sincères remerciements à madame Susan Thompson pour sa connaissance du français, à Barbara Wiedenbeck pour ses talents de bergère, à Verna McClellan pour son expertise dans le cardage et le filage de la laine, à Leesa Gagel pour son œil de lynx et à Ginia Hairston, une cavalière exceptionnelle. Finalement, je ne pourrais remercier suffisamment mon agente et amie, Sara Fortenberry, qui a relu le manuscrit plus souvent que je ne puis le compter et qui m'a offert ses encouragements en plus de ses sages conseils. Bénie sois-tu, ma chère amie.

Ne manquez pas de me rendre visite, sur mon site internet www.LizCurtisHiggs.com*, pour un tour d'horizon virtuel de

* En anglais seulement.

la campagne écossaise, théâtre de l'action de *Une épine dans le cœur* et de *Belle est la rose*. Vous y trouverez aussi ma bibliographie complète sur l'Écosse, des notes historiques additionnelles, des journaux de mes voyages là-bas, des commentaires de lecteurs, des liens vers mes sites écossais favoris, une discographie de musique celtique et des bandes sonores qui m'ont inspirée quand j'écrivais, en plus de quelques recettes écossaises uniques.

Si vous désirez recevoir mon bulletin annuel et gratuit, *The Graceful Heart*, veuillez m'écrire directement à l'adresse ci-dessous :

Liz Curtis Higgs
P.O. Box 43577
Louisville, KY, 40253-0577

Ou visitez mon site internet :

www.LizCurtisHiggs.com.

Liz Curtis Higgs

Belle est la rose

GUIDE DE LECTURE

Dans les livres se trouve l'âme des temps passés.
— Thomas Carlyle

1. Le rideau de *Belle est la rose* s'ouvre sur la scène finale de *Une épine dans le cœur*, mais, cette fois-ci, nous voyons les choses du point de vue de Rose. Elle dit bientôt à Jamie : « Ce qui est *convenable*, Jamie McKie, et ce qui est *juste* ne sont pas nécessairement la même chose. » Est-ce une affirmation juste ? Est-ce que Rose peut en toute justice prétendre au cœur de Jamie ? La traite-t-il équitablement, dans cette situation difficile ? Si vous pouviez donner un conseil à Rose à ce tournant de sa vie, que lui diriez-vous ?

2. Lachlan McBride met Rose en garde : « Ton joli visage t'ouvrira des portes qu'il vaut mieux garder fermées, Rose. » En quoi le joli visage et la silhouette de Rose jouent-ils en sa faveur, et comment ces attributs se retournent-ils contre elle ? Le charme de Rose éveille-t-il en vous de la sympathie… ou de la jalousie ? Avez-vous tendance à être *favorable* ou *défavorable* à sa cause ? Laquelle des citations suivantes décrit le mieux Rose McBride : « Un bouton de rose avec de vilaines petites épines. » (Alfred, Lord Tennyson) ou « Cette rose écarlate, douce et jolie ! » (Robert Burns) ?

3. Dans *Une épine dans le cœur*, le comportement de Jamie est parfois peu édifiant. Dans *Belle est la rose*, nous le voyons devenir sous nos yeux de plus en plus digne de

confiance. Décrivez les qualités que vous découvrez chez Jamie McKie. En quel sens vous déçoit-il ? Quelles sont les faiblesses de Jamie, et comment affectent-elles ses relations avec Rose et Leana ?

4. Est-ce que Leana est « trop parfaite pour être vraie », ou arrivez-vous à vous reconnaître dans ses conflits et ses défauts ? Quels incidents ont le plus influencé la vie de Leana, jusqu'à maintenant ? En particulier, comment la maternité a-t-elle changé Leana ? Quand elle comparaît devant le conseil de l'Église, quelles sont les émotions et les pensées qui vous viennent au cœur et à l'esprit ? Quand elle s'enfuit à Twyneholm, l'admirez-vous de le faire ou vous déçoit-elle, au contraire ? Pouvait-elle demeurer à Auchengray dans ces circonstances ? Vous-même, le pourriez-vous ?

5. Que pensez-vous des mesures disciplinaires de l'ancienne Église d'Écosse – les comparutions devant le conseil de l'Église, le banc de pénitence, le joug, les engagements écrits à ne plus pécher, les lettres de recommandation de la main du révérend ? Comment de telles pratiques peuvent-elles créer une meilleure société ? Quels sont les dangers inhérents à ces pratiques ? Comment comparez-vous le rôle de la religion dans la culture contemporaine et celui qu'elle jouait dans l'Écosse du XVIIIe siècle ?

6. Chacun des personnages principaux – Jamie, Leana, Rose – pourrait légitimement reprendre à son compte la plainte si souvent répétée par Rose : « Ce n'est pas juste ! » Quels torts ont-ils subis, et par qui ont-ils été lésés ? Lequel des trois personnages a le plus de raisons de se plaindre de son sort ? Décrivez de

quelle manière chacun gère les injustices qu'il subit et ce que cela nous révèle sur son caractère. De quelle autre manière le concept de justice joue-t-il un rôle dans cette histoire ?

7. Les épigraphes qui précèdent chaque chapitre sont destinées à annoncer l'action et à saisir l'essence d'un conflit qui déchire un personnage. Le chapitre 55 est précédé de la citation : *Chaque Rose porte son épine.* Quelle épine perce le tendre cœur de Rose, ici ? Choisissez une autre épigraphe dans ce roman qui vous a frappée comme étant particulièrement appropriée, et expliquez sa signification dans le contexte de l'histoire.

8. Rose utilise tous les moyens pour guérir son ventre stérile – depuis la sorcellerie jusqu'à un pèlerinage avant l'aurore au puits de Saint-Queran. Pensez aux raisons qui la poussent si désespérément à vouloir un enfant bien à elle. Quelles sont les plus convaincantes, à vos yeux ? Comment la femme moderne se situerait-elle, par rapport à sa capacité de procréer ?

9. Dans son poème *Halloween,* Robert Burns décrit « les charmes et les sortilèges principaux de cette nuit, si chargée de prophéties pour les paysans de l'ouest de l'Écosse » :

> *Quelques paysans, joyeux et amicaux,*
> *Ont décidé ensemble,*
> *D'brûler leurs noix, et d'puiser aux provisions,*
> *Et d'garder l'feu de l'Halloween*
> *Allumé toute la nuit.*

Est-ce que les traditions écossaises, comme celles de croquer une pomme dans une bassine remplie d'eau, d'allumer un feu de joie ou de sculpter des visages dans un navet vous rappellent des souvenirs précieux des automnes de votre enfance ? Comment votre conception de cette fête a-t-elle évolué avec les années ? Que pensez-vous des nombreux rites de divination pratiqués par Rose ? Représentent-ils des amusements anodins ou des excursions dangereuses dans un monde occulte ?

10. Voyez-vous en Jane Grierson la « mauvaise femme » de *Belle est la rose* ? Ou ce titre devrait-il être décerné à Lillias Brown ? Comment et pourquoi ces deux femmes influencent-elles la jeune et impressionnable Rose ? Peut-être vous êtes-vous déjà senti attiré par l'une de ces personnalités aventureuses, à une époque ou une autre de votre vie ? Quel était leur pouvoir de séduction sur vous ? Servent-elles un dessein divin sur terre ? Dans la vie de Rose ?

11. Lorsqu'ils livrent leur témoignage devant le conseil de l'Église, Rose, Jamie et pour finir Leana s'efforcent de « dire la vérité dans l'amour ». Revoyez les témoignages des chapitres 40, 41 et 42. Quelles vérités y trouvez-vous ? Quelles contre-vérités y sont énoncées ? Quel mot emploieriez-vous pour qualifier le témoignage de Rose ? De Jamie ? De Leana ? L'issue de cette réunion fut-elle celle à laquelle vous vous attendiez ? Si oui – ou si non –, pourquoi ?

12. Le révérend Gordon change considérablement à travers l'histoire de *Belle est la rose*. Comparez l'homme rencontré au chapitre 4 avec celui que l'on retrouve au

chapitre 59. Comment pourriez-vous expliquer une telle transformation ? Seriez-vous capable d'identifier un ou deux endroits dans le récit où son comportement se modifie subitement ? Quelles conclusions en tirez-vous sur la différence entre la religion fondée sur la loi et la religion fondée sur la grâce ?

13. L'oncle de Jamie, Lachlan – à l'instar du Laban biblique dont s'inspire ce personnage –, utilise adroitement les mots et les ruses pour accomplir sa volonté. Une personne peut-elle être tout simplement mauvaise, sans autre explication ou sans raison ? Que pensez-vous de la relation de Lachlan avec la veuve Douglas de la ferme d'Edingham ? Comment la vie à Auchengray pourrait-elle changer, si Lachlan McBride devenait soudain un homme heureusement marié ?

14. La scène dans laquelle Rose demande à Leana la valériane qu'Ian a arrachée de son jardin, avant de la blesser si cruellement qu'elle se précipite dans les bras de Jamie au crépuscule, s'inspire d'un passage de la Genèse (30 :14-16). Dans celui-ci, Rachel offre à Léa une nuit avec Jacob en échange d'une plante de fertilité arrachée du sol par le fils de Léa. Ce qui était habituel deux mille ans avant Jésus-Christ n'était plus acceptable en 1790, et ne le serait pas davantage aujourd'hui ! J'ai décidé que la jeune Rose n'aurait jamais fait une telle offre ; pas plus que Leana n'aurait rompu son engagement écrit pour une nuit de passion avec Jamie. Si le roman avait suivi fidèlement le récit biblique, comment les vies de Jamie, de Leana et de Rose auraient-elles été changées dans les jours suivants ? Comment leurs relations mutuelles et leur rapport avec Dieu auraient-ils été affectés ? Votre opinion de

Rose aurait-elle été modifiée ? Et de Leana ? De Jamie ? Qu'est-ce que cette scène centrale suggère sur les choix et leurs conséquences ?

15. Bien que notre histoire se conclue sur une note plausible, il est clair que tout n'est pas encore dit. Comment voudriez-vous que les choses se terminent pour Jamie, pour Leana et pour Rose ? Tous les trois veulent aimer et être aimés, mais ce n'est pas tout ce dont ils ont besoin. À votre avis, de quoi Jamie a-t-il le plus besoin ? Qu'en est-il de Leana ? Finalement, que faudrait-il par-dessus tout à Rose ? Quelle est votre conception d'une « fin heureuse », dans les romans comme dans la vie ?

Collection Incontournables

TOME 1

TOME 3

TOME 4